中国玛丽

魏风华 康蚂 著

SPM 南方出版传媒 广东人民出版社
·广州·

图书在版编目（CIP）数据

中国玛丽 / 魏风华，康蚂著. — 广州 ：广东人民出版社，2017.7
ISBN 978-7-218-11737-9

Ⅰ. ①中… Ⅱ. ①魏… ②康… Ⅲ. ①长篇小说－中国－当代
Ⅳ. ①I247.5

中国版本图书馆CIP数据核字(2017)第092772号

Zhong Guo Ma Li
中国玛丽
魏风华，康蚂 著

出 版 人：肖风华

策　　划：盛世肯特
责任编辑：李　敏
装帧设计：仙　境
责任技编：易志华

出版发行：广东人民出版社（广州市大沙头四马路10号　邮政编码：510102）
电　　话：（020）83798714（总编室）
传　　真：（020）83780199
网　　址：http://www.gdpph.com
印　　刷：北京兴湘印务有限公司
开　　本：787 mm× 1092 mm　1/16
印　　张：26.5　　**字　　数：**470千
版　　次：2017年7月第1版　2017年7月第1次印刷
定　　价：45.00元

如发现印装质量问题，影响阅读，请与出版社（020-83795749）联系调换。
售书热线：（020）83795240

Contents
目 录

楔子

太阳从西部辽阔无垠的荒原上滚落下去了。

小路上，刚才还在玩耍的孩子们不知什么时候已经离去。

林爱华也识趣地挥手走了。在这幽静的世界里，只剩下黄真旗和科比两个人。

晚霞在黄真旗的脸上镀出一层金光，昔日的唐人街女王已满头白发。这是距离旧金山并不算太过遥远的亚利桑那州墓碑镇，她归隐的地方。她的英文名叫玛丽。在黑发如瀑的时候，她曾被称为“龙女”，但更多的美国人习惯喊她“中国玛丽”。

现在，墓碑镇上的中国玛丽过着悠闲的生活。旧金山唐人街的事务已经交给干女儿林爱华打理。在墓碑镇，与她朝夕相伴的是科比。科比是个相貌英俊、身材魁梧的老牛仔。在科比的眼里，中国玛丽是他的女神。

科比：“亲爱的，好像起风了。”

黄真旗眺望着远处连绵起伏的落基山。

黄真旗似乎沉浸在对往事的回忆中：“我想再多看一会儿。我听说，如果总是凝望一处的话，就会看到自己想看到的东西——比如，海那边我的家乡。”

第一章　邂逅风雨中

海浪镶着白边从天边滚滚而来。

一个身着大红色对襟素纹长袍、外披嫩黄色云肩的少女，在沙滩上奔跑着。

奔跑的少女好像是远远望到大海那边有人在向她挥手。她不顾一切地奔跑着。海水很快淹没少女的小腿，继而漫过她的大腿、腰肢。海浪打着旋儿，似乎随时可以裹挟她离去。少女则像被什么牵引，执着地朝着大海而去，于是海水漫过她的胸，铺满她的眼，淹没她的头，气泡从海下一点点升腾，让她的胸腔充满了爆炸感。

黄真旗猛地从床上坐起，擦了擦额头的汗。

黄真旗披了件衣服，下床点着蜡烛，倒了杯冷茶，坐在椅子上一咕噜灌下去。醒来后就再也睡不着了，黄真旗从书架上拿出一本《本草纲目》翻阅，为了缓解梦中的情绪，她嘴里不时地念着那些药名和功效。这时候，街上传来了狗叫声，随后黄真旗听到一阵阵急促的脚步声，似乎随时就能穿透墙壁出现在自己面前。

官兵叫喊的声音很快出现。

官兵一边敲锣一边喊："百姓们听好了！近期有长毛潜入新宁，各家各户不得藏匿！如有违抗者，按律治重罪！"

黄真旗放下书，起身打开门，跳到庭院中。

庭院中月光如水，黄真旗朝前走了几步，好奇地来到大门处。

黄真旗刚要开门，一只手从身后伸过来，拍在她肩膀上。自幼习武的黄真旗伸手用力扣住那只手，却听到父亲的声音。

黄恺之："真旗！这么晚了，还要出去？！"

黄真旗扭头："爹！吓死我了！"

作为广东新宁有名的古玩商，黄恺之只有这么一个宝贝女儿，平时呵护有加："还不给我回去睡觉！"

黄真旗："您不也没睡吗！"

人喊马嘶，外面驰过一队人马。

黄恺之瞪了女儿一眼，贴近大门，自言自语：“这长毛的残部还真跑到咱这里来了？”

黄真旗：“长毛？就是爹给我讲的太平军？”

黄恺之点点头：“英雄末路啊！”

黄真旗和父亲在门口侧耳倾听时，叶龙正带着太平军兄弟们伏在遥远的粤东嘉应州郊野的丛林中，在黑夜中煎熬着。

幽暗中，叶龙想起两年前的一幕。

当时，太平天国的都城天京被围。天王洪秀全在临终前，把时为御前侍卫官的叶龙叫到榻前，交给他一张藏宝图，上面除了藏宝线路和地点外，还有八个大字：天国宝藏，招兵买马。后来，天王身死，天京陷落。叶龙随突围部队杀出重围。清军到处追剿太平军残部。太平军最后一支主力，在康王汪海洋的带领下，经过两年多转战，来到了眼下的嘉应州。

在此之前，叶龙辗转到了康王麾下，被委以将官重任，但没有轻易透露宝藏之事。

多天前，清军又将嘉应州包围。围城前，叶龙奉康王之命，率五百军士出城驻扎，做掎角之势。

现在，伏在丛林里的叶龙，看上去极为疲倦。尽管如此，仍难遮掩他的英俊容貌和那股子桀骜之气。

副手喘着粗气匆匆而至：“叶将军，不……不好了！”

叶龙一骨碌翻身，站起来，皱眉道：“少废话，直接说！刚才的喊杀声到底怎么回事？”

副手定了下心神：“刚才城下发生激战，出城杀敌的康王奋勇战死了！”

叶龙一下子揪住手下的脖领子，睁大眼睛：“你说什么？”

副手目光呆滞地重复了一遍：“康王殉国了……”

叶龙慢慢松开手，随后一点点拔出佩刀：“康王跟我约定，说他不会贸然出城迎击清妖的……”

副手：“将军，我们——”

叶龙：“为康王报仇！这是天王赐给我的宝刀，我必为天国雪恨！”

副手：“但是将军，清妖已封锁嘉应州外大小交通要道。如果不出意外，半个时辰后他们就会杀过来。如果硬拼的话，我们这点人一个都走不了了！”

叶龙一下子靠在树上："难道天国真的完了？"

副手："留得青山在！"

叶龙久久地睁开眼："青山？"

副手点点头。

叶龙："唉！天不佑我天国，现在也只能这样了。传我的命令，集合人马……"

副手："是！"

很快，士兵们集合起来。

太平军士兵们举着火把，营地被照得亮如白昼。

叶龙拎着刀，站在队伍前面："兄弟们！康王已战死，现在我们这几百号人，是太平军最后一支部队。我们在，太平天国就在，我们不在了，天国也就没了。"

众人神色悲怆，四下气氛悲壮。

叶龙："我们太平军是从两广打出来的，现在又回到了两广。传我的命令，向粤西南的新宁碧萝山区开进！"

副手愣了一下："碧萝山？我记得那里是将军的老家。"

叶龙侧身轻声："我当然不是想家了。再说了，老家的亲人都被清妖杀了。之所以还要回去，是因为天国的宝藏就埋藏在那里。"

副手睁大眼睛："天国宝藏？"

叶龙："这批宝藏是我太平军起事之初埋下的，为的就是一旦大业不利，即用它招兵买马，做东山再起之势……"

几名士兵用木车推来十几坛酒，为每人斟满酒。

叶龙将酒一饮而尽，使劲地将酒碗摔在地上。士兵们喝完也将酒碗摔在地上。

夜晚的山谷里传来啪啪啪啪的摔碗声，声音惊醒了密林中沉睡的飞鸟，它们也发出了嘎嘎的鸟鸣，像是在附和。

叶龙大手一挥，将士开拔，一路向西南而行。

大约行了三个时辰，远处的天空露出微微的亮光，天马上就要亮了。

一座深邃的山谷出现在众人面前。叶龙抬头看着两边险峻的高山，不由得倒吸一口冷气。

副手看了一眼两边的险山，心里感到紧张："如此高耸的山，别说是人，就是猴子想爬上去也难。留给我们的时间不多了，我们应该尽快通过这座山谷。"

叶龙再次盯着两侧的山看了很久，对副手说："传我的命令，士兵们过山谷的时候要跑步前进，能跑多快就跑多快，不要多停留片刻。"

副手下去传达命令。

山谷大约有五百米的长度，当部队全部进入后，所有士兵一路狂奔。

跑着跑着，突然看到一块巨石从左侧的山坡上滚落下来，前面的士兵们躲闪不及，被石头砸死。

一语成谶。

埋伏好的清军早就准备好了火炮、滚石以及弓箭手。

山谷中霎时间炮声轰鸣、巨石滚落。五百名太平军士兵顷刻间死伤大半。

叶龙气得冲山顶大骂："遭天杀的清妖，暗箭伤人算什么英雄好汉，有本事下来和老子决一死战。"

为首的清军头目站在高处命令手下："长毛首领要活的，其他人一个不留！"

叶龙带着几十名士兵，用刀剑拨开射来的弓箭，一路躲闪腾挪。受伤的副手脱下衣服递给叶龙。

叶龙推开："你这是干什么？"

副手："我受伤了，恐怕走不了了，但你身负重担！我们换一下衣服，你的目标还能小一点，或许有生存的希望。"

叶龙摇摇头，拒绝了副手。

副手以自杀相逼："虽然我是部下，但我们都是太平军！太平军，什么时候怕过死？"

无奈之下，叶龙只好换上副手的衣服："但我们都要活下去，在碧萝山不见不散！"但他知道，自己以后再也看不到这位兄弟了。

副手微笑着点点头："将军，希望天国的宝藏，能在关键的时刻派上用场。"

叶龙点点头。

副手穿上叶龙的衣服，一瘸一拐地向反方向跑去。

清军头目见"叶龙"逃向山谷的入口，立刻命令清军拦截去路。

在山谷的出口，真正的叶龙在士兵的保护下，拼尽全力杀出了一条血路。

风餐露宿，跋山涉水，这一日，叶龙和十几名兄弟终于来到了碧萝山下。

连日来的奔波劳顿让一行人疲惫不堪，下午时分众人聚在一棵大榕树下休息。

叶龙倚在一块青石上，谷地的那场惨烈的厮杀像块烧红的烙铁烙在他心口。想到从容赴死的副手，叶龙的眼泪夺眶而出。

后来，叶龙在昏沉中睡去。

不知过了多久，在半梦半醒间，他忽然感到胳膊一阵剧烈的疼痛，像被什么带刺的树木扎了一下，叶龙睁开眼后大吃一惊，只见一只大约两寸长的毒蜈蚣正爬在他的胳膊上吸他的血。叶龙急忙使劲地甩胳膊，把蜈蚣甩出很远，但那只被蜈蚣咬过的胳膊已变成了紫色。

叶龙："他妈的，没死在清妖手里，倒被这虫子咬了！"

手下士兵一时间慌张无措，为首的反应过来："我们去找郎中！"

叶龙："碧萝山的这种蜈蚣厉害着呢，毒性大，恐怕来不及了。"

为首的士兵一嗓子："咱快分头去找郎中！"

两个士兵留在叶龙身边，其他的四散而去。

碧萝山隐现在一片云雾中。

一大早，黄真旗就背着竹篓进山采药了。

黄真旗的母亲黄夫人懂些医道，常常为县城的穷苦人家免费看病，所以家里常备着一些药材。遇到头疼脑热、肠胃不适的小病，回去喝几服草药就好了。黄夫人所用的药材都是黄真旗从碧萝山上采的，从母亲那里耳濡目染，黄真旗也略通医道。

一场大雨过后，林里的各种药材像雨后春笋般冒了出来。黄真旗看到山坡上有几株野生的党参，急忙大步走过去，蹲下身体，从身后的竹篓里取出采药的木铲。她小心翼翼地挖掘，然后将挖出来的党参轻轻地放进竹篓里。雨后的树林空气是潮湿的，让人感到有些憋闷，黄真旗站起身来，擦了擦额头冒出的汗，掏出水袋喝了几口水。

就在此时，黄真旗遇到了两名寻郎中的太平军士兵。

为首的士兵看到黄真旗背着竹篓，又见她在山中采药，就认定她是郎中。

为首的士兵带着同伴来到黄真旗的面前，后者见他们带着刀，面色也不善，立刻警惕起来。

为首的士兵："哎，这位姑娘，你会不会看病？"

黄真旗："我只是一个采药的，不懂什么医术。"

为首的士兵："既然不懂医术，还采什么药？不会是清妖派来的探子吧？"

另外一名士兵对同伴说："我看她在骗咱们，甭跟她废话，先抓住再说！"

两名士兵对视了一眼，举刀便砍向黄真旗。黄真旗灵敏地移动身子，躲开了下落的刀。

为首的士兵："嗬，没想到你还会两下子。必是清妖派来的奸细！兄弟，宰了她！"

两名士兵一左一右夹击黄真旗。黄真旗见二人刀刀致命，手上就没留情面，不到一个回合，就夺刀在手，把二人打倒在地。

黄真旗拿刀对着一人的脖子道："我上山采我的药，你们却来挑衅本姑娘！现在本姑娘非常生气，所以你们活不成了。"

两名士兵哭丧着脸，对远处喊道："叶将军！恕属下无能，没能给您请来郎中。您一死，我太平天国最后的希望，也没了！"

说罢，二人紧闭双眼，跪地等死。

黄真旗："太平天国？你们是太平军？你们说的叶将军又是谁？"

为首的士兵："要杀便杀，休要多问！"

黄真旗："如果你们真是太平军的人，我就去救你们那个叶将军。"

两个士兵相互看了看，齐声道："真的？"

黄真旗："真的。"

为首的士兵："这位姑娘，这到底是为什么？"

黄真旗："从小我就听我爹讲太平军的故事，无限敬仰，仅此而已。"

为首的士兵："这位姑娘，实不相瞒，我们是太平军最后一支部队康王的手下。叶将军虽隶属于康王，但先前却做过天王的贴身护卫。我们在嘉应州被清妖打散，康王也殉国了。叶将军的老家就在新宁，所以带我们逃到碧萝山去，没想到意外中了蜈蚣毒，现在只剩下一口气了，如果姑娘真能医治，我们必当重谢！"

黄真旗背起竹篓道："原来是这样。蜈蚣毒是五毒之首，三个时辰之内如不医治，必死无疑，二位在前面带路，我们现在就走。"

为首的士兵叫阿毛，他带着黄真旗，三个人穿行在云雾缭绕的碧萝山。

将近一个时辰后，黄真旗近距离地看到了叶龙。叶龙拥有一张近乎完美的脸，精致得让人忍不住想摸一下。黄真旗盯着那张苍白的脸看了一会儿，才想起自己是来救人的。黄真旗从随身携带的布囊里取出一个纸包，将里面褐色的粉末涂在叶龙受伤的胳膊上。然后又把竹篓里的草药全部倒在地上，从里面挑选出对症的几味草药放在一边。

黄真旗："谁有酒？"

阿毛递过来一个酒壶。

黄真旗将酒壶放在地上："架灶点火，我要煎药。"

没一会儿，锅里的水便开了，黄真旗将几味草药放入锅内，又往里面倒了些酒，锅里发出咕嘟咕嘟的声音。黄真旗擦了擦额头的汗，不时地用勺子搅拌着锅里的药。药煎好后，阿毛将叶龙扶起，黄真旗轻轻地往叶龙嘴里喂药。

黄真旗："一个时辰之后，再口服余下的一半。"

褐色的药粉最先起了作用，叶龙的伤口由原来的紫色，慢慢变回了肉色，伤口流出了血红的脓水。黄真旗将一株草药塞进嘴里嚼碎，吐到手里，再轻轻地敷在叶龙的伤口上："放心，叶将军已无性命之忧，很快就会苏醒，再休养几天便可痊愈。"

阿毛抱拳："姑娘真是华佗再世，多谢姑娘救命之恩，请问尊姓大名？"

黄真旗："各位不必客气，我叫黄真旗，我不过是略通医术，怎敢与华佗相提并论。"

阿毛："清妖正在追杀我们，今日之事，还请姑娘不要向任何人提起。"

黄真旗："各位放心，太平军将士都是我所敬仰的英雄，今日有幸为叶将军疗伤，怎么会出卖他？不过，你们总躲在山上也不是长久之计，不知道各位以后有何打算？"

黄真旗本来是一句正常的询问，没想到却勾起众人的伤心事，几名士兵立刻哭出了声。

一名叫阿新的士兵："现在天国大势已去，我们有家难回，还能有什么打算？"

阿毛："阿新，你这是动摇军心！"

阿新哼了声："军心？现在满打满算就剩十二个人！你也别拿叶将军来吓唬我，就算将军醒来，我该怎么说还怎么说。事到如今，无异于以卵击石，倒不如就地解散，大家各奔前程。"

阿毛目露怒色，拔出刀指着阿新："你再敢说一句，我现在就杀了你。"

阿新也毫不示弱，挺起胸膛说："有本事你就杀，反正这种生不如死的日子老子也过腻了。"

黄真旗本来是一个旁观者，此时却不得不充当起劝架者，她拦在二人中间："这本来是你们内部的事，我这个外人不该插手，但叶将军现在是我的病人，你们这样做，对他的康复会起到反作用。希望大家都消消气，一切等叶将军醒来再说。"

下午时分，药效发挥了作用，叶龙慢慢地苏醒过来。

黄真旗用手绢擦拭着叶龙额头冒出的虚汗，叶龙睁开眼第一个就看到黄真旗，表情略微有些诧异。

黄真旗："叶将军，我叫黄真旗。"

阿毛插话道："将军，你可算活过来了，多亏了这位黄姑娘为你疗伤，否则……”

叶龙上下打量着黄真旗，十七八岁的年纪，瓜子脸，丹凤眼，白皙的面庞，婀娜的身材，虽然说不上花容月貌，却非常耐看：“我这条命是黄姑娘救的，将来一定把这条命还给黄姑娘。”

叶龙的这句话无论从哪个角度想，都非常耐人寻味。

黄真旗一时不知道该说什么好，笑了笑，随后转移话题道：“叶将军的伤需要休养一段时间，在此期间不要饮酒，否则伤口会感染。”

叶龙无所谓道：“生死有命，富贵在天，不让我吃饭可以，不让我喝酒那简直是要我的命。”

黄真旗微怒道：“那可由不得你，你刚才不是说，你这条命是我的吗？既然连命都是我的，那就要听我的话。”

也不知道为什么，叶龙忽然被黄真旗的话感动了一下，长这么大从来没一个人这样关心过自己，自己也早已淡忘了被关心的滋味。

叶龙深情地看着黄真旗：“既然你是我的债主，那我就恭敬不如从命了，等叶某东山再起之日，一定备下厚礼报答黄姑娘的救命之恩。”

黄真旗整理好竹篓，拍打了一下身上的尘土，向叶龙告别：“时间不早了，我也该回去了，叶将军一定要记着我的话，不许饮酒。”

叶龙有些依依不舍：“还没来得及与黄姑娘深聊，就要告别，叶某怅然若失。”

黄真旗笑道：“叶将军刚刚苏醒，身体还很虚弱，还是少说话为好。我走了，后会有期。”

叶龙抱拳道：“叶某有伤在身，恕不远送，咱们后会有期。”

看着黄真旗婀娜的背影，叶龙开始心猿意马，心说这位姑娘真是特别得很。

这一天傍晚，反复思忖后的叶龙，将兄弟们召集起来。

叶龙下意识地摸了摸怀里的藏宝图，告诉大家：“你们与我出生入死，我们是生死与共、有福同享有难同当的兄弟。既然是兄弟，我们到这一步了，就没什么需要隐瞒的。我今天就告诉大家一个秘密，这个秘密与你们每个人都有关系。”

众人不免一头雾水。

叶龙继续说道：“天王临终前交给我一张藏宝图……”

大家顿时相互对望，等待着叶龙继续讲。这个话题显然是具有诱惑力的。

叶龙：“天王告诉我，一旦天国大厦倾倒，可用这批宝藏招兵买马，重振太平大业。现在，我们已经穷途末路，这是无可回避的事实。我想，挖出这批宝藏后，有兄弟愿意继续跟随我，那咱就拿这笔钱谋求复兴，即使不能再次揭竿而起，也要如天地会那样，在江湖上成立反清的秘密组织；如果哪位兄弟说不愿再打打杀杀了，我就给他一笔钱，叫他远走高飞。”

众人面面相觑。

阿毛打破僵局：“一切都听将军安排。”

阿新也附和：“对，我们听将军的，我们不要钱，我们要挖出宝藏，东山再起！”

阿毛一皱眉头：“阿新，刚才将军昏迷的时候，你可不是这么说的啊。”

阿新：“我刚才那不是担心吗！现在将军没事了，咱还有宝藏，当然要继续跟着将军！”

叶龙看了看阿新，继而对众人说：“既然大家都无异议，那就听我的，咱们把这批宝藏用在刀刃上。”

阿新：“将军，宝藏在哪儿？我们啥时候去挖？”

叶龙微微一笑：“远在天边近在眼前，近在眼前又远在天边。都给我沉住气，就这两三日，我就依据天王交给我的藏宝图，带着你们去寻找宝藏。”

众人在绝望中感到一阵兴奋。

阿新转着眼珠，小声嘀咕着：“藏宝图……”

山间的天色很快就暗了下来，为了避免被清军发现，叶龙下令夜间不点烛火。

林中传出猫头鹰的叫声，听上去有些刺耳。不久，一切都安静下来，众人在帐篷里睡去。这时，一个黑影偷偷地钻出帐篷，蹑手蹑脚地朝密林外面走去……

新宁县衙门口的灯笼还亮着。

守门的两个衙役正在打着瞌睡，突然感觉有人过来，其中一个一下子起身持刀将之拦住：“干什么的，深夜闯县衙？”

黑影正是阿新：“我找县令大人有事禀报！急！！！”

另一个衙役也醒了上前：“我们老爷已经睡了，你明天再来吧。”

阿新凑近衙役，露出讨好的笑容：“我有要事向孙知县禀告，烦劳你进去通禀一声，这件事非常重要。”

衙役不耐烦：“没长耳朵？刚才不是已经告诉你了，老爷已经休息了，有什么事明天再来！滚！！！”

阿新见衙役狗眼看人低，立刻变脸道：“你们两个狗东西，耽误了抓捕太平军叶龙的事，你们就不怕掉脑袋？”

阿新变了一副厉害的嘴脸，一下子就镇住了那两个衙役，其中一个慌忙跑进去禀告。

不大一会儿工夫，那个衙役出来说：“我们老爷有请，快请随我来！”

孙知县前几日便收到嘉应州送来的信，说叶龙带小股太平军残部已潜入新宁境内，要求孙知县协助抓捕。收到信后，孙知县便在主要路口设置关卡，严查过路的行人，至今一无所获。孙知县正在为此事烦恼，没想到阿新却带来了好消息。

孙知县四十多岁，身材微胖，留着两撇鼠须：“深夜找我有何要紧的事？”

阿新：“我想与大人做一桩生意。”

孙知县见阿新一脸猥琐之相，从心底厌恶：“做生意？我们之间能有什么生意做？”

阿新：“我知道叶龙的藏身之处，想必大人会感兴趣。”

孙知县内心一喜，但脸上仍然装作若无其事的样子：“那你说说，叶龙藏在何处？”

阿新一笑：“我不但知道叶龙的藏身处，还知道他带着一张藏宝图，那可是天王——哦，不不不，长毛首领洪秀全留下的藏宝图！”

孙知县激动地抓住阿新的手说：“如果你骗我的话，我就杀了你。”

阿新道：“小人有一万个脑袋，也不敢欺骗大人。”

孙知县说：“开条件。”

阿新嘿嘿嘿地笑：“我不贪心，事成之后，大人只需分我半成就行。”

孙知县眼珠一转：“好，那我们一言为定。事不宜迟，现在就出发。”

阿新：“慢着，大人先别急，咱们有言在先，上山之前，你要先付给我一百两银子定金才行。”

孙知县：“你连堂堂的知县都不相信？”

阿新说：“既然是做生意，这一百两银子就算是大人付给我的定金，我的要求不算过分吧？”

孙知县：“好，我答应你。”

阿新将一百两银票藏进内衣口袋，满脸乐开了花：“大人虽然破费了一百两银子，换来的却是加官晋爵，大人才是最大的赢家，您可不吃亏。”

孙知县火速调集了两百多名官兵，带着家伙，在阿新的带领下秘密潜入碧萝山。

两个时辰后，清军包围了叶龙的驻地。

孙知县对身后的副手说："你带一百人在外围守着，一旦有逃出去的长毛，格杀勿论。但要记住，叶龙要留下活口。"

副手带领着一百名士兵分散开，形成一个包围圈。

阿新指着不远处的一座帐篷告诉孙知县："大人，那就是叶龙的帐篷，他的本事可大，您一定要多派些人手。"

孙知县瞪了阿新一眼道："只要你提供的消息无误，我们保证将叶龙拿下。"

清军匍匐在地上慢慢地向前移动，离帐篷还有十多米的距离，孙知县举起手中的刀，大吼一声："都给我上，活捉叶龙！"

一时间杀声四起。

帐中的叶龙被突如其来的喊杀声惊醒，随即知道出现了叛徒。

叶龙顾不上多想，抽出刀冲了出去，带着太平军兄弟们，与杀来的清军展开激战。

清军士兵在叶龙面前纷纷倒下。阿新举起枪要暗算叶龙，被阿毛挡住了。望着中弹后倒下的阿毛，又看看举着枪哆嗦的阿新，明白一切的叶龙如暴怒的狮子，冲上前欲砍杀叛徒阿新，这时候一队清军士兵迎上前，接下来又是一轮搏杀。

太平军终于寡不敌众，杀到最后，叶龙发现身边已经没几个兄弟了。

在火把的照射下，叶龙满脸是血，面目狰狞，像个被逼疯了的魔鬼。

阿新："叶将军！就算你本事再大，今天也逃不出孙知县的手掌心。识相的就赶紧放下武器投降吧，看在咱们多年为伍的情分上，我帮你说几句好话，或许还能饶你一条性命。"

叶龙盯着阿新："我对你不薄！"

阿新："得了吧！跟着你只有死路一条，出卖你我或许还能有一条活路，就这么简单。"

孙知县指着叶龙："长毛贼！死到临头了，还有什么话说？"

叶龙仰天长啸："可惜我叶龙英雄一世，到头来却栽倒在小人手里！不过想要我的命，也没那么容易。不怕死的你们就上来！"

阿新吓得往后躲。

清军也不敢上前，拿着刀愣愣地站在原地。

孙知县命令道："都给我上，抓获叶龙者，赏银二百两，卸掉一只胳膊，赏银五十两。"

官兵闻听，顿时像一群恶犬，扑向叶龙。

叶龙多处负伤，且战且退，最后走到一处悬崖旁边。

孙知县一步一步逼近叶龙："你没退路了，投降吧！这是你最后的机会！！！"

叶龙把心一横，大吼道："天王，叶龙愧对您的信任，今日我便追随您而去！"

叶龙向下纵身一跳，跌入茫茫山崖。孙知县追到悬崖边，就着火把的光亮向下看，下面黑漆漆一片，看到的全是茂密的树木。

阿新站在孙知县身后道："大人，藏宝图必在叶龙身上，我们应该尽快找到他的尸体啊。"

孙知县下令道："说的是呢！快快快，都给我下山去找，活要见人，死要见尸！"

但从夜里到清晨，清兵在山下寻了三日，始终没有找到叶龙的尸体。孙知县大为沮丧，觉得不可思议。

阿新道："兴许是野兽叼进山洞吃了，但就算是给吃了，身上的藏宝图应该还在！"

孙知县又下令，清军在附近的山洞寻找几日，仍没有发现蛛丝马迹。无奈之下，孙知县只好随便砍下阿毛的首级向朝廷邀功，说叶龙已被就地正法。由于意外消灭了太平军最后的残余势力，朝廷重重地赏了孙知县。后者也没有亏待阿新，让他留在身边做了师爷。

第二章　天涯同命鸟

黄真旗的父亲黄恺之，在新宁最繁华的街道经营着一家古玩店。

这天吃过早饭，黄恺之准备到广西收购古董。去广西这条路他每年都要走一次，轻车熟路，十天半月便可回来。

临行时，黄恺之叮嘱黄真旗："闺女，好好在家温书，爹回来可是要检查的。对了，别再和那帮江湖武夫舞刀弄枪，多抽点时间好好照顾你娘。"

说起女儿习武这件事，黄恺之谈不上坚决反对，但也并不怎么支持。他认为，姑娘家就应该多读书，学会女红，洗衣做饭，这样将来嫁到婆家才不会受气。对爹的这套东西，从小就有自己主意的黄真旗自然不买账。早在十五岁那一年，她就瞒着父亲偷偷地拜"振威武馆"的馆主陈桥峰为师学习武术了。后来父亲知道了，一度大发雷霆，还拉着她去武馆和陈桥峰断绝师徒关系。为此黄真旗有仨月没理睬父亲。最后当爹的实在没有办法，表明了自己的态度：不支持也不反对。

为哄父亲开心，黄真旗便敷衍："爹，我一定好好在家读书练字，您快点走吧，别耽误了行程，安伯伯还在外边等着呢。"

黄恺之瞪了黄真旗一眼，转脸对黄夫人说："我走了，你给我好好看着她，你可不许跟她合起伙来骗我。"

黄夫人一边上前给黄恺之理了理褂子，一边道："家里有我，你就放心吧，早去早回。"

这时有人在门外喊："黄兄，咱们该动身了。"

黄夫人突然想起什么，一边说"等等"，一边快步转身进屋，取出一样东西仔细地戴在丈夫脖子上："前几天到庙里求了个护身符，护佑你一路平安。现在兵荒马乱的，出门多加小心。"

黄恺之微笑着点头："起风了，快进屋歇着。不用担心，我很快就回。"

这时一个打趣的声音在黄恺之背后响起："老夫老妻还如此恩爱，真叫人羡慕啊。"

原来是不知道何时进了院里的安宇达。安宇达是黄恺之的好友，也是经营古玩生意的。

黄恺之回头和安宇达打招呼："女人家就是事多，让安掌柜见笑了。我们这就走吧。"

两人出门上了马车，车老板鞭子一扬，只听见嗒嗒嗒嗒马蹄飞奔，地上扬起灰尘，没多久马车就消失不见了。

吃过午饭，见母亲歇晌去了，于是黄真旗来到离家不远的"振威武馆"。

刚一进院子，就见一个汉子将钢刀舞得虎虎生风。黄真旗立在一旁，看那汉子舞完，啪啪鼓掌道："林师兄的刀法又有长进，以前是广东第一，现在是大清第一。"

姓林的汉子是"振威武馆"馆主陈桥峰的大徒弟，三十来岁，生得魁梧，面容憨厚，看上去就让人感觉踏实，有一种安全感。汉子名叫林阿招，和黄真旗青梅竹马一起长大，情同兄妹。

林阿招放下钢刀，擦了擦汗，笑着说："师父早上还念叨，说昨晚梦见喜鹊在树上喳喳叫。我就说，黄真旗今天要来，你果然来了，你敢来，说明你爹又到外地收古董去了，我猜得对不对？"

黄真旗笑嘻嘻地答："哟，林师兄改算卦了？正巧我昨晚梦见一只乌鸦在树上叫，你给算算我今天会遇到谁？"

林阿招嘴笨，论斗嘴，十个他都比不过黄真旗一个，因此看见黄真旗笑嘻嘻的样子马上求饶："行行行，我说不过你，遇到你算我倒霉，黄伯伯最近可好？"

黄真旗一边摆弄长刀，一边漫不经心地说："你猜对了，我爹又出门了。"

林阿招："听说最近洋人到处作乱，前几天武馆的一个兄弟见洋人调戏妇女，就上前与洋人理论，结果被洋人用枪给打伤了。我要去给兄弟报仇，却被师父给拦住了。也不知道师父是怎么想的，这样忍气吞声对咱们武馆来说简直是奇耻大辱。"林阿招说着说着声音拔高，满是愤慨。

黄真旗听了杏眼圆睁："还有这回事？那后来怎么样了？唉，师父也真是的，年纪越来越大，胆子却变得越来越小。"

林阿招："谁说不是？我可咽不下这口气，早晚都得找他们算账。"林阿招边说边重新举起钢刀。

黄真旗："到时算我一个！"

二人正说着话，只见一位年近七旬的器宇轩昂的老者走了过来。

黄真旗和林阿招急忙止住谈话，匆匆跑过去大声说："徒弟给师父请安了。"

来人正是黄真旗和林阿招的师父陈桥峰，他右手捋着胡须，微笑地看着黄真旗："疯丫头，你已经半个月没来武馆了，虽然你天资聪慧，学东西快，但学会的功夫每天都要勤加练习，千万可别荒废了。"

听师父的语气，似乎对自己许久未来有些不满，黄真旗连忙说："师父的话徒弟记下了，我回去每天都要勤奋练习，不给师父丢脸。"

陈桥峰点了点头说："嗯，你能有这样的态度，我就不担心了。近来洋人猖獗，你们都少出门，不要跟他们发生任何冲突。"

闻听陈桥峰此言，黄真旗感到费解，她看了林阿招一眼，似乎明白了林阿招为什么对师父不满。为了解开疑团，黄真旗问道："如果洋人欺负我们，也要打不还手、骂不还口吗？"

陈桥峰听出了黄真旗话里明显带着情绪，他并没有感到意外："洋人手里有枪，我不希望武馆的人成为洋人的枪下之鬼。"

陈桥峰说话向来斩钉截铁，似乎不给人留有商量的余地。

黄真旗说："洋人手里有枪，我们手里也有刀，为什么要怕他们？"

林阿招附和道："真旗说得对，前段时间武馆的人被洋人用枪打伤，这个仇我们早晚要报。"

陈桥峰对林阿招呵斥道："身为武馆大师兄，你的责任是安抚大家的情绪，而不是火上浇油，那件事我心里自有分寸，不用你们在这里说三道四。你们都给我记住，以后广州的洋人会越来越多，大清朝的洋人也会越来越多，我们现在能做的，就是尽量少与洋人发生正面冲突，保存实力，英雄总有用武之地，因为将来大清与洋人必有一战。"

陈桥峰的话让黄真旗似懂非懂，她也不知道该问什么，只好低头不语。陈桥峰坐在一个石凳上，看着黄真旗道："疯丫头，今天你来得正好，和阿招来一次对打，我要看看你的功夫到底有没有长进。"

黄真旗紧张地问："师父，就现在？"

陈桥峰点了点头，对林阿招说："阿招，你不用让着真旗，使出你的真本事，我就是要看看你们之间的差距到底在哪儿。"

林阿招向黄真旗抱拳道："师妹，得罪了。"

二人各自使出看家的本事，对打起来，十个回合过后，黄真旗绕到林阿招身后，劈下一掌，正打在林阿招后背上。这一掌势大力沉，林阿招被击得一个趔趄，差点趴在地上。林阿招转过身，飞起一脚，冲着黄真旗的面门踢去。两人又打了五个回合，黄真旗这次使出了猛虎拳，一拳打在林阿招的前胸，林阿招后退了几步，一屁股坐在地上。

黄真旗收起招式，过去拉起林阿招：“师兄，你没事吧？”

林阿招虽然败了，但脸上却没有丝毫的难堪，他站起来拍打着裤子上的尘土，笑着对黄真旗说：“师妹，你的武功又有精进，师兄替你高兴。”

陈桥峰见黄真旗武功精进，非常欣慰，却对阿招说：“虽然你输了，但你并没有把输赢看得太重，而是衷心地替真旗高兴。这是为师最为欣赏你的地方，习武之人，首先要有一颗仁慈宽厚的心，武馆将来交给你，为师也就放心了。”

从武馆出来，黄真旗便赶回家中。

晚上黄真旗在屋中苦练倒立。黄夫人看到女儿头冲下脚冲上的怪样，慌了神，喊道：“深夜你不睡觉，在这里癫狂，魔怔了？”

黄真旗双脚一发力，在墙上一蹬，身子一翻站在地上，拍了拍手上的土说：“我这是在练习臂力，不出三个月，我就能将武馆那个二百斤重的石锁举起来。”

黄夫人摇了摇头：“姑娘就应该有个姑娘的样子，你整天舞刀弄枪，将来连个婆家都不好找。”

黄真旗无所谓地说：“不好找正好，你以为谁稀罕嫁人呢。”

黄夫人道：“不嫁人你难道要在家里待一辈子？你就不怕别人笑话？”

黄真旗反驳道：“别人爱说什么就说什么去，我才不在乎呢，人是为自己活着，又不是为别人活着。”

黄夫人拿手指头戳了一下黄真旗的额头道：“你呀你，跟你爹一样，表面上看着温顺，其实就是一头倔驴。”

转眼黄恺之离家已经半个月了，日子也从深秋滑到了初冬。

这天晚上，黄夫人将熬好的莲子羹放到桌上，盯着窗外高悬的明月，对黄真旗说：“都十几天过去了，你爹也该回来了。今年院子里的山楂树结了很多果子，有的熟透了掉在地上，我拾了许多，熬了山楂酱，加了冰糖，你爹最爱吃我做的山楂酱。”

黄真旗偏头看着母亲，嘴角含笑道：“娘，您想我爹了？”黄夫人不好意思地说：“可能是娘年纪大了，你爹每次出门，我都牵肠挂肚的，总担心他出什么意外。”

黄真旗问：“今天是初几？”

黄夫人答：“初十。”

黄真旗掐指算了算：“您就别担心了，明天正好是十五天，我爹肯定回来，您就做一桌丰盛的饭菜，为我爹接风洗尘吧。”

黄真旗说着，却又想到一个人。

碧萝山下，一条清澈的小河缓缓流动。

河边生长的茂密的野草足有一人多高。从河边向上看，是百米高的悬崖。

从悬崖上往下跳，运气好的话就会掉进河里，然后随着缓缓而动的河流漂到下游。

那晚叶龙被清兵逼至悬崖，便纵身一跳，落入河中，所幸无性命之忧，加之叶龙水性极好，沿着河流一路向下漂移，最后游到岸边，自己救了自己一条命。

叶龙游出水面时已经筋疲力尽，他靠在岸边的一块大青石上大口喘气。

此后一个多月，叶龙野人一般地捕鱼摘果，算是没有被饿死。

经过一个多月的调养，叶龙虚弱的身体已经康复。对他来说，接下来要做的就是报仇！他要下山杀掉卖主求荣的阿新和杀害兄弟们的孙知县。至于那批宝藏，叶龙觉得当初副手说得有道理，要叫它在关键时刻派上用场，现在还不是发掘它的时候。

这一天，叶龙整理好行囊，秘密潜入新宁。

他的第一个目标是阿新。阿新自从跟了孙知县以后飞黄腾达，在新宁买了房子置了地，还沾上了赌钱的嗜好。在阿新的心里，叶龙早已经死了，从此以后没有人知道他的底细了，这是一件多么值得庆幸的事。

傍晚的时候，阿新再次来到赌场，伙计们一见是曾师爷驾到，立刻笑脸相迎：“曾爷来了，欢迎欢迎，一看您就红光满面，今日肯定手气好。”

阿新端着架子，脸上勉强挤出一丝笑容，他从怀里掏出几枚铜钱扔给伙计：“拿着，赢了钱还给。”

伙计接过钱笑得更加灿烂了：“谢谢您的赏钱，就冲曾师爷这份阔绰，您不赢钱老天爷都不答应。”

阿新坐在赌桌前，掏出一锭银子放在面前，信心满满地说：“我押大。”

其他赌徒有的押大，有的押小，赌场内喊声震天，顿时热闹起来。几把下来，阿新面前堆满了金银珠宝，伙计说得没错，阿新今天果然手气大好。阿新大笑着，像变戏法似的，从怀里掏出一个布口袋，将赢来的金银珠宝统统装进口袋。

这时一只宽大的手按住了阿新的手腕，来人用低沉的声音说：“慢着，你要命还是要钱？”

一把匕首伸到了阿新的脖子上。

阿新抬头一看，顿时吓得头上冒出了冷汗，很长时间才慢慢缓过神来："将军……你……你还活着？"

叶龙冷笑道："我属猫，有九条命，想让我死，可没那么容易。"

现场的赌徒见动了刀子，吓得四散奔逃，桌上的金银撒了一地。

叶龙淡定地说："麻烦各位，出去的时候，别忘了把门关好。"

最后离开的那名伙计非常听话，轻轻地把门关好，走时还不忘朝里面多看了两眼。偌大一个赌场，刚才还人声鼎沸，顷刻间变得只剩下两个人。

阿新哆嗦着声音说："将军，你饶我一命，今天赢的钱你全拿走。"

叶龙冷笑道："拿这些钱买十几个兄弟的性命太少了，你再添点钱，只要你给的钱到位，我就饶了你。"

阿新闻听，立刻燃起了生的希望，与此同时，他也在内心深处瞧不起叶龙——什么狗屁英雄，到头来还不是拿兄弟们的命换钱："我家里还有一百两银子，你也拿去，只要能让我活着，你要什么我都给。"

叶龙将匕首收回，阿新用衣袖使劲地擦额头冒出的冷汗，像是刚从水里捞出来一般。

叶龙故意装作着急的样子："那也行，咱们现在就去你家拿银子，不过你给我记着，如果你敢报官或者乱喊，我的刀可不长眼睛。"

阿新急忙说："给我一万个胆子我也不敢啊。但叶将军也要答应我，拿到钱后就放了我。"

叶龙爽快地答道："那是一定的。"

二人离开赌场，一左一右步行来到阿新家中。

阿新从柜中取出一张银票递给叶龙："这是一百两银票。"

叶龙将银票揣入怀中，又将那袋子金银珠宝放在炕桌上。

叶龙问："有酒吗？咱们喝几杯，顺便叙叙旧。"

阿新感到莫名其妙，但又不敢说什么，只好拿来一壶酒和两个酒杯。

叶龙举起酒杯对阿新说："来，干了这杯酒，也算咱们兄弟没有白认识一场。"

阿新慌张地举起酒杯一饮而尽。叶龙又举起一杯酒说："来，为死去的兄弟们干一杯。"

阿新又喝下一杯。

叶龙再次举杯道："这杯酒，你一定要喝，喝完我再告诉你这杯酒的说法。"

阿新虽然心存疑虑，但还是喝完。

三杯酒下肚，不胜酒力的阿新感到头有些晕，脸和脖子现出了大片的红晕。

叶龙脸色一变道：“阿新，就算我今天饶了你，死去的那些兄弟也不会答应，所以你今天必须死。”

阿新吓得体如筛糠：“别、别、别、别这样啊……”

叶龙指着桌上的金银珠宝说：“这些钱就算你给那些被你害死的兄弟的补偿，我会把这些钱送给他们的家属，这也算你临死前做了一件好事。”

阿新哭丧着脸央求叶龙：“将军，大丈夫一言九鼎，你说话可要算话呀。”

叶龙抓住阿新的脖领子，歇斯底里地喊：“对付君子有君子的办法，对付你这样卑鄙无耻的小人，就得用小人的办法，别废话了，我这就送你上路。”

阿新发出“啊”的一声惨叫，血飞溅到了白色的墙上，像一个个鸟的脚印。

阿新指着叶龙鼓足最后一口气说：“叶龙，你言而无信，将来必定不得好死。”

还没等叶龙反唇相讥，阿新便扑通一声倒地而亡，眼睛瞪着不肯闭上。

叶龙蹲在地上，用手轻轻地为阿新合上眼睛，说道：“阿新，你伤天害理，死有余辜，又何必在临死之前诅咒我。”

叶龙用阿新的衣服擦干净匕首上的血迹，把匕首重新插进刀鞘。

虽然杀了阿新，为死去的兄弟们报了仇，但依然难解心头之恨。叶龙临走的时候点了一把火，把阿新的房子和人一把火烧了。在熊熊的火光映照之下，叶龙的表情狰狞，他下一个要干掉的是孙知县。

叶龙觉得，只有杀掉所有的仇人，那些死去的兄弟才会瞑目，自己的良心才能安宁。

一入冬，就下起了冰雨。

院子里的石榴树叶子已经掉光，枯黄的石榴有的还高挂枝头，在凄风冷雨中摇荡。

黄夫人心烦意乱，去安宇达府上询问，得知安宇达也没回来，焦急却又无可奈何，只能掰着指头数日子。一晃又过去半个月，丈夫还是杳无音信。

这一天，黄夫人满腹忧愁地到妈祖庙烧香，跪在蒲团上，口中默念：“求大慈大悲的妈祖娘娘保佑我丈夫平安无事。”

谁知刚从妈祖庙回到家，还没落座就见安宇达慌慌张张地从外边进来。

黄夫人立刻迎上去：“安先生你们可算回来了，这次怎么出去这么长时间？”

安宇达见了黄夫人，立刻顿步，不言不语，脸色阴沉，像是遇到了什么过不去的坎儿。

黄夫人觉得蹊跷，急忙问："黄恺之呢，你们没有一起回来吗？他在哪里？"

风尘仆仆的安宇达看向黄夫人，欲言又止，在黄夫人的心越来越沉时，终于哭丧着脸开口："安宇达愧对嫂夫人，没有照顾好黄恺之兄。黄恺之兄，他……他遇难了！"

黄夫人如遭晴天霹雳，将信将疑地看着安宇达，见他只低头抽泣，再没其他的话，不由得脸色一白，立刻拔步冲向门外。大门处停着的那辆马车，正是去时的那一辆。黄夫人哆嗦着手，颤颤巍巍地掀开门帘子，猝然入目的，正是丈夫的尸体："黄恺之，你醒醒，你快醒醒，你别吓我啊，你这是怎么了？"

黄夫人猛地扑到丈夫身上，摇晃着丈夫的身体，哇地哭出声来。

闻声从屋里追出来的黄真旗三两下跑到马车旁，一边去扶母亲，一边看向马车里躺着的人。见到父亲紧闭的双眼、死灰的脸，轰的一声，黄真旗心中什么东西陡然塌了。眼泪无声狂涌，耳畔传来母亲声嘶力竭的哭喊声，蒙眬中，她拥住母亲，两个人哭成一团。

良久，黄真旗听到有人嘶哑着嗓子劝："真旗，快扶你娘进屋去，我看你娘要熬不住了。"黄真旗抬手拭去泪水，见是满脸憔悴与愧疚的安宇达正在对自己说话。黄真旗赶紧将母亲扶到屋里，又吩咐车老板将马车赶进院子里。

安置好父亲后，黄真旗拖着沉重的双腿来到安宇达面前，哑着嗓子问："安伯伯，我爹他，到底怎么回事？"

安宇达两眼通红，神情沮丧，连吸了好几口气，才缓缓地说："唉，嫂夫人、侄女啊，都怪我没用，没有保护好黄恺之兄……要不是那帮黑心的洋鬼子，黄恺之兄也不至于横尸街头。这趟到广西，黄恺之兄运气好，收了一幅《天王送子图》真迹，谁知就是这幅画惹来杀身之祸。"

黄真旗问："到底是谁杀害了我爹，安伯伯，你倒是快说呀。"

安宇达说："真旗你不要着急，听我慢慢说。回来的路上不巧遇到一队洋鬼子，他们见我们身上背着包裹，就过来抢。为首的军官非常喜欢那幅画，想据为己有……黄恺之兄的性格你们也知道，他是个读书人，喜欢讲道理，就上前与洋人理论。洋人可不管这些，一个大兵举起枪让他走开，黄恺之兄不听，还是往前冲，结果被一枪打死了……"

黄真旗焦急地问："我爹临死前留下什么话没有？"

安宇达说："孩子，洋枪火力凶猛，别说是人，就是一头牛，一枪下去也会当场毙命。何况黄恺之兄身中数枪，没来得及留下什么话，就走了。”

说罢，安宇达大声痛哭。

黄真旗见状，急忙扶起安宇达。

黄真旗想起前几日林阿招所说，洋人打伤了武馆的兄弟，现在又杀害了自己的父亲，这个仇一定要报。

安宇达发出一声叹息：“唉，真是祸从天降！早知道是这样的结果，我们当初就不应该去广西，黄恺之兄也不应该收那幅画。黄恺之兄，我对不起你呀。”

黄真旗猛地拍桌而起：“杀害我爹的洋人现在何处？我这就去宰了那黄毛贼！”

安宇达连忙阻止：“万万不可，真旗你不能冲动，洋人手里的枪可不长眼睛。你去了不但报不了仇，还会搭上一条命，留下你娘一个人，下半辈子可怎么活。”

失去理智的黄真旗根本听不进去安宇达的话：“我明白安伯伯这是为我着想，但是我爹不能白死，难道就这么放过杀父仇人？”

安宇达拦住黄真旗，语重心长道：“杀父之仇当然要报，但是洋人手里有枪，就连衙门都不敢招惹他们。俗话说，君子报仇十年不晚，咱们现在最要紧的是料理黄恺之兄的后事，让他体体面面地去，然后再商议报仇的事。”

黄真旗听罢，想起父亲清白死灰的脸，悲从中来，泪盈于睫。半晌，才用哭腔问：“连衙门都怕洋人，那……安伯伯，难道我爹就白白死了吗？”

安宇达深吸了口气，轻拍着黄真旗的肩膀，软声安慰道：“杀人偿命欠债还钱，这件事当然没有完，但是我们千万不能冲动，一切还要从长计议。嫂夫人、真旗，你们娘俩要是信得过我的话，黄恺之兄的后事就由我负责，你们孤儿寡母的，好些事多有不便。”

黄真旗听到“孤儿寡母”这四个字时，一股酸涩陡然涌上心头，泪水又无声滚落：好端端的一个家，瞬间就变得残缺不全了。

第三章　聪明糊涂心

天上的星月都闪耀着冰冷的光，石榴树光秃秃的树干上挂着几个白色的灯笼，让本来漆黑的院子有了一些光亮。

院子正中搭起一个大大的帐篷，里面停放着一具黑漆漆的棺材。

身体虚弱的黄夫人呆呆地坐在棺材旁边的椅子上沉默无语，她的眼泪已经哭干，剩下的只有心底的悲哀。黄真旗披麻戴孝，正跪在地上点燃一张一张纸钱，放到面前的铜盆里。

黄真旗默默地说："爹，您放心去吧，家里有我，我一定会照顾好我娘。您的仇女儿一定会报，您在九泉之下瞑目吧。"

一阵冷风吹来，供桌前的烛火闪烁不定，像是要熄灭一般。

黄真旗急忙用手挡住风，才使那盏烛火没有被吹灭，黄真旗感觉浑身发冷，她来到黄夫人面前："娘，起风了，您先回屋休息吧。"

黄夫人摇了摇头。

黄真旗握着黄夫人的手，像哄孩子似的轻声说道："娘，听话，快回屋休息，这里有我守着就行。"

黄夫人看着连日来忙前忙后的女儿，心疼地说："你也早点休息，别把身体累坏了，还有很多事需要你来做。"

黄真旗从疲惫的脸上挤出一丝笑容："我年轻，就算是几天几夜不睡觉也没事，我得守着我爹，我还有好多话要跟他说呢。"

黄夫人轻轻地抚摸着黄真旗的头发说："真旗，你长大了。"

黄夫人的话像一根针，将黄真旗的心刺了一下，那是一种说不出感觉的疼。

黄真旗扑到黄夫人怀里，呜呜地哭了起来："娘，我心里憋屈，我爹的仇一天不报，我的心里就一天得不到安宁。"

黄夫人拍着黄真旗的肩膀安慰道："娘知道你心里的苦，有些事要顺其自然，不能强求。报仇总要先找到仇人，不过，无论发生什么事，娘都希望你能快快乐乐地活着，这也是你爹的意思。"

黄真旗将黄夫人送回卧室，关好房门，重新回到客厅。

这时安宇达推门进来，手里提着一个竹篮。竹篮分为上下两层，上层装的是两份菜，一份清炒菜心，一份盐焗鸡。下层装的是两碗米饭和两双筷子。

安宇达将饭菜摆好，招呼黄真旗说："这几天把你累坏了吧，刚在聚贤楼订的，赶紧趁热吃吧。"

黄真旗说："谢谢安伯伯，这么晚了还麻烦您过来一趟，真旗心里颇为不安。"

安宇达说："一家人不说两家话，这点小事算不了什么。对了，有一件事要告诉你。你爹的墓地已经找好了，在碧萝山脚下，风水极佳。你爹生前就喜欢到那里游玩，这下倒是遂了他的心愿。"

黄真旗感谢道："还是安伯伯想得周全，真旗代表娘谢谢您了。"

二人正说着话，只听见院门响了，黄真旗急忙走了出去。来的是振威武馆的馆主陈桥峰和徒弟林阿招，黄真旗见师父到了，快步迎了上去。

话刚出口，黄真旗的眼泪便夺眶而出："师父，您来了。"

陈桥峰抱住黄真旗，轻声说道："你爹的事师父都知道了，放心，师父一定替你做主。"

黄真旗听到这句话哭得更加伤心了，但她很快恢复了平静，擦干了眼泪说："外面冷，师父、师兄，你们快请进屋，屋里暖和。"

新宁本不大，但凡是有头有脸的人物，安宇达都认识，所以见陈桥峰来了，急忙起身迎接："陈老爷子，您快请坐。"

陈桥峰也认识安宇达，抱拳道："安掌柜费心了。"

陈桥峰和林阿招坐定之后，黄真旗端来两杯热茶放在桌上。陈桥峰端起茶碗，吹了吹杯中漂浮的茶叶，轻轻地喝了一小口，不慌不忙地说："听说黄恺之遇害当日，安掌柜一直都在现场，能否跟我描述一下现场的情况？"

安宇达闻听，端起一碗茶喝了一口，然后低头不语。

陈桥峰诧异地问："安掌柜为何不发一言？"

安宇达叹气道："悲痛之事本不想再提，既然陈老爷子问起，那我就长话短说。因为一幅画，黄恺之兄和洋人发生了争吵，洋人开枪打死了黄恺之，然后扬长而去。经过就是这样。"

陈桥峰问："安掌柜可知，那几个洋人为首的叫什么名字，他们现在何处？"

安宇达说："现场一片混乱，我光顾着劝阻黄恺之兄，也不知道为首的叫什么名字，洋人的相貌都差不多，实在是想不起来了。"

陈桥峰又问："那安掌柜总该记得，当日事发的时间和地点吧？"

安宇达抬头看着陈桥峰，见他虽然年近古稀，却是双目如电，脸上露出一种不怒自威的表情。

安宇达镇定地说："当然记得，我和黄恺之兄是在返回新宁途中的一片树林中遇到洋人的，当时是傍晚，天都快黑了。"

陈桥峰说："安掌柜，人命关天，所以我便问得详细些，还请安掌柜不要嫌弃我这个老头子啰唆。"

安宇达说："陈老爷子多心了，我不会介意。"

陈桥峰手捋胡须又问："安掌柜刚才说那天暮色降临，洋人看到了黄恺之的那幅画，心生歹意，抢走了画还杀了人，是这样吗？"

安宇达毫不犹豫地回答："正是如此。"

安宇达提起竹篮，起身告辞："时间不早了，我家中还有事，先走一步，陈老爷子，告辞了。"

陈桥峰起身抱拳："安掌柜没少为黄恺之家的事操心，陈某在这替他们全家谢谢你。"

安宇达客气道："陈老爷子言重了，都是我应该做的。"

目送安宇达离开黄家，陈桥峰重新坐回椅子上。

林阿招见陈桥峰面色凝重，似乎有难言之隐："师父，恕弟子多言，您刚才的话说多了，连我都听出来了，您似乎对安掌柜有所怀疑。"

陈桥峰看着黄真旗。

林阿招看看陈桥峰，又看看黄真旗，急得直跺脚："师父，您倒是说话呀。"陈桥峰仍然不理会林阿招，而是问黄真旗："真旗，你觉得师父刚才说的话有问题吗？"

黄真旗摇了摇头说："弟子愚钝，还请师父明示。"

陈桥峰背着手，在大厅内来回地踱步，忽然，陈桥峰转过身体问："你们二人谁的目力更好？"

黄真旗和林阿招面面相觑，林阿招大声说："我的目力好。"

陈桥峰对黄真旗说："你去找黄先生收藏的一张画来，什么画都行。"

黄真旗看着陈桥峰，并未移步，她似乎没有明白陈桥峰的意思。

陈桥峰说："让你拿就快去拿，还愣着干什么。"黄真旗急忙跑进父亲的书房，从抽屉里拿来一幅卷着的画递给陈桥峰。

陈桥峰站在一盏烛火旁边，将那幅画展开，双手举着。然后说："阿招，你现在到门外去，然后告诉我，画上的图案是什么。”

林阿招站在门外，距离陈桥峰十米左右，瞪着眼睛，使劲地盯着那幅画看，还是没有看清画上的图案。陈桥峰又让黄真旗看，黄真旗也看不清。陈桥峰合上画，面色比刚才更加凝重了。

林阿招感到莫名其妙：“师父，您到底想要我们看什么呀？”

陈桥峰笑道：“这幅画画的是水墨山水，有山、有水、有花草、有鱼鸟，连你都看不清楚，洋人怎么可能看得清黄恺之那幅画上面的内容呢？洋人怎么就确定那幅画是《天王送子图》？”

黄真旗：“安伯伯说事发当日是在傍晚的树林，一无太阳，二无烛光，画又在包袱里包着，洋人根本不可能发现。再者说，出门在外的，谁还能随身带着蜡烛——师父的意思是安掌柜在撒谎？”

陈桥峰：“按说我们不应该对安掌柜产生怀疑，毕竟他和黄恺之是多年好友，黄恺之出事后，他的所作所为都让人感动。但是他刚才回答我的那番话，无法让人信服。你们都认真地想一想，他为什么要撒谎？”

黄真旗无法接受这个事实，她不相信安掌柜与父亲的死有关：“这不可能，安伯伯与父亲情同手足，他绝对不可能杀害我父亲。也许是他这些天太疲累了，记错了当天的时辰。”

林阿招埋怨道：“真旗，反正事发当日只有他和洋人在场，洋人跑了，那他说什么就是什么。要我说，咱们应该把安掌柜抓起来，问问他到底怎么回事。”

黄真旗说：“事情还没水落石出之前，我们万万不能伤害安伯伯。这件事目前也仅仅是猜测，谁也不知道当天到底发生了什么。”

陈桥峰说：“先不要打草惊蛇，尤其是你林阿招，不要贸然行事！这件事为师自有分寸。听见没有？”

林阿招急忙回答：“弟子知道了。”

听了陈桥峰和林阿招的分析，黄真旗心里还是有些难以置信，她宁愿相信那都是师父和师兄毫无根据的猜测，安伯伯怎么可能杀害自己的父亲呢？一定是搞错了。但与此同时，她又解释不通安宇达撒谎这件事。黄真旗皱着眉，仍然在苦苦地思索着。

陈桥峰安抚黄真旗：“疯丫头，但愿师父是在捕风捉影，安掌柜的言不由衷，也许确实是因为记错了。你也不必胡思乱想，明天见了安掌柜还像从前一样，就当什么都没有发生过。这几天师父会派武馆的弟子秘密调查这件事，你就安心料理你爹的后事吧。”

黄真旗若有所思，点点头，再没有说话。

外面忽然刮起了一阵风，吹开了房门，安宇达起身过去关门。刚坐下，窗户又被吹开，安宇达神经质地冲着窗外喊：“谁？”

窗外无人应答。安宇达过去关好窗户后，重新走到门前，检查了一下门闩是否插好，确认之后，才重新坐回书桌。

安夫人担忧地说：“自打你从广西回来后，就像变了个人似的，整日里疑神疑鬼，跟谁要害你似的。”

安夫人慈眉善目，是一个老实巴交的家庭妇女，她一心只管家中杂务，对丈夫生意上的事从不过问。见安宇达不说话，安夫人又说：“这次你和黄恺之一起去广西，你平安归来，黄恺之却被洋人谋财害命。一想起剩下的那孤儿寡母，我的心里就不是滋味，人这一辈子，活着真是不容易。我打算明天去看看她们母女，你说带点什么东西好呢？”

安宇达冷冰冰地说：“这就是命，人这一辈子，好事坏事都得摊上，想想我倒霉的那几年，惨得连一顿饱饭都吃不上，又有谁帮过我。该帮的我也帮了，该尽的义务我也都尽到了。明天你不必去了，咱不欠她们的。”

安宇达的这番话，让安夫人大吃一惊，她瞪着眼睛看着丈夫：“宇达，你刚才说什么？黄恺之可是你多年的朋友，我没想到你今天能说出这样的话，难道你们之间发生了什么矛盾吗？你可别忘了，当初要不是黄恺之借给你五百两银子开了这家古玩店，你不可能有今天。做人可不能忘恩负义呀。”

安宇达意识到刚才的话有些过分，急忙辩解道：“这几天帮着张罗黄恺之的后事，也耽误了我不少生意，但我也没说什么，为老朋友做点事也是应该的，我毫无怨言。”

安夫人见丈夫往后退了一步，自己也后退了一步：“你能这么想就好，也许是我想多了，我就是觉得，黄恺之出事以后，你变了，变得和以前不一样了，至于哪里不一样，我也说不好。”

安宇达将安夫人搂在怀里，满是歉意地说：“刚才不该那样大声对你说话，我还是原来的安宇达，并没有变。对了，有件事我想和你商量，我这次路过广州，看上一家店铺，租金非常便宜，我想在那里再开一家店。等租下店铺之后，咱们全家就搬过去住，换个环境，咱们的生意会越来越红火。”

安夫人说：“我们在新宁住得好好的，为什么要搬家呀？”

安宇达说：“新宁毕竟太小，广州多大呀，有钱人也多，只有到人多的地方，古玩店才能赚钱。再过七八天我就带着钱租下那间店铺，这几天你也提前收拾家里的东西，到时候我们雇三辆马车就差不多了。”

作为本地有名的乡绅，黄恺之平素人缘很好，加上有安宇达竭力操持，丧事办得颇为顺利。

出殡当日，黄真旗披麻戴孝，伏棺号啕。

林阿招扶起黄真旗。黄真旗一边向前走，一边向空中扔纸钱，纸钱像鹅毛大雪一样，落在地上久久不肯融化。

送别黄恺之后，林阿招领着武馆的一帮兄弟要去找洋人给黄恺之报仇。

林阿招站在院子中间对众兄弟说：“黄真旗是振威武馆的人，她的事就是我们大家的事，现在我们就去找洋人，给黄伯伯报仇雪恨。”

黄真旗想起师父陈桥峰昨天说的话，连忙劝阻道：“师兄你可别忘了，师父那天是怎么说的，你千万不要意气用事。”

林阿招性格憨直，平时也非常听话，但倔强的脾气一上来，九头牛也拉不回：“就算师父知道了，我也不怕，大不了他抽我五十鞭。你不要再劝了，这件事我一定要管到底。”

黄真旗说：“师兄，我不能眼睁睁地看你去送死，你如果要去，就先杀了我。”

林阿招叹气道：“真旗，我实在咽不下这口气呀。你知道我心里有多么难受吗？”

林阿招的嗓门大，闹出的动静也大，被刚进门的安宇达看了个满眼。安宇达阴着脸，瞪着林阿招，强压着怒火说：“你呀你，这点火就着的脾气，什么时候能改一改。就凭你和这些兄弟，在洋人面前不过是多打几发子弹的事儿，听我的话，你们都回去吧。”

安宇达又转头安抚武馆的兄弟：“不是我说你们，一群草莽，凡事光凭一腔热血能有什么用？洋人有枪你们不知道吗？连衙门的人都不敢惹他们，你们光凭几个拳头能动得了他们？现在去了也是白白送死，报仇的事不能着急。”

“那什么时候才是好时机？难道就一直这样等下去吗？”林阿招想起师父陈桥峰那天晚上的话，立刻怒从心头起，他大声的反问让安宇达一时哑了声。

安宇达迟疑了一下，扫了下林阿招身后群情激愤的兄弟们，嘴唇动了动，什么也没说。安宇达转头看向黄真旗，意思是要黄真旗来劝住他们。

黄真旗想起这段时间安宇达不时流露出的对洋人的仇恨和暗地里的唉声叹

气，想起他几次与自己诉说时的惆怅不甘。“连衙门的人都不敢惹”，这句话让黄真旗心下酸涩。她低头挥袖拭去如泉涌般的热泪，重又抬头，朝林阿招及一众兄弟抱拳道：“师兄，各位兄弟，真旗在此多谢各位的义胆相助……真的……很感激！只是，安伯伯说得对，洋人有枪，我们这样冲上去，只怕是白送死……各位兄弟都有家人，真旗报仇的事就无须大家操心了。”

林阿招：“真旗，你这话是什么意思？你难道不认我这个师兄了吗？你把我和一众兄弟当成什么人了？你还是不是振威武馆的人？”

黄真旗闪着泪花：“真旗在此先谢过各位兄弟，只是此事还是再等等吧。待时机成熟后，真旗一定请各位兄弟帮忙。”

事已至此，林阿招与身后的弟兄一商量，只好生生地咽下了这口恶气，回到了武馆。

安宇达上前：“真旗，还是你明白事理，就这些莽汉，指不定会闹出什么乱子呢。”

黄真旗没有接安宇达的话，惨然一笑，便回屋去了。

料理完丈夫的丧事，黄夫人大病一场。黄真旗每天在家细心照料母亲。

黄恺之去世后，家中再无懂古玩的人，留下的那间店铺也无法正常经营下去。黄真旗与母亲商议，与其闲置，倒不如盘给懂行之人。

黄夫人说：“安掌柜与你父亲交好，又是古玩行的老手，他倒是一个最合适的人选，但不知道他愿不愿意接手。”

黄真旗也觉得安宇达合适，便附和道：“盘出铺面，只是为了找一个行里人接手，也算对得住我爹留下的那些宝贝。至于价钱嘛，安伯伯看着给，咱不还价就是了。”

黄夫人点了点头：“那你明天问问安掌柜，看看他怎么说。”

黄真旗说：“安伯伯是咱家的贵人，加上和我爹的关系，肯定不会有什么问题，您就放心吧。”

转天上午，黄真旗梳妆打扮后便到店里找安宇达。

安宇达的店铺与黄家的店铺在同一条街上，安家在街头，黄家在街尾，中间隔着卖花鸟鱼虫的铺面。一大早安宇达便来到店里，此时正拿着鸡毛掸子掸青花瓷鱼缸上面的灰尘，掸完之后，安宇达把鸡毛掸子挂在墙上。端起一把紫砂壶，对着嘴吸溜一口水温正好的铁观音。桌上的香炉里点着檀香，轻柔的香味弥散在空气中，闻上去有一种超凡脱俗的感觉。

店里的小伙计抱着一个木头箱子从外面进来，安宇达侧过身子，给伙计让出一条路。伙计把木头箱子放在桌上，擦了擦头上的汗说：“掌柜的，这只佛头可够沉的，可累死我了。你收点什么不好，偏偏要收这些石头。”

安宇达打开箱子，双手轻轻地举起一只释迦牟尼佛的佛头，仔细地看着上面的纹路，撇着嘴教训小伙计：“你懂什么，这可是一个朋友从暹罗特地帮我收的佛头，你看看这尊佛的相貌，是不是比咱们这边的秀气？还有这身形和四肢，都要比汉传佛教的佛像纤细，这就是南传佛教造像的特点。”

安宇达见小伙计不说话，露出得意的笑容：“现在和你说这些，你也听不懂，古玩行里的水可深，你跟着我就好好学吧。”小伙计吐了吐舌头“嗯”了一声，便再也没有说话。

黄真旗站在街上，透过窗户，望见安宇达在看那尊佛头。

黄真旗推门进去：“安伯伯，您忙着呢？”

安宇达见是黄真旗，脸上露出笑容，让小伙计把佛头搬了下去：“真旗呀，今天怎么有空到我的店里来？”

黄真旗打量着这间不算大却布置得非常别致的小店，嘴里不禁啧啧地称赞：“安伯伯，一到您的店里，就感觉到一种说不出的舒服。再看到您收藏的这些物件儿，件件都不同凡响，一看就不是俗品。”

黄真旗的话真是说到安宇达的心里去了，安宇达脸上笑开了花，嘴上谦虚道：“哪里哪里，比起你爹的藏品，我这都只能算是下里巴人的玩意儿。”

黄真旗说：“如果安伯伯喜欢我爹的那些藏品，那就都收走得了，俗话说，宝剑赠英雄，好东西自然要遇到好买家才算是有了好的归宿，包括我家的店铺，如果安伯伯感兴趣的话，也一并收走吧。”

安宇达闻听大喜，将信将疑地问：“你说的可是真的？那可是你爹一辈子的心血，我可不敢夺人之美。”

黄真旗说：“实不相瞒，这是我娘跟我的意思，价钱嘛，安伯伯看着给就是了，我们绝不还价。”

安宇达心中欢喜，嘴上却半推半就：“我这辈子虽然喜欢古玩，但也不能趁火打劫，这会让同行们笑话，我今后在古玩行还怎么混呢。”

黄真旗笑道：“安伯伯想多了，您这是在帮我们的忙，我们感谢还来不及呢。那咱们就说定了，哪天您抽时间过去盘点一下，我们也好提前做准备。”

安宇达见黄真旗不像是在开玩笑：“那我就恭敬不如从命了，价钱方面你大可放心，我会出一个让你们满意的价钱，咱们毕竟是老熟人，我不会压价的。”

临走的时候，安宇达到后屋拿出一包阿胶："这是朋友送我的阿胶，拿回去给你娘滋补身体，你也回去劝劝你娘，让她节哀顺变，黄恺之兄虽然走了，但日子还得过下去，凡事都要想开点。"

黄真旗收下阿胶："那我替我娘谢谢安伯伯了，我娘还在家等着我，那我先告辞了。"

离开安宇达的古玩店后，黄真旗在街上闲逛，忽然她看到不远处有一个似曾相识的身影，从背影看，像是不久前认识的叶龙。黄真旗有些不太确定，揉了揉眼睛再看，只见那人已拐进一个胡同。黄真旗追了过去，想一探究竟，等拐进胡同，却找不到那人的踪影。黄真旗站在原地发愣，心想：难道是我眼花了吗？那明明是叶龙，为何转眼便不见了踪影？

转天天气晴好，黄真旗搀扶着黄夫人在院子里晒太阳。黄夫人怔怔坐了半晌，突然说想吃虾饺。黄真旗大喜，这说明母亲有了食欲，对身体康复大有好处。黄真旗立刻到集市上去买，听得身后有人喊，回头一看，是林阿招。

林阿招向黄真旗招手道："真旗，你怎么在这里？"

黄真旗答："我娘念叨着想吃虾饺，我就到街上来买。"

林阿招左右看看，小声说道："咱们找个地方小坐，我正好有些事情要告诉你。"

两人去了往日常去的聚贤楼，刚坐定，林阿招就说："这些日子，师父让我打听下那些洋人的动静。他们人并不多，但人人有枪，很少单独行动。我们要想报仇，确实不太容易。"

黄真旗看着林阿招脸上露出的歉疚，眼眶突地红了："我知道了，谢谢师兄。"

林阿招摆摆手："客气什么，只可恨我没什么本事，我空有一身武艺，但无法替黄伯伯报仇，唉，我真是没用，不配当你的师兄。"

黄真旗安慰道："师兄没必要自责，我知道你已经尽力了。"

林阿招："你放心，这个仇咱们早晚要报。"

黄真旗垂头不语，忽然破涕为笑："我们不提这些不开心的事了，来，喝酒。"

黄真旗与林阿招碰杯："我从小就渴望有一个哥哥或者弟弟，但我娘最终也没生一个出来。从今以后，你就是我的哥哥，妹妹敬你一杯。"

林阿招的脸上现出一丝不易觉察的失望。他端起酒杯一饮而尽。接着林阿招又喝了几杯，脸上现出红晕，人有些微醉。

林阿招借着酒劲，忽然握住黄真旗的手说："真旗，难道……难道，我们只能做兄妹……"

黄真旗慌忙抽回手："师兄，你一定喝多了……"

林阿招有些尴尬，端起酒杯又喝了一杯，苦笑道："真旗，我明白你的意思了，我刚才说的都是醉话，你不必当真。"

黄真旗似是而非地说："父亲大仇未报，我心里烦乱，没有心情考虑其他的事，还请师兄多多理解。"

为照顾林阿招的面子，黄真旗并没有直接拒绝，而是找了一个解释得通的借口。

林阿招并不傻，当然听出了黄真旗话里的意思："对，替黄伯伯报仇才是第一位的。"

两人的座位位于聚贤楼正厅右手靠里，这时楼上传来咚咚咚咚的脚步声，紧接着就听见二楼雅间有人下来，边走边低声说着什么。一人声带喜意："这张《天王送子图》可是宝贝，洋大人很喜欢。"

另一人也言含笑意："记得大人答应过我，事成之后在衙门里为犬子谋个差事。"

先前那人说："好说，好说，小事一桩。"

二人的对话透过屏风隐约传来，让耳聪目明的黄真旗听了个正着。

黄真旗觉得有一个声音很是耳熟，又听到他们说起吴道子的《天王送子图》，突然想起安宇达提到父亲遇害就是为了这幅画。黄真旗悄悄探头看，惊出一身冷汗。只见两人一前一后，前边的人身材魁梧、声音洪亮、神态高傲，观其言谈举止像是有一定身份之人，此人眼生。后边那人面色白净，身形微胖，穿深蓝色马褂儿，对前边那人亦步亦趋，神色间满是讨好，却是安宇达。

林阿招满脸疑惑，小声说："这不是安掌柜吗，他怎么会说那些话？"

林阿招与黄真旗对视一眼，两人想到了一处，久久未出声。尤其是黄真旗，呼吸明显加重，下嘴唇都被咬出几个深深的印。

等两人走远后，黄真旗找来伙计问："刚离开的二位客人是谁？看着像有身份的人。"

伙计得意地说："前面那位是知县孙大人，后面那位是'雅宝轩'的安掌柜。"

林阿招掏出一串铜钱递给伙计："你都听到他们说了什么？"

伙计看了看铜钱，犹豫了一下却没接。

黄真旗随即展颜一笑，上前也递上一串铜钱：“小二哥好有福气，居然能接待到知县大人，让我们也沾沾你的福气呗。”

伙计看着眼前的两串铜钱，想了想，二人也没说什么私密事，就说道：“其实也没什么，我正要推门送菜，就听孙知县数次提起一位叫詹姆斯的洋人，说詹姆斯喜爱古玩字画。安掌柜则说他已经搞到一幅什么画。”

黄真旗问：“孙大人怎么说的？”

伙计说：“菜上齐后他们就让我退下，所以后面说什么，我就不知道了。”

伙计走后，林阿招压低声音道：“师父果然没有猜错，黄伯伯的遇难肯定与安掌柜有关系。走，咱们马上到孙府打探一下，看能不能找到什么线索。”

黄真旗拉住师兄，望向远处：“还是晚上妥当。”

第四章　斗酒相见欢

那日黄真旗在街头看到的熟悉身影正是叶龙。

叶龙已潜入新宁多日，每天都在寻找孙知县的私宅。经过数日的暗访，终于在郊外找到了孙知县的私宅。孙知县在外养了小妾，每隔三五日便偷偷赶来与小妾幽会，叶龙大喜，郊外地广人稀，正是报仇的好场所。

叶龙趁着夜色潜入孙知县的私宅，见屋内烛火闪烁，叶龙确定孙知县就在屋内，便不慌不忙地蹲在窗下偷听里面的谈话。

孙知县淫笑道："我的小宝贝，你可想死我了，来，快让我亲热亲热。"

小妾发出娇羞的嘤嘤的笑声："老爷整日公务繁忙，三五日也不来看我一回，心里根本就没我。"

孙知县搂住小妾，抚摸着她粉红的脸蛋说："小红啊，你可冤枉我了，最近我家那母老虎好像听到了什么风声，整日看得紧，所以我就没敢来找你。今天她娘家哥哥病了，她说去探望，少则三五日，多则半个月。她一走我就来找你，你这个小没良心的，还说我心里没有你，你看我怎么收拾你。"

孙知县宽衣解带，急不可耐地扑了上去。

叶龙觉得时机到了，便踹门而入。小红吓得发出一声尖叫，急忙抓起被子盖住身体。叶龙轻轻地关好门，拉了一把椅子坐下，笑嘻嘻地看着二人不说话。

小红看着孙知县，怯生生地问："老爷，他是谁？"

惊魂未定的孙知县借着烛光打量着叶龙。

叶龙冷笑："才过了几天，孙知县就忘了我是谁吗？"

孙知县揉了揉眼睛，这才认出来，吓得缩成一团，浑身直哆嗦："你、你不是，掉下山崖，摔死了吗？你到底，是人，还是鬼？"

叶龙微微一笑，并未搭话。

屋里影影绰绰，风将烛火的火苗吹得晃来晃去，显得屋内更加阴森恐怖。

孙知县强忍着恐惧，磕着牙道："叶将军，我知道你，还活着，我、我、我知道，你是来求财的，只要你放过我，你要多少钱我都答应你。"

孙知县瞬间额头冒汗，这大晚上能冒汗，也不知是吓的还是冻的。

叶龙悠悠地说："老子要钱。"

孙知县闻听，心里一块石头落了地，连声道："好说，好说，要多少银子我给你就是。"

哪知叶龙又淡淡地补充一句："也要命。"

孙知县一下子趴在地上不停地磕头："好汉饶命，好汉饶命。"

叶龙想到被杀的兄弟，心中怒气上涌，把匕首放在桌上，发出砰的一声，吓得孙知县又是一哆嗦。

叶龙给自己斟了一杯酒，语气飘飘："你杀了我十几名兄弟，害得我也差点丧命，这笔账咱们也该算一算了吧。说吧，你打算怎么个死法？"

孙知县脑子轰地响了一下："我也是身不由己啊，上面有令，抓到太平天国的人立即斩首。我拿着朝廷的俸禄，就应该为朝廷办事，说起来不过是执行上面的命令。你的兄弟们已经死了，但我可以给他们一笔钱，让他们的家人下半辈子衣食无忧，你看这样解决可以吗？"

叶龙从桌上的果盘里拿起一个苹果，用匕首认真地削着皮，不一会儿便将苹果削好，递给孙知县道："来，吃个苹果。"

孙知县不明白叶龙是什么意思，愣在原地不动。

叶龙说："苹果寓意平安，你咬一口，今天就能平安度过。"

孙知县断定叶龙不会轻易放过自己，但此时也没有别的办法，只好接过苹果咬了一口。

叶龙笑着问："甜不甜？"

孙知县忽然把心一横，把苹果扔在地上，破釜沉舟地吼道："叶龙，你到底想怎么样？"

叶龙将那杯斟满的酒缓缓洒在地上，静默半晌，撕下一只鸡大腿若无其事地大口吃着。

孙知县在做最后的拼死挣扎："叶龙，你可想好了，如果杀了我，你也跑不了。识相的，就赶紧放了我，我给你一笔钱，这笔账咱们一笔勾销。"

话音未落，孙知县被叶龙踢翻在地："今天不杀你，我那些兄弟死了都闭不上眼！狗官，明年的今天就是你的忌日。"

叶龙手起刀落，孙知县的人头落地。

叶龙端起一杯酒，高举过头顶说道："兄弟们的大仇已报，你们可以安心上路了。"

叶龙摔碎酒杯，踹开门扬长而去。早已吓得晕死过去的小红慢慢醒来，看到孙知县人头落地，地上流满鲜血，大声尖叫，夸张地喊道："快来人呀，杀人了，孙大人以身殉国了……"

叶龙的所作所为，被潜伏在窗外的黄真旗与林阿招看了个满眼。

见叶龙扬长而去，二人对视一眼，一路跟踪叶龙来到郊外的一片树林。

叶龙走着走着忽然停下脚步，头也不回地问："哪条道上的朋友，请出来说话。"

黄真旗和林阿招从树上跳下来。叶龙靠近黄真旗一看大喜，声音里带着喜悦："你、你不就是我的救命恩人吗？你叫什么来着，让我想想啊，对，你叫黄真旗。你还记不记得我？碧萝山上，你为我驱除蜈蚣剧毒，救了我的命。"

黄真旗见到叶龙之后心中也满是欢喜："刚才我就觉得奇怪，原听说你被官府逼得跳下悬崖摔死了，真没想到你还活着，今天竟然还能在这儿见到你。叶将军，你还好吧？"

二人相见恨晚，满脸惊喜，尤其是黄真旗看叶龙的眼神，充满了关切与爱护，这让林阿招有些吃醋。

林阿招酸溜溜地对黄真旗说："真旗，这位好汉是谁呀？你也不给我介绍一下。"

经林阿招提醒，黄真旗这才从重逢的喜悦中醒过神来："师兄，我给你介绍一下，这位是太平军的叶龙将军，那日在碧萝山他被毒蜈蚣咬伤，正赶上我上山采药，就为叶将军驱毒。我们就这么认识了。"林阿招面无表情地"嗯"了一声。

黄真旗继续介绍道："这位是我的师兄林阿招，振威武馆陈桥峰的大弟子。"

尽管看出林阿招态度冷漠，叶龙还是友好地伸出手说："林兄，幸会了。"

林阿招并没有与叶龙握手，他转身对黄真旗埋怨地说："孙知县是你的杀父仇人，没想到却被叶将军抢先杀了，这算怎么回事。"

叶龙闻听此言感到莫名其妙，问道："黄姑娘，这到底是怎么回事？叶某有些糊涂了。"

黄真旗解释道："孙知县与我有杀父之仇，今晚我来找他算账，却被你抢了先。"

见叶龙不解，黄真旗便将师父陈桥峰猜测的安宇达为了讨好洋人詹姆斯，与孙知县狼狈为奸，谋害父亲的事讲述了一遍，然后又补充道："我与师兄本想拿住孙知县，逼他说出害我爹的真相，却慢了半步。"

叶龙："真是抱歉，如此倒是坏了你的事了。"

随即叶龙想起一件事，问黄真旗："黄姑娘刚才说，令尊遇害还有一个主谋，此人现在何处？"

想到孙知县刚才的窝囊样与白日里见到的威风凛凛迥然不同，黄真旗心中更加肯定了自己的猜测，想到父亲居然因此离世，不由得恨声说："那人是我爹的生前挚友，叫安宇达，没想到他狼子野心……没有他我爹不会被害死。"

叶龙想了想说道："刚才我欠黄姑娘一条人命，现在我就去抓住姓安的，让姑娘亲手为父报仇。"

黄真旗说："不必。我们只是萍水相逢，万一牵连了你，我心有不安。"

林阿招见黄真旗推辞，急忙插话道："杀父之仇只有自己去报，哪有别人代劳的。再说了，就凭真旗和我的武功，别说杀一个安掌柜，就是再来几十个官兵，那也不在话下。"

黄真旗也听出林阿招对叶龙心存敌意，急忙说道："师兄，叶将军是我们的朋友，他也是出于一片好心，你不该对他存有敌意。"林阿招见黄真旗替叶龙说话，心中的醋意又增加了几分："真旗，我们认识多长时间了？你才认识他几天，就这么相信他？"

黄真旗气得说不出话来："师兄你……"

叶龙看出林阿招喜欢黄真旗，生怕自己夺走她。照理叶龙本该避嫌，但那不是他的性格。林阿招越是这样，他越是想和黄真旗亲近。

叶龙说："江湖儿女讲的是路见不平拔刀相助，既然我们以这种方式遇见，那就是缘分。黄姑娘不必多想，替天行道本就是我太平军的责任，这件事我管定了。"

叶龙虽然话语不多，却干脆利落、掷地有声。黄真旗心中一热，不知道该说什么好。

再瞧月色下叶龙那长身玉立的身影，顿时默不作声。在黄真旗眼中，叶龙相貌英俊，出手洒脱，谈吐不俗，越看越喜欢。但此时毕竟大仇未报，黄真旗并不敢想太多，只好把这种爱慕偷偷地藏在心里。

这一切却被林阿招看在眼里。

林阿招胸有成竹地说："抓安掌柜有我去就行了，就不劳叶将军费心了，真旗，我们走。"林阿招拉着黄真旗的手正要走，只听叶龙说："这种事怎么能没有我？要去大家一起去，你说呢，黄姑娘？"

叶龙的发问让黄真旗无法拒绝，她只好低声说道："既然叶将军有意，那就同去吧。"

林阿招狠狠地瞪了叶龙一眼说：“行啊，有叶将军在，那就不用我动手了。”

叶龙一笑：“到时候还是林兄唱主角，我只不过是跟着摇旗呐喊的小喽啰。”

林阿招挖苦道：“叶将军真是长了一张鹦鹉嘴，死人都能让你给说活了。”

三人披星戴月地奔袭，大约过了半个时辰，便来到了安宇达的家宅。

林阿招站在门口，正要踹门而入，被黄真旗给拦住：“师兄、叶将军，你们二人在外面等我，我进去把安宇达叫出来。”

黄真旗之所以没有贸然行事，是考虑到安宇达家人的感受，如果强行将安宇达带走，势必会对安夫人造成伤害。

黄真旗上前敲门，林阿招和叶龙躲在门外的一棵树后面。

开门的正是安宇达，见是黄真旗深夜敲门，安宇达一愣，问：“原来是真旗呀，这么晚找我，是家里出了什么事吗？”

黄真旗强压着怒火，故意用平静的语气说：“安伯伯你出来一下，我有话对你说。”

安宇达说：“外面冷，快进屋说吧。”

黄真旗一把抓住安宇达的手，安宇达疼得大叫，惊声问道：“真旗，你这是干什么？”黄真旗怕屋里的安夫人听到，轻轻地将门关好，拉着安宇达来到那棵树旁。

林阿招一把勒住安宇达的脖子：“你这个伪君子，我现在就废了你。”

叶龙拦住林阿招：“林兄，不可莽撞，这个狗东西，还轮不到你杀，要杀也应该是黄姑娘动手。”

叶龙这句话激怒了林阿招，林阿招指着叶龙怒喝道：“叶龙，这里还轮不到你指手画脚，我和黄真旗在一起的时候，你还不知道在哪里呢。”

叶龙毫不示弱，正要还击，被黄真旗阻拦。

叶龙看了安宇达一眼，从身上掏出一块手绢塞进安宇达嘴里：“黄姑娘，此地不宜久留，咱们还是尽快找个偏僻的地方杀了此贼。”

黄真旗说：“我们去城外的关帝庙。”

新宁县城西郊，破败的关帝庙四周荒草丛生，偶有猫头鹰叫声传来，和着冷厉的夜风，只觉得瘆人。这座关帝庙始建于北宋徽宗宣和五年，以前香火旺盛，但到了清咸丰年间，因连年兵荒马乱，从此破败不堪，再鲜有人来。

黄真旗把审问安宇达的地点定在关帝庙，虽然是无意识的，但冥冥之中也存在某种巧合。关老爷平生最看重一个“义”字，而安宇达却是为了一己私欲，谋财害命，违背了这个“义”字。

黄真旗、林阿招、叶龙三人进入大殿，林阿招从香案上寻来半截蜡烛，掏出火镰点燃，黑漆漆的大殿顿时亮堂起来。只见四处破败不堪，窗棂半挂，油漆完全脱落，露出原木的颜色。窗外光亮照不到的地方，黑漆漆一片，似是噬人猛兽的血盆大口，阴惨惨，随时能将人吞噬进去。大殿正前方的关帝塑像被厚厚的灰尘蒙住，牵牵绊绊的蛛网随着冷风摇曳，影影绰绰，给人一种风雨飘摇、无处安身的感觉。

叶龙将晕死过去的安宇达拍醒过来，然后一脚踢翻："老东西，快说，你是如何勾结官府谋害黄先生的？"

安宇达得知自己的事情败露，早已吓得尿了裤子，再经过一路颠簸，体力透支，已经晕死了过去。这时，被拍醒的安宇达顾不上揉被踢的腰腹，喘着气，惊慌地四下打量，好不容易借着烛光看清三人的模样。黄真旗他当然认得，林阿招也认得，叶龙却感到陌生。

安宇达见三人对他怒目而视，心中感到恐惧，一股凉意顺着后脊背往上爬，他竭力按捺住颤抖的身体，换上茫然的样子，再配合不解的声调问："真旗，这到底是怎么回事？你把我带到这里是什么意思。我可是你父亲的朋友，对你们家是有恩的。"

林阿招一听，恨不得上前再踹他一脚。

黄真旗连忙拉住他，随后冷冷地道："我已见过孙知县，他说你见财起意，为了那幅吴道子的画将我爹谋害。然后你们私下串通好说辞骗我母女，说返回途中遇到洋人抢劫，我爹上前理论被洋人开枪打死。此事其实全是你一人所为。"

黄真旗故意诈安宇达，因为孙知县已死，死无对证，而安宇达并不知情。果然，听黄真旗这么一说，安宇达面露惊慌。不过，他到底是走南闯北的生意人，很快就镇定下来，大声辩解："真旗，你千万不要听别人胡说，我没有害你爹。你知道的，我跟你爹是几十年的朋友，怎么可能……"

然而他的辩解很快被打断，随后传来一阵惨叫。

原来是叶龙上前，不知道他做了什么，只见安宇达疼得满头大汗，抱着胳膊在地上打滚。

叶龙："说不说实话，都由你定，如果你还不老实交代，就别想活着离开关帝庙。"

安宇达看着面前抱臂长立的面容俊朗的年轻人，却好像见了鬼一样，再不敢瞎咧咧，颤着声一五一十地交代："孙大人说詹姆斯喜好古玩字画，正在踅摸吴道子的画儿，谁要将此画献给他，定能得到大大的好处。黄恺之兄花了五百两银子收了吴道子的画儿。我当即告诉他，若将此画献给洋大人必有好处，被黄恺之兄拒绝。”

黄真旗：“然后呢？”

安宇达：“后来我将此事禀告孙大人，他说既然敬酒不吃吃罚酒，就除掉得了。孙大人让我把黄恺之兄灌醉，叫手下打死了他，夺了画，然后放出风去说是洋人干的。他说谁都惹不起洋人，就算告到官府也拿他们没办法。我当时断然拒绝，黄恺之兄是我多年挚友，我怎能做出伤天害理之事。可孙大人威胁我，如果不配合就对我的老婆孩子不利。我不得已才那么做。真旗，看在我这么大岁数的份上，你就饶了我吧，我也是不得已啊。再说，我要是死了，老婆孩子将来可怎么活呀？”

安宇达说完痛哭流涕，磕头如捣蒜，额头很快就见血了。

黄真旗听后不语，叶龙却幽幽地说道：“实话？”

安宇达如小鸡啄米，连连点头：“绝对实话。”

林阿招见状，冷哼一声，气愤地问：“不得已？孙知县那狗贼许你儿子差事是怎么回事？”

安宇达心中咯噔一响，一颗心好像被缚了块巨石，噌噌噌地往下坠。他脑子急转，然而仓促间毫无头绪。于是，额头的汗又往外冒，顺着脸颊往下淌。

正在此刻，叶龙幽幽的声音再度传来，在这荒无人烟的破庙显得更加吓人：“这人呀，总是不见棺材不落泪，你如果还不说实话，我现在就返回杀了你的妻儿，我叶某人可什么事都干得出来。”

安宇达没理会叶龙的威胁，转而向黄真旗求饶：“真旗，真旗，我说的都是真心话，如若有假，就天打……”在场的人都知道他想说什么，然而没有人出声阻止，安宇达不知道想到什么，到嘴边的毒誓发不下去了。

叶龙也不说话，只活动着拳头，一阵关节噼啪声传来，然后缓缓地一步一步走近。安宇达慌了，跪爬着朝黄真旗挪去：“真旗，救我，救我。”

黄真旗喃喃：“救你？你白日里在酒馆和那狗贼狼狈为奸的话我听得一清二楚。可怜我爹，一辈子都拿你当朋友，到头来却被你暗算。”

说着，哽咽落泪，随即抬头，怒目相向：“我饶了你，我爹死了也不能瞑目。”

安宇达听了面如死灰，正巧叶龙已踱到他身边，黑黢黢的影子完全盖在他身上，他咬了咬牙道：“我说，我说。”

原来，安宇达想给自己那不争气的儿子弄个差事，就劝黄恺之将画献给孙知县，结果黄恺之不同意。于是，安宇达就偷偷地把黄恺之得了吴道子画的消息透露给孙知县，然后按照孙知县的意思将黄恺之骗到他的地盘。只是安宇达没想到黄恺之会那么固执，而孙知县会那么残忍，竟然将黄恺之直接打死。

安宇达说："我好后悔，我都吓晕了，可孙大人说事已至此，我已经上了贼船，我没办法，只好听从他的安排，说是洋人打死了你爹。后来我心中实在难安，所以尽心尽力地打理你爹的后事，也算是为自己赎罪了。你娘生病，我心里更加不好受，我真的很后悔。只是逝者已逝，你们，你们总会慢慢平静下来。白日里是我怕孙大人把当初允诺我的事忘了，因此找个借口请他喝酒，然后提了提。真旗，事情的经过就是这样，我此言绝无虚妄。真旗，一人做事一人当，此事全是我一人所为，我老婆孩子完全不知，你、你不要牵连他们，好不好？"

黄真旗定定地看着安宇达涕泪横流、鲜血覆面的样子，眼前却现出父亲亲切温和的笑容，眼泪又涌出眼眶。她知道安宇达定然没有完全说实话，但是，此时，父亲已逝，真相已明，他说不说实话又有什么关系呢?

黄真旗缓缓地走到关二爷神像面前跪下，沉声道："关二爷作证，安宇达说的话您都听到了，我不杀此贼，愧对亡父在天之灵。"

黄真旗不管安宇达如何求饶，红着眼拔刀砍下安宇达的脑袋，扔下滴答着鲜血的长刀，将安宇达的首级往供桌上一摆，双膝一跪，眼睛直直地盯着前方，半晌才一字一句地说："爹，女儿终于为您报仇了。黄泉路上您就安心地走吧，不要担心娘和我，我会照顾好我娘的。"

夜色更加浓烈，空气中飘散着一股新鲜的血腥味，如果在平日，黄真旗闻到血腥味会捂着鼻子作呕。而此时她却忽然觉得，这股味道不是那么难闻了，似乎还带着那么一点点香味。大殿外的夜猫子似乎也闻到了血腥味，呜呜呜呜地叫得更欢了。一阵夜风吹来，供桌上的蜡烛忽然熄灭，大殿内顿时陷入一片黑暗。

林阿招刚要点火，黄真旗说道："师兄，不必点了，今日大仇已报，我们该走了。虽然安宇达十恶不赦，但也不能让他暴尸荒野，咱们挖个坑将他埋了吧。"

林阿招不情愿地说："要埋你埋，这样的人就该让野兽吃了，下辈子无处投胎。"

叶龙和黄真旗二人把安宇达的尸体拉出殿外，叶龙掏出匕首在地上很快就挖好一个浅坑，一脚把安宇达的尸体踢了进去，用脚拨拉着土盖在他身上，然后拍打着双手说："黄姑娘菩萨心肠，要我说，这样卑鄙无耻的小人就该见一个杀一个，留下也只是害人。黄姑娘，黄先生之事，还请节哀。不知往后二位有何打算？"

黄真旗茫然地重复着这二字："打算？"

叶龙上前一步拦在黄真旗的面前，抱拳道："今日与二位相遇也算是缘分，二位不嫌弃叶某这个粗人的话，我愿意与二位桃园结义，不知二位意下如何？"

黄真旗看了林阿招一眼，林阿招迟疑了一下，但最终还是点头同意了。

于是，三人重回大殿，林阿招点燃烛火，三人在关二爷面前磕头结拜，按照年龄顺序，林阿招为兄，叶龙次之，黄真旗最小。

三人在关帝庙分别，黄真旗返回家中，她担心母亲知道后会更加伤心难过，暂时没有告诉黄夫人杀了安宇达之事。林阿招回到振威武馆，还是每天按时练武，没有对任何人透露此事。孙知县和安宇达被杀的消息令新宁人心惶惶。传到振威武馆后，所有人都感到震惊，唯独陈桥峰稳如泰山，他似乎猜到了一些端倪，却并未与黄真旗和林阿招交流。或者说，陈桥峰不愿意相信，这件事与两个徒弟有半点关系，他只好装聋作哑，难得糊涂。

叶龙辞别二人后，继续留在新宁，他要去见一个多年未见的老朋友。

这一日黄昏，在碧萝山山脚下，叶龙背着双手看着远处苍郁的青山，像是在等什么人。

身后传来一个苍老的声音："振威武馆陈桥峰到了，好汉请报上名来。"

叶龙并未转身，而是低沉着声音说："多年未见，陈老前辈的声音还是底气十足。"

陈桥峰大惊："你到底是谁？"

叶龙转过身，陈桥峰不由得一愣。

原来几年前，陈桥峰曾任太平军的教头，专门传授士兵们格斗制敌的本事，受到洪秀全赏识。陈桥峰为人刚直，心思缜密，与叶龙虽然年龄相差几十岁，却成为交好的同僚。后来，陈桥峰因不满洪秀全定都南京后骄奢享受、不思进取而负气归隐老家新宁，并开设振威武馆。这次叶龙到新宁之后，无意中路过振威武馆与陈桥峰打了个照面，便认出了他。

陈桥峰拉住叶龙的手："叶将军，你还活着？几个月前，就在这碧萝山，你不是被朝廷的伏兵杀害了吗？"

叶龙说："我当时掉下山崖，但没有摔死，活了下来。我也没想到，几年不见，前辈居然开了武馆，还收了林阿招和黄真旗两位高徒。"

陈桥峰又是一惊："叶将军认识两位小徒？"

叶龙笑道："我们不但认识，还桃园结义，成了好兄弟。"

陈桥峰略微有些惊讶："那两个徒弟能与叶将军结义，那是他们的福气，不知道叶将军是怎么认识他们的，今日找我又有何要事？”

两人坐在一块青石上，叶龙长叹一声：“天国完了！”

陈桥峰更是一番伤感：“我当年就有预感了。”

叶龙：“前辈现在有什么打算？”

陈桥峰：“开馆收徒，传授武艺，强健身体，自由自在，度过残生。老了，不想再出头了，也没那个心力了。”

叶龙摇摇头：“天王临终之际，命我重振天国大业，我人单势孤，想请前辈出山。”

陈桥峰苦笑：“叶将军太高看我了，我一个糟老头子，现在什么都干不了。”

叶龙说：“前辈不用顾虑。我准备成立类似天地会的反清组织，但招来的人未必有武功底子，到时前辈调教他们一二即可。”

陈桥峰推辞道：“叶将军，我志不在此，陈某告辞。”

耿直的陈桥峰并未给叶龙面子，叶龙怒吼道：“别逼我。”

陈桥峰冷笑道：“叶将军，是你在逼我。”

叶龙：“你可能还不知道，你的两个徒弟杀了安宇达，作为师父你难辞其咎。”

叶龙见无法说服倔强的陈桥峰，只好用耍无赖的方式威逼，他知道陈桥峰必然就范。

陈桥峰惊声问道：“你是说林阿招和黄真旗杀了安掌柜？不可能，绝对不可能，他们与他无冤无仇，为何要杀他？”

其实陈桥峰已经相信了叶龙的话，在此之前他也曾怀疑过安宇达，如今安宇达被杀，那就证明自己的猜测是准确的。叶龙将他杀孙知县的经过，以及黄真旗在关帝庙杀安宇达的经过讲述了一遍，然后说：“我尚且能为兄弟们报仇，林阿招尚且能为黄真旗报杀父之仇而拔刀相助，前辈是忠孝节义之人，为何就不能重振天国大业呢？何况天王当初对前辈不薄。”

陈桥峰一时语塞。

叶龙趁热打铁，忽然跪地道：“前辈，我非常需要您的帮助，如果您肯出山助我一臂之力，我感激不尽。”

陈桥峰急忙扶起叶龙道：“哎！这件事我可以再思忖一下。不过，你要立即答应我个条件。你们三人身负命案，官府必然会追查，你们应暂时离开新宁，先避避风头。”

叶龙：“孙知县是我杀的，让官府来找我好了，我就待在新宁等着他们。至于黄真旗和林阿招，他们二人暂时无忧。官府不会为一个小小的安宇达而兴师动众追查到底的，也就是走走过场罢了。”

陈桥峰见识过叶龙的自负，但没想到几年过去了，他一点儿都没有变：“我知道叶将军身手不凡，但也要处处小心。”

叶龙说：“感谢陈教头提醒，我自有分寸。”

陈桥峰看着叶龙，感觉他早晚有一天会因为盲目自信而吃亏：“那就请叶将军好自为之吧，陈某告辞，如有急事派人到武馆给我送信。”

叶龙也抱拳道：“那陈教头就等我消息，到时候咱们共谋大业。”

第五章　恨别鸟惊心

孙知县死后，朝廷又调来一位寇知县，专门负责调查此事。

寇知县对案件的调查并无把握，可就在他为此事发愁时，一名衙役急匆匆地跑进来禀告，说是在一家客栈看到了叶龙。这名衙役曾是孙知县的手下，曾跟着孙知县在碧萝山与叶龙交过手，他一眼就认出了叶龙。寇知县闻听大喜，虽然没抓到杀人凶手，但抓住一个太平军的将军，那也算是大功一件。寇知县命那名衙役秘密打听到叶龙住的客栈，准备夜间动手抓捕叶龙。

冒险留在新宁的叶龙确实大意了。

叶龙之所以没有离去，除了想以新宁为基地成立类似天地会的组织秘密复兴太平大业外，还因为黄真旗。

没想到，就在叶龙踌躇时，这天晚上三更，寇知县亲自带领几十名官兵闯入客栈，将醉酒的他一举抓获。叶龙醒过酒来，悔之晚矣。不过，他倒也坦荡仗义，主动交代是自己杀了孙知县，没有说安宇达被杀之事，对黄真旗和林阿招也是只字未提。寇知县担心夜长梦多，毕竟太平军散落在民间的力量很多，万一这些人拉帮结伙前来劫狱，那就无法收场了。在向朝廷请示后，寇知县下令两日后将叶龙斩首示众。

转天一大早，新宁的大街小巷便张贴了斩首的告示，林阿招看到告示后急忙去找黄真旗。

林阿招似乎对叶龙有些佩服："叶龙这个人还算讲义气，应该没有把你我供出去，真旗我听你的，咱们到底救不救他？"

黄真旗："既然三人桃园结义，就不能见死不救！师兄，我们今晚就去探视，见面之后再做下一步定夺。这件事就有劳你费心了，你平时结交的朋友多，想一想有没有在衙门大牢里当差的朋友，咱们使些银子打点打点。"

林阿招挠着头想了想，突然大声道："你还别说，我还真的认识一个在县衙当差的朋友，此人外号王扒皮，凡是进入牢房的人他都得扒一层皮。王扒皮除了爱财之外，人还算不错。我这就去找他。"

临走时黄真旗说："那就有劳师兄了，银子不够就说话。"

林阿招边说边往外走："银子我有，叶龙的事就是咱们的事，何况我们还是结拜兄弟。你在家等我消息，如果可以疏通的话，咱们就疏通，实在疏通不了的话，咱们随时做好劫狱的准备。"

叶龙一个将死之人，在这个世界上已没什么亲人，他根本不会想到会有人来看望，更不会想到会在大牢与故友重逢，看到黄真旗和林阿招站在他面前时，他握着黄真旗的手感动不已："老天爷对我不薄，临死之前还能见到我的兄长和妹子，叶某死而无憾了。"

见叶龙浑身伤痕，嘴角带血，黄真旗备感心疼，语含怒气："他们对你动了大刑？"

叶龙笑嘻嘻地说："皮外伤而已，我皮糙肉厚，蒸也蒸不死，煮也煮不烂，一时半会儿还死不了。"

黄真旗瞪了叶龙一眼："明日午时就要斩首，你还有心情开玩笑，你的心可够大的，难道你就不怕死吗？"

叶龙正色道："人生一世草木一秋，早死晚死都是死，我不怕死，可就是觉得刚与二位认识，还没来得及好好相处，就这样见了阎王，心里觉得有些遗憾。不过也没事，逢年过节的时候，二位如果还念旧情，就在我的坟头多烧几张纸钱，叶某在这先谢过了。只是我还有一件大事未了，心中还是有些遗憾。"

黄真旗问："什么大事？"

叶龙迟疑了一下："没什么，这件事只有我才能办，你和林大哥也帮不上什么忙，算了，我们不提它了。我死不足惜，只要你们能好好活着，我死也就瞑目了。"

黄真旗责怪地瞥了叶龙一眼："说什么呢你，你不能死，我们三个都要好好地活着。我们三人拜了把子，就要同生共死，无论如何我们都要救你出去。"

叶龙听了心里一暖，看向黄真旗的眼神多了几分温柔："林大哥和妹子的心意我领了，但此事风险极大，一不小心就会连累到你们。你们不像我，还有父母家人要照顾，就这样吧，你们能来看我，叶某心已足矣。二位就此拜别吧，千万不要犯险。"

黄真旗与林阿招对视一眼，林阿招拎着几坛子酒去找王扒皮。

王扒皮看见林阿招手里的坛子，脸上笑开了花，嘴里客气道："又让林兄破费了。"

林阿招心不在焉地倒酒并与王扒皮寒暄："这件事给你添麻烦了，银子你拿着，给兄弟们买酒喝。”

林阿招从怀中掏出一锭银子，王扒皮也不客气，接过来揣进怀里：“那我就不客气了，有事你就说话。”

林阿招给王扒皮倒了一碗酒：“王兄，我敬你，喝酒。”

王扒皮一碗酒灌下去，用袖子擦着嘴角，连声说：“我也没帮上什么忙，这个人明天就要砍头了，你还是提前给他准备后事吧。长毛抓一个杀一个，抓一群杀一窝，没一个能活着离开大牢。我能做的也就是少让他遭点罪，嘱咐嘱咐刽子手，下刀时手脚利落些，让这个人少些痛苦。”

林阿招听了面色沉重不吭声。一旁的黄真旗悄悄捅了他一下，林阿招的脸上又堆起笑容：“王兄，唉，我也知道，所以今儿才来看他一眼，不枉兄弟一场。来，喝酒。叫那些兄弟都来喝一口吧，这天儿冷得邪乎，快暖暖身子。”

王扒皮招呼其他狱卒说：“兄弟们辛苦了，过来喝几碗。”

七八个狱卒蜂拥而至，不一会儿就围着小方桌吆喝起来。几轮下去，两坛酒很快就见了底。林阿招和黄真旗也醉得倒在地上。

过了好一阵，林阿招摇摇晃晃地坐起来，边拍拍身边伏桌的狱卒边说：“哎呀，头好晕。兄弟，嘿，兄弟……”

吆喝了好几声，见对方没反应，才闪身到黄真旗身边。

这边黄真旗也快速起身，两人看着横七竖八倒地而睡的王扒皮和几名狱卒，相视一笑。

林阿招忽然担忧：“真旗，这件事咱们只要做了，那可就是掉脑袋的罪，你真的想好了吗？”

黄真旗毫不犹豫地说：“要死大家一起死。”

林阿招又说：“你死了，你娘怎么办？下半辈子谁来给她养老？”这句话像一根麦芒，刺中了黄真旗的心，她略微迟疑了一下，冲林阿招怒声道：“师兄，别再婆婆妈妈的了，现在说这些还有什么用，先救人再说。”

林阿招见黄真旗已下定决心，便没再多说，赶紧从狱卒身上取出钥匙，打开牢门救出叶龙。正待离去，忽听外间一巡逻的狱卒高喊：“不好了，有人劫狱了。”

林阿招出手撂倒狱卒，两人扶着叶龙，快步向前跑去。有十几名狱卒赶来，拦住三人的去路。

叶龙遭遇大刑，行动不便，他对二人说：“你们不要管我，先杀出去再说。”

黄真旗说：“要走一起走，要死一起死，今天就跟他们拼了。”

黄真旗把心一横，捡起地上的一把刀对林阿招说：“师兄，我们杀出去。”

外面有七八个蒙面人杀了进来，现场一片混乱，十几名狱卒顷刻间倒地。一个为首的蒙面人来到黄真旗身边小声说：“疯丫头，真是不要命了，快跟我走。”

黄真旗听着此人的声音耳熟，再看身形动作，立刻惊声说：“师父！您怎么来了？”

来人拉着黄真旗的手快速往外走，边走边说：“闲话少说，先离开这里再说。”

林阿招也认出来人是师父陈桥峰，大声说：“师父。”陈桥峰点了点头。

众人扶着叶龙一口气跑出十几里地，钻进一片密林。这时天际已开始泛白。

陈桥峰摘下蒙面，对叶龙抱拳道：“叶将军，在下来晚了，让你受苦了。”

叶龙抱拳道：“哪里的话，真没想到你能来救我，叶某感激不尽。”

二人的对话让黄真旗和林阿招感到费解，黄真旗问陈桥峰：“师父，您原来和叶龙认识？”

陈桥峰微微有些不高兴：“没规矩，叶将军的名讳也是你轻易叫的？”

叶龙急忙解释道：“我前几日与你的两位徒弟已经结义，林阿招是大哥，我排行老二，黄真旗是小妹。既然是兄弟姐妹，黄真旗直呼其名也没什么不妥。”

陈桥峰见叶龙替黄真旗说话，便不好再责备，但他的脸色依然难看：“阿招、真旗，你们胆子可真够大的，竟然敢劫朝廷的大狱，你们知道不知道这可是要掉脑袋的死罪。”

可能是担心叶龙多心，陈桥峰急忙解释道：“叶将军，我不是冲你，孩子们年轻，做事欠考虑，况且已经被人认出，很快就会全县搜查，我替他们的安危担心才出此言。”

叶龙说：“您多虑了，他们也是为了救我才冒险的，我的心里也感到不安。”

陈桥峰说：“叶将军，事情都在变化。你在新宁再举义旗的事，现在看来已不现实，尽快离开才是眼前最重要的事，走得越远越好！”

叶龙长叹一声。

陈桥峰转身嘱咐其他几名弟子道：“你们给我听好了，这件事不许对任何人说，都给我烂在肚子里，听见没有？”

众弟子齐声说：“听见了，师父。”

陈桥峰带领众弟子离开，临走时陈桥峰对叶龙说：“叶将军，你们先找一个偏僻的去处，我回头派人给你们送些盘缠和食物，路上用得着。”

陈桥峰走后，三人你望我，我望你，一时不知道该说什么好了，场面变得有些尴尬。

片刻后，叶龙抱拳向二人施礼："大哥和妹子的救命之恩，叶某难以为报。二位请受我一拜。"

说罢，施了个大礼。

黄真旗和林阿招二人知他心意，也没多说。

叶龙又道："现在大哥和妹子因为我而犯下案子，新宁是没法待了，不知二位有何打算？"

一场惊心动魄的劫狱之后，平静下来的林阿招和黄真旗面色都有些发白，先前一鼓作气只想着要救叶龙，其他的事还真没多考虑，而现在想到各自的家人，二人的面色更加白了一层。

林阿招似想通了什么，粗着嗓门，压着声音道："我家弟兄多，我往日里也常在外行走，家人也不以为意。现下还是不回家了，免得他们知道了为我担惊受怕不说，还白白露了行迹。待风声平息后再给他们捎信吧。"

黄真旗看了二人一眼，咬了下嘴唇说："二位兄长在此等我，我回家看看我娘，稍后便来。"

桌上的香炉里燃烧的香冒出袅袅烟雾，一阵微风拂来，直直的烟柱被吹得歪歪扭扭。院子里的大槐树上，几只黑背白肚的喜鹊，正在叽叽喳喳地叫。酷夏的南方多雨少云，潮湿的空气能拧出水来，天气骤晴骤阴，变化无常，宛如那个动荡的年代。

黄真旗回到家时，天已大亮。推开门，看到神色凄凉的黄夫人正跪坐在蒲团上，宛如石雕。这几个月以来，黄夫人做得最多的事情就是念经礼佛。

黄夫人听到动静，转过头看着气喘吁吁的女儿说："昨天晚上干什么去了？"

黄真旗撒谎道："噢，昨晚听师父讲拳谱，时间太晚了，就住在了武馆。"

黄夫人幽幽地说："这几天街上很乱，你尽量少出门，免得让娘担心。饿了吧，我给你做饭去。"

黄真旗不语，只定定地看着黄夫人。黄夫人慈爱地一笑，上前拂了拂黄真旗额前凌乱的头发问："怎么了？"

黄真旗眼眶发热，一字一句地缓缓说："娘，我给爹报了仇。"

黄夫人一惊，拂头发的手一顿："报仇？报什么仇？"

黄真旗低声把整件事情的经过告诉了黄夫人，黄夫人没有想到丈夫离去的背后还有这样的内幕，但她是一个母亲，丈夫的骤然离世也让她变得坚强起来。

黄夫人没有惊慌失措，而是拉着黄真旗的手说："真旗，你杀了人，被官府抓住就是一死，你爹走了，我不能再失去我的女儿。你又劫狱，这也是要杀头的死罪，你收拾一下东西赶紧走吧，不要为娘担心，我能照顾好自己。”

黄真旗反手拽住黄夫人的手，急切地说：“娘，您跟我们一起走吧。”

黄夫人想了想才说：“傻孩子，娘年纪大了，哪也不想去，就待在家里，守着这处院子，等着你回家。好了，赶早不赶晚，你赶紧走吧。出门在外，你自己要照顾好自己，等过了这阵风头你再回来接娘。”

黄夫人很快收拾好一个包裹，递给黄真旗：“这些盘缠你拿着，出门在外要自己照顾自己，少吃些黏食，你的胃口本来就不好。”

黄真旗抱着黄夫人哭，压抑的低泣声让黄夫人肝肠寸断，她想起丈夫的离世，让她的生活完全变了颜色。而眼下，女儿又因为替丈夫报仇被迫远走他乡，以后的日子可怎么熬？罢了，还是保命最要紧。

黄夫人咬紧牙关，轻柔地抚摸着女儿的头，催促道：“赶紧动身，官府的人要是过来就来不及了。”

黄真旗含泪向黄夫人磕头拜别道：“娘，您一定要养好身体，等女儿安顿下来，就回来接您。”

黄夫人背对着女儿，眼泪止不住地掉了下来。

从家里出来后，黄真旗与林阿招和叶龙汇合，三人暂时躲在郊外的一处客栈，打算先休整一下，到夜间再离开新宁。

三人在屋中闭目补眠。

下午时分，叶龙忽然睁开眼睛，耳朵贴在地上听了听，然后小声说：“一、二、三、四……至少有几十人，怪了怪了，荒郊野外怎会突然聚集这么多人？”

黄真旗紧张地说：“难道是官兵到了？”

黄真旗猜得没错，果然是官兵，为首之人骑在马上，正是寇知县。

寇知县瞪着眼睛问一个兵卒：“你看清楚了吗，逆贼真在里边？”

兵卒肯定地说：“大人，看清了，三人就藏在里面。”

寇知县大声说：“给老爷我包围客栈，活捉劫狱的逆贼。”

三人来不及商量，只屏住呼吸，密切地注视着窗外。

叶龙声音平淡，浑不当回事似的说：“院子里有几十个官兵，我们冲出去不是什么难事，我去对付那个领头的，其他人就有劳二位了。”

叶龙大吼一声冲了出去，黄真旗和林阿招紧随其后，几十个人不到十分钟就被撂倒，包括为首的寇知县。

黄真旗低喝：“我们走。”

叶龙却说："就这么走了，太便宜这些清妖了，我过去把他们都杀了。"

黄真旗面露不忍："这些人也是奉命行事，没必要为难他们，我们走就是了。再说，时间也紧。"

叶龙没有理会黄真旗，提着刀过去把寇知县杀了。

林阿招怒道："叶龙，你杀心太重了，这是乱杀无辜，有悖侠义之道。"

叶龙的声音却没有像他的面色一样淡定，含着一股戾气："朝廷的官没一个好人，统统该杀。你不杀他，他就杀你。"

林阿招怒喝道："叶龙，你的刀上沾的血太多了，这些死者的怨气会时刻跟随着你，你好自为之吧。"

叶龙看了林阿招一眼，笑道："他是自作孽，不可活。"

三人一路狂奔，又奔出十几里，逃到一间破败的农舍，找了一块大青石坐下。

林阿招喘着粗气说："我们现在是通缉犯，天涯海角，能逃到哪里去？"

叶龙在想着什么："我先前追随天王，认识一个洋人——"

黄真旗："洋人？！"

叶龙："你先听我说……"

叶龙："那洋人是个美国报馆的记者，在我们太平军待了好几年，叫马丁。我听他讲，美国就在海那边，当地有个地方，盛产黄金，被称作金山——"

黄真旗和林阿招异口同声："金山？"

叶龙所说的金山，就是美国西部城市旧金山。

自从那里发现金矿后，全球的人们都奔向那里淘金，包括大清的百姓。

那是几年前，英法联军强迫清政府签订《北京条约》，朝廷被迫同意华人自愿出洋做工，只是自愿应募者寥寥。招工馆于是用人头钱向拐匪收买苦力，骗去美国淘金。此后，列强先后同清政府签订招工章程、条约，借"合法"招工之名行"合法"掳掠之实。华工到各国的具体情况也不一样，去美国旧金山淘金的华工，被称为"赊单工"，专指从香港贩往旧金山的欠债华工。

叶龙："粤中有很多老乡都漂洋过海去淘金，我打听过了，新宁就有招工的地点。咱们仨在这儿是待不下去了，不如也到美国淘金，避开清妖的追捕，慢慢积蓄力量，等时机成熟了，再回来发掘天国遗留的宝藏，也许照样能做推翻清妖统治的大业。"

林阿招："到美国去倒是条路，你说呢，真旗？"

黄真旗在思忖着："美国，美国……"

叶龙："马丁是我的好友，当年我没少照顾他，到美国后可以找他帮忙。"

黄真旗："如果去美国，能带我娘去吗？"

叶龙说："黄夫人年纪大了，到美国去坐船都需要几个月呢，恐怕……"

黄真旗面露凄楚之色："要真走的话，恐怕这辈子再也见不到我娘了。"

叶龙则柔声安慰道："咱们先到美国落脚，等安定下来再回来接伯母。放心吧，就凭咱们三人的本事，不出几年就能混出个人样来。"

黄真旗长吁了一口气说："事到如今，也只能如此了。"

林阿招："只是现在我们的画像已贴遍全县，一出去肯定被抓。"

见二人拿定主意，叶龙说："当年我在太平军中，遇到一位江湖奇人，教过我易容之术，我想这次我们能用得上。"

第二天上午，三人化了装。

黄真旗的脸上，被点了很多麻子。三个人相视而笑。

招工点管事人何大嘴，说名额已满不再招人。何大嘴见黄真旗身材婀娜，可脸上却长满麻子，不禁直皱眉头。再看其余两人，一个是满脸络腮胡子，脸上脏兮兮的大汉，此人是乔装改扮后的叶龙。另一位衣衫褴褛，头上戴一顶破毡帽，一副要饭花子打扮，是乔装改扮后的林阿招。

何大嘴撇着嘴对黄真旗说："他们俩还行，你没戏。"

黄真旗问："为什么？"

何大嘴："不招女眷！女眷体力差，混在一群男人中间也不方便；再说了，去旧金山要坐船，好几个月呢，怕你这小身板儿吃不消。"

黄真旗声音坚定："我吃得消。还请您通融一下，帮我们报个名！"

何大嘴上下打量着黄真旗："别以为去了旧金山就能淘到金子，那可是一座吃人的金山，多少人有去无回。那些矿主个个都是吸血鬼，淘出的金子归他们，劳工只拿微薄的工资。这你们都知道吗？"

叶龙和林阿招互相看了看。

叶龙摸出一小包碎银子递给何大嘴，赔着笑脸说："知道，知道。手里就这些钱了，全给您，还请您多多费心。"

何大嘴掂了掂银子，想了想："三天后你们再来找我。"

何大嘴说话果然算话，三天后事情竟然就办妥了："先到香港，然后坐船再到旧金山，顺利的话大概两个月能到。每人交十两银子押金，到了旧金山后会还给你们。这一路什么事都可能遇到，能不能活下来就看你们的造化了，祝你们一路平安。"

三人心里的那块石头终于落地，回客栈的路上，叶龙买了很多酒菜。

三人围在桌旁，叶龙端起酒杯感慨地说："第一杯酒，我敬天，感谢老天爷让我结识二位。第二杯酒，我敬大哥和妹子，没有你们的仗义相救，我早就见了阎王爷。第三杯酒，我敬我自己，这次到了旧金山，一定混出个样来。"

那一夜三人喝得酩酊大醉，互相说了很多肝胆相照的话。

夜空中的繁星似乎也被他们的话所触动，在天上手舞足蹈、翩然若醉。这一次出国远行，改变了三个人的命运，后来发生的事情没有他们想的那么简单，也没有他们期许的那般美好

黄真旗睡不着，一个人来到月光下，看着夜空中的繁星，独自想着心事。

不知道什么时候，叶龙已经坐在他的身边，叶龙脱下上衣，轻轻地披在黄真旗的身上："黄姑娘，夜里冷，小心着凉。"

黄真旗看了叶龙一眼，心中充满甜蜜："师父叫你叶将军，师兄叫你二弟，我今后该如何称呼你呢？"

叶龙想了想说："我小名叫阿龙，以后你就叫我阿龙吧。"

"那怎么可以呢？你可是大名鼎鼎的将军，我直呼小名，师父知道了肯定又要骂我。"

叶龙笑道："你师父又没在，他也听不到，叫我阿龙挺好的，听着也亲切。"

"阿龙。"黄真旗轻轻地叫了一声。

叶龙温柔地看着黄真旗，眼神中有一种让人感到安全的力量："我在，那我以后就叫你真旗吧。"黄真旗点头。

叶龙指着天上皎洁的明月说："真旗，你有没有对月亮许过愿？"黄真旗抬头看着夏季的第一轮满月，那月亮居然透出一丝淡淡的蓝色，像一只没有熟透的蓝莓，悬挂在天空上。

黄真旗大声说："阿龙你快看，今天的月亮是蓝色的。"

叶龙仔细看了看，附和道："还真是的，我听人说，对着蓝月亮许愿，会非常灵验的。"

黄真旗高兴道："是真的吗？你可不许骗我。"

叶龙说："我听人说，对着蓝月亮许愿，可以帮助人改变坏运气，交到好运气。如果你心里有什么心愿，现在就对蓝月亮许下吧。或者你觉得自己最近运势不佳，就坐在月光下冥想。想象着月光包围你的全身，处在这样的光环下你会非常舒适，内心平和，情绪也会异常平稳，坏的运势将慢慢从身体里散开，常常做连身体也会发生你想不到的变化。"

黄真旗说："我两样都想试试，我先许愿，然后按照你说的，在月光下冥想，

去掉坏运气。"

月光下蛐蛐和青蛙在歌唱，萤火虫在半空中飞舞，空气清甜，夜色温柔。

叶龙和黄真旗静静地坐着，各自许愿，然后沐浴在蓝色的月光下。那一幕像是一幅美妙的图画，让人看了产生一种羡慕的想法。

黄真旗问："阿龙，你真的相信，许下的心愿能实现吗？"

叶龙答："我当然相信了，一件事无论真与假，只要你发自内心地相信它，它就是真的，早晚有一天就会心想事成，美梦成真。"

黄真旗点点头："我也相信奇迹会出现，对了，阿龙，你刚才对月亮许了什么愿？"

叶龙神秘一笑："那我可不能告诉你，既然是许愿，只能在心里对月亮说，对其他人说出来就不灵验了。"

黄真旗扫兴地说："不告诉算了，那我也不告诉你。"

叶龙深情地看着黄真旗说："真旗，你有时候特别像一个孩子。"

黄真旗羞涩地回避着叶龙火辣辣的眼神："阿龙，你又何尝不是呢，每个人身上都有孩子气的一面。"黄真旗忽然神伤起来。

叶龙问道："你是想你娘了吗？"黄真旗点头。

叶龙说："好人一生平安，等我们在旧金山扎下根，就把你娘接过去享福。"

就着蓝色的月光，林阿招默默地躲在一棵树后，将二人的所作所为看了个满眼。

林阿招有些吃醋，但心里却没有怨恨，他觉得叶龙才是黄真旗真正的心上人，黄真旗只有跟叶龙在一起才会开心快乐。而自己从今以后，就来做好这个结义的大哥，虽然不能与黄真旗白头偕老，但至少目前还可以整天在一起，想到这里，林阿招心里就释然多了。

在何大嘴的安排下，三人乘船来到了香港，随即被裹进劳工的人流中。

轮船分一号船舱和二号船舱，前者在上后者在下。黑暗中无数劳工簇拥向前，没有人说话，甚至都不咳嗽一声，静静排着队向船舱行进。从劳工的身形上看，大多瘦小干枯，多数人脚步虚浮，很虚弱的样子。很多人都是独行，少有成群结队的。每个人都是低头忙着走自己的路，即使周围的人摔倒在地，都没有人过去搀扶一下。

船的甲板旁边，十几个相貌凶恶的人站着，端着冰冷的长枪。

黄真旗、林阿招、叶龙三人紧跟着队伍鱼贯而行，不久进入一个狭小的船舱，门上有中文提示：二号船舱。叶龙走得太慢，被人从身后踢了一脚。叶龙正要骂，听见后面的舱门砰的一声关上了。所有人进入船舱，护送的人清点完人数后，乘坐来时的渔船离开。

进入船舱之后，黄真旗被眼前的景象震惊了，狭小局促的空间里拥挤着上百名劳工，船舱里一片黑暗，只有一盏昏黄的煤油灯闪着微弱的光。众人像困在闷罐子里的蛐蛐，在有限的空间里争夺氧气，窒息、憋闷、压抑无处不在。

先进来的人分散开来，或躺或坐，有的抽着旱烟，有的光着汗脚，能站人的地方都有人，很难再找到落脚的地方。空气里弥漫着奇怪的味道，让人闻着想吐。过了半个时辰，舱门打开，外面的船员扔进些馒头，随后又扔进几个硬邦邦的羊皮水袋，咣地砸在地上，里边发出水来回涌动的哗哗声。还没等黄真旗缓过神来，地上的食物和水已被人抢走，后面不时发出你争我夺的喊打声。

发霉的馒头、有限的淡水、争抢的同胞，这是上船之后留给黄真旗最深的印象。

一个馒头滚到黄真旗面前，她拾起馒头，轻轻拂去上面的脏污，揣进怀里。一个络腮胡子大汉恶狠狠地将黄真旗推开，一屁股坐在舱门口。舱门口的位置是风水宝地，因为每隔两个时辰，船员就从这里扔食物和水，有力气的年轻人就尽量往前挤，老弱者就被挤在里面。

叶龙看不惯，想过去教训那名壮汉，被黄真旗拦住。

黄真旗说："阿龙，出门在外，我们尽量不要惹是生非，再说这船舱太狭小，打起来会伤到别人。"

叶龙没再说话，狠狠地瞪着那名壮汉。

壮汉并未回避叶龙的眼神，露出挑衅的眼神。

第六章　更隔一万重

孤筏重洋，一望无际的大海连绵到了天边。

按照地图所示，轮船到美国需要先从香港启程，经过日本海，最后抵达美国西海岸。

只说行船多日后，这才驶进日本海域，海面上的风大了起来。船上有人在剧烈地咳嗽，那是个模样清秀的后生。后生咳嗽得越来越剧烈，身子猛烈颤抖，脖子上的血管由于用力过猛清晰可见。黄真旗心细，发现他虽然是个男人却没有喉结，再仔细看，胸脯微微凸起。黄真旗一笑，想不到劳工之中除了她，还有一位同道，黄真旗忽起玩心。

黄真旗凑过去，装作嬉皮笑脸地说："这位兄弟染了风寒，再不救治小命就难保了，来，我给你号号脉。"

黄真旗一把抓住那后生的手。

后生见是一个模样俊俏的"青年"，似对自己有所图，于是哆哆嗦嗦地掏出一把匕首："你、你想干什么？我不用你帮我看病。"

通过这个细节，黄真旗确定此人女扮男装，也许她也像自己一样，是为了行走方便而女扮男装："一个大小伙子，我又没怎么着你，看把你给吓的，你得了风寒，我这里有药，你到底吃不吃？"

后生依然拒绝道："谢谢你的关心，我的事不用你管。"

黄真旗摇了摇头，叹气道："真是狗咬吕洞宾，不识好人心。兄弟，不是我吓唬你，船至少还要在海上行驶一个多月，你如果不按时吃药，恐怕得死在路上。"

为了躲避黄真旗的无事献殷勤，后生站起来向甲板上跑去，她边跑边咳嗽，单薄的身体在海风的吹拂下有些摇摇晃晃，紧接着扑通一声摔倒在地上。

黄真旗追过去正要扶起那后生，那后生一甩手，略带怒色地说："咱们萍水相逢，请你不要再来纠缠我，我不需要你的帮助。"

如果不是已经看出后生女扮男装，黄真旗听到这样的话肯定会生气，此时她不但不生气，反而还略微有些幸灾乐祸。

黄真旗坐在后生旁边，看着远处蔚蓝色的大海，也不管后生愿不愿意听，若有所思地说："这是我生平第一次坐船出远门，刚开始感觉挺好的，心里每天都美滋滋的，烦闷了就到甲板上看那一望无际的大海，心里就有种特别敞亮的感觉，但时间长了之后看不着陆地，就心里没有底了。最开始上船那几天，我晕船，就一直吐，一天吐好几回，到了十天之后晕船就好了，也不吐了。"

后生见黄真旗并无恶意，只是向自己倾诉心事，便打消了顾虑，她不再躲闪，反而靠近黄真旗说："其实我也晕船，上船之前吃了晕船药，就没怎么恶心呕吐。这药挺管用的，我给你一些。"

后生掏出一个纸包轻轻地打开，黄真旗盯着她那双白嫩细腻没有一个老茧的双手，心说：单看这双手，就不是普通人，至少也是一个养尊处优的姑娘。后生见黄真旗看着自己发愣，以为脸上有什么问题，用手摸了一下问："我脸上有画儿？"

黄真旗被后生的这句问话给问笑了，她不好意思地说："你真是越看越好看，就像是天上的仙女，所以我就忍不住多看了几眼。"

后生虽然女扮男装，但她并未看出黄真旗也是和她一样，她一直拿黄真旗当作男人，当她听到黄真旗赞美自己的容貌时，心里多少还是有些欣喜的。

"你回去把这些药吃了，就不会晕船了，另外，谢谢你的关心，我的病没事。"后生温柔地对黄真旗说。

黄真旗拿着药，冲后生抱拳道："多谢你了，你多保重身体，我就在船上，有什么事随时找我。"

船舱里的人每天都会按时出来换气，一拨人回来再换另外一拨，每次放风时间不超过十分钟，这是一天之中唯一可以换气的时刻。船舱里的劳工仿佛是阴天池塘里呼吸困难的鱼儿，终于有了浮出水面透气的机会，一到甲板便大口地呼吸着带有海水咸味的潮湿的空气。有几个劳工趴在铁栅栏上冲着大海哇哇地呕吐，吐完了坐在甲板上休息，再也不愿意回到船舱里去了。

船上的劳工有二百多人，分为三个阵营，也来自三个不同的地方。

第一个阵营来自广州，有五十多人。第二个阵营来自广东佛山，有五十多人。第三个阵营来自广东新宁，大约一百人。每一个阵营由一名组长负责，黄真旗这个阵营的组长名叫翔哥，虽然他是组长，却不是大家选举的，而是他自己封的。

因为在那一百多人中，由他带来的就有九十多人，那些人之前都是渔民，这次跟着他到旧金山淘金，大家都称他为翔哥。翔哥四十多岁，络腮胡子，大圆眼，说话爱眨眼睛，说一句能眨好几回。虽然大家都叫他翔哥，但黄真旗、叶龙、林阿招三人却并不认识他。

此时翔哥刚吐完，正坐在地上闭目养神，屁股还没坐热，就被看守的船员赶回船舱。翔哥对船员怒吼："老子只想多呼吸几口新鲜空气，难道就不行吗？"

船员也不管这些，拉着翔哥就往船舱走，翔哥挣扎着甩开船员的手说："那船舱还是人待的地方吗？谁爱回去谁回去，反正老子不回去。"

几名船员见翔哥耍无赖，也不敢过于强硬，便派一名船员回去叫人。船上三十名船员中，除了船长之外，管理人员还包括大副、二副、轮机长、大管轮等，这些人共同负责船上乘客的安全。

这些人丝毫没有把劳工们的性命安危放在心上，因为按照行业的潜规则，每次运送劳工到美国，轮船公司提前都会有一个预估的"死亡名单"。也就是说，运送期间允许死多少人，这些人的死亡赔偿轮船公司是要核算到运营成本当中的，不用船长等人负责。如果超出名额所带来的损失，则由船长负责，但是这种情况很少，因为死亡人数的名额至少有二十个。此时轮船刚驶入日本，船上因生病才死了五六人，离预定的数量还差得很远呢。

轮船的大副怒气冲冲地跟着那名船员从驾驶舱出来，大副手里提着刀，后脑勺那根长长的发辫盘在脖子上，脸上那个刀疤格外刺眼，看上去凶神恶煞一般。大副问船员："刚才那个不想活的人在哪儿，我一刀就送他上路。"坐在地上的翔哥，也就是嘴巴厉害，一见人家动了刀子，吓得急忙站了起来。

船员像个孩子似的向大副告状："刚才就是这个人穷横，还骂人。"

大副举起刀架在翔哥脖子上，撇着嘴说："你还想活的话，就给我滚回船舱，如果不想活了，我也不杀你，先在你的大腿上划一刀，等出血了，再一脚把你踹进大海。我保证，不出十分钟，海底的鲨鱼就能闻着血腥味把你活活地吃了。"

翔哥虽然心里害怕，但嘴上却毫不示弱："杀了我你也别想活，官府不会放过你的。"

大副仰天大笑，眼睛眨了几下说："你恐怕还不知道吧，这是老祖宗留下的规矩，每次出海，掌柜的都会给我们一个死亡名单。掌柜的通情达理，这次给了二十个人的名额，也就是说，这些人死了掌柜的会帮我们摆平。大不了回去说，站在甲板上溜达，不小心掉进海里了。所以说，你死了也算白死。"

翔哥不服气地说："既然如此，我们这些人又何必到旧金山淘什么金子，还不如现在就返回广东。我们不去了，快送我们回去。"

翔哥手下的兄弟闻听，七嘴八舌地附和："对，送我们回去，保证我们的人身安全。"

大副闻听又是一阵大笑："你们这些臭猪仔，还想回去，简直是白日做梦。实话告诉你们吧，但凡是上了这艘船的，目前还没有一个人能回去。船已经进入了日本海，再过一个月就能到美国境内，现在说想回去，一切都晚了。"

翔哥终归还是怕死，他轻轻地推开大副架在脖子上的刀，恨恨地说："行，回去就回去，有什么了不起的。"

翔哥边走边向左右看看，见甲板上站满了劳工，翔哥忽然冲眼前的人群大声地喊："杀人了，杀人了，大家都看到了吧，咱们上了贼船了，大家早晚都得死在这些黑心的船员手里。"

翔哥的呼喊引发了一阵骚动，大家议论纷纷，举刀的大副顿时被千夫所指。大副担心事情闹大不好收场，急忙把刀收起来，匆匆地回到驾驶室。

众人回到船舱。此时的翔哥像是中了邪，感到焦躁不安，他一会儿站起，一会儿又坐下，然后呆呆地看着对面那扇小小的窗口。感觉他像一只误飞进船舱的麻雀，正在想尽一切办法从那个窗户重新飞出去。翔哥忽然痛苦地叫喊，狂躁地朝着墙壁猛砸，幻想砸出个透气的洞孔来。

闷热潮湿的空气将每个人的身体浸透，吞噬他们仅存的一点抵抗力和免疫力，真是如炼狱般的生活。两天之后，有人死了。船员抬出两具尸体，一个是年轻人，中暑而死。另一个是中年人，脑后的辫子散乱着，鼻子里的血滴滴答答流到地上，形成一条蛇形的曲线。只听见扑通、扑通两声，尸体被扔进茫茫大海，海面依然风平浪静，像是什么都没发生过。

黄真旗的脑海里闪现出这样的画面：扔进大海的尸体，被一群游来的鲨鱼疯狂撕咬，周围都是血红色的海水，没多长时间尸体就被吃尽。没有吃到人肉的鲨鱼开始报复，它们愤怒地撞击着船身，发出砰砰的闷响，船身在轻微地摇晃。生平第一次出远门，第一次坐船，第一次亲眼看到有人在眼前死亡，这些从未经历过的场面对黄真旗来说简直是一个挑战。

黄真旗想着想着，忽然觉得有些后悔和矛盾，如果自己没有杀人的话，就不会亡命天涯。可是杀父之仇岂可不报？如果自己没有劫狱的话，就不会与亲人别离。可是结义之情岂可不顾？这一切都是自己选择的，既然选择了就没什么可说的。想到这里，黄真旗抬起头，看着船舱里那些与自己一样，准备漂洋过海到旧金山淘金的人，他们虽然受罪，但脸上依然带着对未来的憧憬和喜悦，这些人的要求不高，他们只是为了改善窘迫的生活，能到旧金山找到一份淘金的工作，赚钱给家里邮寄回去，对他们来说就是命运的改变，所以他们脸上的喜悦是发自内心的。

又过了三天，船上的食物和淡水供应得更加少了，船舱中也渐渐升温，体质弱的人开始生病，船舱里弥漫着死亡的气息。门从外面紧锁着，为了防止有人逃出去，还特意加了沉重的锁链。不时听到砸门的声音，谩骂声不绝于耳，接着是绝望的哭喊，最后是沉默的死寂。又有几具尸体被抬出去，有的已经腐烂，尸臭味弥漫着船舱，很多人在呕吐。

林阿招皱着眉头说："再这样下去，咱们都得死在船上。这哪里是船舱，简直就是地狱。我们这哪是去淘金，简直就是历尽九九八十一难到西天取经。"

叶龙从怀里掏出一个酒壶，递给林阿招："喝一口，然后再睡一觉，睡着了就什么也不用想了。"

叶龙本来是好意，没想到却引来林阿招的一通埋怨："睡着了有什么用，该难受还难受，倒不如一死了之，那样倒也省得遭罪。"

叶龙见林阿招没有接酒壶，尴尬地举起酒壶喝了一口："林大哥，既然咱们都来了，不能遇到点困难就打退堂鼓，再咬牙坚持一下差不多也就到了。到了旧金山就是咱们大展拳脚的时候，你难道不想发财吗？"

林阿招本来就因为黄真旗的事与叶龙有隔阂，现在听叶龙又在一厢情愿地描绘美好的蓝图，心里的火烧得越来越旺："二弟，你倒是说得比唱得好听，恐怕咱们三个没到旧金山，就已经被扔到海里喂鲨鱼了。你看看这船舱里的局面，几乎每天都有人病死，过几天再传染上瘟疫，咱们都得跟着遭殃。"

叶龙见林阿招言辞激烈，寸步不让，一下子被激怒了："大哥，你如果这样说话就没什么意思了，当初我也没有求着你走，是你主动要来的。你非但不感谢我，还埋怨我，如果你想中途退出，随时可以走，我绝不阻拦，我和真旗去旧金山，你自己回去。我还不信了，没有你我们照样平安抵达旧金山。"

叶龙说的话也够绝情的，让林阿招很没面子，他本来只是发几句牢骚，缓解一下心中的压力，没想到却遭到叶龙的"驱赶"。林阿招面红耳赤地站起来收拾行李，赌气道："走就走，从此以后我再也没有你这个二弟。"

黄真旗拉着林阿招的手劝阻道："师兄，你这是干什么？"

林阿招没有回头看黄真旗，而是把目光死死地盯着叶龙，叶龙尴尬地笑着。

林阿招说："有人见我碍事，想让我回去，行，我走，我们之前的情义就截止到今天。"

黄真旗看了叶龙一眼，又转向林阿招："你走？你怎么走？是长翅膀飞回去，还是让船长中途为你一个人掉头，返回香港？出门在外咱们首先要心往一处想，劲往一处使，还没到旧金山呢，现在就起了内讧。二位都是我的兄长，我也不敢责骂你们，我只想说，咱们三人现在是一条绳子上的蚂蚱，谁也离不开谁。师兄，你不许走，老老实实地给我待在船上。阿龙，你也少说两句。"

林阿招把包袱往地上一扔，不再说话。叶龙也觉得有些不好意思，侧过身睡去。

一个人倒在林阿招面前，林阿招过去一看，是先前那个后生。林阿招扶起后生，见她脸色惨白，呼吸急促，哮喘不止，像是将死之人。

林阿招轻轻地摇晃着她问："怎么了兄弟？你倒是说话呀。"

后生闭着眼睛不语，像是昏迷了。

林阿招摸了摸后生的额头说："这么烫，烧得太厉害了，得赶快降温。"

黄真旗见是前几天那个女扮男装的人，急忙翻看她的眼皮："情况不太好，中暑了，师兄赶紧给她喂药。"

林阿招掏出带来的药掰开后生的嘴塞了进去，随后又举起水袋给她喂水。大约过了十分钟，后生慢慢睁开眼，见被林阿招搂在怀里，急忙挣脱，但因生病体弱，身体像是瘫软的面条，一点儿力气都没有。

林阿招并不知情，见后生挣扎，还以为是自己太用力了，急忙说："不好意思，我太用力了，你没事吧？"

后生哑着嗓子有气无力地说："你想干什么，快放开我。"

黄真旗见事已至此，干脆挑明了后生的身份："你都病成这样了还不说实话，我早就看出来了，你是女扮男装，说吧，你为什么要这样？"

后生大惊，但很快就恢复了平静："你胡说什么，不要乱开这种玩笑。"

后生想挣扎着站起来，没想到刚走几步又摔倒在地，她的身体太虚弱了。黄真旗故意放低声音，像是怕被别人听见似的说："姑娘，我们不是坏人，更不会害你，和你一样，我们也是去旧金山淘金的人。大家出门在外，应该互相照应才对，你如果不按时吃药，过不了几天就得死在船上，尸体扔到海里喂鲨鱼。这些你不都看见了吗？死人都扔到海里喂鲨鱼，据说海上的鲨鱼正排着队跟在船后面，等待着吃一顿饱饭。"

那后生看着年轻，也就十六七岁的样子，皮肤白净，面色红润，柳叶眉，瓜子脸，身材婀娜，如果再露出乌黑的长发，完全是一个典型的美女。黄真旗刚才的话让她产生了恐惧，她小声地说道："我不想死，你救救我吧，我知道你是好人。"

后生露出让人心疼的眼神，黄真旗又掏出一些药喂她服下："你应该相信我了吧，我们不是坏人。"

黄真旗和林阿招虽然有些见识，却从未在江湖上闯荡过，无论是阅历还是经历都不如叶龙丰富，所以看待问题，他们经常会与叶龙产生分歧。就像此时，他们觉得眼前这位姑娘只是为了便于行走而女扮男装，而叶龙却认为没有那么简单，他甚至认为后生是清廷派来抓他们的探子。

叶龙阴着脸问那后生："你到底是什么人，是谁派你来的？"

后生被问得莫名其妙，眼神有些发愣："我不知道你在说什么。"

叶龙冷笑道："你姓什么，叫什么，来自何处，有什么目的？"

后生反问道："我为什么要告诉你，你先告诉我，你姓什么，叫什么，来自何处，有什么目的？"

后生的快速反应让叶龙略感吃惊："好一个伶牙俐齿，你没回答我的问题，反倒问起我来了。我警告你，如果再不说的话，我就把你女扮男装的事说出去，让船上所有的人都知道你是一个女的，我叶某人可是什么事都干得出来的。"

姜还是老的辣，叶龙这招非常管用，后生担心身份暴露了，会不便于行走，急忙阻拦叶龙道："大哥，算你厉害，既然今天落在你手上，我也没什么可说的。要杀要剐随你便吧。"

黄真旗和林阿招见她虽然身处逆境，却还如此谈笑风生，心中不由得生出一丝敬佩。只有叶龙依然绷着脸，一副要吃人的样子。

叶龙像审讯犯人般追问："你别避重就轻，快老实交代。一个女子女扮男装，远渡重洋到旧金山做劳工，这可不是一般人能做得到的。快说，你到底有什么目的？"

后生急忙摆着手，苦笑着说："这位大哥，你之前在衙门里当过差吧，说话的语气怎么像是审讯犯人呢。你别再逼问了，我说，我说还不行吗？"

叶龙说道："挑重点的说。"

后生说道："我叫麦婧，佛山人氏，我到旧金山主要是为了寻找我哥哥。十年前，我爹带着我哥坐船到旧金山淘金，我爹病死在船上。我哥平安到达写信说，从广东去的劳工，吃不饱穿不暖，赚到的工钱要分给工头一半。我娘觉得我哥太苦了，就催他回家，但我哥一直没有回信。我娘担心这辈子见不到我哥，整天在家里哭哭啼啼。我担心娘的身体就此垮了，为了给她留点希望，我就女扮男装到旧金山寻找我哥的下落。"

黄真旗见麦婧语气诚恳，不像是在撒谎，就说："我第一次见你，就觉得你是女儿身，果然没有看错，其实我也和你一样，为了行走方便才女扮男装的。”

叶龙见心无城府的黄真旗很快就交代了自己的底细，心中颇为不悦，怒声说：“真旗，你好糊涂，你都不了解这个人，就说出了自己的底细，你让我说你什么好呢。”

黄真旗没敢驳斥叶龙，吐了吐舌头道：“阿龙你别生气，我一见这位麦姑娘就觉得亲近，又看她不像是坏人，就实话实说了。”

林阿招也附和道：“二弟，你看这位麦姑娘柔柔弱弱，现在又生着病，一切等她养好病再说吧。”

叶龙看着麦婧，仍然将信将疑：“江湖险恶，人心叵测，你们肉眼凡胎，怎么能辨得出好人还是坏人。再说了，坏人脸上也没写字，那么容易看得出，还能叫作坏人吗？”

林阿招反驳道：“二弟，我觉得你太疑神疑鬼了，你看这样好不好，我为麦姑娘做担保，她如果是坏人的话，你拿我试问，这样总可以了吧？”

叶龙被林阿招的话给气笑了，他叹气道：“大哥有时候天真得可爱，罢了罢了，算我多事。大哥这么喜欢这位麦姑娘，不如娶回家做媳妇吧。”

叶龙说的本来是一句气话，没想到林阿招却当真了，林阿招赌气道：“娶就娶，我还怕你不成，只要麦姑娘愿意，我们下船后就拜堂成亲。”

每次林阿招和叶龙斗嘴，吵到不可开交之际，都是黄真旗出面调解。这次也不例外。黄真旗插话道：“二位兄长说得这么热闹，也不问问当事人同意不同意，麦姑娘与师兄萍水相逢，连名字还不知道，怎么就到了谈婚论嫁的地步了？真是荒唐得可笑。”

麦婧没有接黄真旗的话，而是问：“你也是女扮男装？”

黄真旗捂着麦婧的嘴说：“嘘，这事可不能大声说，这是行走江湖的规矩。”

麦婧吐了吐舌头，闭上嘴看着黄真旗。

黄真旗问：“你看着我干什么？”

麦婧像找到了知音：“真是没有想到，在这茫茫大海上能遇到一位同性，顿时觉得路途上有了生趣，从心底感到高兴。”

林阿招见有新人加入，心里感到非常高兴，路上终于有一个可以说说话的人了。自从知道叶龙和黄真旗情投意合之后，林阿招对黄真旗的态度就有了些疏远，不像以前那么亲近了。这也不能怪林阿招小心眼，因为他如果继续追求黄真旗，势必会与叶龙产生摩擦，而黄真旗并不喜欢自己，而是钟情于叶龙。出于种种考虑，林阿招只好默默地退出这场爱情的竞争。现在旅途之中出现另外一位心仪的姑娘，这对林阿招来说完全是一个意外，或者说是老天爷赐予的一份礼物。林阿招决定把握住一切机会接近麦婧。

下午的时候，海面上起风了，随之迎来了惊雷和闪电。海风狂野地卷动着海浪倾盆而下，噼噼啪啪地打在船身上，声音惊天动地。一道一道的闪电划过天际，阴暗的船舱瞬间被照得雪亮，瞬间又恢复了黑暗。轮船随着海浪起起伏伏，随时都有覆灭的危险。

船员高喊道："大家都待在船舱里别出去，谁不听话就扔进海里喂鲨鱼。"

随后船员对着远方嘴里默念："妈祖保佑，妈祖保佑。"

船身剧烈的抖动让船舱里的人坐立不稳，起伏颠簸，像喝醉酒一般。麦婧被忽然来的一股力甩出，恰好撞到林阿招身上。林阿招扶住麦婧，轻声地说："麦姑娘小心。"麦婧坐稳后，看了林阿招一眼，露出感激的眼神。

林阿招借机与麦婧套近乎："你这次出来，你娘肯定很担心吧？"

麦婧答道："我娘岁数大了，行动也不便，真不知道我走了她怎么办。每次想起这些，我心里就很难受。"

林阿招安慰道："那你家里再没有其他亲戚吗？或者是你的男朋友，他可以抽时间帮你照顾你娘。"

麦婧说："我家的亲戚都在广西，佛山一个都没有，我也没有什么男朋友。"

林阿招的试探初见成效，他对这个答案非常满意，有些兴奋地说："噢，麦姑娘长得好，性格也好，喜欢你的人肯定不少，怎么可能没有男朋友呢。要我说呀，肯定是你挑花眼了。"

麦婧对林阿招的话并不设防，而是坦诚地回答："我哪有林大哥说得那么好，我不过出生在普通人家，性格也不好，有时候爱着急，一着急我就爱哭。呵呵，今后如果林大哥见到我哭，千万不要感到奇怪，因为我就是这样的人，不愿意把心事憋在心里，想说就说出来，不想说就哭出来。"

林阿招越看麦婧越喜欢，嘴上像抹了蜜："你这么做很好，率性而为，活得潇潇洒洒、开开心心。谁要是能娶到你，那是他一辈子修来的福分。"

麦婧就算再天真无邪，也能听出林阿招的画外音，又想起上次林阿招和叶龙斗嘴，说娶自己的事。

麦婧脸上一红，问道："林大哥光问我了，我还不知道你的情况呢。"

被麦婧一问，林阿招有些手足无措，他想了想说："我就是一个普普通通的人，也没什么大的理想，我就是去旧金山淘金，多赚点钱，回国盖房子买地，娶媳妇，生一群胖娃娃，享受天伦之乐。"

麦婧咯咯地笑道："林大哥真是太有意思了，生一群娃娃，那该多热闹呀，你难道就不觉得烦吗？"

林阿招认真地说："老婆孩子热炕头，小富即安的生活才是我想要的，因为我能从中感到一份踏实，获得一种满足感。我对升官发财、功名利禄没什么兴趣，我只想找到一个心爱的女人，然后一起过我们的小日子。"

虽然外面风雨雷电，但在船舱之内却是另外一番情景。

这边林阿招和麦婧在畅谈人生，那边叶龙和黄真旗也在风花雪月。

叶龙小声对黄真旗说："我上船之前求过签，主大吉，没想到老天爷也说谎，完了完了，我们都将葬身在这茫茫大海之上。可惜了可惜了，我这样一个风华正茂的男子，还没有娶媳妇就死了，想想真是不甘心。"

黄真旗听了叶龙的玩笑话想笑，但又笑不出来，她心里反倒增添了一丝苦涩。有件事黄真旗没有对任何人讲，自从上了船之后，她亲眼看到每天发生的灾难，想着船上的人不知道要死多少，说不定哪天就轮到自己了，便没有想着能活着下船。虽然她这么想，但在心中还是存有一丝生存的希望。黄真旗佩服叶龙对待生命的态度，无论发生多大的事，在叶龙看来都波澜不惊，大不了双手献上一条性命而已。所以叶龙活得要比黄真旗简单而快乐，因为在他心中，从来不拿自己的命当回事，或者说，是他天生放荡不羁、游戏人生的态度，让他一次又一次幸运地闯过命运的难关，而活得更加潇洒自在、从容淡定。

在黄真旗眼中，叶龙身上还有很多值得学习的地方，比如他的人生阅历、他的自信从容，而这个让自己心仪的男人却迟迟不肯表白，想起来心里就着急。

连续几轮狂风暴雨之后，船舱顶部那盏高悬的灯灭了，船舱陷入一片漆黑。接着又传来一阵轰鸣，一个巨大的海浪打在船身又迅速退去，船舱里的人东倒西歪乱作一团。有人高声谴责对方压在了身上，有人怨恨该死的风暴，更有甚者高声诅咒黑心的船家，一定是做多了缺德事遭到老天的报应。

连续的颠簸让黄真旗身心疲惫，她感觉天旋地转，腹内翻江倒海，随时都要吐出来。黄真旗紧紧地握着叶龙的手问："阿龙，我们会死吗？如果我死了，你会怎么办？"

叶龙趁机搂住黄真旗，轻轻地抚摸着她的头发说："真旗，不要胡思乱想了，我们都会没事的。船在海上遇到大风大浪是很正常的事，最多摇晃几下就没事了，不会翻船的。你如果还是感到害怕，就听我给你讲一个故事吧。"

黄真旗点点头，头枕在叶龙滚烫的胸口。叶龙拍着黄真旗的肩膀正要说话，黄真旗说道："留给我们的时间不多了，我不想听什么故事，只想和你多说说话。

阿龙，我不想死，我还没活够呢。”

叶龙安慰道：“有我在呢，每个人终有一死，大不了我陪着你死，咱俩到了天堂还做结拜的兄妹。”

黄真旗心里一热，在面临生死考验的时刻，有一个人能对她说这些话，让她感觉到自己是全世界最幸福的人：“阿龙，时间越来越少了，有些话现在不说，以后就永远没机会说了。我不想到天堂做你的妹妹，我想现在就做你的女人，你能明白我的意思吗？”

到了这个时候，黄真旗也顾不上那些繁文缛节了，她不想给自己留下任何遗憾，直接向叶龙表露心迹，于是继续说：“就算我们做片刻的恋人，我死了也了无遗憾了。阿龙，你喜欢我吗？”

叶龙搂着黄真旗，发出惊喜的笑声：“真旗，我当然喜欢你，从我第一次在碧萝山见到你的那一刻，我就喜欢上了你。如果船上只剩下我们两个，我会把生存的机会让给你；如果我们两个都死了，我会在死之前对你说我爱你，真旗，我喜欢你，我愿意一辈子都和你在一起。”

黄真旗被叶龙的这句话击中了，这是她人生中第一次听到爱情表白，虽然没有仪式，没有鲜花，甚至没有生命的保障，但她还是被感动得泪流满面。

叶龙继续说：“你曾经两次救过我的命，这份恩情我要用一辈子去偿还，今后无论是成功也好，失败也罢，顺境也好，逆境也罢，我都会陪在你的身边，用一生去呵护你。因为我这条命是你的，你想要的话，随时可以拿走。”

黄真旗与叶龙紧紧地拥抱在一起。

这是他们私订终身的时刻，哪管外面风卷海面、浪声滔天……

一个时辰后，风暴平息了，苍茫的海面虽然恢复了平静却变得狼藉不堪。

被风吹断的桅杆漂浮着，帆也漂浮着，尸体漂浮着，船员的帽子漂浮着……但风暴总算停了。又有人病死，尸体被扔到海里喂鱼。成群结队的鲨鱼争抢着尸体，水面溅起巨大的浪花，霎时被血染红。

一路之上的劳顿，再加上严重的营养不良，让黄真旗的身体越来越虚弱，她病倒了。

叶龙找船员买了两个鸡蛋，掰碎了一点一点地喂到黄真旗的嘴里，接着又喂了几粒药丸。黄真旗吃完后昏昏地睡去，虽然遭受身体之疾，但她心中却充满欢喜，经过一场生死考验，黄真旗换来了一份深厚的感情，吃多少苦都值得。

第七章　苦海观自在

经历了一场生死劫难后，船上的人欢呼雀跃，他们站在甲板上，看着风平浪静的大海，将刚才经历的恐惧统统抛在脑后。彻底放松下来的劳工，有的谈笑风生，有的躺着睡觉，有七八个人围成一圈在赌钱。为首之人正是先前被船上的大副吓得退回船舱的翔哥，翔哥嘴里叼着一根火柴棍儿，光着膀子光着脚，正在招呼其他劳工下注。

翔哥红光满面，看上去很高兴，像是刚赢了钱："赶快下注啊，押大的在这边，押小的在这边。"

翔哥一边说着，一边用手按着一只白色的碗来回地在地上快速地移动，那只碗的碗底上有两处裂纹，看上去特别刺眼。啪嗒一声，那只按碗的手停住了，翔哥抬头看着其他几个赌徒，笑道："开了啊，开了啊，运气好的多赢钱，运气差也别难过，这把不行咱再来一把。"

翔哥拿起碗，里面是一只还在轻轻转动的骰子，众人的眼睛随着骰子而转动，骰子终于停下了，是六点，最大。押大的人高兴地往回收钱，押小的人失望地叹气。这种场面叶龙已经好久没有看到了，这勾起了他的赌瘾，他心里发痒也想过去赌两把。叶龙出生贫苦，从小就在赌场、茶楼、戏园子等鱼龙混杂之地谋生，后来加入太平军，周围也聚集了一帮吃喝嫖赌之人，渐渐地就沾染上了这些不良的习气。平时没事的时候，叶龙就喜欢赌两把，所以今天看到熟悉的场景，心中立刻来了兴致，心里像脱了缰绳的野马，怎么勒也勒不住。

翔哥早就看见了叶龙，便冲叶龙说道："怎么着，这位兄弟也想玩玩吗？"

叶龙虽然好赌，但还是装作不感兴趣的样子摇了摇头，但他的眼睛却死死地盯着那只骰子。

作为职业赌徒，翔哥能从叶龙的眼神里看出他的心里此时正摩拳擦掌，便拿话激他："玩不玩？不玩就靠边站，别挡着别人的财路，看你气度不凡像个有钱人，没想到却是个穷光蛋。"

叶龙的自尊心受到挑战，他生平最见不得看人下菜碟的人："别狗眼看人低，老子有的是钱，这些够吗？”

叶龙掏出一锭银子扔到地上，继而目中无人地说：“老子赌钱的时候，你们还在娘胎里转悠呢。”

翔哥见激将法起了作用，心中暗喜，紧绷的脸上终于露出了笑容：“行，这位兄弟够豪气，既然想赌，就请下注吧。”

叶龙指着地上的那锭银子说：“就拿它下注，我押大。”

翔哥再次按住那只破碗，来回地在地上移动，周围所有人的眼睛随着那只破碗转来转去。

翔哥揭开碗大声道：“小。”

之后失望地看着叶龙说：“兄弟，你手气不行啊。”

随之又好心劝道：“不行就别赌了。”

叶龙也算赌场老手，首战便铩羽而归，他不甘心，又掏出几块碎银子扔在地上说：“再来，这次我还押大。”

随着那只破碗再次揭开，所有人都失望地看着叶龙，又是小。

叶龙有点沉不住气了，倒不是因为输钱，而是觉得自己很没面子。叶龙死死地盯着地上的那只骰子，总觉得哪里不对劲。

翔哥冲叶龙嘿嘿地笑着：“兄弟，这次你又输了，怎么样，还赌吗？”

叶龙没说话，正要拾起那只骰子检查，却被翔哥一脚踩住，翔哥面带怒色地问：“你想干什么？”

叶龙冷冷地答：“把臭脚挪开，老子要看看这只骰子到底有什么神奇的地方，怎么两次都是小。”

翔哥环视众人笑道：“大伙评评理，他自己手臭，却在骰子上找原因，你们说他是不是玩不起。玩不起就别玩，别在这胡搅蛮缠。”

翔哥手下的那几个人随声附和道：“翔哥说得没错，这个人就是输不起，输不起你倒是别来玩呀。”

翔哥越是阻拦，叶龙越是觉得骰子有问题，叶龙看着翔哥：“我再问你一句，你到底让不让看？”

翔哥仗着人多势众，并不惧怕叶龙：“想看也行，除非你从我身上踩过去，就看你有没有这个胆量了。”

叶龙一笑，他并没有将翔哥放在眼里，轻轻地拉开架势，上前使劲一推。

出乎意料的是，翔哥并没有像想象中那样倒地，而是稳如泰山地站着。叶龙一掌劈了过去，翔哥上半身左躲右闪，下面的脚却纹丝不动。叶龙这才知道，翔哥有两把刷子，所以他才那么从容淡定。试探出翔哥的底细之后，叶龙心里反而有了把握，他双掌翻飞，左右挥舞，逼得翔哥不得不向后退去，还没等翔哥脚跟站稳，叶龙就一个扫堂腿，这下翔哥摔倒在地，脚下那只骰子也滚到了叶龙身旁。叶龙弯腰拾起骰子，仔细地看着，从表面上看就是一只普通的骰子，但掂起来却比普通的骰子略重。叶龙手里一使劲，那只骰子瞬间被捏得开裂，里面流出了灰色的水银。

叶龙举着骰子给众人看："大伙都来看看这是什么，在骰子里注入水银抽老千是最低级的小伎俩，拿这个来骗人也太小儿科了吧。"

若不是亲眼所见，众人皆以为输钱是自己手气差，完全没想到是翔哥设计的骗局。

翔哥见骗局被揭穿，恼羞成怒地扑了过来："赌钱就赌钱，谁让你弄坏我的骰子，断我财路，那我就把你打死扔到海里喂鲨鱼。"

见众人蜂拥而上，叶龙并不慌乱，而是镇定自若道："怎么着，想打架呀，那太好了，我这几天想松松筋骨，正好拿你们练练手。"叶龙不费吹灰之力，就将那七八个人打倒在地，只剩下翔哥一人战战兢兢地躲在后面，叶龙一步一步地逼近翔哥。

"你这些兄弟都是酒囊饭袋，挨不了两拳就躺下了，你要不要来试试我的拳头？"

翔哥见叶龙身手了得，自知不是对手，不得不见好就收，急忙抱拳示弱："这位兄弟，且慢动手，有事好商量嘛。"

叶龙看也没看他，弯腰将地上散落的银子全部装进了包裹，然后笑眯眯地说："没什么可商量的，这些银子全归我了，你愿意吗？"

好汉不吃眼前亏的道理翔哥还是明白的，他心里虽然舍不得，但是嘴上却爽快地答应："银子你全拿去，咱们交个朋友吧，请问兄弟尊姓大名？"

叶龙见翔哥态度还算诚恳，语气也算有诚意，心想，行走江湖还是应该与人为善，便说道："在下叶龙。"

翔哥抱拳道："叶兄弟，幸会幸会，咱们真是不打不相识。从现在起，咱们就算是朋友了，有用得着我的地方，随时找我。"

叶龙与翔哥客气了几句，便回去找黄真旗等人，那包银子却没有给翔哥留下。翔哥对着叶龙的背影呸地吐了一口浓痰。

叶龙将黄真旗叫到一旁，打开包袱后，黄真旗看到至少多了几十两白花花的银子，惊喜道："阿龙，怎么多了这么些银子？"

叶龙系好包袱后得意地说："我刚才出去赌了几把，这些银子都是赢来的，咱们路上正缺钱，有了这些银子，就吃喝不愁了。"

叶龙以为黄真旗会感到高兴，没想到他看到的却是黄真旗紧锁愁眉的表情："怎么了真旗，我赢了钱不好吗？"

黄真旗答："倒不是不好，我只是觉得你不该去赌，人一旦沾染上赌博的习气就不好了，你要答应我，以后别再赌了。"

叶龙自知做不到，但嘴上却说："行，你说什么我就听什么，不赌就不赌。"

叶龙关切地问："真旗，你的身体好些了吗？"

黄真旗刚要回答，又咳嗽了几声，捂着胸口道："吃完药倒是感觉好些了，但还是有些哮喘，估计是船舱里太憋闷空气不好造成的。"

叶龙说："要不我陪你到甲板上吹吹风去。"

黄真旗说："那也好。"

自从轮船驶入日本海域之后，劳工们到甲板上透气的机会就多了起来，时间也比之前长了。这倒也不是船长心疼劳工们，而是他手里的那份"死亡名单"快满员了，如果再有人病死，就得自己赔偿。

叶龙正要扶着黄真旗到甲板上晒太阳，忽然听见外面传来一阵急促的鞭炮声。

只见几挂鞭炮挂在船边的铁栏杆上冒着蓝烟，正在噼里啪啦地响着，船上飘满了鞭炮的纸屑。旁边站着翔哥和他的兄弟，一群人双手合十，冲着大海默默祈祷。船舱里的人听到鞭炮声后纷纷来到甲板上，也不知道发生了什么事，便学着翔哥的样子，冲着大海默默祈福平安。大副听到鞭炮声后急忙赶了过去，他看到所有人都出来祈福平安，那震撼的场面让他忘了阻止，顿时愣在那里。

过了一会儿，大副才来到翔哥面前说道："翔哥，怎么又是你，你闹够了没有？"

翔哥没有理会大副的话，依然虔诚地祈祷。

大副举起手里的刀冲众人怒吼："都给我回到船舱里去，这么多人站在甲板上，万一一个大浪过来，你们一个也活不了。"

翔哥瞅了大副一眼，慢悠悠地说道："最近船上死了很多人，船舱里到处飘浮的都是死人的味道，简直是太晦气了。放几挂鞭炮驱驱邪，去去晦气，顺便祈求妈祖娘娘保佑，让船上的人平安抵达旧金山，别在中途死了被扔到海里喂鲨鱼。"

众人本来就对一路的颠沛流离感到厌恶，又听到翔哥说到死无葬身之地，心里便产生强烈的共鸣。一个二十岁左右的小伙子举起手大声说："如果再不给我们足够的食物和水，我们就不去旧金山了，送我们回去。”

另外一个中年人说道：“一路上，我的表哥病死了，我的兄弟也死了，为了淘金连命都搭上了，想想真有些不值。我要回家，快送我回家，回到家我们至少还有一块土地，至少还有一条渔船。”

大副见众怒难平，说话的语气也不像之前那么强硬了：“我知道大家的苦处，但是你们想过没有，天底下的道理都是一样的，想赚钱就得受罪，只要大家再忍一忍，用不了多长时间就能到旧金山。只要到了旧金山，那些黄澄澄的金子就等着你们去挖，钱等着你们去挣。到时候衣锦还乡、光宗耀祖，你们等的难道不就是这一天吗？所以说，大家要坚持住，不要被人利用，总想着回家，淘金这条路只能是一条道走到黑，没有其他办法。”

经过大副这一番苦口婆心的劝解，众人的心里略微地好受了一些，纷纷回到船舱。只剩下翔哥和几名兄弟，一名下巴上长着黑痦子的兄弟凑近翔哥小声说：“翔哥，这招不太好使呀。”

翔哥若有所思：“咱们必须想办法回去，否则谁也活不了，既然这些人不响应，那就再想其他办法。”

黑痦子说：“翔哥，要我说，来软的根本不管用，不行咱就直接来硬的。”

“你有什么好办法？”翔哥问。

黑痦子说：“逼着船长把咱们送回去，他要是不配合，咱们就杀了他，自己开船回去。”

翔哥怕被人听到，急忙看看四周，小声说：“干这件事需要帮手，咱们现在人手还是太少，我担心干不成。”

“帮手好找呀，前几天搅黄咱们赌局的叶龙就是最佳的人选，他身手不凡，有了他的帮助，干掉船长还不是手到擒来？”黑痦子说完看着翔哥，像是在征求意见，又像是在自言自语。

翔哥想了想说道：“你去告诉兄弟们都给我沉住气，先别轻举妄动，我先去会会叶龙，咱们再做定夺。”

对于翔哥的求助，叶龙还是略微感到有些意外。

二人面对面站在甲板上，脑后的辫子被剧烈的海风吹得晃来晃去，像是地上长着的一株狗尾草，在风中无力地摇晃着。

此时暮色降临，血红的夕阳照在甲板上，像是洒了一层红红的血，看上去那么吓人。

翔哥掏出酒壶喝了一口递给叶龙，叶龙也没嫌弃，举起酒壶喝了一口道：

“好酒。”

翔哥哈哈大笑：“兄弟倒是一个爽快之人。自从上次领教过兄弟的武艺之后，我便对兄弟刮目相看，我自认为兄弟是一个讲义气的江湖中人，遇到不平事肯定会拔刀相助。”

叶龙笑道：“我就说嘛，上来就喝酒，翔哥肯定有事。说吧，什么事，只要叶龙能办到，一定尽力而为。”

翔哥拍了叶龙肩膀一下说：“痛快，我就喜欢与兄弟这样的痛快人交往，眼下我正好有一件事请兄弟帮忙，但不知道兄弟肯不肯仗义出手。”

叶龙说：“那要看翔哥说的什么事了，你让我帮忙摘天上的星星，那叶某可办不到。”

翔哥笑道：“这件事倒没那么难，对于兄弟来说不费吹灰之力。我和带来的兄弟不想去旧金山淘金了，但是船长不同意，所以我们决定劫持船长，开着船返回香港，想请兄弟帮忙，和我们一起做这件事。事成之后，必有重谢。”

叶龙问道：“当初你们想出去淘金，现在为什么又想中途返回呢？”

翔哥长叹一声道：“我们这些人都是穷苦出身，在村子里活不下去，本打算到旧金山淘金。但是这一路之上的情况你也看到了，我带来一百名兄弟，到现在死了十几个，再这样下去，不知道还要死多少人。其他活着的兄弟嘴上虽然不说，但心里肯定对我有意见，他们都想回去，不想不明不白地把命断送在大海。另外，我也听说，就算咱们平安到了旧金山，情况也不乐观，那里的矿井经常坍塌，多少人都死在那里。连一块墓碑都没有，只是随便找个地方把人埋了，上面插一块写着名字的木牌就算了结。俗话说，叶落归根，人死了尸骨都带不回去，想起来就叫人心寒。所以我们才决定铤而走险，逼迫船长返回。”

叶龙听完之后陷入了沉思。翔哥见叶龙不说话，便问道：“不知道兄弟心里是怎么想的？”

这一问让叶龙想起一件事，自己还是身负命案的朝廷要犯，为了逃命才决定到旧金山淘金。如果帮助翔哥做了此事，那自己岂不是自投罗网吗？但是这件事无法对翔哥说明。

想到这里，叶龙为难地说：“翔哥，这件事我恐怕帮不了你，另外，我也不赞成你这么做。船上有两百多人，想回去的毕竟是少数，总不能因为你们反悔，而让大家都跟着你们回去吧。这样对别人不公平。”

翔哥：“不公平？难道白白搭上一条性命就公平吗？我这么做都是为了大家好，船上的人都是被骗来的，别人不知道，难道兄弟你还不知道吗？”

叶龙说："劫船可是大事，弄不好会招来杀身之祸，再说了，就算你劫船成功了，难道就敢保证返回途中一帆风顺吗？听我一句劝，你这么做很危险，还是收手吧。"

翔哥见叶龙并不配合，还劝阻自己，颇为不悦。

叶龙也看出了翔哥不高兴，说道："翔哥你应该这么想，咱们九九八十一难都经历过了，不差这一难。那大副说得好，再忍忍就过去了，你也劝劝兄弟们少安毋躁。我感谢翔哥对我的信任，今天这件事我保证不会对任何人说，我也想请翔哥悬崖勒马，不要拿兄弟们的性命做赌注。赌博可以弄虚作假，性命丢了可就再也没有了。"

叶龙走后，翔哥沉默地看着夜色中平静的大海，这种平静让他感到烦躁不安。

转天晚上九点多，轮船在海上缓缓地向前行进，远远看去，四周夜幕的深处会亮起过往船只的灯光，星星点点，尽管微弱缥缈，却让人产生身处中央、被包围的错觉，这时候那灯光已经不见了，窗外一片漆黑。船舱里那盏昏黄的油灯若隐若现，该睡的都已经睡着了，该醒的还醒着。有人在梦中发出轻轻的鼾声，像是没有吃饱的青蛙发出咕咕的声音。

黄真旗依偎在叶龙的怀里沉沉地睡去，她梦见一群鲨鱼长着血盆大口在撕咬着船身，留下了一道一道清晰的牙印儿。黄真旗站在甲板上害怕极了，不时地向下看，忽然她看到了一具尸体漂浮在海面上。鲨鱼对这具尸体并无兴趣，而是围住转圈，转了很长时间之后，鲨鱼们纷纷离去。黄真旗感到奇怪，想看清楚那具尸体的脸，但怎么也看不清楚，不由得有些着急。

黄真旗侧过身子，搂住叶龙的胳膊，继续在梦中神游。

这时船舱内的门被人轻轻地打开，十几条黑影蹑手蹑脚地爬了出去。这些人聚集在甲板上窃窃私语，只听一人小声说道："都准备好了吗？"

其他人齐声说道："放心吧，翔哥，都准备好了。"

翔哥又说："家伙都带齐了吧，待会儿上去一切听我指挥，船长要是听话咱就不为难他，如果不听话，就给我干掉。你们这些人既然跟了我，就得沾沾血，沾完之后咱就是自己人了。"

众人点头。

翔哥一挥手说："到船长室，外面的人将船上的定位系统都给我破坏掉，免得发出求救信号。"

船上的马灯很亮，晃得人眼睛疼，船长室里面是什么情况，众人一无所知，但这些人也顾不上那么多了。众人提着刀闯进船长室，大副和四五名船员围坐在一起喝酒，船长正趴在桌子上睡觉。里面的人还没反应过来，就被翔哥全部控制，从睡梦中惊醒的船长虽然心里害怕，但脸上却没有表露出来。

"你们要干什么？"船长问道。

翔哥举着刀嘿嘿地笑着："干什么？我想干什么你会不知道？实话告诉你，今天你们这些人一个也活不了，识相的就赶快返航，送我们回香港。"

还没等船长说话，大副急忙插话道："各位兄弟千万不要伤害我们的性命，你们想回家咱也不用这样，说一声咱回去就完事儿了。"说完拿眼神征求船长的意见。

这个时候，所有人都涌起一种求生的欲望，希望船长答应翔哥的条件。

没想到船长的回答却让所有人大失所望："就这么回去，我们无法向掌柜的交代，出海前我们是和船运公司签过合同的，再说了，返航的费用谁出？"

翔哥被船长的话激得恼羞成怒："你真是个死心眼，我看你真是要钱不要命呀，来人，给他放点血。"

一名兄弟过来照着船长的大腿就刺了一刀，鲜血立刻染红了船长的裤子，船长疼得大叫一声。

大副是个贪生怕死的人，一看翔哥动了刀子，吓得尿了裤子，哆哆嗦嗦地求船长："船长，我求你了，你就答应他们的条件吧，否则船员们都得跟着你倒霉。你死了不要紧，我们还拉家带口的，死了家里的老人孩子没人照顾了。船长，做人不能太自私呀。"

船员中分为两派，一派支持大副，一派支持船长。

支持派想活命，赞成劫船返航；反对派中有一人指着大副的鼻子骂："你是个什么东西，在这里指手画脚，只要在船上，一切必须听船长的。返航？真的听了这些人的话返航，咱们多年创下的这块金字招牌就彻底砸了，以后谁还敢把生意给咱们做？"

大副反驳道："俗话说，留得青山在，就不愁没柴烧，船长死了我们可以再选出一个，命没了到哪里再生出一条命来？"

翔哥看着船长，冷笑道："没想到你的骨头还挺硬，看来这一刀还没捅疼你，来人，再给他来几刀。"

随后翔哥对另外一名兄弟说："坤仔，你是新人，去沾沾血。"

坤仔初来乍到，哪里见过这等血腥暴力的场面，人还没走动，腿肚子便哆嗦起来。

翔哥冲他屁股上踹了一脚，喊道："胆量是练出来的，你去捅他几刀，以后就没什么害怕的了。人只要沾了血，心肠就硬了，就能干大事。”

坤仔哆嗦地举着一把匕首，慢慢地走到船长面前，船长挣扎着怒吼：“翔哥，你这么做是要遭报应的，你们这群王八蛋，比海盗还不是东西。你干脆杀了我吧，我死了也不会放过你的。”

坤仔心软了，手里的匕首掉在地上，转过身用颤抖的声音说：“翔哥，我、我，下不了手呀。”

翔哥气得过去抽了坤仔一记响亮的耳光，骂道：“你这个没用的东西。”转而把目光聚焦到大副身上，大副被翔哥凶恶的眼神看得心里直发毛。

“你去杀了他，他死了你就是船长，想活命的话，你就送我们返航。”翔哥命令道。

“我？”大副吓得直摇头，虽然他贪生怕死，但毕竟还有良知，对残害同胞的事，他还是心存畏惧。

“翔哥，你就别为难我了，我可下不去手，你还是找别人吧。”

翔哥威胁道：“行，你可以不去，那我现在就杀了你。”

大副本来就立场不坚定，被翔哥一吓唬，马上就改变了口风：“别别别，你千万别杀我，行，我来。”

大副从地上捡起那把匕首，缓缓地来到船长面前说：“船长，你也看到了，我也是被逼无奈，你也别怪我，要怪就怪自己运气不好。”

船长自知性命不保，忽然冲着其他的船员大声喊道：“弟兄们，你们可真够傻的，我死了你们一个也活不了，与其那样，倒不如和他们拼个鱼死网破，那样的话，我们或许还有一线生存的希望。”

船员们本来就敬佩船长，再看到翔哥手冷心黑，自知不会有好结果，干脆拼了。

船员们各个拼命挣扎，抢过武器与翔哥的人厮杀起来。

船长室内传来激烈的打斗声，翔哥见船长腿上受伤行动不便，飞身跳过去猛刺几刀，船长拖着受伤的右腿反身抓住刀刃，争夺中被另外一人拿铁棍打断左腿，跪倒在地，翔哥一刀捅进他的胸腔，又在脖颈上抹了两刀。船长倒在血泊之中，其他几名反抗的船员也全部遇难。最后只留下大副和那五名支持返航的船员，这些人亲眼看着自己的同伴被杀，顿时乱作一团。

翔哥溅得满脸是血，他从船长的布袍上撕下一块擦了擦脸上的血，面目狰狞地看着剩下的船员：“你们都看见了吧，这就是反抗的后果，你们几个赶快把这里给我清理干净，顺便把这些人扔到大海里去。”

大副唯唯诺诺地答："好、好的，一切都听你吩咐，我们现在就清理。"

大约过了半个时辰，船长室内清理干净，天色也渐渐亮了，东面的天空升起一轮朝阳，一群海鸥围在轮船周围乱飞，飞了很久都不肯离开，好像在寻找着食物。翔哥命令几个兄弟守在舷梯上，防止别人进入船长室，那些兄弟手里拿着刀，面无表情地站着。

翔哥回到船长室，大副马上露出讨好的笑容，问道："翔哥，咱啥时返航？"

翔哥问道："返航需要多少天？"

大副说："如果不出现大风大浪的话，大约需要一个月吧，如果遇到海啸那就不好说了。"

翔哥不耐烦地说："你别跟我说什么海啸，我就问你，你心里有没有底，送我们返回香港？"

大副拍着胸脯道："绝对有底，虽然我是大副，但要说航海的经验我不比船长差，三十天保证能按时返航。可是……"

见大副欲言又止，翔哥着急地说："你说话别吞吞吐吐的行吗？我最讨厌别人说话说半句留半句。"

大副急忙说道："返航是件大事，还要不要和船上的其他人说一声，咱们想返航，别人可不见得就愿意。万一到时候闹起来，又是一场械斗，虽然翔哥你人多势众，但总不能将船上的那些劳工全杀了吧，这件事还需要考虑清楚。"

经大副提醒，翔哥似乎也意识到这件事没那么容易，别人倒好对付，但是叶龙武艺高强，却是块难啃的骨头。翔哥沉思了一下说："这不是你该考虑的，开好你的船就行了，从今天起，你就是船长，你每天都给我待在驾驶室，我会派几个兄弟陪着你。你可别给我耍鬼心眼，听见没有？"

大副若有所思，心不在焉地随便"嗯"了一声，便没再说话。

为了永绝后患，翔哥便想着干掉这条船上少数知道劫船内幕的知情人，无奈叶龙身手不凡，明着来肯定不行，只好来暗的了。翔哥让弟兄们带着刀提前埋伏在叶龙的必经之路上，只要除掉叶龙，这件事就万无一失了。

昨夜船上发生的一切，叶龙并不知情，这段时间他正处在与黄真旗的热恋之中，脑子里除了男欢女爱之外也不去想别的事。此时他正和黄真旗在船舱内卿卿我我，完全没注意到翔哥已来到他的身后，倒是黄真旗先看到了翔哥。

黄真旗推了一下叶龙说："有人找你。"

叶龙转过身见是翔哥，心里便生出一丝厌恶，自从那次二人交谈之后，叶龙便对这个人有所提防，不愿意再与他发生任何关系。

叶龙冷冰冰地说："原来是翔哥呀，找我有事？"

翔哥先冲黄真旗友好地笑笑，然后对叶龙说："上船之前带了几壶好酒，特地请兄弟过去喝几杯。"

叶龙正要推辞，翔哥又说："用不了多长时间，喝完酒兄弟就回来，难道连这个面子都不给翔哥吗？"

叶龙看了看黄真旗说道："我出去一下，一会儿就回来。"

黄真旗说："你去吧，我也正好找师兄和麦姑娘说说话去。"

叶龙跟着翔哥出了船舱，翔哥走在前面，叶龙走在后面。翔哥边走边说："今天这酒可不错，兄弟喝了一定大呼过瘾。"

叶龙问道："翔哥说得这么热闹，还不知道是什么酒。"

翔哥忽然转过身，沉声说道："断头酒。"

话音未落，埋伏在船上的十几名兄弟举着刀围住叶龙。

叶龙见状大惊道："翔哥，说好了来喝酒的，你这是干什么？"

翔哥狞笑着说："干什么？要你命。"

叶龙问道："我哪里得罪你了？竟然对我下毒手！"

翔哥挥手道："都给我上，杀了他。"

虽然叶龙身手不凡，但是明枪易躲暗箭难防，当他靠近船边的铁栏杆准备纵身一跃时，却不知道那铁栏杆的螺丝已提前被翔哥拧掉，他一用力，一个没留神脚下一空，掉进了茫茫大海。翔哥提着刀追到船边向下看，见叶龙在海面上挣扎了一阵便被海水淹没，翔哥一阵狂喜，站在船边放声大笑。

黑痞子跑过来兴奋地说："翔哥，他不习水性，恐怕是淹死了，这下好了，我们劫杀船长的事便没人知道了。"

翔哥望着平静的海面说道："真是天助我也，叶龙一死，谁也不能阻挡我们返航，兄弟们，回去喝酒。"

黑痞子问道："咱们回去怎么说？"

翔哥连想都没想便说："就说喝醉酒，失足掉进海里了，活不见人死不见尸。"

翔哥高兴得太早了，他哪里知道，叶龙自幼便熟悉水性，在江中游上几个来回都没有问题。叶龙失足掉进大海之后，便抓住船身不动，听到了翔哥和手下的谈话。叶龙一惊，断定翔哥已经劫船返航，但他没有想到翔哥居然残害了船长和几名船员。叶龙偷偷地爬上船，拧干衣服上的水，此时却见黄真旗、林阿招、麦婧发疯似的从船舱里冲了出来。

黄真旗哭喊着冲向船边："阿龙，你在哪里？"

叶龙见翔哥和那几名手下也从船舱里走了出来，便大步走了过去。

先是黄真旗一惊："阿龙，你、你不是掉进大海了？"

接着是翔哥，一见叶龙还活着，顿时吓得大惊失色。

叶龙大喝一声冲向翔哥："狗贼，拿命来。"

翔哥吓得掉头就跑，三步并作两步跑向二楼的船长室。

黄真旗和林阿招见状，跟着叶龙追了上去。叶龙一脚踹开船长室的门，却不见船长，只见到大副。

叶龙问："人呢？"

大副见到叶龙，像是见到了救星，急忙说道："从窗户逃走了。"

叶龙掉头去追，寻遍了船上的每一个角落，都没找到翔哥。

林阿招说："他不会是跳海逃走了吧？"

叶龙："算他命大，如果让我找到他，就一刀劈了这狗日的。"

三人说着话向前走，大副忽然跑过来说："我知道一个地方，他也许会藏在那里。"

大副之所以这样积极，是因为他看到了生存的希望，现在有人出面收拾翔哥，这当然是他愿意看到的："船底有个水舱，装淡水的，上面拴着一条铁链，但没有上锁。那里正好可以藏进一个人，你们可以到那找找看。"

三人来到水舱，见上面的铁链松散着，一看就是刚被人打开。

叶龙冲黄真旗和林阿招使了个颜色，二人做好了准备。盖子被叶龙腾地打开，翔哥果然藏在里面。叶龙揪着翔哥的脖子将他拽了出来，翔哥被揪着喘不过气来，大声地咳嗽着。

大副见翔哥没有东山再起的机会，便站在了叶龙一边，大声说道："他为了返航，杀了船长，还绑架我驾船送他返航。这个人太坏了，你们绝对不能轻饶了他。"

无论大副说什么，翔哥都是一言不发。

叶龙是个睚眦必报之人，心里还在记恨翔哥刚才对他的暗算，想到这里，叶龙押着翔哥来到甲板上："你杀了那么多人，也算是死有余辜了，看在相识一场的份上，我不为难你。你自己跳进大海，如果能活下来，那是你命大，活不下来，那也别怪我。"

大副着急地说："他习水性，跳海之后可能死不了，那样太便宜他了，我倒有一个更加稳妥的办法。"

大副找人借了一把刀，在翔哥的右腿上刺了一刀，然后对叶龙说："他不是说沾血好吗，今天也让他沾点血，现在他跳下去，鲨鱼闻到血腥味，很快就会游过来饱餐一顿。"

大副也没征求叶龙同意，猛地一脚便将翔哥踢进大海。大副跪在地上说："船长，我这也算是给你和其他船员们报仇雪恨了，你们千万不要再怪我了。"

大副仰天大哭，哭声中包含着委屈和欣慰。

没多长时间，便听到翔哥发出惨叫，那叫声听着让人毛骨悚然。

第八章　乱点鸳鸯谱

船舱里的所有人都来到甲板上，目睹了这一场激战。

他们不知道到底发生了什么，搞不清楚为什么双方要将对方置于死地，不由得议论纷纷。

大副担心众人因疑惑而产生不必要的误会，急忙冲到最前面大声说："大家先安静一下，听我说几句。"

大副一指叶龙道："是这位叫叶龙的朋友救了我们，如果不是他关键时刻挺身而出，我们这些人早就葬身大海了。"

这艘轮船除去船长之外，职位最高的就是大副了，所以大家对大副说的话还是相信的。

大副见人群中鸦雀无声，知道自己的话起了作用，继续说道："翔哥这个人简直太坏了，他后悔了，不想去淘金了，就手持凶器，带着人闯进船长室，逼我们返航。船长为了维护大家的利益，就和翔哥交涉，没想到丧心病狂的翔哥根本听不进去，就杀了船长。最后留下我和另外几名船员，留下我们的目的是要送他返航，所以我们几个人才幸免于难。这时恰好遇到叶龙老弟拔刀相助，为了大家的安危，叶老弟就和翔哥打了起来，将翔哥逼得跳海，大伙说说，这翔哥该不该死？我们该不该为叶老弟鼓掌欢呼？"

叶龙心说，大副不单单是伶牙俐齿，还算是略有心机，他既掩盖了自己的贪生怕死，又帮叶龙树立了威信，还消除了大家的误解，真是一举多得。大副拉着叶龙的手说："老弟，你跟大伙说两句。"

叶龙推辞道："我就不说了，没什么好说的。"

大副不依不饶："你是大英雄，不讲几句大伙也不答应，快讲两句。"

叶龙不得不向众人抱拳道："翔哥这个人确实罪有应得，我们不杀他，他就会威胁到大家的生命。我们都是想去美国淘金，并不想中途返航，他想回去可以自己回去，不应该劫船杀人。我有个提议，从今天起，船上所有的事务都由大副说了算，由他亲自驾船带我们继续前行，同意的就请举手。”

船上所有人都举手表示同意。

叶龙转身对大副说：“那就辛苦你了，我们这一船人的身家性命就交给你了，你肩上的担子很重。”

大副见自己竟然意外地“升官”，脸上露出灿烂的微笑，他激动地握着叶龙的手说：“多谢老弟的信任，我一定会尽职尽责，把你们平安地送到旧金山。”

大副上位之后确实做了几件好事，他将储藏室里的肉、鸡蛋、蔬菜、饮用水、药品等生活必备用品，拿出一部分与大家分享。身患重病的人就安置在船员宿舍，每天大家到甲板上透气的时间也明显比以前长。经过这一番休整，船上的人的身体和心情都得到改善，再也没有人因环境恶劣而死亡。

这天轮船正在平稳地向前行驶，站在甲板上的黄真旗忽然大叫：“快看！远处驶来几艘小船，速度好快。”叶龙放眼一看，只见海面上驶来七八艘小船，每艘船上站着五六个人，船的形状像是一枚枫树叶，前进的速度非常快。船上竖着的白帆像一根根立起的羽毛，被风吹得猎猎作响。

一名船员举起望远镜看了看说：“不好，我们遇到海盗了。”说罢急忙跑向驾驶室，向大副报告。

那些小船很快便靠近轮船，分东南西北四个方向将轮船团团围住，船上的人见状，四散奔逃躲进了船舱里。前面那艘船上站着一名海盗，小个子，黑头发，三角眼，八字胡，头上戴着一顶竹子编的斗笠，一条小拇指粗细的带子勒在下巴上。这是一名日本海岛首领，名叫佐佐木。

三声枪响过后，三名船员倒在甲板上。海盗们掏出绳子，一头攥在手里，另外一头拴着一个铁爪，在半空中挥舞几下就扔向船。那铁爪子比人手还要灵活，啪的一下就抓住了船上的铁栏杆。海盗们拽着绳子登上甲板。佐佐木最后一个上来，他脚下的木屐踩着船上的木板，发出嗒嗒的声音。

佐佐木五短身材，像个侏儒。

他握着手里的腰刀，踱着小碎步，环视着众人。其他几十名海盗站在他身后，虎视眈眈地看着船上的人。黄真旗偷偷地掏出飞镖，紧紧地攥在手里，她暗暗打定了主意，海盗一旦抢劫，便主动出击。

佐佐木虽然是一名海盗却很有礼貌，且精通汉语，他向众人深鞠一躬道：“我要和船长谈谈。”

船上无人应答。

佐佐木再次提高嗓门说：“怎么，船长不敢出来见我？”

还是无人应答。

这时大副从驾驶舱里跑出来："我们船长遇难了，我是代理船长，你有什么事跟我说。"

佐佐木喝了一口酒，对大副露出阴冷的微笑："很好，终于有人出来说话了，我想要船上所有的货物，船上的人我一个都不伤害。"

大副也算是久经沙场的老江湖了，海盗们带着枪，说是跟你商量，其实就是明抢，给也得给，不给也得给。遇到这种情况，一般都是和海盗协商，给他们一笔钱，留下船上的货物，不会伤害人命。但是如果遇到贪婪的海盗，不但抢劫，还要杀人。大副起初不太确定眼前的这帮海盗属于哪一类，但一听佐佐木提出要货物，心里就有底了。

大副赔着笑脸说道："我们的船是大清朝的，运送劳工到旧金山务工的，船上也没什么值钱的货物，有的只是广东的商人带的一些诸如茶叶、烟叶、熏肉、干贝、霉干菜这样的土特产，如果不信的话，你们可以打开看看。"

佐佐木冲一名海盗使了个眼色，几名海盗便打开储藏室查看，十多分钟后回来报告说情况属实。

佐佐木挥手道："全部带走。"

众海盗将几十只箱子搬到下面的小船上，一切就绪后，佐佐木说："给我搜身，一件值钱的东西都不许放过，如果嘴里镶着金牙，也给我拔下来带走。"

海盗们每人手里拿着一个口袋开始搜身，没多长时间，手里的口袋就满了。

满了的口袋就放到佐佐木脚下，接着又拿着其他口袋出去搜身。上船之前，黄真旗和叶龙便将所有的钱都交给林阿招保管，因为林阿招稳重踏实又爱精打细算，非常适合管钱。一名海盗来到林阿招面前，林阿招配合地举起双手，海盗从林阿招身上搜出一个钱袋，在手里掂了掂，露出喜悦之情。

不到一盏茶的工夫，佐佐木的旁边便摆满了五六口袋的金银珠宝。这些财物都是劳工们随身携带的救命钱。

一名海盗走向了女扮男装的麦婧。

麦婧担心暴露性别，主动将一只银手镯递给海盗，意思是别让海盗搜身。

没想到海盗并不相信麦婧，以为她身上还藏着别的财物，一只手摸向麦婧的胸部。

麦婧顿时阵脚大乱，麦婧并不会武术，只能是不管不顾地推开了海盗，海盗一愣，更加坚定地认为麦婧身上藏有宝物。海盗这次一把抓住了麦婧的左手，麦婧大叫一声，打了海盗一记耳光。

海盗恼羞成怒，一拳打落麦婧的帽子，露出了盘起的头发，头发瞬间抖落。

海盗似乎看出了麦婧的伪装，故意抓她的胸部，麦婧的上衣被海盗撕开，露出了绣着鸳鸯的红肚兜。

“畜生！”竟然敢当众羞辱他的女人，林阿招哪里能咽下这口气，正要上去，却被黄真旗按住。

林阿招小声地怒问：“你拦着我干什么？”

黄真旗说道：“海盗有枪，师兄不可贸然行事。”

林阿招说：“难忘就这样算了？”

黄真旗说：“不算又能如何，海盗人多势众，我们只能吃了这个哑巴亏。”

麦婧这一闹，立刻吸引了其他海盗的注意，便暂时无人再去搜黄真旗的身，黄真旗擦了擦额头冒出的冷汗。

佐佐木发现麦婧是一个很有姿色的女子，眼前一亮，踱着小碎步走了过来。

佐佐木站在麦婧旁边，脑袋只能够到麦婧的下巴，但这并不影响佐佐木对麦婧美貌的垂涎。一名海盗见佐佐木很尴尬，急忙找来一个小凳子垫在佐佐木脚下，这下好了，佐佐木终于可以与麦婧平视了。

佐佐木仍旧还是那副冷冰冰的表情：“你非常漂亮，做我的女人吧。”

麦婧看着佐佐木就觉得厌恶，再听他提出这样的要求，心里涌起一阵恶心：“我已经有意中人了。”

佐佐木说：“这并不矛盾，我也有妻子，但这并不影响我再找一个女人，何况还是一个如此美丽的女人。我虽然是一名海盗，却从来不亏待女人。做我的女人吧，你也不必去什么美国了，跟着我回去享受荣华富贵。”

麦婧吓得浑身哆嗦，语无伦次地说：“你、你放过我吧，我不过是一个普通女子。”

佐佐木拔出腰刀，用刀尖在麦婧脸上轻轻地划动，说：“只要我稍微一用力，你的脸就算是完蛋了，我再问你一遍，愿不愿意做我的女人？”

麦婧已经吓得大脑一片空白，呆呆地看着林阿招。

一名海盗提醒佐佐木：“这名女子长得确实好看，可是你要是把她带回去，夫人那边肯定会闹翻天的，你可要考虑清楚再做决定。”

佐佐木瞪了那名海盗一眼，充满豪气地说：“我已经受够了那个泼妇，我想要就要，她知道了又能把我怎么样。”

劝说的那名海盗无趣地退下，看上去似乎对佐佐木的豪言壮语表示怀疑。

佐佐木见麦婧并不情愿，便威胁道：“我刚才说过，我不会为难女人，但我没说过不为难男人，如果你不答应的话，我就杀掉船上所有人。来人，给我先杀几个。”

几名海盗举起枪没有半点犹豫，马上就开枪打死了一名劳工。黄真旗见一名同胞惨死，再也顾不上许多，手中的那支飞镖打向佐佐木，只听到“啊”的一声，佐佐木身体一僵，后背中镖，身体轻轻地摇晃了几下，倒在了地上。

众海盗见首领被杀，为了替大哥报仇，便丧心病狂地举枪向人群扫射，没几分钟，便射杀了十几名劳工。黄真旗等人摄于火枪的威力，不敢轻举妄动，被众海盗控制起来。海盗们劫持着轮船，行驶了一个时辰后，停靠在一座岛屿前面。船上所有的人都被劫持到岛上，囚禁在一座大仓库里等候处置。海盗首领的夫人得知当家的被杀了的消息，首先是感到意外。当家的虽然身材矮小，但身手却还不错，如果不是武艺非凡之人，断然不会轻取了他的性命。但当家的毕竟被人杀害了，这个仇必须要报。

海盗首领的夫人长的是个男相，国字脸。她身材敦实，皮肤粗糙，说话时嗓门很大。夫人的武艺比佐佐木高，脾气也不好，佐佐木拿她一点办法也没有。虽然如此，佐佐木还是离不开夫人，如果不是夫人帮着打理山寨的日常事务，恐怕这个海盗集团早就散摊子了。经过这些年的风雨同舟，夫妻二人虽然常有分歧，但多少还是有些感情基础的。

佐佐木的尸首停放在聚义厅里，夫人扑在佐佐木身上大哭，边哭边说：“你这个死鬼，抢钱就抢钱，还想抢什么漂亮女人。我早就说过，你早晚会死在女人手里，这下丧命了吧，我看你是活该，这就叫不得好死。”虽然听上去全是恶毒的埋怨的话，但话里却隐含着伤心和难过。

夫人擦干眼泪说：“杀人的凶手在哪里，给我带上来。”

一名海盗说：“是船上的一个普通劳工，我们做梦也没想到他还会使镖，而且是一镖致命。可惜的是，大当家死的时候，连一句话都没留下。”

夫人说道：“人都死了，说这些还有什么用？你快去把人给我带来，我倒要见识见识，是什么人敢杀我的当家人。”

那名海盗忽然想起了什么：“夫人，那人还有三个同伙，要不要一起带来？”

夫人点头道：“有几个算几个，都给我带来。”

黄真旗、叶龙、林阿招和麦婧被押到聚义厅，四个人被五花大绑。黄真旗抬头看，只见一个粗犷的人影叉着腰站在众人面前，那人上身穿白色花边单衫，袖子高挽，衣摆塞进了紧身马裤里，脚蹬一双到膝的皮靴。看外形像是个彪形大汉，但仔细一看，又见她头上别着发簪，分明是女人的装饰。

那名海盗说："夫人，人都带来了。"

夫人一挥手，海盗退下。

夫人盯着站在最前面的黄真旗，粗声粗气地问道："你们这些人胆子够大的，竟然敢对我男人下毒手，快说，你们都是什么人？"

黄真旗凑近一看，才发现眼前的"彪形大汉"是一个女子，心里不由得想笑。但毕竟生死攸关，她还是憋住没敢放肆："你和那死去的海盗头子是什么关系？听那人说话像是扶桑人，但听你说话，倒像是中国人。"

夫人对黄真旗的问题并不忌讳，爽快地回答道："老娘名叫金花，死了的那个是我男人，他是个扶桑人。怎么着，你是不是觉得他配不上我？那你可看走眼了，我男人可是个大英雄，他除了好色之外，没有其他的毛病。"

说到这里，金花呜呜地哭了起来，指着地上佐佐木的尸体骂道："你死了才好，再也不会背着我出去找女人了。"

黄真旗觉得这个金花有些疯疯癫癫，言谈举止当中带着一种魔怔，像是受过什么刺激。

当站在后面的叶龙听到"金花"二字时，惊得后退了几步，他在极力控制晃动的身体。镇定了几分钟后，叶龙偷偷地打量着离自己不到十米的金花，模样和说话的语气一点都没变，只是身体比以前胖多了，远看像是一个竖起来的陶罐。叶龙感到五味杂陈，想不到几年未见，竟然在一座海岛上与曾经的恋人重逢，而这位恋人已做人妇，还成了杀人越货的海盗。故人站在眼前，不得不让叶龙陷入了沉思，几年前发生在南京的那些旧事，像戏台上的场面，一幕一幕地浮现在眼前。

当年叶龙和金花都是太平天国的朝内典官，叶龙担任洪秀全的贴身侍卫，金花则是王后的贴身侍卫。王后对金花非常器重，常常在洪秀全面前夸赞金花，所以洪秀全对金花也是恩宠有加。一次刺客刺杀洪秀全，叶龙挺身而出，替洪秀全挡了一刀，洪秀全龙颜大悦，决定重重赏赐叶龙。这时王后提了个建议，除去赏赐叶龙金银珠宝外，还想把自己最为器重的金花许配给叶龙。洪秀全也非常愿意当这个媒人，便下旨让二人成亲。叶龙年轻有为，风流倜傥，身边从来就不缺少女人，他根本看不上金花。但是圣旨已下，他也不敢抗旨不遵，只好硬着头皮答应了这门婚事。金花一眼就看上了叶龙，高兴得几夜睡不着觉。由于是洪秀全亲自保媒，所以婚事办得极为奢华，叶龙穿着鲜红的新郎装，但心里却是别扭得很。洞房花烛夜，叶龙迟迟不肯同房，金花是急脾气，便逼着叶龙圆房。两个武艺高强的御前侍卫，便在洞房里打了个你死我活。金花的武艺在叶龙之上，很快便将叶龙按倒在地，金花威胁叶龙，我哪里配不上你？如果你冷落我，我便去找王后评理。最后叶龙迫于无奈，只好与金花成就夫妻好事。婚后叶龙便借故外出，经常不回家，二人的感情越来越冷淡。金花也知道强扭的瓜不甜，但她确实喜欢叶龙，就算这桩婚姻有名无实，她也要全力维持。后来叶龙便搬出家中，住到了营房，金花也没有再找他回家，这对夫妻除了上朝的时候偶尔见一面，其他时间便形同陌路。

清军破南京，天王后宫死的死，散的散。

金花幸存了下来，后流落到沿海，隐姓埋名。

有一次，金花和几个渔民驾船出海，遭遇了佐佐木带领的海盗的袭击，佐佐木便将金花劫持到海岛做了压寨夫人。金花也只好认命。现在，佐佐木死了，金花的心情非常复杂，一个自己并不爱的男人死了，她不知道到底应该高兴还是悲伤。但有一点她心里非常清楚，如果当初没有佐佐木的阴差阳错的收留，她恐怕活不到现在，从这一点来说，金花还是感谢佐佐木的，所以她发誓要替佐佐木报仇。这个仇如果不报，恐怕其他的海盗也会怨她不讲夫妻情分。

金花怒视着黄真旗，咬着牙说：“你杀了我男人，就得替他偿命，来人，拿我的刀来，我今天要亲自挖出她的心，给我男人报仇雪恨。”

手下递来一把雪亮的钢刀，金花提着刀对佐佐木的尸体说：“死鬼，我现在就替你报仇。”金花挥刀刺向黄真旗。

躲在黄真旗身后的叶龙大吼一声：“住手，你男人是我杀的，要偿命我来偿，与她没有关系。”

这一嗓子吓得金花一愣，她侧过头与叶龙的眼神相对。

忽然，金花手里的刀掉在地上，她愣在原地，许久没有说话，泪水流了出来。

叶龙被五花大绑不方便走动，当他看到金花悲喜交加的表情之后，心里的感觉无法言说，只能呆呆地看着金花。

二人沉默了许久，叶龙首先打破了僵局：“好久不见，没想到你还活着，我们又见面了。”

黄真旗、林阿招和麦婧见二人居然认识，先是感到惊讶，随后又感到欣慰，他们心想，既然二人相识，那性命暂时就算安全了。黄真旗还有另外一种感受，因为她从叶龙的话中隐隐听出二人似乎有着某种异于常人的关系，再看金花的表现，更加确定了自己的猜测。

金花仍然泪流不止，她过去狠狠地抽了叶龙一耳光：“我当然没死，你难道盼我死吗？我死了你就可以再娶别人了，我告诉你，我这辈子生是你的人，死是你的鬼，你这次休想再弃我而去。”

叶龙沉默不语。

金花的话对黄真旗来说简直是当头一棒，原来自己喜欢的竟然是个有妇之夫，这件事叶龙竟然守口如瓶，从未告诉过自己。黄真旗觉得受到欺骗，满脸怨气地瞪着叶龙。金花看似大大咧咧，却心细如发，她见黄真旗露出怨恨的眼神，遂上下打量了黄真旗一番。

金花冷笑道：“别以为我没看出来，你是女扮男装。”

金花转身又问叶龙：“叶龙，你和这个狐狸精到底是什么关系，你不会背着我又找了别的女人吧？”

事已至此，叶龙觉得再遮遮掩掩也没什么必要，干脆把心一横道：“金花，你什么都不用说了，你杀了我替你男人报仇，咱们之间的恩怨一笔勾销。”

金花发疯似的哈哈大笑：“佐佐木不是我男人，你才是我名正言顺的男人，我不杀你，但我要杀了这个狐狸精。”

叶龙不敢再激怒金花，他心里非常清楚，金花一旦发起火来便失去理智，什么事都做得出来：“都是我不好，让你这些年受委屈了，我们毕竟是夫妻，没必要动刀动枪的，你先给我们松绑，咱们有事好商量。”

金花毕竟是女人，女人一听软话心肠便软了下来：“你早用这种语气跟我说话不就得了，既然你向我求情，那我就暂时饶了她。但是你必须答应我一个条件。”

“什么条件？”叶龙问。

金花说：“从今以后，你留在岛上跟我做夫妻，我们一起过逍遥自在的神仙日子。虽然天王已驾崩，但你我那一纸婚约还在，你应该还记得吧。”

虽然一切都在意料之中，但金花的话还是把叶龙吓了一跳，转而陷入巨大的纠结当中。

叶龙觉得金花提出的这个要求完全不合理，虽然二人曾经有过夫妻之实，但后来各自亡命天涯，金花又和佐佐木成亲，无论是强迫的还是自愿的，这都是无法更改的事实。再一想，自己已经和黄真旗确定关系，确定的前提也是基于得到金花遇难的消息之后，自己这么做似乎没有什么错。现在却被金花逼着破镜重圆，心里实在难以接受，可是，如果不答应这个条件，以金花的脾气，就会手起刀落杀掉黄真旗。就算是智慧超群的叶龙，此时也陷入进退两难的境地。

见叶龙沉默不语，金花逼问：“和我在一起就让你这么痛苦吗？那好，我现在就杀了她。”

没等叶龙说话，黄真旗便说：“你不要为难阿龙了，你杀了我，我死了，你们好夫妻团聚。”

黄真旗说的也是气话，她瞬间觉得叶龙和金花是真正的夫妻，自己成了破坏别人感情的第三者，心里便涌起了一种莫名的羞耻感。当然，黄真旗的这些话也给叶龙造成一种巨大的压力。

叶龙大声说：“金花，我答应你，你赶快给我们松绑，有这样对待客人的吗？”

在一旁观看的林阿招已经忍了很久，当他听到叶龙答应了金花的条件，立刻破口大骂：“叶龙，你算个什么东西，可怜真旗对你一片真心，到头来你却忘恩负义。放开我，我现在就要了你的狗命。”

林阿招挣扎着怒吼着，像一只破笼而出的野兽。

在金花看来，自己打骂叶龙怎么都可以，但别人却不能，叶龙毕竟是自己的第一任丈夫。

金花见林阿招对叶龙不敬，过去抽了林阿招一记耳光：“哪里来的蠢货，居然敢骂我男人，再不老实我连你一块杀。”

叶龙说道：“林大哥骂得好，我叶龙确实是一个忘恩负义的人，可是，我这么做也是为了真旗好。”

叶龙又对黄真旗说：“真旗，忘了我吧，我们的一切都结束了。”

“阿龙，你以为这就是为我好吗？你若真是这样认为，我也没什么好说的了。”黄真旗的话中带着无限凄楚，她知道叶龙心里肯定也藏着不能说的苦处，他这么做也是牺牲自己的幸福，救她一条命。可是这个代价却付出得非常惨痛，付出得让被接受的一方感到痛心。

说实话，当黄真旗看到金花看叶龙的那种眼神，心里既羡慕又嫉妒，她虽然还不清楚他们之间过去的感情纠葛，但就从这种眼神当中，她能感受到金花对叶龙的一片痴情。这是一种复杂而矛盾的情绪，说也说不出口，写也无法形容，只能是憋在心里，像一根刺一样，扎在心上。

今天的胜利者是金花，她既重新得到了叶龙，又破坏了叶龙和黄真旗的感情，可以说是一举两得。现在金花已经顾不上躺在地上的第二任丈夫佐佐木了，一心都扑在了与叶龙破镜重圆这件事上。

金花命人给四人松绑：“我说话算话，你们在我的岛上好吃好喝好招待，吃饱喝足之后，你们就可以走了。”

佐佐木尸骨未寒，金花不但没有替丈夫报仇，反而与前夫再续前缘，这件事在海盗们中间引起轩然大波。海盗们背着金花聚集在后山的操练场商议此事，没想到大家的意见空前一致，绝对不允许金花留下叶龙当这里的大当家，更不同意她就此放过杀害大当家的仇人。当初大伙就不服金花，但是碍着大当家的面子，就没好意思发作。现在大当家的死了，按照规矩，就应该再选出一位当家人，而不是由金花来任命新首领，众人对金花的所作所为颇有微词。

人群中有一个领头的，此人名叫窦四，是大当家佐佐木的得力助手，也是海盗集团的二当家的。窦四武艺稀松平常，却机智过人，他是海盗们的军师，经常帮佐佐木出谋划策。窦四因为与佐佐木称兄道弟，平日里便没有将金花放在眼里，再加上佐佐木与金花感情不和，常在他面前吐露心事，窦四便知道了不少金花的底细，更加不把她放在眼里了。佐佐木刚死，海盗们便准备推举窦四当大当家的，但是一直找不到合适的机会，现在好了，正好借金花放人这件事大做文章。

外号叫“一撮毛”的手下对窦四说：“二当家的，这件事你到底是怎么想的？”

窦四小心谨慎地左右看看，小声说道：“先不提掌舵的事，咱们应该先跟金花这个臭娘们好好谈谈，别让她那么不守妇道，不管大当家的生前对她如何，她都不能乱来。我决定一会儿去找她，最好是大伙一起去，我来说，你们给我助威。她听话便罢，不听话咱们就给她点颜色看看。”

一撮毛说：“咱们这次劫船可收获不少，光金银珠宝就有很多，还有茶叶、绸缎等土特产，算是抄了条大鱼。这些物资至少够咱们挥霍一阵子的了。万一金花听了那个奸夫的甜言蜜语，再把这些物资还给他们，那咱们可就竹篮打水一场空了。那批物资可是咱们兄弟冒死抢来的，千万不能便宜了金花。”

窦四点了点头说：“我心里有数，你去召集兄弟，咱们现在就去找金花算账。”

聚义厅里，黄真旗、林阿招和麦婧已经离去，只剩下金花和叶龙在推杯换盏。金花今日高兴，此时已喝得大醉，叶龙喝的是闷酒，三杯下去也是晕头转向。金花举起一杯酒笑着对叶龙说：“龙哥，你我二人意外重逢，也算是老天爷的安排，来，咱们干了这杯酒。”

叶龙醉眼蒙眬，举起酒杯嘴里小声说道：“老天呀老天爷，想不到你也有不开眼的时候。”说罢喝完了杯中酒。

金花哈哈大笑，指着叶龙说：“我知道，你心里还是不愿意，当初天王把我许配给你，我就看出你不愿意。你睁开眼好好看看，我金花要本事有本事，要容貌有容貌，又是王后身边的红人，哪里配不上你？你说，你快说呀。”

金花坐在叶龙的腿上，凑近叶龙说：“那个狐狸精杀了佐佐木，我并没有杀她，你还要我怎么样？”

叶龙喝醉了也就彻底放开了，他蛮横地推开金花说："你喝醉了，早点休息吧。"

金花重新凑近叶龙，双手搂住他的脖子，露出扭捏的微笑："你可别忘了，我们可是有婚约的。"

金花从怀里掏出那张婚约，在叶龙面前一晃："上面白纸黑字写着，我是你老婆，上面还有你按的红手印，这你能赖得了吗？"

叶龙怒道："那都是当年天王乱点鸳鸯谱，我心里根本就不愿意。"

金花笑道："无论是乱点还是正点，这都是无法更改的事实，除非你休了我，可是你敢违抗天王的圣旨吗？"

叶龙愤怒地看着金花，张着嘴却说不出话来。

窦四带着几十名海盗来到聚义厅，窦四开门见山地说："我今天就是来问问夫人，你是不是真的要放了杀害大当家的凶手？"

虽然对方人多势众，但金花并不胆怯，她冷冷地答："是又如何？"

窦四一愣，他以为金花会解释一下，没想到她竟然承认了。

窦四大声说："那夫人的意思就是，大当家的白死了？"

金花仍旧冷冰冰地回答："是又怎样？"

窦四本来准备了一大堆指责金花的话，此时却憋得一句话也说不出来。

"夫人真是坦坦荡荡，窦某佩服，既然如此，那就别怪我不客气了。"窦四说。

金花来到窦四面前，摇晃着身体，嘴里冒着酒气："老娘当初是被佐佐木抢来的，是他硬逼着老娘成亲，又逼着老娘当海盗。要是别人杀了他，念在夫妻一场的情分上，我会替他报仇。可是现在我不想这么做了，因为我不能让这个人不高兴。"

窦四顺着金花的手势看到了叶龙，窦四气得脸色发紫，回头对身后的海盗们说："弟兄们都听到了吧，这可是她金花不义，那就别怪咱们无情，我们走。"

临走时窦四恨恨地说道："咱们走着瞧。"

金花没有理会窦四话里的深意，头也没回地说："那我就不送了。"

窦四走后，叶龙提醒金花，要防范窦四反水。金花根本听不进去，挥手说："一只小虾米，还能翻出多大的浪花。"

因为自己，海盗们发生内乱，叶龙不知道该高兴呢，还是该难过呢，他叹了口气，叫人扶金花回到后宅，自己一个人在海边散步。此时叶龙想得最多的还是黄真旗的感受，他知道，现在无论自己说什么，黄真旗都听不进去。

第九章 人间望水月

金花和佐佐木并没有深厚的感情，但她为了做给别人看，还是筹备了一场隆重的葬礼。

按照海盗制定的规矩，逝者不进行土葬和火化，而是将遗体穿戴好，放在一个木筏上在海上漂流。遗体最终掉入大海，成为鱼虾的腹中之物，这样逝者的灵魂就永远地留在了大海上。

金花披麻戴孝，指挥着众人将佐佐木的尸体放到木筏上，跪在地上磕了三个头，喃喃地说：“死鬼，你就安心地上路吧，咱们之前的债务一笔勾销，以后我再也不管你的闲事。咱可提前说好，你到了那边想娶几个女人就娶几个，想干什么就干什么，一切都与我无关。以后我的事自己说了算，你知道了也不必生气。每年到了你的忌日，我会给你多烧纸钱，再见。”

金花正要伸手将木筏推向大海，这时听见身后有人大声说道：“且慢，大当家的不能就这样不明不白地死了，必须给大伙一个交代。”

金花虽然还未转身，但从声音就能听出来是窦四。

金花站起来转过身，见窦四带着几十名海盗手持棍棒，正怒视着她。

金花心里一惊，知道窦四来者不善，今天必定是一场恶战。但她生性高傲，再加上又有叶龙在场，心里丝毫没有感到畏惧。

金花冷笑道：“二当家的，你这是要造反？”

窦四昨夜已经提前做好准备，他利用大家对金花的不满，借机挑唆大部分海盗反对金花，逼着她处置杀害大当家的凶手。如果不处置，他就自立为王，掌握海盗集团。窦四胜券在握，心里信心大增。

窦四也冷笑道：“既然夫人不顾忌大家的感受，那我们也没什么可顾忌的了，现在我给你十分钟考虑。我提醒一下夫人，你可以看看周围，到处都是我的人，就凭你们几个人，恐怕不能活着离开这座海岛吧。”

金花环顾四周，确实如窦四所言，岛上的海盗十有八九都站到了窦四这边。

海盗们已在不知不觉中将金花等人围在当中，叶龙、黄真旗、林阿招和麦婧看着不断逼近的海盗，快速向金花靠拢。

叶龙提醒金花："对方人太多了，咱们要多加小心。"

金花深情地看着叶龙说："我这一切都是为了你，今天就算死在这里，我心里也没什么遗憾了。"

叶龙苦笑道："金花，我希望咱们都能活着，我可不想死在这座荒岛上。"

自从来到海岛，每次听金花和叶龙说话，只要黄真旗在场她都会感到别扭。

这种感觉就像是一个第三者，被动地看着自己的情人与他的妻子大秀恩爱，迫于个人的修养又不好发作，那种压抑感真是让人难以言说。就像此时的黄真旗，只能眼睁睁地看着，嘴里却一句话也说不出来。而这叶龙也是一脑门子官司，一个金花已经让他手忙脚乱，哪还有时间顾忌黄真旗的感受。

一场恶战在所难免，金花手握长刀指着窦四说："窦四，你心里想什么我清楚得很。你想趁我不注意制造内讧，然后当大当家的。那我今天也把话挑明了，按说替不替大当家的报仇，那是我们家的私事，与你有什么关系。被杀的是我男人，又不是你亲爹，你这么着急报仇到底是为了什么？你武功稀松平常，就知道帮大当家的出一些坏主意，你有什么资格掌管山寨？"

窦四心想，这个金花平日里疯疯癫癫，但在关键时刻却一点都不糊涂，每句话都说到了点子上。这个人如果留在山寨，自己永无出头之日，必须利用这次机会干掉她："金花，那我也打开天窗说亮话。没错，佐佐木是你男人，但他还是我们的大当家的，他的仇你不报，我们来报，这个道理到哪里都能说得过去吧。"

窦四看了叶龙一眼，指着他说道："别以为我没看出来，你勾结奸夫谋害了大当家的，还想霸占山寨开夫妻店，你又是什么居心。你为人妇却不守妇道，不但给大当家的戴绿帽子，还想把我们辛辛苦苦打下的江山拱手让给外人，你又是安的什么心？"

论口才和智谋，十个金花也抵不上一个窦四，所以越说金花越不占理，越是激化众海盗与她的矛盾。到了后来金花干脆不说话了，举着刀说道："窦四，别再废什么话了，这四个人我今天保定了，你们如果赢了想怎么办就怎么办，如果输了那就得听我的。"

窦四冲众海盗喊道："弟兄们，现在我们就替大当家的报仇，杀了这五个人。"

海盗们一群蚂蚁般围了上来，金花第一个冲了过去。接着叶龙和黄真旗也加入了激战。林阿招一边保护麦婧一边抵挡海盗的进攻。岛上共有一百多名海盗，除去看守轮船的十几名海盗，还剩下七八十名。这些海盗没有经过专门的训练，大部分只有一身蛮力，根本不懂武术。别看他们闹得凶，在叶龙等人面前却不堪一击，不到半个时辰，海盗们都被打翻在地。与这些人也无深仇大恨，所以众人也没有下死手，海盗们只是受了点轻微的皮外伤。

眼见大势已去，窦四正要逃跑，金花一个箭步追了上去，抓住窦四的辫子。

窦四疼得哇哇大叫，不敢再往前迈一步。

叶龙担心鲁莽的金花又要人命，急忙喊道："不要伤他性命。"

如果不是叶龙及时阻止，金花这一刀就砍了下去。

叶龙跑过去拦住金花，金花瞪着叶龙说："他是个坏人。"

叶龙夺过金花手里的刀扔到地上："咱们做得本来就不对，再伤害一条人命，大伙心里会怎么想。听我的，饶了他吧。"

金花一把推开窦四："要不是他求情，我早就杀了你，你还不快滚。"

窦四算是捡了一条命，也顾不上许多，一个人仓皇逃走。

叶龙忽然想起轮船上的那些劳工，急忙带着众人来到岸边，见轮船安然无恙，心里顿时踏实了许多。轮船里的劳工们并不知道外面发生的事，他们有的躺着睡觉，有的站在甲板上晒太阳。

大副见叶龙归来喜出望外，跑过来握住叶龙的手："兄弟，你可算回来了，大伙都替你提心吊胆。既然没事了，那我们什么时候起航？"

叶龙看了金花一眼，对大副说："你告诉大伙别着急，等我办完一件事后就起航。"

金花打断了叶龙的话，来到大副面前，大副不认识金花，但一见金花的相貌，吓得后退了几步。

金花粗声粗气地说："叶龙不跟你们去美国了，他留在岛上跟我过日子，你们走吧。"

大副将信将疑地看着叶龙，又看了一眼黄真旗，有些丈二和尚摸不着头脑："兄弟，这位是？"

叶龙也不知道该如何介绍，只是轻描淡写地说："噢，她是我的故人。"

金花显然对这样的介绍不满意，她补充道："什么故人，我是叶龙的妻子，明媒正娶的妻子。我可不想过两地分居的日子，还是你们开着船到旧金山淘金吧。"

大副似乎明白了二人的关系，但还是将信将疑地看着叶龙。

这时黄真旗插话道："你还愣着干什么，赶紧准备准备尽快出发吧，人家夫妻二人好不容易团聚，下半辈子就在岛上幸福地过小日子了。”

黄真旗和金花虽然没有明说，但彼此都拿对方当情敌，所以说出来的话都是夹枪带棒的。

金花见黄真旗酸溜溜地吃醋，急忙挽着叶龙的手亲密地说：“旧金山有什么好的，到那也是当苦力，倒不如待在这海岛上逍遥自在。过几年我再生一群孩子，每天都喊我妈妈，想起来就高兴。”

大副将叶龙拉到一边小声说：“兄弟，看这阵势，你是遇到难处了。咱们都走到一半了，再用不了一个月就能到旧金山，你现在不去等于前功尽弃，你可一定要考虑清楚呀。”

叶龙苦笑道：“旧金山我肯定要去，但我得想个万全之策，否则还是走不了。”

大副想了想说：“先来软的，软的不行就来硬的，硬的不行干脆就偷跑，总之兄弟要是想走，就一定有办法。”

叶龙说：“你随时做好起航准备，等我这边一旦成功，咱们马上动身。”

大副握着叶龙的手，充满同情地说：“我看嫂子这相貌这身形，真替兄弟难过，不过我相信兄弟一定可以顺利脱身，多保重。”

从轮船上下来之后，金花担心叶龙又跟黄真旗儿女情长，急忙拉着叶龙要走。

叶龙甩开金花的手，看上去很不耐烦，金花也不生气，仍然笑着重新拉住叶龙的手，生怕他跑了似的。

金花对黄真旗说：“要没事的话，你们三个就不用送了，我和龙哥回去休息了。”

一直没说话的林阿招忽然冒出一句：“叶龙，你可想好了，不跟我们去美国你会后悔一辈子。”

叶龙心里正在盘算着如何逃走的事，根本没听到林阿招的话。

林阿招以为叶龙默认：“那真旗怎么办，你总得给她一个交代吧，这件事不能就这么完了。”

这句话叶龙听到了，他回过神正要说话，却被金花抢先说了。

金花瞪着林阿招说：“你又来多嘴，我是龙哥明媒正娶的夫人，这个狐狸精顶多算个小妾，她还敢来抢我的龙哥，真不知道害臊。”

转而又对叶龙说：“龙哥你说，咱们到底是不是夫妻，有没有夫妻之实？”

金花的质问让叶龙羞得恨不得钻到地缝里去，尤其还是在心爱之人黄真旗面前，更是让他颜面扫地。

金花又说："按说男人有个三妻四妾倒也无所谓，但你就是不能跟她好，她模样长得比我俊俏，你要是娶了她，肯定三天两头往她房里跑，我那不是引狼入室吗？"

林阿招比金花嘴笨，接不住金花的话，但麦婧嘴却不笨。

自从上了海岛之后，她因为紧张而一句话也没说，现在缓过神来了，胆子也大了起来。

麦婧当然向着黄真旗说话，她对金花说："要说先来后到，那肯定是你先，但要是说谁与叶大哥般配，那肯定是黄真旗。论才貌，论脾气秉性，黄真旗都比你强一万倍，叶大哥心里也对她情有独钟。我听说，当初叶大哥中毒之后，要不是黄真旗及时帮他解毒，他恐怕早就没命了，黄真旗对叶大哥有救命之恩。再说……"

还没等麦婧把话说完，金花就冲了过去，见麦婧姿色秀丽，比黄真旗还要好看，便气不打一处来："要你多嘴，你和黄真旗一路货色，都是勾引人的骚狐狸。"

麦婧吓得急忙躲在黄真旗身后，但嘴上却一点也不吃亏："真是丑人多作怪，你长得丑，叶大哥不要你，你也不能嫉妒别人的美貌呀。"

这句话彻底激怒了金花，她举起刀砍向麦婧，被黄真旗一把抓住手腕。

二人面对面站着，各自怒视着对方，谁也不说话。

叶龙再一次陷入两难的境地，但是出于内心的本能，他还是站在了黄真旗这边。

叶龙怒声说道："金花，你给我住手。"

金花一愣，随之恨声答道："就不住手，我今天非要撕烂这个狐狸精的嘴，看她还敢乱说话。"

金花一使劲，从黄真旗手里挣脱出来。

黄真旗转身对麦婧说："你少说两句。"

林阿招拉着麦婧躲在后面。黄真旗也是一直压着火没有发作，一来她的性格内敛，不是那种点火就着的人；二来她从内心还是同情金花的，无论金花如何蛮不讲理，但毕竟为了救自己得罪了其他人，所以一直就隐忍着。但是她见金花越来越过分，不但不收敛，还来挑衅，心里就产生了厌恶，性格当中那股倔劲儿就爆发了。

叶龙拉着金花往回走，金花不但不走，还坐在地上撒泼："你这个狐狸精，竟然敢说我丑，看我今天不划破你的脸。"

金花不依不饶，拿着刀又要去找麦婧。

黄真旗挡在麦婧前面说："金花，我已经忍了你很久了，你如果再出言不逊，可别怪我不客气。"

这是黄真旗和金花第一次语言上的交锋。

金花其实也期待这一天，金花特别想跟黄真旗打一架，因为她看出黄真旗会武功，金花以为，如果打败了黄真旗她就可以在叶龙面前扬眉吐气了。

金花的矛头冲着黄真旗而来："要不是看在龙哥的面子上，我才不会救你呢，怎么着，看我和龙哥相好，你看着眼红呀。"

黄真旗冷冷地说："我不会跟一个缺乏教养的村妇一般见识，但是我要劝告你，强扭的瓜不甜，直到现在，你也没从阿龙口中听到一句真心话，我真的替你感到可悲。我不会跟你争阿龙，你尽可以放心。我明天就离开海岛，这下你该满意了吧。"

叶龙见黄真旗这话不像是气话，倒像是经过深思熟虑后说出的，急忙说道："真旗，你不能走。"黄真旗凄楚地看着叶龙："阿龙，我们之间没缘分，等你处理好这件事再说吧。"

黄真旗带着林阿招和麦婧回到轮船上，只留下叶龙呆呆地看着三人的背影怅然若失。金花的脸上却乐开了花，她拽着叶龙回到卧室。这一夜这对欢喜冤家进行了彻夜长谈，聊的都是过去的事。金花说起她跟随王后誓死抵抗清军的经历，那一次她身负十几处重伤，差一点就丧命，后来掉进江里侥幸捡了一条命。

当金花垂死挣扎的那一刻，她心里想的却是音信全无的叶龙，她不知道叶龙会不会同样也挂念着自己。与叶龙成亲之前，金花整日混迹后宫，几乎没有接触过其他异性，叶龙是她接触过的为数不多的男人。金花痴迷于叶龙英俊的相貌、洒脱的性格和一张能说会道的嘴，这些都是她所欠缺的。

当金花得知王后将自己嫁给这样一位超凡脱俗的男人时，激动得好几夜都睡不着觉，她在脑海里幻想着几十种与叶龙见面的方式，每一种方式里的自己，都是害羞的甚至是被动的。叶龙初见自己时面带惊喜，双眼放光，冲过来抱起自己在原地打转。见面的地点是一片山谷，或者是一条小河边。那一刻时间静止，声音静止，心跳静止，就连空气都静止。

只有金花和叶龙在动，他们欢乐地笑着，开心地聊着，不知不觉身后的山谷渐渐隐去，出现的是一片桃花林。

叶龙摘下一朵桃花，认真地戴在金花的头上。

金花害羞地对叶龙小声说："龙哥，你看我美吗？"

叶龙点头称赞说：“花妹，在我眼里，你是世界上最美的女人。”

没有与叶龙正式成亲之前，这些美好的场景经常会出现在金花的梦中，她也曾无数次从美梦中惊醒，回味着在梦中与叶龙的缠绵悱恻，然而她的美梦最终还是被残酷的现实击碎了。叶龙并不喜欢自己，不但不喜欢，甚至还有些厌恶，与她根本无法进行夫妻之间正常的交流。这属于性格上的不和，根本无法调和。叶龙还嫌自己太粗俗，不读书，说话爱骂人，脾气暴躁。总之在叶龙眼中，自己就是一个无法带出去见人的丑八怪。可是叶龙也并非完全对自己不好，有一次金花患了风寒卧床不起，叶龙还特地赶回来照顾了她两天。就是那仅有的一次，金花天真地认为叶龙和她还是有感情的，叶龙也并非像她想象的那般冷血，叶龙是一个待人过于含蓄的男人，也许时间长了就会慢慢喜欢上自己。

桌上的烛火的火苗越来越旺，把屋里照得通明。

金花叫人准备了几样精致的小菜，还搬来几坛子酒，她要与叶龙一醉方休。

叶龙心里想的是如何尽快地离开海岛，他心不在焉地应付着金花的问话。叶龙想起大副说的那句话，不行就偷跑，看来目前也只有这一个办法了。想到这里，叶龙心里有数了，他也不再心事重重，心里一下子轻松了许多，说话的语气也欢快了许多。叶龙主动举起一坛酒，倒满两只碗，一碗推给金花，一碗留给自己。

金花刚才说了许多话，有些口干舌燥，也没等叶龙与她干杯，就端起碗喝干了酒。

叶龙又给金花倒满一碗酒，这次金花端起酒与叶龙干杯，喝完酒后，金花用右手擦了擦嘴说：“龙哥，你听我的，就待在海岛上，到美国有什么好的，没有亲人没有家，你人生地不熟地待着多没意思。咱们一起把海岛经营得红红火火，一年也不用多干，干他个十票八票就能坐享其成了。”

叶龙说：“自古以来匪盗就没有什么好结局，你这么干也不是长久之计，哪天惹怒了官府，就派人来剿灭你这弹丸之地，到时候你该怎么办。”

金花心里一热，说道：“看来龙哥还是挺关心我的。”

叶龙没有接茬，继续说道：“打家劫舍，图财害命，这是咱们太平军的大忌，你现在两条都犯了，听我一句劝，赶快收手吧。”叶龙说些谈情说爱的话，金花非常爱听，但她对叶龙这些金玉良言却不爱听。

金花不耐烦地说：“一时为匪盗，终生为匪盗，做了贼就永远是贼，我才不关心别人怎么看呢。”

叶龙说：“你这是要掉脑袋的。”

金花忽然用一种略带勾引的语气问：“怎么着，你心疼我了？”说罢死死地盯着叶龙看，叶龙急忙躲避这火辣辣的眼神。

金花借着酒劲一把抱住叶龙：“你说话呀，是不是想要我？”

金花开始宽衣解带。两碗酒下肚后，金花有些头晕，但也不至于胡言乱语，她刚才的话既是对叶龙的勾引也是对叶龙的试探。

叶龙这次并没有推开金花，而是将她搂入怀中，轻声说道：“我想了想你刚才说的话，去旧金山确实没什么前途，倒不如与你在这海岛上逍遥快活。我想好了，再也不想着离开了，从明天起，我就跟你在一起。”

金花以为叶龙在开玩笑，将信将疑地问：“你不会又在敷衍我吧？”

叶龙信誓旦旦地说：“大丈夫一言既出驷马难追，我答应过你的事就说到做到。”

金花激动得站了起来，叶龙急忙为她穿好那脱了一半的上衣：“那咱们就说好了，你可不许骗我，明天一早我就在聚义厅宣布这件事。”

叶龙假装生气地说：“我是你丈夫，我的话你还不相信吗？”

金花像哄孩子一样抚摸着叶龙的胸口说：“我相信你，我相信你，你可别动怒，气坏了身体我可担待不起。”

叶龙见金花完全放松了警惕，便决定执行提前想好的计划。

叶龙这次又倒满敬金花：“来，夫人，为了庆祝咱们相逢，干了这碗酒。”

金花一饮而尽。

为了灌醉金花，叶龙使出浑身解数。

不知不觉中，金花已经醉烂如泥。叶龙将金花扶到床上，帮她盖好被子，正要离开之时，被金花抓住胳膊，叶龙吓得一惊。

只见金花闭着眼睛似醉非醉地说：“龙哥，你亲我一下。”

叶龙重新坐回到床边：“你喝醉了，早点休息吧。”金花撒娇道：“不嘛，你亲我一下我才睡。”叶龙没办法，只好凑近金花的脸亲了一下。

金花一把将叶龙拽到床上：“龙哥，俗话说春宵一刻值千金，你我夫妻二人何不趁此良机促成好事呀。”

叶龙挣扎了几下，没有挣脱金花的怀抱，只好乖乖地任其蹂躏。

半天金花都没有动静，很快还打起了呼噜，叶龙这才发现金花睡着了。

叶龙大喜，心说：真是老天爷助我。

叶龙拍了金花几下，轻声地喊：“金花！金花！你醒醒。”

金花喝了许多酒，此时已大醉入睡，暂时醒不过来。

为了防止万一，叶龙偷偷地将金花绑了起来，然后蹑手蹑脚地关好门，躲过站岗的海盗，一路小跑地来到停靠在岸边的轮船上。大副见是叶龙归来，激动地说：“兄弟，我等你等得好苦。”

叶龙气喘吁吁地说：“你这边准备得怎么样了？”

大副说道：“随时都能起航。”此时黄真旗正好出来，见叶龙回来，心中还是涌起一阵窃喜，但脸上却是冷冰冰的样子。

黄真旗说：“你不是和金花共度良宵吗，回来干什么？”

大副跑过来沮丧地说：“海上突然起风了，如果现在起航，我们的轮船会被巨浪打翻，后果不堪设想。”叶龙的心情刚才还觉得很好，此时却变得糟透了。

“那怎么办，如果金花醒了，我这次就真的走不了了。”叶龙焦急地说。

大副为难地说：“为了船上上百人的性命着想，我不建议现在起航，只能等风浪小了再说，我们现在只能听天由命了。”

叶龙非常清楚金花的脾气，她若赶来，定是一场腥风血雨，于是有些崩溃地说：“完了，一切都前功尽弃了，金花追来，就一切都完了。”

黄真旗听出，叶龙非常恐惧金花，她的心里忽然开朗了起来。

叶龙站在甲板上默默祈祷，祈求妈祖娘娘保佑，没想到越祈求，海面上的风浪越大，没多久还下起了小雨。叶龙躲进船舱，愣愣地坐在地上，心想：这是老天爷不想让我走呀。大副坐到叶龙旁边说：“要我看，这场风暴恐怕明天一早才能停。”

叶龙抓住大副的肩膀来回晃动：“我不管，我必须现在就走，走得越远越好，我可不想再见到金花。大副，你再想想办法，我知道你肯定有办法的。”

大副摇了摇头说：“你还是求求老天爷吧，他比我更有办法。”

叶龙心里在纠结着，到底是在轮船上过夜，还是回去和金花重温旧梦。在纠结当中，叶龙度过了人生当中最漫长的一夜。

第二天黎明时分，终于风平浪静了，大副命令几名船员各就各位准备起航。

叶龙这次终于看到了希望，他不停地催促着大副快点起航。人生就是这样奇妙而充满变化，还没等大副宣布起航，金花便带着一众人马追了过来。站在甲板上的叶龙远远地看到金花提着刀，跑在最前面，她的心里一定充满了怒火。

叶龙冲过去对大副说：“金花追上来了，快点起航，快点起航。”

大副急忙冲进驾驶舱。等金花追到岸边，轮船已经缓缓开动，离开岸边已经有十米左右了。金花再想驾小船追赶已经来不及了，但是金花还是拼命追了过去，身体浸泡在冰冷的海水里。

金花看到了甲板上的叶龙，她拿刀指着叶龙喊道：“龙哥，我对你一片痴情，你就是这样对待我的吗？你给我回来，回来……”

眼看心爱的人离去，自己却没有办法阻拦，金花觉得心里委屈，站在海水中号啕大哭：“龙哥，就算你逃到天涯海角，我也不会放过你，你给我回来。”

叶龙见金花悲痛欲绝，心里也不好受，他大声喊道：“金花，你多保重，你忘了我吧，就当我被老虎吃了，你也别再来找我了，我并不爱你，我昨天晚上对你说的那些话全是假的。”

眼看着那艘巨大的轮船驶入大海，伤心的金花心如死灰，她从海水里走出来，坐在一块石头上，茫然地看着远方。叶龙刚才说的还在耳边回荡，他说他对自己说的话全是假的。金花不相信，她觉得叶龙不过是为了让自己彻底断了念头才这么说的。金花又想起，叶龙抛弃了自己，到旧金山跟黄真旗卿卿我我，心里又是一阵悲凉。

金花掏出叶龙曾送给她的定情信物，那是一个像鸭蛋黄的玉观音。

金花紧紧地把信物握在手里，默默地说：“龙哥，你真是冷酷而绝情，算我金花瞎了眼，遇到你这样一个负心汉。我过得不好，你也别想好好过日子，咱们走着瞧。”

第十章　黄昏影约人

轮船在大海上航行了一个多月，终于抵达了美国。

众人望着陌生的新大陆，既充满了憧憬，又带着巨大的不安。

下船之后，大家望着风格别样的西洋建筑，在众多白人好奇抑或轻蔑的注视下，来到移民局。

移民官瞪着蓝眼睛，嘴角向上翘着，机械地询问每一个华工同样的问题——

问：你的家面朝哪一面？

答：面北。

问：房屋如何排列？

答：排成行。

问：每行有多少间屋子？

答：所有房屋从头至尾排成一行。

问：哪一座是你的房子？

答：从东数第二座。

问：你在别人的房子里住过吗？

答：没有。

问：你家有围墙吗？

答：没有。

问：你家有树林或竹林吗？

答：房子左右各有一树林与竹林，房子背面有小山。

问：房子背面有树林、灌木丛吗？

答：没有。

问：房子前边有什么？

答：什么都没有。

问：你的故乡有鱼塘吗？

答：没有。

问：你的故乡前面从未有过鱼塘吗？

答：没有。

问：房前有水沟吗？

答：没有。

问：房前有积水的低洼地吗？

答：没有。

问：房子的任何一面有鱼塘吗？

答：没有。

问：你知道什么是鱼塘吗？

答：知道。鱼塘是有鱼的池塘，但是我的故乡没有池塘。

问：你家附近有没有属于别人的池塘？

答：我不知道。

问：你的故乡坐落何处？

答：于平坦农田中。

经过严格审核，黄真旗、叶龙、林阿招顺利过关，被批准入境。

麦婧因为过度紧张没有听清移民官的问询，回答问题乱七八糟，被移民官驳回。

对驳回的中国劳工，美国政府不予颁发劳工居住证，劳工证是中国劳工在美国的“身份证”，没有这张证将无法在美国正常工作。

麦婧表情沮丧地蹲在地上哭，黄真旗安慰道：“你也许是太紧张了，不过不要担心，总会有办法的。”

麦婧语无伦次地说：“我也不知道是怎么了，一见移民官那张脸心里就慌乱，想好的话全忘了。真旗，你说我会不会被遣送回去？”

黄真旗心里也没底，大家都是刚到旧金山，对一切都不熟悉。

黄真旗能做的也只能是安慰，她拍着麦婧的肩膀，反复说着一句话：“总会有办法的，总会有办法的。”

黄真旗上前与移民官交涉，被移民官无情地拒绝，由于说话的声音很大，吸引了一位从身边经过的中国官员。

这名官员停下脚步，上下打量着黄真旗。

官员问：“你来自中国？”

黄真旗忽然听到熟悉的乡音，抬头看，只见中国官员四十岁上下，身穿一套洋红色的中式服装，上面是美丽的丝绣，头戴一顶瓜皮小帽，脑后拖着长长的大辫子。这位官员旁边还跟着一个美国人。

见黄真旗发愣，旁边的一名随从提醒道：“公使大人问你话呢，还愣着干什么？”

“公使大人？”黄真旗猛然想起，大清曾向美国派去一位名叫何芳的公使，难道眼前这位器宇轩昂的官员便是那位何大人？起先听父亲说起过，这位何芳何大人学贯中西，有胆识有魄力，曾是大清自费出国留学第一人，同时还是一位大律师，后来被朝廷派往美国当公使。黄真旗做梦也没想到，竟然能在旧金山移民局意外见到这位大名鼎鼎的官员。

黄真旗像抓住一根救命稻草，和麦婧向这位官员下跪：“请问，您是何芳何大人吗？”

官员一愣，上下打量着黄真旗，眼神之中并未闪现出那种官员看待草民的轻蔑，他的脸上露出一丝诧异，随后转为和蔼的微笑：“你还没有回答我的问题呢。”

从对方的表情和话语中，黄真旗确定他就是何大人：“小民黄真旗拜见何大人，我们都是从广东来的，到旧金山做劳工，刚才一个同乡被拒绝入境，我心里着急，就和移民官争辩了几句，没想到惊扰了何大人，真是抱歉。”

何芳见黄真旗模样和善，说话也是声音洪亮，见到自己也是一副不卑不亢的模样，心里便有了好感。又听她自称广东人士，心里更加有了亲近感。

何芳略问道：“你是广东哪里人？”

黄真旗说：“我是广东新宁人。”

何芳说：“那咱们可是老乡，我是广东新宁西墩人，离新宁也不算远，既然咱们能在这么远的旧金山相遇，那真算是一种缘分。你是刚到旧金山？”

黄真旗对这位何芳何大人也充满好感，她看不出他身上清朝官员的那种官僚气，倒是有一种平易近人的感觉，心里也放松许多：“我们千里迢迢坐了两个多月的船才来到旧金山，就这么回去心里却是不甘，不知道何大人能否看在同乡的分上，帮帮我们，没有劳工证，我的同乡就得被遣送回国。求您帮帮她，我给您磕头了。”

黄真旗和麦婧正要行大礼，何芳急忙阻拦道：“不要这样，快起来，这是在美国，美国不讲究行此大礼，有什么事站起来说。”

黄真旗坚决不起：“无论到了哪里，见到公使大人都是要行礼的，这是必需的礼节。”

何芳笑道："快起来说话，我不喜欢这种交谈方式。"

黄真旗只好站起来："那何大人是答应我的请求了？"

何芳对身边的那名美国人说："局长大人，你看这件事能否通融一下？这个人来自中国广东，是我的同乡，我可以做担保。"

移民局局长点了点头说："请公使大人放心，我会派人安排好此事。"

何芳抱拳道："那就有劳局长大人了。"

意外得到贵人相助，黄真旗真是喜出望外，她想表达谢意但一时拿不出像样的礼物，一时急得抓耳挠腮。黄真旗忽然想起临行之前，母亲曾送给她一件玉弥勒，保佑她一路平安。现在她已经平安抵达旧金山，这件玉弥勒也算完成了它的使命。

黄真旗摘下玉弥勒送给何芳："何大人的帮助真是雪中送炭，想了半天也不知道该如何感谢您，请您收下这件玉弥勒，保佑您一生平安。"

何芳作为驻美国公使，见过的金银珠宝和古玩字画不计其数，但当他接过这件玉弥勒后还是惊叹了一声："真是一件好物件儿，太贵重了，我不能要。"

黄真旗说："请何大人一定要收下，否则我会寝食难安。"

何芳说："照你这么说，我收下了也会寝食难安，你就让我睡个好觉吧。"

黄真旗忽然觉得这位公使大人还挺幽默，心里笑了："何大人如果不收下，那我们所有人都会寝食难安，再说了，这物件也没有何大人说的那么贵重，就是一件普通的玉弥勒。"

看着黄真旗真诚的眼神，何芳忽然有种异样的感觉，那种真诚已经很久没有发生在自己身上了，他接过玉弥勒说："恭敬不如从命，那我就收下了，不过我有一句话想说——"

何芳停顿了一下，这一停顿，倒让黄真旗感到紧张起来。

何芳："民间有此一说，男戴观音，女戴佛。戴观音是希望男子能够柔和，戴佛是希望女人能够豁达。小兄弟，你应该戴观音，以后一定要记住了。"

听完何芳的一番话，黄真旗这才意识到自己还是一副女扮男装的打扮，心里不由得笑了起来，急忙说道："多谢何大人指教，我记下了。"

一场大雨在下午倾盆而下，像是在迎接这些来自大清国的劳工。

大雨刹那间形成的无数道浑浊的水流，顺着山坡肆虐地向下流去，冲刷着裂开的沟壑。半山腰高大的松树被滚动的大大小小的石头，裹挟进深不可测的峡谷。天色变得暗淡，但还是可以看清这是一场巨大的雨，天空下面的一切事物在风雨中飘摇。所有华工都在这场大雨中焦急地等待，雨停后他们将坐上一列开往金矿的火车，经过美国西部荒凉而充满诱惑力的土地，然后进入旧金山最大的金矿工作，开始他们追逐金钱和理想的跋涉。

这座城市位于加利福尼亚州，直译为圣弗兰西斯科或简称三藩。

最初发现金矿的是一个美国人。一个早晨，这个美国人在检查锯木厂水道时，看见河床内有一些闪亮的光点，于是就跑过去看，结果发现是一些黄色的金属片，他捡起来认真查看并放在岩石上击打，这些发光的金黄色碎片可以被改变形状，却很有韧劲，不会断掉。当时他的心怦怦地跳，因为他知道那就是黄金。发现黄金的消息很快传遍世界，怀揣着发财梦的人们争先恐后地加入了淘金的队伍。众多淘金者中，许多人拿出一生的积蓄，或者拿房子当抵押借钱做路费，历尽千辛万苦追求财富。中国的淘金者多来自广东，将这里称为金山，在澳大利亚墨尔本发现金矿后，这里被改称旧金山。淘金热带动了采矿业和整个地区的发展，这里由荒原变为小镇再变为城市，吸引大批劳工与技术人才投身西部的开发。

现在，旧金山最大的金矿掌握在美国人加内特手中，他控制着旧金山的经济命脉。

加内特做生意之前是退伍军人，当地有金矿的消息传出后，他找人集资，高价买下开采权，没多久就挖出了金子。加内特用第一桶金打通各种关系，不到一年，将旧金山大大小小的金矿全部收购，一跃成为当地声名显赫的企业家。随着金矿规模不断扩大，劳工非常短缺，当地的白人、黑人、印第安人无法满足日益增长的用工需求。有人告诉加内特，中国劳工便宜，而且任劳任怨，用他们要比用当地人物美价廉。加内特觉得这是一笔只赚不赔的买卖。从那以后，加内特每年都要招收一批华工。大量华工涌入，加剧了当地劳工间的矛盾，排华之事常有发生。

旧金山，一座吃人不吐骨头的地狱，一个让华工悲喜交加的地方。

傍晚时分，雨停了，太阳从乌云后面露出脸来，让天色没有那么黑。

那列只有五节车厢的火车里装满了人和行李，负责接站的人不时地催促着劳工们上车，经过半个多小时的休整之后，火车长鸣几声，冒着黑烟向前驶去。

黄真旗坐在靠窗的位置，好奇地看着窗外没有生命的土地，经历一路风尘，终于踏上美国的土地了，她的心里不由得涌起一阵兴奋，但随之而来的却是失望。这里的风景与新宁不一样，新宁青山绿水气候宜人，而这里荒无人烟空气干燥，虽然已是傍晚，但还是能感受到阳光的刺眼。透过车窗向外看，没有村庄，有的只是广袤干燥的沙漠和一些荆棘状的植物。不时地有被风吹起的沙砾打在车窗上，发出轻微的响声。远处的天空中盘旋着一只老鹰，飞得比火车还要快。黄真旗心想：在这样恶劣的环境当中，居然能产生黄金，真是一个奇迹。

火车从一片树林中穿过，黄真旗看到一幕壮观的景象，铁轨两侧出现一望无际的大大小小的土堆，仔细一看，原来是一片坟丘。每个坟丘前面都插着一块木牌，上面写着死者的名字：梁金星、陈国栋、曾安华……从名字上看，这些人都是客死他乡的中国人，它们密密麻麻井然有序地排列在铁轨两侧，那种场面让人看了既震撼又感到辛酸。

黄真旗心想：这些人的命运也许就是自己下半生的命运，这些人的结局也许就是自己将来的结局，像自己一样，他们每一个人都有一段不为人知的故事。他们长途跋涉到这里淘金，最终却葬身在这鸟不拉屎的荒野，骨头留在这里，魂魄却无法漂洋过海回到故乡。

想到这里，黄真旗莫名地感到一丝伤感，她无法预知未来的情况，但也无法再回头。

夜幕降临时分，火车停靠在一座金矿旁边，黄真旗跟随着人流来到了华工宿舍，那是一片坐落在一座山谷里的简易工棚。工棚潮湿狭窄，比海上的船舱强不到哪去。黄真旗、叶龙、林阿招和麦婧四人幸运地分到一间宿舍。

麦婧翻开脏兮兮的被褥，捂着鼻子抱怨道："这哪里是人住的地方，简直就是猪窝。"

黄真旗环视四周，见环境确实恶劣，但既来之则安之，她安慰麦婧："麦姑娘，环境是差了一点，但还是能将就的，回头我们好好收拾一下，住起来就没那么脏了。"

麦婧意识到刚才的表现有些夸张，急忙解释道："别的我倒能将就，但宿舍里千万别有虫子，我从小就害怕虫子，尤其是蟑螂蜈蚣什么的。"

从第一次见到麦婧，叶龙就对她没有什么好印象，叶龙怀疑麦婧来路不明，担心她是清廷派来的奸细。再者，叶龙觉得她身上的毛病太多，比如说话尖酸刻薄，不能吃苦。麦婧没有得罪过叶龙，但叶龙就是发自内心地不喜欢她，这也可能是一种天然的排斥吧。所以当叶龙听到麦婧抱怨的话，心里觉得厌恶，嘴上便没有控制住。

叶龙："初来乍到，有个安身之处就不错了，再挑三拣四的你就回去吧。"

聪明的麦婧听出叶龙的话外音，本想息事宁人，但向来嘴上不肯吃亏的她还是进行了绵里藏针的反击："我不过是发发牢骚，倒招来叶大哥一番挖苦，作为男人，不要斤斤计较，至少要懂得对女人起码的尊重吧。"

麦婧出言反击，伤了叶龙的面子，叶龙哪里吃过这样的亏，脸上出现了怒色。

叶龙："你别不亲假亲，不近假近，以后少叫我大哥，我从来就没认过你当妹妹。林大哥和真旗对你好，那是他们的事，从我这来讲，我从来就没拿你当过自己人，何况我都不知道你到底是什么来路。"

叶龙这些话伤到了麦婧，她气冲冲地站起来往外走："既然叶大哥，不，既然姓叶的怀疑我，那咱们就一拍两散，我还不愿意跟你这样的人同住一屋呢。"

转而对黄真旗说："真旗，既然姓叶的不容我，那我就到别的宿舍去了。"

黄真旗拦住麦婧，转而埋怨叶龙道："阿龙，你就少说几句吧，瞧把麦姑娘给气的，你毕竟是男人，不能与我们女人太计较。"

黄真旗见叶龙没有反驳，便知道他想缓和尴尬的气氛，就让麦婧坐到床上："麦姑娘，阿龙说话就是那样，他只是一时的气话，并无恶意，你千万别跟他置气。毕竟咱们是同乡，以后还要在金矿干活，相处的日子还很长，不能起内讧。"

黄真旗冲叶龙使眼色，示意他向麦婧道歉，叶龙假装没看见。

麦婧见叶龙并没有向自己道歉的意思，她也自知理亏，担心真的闹翻了就失去了三个朋友，尤其是在这人生地不熟的旧金山。麦婧天性聪明，自然懂得能屈能伸的道理，她也知道得罪了叶龙不会有什么好结果。想到这里，麦婧走到叶龙面前深鞠一躬："叶大哥，刚才是我不对，我正式向你道歉，请你原谅我的过错。"

麦婧的这一招搞得叶龙手足无措，他本以为此事就此结束，以后谁也不理睬谁。没想到麦婧却来了一个以守为攻，主动向自己道歉，显得自己没有容人之量，真是太高明了。

叶龙赶紧站起来强装微笑："麦姑娘你别这样，我可担待不起。"

麦婧态度诚恳地说："都是我的错，请叶大哥不要与我这样浅薄无知的小女子计较，我知道我错了，我是真心实意地向你道歉。"

林阿招见缓和的时机到了，插话道："二弟，人家都主动向你道歉了，你应该表现得大度一些，男人嘛，胸怀总是要宽广一些。"听完林阿招这句话，叶龙心里更加别扭，此时他丝毫没有觉得麦婧是发自内心地道歉，倒像是采取迂回的战术将自己逼入绝境。通过这个细节，叶龙发现麦婧所表现出来的单纯具有蛊惑性，这个姑娘藏得很深，身上一定背负着什么秘密。

叶龙尴尬地笑道："本来是一场朋友间的争论，被你们一说，倒成了绝交，简直有些小题大做了。麦姑娘也不需要向我道歉，这件事就算过去了，我这么做你满意吗，麦姑娘？"

麦婧也笑道："只要叶大哥不生我的气，我就心满意足了。"叶龙与麦婧的眼神交汇，麦婧始终微笑地看着叶龙，叶龙觉得她的眼神有一种勾人心魄的力量，看了几眼就没敢再看。

转天清晨，黄真旗独自到外面散步，她找到一个制高点向远处眺望。她看到初升的朝阳以及远处依山而建的房屋和散落在各处的金矿，金矿上空不断翻腾的烟尘说明这里的工人已经开始忙碌。机器发出的轰鸣，震得人耳朵发疼，生机勃勃的旧金山每时每刻都在向前行走，而加速它行走步伐的，就是像她这样远渡重洋前来淘金的中国劳工。那一刻，黄真旗忽然发现这里非常美，她心里的孤独感也没有之前那么强烈了，尤其是当她看到成群的华工带着工具奔赴金矿淘金的壮阔的场面，她便觉得浑身充满了干劲，心里产生了艰苦创业的念头。

旧金山许多河道中储存有丰富的金矿。淘金工人在河中将淘金船固定住，反复筛选河道中的沙子，经过一层层的筛选，黄澄澄的金子就被淘出来了。这里的金矿分布广泛，但蕴藏量并不集中，散落分布在河道和山林中，开发山林金矿的成本太高，金矿主们更愿意在这湍急的河水中淘金。

淘金船随着河水上下晃动，说是船，更像是浮在河面的移动作坊，河沙不断从船底抽上来，经过粗筛后被重新冲回河道。每天都能听到淘金船马达兴奋的突突声传来，河上有桥，桥梁边上，正在休息的淘金工人茫然地坐着，随时等待着金矿主发出的命令。

旧金山前期的淘金主要是浅层采金，矿工利用简陋的机械，甚至是手工，就能进行采掘。后来金矿采掘转入深层开发，需要更多的设备和更复杂的技术，这是矿工个人或群体无能为力的。于是，商人、工业家和银行家纷纷组成采矿公司，并逐步控制了西部的包括金矿在内的采矿区。先进的机器设备、垄断式的投资控制，使得旧金山形成几大矿区，形成几股势力。

一周之后，叶龙终于联系到了老朋友国会议员马丁。

马丁在电话里发出爽朗的笑声，他对叶龙的突然打扰并没有感到意外，反而觉得是一种荣幸。当年马丁作为《纽约时报》的记者，专门到中国南京采访过太平军，叶龙作为洪秀全的御前护卫，曾多次与马丁接触，二人建立了深厚的感情。有了叶龙的帮助，马丁对洪秀全多次进行采访，并写出了分量十足的独家报道，这些报道在美国产生了巨大影响，同时也让马丁得以升职，并且一步一步地当选为国会议员。对于这段经历马丁一直没有忘记，不过他更加难忘的是叶龙曾经对他提供的帮助，所以马丁撂下电话后第一时间便赶到了旧金山会见老朋友。

中午时分，一辆马车停在了金矿门口，车上走下来一位西装革履，年龄三十岁左右的美国人，他径直来到叶龙所在的华工宿舍，咚咚咚敲了三下门，然后大声问道：“请问，叶龙先生是住这里吗？”

早已做好准备的叶龙推开门说：“我就是叶龙。”

那人礼貌地向叶龙深施一礼，然后说道：“叶先生你好，我是马丁先生的助手，特地来接您和您的朋友去见马丁先生，请问您准备好了吗？”

叶龙回头看了看打扮就绪的黄真旗一眼，对马丁的助手说道：“是的，先生，我们已经准备好了。”助手笑着说：“那简直太好了，我们现在就出发吧。”

车夫驾驶着马车在土路上快速奔跑着，窗外的景色一闪而过。叶龙和黄真旗第一次坐这样的马车，感到既紧张又新奇，黄真旗看着叶龙小声说：“这种车坐着真是舒服。”

叶龙见黄真旗一副天真烂漫的样子，心里也有说不出的高兴，他自豪地说：“这种马车只有当地有身份的人才有资格乘坐，我们能坐这样的马车，多亏了马丁先生。”

伴随着嗒嗒嗒的马蹄声，二人坐在马车中欣赏着外面的景色，过了一个多小时，马车停靠在一家豪华的大酒店门口。助手拉开车门，叶龙携黄真旗款款下车，一个四十岁左右的美国人站在酒店门口向叶龙挥手，正是马丁。

十多年未见，马丁还是那样主动热情。

当年他到中国采访太平军的时候才三十岁，如今已经人到中年，他的黄头发上出现了几根白发，但眼神却是越来越精神。

马丁冲过去和叶龙拥抱，右手使劲拍着叶龙的肩膀说：“老朋友，你还好吗？”

对于叶龙来说，这算是他乡遇故知，他的心情非常激动：“马丁，我很好，做梦都没想到，我们还能在几万里外的美国见面。”

马丁拉着叶龙的手进入酒店，马丁边走边说：“叶将军，这位是你的恋人吧？”

叶龙指着黄真旗向马丁介绍：“这位是我的女朋友黄真旗。”

黄真旗面带微笑地与马丁握手：“认识您非常高兴，来美国之前就听阿龙常常提起您……”

马丁说：“黄小姐你好，你的长相非常具有东方特色，一下子就让人记住。否则的话，我只能叫你玛丽了。”

黄真旗：“玛丽？”

马丁：“黄小姐有所不知，对于东方女人或者说中国女人，我们实在不好在面容上分辨，所以统称为玛丽。”

黄真旗：“这倒是一个好听的名字。”

马丁善意地笑："玛丽，来自中国的玛丽。当然，有些人认为，这并不是一个富贵的名字。因为在我们西方世界，很多身份低微的人都叫玛丽。"

黄真旗莞尔一笑："无所谓，玛丽就玛丽，我本就是一个平凡的女子。我只理解为马丁先生夸我长得漂亮就好了。我喜欢这个名字。"

马丁："哈哈哈哈，黄小姐的话让我无法反驳。"

黄真旗能感觉到，马丁的笑并无恶意，而是发自内心的开心。

马丁问叶龙后面怎么打算，叶龙沉默了片刻："既然我们是老朋友，有些事我也就坦诚相告……"

叶龙将到旧金山之前的经历简单向马丁讲述了一遍。

马丁听完后也沉默了片刻才说："原来如此，叶将军是为了避难才躲到旧金山的，但是你知道金矿有多么糟糕吗？尤其是旧金山的金矿主们，个个都是双手沾满工人鲜血的魔鬼，你们在金矿的境遇不会太乐观。"

马丁的话让黄真旗感到吃惊，作为美国人，马丁肯定对这个国家的情况非常了解，他这么说一定有他的道理。

马丁看出黄真旗疑惑的眼神，继续说道："据我所知，旧金山最大的一股势力就是加内特家族，开金矿的加内特以雄厚的资金实力操纵着旧金山的经济，同时也以手冷心黑而闻名。这个加内特手眼通天，很多国会议员私下里都和他有交往，所以他才敢为所欲为。在加内特亲自打造的黄金帝国，他就是独裁的君主，一切反抗势力都将被消灭。你们如果到了他的金矿，那就一定要处处小心，这个人非常残忍。"

黄真旗和叶龙互相看了一眼对方，黄真旗心说：既然连马丁都说这个加内特厉害，那我们一定要注意。

叶龙却不这么想，他不以为然地告诉马丁："这个加内特真的有那么厉害？"

马丁回答："加内特就是旧金山的地头蛇，就连旧金山的市长见了他都非常客气。"

叶龙说："谢谢老朋友的提醒，不过我觉得我们和加内特不会发生正面冲突，毕竟他是金矿主，而我们只是最底层的矿工，也许连见面的机会都没有，更别说会产生矛盾了。"

马丁表情严肃地说："我比你更加了解美国，这里的情况很复杂。尤其是以加内特为代表的掌控者，他们对华人的态度非常恶劣，矿工的生命对他们来说就如同地上的蚂蚁，想踩死你随时都可以。你一定要记住我的话，藏起你那好斗的性格，一切都要小心谨慎。"

马丁的话激起了叶龙内心的反感，他甚至觉得马丁有些小题大做了：“马丁，你从华盛顿赶来，就是为了和我说这些？”

马丁见叶龙面色凝重，便不再说什么，转而说道：“当然不是了，这次我还给你带来了一个工作机会，如果你愿意的话，就跟我到华盛顿，教那些喜欢中国武术的美国人学习武术，这样你就不必待在金矿里受罪了。”

叶龙明白这是马丁的好意，但他还是婉言拒绝了：“谢谢你马丁，你能为我提供帮助，让我非常感动。不过，我暂时还不想考虑到华盛顿，因为我得和我的朋友们在一起，我们亲如兄弟，我不能抛弃他们。”

马丁见叶龙语气坚决，似乎没有挽回的余地，只好说道：“既然叶将军是这么想的，那这件事咱们以后再说，如果你在旧金山遇到什么困难，记得一定要告诉我，我会随时帮助你。”

从酒店返回金矿的途中，黄真旗和叶龙谈起这位马丁先生，黄真旗对马丁的印象非常好，觉得他是一个待人真诚的美国人，叶龙能遇到这样一位朋友真应该感到幸运。见黄真旗在发呆，叶龙问：“你在想什么呢？”

黄真旗回过神来说：“这个加内特被马丁说成了凶神恶煞，我就是有些不信，他不过是一个开金矿的买卖人，很有钱，很有势力，马丁怎么就那么忌惮他？”

叶龙说：“我也是这么想的，也许这个加内特还干了一些我们不知道而马丁又不方便说的事，这都是官场上的斗争，我们这些小老百姓也搞不明白。”

黄真旗没有想到的是，在她还没有遇到加内特之前，先遇到了加内特的一只“狗”。

当加内特有些事不便出面时，他就派手下最忠实的走狗洛伊帮他作恶，只要加内特嘴角一撇，洛伊立刻就会像狗一样扑上去咬人。洛伊是金矿的经理，掌握着华工的生杀大权。他性情反复无常，爱开玩笑，爱打人。如果他今天心情不错，就会让工人们早点下班，还会吩咐食堂改善伙食。如果今天心情不爽，就会故意找茬，拿鞭子打人。面对这样反复无常的经理，华工们叫苦不迭，只好祈求苍天，让洛伊多些开心少些烦恼，这样的话，大家的日子就好过了。

每天天还未亮，当华工们还沉睡在美梦中的时候，洛伊就已经起床，他亲自敲每间宿舍的门，把大家叫醒并且说：“你们这些猪猡，太阳都照到屁股上了，还不起来干活？”

华工们在洛伊的叫骂声中起床穿衣服，然后列队经过一片空地，又绕过几个高大的土堆，最后看到坑坑洼洼的塌陷和分布匀称的水池。提前赶到的华工正在淘金，有人正在用铁锹挖掘，旁边的人将挖出的泥沙，撮到方形的筛子里，就着水左右晃动，发现了金子就取出放到旁边的铁盒子里。淘金队伍里大多是梳着长发辫的中国男子，其中有个骨瘦如柴的少年，满脸是泥，正在奋力地挖坑。旁边的人不时用广东话交流，偶尔发出笑声。乡音就在耳边，黄真旗备感亲切，心像长了翅膀，一下子回到故乡，回到了屋后的橘子园，回到了房子不远处的池塘边，学堂里传来的琅琅读书声，清晰地由远及近地敲打着她的心扉……

黄真旗从他们身边经过，作为淘金的先行者，他们报以善意的微笑，并问黄真旗是哪里来的。又走了十多分钟，黄真旗看到了提前到达的洛伊。洛伊像是进了牲畜交易市场，两眼冒出喜悦的光芒，他对这批新招来的华工比较满意，因为这批人当中那些老弱病残的在旅途中大多死去，被扔进大海，剩下的当然是一些年轻力壮的。

洛伊遇到像叶龙、林阿招这样身体强壮型的华工，他就兴奋拥抱，并且拍着他们的后背说："你的身体壮得像一头牛，你一定可以淘出更多金子，不过亲爱的，你好像胃口很大，会吃掉我很多粮食。"

遇到像黄真旗和麦婧这样柔弱型的，他就撇着嘴说："你们瘦得像两只火鸡崽子，一阵风就能把你们吹到树上去，告诉我，你们能扛起沉重的铁锹吗？"

黄真旗和麦婧拼命地点着头，表示一定可以胜任金矿的工作，洛伊亲昵地捏了一下麦婧的脸蛋，笑着说："你的皮肤非常细嫩，长着一张女人的脸，但你给我记住，女人是不可以在金矿工作的，幸亏你不是女人。"

被占便宜的麦婧满脸通红，捂着脸心里涌起一阵恶心。

洛伊今天心情还不错，他对华工们表现得还算客气，不过这也不完全是好事。

要知道洛伊的反复无常是出了名的，现在只是现在，一会儿是什么样的还真不好说。

大家并不敢完全放松警惕，只是皮笑肉不笑地应付着。

洛伊神气地站在华工们的面前大声说道："来自遥远的中国的朋友们，欢迎你们来到旧金山淘金，这里的金子数也数不清，足够你们这些人淘一辈子的。今天我要宣布两条纪律，第一条，不许私藏金子，你们淘到的金子要全部上缴给金矿，如果谁敢偷偷地把金子藏起来，那你们就等着找死吧。你们来的时候可能看到了铁轨两边那些坟丘，没错，那些坟丘就是你们的下场。第二条，不许偷懒，每人每月要完成规定的工作量，谁完不成就赚不到工资。你们都要记住我的话，这里没有法律，这里的法律就是加内特先生，他说的话就是法律，你们都听明白了？"

众人见过洛伊之后，接受短期的淘金培训，如果没有什么问题的话，明天就可以正式加入淘金队伍了。

转天清晨，一位姓庄的先生为新来的华工培训淘金技能。

庄先生五十多岁，双眼炯炯有神，留着一缕胡子。庄先生一边询问家乡的事情，一边比画着告诉淘金的窍门。

黄真旗将国内的情况告诉庄先生，庄先生叹气："我到旧金山整整十年，几乎与世隔绝，一次都没回去，每次得到国家的消息，多半都是坏消息。"

黄真旗说："朝廷腐败，世道越来越乱，洋人更是在国土上胡作非为，老百姓的日子越来越艰难了。"

庄先生说："国家再不好那也是咱的国家，可以抱怨它，但更要改变它！"

黄真旗一下子似有所思。

庄先生见无人注意，小声对黄真旗说："咱俩能说这么多话，也算是有缘，有一件事我要告诉你，洛伊不是什么好人，你们这些新来的矿工一定要小心。"

黄真旗点点头。

黄真旗见庄先生慈眉善目，又是来自广东的老乡，心里便多了几分亲近和信任，便将一个心里的疑惑向庄先生请教："庄先生，我们坐火车到金矿途中，看到两边有很多坟丘，看名字，都是我们的同胞——但是，他们都是怎么死的？"

"你是新来的，有些事还不知道，咱们这里经常发生矿难，每天都在死人，人死了就随便挖个坑埋掉。十年前那里也就有七八个坟丘，你现在看看，那边已经变成了一个大坟场。每次经过那里，我心里都不好受，跟我一起来的老朋友，基本上都被埋在那里。"庄先生说到这里忽然老泪纵横，"我最好的朋友阿四被埋在矿里，找了好几天都没找到尸首，最后只找到一只鞋，我就把那只鞋找了个坑埋了，我真没用。我们是一起出来的，我回去怎么向他的家人交代？"

黄真旗见庄先生哭得伤心，心里也感到酸楚。

黄真旗握着庄先生的手，那是一双几乎没有体温的冰凉的手，那也是一双布满老茧指纹快被沙砾磨平的手。看着这样一双手，黄真旗能想象得到淘金人的艰苦，更能感受到这一批淘金人的悲惨境遇。自己未来的前景，也许就像他们一样，最后的结局不过是铁轨两侧的一个小小的坟丘。

晚饭后黄真旗站在一个高高的土堆上向远方眺望，夕阳残红浸染天边，那种红不是普通的红，而是涌动在她体内的热血的那种红。黄真旗的热血在涌动，尽管要面对诸多的苦难，但她还是对未来充满希望，即将展开的是一种全新的从未有过的生活，这对她来说既新鲜又刺激。带着着一腔创业热血的黄真旗，在心里默默对自己说：我一定要在旧金山扎根。

第十一章　似是故人来

只与黄真旗打过一次交道，庄先生已经看出黄真旗与其他华工不太一样，她有胆有识，聪明过人，身上还有一腔正气。庄先生识文断字，却在一群白丁中间待了十年，平时连个说得上话的人都遇不到，所以一见黄真旗便有如遇知音之感。黄真旗对庄先生也有种似曾相识的亲切感，她感觉庄先生像自己故去的父亲，知识渊博，待人亲和，明辨是非。

这天吃过晚饭，黄真旗特地带了些上好的茶叶去拜访庄先生。

庄先生因为有知识，会算账，在金矿担任财务方面的工作，他同时也是金矿少数几个真正掌握了淘金技术的华工。庄先生德高望重，有正义感，华工们都亲切地称他为庄先生。加内特对这位庄先生也刮目相看，因为他需要一个既懂英文又懂中文的下属，这样可以通过这个下属来与华工们交涉。为了表示自己的诚意，加内特为庄先生单独安排了一间宿舍，这在华工当中是绝无仅有的。庄先生深知加内特的用心，但他欣然接受，他深知不能轻易拒绝老板的好意。尤其是加内特这样的大老板，他毕竟掌握着自己的饭碗。

吃过晚饭后，别的华工都到附近的街市闲逛，庄先生不爱凑热闹，在油灯下记账，桌上放着一沓账本、一支毛笔和一个砚台。虽然到旧金山十多年，庄先生还是习惯于用中国的毛笔记账，他觉得钢笔和圆珠笔用起来不顺手，缺乏那种大笔一挥的感觉。听到有人敲门，庄先生从椅子上站起来推开门。见黄真旗手里提着礼物站在门口，庄先生略微感到有些意外。

庄先生："是你？这么晚了，你找我有事？"

黄真旗见庄先生不像白天那样热情，心里瞬间闪过一丝失望，一时不知道该说什么好了。

庄先生看出了黄真旗的尴尬，走出门外看看四周，确定左右无人后才把黄真旗让进屋里，然后快速关好门。

屋里的陈设非常简单，一张床，一张桌子，一把椅子，一个柜子。但地面一尘不染，由此可以看出，庄先生是个爱干净也爱安静的人。

黄真旗看了看自己的双脚，不知道该放在哪里了。

庄先生说：“坐吧。”

庄先生举起桌上的暖水瓶，为黄真旗倒了一杯白开水。

黄真旗有些拘谨地将那包茶叶放在桌上说：“听说您爱喝茶，我特地给您带了一包茶叶。”

庄先生没有看茶叶，而是冷冷地说：“你以后少到我这里来，让别人知道了会对你不利。”

听着庄先生莫名其妙的话，黄真旗忽然觉得庄先生很神秘，有些搞不懂他到底在想什么。

为了解开疑团，黄真旗开门见山地问：“看庄先生谨小慎微的样子，难道有人在监视你？”

庄先生苦笑地点了点头：“我不让你来，并非是有意怠慢你，而是担心你惹上麻烦。不瞒你说，咱们金矿到处都是加内特的耳目，这里发生的一切都逃不过他的眼睛。”

黄真旗不解地问：“庄先生到底怕什么？”

庄先生坐在黄真旗对面，紧张的情绪比刚才舒缓了许多，他喝了一口水说：“金矿上的事你知道得越少越好，这里的情况比我们想象的要复杂得多，你记住我说的话，不要私藏金子，不要带头闹事，否则只有死路一条。”

黄真旗说：“庄先生，白天和您聊天，我觉得您是一位值得信赖并且有担当的长者，所以我才决定晚上来拜访您，想向您请教一些问题，没想到我却遇到一个胆小怕事的人，真是让我失望。既然如此，那我就不打扰您了。”

黄真旗的话显然刺激到了庄先生，庄先生有些不好意思，他看着眼前这个年轻气盛的晚辈，忽然觉得自己是不是真的老了，为何变得这样保守。想到这里，庄先生叹气道：“年轻人，你误会我了，我并非像你说的那样，想当年我也曾是一个血气方刚之人。可是后来发生的一件事，让我不得不夹起尾巴做人。说实话，我非常欣赏你这个年轻人，既然你今天问起，那我就告诉你实情。”

黄真旗打开茶叶包，为庄先生沏了一壶茶：“庄先生，我初来乍到，什么都不懂，有些事还需要您多多指教。我没别的意思，我就是觉得您亲切，特别像我故去的父亲。”

庄先生笑道：“你这个年轻人倒是很会说话。”

黄真旗见庄先生的态度有所缓和，说话的语气也亲近了许多，心里的紧张便消除了："庄先生，快跟我说说您当年的故事吧，我特别想听。"

庄先生眼神有些发愣，幽幽地说："当年我有一个结拜兄弟叫阿泰，我们一起到旧金山淘金，到这里没多久就发现这里和我们想的不一样。主要是赚不到钱，我们淘来的金子全部上缴给金矿，最后只获得微薄的工资。阿泰不甘心，他联合了十多个华工准备带着金子逃跑，他们提前制定好了周密的逃跑路线。逃跑前夜，阿泰带领大家起誓，谁要是把秘密泄露出去就不得好死。所有人都跟着发了毒誓。没想到就在逃跑当天却出了意外。洛伊带着人将他们追赶到一片密林里，他们全部被枪杀，阿泰的尸体被抬回来的时候已经被子弹打成了筛子。洛伊拿脚踢着阿泰的尸体警告所有华工，这就是私藏金子的下场。"

庄先生眼里含着泪，继续悲伤地说道："阿泰死得很惨，其他人也死得很惨，这些人到死都不知道，是谁出卖了他们。"

黄真旗插话道："您是阿泰的好友，为什么没有跟他们一起逃走？"

这句话显然问到了庄先生的痛处，庄先生痛不欲生地说："其实我也是其中之一，事发的前两天，我看到洛伊和几个人在窃窃私语，便觉得不对劲。我把这种担忧告诉了阿泰，劝他暂时取消这个计划，但阿泰死活听不进去，觉得是我犯了疑心病。我们俩不欢而散，后来我就没和他们一起出逃。他们出事后，洛伊曾经问我，是不是参与过出逃的事，我知道他在诈我，这种事打死都不能承认。除非阿泰他们临死前供出了我。事实证明，那些死去的兄弟，没有出卖我，我才得以苟活到现在。每次想起这件事我都心如刀绞，他们都死了，只有我还活着，想起来就觉得惭愧。"

庄先生擦干了眼泪说："唉，人都死了，现在说这些还有什么用。自从那件事以后，洛伊便派人暗中监视我，我每天都觉得背后有一双眼睛在盯着我，转过身却什么都看不见，这种感觉非常折磨人。所以我担心你和我走得太近，会给你带来不必要的麻烦，我都是为你好。"

黄真旗听完这个故事，心里五味杂陈，如果不是庄先生亲口所说，她不会想到一个小小的金矿竟然存在着看不到的险恶，会死伤十几条人命："后来您查清楚没有，到底是谁泄露了秘密呢？"

庄先生叹了一口气，遗憾地说："十多年来我一直都在暗查这件事，但是一点眉目都没有，阿泰不能白死，那些兄弟也不能白死。只要我还活着，那件事我就一定要查个水落石出。"

黄真旗问道："庄先生，您为什么要跟我说这些，难道您不怕我告诉别人吗？"

庄先生看着黄真旗的眼睛，语气坚定地说："你不会的，我第一次见你，就觉得你不是一般的人，你到金矿也绝对不仅仅是淘金这么简单，也许，你将来会干出一番大事业。"

黄真旗问道："庄先生何出此言？"

庄先生拍着黄真旗的肩膀，郑重其事地说："你识文断字，读的是孔孟之书，在眼界和才学上自然要比那些目不识丁的华工高出一头，让你在这里淘金简直就是大材小用。你安于现状，那是因为你对自身的优势还没有清晰的认识，对美国的国情没有清晰的认识，等过上一年半载，你就会明白我今天这话的意思了。当然，如果你甘于平庸，那也是你自己的选择，但是我相信你会是一个有成就的人，这就是我为什么会对你另眼相看的原因。也许这就是人们常说的惺惺相惜吧。"

庄先生从抽屉里拿出一本《英文词典》递给黄真旗："这本词典送给你，到了美国，首先要学会说英文，会对你大有帮助。"

那是一本封面破旧的字典，黄真旗轻轻地打开，发现里面很多地方都用毛笔勾上了圆圈。

庄先生指着那些圆圈说："那都是为了便于学习而画上去的，当年为了学习英文，我用了大约两年的时间，后来就能和美国人进行简单的对话，也可以进行一定的书写。有了这项本领，加内特才决定重用我，我终于从暗无天日的淘金工人成为一名管账的先生。俗话说，艺多不压身嘛，你一定要学好英文，有哪里不懂可以随时来问我。"

黄真旗捧着那本《英文词典》，心里生出一丝感动："庄先生，谢谢您对我的帮助，我都不知道该说什么好了。"

庄先生说："我只是个读书人，没什么大的能力，能帮助你的也只有这些了。你记住一句话，有了知识才能改变命运。"

黄真旗点头道："这话我父亲生前也曾经说过。庄先生，我记下了，回去一定好好学习。"

从庄先生宿舍回来后已是深夜，黄真旗轻手轻脚地钻进被窝，将那本《英文词典》压到枕头底下。被窝里很冷，黄真旗不由得打了个寒战，赶紧裹紧了被子。

黄真旗感到身后被一只手碰了一下，回头看，麦婧正睁着眼睛看着自己，小声地问："这么晚才回来，去干什么坏事了？"

黄真旗小声回答："没干什么，去找庄先生聊天，庄先生真是个博学的人，他送我一本《英文词典》，让我好好学习英文。”

麦婧了打一个哈欠道：“你不回来，宿舍里就我一个女子，我都不敢睡觉。”

黄真旗笑道：“不是还有阿龙和师兄陪着你吗？你怕什么。”

麦婧小声地嗔怒道：“男女授受不亲，咱们这样住在一起，终究不是长久之计。”

黄真旗坏笑着说：“阿龙和师兄都是正人君子，他们不会对你做不轨之事的。”

麦婧噘嘴道：“哼，什么正人君子，见了漂亮女人，恐怕就会马上撕下那张虚伪的人皮。男人呀，都是这副德行，千万不要高估了男人的定力。”

麦婧躲在被窝里冷得直打哆嗦。

黄真旗问道：“你是不是感觉冷？”

麦婧点头，并装作可怜兮兮的样子央求道：“真旗，旧金山的夜晚怎么这么冷，我想和你睡一个被窝，咱们挤一挤也许会暖和一些。”

黄真旗掀开被窝，麦婧钻了进去：“这下暖和多了，真旗，你对我真好，我认你当姐姐吧。”

黄真旗说：“好啊，有个妹妹也不错，今后谁要是敢欺负你，你就告诉姐姐，我帮你出头。”

麦婧像一只猫一样，懒洋洋地枕在黄真旗的胳膊上，幸福地说：“我没找到哥哥，却认了一个姐姐，老天爷真是待我不薄。”

黄真旗打了个哈欠说：“早点睡吧妹妹，明天一早还得上工呢。”

想起明天一早又得面对洛伊那张瘟神脸，黄真旗和麦婧就感到情绪低落，二人脸对脸忽然不约而同地叹了一口气，然后各自睡去。

黎明时分，远处机器的轰鸣声便传到了宿舍，每当这种声音传来，窗外那片坑坑洼洼的工地，就像突然获得了生命一般，在灿烂的朝霞中扬起如烟的尘土。吃过早饭之后，第一批华工扛着工具，踩着清晨的第一滴露珠，开始了一天繁重的劳动。不知道是因为没有睡好，还是别的什么原因，华工们普遍精神萎靡，就是路边芬芳的野花的香气也无法唤醒他们的斗志。很快太阳就出来了，照亮了工地上的每一件东西，发出闪闪的金光，就像这里的金子，要多少有多少，而淘金子的人却不是这样想。

黄真旗和几个工人正站在浅河中，晃动着手里的筛子在淘金，筛子里是一层薄薄的沙砾，黄真旗将筛子在水里过一遍水，然后慢慢地筛选，如果运气好的话就可以筛出小小的金粒。前面传来一阵喧闹声，黄真旗旁边的人见怪不怪，依然在低头晃动着手里的筛子。

黄真旗好奇地问：“前面发生了什么事？”

一名工友说：“没什么奇怪的，这种事几乎每天都在发生，不用看，肯定是又有人偷金子被抓到了。”

黄真旗问：“抓住了会有什么结果？”

“什么结果？”那名工友冷哼一声，“洛伊不是早就说过吗？私藏金子非死即伤，这个人恐怕要倒霉了。唉，坟丘上又多一块墓碑。”

出于好奇，黄真旗放下手里的筛子跑过去观看，挤进人群后被眼前的一幕震惊了。

刚才还在微笑的洛伊此时变得面目狰狞，他像一只暴跳如雷的野兽，举着鞭子猛抽一名华工。那名华工十七八岁，梳着很长的辫子，一张稚嫩的脸沾满泥土和鲜血。黄真旗见他被密如雨点的鞭子抽得遍体鳞伤，正跪在地上求饶。洛伊打得不尽兴，一脚踩在少年背上，用鞭子缠住少年的脖子，少年伸着舌头，像是快要死了。看到这里，黄真旗的心里一阵悲凉，她同情地看着少年那张因为惊吓而变得扭曲的脸庞。

一名工友小声说：“这个小钟真是人小胆大，竟敢私藏金子，这不是自寻死路吗？”

另外一名工友附和道：“上个月就有一个人因为藏金子，被洛伊活活打死了，咱们华工的命与金子相比，真是一钱不值。”

黄真旗说：“那么小的孩子，这么打下去，会死人的。”

第一个说话的工友看了看黄真旗说：“你是新来的吧？”

黄真旗点头道：“我来的时间不长，这个洛伊打人也太狠了，你们看看把这个孩子打成什么样了。”

那名工友说：“打死还算好的，最残忍的是逼着华工吞金子，人吞下去很快就死了，然后再通过解剖把金子取出来，想起来就觉得毛骨悚然。”

黄真旗听完后心里也是一紧，下意识地说：“大家毕竟是工友，你们为什么不过去替他求情？”

那名工友说：“求情？我们可不敢。以前也有人过去求情，被洛伊差点打死，他和警察局的人很熟，可以打死人不偿命，我们谁也不敢惹他。”

看着小钟奄奄一息的惨状，黄真旗心里非常着急，但她还是没有勇气出面劝解。黄真旗想起庄先生对自己说的话，千万不要得罪洛伊，这个人小肚鸡肠，得罪了他不会有什么好结果。人群中不知是谁投出一块碎石，击中了洛伊的右手。

洛伊扔掉了鞭子，疼得坐在地上："谁扔的石头，有本事就站出来，你们这些肮脏的猪猡，偷了金子还敢打人。"

人群中无人应答。但明显感觉到，大家都非常解气。

洛伊站起来，甩了甩右手，重新拾起地上的鞭子，不甘心地继续抽打小钟。小钟大声地求救。黄真旗实在看不下去了，就想过去阻止，被叶龙紧紧地按住。

黄真旗说："阿龙你干什么，那名少年快被打死了，我们不能冷眼旁观，至少应该帮他说句话呀。"

叶龙见多识广，也懂人情世故，他知道这个时候为小钟求情肯定会自讨没趣，说不定还会起到反作用，所以一直沉默不语："这个时候千万不要冲动，如果你过去阻止，肯定会得罪洛伊，从此就树立一个敌人。洛伊掌管着我们的生杀大权，我们得罪不起他的，你要听我的话，小不忍则乱大谋呀。"

黄真旗才不管这些呢，她挣开叶龙的手说："人都要被打死了，还谋什么谋，快放开我，我真没想到，到了旧金山你怎么变得越来越不干脆了。"

庄先生闻讯赶来，扶起遍体鳞伤的小钟，转身对洛伊说："他还是个孩子，就算犯了天大的错，你也不应该这样打他。看在我的面子上，你这次就饶了他吧。"

洛伊虽然蛮横，但在庄先生面前多少还是有所顾忌的，加内特对庄先生非常器重，华工们非常听庄先生的话。每次华工与金矿发生矛盾，都是庄先生从中调和，最终拿出一个让双方都满意的方案。庄先生在加内特眼中是解决矛盾的专家，在华工心中是一位敢于说真话的长者，在洛伊心中是一个主持正义的难缠角色。

洛伊放下鞭子，对庄先生嘿嘿嘿地笑着。

庄先生问："洛伊先生，你在笑什么？"

洛伊收起了笑容，一本正经地说："庄先生，这个时候你敢于站出来，我非常佩服你的勇气，但是我也提醒你，请你不要自寻烦恼，你会因此而失去工作。美国人是非常讲道理的，我们不会随便打人。我雇佣小钟，付给他薪水，他却偷我的金子，他就是一个窃贼。金子长在我们的土地上，本来就是我们的，小钟是我买来的奴隶，他到这里来是帮助我淘金的，淘到的金子也应该交给我。这次是他违反规定，他就要为自己做的事付出代价，所以我才要惩罚他，我这么做有什么错呢？你们不应该谴责我，而应该谴责窃贼。"

庄先生问小钟："你跟我说实话，你到底拿没拿金子？"

小钟忽然大哭起来，哽咽地说："我爹病了，需要钱治病，我找洛伊要工钱，他不给我。我实在没有办法，才偷偷将金子藏起来……”

庄先生安慰小钟：“孩子，别哭了，你爹治病需要多少钱？”

小钟说：“医生说，差不多一百美元。”

庄先生抚摸着小钟的额头，像抚摸自己的孩子：“没事的，没事的，治病的钱你不要担心，我会想尽一切办法帮你解决。”

庄先生转身对洛伊说：“既然你雇佣小钟，为什么不给他支付工钱呢？”

人群中有人大声附和道：“不给工钱还打人，真是让人气愤，到现在已经欠我们三个月工钱了，再不给钱我们就不干了。”

“对，什么时候给钱，什么时候干活。”很多华工气愤地扔掉了手里的工具。

洛伊显然对这样软弱无力的反抗毫不介意，毕竟这是在旧金山，在他的地盘。

洛伊看着情绪不稳定的华工们忽然笑了：“你们问问自己，这样的反抗有什么意义？报纸上都写了，连你们的国家都变成了殖民地，作为奴隶的你们还有什么资格跟我谈论公平讲条件？听我的话，赶快拿起工具回去工作，否则小钟的下场就是你们的下场。”

庄先生本打算息事宁人，但洛伊的言论深深地激怒了他，骨子里的书生意气控制了他，让他不得不对洛伊的话进行反驳：“我们这些华工漂洋过海来到旧金山淘金，是为了多赚点钱，改变家庭的命运，但我们不是来当奴隶的。今天这件事小钟确实做得不对，按照规定该怎么处罚就怎么处罚，但也不至于被打死。我们中国有句话叫得饶人处且饶人，如果洛伊先生能按照正常的程序处理小钟这件事，我们大家会非常感谢你的。如果你固执地坚持，那我们这些人就回宿舍休息了，你有本事就去找比中国人更优秀的工人来，我们保证，你绝对找不到。”

庄先生说的这番话，正是黄真旗心里想说的，而她在关键时刻并没有勇气表达心中的真实想法，黄真旗感到非常惭愧。洛伊对庄先生的话并没有感到意外，洛伊非常清楚庄先生的为人，他在华工当中非常具有影响力，华工们非常尊敬他，也非常相信他说的话。洛伊虽然反复无常，但他毕竟是个精明的管理者，在关键时刻还是要保持理智的，懂得见好就收。

洛伊看着庄先生笑道：“庄先生果然能说会道，但是就算你再能说，还是掩盖不了华工盗窃的事实。小钟自己都承认他是个小偷，那我们就来谈谈如何惩罚小偷的措施，如果我把小钟送到警察局，他不但要接受审问，还要接受罚款，后果非常严重。如果你们真的爱小钟的话，就交给我一笔罚金，换回他的自由，这件事一笔勾销。”

庄先生说：“洛伊先生的意思是，拿钱就可以换来小钟的无罪，请问需要交给你多少罚金？”

洛伊伸出五个手指头说：“五百美金。”

庄先生说：“五百美金？这对我们来说是天文数字，小钟没有这么多钱，我们大家也凑不齐这么多钱，你这是变相敲诈。”

洛伊：“凑不到钱那是你们的事，与我无关，你们回去商量解决方案，希望你们不要挑战我的底线。”

洛伊临走时对小钟轻蔑地说：“小钟，你是个小偷，真是丢中国人的脸，我瞧不起你。”

下午收工后，工友们聚在一起为小钟筹集赎金，一个小时内只凑到一百美金，剩下的四百美金还没有着落，转天黄真旗把家传的那只玉手镯卖了，才凑够差不多三百美金。傍晚时分，庄先生又补齐剩下的二百美金。

黄真旗问：“庄先生，您哪来这么多钱？”

庄先生说：“这些钱是我这些年一分一分攒起来的，本来打算退休了买张船票回国的，但是小钟比我更需要这笔钱。”

黄真旗问道：“那您将来怎么回国？”庄先生释然地说：“钱没了还可以再挣，但是生命只有一次，不说这些了，既然钱已经凑齐，我明天就去找洛伊交罚金。”

庄先生见小钟不在，问黄真旗：“小钟呢？”

黄真旗看了看周围，确实没有小钟，便说：“可能是上厕所了，估计一会儿就回来。”

这时一名工友从外面慌慌张张地跑进来：“庄先生不好了，小钟跳河了。”

“什么？人有没有事？”庄先生着急地问道。

工友说：“好在入水时间不长，被人救了出来，再晚一点就没命了，人还在河边。”

庄先生惋惜地说：“这个傻孩子，为了这点小事就自寻短见，走，快带我去看看。”

那是一条藏在金矿深处的河，河水有五六米深，水里有各种野生的鱼，华工们经常会到这里抓鱼，然后就地燃起一堆篝火烤鱼。天气热的时候华工们就到河里洗澡。河两岸长满高大的杨树和茂密的野草，里面常有野兔和野鸡出没，华工们将抓来的野味煮了大家一起吃。十多年来，这条河已经成为华工们淘金之外的乐园，大家在闲暇时间都喜欢到河边坐一坐，喝喝酒，聊聊天。这条河本来是一条没有名字的野河，后来庄先生给它起了一个好听的名字叫思乡河，从此这个名字就在华工当中叫响了。

被救出来的小钟浑身湿漉漉地躺在岸边，庄先生拨开围观的人群扑到小钟面前："孩子，你醒醒，你怎么能做这样的傻事呢？"

过了五六分钟，小钟慢慢地苏醒过来，他的头在微微地转动，当他与庄先生眼神相对的时候，忽然委屈地呜呜地哭了起来。

庄先生着急地说："孩子，你别哭呀，有什么话就对庄叔叔说，我替你做主。"

小钟还在呜呜地哭，哭了很久之后才缓慢地说："庄先生，都是我不好，连累大家为我凑罚金，我不想活了。"

庄先生扶起小钟，帮他擦干了湿漉漉的头发和脸："为了这点事就自杀，值得吗？我们都要好好地活着，只有活着才有希望，你就这样死了，那不是要你爹的命吗？他下半辈子靠谁来养老？"

小钟扑到庄先生怀里又是一阵哭，他边哭边说："庄先生，金矿太苦了，我想回家，就算回去要饭也比待在这里强，我想回家，我想回家。"

庄先生抬头看了一眼思乡河，水面平如镜，波光粼粼，闪着金光，似乎让他想起了很多往事："你这个没出息的东西，才来几天就说要回家，既然出来了就要坚持下去，现在回去等于半途而废。以后别再说这些话了，让人笑话，回去洗个澡好好睡一觉，明天起来太阳还是新的。"

小钟问庄先生："我们这些人能过上好日子吗？"

庄先生握紧小钟的手说："一切都是靠人争取来的，只要人在，其他事就好办，人没了，一切都是空谈。"

经过一天的休养和调理，小钟的身体已经康复，他向每一个帮助他的人鞠躬，最终重复着一句话："谢谢大家的帮助，这些钱是我借大家的，等我以后赚了钱一定还给大家。"

黄真旗摸着小钟的头说："以后遇到什么困难就说，大家都是老乡，都会帮助你的。"

小钟哭着再次向大家鞠躬。庄先生说："明天我带你去交罚款，这件事就算过去了，以后遇到什么事都要想开，不能再钻牛角尖了。"

所有人都认为这件事就此了结，但是却没有想到这只是一厢情愿，大家低估了洛伊。

当庄先生带着小钟来到洛伊的办公室后，洛伊先是笑眯眯地将罚金放进抽屉，然后对小钟说："这件事我已经请示了加内特先生，加内特先生的意思是，绝对不允许一个小偷在金矿工作，所以非常不好意思，我现在正式通知你，小钟，你被解雇了。”

小钟显然被这个意外的坏消息刺激到了，他愣在原地，眼泪再次流了下来，无助地看着庄先生。理性稳重的庄先生被洛伊嘲笑的眼神激怒了，他知道小钟被捉弄了，被捉弄的还有他自己。

庄先生冲过去一把抓住洛伊的衣领，洛伊并没有挣扎，平静而礼貌地说：“庄先生，我非常理解你此时的心情，可是我也无能为力，这是加内特先生的意思，你有什么意见可以去找他。电话就在我的桌上，你如果不相信的话，现在就可以给加内特先生打电话。”

庄先生心里非常清楚，这件事洛伊早已和加内特达成默契，已经没有挽回的余地，如果打电话询问，也只能是碰一鼻子灰。但是他并不甘心，怒吼道：“打也打了，罚也罚了，你到底想怎么样？小钟这个孩子非常可怜，他失去了工作以后可怎么生存，你为什么要赶尽杀绝？”

庄先生刚才使的劲可能有些大，弄疼了洛伊，他的脑袋扭来扭去：“我警告你，不要再和我胡搅蛮缠，否则别怪我对你不客气。小钟是一个小偷，就算弥补了过错，那也是小偷，他一辈子都是小偷，金矿不会雇佣小偷来淘金。”

庄先生的宿舍里聚集了十几名华工，大家都在为小钟鸣不平，庄先生坐在椅子上面色凝重，没有让小钟继续留在金矿工作让他感到非常自责，但他人微言轻又没有能力挽回局面，这种无力感让他痛苦不堪，让他无法面对无助的小钟。

没想到小钟却没有大家想象的那样脆弱，他反而如释重负，过来安慰庄先生：“庄先生，我这是自作自受，发生这样的结局也在意料之中，我没什么遗憾的，谢谢您在这段时间对我的帮助。虽然我偷了金子，但我真的不是小偷，您相信我吗，我真的不是小偷。”

说到这里，小钟再也无法控制自己的情绪，扑到庄先生的怀里哭道：“我心里非常难受，我不是小偷，我真的不是小偷。”

庄先生一拍桌子，站起来往外走：“我这就去给加内特先生打电话，看看到底是他的意思，还是洛伊的意思。”

黄真旗站在一旁一直没有说话，她初来乍到，对这里的情况还不太熟悉，所以一直都在观察，而很少发表自己的意见。在黄真旗看来，这件事错在小钟，奸在洛伊，洛伊占尽天时地利人和，讲理恐怕不会有什么结果。

想到这里，黄真旗说：“庄先生且慢，听我说两句。我们现在去没什么意义，倒不如等待机会。如果我没猜错的话，就算您现在打电话，也暂时找不到加内特先生，他会故意躲着您。这件事从根上说，还是小钟做得不对，才被洛伊抓住了把柄，我们认了吧。大家应该替小钟想想，如果他继续留在金矿，洛伊肯定还会继续找他的麻烦，以他的心智恐怕还是无法承受这样的压力。倒不如换一个环境重新开始，金矿不行，咱们还可以去别的地方，旧金山这么大，还怕找不到一个落脚的地方吗？这样一来，小钟说不定还能闯出一片新天地呢。”

叶龙接过黄真旗的话说道：“换个角度说，这其实也是好事，树挪死人挪活嘛，哪里的土地不养人。唐人街上那么多店铺都是中国人开的，找个活干应该不成问题，明天我带你去找找看。”

庄先生叹气道：“那也只能如此了。”

歇工的时候，叶龙带着小钟来到旧金山的唐人街找工作，只问了三家，小钟便找到了满意的工作。那是一家杂货铺，需要一个老实本分的伙计，老板是广东人，见小钟身强力壮，脾气也好，便一眼相中，留在店里当伙计，管吃管住，工钱也给得合理。叶龙带着小钟心满意足地回到金矿，小钟的脸上终于露出了久违的笑容。

一周之后，大家在思乡河边为小钟举行了简单的欢送仪式，有人在河里捞了鱼，有人还捕到了野兔，有人买来了酒，众人围坐在河边，沐浴在夕阳之下共同举杯。

小钟端着酒来到庄先生面前：“庄先生，我明天就要走了，以后您要多保重。”

庄先生也端起酒碗说：“孩子，以后你也要多保重，如果混不下去就回来找我，我这里永远都欢迎你。”

小钟又端着酒来到黄真旗和叶龙身边。

黄真旗开玩笑道：“小钟，你少喝点吧，喝醉了晚上尿床可怎么办。”

小钟举起酒碗说：“谢谢你帮了我，等我赚了钱一定将那只镯子赎回来送给你。”

黄真旗嘱咐道：“你是这里年龄最小的，犯一些小错误也是正常的，但是以后遇事一定要多动动脑子，千万不能再干傻事了。”

小钟被说得像有些不好意思，红着脸说道：“好死不如赖活着，我才不死呢，活着多好。”

小钟性格腼腆，见人一说话就爱脸红，所以大家都爱跟他开玩笑。叶龙在一旁装作吃醋地说：“小钟，快给我敬我酒，你的工作可是我帮你找的。”

小钟和叶龙显得比较亲近：“叶龙大哥，我敬你一碗，以后需要买什么东西就找我。”

叶龙一拳打在小钟身上，笑道：“这还没上班，就来拉生意了，放心吧，我们一定会经常光顾你的杂货店。好好干，争取将来自己开一家店，自己当掌柜的，谁的脸色都不用看。”

小钟喝醉了，但他却终生记住了这个时刻，记住了这个初秋的异国的傍晚，记住了这条辽阔无边记载了他人生艰难的思乡河。他将永远记住这里有一群帮助过他的人，这种无私的帮助，让他感到就算是地上的石头都散发着人情味儿。小钟看到很多粗糙的手掌，那些手掌上布满老茧，那是庄先生的手，那是黄真旗的手，那是叶龙的手……那些温暖的、有力的手抚摸着他的头，似乎可以带给他战胜一切的力量。小钟笑了，因为他获得了新生。

第十二章　雾锁山将空

这是黄真旗抵达旧金山之后度过的最热的夏天，这里的夏天干燥炎热，太阳的光照强烈刺眼，经常会晒伤人的皮肤。好在经过一年的磨炼，她已经完全适应了这样恶劣的气候。黄真旗到旧金山已经一年了，在这一年里她熟悉了美国的国情，熟悉了金矿复杂的人际关系，熟悉了自己性格上的弱点，同时也收获了工友们的信任。

在这一年当中，黄真旗翻烂了庄先生送她的那本《英文词典》。

在庄先生的指导下，她掌握了大量的英语单词，学会了英文读写，可以与美国人进行流利的对话。更加让人惊喜的是，黄真旗与麦婧建立起深厚的友情，这对姐妹相处融洽，整天形影不离，互相有什么烦恼都会向对方倾诉。

过去的一年当中，华工宿舍的住宿条件并无改善，还是那样简陋，虽然有洗澡间，但二人是女儿身，不便参与，身上脏了只能是简单冲洗一下。自从发现了思乡河，她们便有了一个可以洗澡的地方。

这天收工后，黄真旗与麦婧等到很晚，确定工友们都入睡之后，偷偷来到思乡河。

二人赤裸着身子沐浴在河水之中。明月高悬，夜色静谧，黄真旗仰望灿烂的星河，见有夜鸟高飞，那是一队过路的夜鸟，不由涌起思乡之情。黄真旗捧起一捧河水泼在脸上，感到一阵沁人心脾的凉爽。

黄真旗不由得心情大好，轻声吟道："戍鼓断人行，边秋一雁声。露从今夜白，月是故乡明。"

麦婧见黄真旗对月伤怀，也受到了感染，接着她的句子吟道："有弟皆分散，无家问死生。寄书长不达，况乃未休兵。"

二人对着明月沉默不语，想着各自的心事。麦婧忽然问黄真旗："姐姐，我心里有一个疑问，有句话不知道当说不当说。"

黄真旗笑道："咱们是姐妹，有什么不能说的。"

麦婧说："那我可说了啊，姐姐，我总觉得叶龙配不上你。经过这些日子的相处，我觉得叶龙这个人虽然嘴甜如蜜，却不踏实；虽然相貌英俊，却不可靠。他好像与姐姐完全不是一路人，但是姐姐却又那么喜欢他，真是搞不懂。"

黄真旗并没有看麦婧，而是望着夜空中的明月发呆，像是在想着什么事，良久，黄真旗才说："有些事你可能不知道，我和阿龙是共同经历过生死的人，当年我们杀了人，在新宁待不下去，这才一路逃到旧金山。我不管你怎么看阿龙，只要他对我好，我就一心一意地对他好，谁也分不开我们。"

麦婧见黄真旗虽然表情平和却语气坚决，似乎不容他人对叶龙提出半点质疑，便识趣地不再纠缠这个问题，而是转移话题："姐姐，我一直对叶龙的过去感到好奇，姐姐能不能跟我说说他的事，我很想听。"

黄真旗说："阿龙的经历非常复杂，三言两语也说不清楚。他年轻的时候，在洪秀全手下当御前侍卫，后来兵败，逃到新宁。再后来，认识了我和林师兄，他们两个帮助我报了杀父之仇，还杀了孙知县，没有办法了才漂洋过海到旧金山淘金。阿龙身上的缺点很多，但他的品格没有任何问题。"

说到这里，黄真旗双眼放出异样的光芒，叶龙就是她的真命天子。

这一切全被麦婧看在眼里："当年江湖上都在传，洪秀全临终前曾经留下一大笔财宝，说将藏宝图交给了最信赖的一名御前侍卫，不知这个人是不是叶龙。"

黄真旗瞪着眼睛问麦婧："你打听这个干什么？这都是秘密，我怎么可能知道？"

麦婧脸上的兴趣依然不减："如果是叶龙拿到了那张藏宝图，那姐姐下半辈子就发财了，到时候可别忘了也让妹妹沾沾光。"

黄真旗假装生气地打了麦婧一下："你也不想一想，要是阿龙得了宝藏，他早就拿着这些钱逍遥快活去了，怎么还会到这荒无人烟的旧金山淘金？宝藏的传说，我看都是骗人的，也许根本没有这件事。"

麦婧再问："难道叶龙从来没和姐姐提起过这件事？"

黄真旗说："没有没有，这件事我今天是第一次听你说起，妹妹你打听这个干什么？宝藏的事你是听谁说的？"

麦婧解释道："这件事也就姐姐不知道，当年在江湖上都传开了，从宫里逃出来的人说，叶龙是天王眼前的红人，天王临终之前曾召叶龙进宫面圣。我替姐姐鸣不平呀，如果叶龙真的拿到了藏宝图，而姐姐并不知情……"

麦婧见黄真旗真的把自己说的话往心里去了，便说："好了，好了，我们不说这个了。天也不早了，姐姐，咱们该回去了。"

见黄真旗有些发愣，麦婧笑着问："姐姐，我刚才的话是开玩笑的，就当我什么都没说，你千万别往心里去。叶龙对姐姐一片真情，肯定不会隐瞒这件事的。"

黄真旗没有说话，但心里感到很不舒服，麦婧刚才的话像一根钉子深深地钉在了她的心里。为了缓解这种尴尬的气氛，黄真旗也在刻意地转移话题："我看林师兄对你情有独钟，林师兄从小与我一起长大，我对他非常了解，他是一个忠厚老实、感情真挚的人，你真的应该考虑一下你们之间的感情。"

麦婧听完黄真旗的话有些言不由衷："林阿招是个好人，但我们不太可能，我配不上他。"

黄真旗说："妹妹何出此言？"

麦婧说："我也说不好，就是觉得我们不合适，但这并不妨碍我们做朋友。"

黄真旗说："我觉得林师兄很好，对待妹妹也是一片真情，我真心希望妹妹能够接受林师兄。"

麦婧边穿衣服边说："我们对爱情的理解不一样，你理解的爱是不顾一切的爱，我理解的爱是没有芥蒂的爱，两种爱有着本质的不同，两种爱都有各自的问题。你期许的也许是没有遗憾的爱，我期许的却是平等的爱。"

黄真旗说："林师兄现在是一名最底层的淘金工人，妹妹的地位难道比他低吗？"

麦婧欲言又止，但从她的言谈举止当中可以看出，她也喜欢林阿招，但又似乎有着难以言说的苦衷。黄真旗见麦婧沉默，就不再追问。

夜晚的风是轻柔的，吹在人的脸上也是轻柔的；月光是轻柔的，照在人的身上也是轻柔的。月亮透过轻柔的风将思乡河畔的树木花草照得发出了亮光，二人穿戴整齐踩着月光回到宿舍，她们没有想到，远处的一棵大树后面，有一双眼睛正在偷窥她们……

转天早饭过后，洛伊通知所有华工集合。黄真旗和麦婧昨天睡得晚，站着就打起了哈欠。洛伊今天心情不错，头发梳得一丝不苟，脖子上佩戴着崭新的领结。

洛伊看到黄真旗和麦婧的时候，露出不怀好意的笑。

所有人都集合到了金矿前面那片开阔的空地上，大家对这样的训话已经习以为常，木讷地站着一动不动，无论洛伊说些什么，他们都是左耳朵进右耳朵出。

洛伊清了清喉咙说："大家知道，金矿从成立起就有一条不成文的规矩，那就是女人勿进。原因我在这里不想多说，现在我们的队伍中混进了女人，这无疑破坏了规矩，这是绝对不允许的。下面我宣布一个严厉的决定，将混进我们队伍里的女人赶出去。”

洛伊把目光聚焦到黄真旗和麦婧身上：“如果她们主动站出来认罪，像朝拜她们的皇帝那样给我磕头，我或许会大发善心，考虑留下她们，否则我就将她们交给移民局遣送回国。”

无论黄真旗和麦婧的心理素质多好，听到这样的话还是显出了慌乱，麦婧紧张地握着黄真旗的手小声说：“姐姐，只有我们两个女扮男装，肯定是在说我们，我们该怎么办？”

黄真旗也紧张得手心里冒汗，但她还是平静杂乱的心绪，安慰麦婧：“怕什么？既来之则安之，先听他把话说完。”

洛伊一边说话一边慢慢地靠近麦婧，突然他抓住麦婧的手，另一只手粗暴地撕开麦婧的上衣。麦婧吓得大叫一声，上衣已经被洛伊撕开，露出了护胸。洛伊哈哈大笑，炫耀地说：“你们都看到了吧，我没有说错吧，我们的队伍里确实藏着女人，现在我把她揪了出来，剩下的就看她的态度了。”

麦婧又羞又急，她惶恐地说：“你想干什么？”

洛伊没有理睬麦婧，而是接着说：“队伍中还藏着另外一个女人，我希望她能主动站出来，否则别怪我不客气。”

黄真旗犹豫再三，终于鼓起勇气站了出来，她摘掉帽子，露出乌黑的长发和清秀的容貌。

华工队伍中发出一阵惊叹：“真是没想到，原来黄真旗是个女人。”

洛伊觉得黄真旗美得像油画里的修女，他看得有些入迷：“果然是一个女人！”

事已至此，黄真旗也没什么可顾忌的了，索性破釜沉舟：“请问洛伊先生，美国哪条法律规定女性不许当淘金工人？”

洛伊停顿了一下说：“这是金矿的规定，这也是加内特先生的规定，你难道有异议吗？”

黄真旗说：“我虽然是个女人，但我有力气，干起活来也不比男人差，我能为金矿创造价值。我相信加内特先生也会这么认为，可以为金矿创造价值的工人就应该留下，大家说对不对？”

到了这个时候，黄真旗只好使出浑身解数，为自己争取留下的机会。华工们对黄真旗的印象都不错，所以大家都支持她的观点。

洛伊痴痴地看着黄真旗，在他的眼里，黄真旗确实是一个美女，这样一个美女在金矿工作了一年，自己竟然毫不知情，想想真是一种遗憾。洛伊其实非常愿意黄真旗留在金矿，一个美女留在金矿，那将是一道让人眼前一亮的风景，相信加内特先生也会同意他的看法的。

洛伊看黄真旗的眼神与刚才截然不同，他说："你的美貌征服了我，我愿意给你一个机会，不，是给你们所有人一个机会。你看前面那个铁炉，你们中间谁能把它举起来，我就允许你们两个留下来，如果举不起来，我就把你们送到移民局，我说到做到。"

洛伊也不知道自己到底说了什么，他的心在狂跳，他觉得那只铁炉最多一百多斤，一个有力气的成年男人完全可以举起来，华工当中具备这样实力的人有的是。有了这样一个冠冕堂皇的理由，黄真旗就可以顺理成章地留下来了，何况黄真旗本人也愿意留下来，这与洛伊的想法不谋而合。但是洛伊预测铁炉重量的水平真的很差，他并不知道，那只铁炉至少有三百多斤，华工当中能举起三百多斤铁炉的人没有几个。

黄真旗走过去看着大铁炉，心里倒吸一口凉气，别说是自己，就是四五个壮汉都未必能抬起来。

黄真旗愣在那里。

洛伊笑着问："怎么样，你们中间有谁能举起来？谁有这个本事，谁就是勇士。"

华工们面面相觑，并没有一个人敢接受这项无法预知结果的任务，大家也不太愿意为黄真旗冒这个险。林阿招分开人群正要出去，被叶龙一把抓住，叶龙心里非常清楚，如果这次机会被林阿招抓住，自己在黄真旗心里的地位将大打折扣，虽然他心里也没底，但仗着有一身武艺，还是决定挑战一下自己的极限。

林阿招回头看到叶龙，有些不高兴地说："你拦着我干什么？"

叶龙松开林阿招的手，故作轻松地说："杀鸡焉用宰牛刀，这种小事我去就可以了，不用林大哥亲自出手。"

林阿招并非逞能，也没想那么多，他知道自己的实力，举起这个铁炉应该不成问题，所以就挺身而出。

林阿招见叶龙又要出风头，还是在黄真旗面前出风头，心里也有些恼火，便没好气地问："你行吗？"这句话在叶龙听来非常刺耳，好像林阿招在质疑自己的能力。

叶龙笑道："林大哥就等着看好戏吧，千军万马我都来去自如，何况区区一个铁炉。"

叶龙来到铁炉面前，先是用手拍了一下，然后再用肩膀碰了一下。经过一番测试，叶龙大概知道了铁炉的重量，他的心里有些发虚，三百多斤的铁炉，自己未必就能轻松地举过头顶，万一玩砸了可就在众人面前丢了脸。虽然叶龙心里没底，但争强好胜的性格还是促使他试一试。

洛伊见是叶龙，心里的紧张感多少有所缓解，他希望叶龙能顺利地举起铁炉，他提醒道："请你考虑清楚，如果举不起来的话，你也许会被这个大铁炉砸死，这个责任我可不负。"叶龙笑道："洛伊先生不愧是金矿的经理，首先想到的是推卸责任，放心吧洛伊先生，我肯定死不了，就算死了也和你没有什么关系。不过我也想提醒你，如果我举起大铁炉，希望洛伊先生一定要兑现诺言。"洛伊拍着叶龙的肩膀说："这个你不用担心，她们的去留问题我说话还是算数的。"

叶龙短衣小襟打扮，将脑后的发辫盘在脖子上，辫尾咬在嘴里，一副要拼尽全力的架势。在所有华工的注目下，叶龙抓住铁炉的两个把手，双臂发力，铁炉微微晃动了几下。来回晃动了几下之后，叶龙心里有了底。他双臂再次发力，大叫一声，硬是将三百多斤的铁炉举过头顶。

一名华工鼓掌喊道："真是神力呀，好样的，加油。"

其他华工跟着鼓掌喊道："好样的，好样的。"

如果在接下来的时间里，叶龙将铁炉在头顶停留十几秒，然后将双臂轻轻向下，横在前胸稳一下，身子向左一侧，铁炉就可以平稳地放到地上，那将是一个完美的收场。可是自恃过高的叶龙并没有见好就收，而是想在众人面前炫技，以此显示自己超群的武艺。

叶龙双手举着铁炉准备再走上十几步，没想到只走了三四步就感觉胳膊和双腿发软难以支撑，这时他的左胳膊忽然发出一阵轻微的咔嚓声，疼得他大叫起来，慌乱之中铁炉摔在地上，眼看就要砸到他的脚。在众人的惊呼中，离他最近的林阿招眼疾手快，一把抓住铁炉的一个把手，然后用力向后一推，笨重的铁炉重重地摔在地上，砸出一个深深的土坑。

众人又是一阵惊呼。

洛伊哪里见识过这样的大场面，被惊得目瞪口呆，竟然主动为叶龙鼓掌："我真的不敢相信，世界上还有这么厉害的大力士，这个铁炉至少有一百斤。"

黄真旗跑过去扶住叶龙，见他面如白纸，嘴角流出了血。

叶龙惨笑着向洛伊纠正道："洛伊先生，这个铁炉至少有三百斤，如果是一百多斤，我一手可以举起一个。"

到了这个时候，争强好胜的叶龙还在吹牛，站在一旁的林阿招苦笑地摇了摇头。

黄真旗关切地问："阿龙，你没事吧？"

叶龙有气无力地说："我没事，不就是几百斤的铁炉吗？就算是再上二百斤，对我来说也不在话下。"

黄真旗嗔怪地说："都到了这个时候了，你还有心情说大话，看来伤得还是不重。刚才要不是林师兄及时出手，后果不堪设想。"

叶龙没有接黄真旗的话茬，而是顾左右而言他："我所做的一切，只是想让你留下来，就算是被铁炉砸死，我也没什么可遗憾的。"

黄真旗的眼圈红了，她将叶龙搂在怀中深情地说："阿龙，你以后千万不能这样不要命，你有个三长两短，让我可怎么办？"

洛伊见自己策划的这场戏完美收场，心里多少有些自满，他也说不清楚为什么要用这样的方式留下黄真旗，唯一能解释清楚的就是，他非常喜欢黄真旗，为了便于接近黄真旗，他才想到这个并不高明的办法。

洛伊来到叶龙的面前，深鞠一躬："你是一个真正的勇士，我兑现我的承诺，两位女士可以留下来。"

叶龙抱拳道："洛伊先生果然言而有信。"

洛伊毫不谦虚地说："因为我是洛伊，金矿的经理，当然要言出必行了。"

黄真旗没有想到洛伊这个人虽然脾气古怪，但是说话还是算数的，本以为要为这件事花很多心思，没想到就这样轻松地解决了，她忽然不像之前那样讨厌洛伊了，但说对他有好感也谈不上。洛伊用一种欣赏的眼光看着黄真旗，火辣辣的目光让黄真旗有些不好意思，她急忙转过身去。

洛伊走近黄真旗说："虽然你留下了，但以后还是要老实一点，不要私藏金子，要遵守金矿的规定，听明白了吗？"

黄真旗听出洛伊冷冰冰的话语之外似乎带有一种说不清楚的关心，但她又说不清楚这种感觉，只好低声说道："谢谢洛伊先生，我知道了。"

洛伊边走边说道："你不错，你很有前途。"

林阿招似乎也感觉到洛伊看黄真旗的眼神意味深长，等洛伊走远，他提醒道："我看这个家伙对你不怀好意，以后离他远一点。"

黄真旗不想把这件事搞得过于复杂，急忙解释道："也许这只是美国人待人接物的方式吧，我以后多加注意就是了。"

林阿招继续说道："我看他是黄鼠狼给鸡拜年，没安什么好心。"

从小到大，对于所有想接近黄真旗的异性，林阿招都会产生一种排斥。叶龙不以为然，笑道：“林大哥大惊小怪了，我看洛伊先生人倒不像是个居心叵测的人。”

林阿招狠狠地瞪了叶龙一眼说：“你知道什么。”

恢复女装，做回自己，让黄真旗看上去开心了许多，她再也不用整天提心吊胆地活着，这对她来说比什么都幸福。

一个月后，叶龙的伤养得差不多了。

这天是休息日，叶龙带着黄真旗去逛唐人街，准备采购一些生活用品。

旧金山最初的唐人街是由几顶帐篷支起来的屋舍，与其说是一个小小的商业区，不如说很像一个矿区简陋的营地。这类早期的华人商业街实际上是为矿区华人服务的，它是华人矿工的物质供应站，休息娱乐、传播信息的聚会处和忍受不了矿区艰苦孤寂生活的避难所，也可以说是华侨集散的枢纽。华人商店里摆放着中国杂货，除铜壶、铁锅、葵扇、药材等生活用品之外，还有来自家乡的咸鱼、茶叶、腊肉、米酒等食品。大量外来人口集中，给旧金山带来就业的压力，排华浪潮接踵而至，华人们为了避开怀有敌意的社会，纷纷选择唐人街作为避难所。这里成为华侨们赚钱的经济基地，华人们有了回到家乡的感觉，同族、同姓、同一文化传统的人聚集在同一地域，感觉上更为舒服。这种局面也造成华人视野上的局限，和美国社会有着某种隔阂，一时无法调和，也许永远无法调和。

叶龙和黄真旗两个中国人漫步在唐人街上。

叶龙摸着口袋里的钱说：“今天我们也潇洒潇洒，我请你吃西餐吧。”

黄真旗说：“只是听说过西餐，却从未吃过。”

见多识广的叶龙说：“当初在南京时倒是见过别人吃西餐，一个洋人坐在长形桌台旁，一手举刀一手举叉，桌子上摊开白色方巾，防止食物弄脏衣服。”

黄真旗越听越觉得有趣，问道：“吃个饭这么麻烦？”

叶龙答道：“你听着，我还没说完呢。据说洋人吃西餐，讲求原汁鲜味，肉最好七分熟。就说烧牛柳配龙虾这道菜，牛柳以适量的炭火烤到三成至五成熟为最好。外面一层肉刚熟，火候向里逐渐递减，最里面几乎是生的，从熟透的肉色到嫩红，过渡自然。蘸点盘子里调好的酱汁，清爽香滑，一点纤维都没有。”

黄真旗问：“洋人也分很多国家，西餐也各有不同吗？”

叶龙说道：“虽然你没吃过，懂得倒不少，我差点被你问住了。西餐也分很多种类，有美式、英式、法式、意式、俄式，等等。每个国家对西餐的要求也不同，法兰西是夸奖着厨师的技艺吃，英国人是注意着礼节吃，德国人是考虑着营养吃，意大利人是痛痛快快地吃。”

黄真旗问道：“阿龙，你吃过西餐吧，为什么知道得如此详细？”

叶龙尴尬地说：“其实我也没吃过，都是道听途说来的，不过我们可以亲自品尝一下。”

黄真旗指着一家西餐馆说：“咱们就到这家吧。”

进了西餐馆，接过服务生递过的菜单，叶龙慌了，上面全是密密麻麻的洋文，一个字都不认识。黄真旗看出叶龙的尴尬，经过一年多的学习，黄真旗掌握了大量的英文单词，她认真地翻看着菜单，不时地用英文和服务生进行交流，坐在对面的叶龙看得发愣，他不由得从心底佩服黄真旗。

服务生离开后，叶龙问：“真旗，真没想到，你居然会讲英文，我从来都没听你说起过。”

黄真旗不好意思地说：“我也是初学，只能进行简单的交流，再深入的话就说不好了。”

叶龙羡慕地说：“已经非常好了，这下我不用担心了，以后出来我就带着你当翻译。实不相瞒，我刚才已经想好了，实在不行，我就照着其他食客的点一模一样的一份。”

黄真旗笑道：“你倒是聪明，看来我们要尽快学习英文，这样和当地人交流起来也方便。”

叶龙反驳道：“英文叽里咕噜的很别扭，要学就让洋人学我们的中国话，凭什么我们要学他们的语言？如果他们懂得做生意，就应该在门口的英文旁边标注中文，还有菜单上也该用中文注明，服务生也要能讲一口流利的中文。”

服务生将食物端了上来，黄真旗笨手笨脚地学着旁边食客的样子，胸前围好餐巾，一手拿刀一手握叉。很快就切下一块，用叉子送到嘴里，没嚼几口就吐了出来说：“肉根本就没熟。”

黄真旗再仔细看，牛排上还带着血丝，红红的令人作呕。黄真旗不知道洋人的饮食习惯，牛排烤到七分熟才最好吃。黄真旗叫苦不迭，真是草率了，大意了，自食其果了：“西餐好难吃，比中国的炒菜差远了，真不理解美国人为什么喜欢吃这种食物。早知道这样，我还不如点一份水晶虾饺呢。”

叶龙吃得还算顺口，此时正打着饱嗝四处张望。

黄真旗说：“对了阿龙，我刚明白过来，你刚才说唐人街上都是中国餐馆，怎么也有西餐厅？”

叶龙说：“这没什么可奇怪的，各取所需嘛，就像中国的街上也开着洋人的银行一样，也许这家餐厅的老板是中国人。”

二人在西餐厅所遇到的尴尬，被一个叫莱茵的美国姑娘看在眼里。

莱茵小姐是金矿主加内特的独生女，自幼喜欢绘画，对中国文化深深着迷。今天她到唐人街买完宣纸之后，就到西餐厅吃饭。桌子上除了宣纸之外，还有几支毛笔和砚台。不用多说，莱茵小姐肯定对中国山水画产生了浓厚的兴趣，她总是这样，喜欢上一样东西就会锲而不舍，有时候甚至不择手段弄到手。也许艺术家都像莱茵小姐一样，需要有新鲜事物刺激才能激发出创作的灵感来。莱茵小姐盯着桌上的笔墨纸砚，脑海里构思着一幅画面：巍峨的青山，青翠的竹林，远处的河流，河流上游动的鸳鸯，以及在岸边洗衣的姑娘。莱茵小姐把她知道的一切关于中国的元素都融入画面里，这番天马行空的遐想让她兴奋不已。

莱茵小姐点了蔬菜沙拉、糖酱煎饼、美式牛扒和柠檬水，边吃边聆听美妙的小提琴曲子。莱茵小姐突然愣住了，她好像看到了什么，空气和时间仿佛凝固。她紧紧盯着叶龙，像看到一幅美妙的图画。黄皮肤黑眼睛，眉宇之间透出一种迷人的英武之气，梳着长长的发辫，有着东方人典型的气质。之后莱茵小姐又紧紧地盯着黄真旗身上那件图案鲜艳的旗袍，这个东方姑娘鸭蛋脸、樱桃口，头戴玉簪，足下穿着绣着植物花草的布鞋，像是“仕女图”中飞出来的仙女。尤其是那件华美的旗袍，艳丽的绸缎面上绣着妖艳的牡丹，红色的花朵，翠绿的叶子，莱茵小姐对那件旗袍充满了兴趣。

见叶龙和黄真旗用完餐后，手挽着手走出了西餐厅，莱茵小姐偷偷地跟在他们身后，她非常想认识这两个中国人。看着两人走进父亲加内特开设的金矿时，莱茵小姐高兴得不得了，当她快步走进金矿时，正好看见洛伊在办公室喝酒。一看是莱茵小姐到了，这可是加内特先生的千金小姐，洛伊撂下酒杯就冲了出去。

洛伊：“欢迎莱茵小姐的到来，请问尊敬的加内特先生，你的父亲最近还好吗？”莱茵小姐认识洛伊，父亲曾多次邀请这个人到家里做客。

莱茵小姐礼貌地说：“洛伊先生你好，我父亲他非常好。”

洛伊说：“莱茵小姐大驾光临，有什么需要我效劳的？”

莱茵小姐心不在焉地说：“我要找两个中国人。”

洛伊：“咱们这里差不多都是中国人，不知道莱茵小姐要找哪两个，他们叫什么名字？”

“就是刚才进去的那两个人，一个男的和一个女的，女的穿着一件华丽的旗袍。”洛伊询问门卫后才知道，原来是刚刚进去的叶龙和黄真旗。

洛伊说：“莱茵小姐，我已经打听清楚了，刚才进去的那两个人确实在金矿工作，男的叫叶龙，女的叫黄真旗。我冒昧地问一下，他们是莱茵小姐的朋友？”

莱茵小姐说：“我并不认识他们，我只是对那个华人女子身上穿的旗袍感兴趣，你去把他们给我叫来，我想认识他们。”

叶龙和黄真旗怎么也没想到，会在无意之中和加内特的女儿扯上关系，他们更不会想到就是这位莱茵小姐，在未来的日子里给他们的感情制造了不小的麻烦。

洛伊向二人介绍说：“你们可真够幸运，让莱茵小姐亲自到金矿拜访你们，你们也许不知道，莱茵小姐可是这座金矿的主人加内特先生的宝贝女儿。”

莱茵小姐上下打量着黄真旗，眼神之中充满了羡慕：“你的衣服好漂亮，尤其是色彩和图案，你能把它卖给我吗？”

黄真旗用英文说：“莱茵小姐说的是我身上穿的旗袍？”

莱茵惊讶地说：“你居然会说英文？”

莱茵小姐继续说：“我是一名画家，非常喜欢你这件旗袍，想回去好好研究一下上面的图案，你能给我讲一讲关于这件旗袍的故事吗？”

通过短暂的接触，黄真旗能感觉到，莱茵小姐身上洋溢着一种让人舒服的温暖，在她身上看不到富家小姐身上的那些骄纵、傲慢甚至是不礼貌的坏习惯。这是一个开朗热情而又善良礼貌的美国姑娘，待人接物很有分寸。

黄真旗对莱茵小姐不由得产生一种好感：“这件旗袍用绸缎缝制，然后绣上喜欢的图案，做成一件至少需要三个月的时间。”

莱茵小姐惊讶地说：“你的意思是，你会做这样华丽又好看的艺术品？”

黄真旗说：“做一件旗袍并不难，却需要花费很长时间。”

莱茵小姐说：“真是太不可思议了，你简直是一个无与伦比的艺术家。如果你愿意，可以为我做一件吗？我会付给你很多很多的钱。噢，对了，你也许还不知道，我喜欢一切与中国有关的东西。”

虽然如此，但黄真旗还是觉得，她与莱茵小姐毕竟刚认识，彼此并不了解，不想贸然答应这件事。

见黄真旗在犹豫，叶龙小声提醒说：“如果不太耽误你的时间，就帮她做一件，她是加内特先生的女儿，我们可得罪不起。”

黄真旗明白叶龙的意思，只好说：“为莱茵小姐做旗袍是我的荣幸，我当然愿意，不过布料需要你来提供，我只负责手工部分，你看这样可以吗？”

莱茵小姐激动地握着黄真旗的手：“你是我见过的最好的中国人，我该如何感谢你呢？”

黄真旗说：“谢谢你给我如此高的评价，我愧不敢当。海内存知己，天涯若比邻。这句诗的意思是，无论到哪里都有知心的朋友，即使远隔天涯，也像邻居一样。旗袍的工钱我就不要了，就当是我送给朋友的见面礼。”

莱茵小姐说：“既然我们已经成为朋友，以后遇到什么困难可以来找我，我一定尽力而为。”

黄真旗说：“不过是一件旗袍而已，莱茵小姐太客气了。”

从洛伊办公室出来，叶龙兴奋地说：“莱茵小姐不愧是富家小姐，待人接物大方得体，并没有瞧不起我们，还和我们成为朋友，想起来都觉得是在做梦。”

黄真旗说：“我只是为她做了一件旗袍而已，最多只能算是雇主和裁缝的关系，还算不上什么朋友。”

叶龙诧异地说：“原来你心里是这么想的？虽然她是加内特的女儿，但我觉得她好像和她父亲不太一样。能结交到莱茵小姐这样的上流社会的人，对我们会有好处，你一定要好好地维护这段关系。”

黄真旗看了叶龙一眼，感觉他今天莫名地激动，比捡到一根金条还要激动。

第十三章　暗河漂红杏

喧嚣了一天的金矿在晚上八点左右归于平静，月亮升到群山的上空，像一个金色的盘子，挂在黑色的天幕之上。群山在黑暗中矗立着，仿佛站着的一个个无言的巨人，只有思乡河的水发出哗哗的响声。

夜色之中走来一男一女两个人影，他们走路的声音不大，但还是能听到地面上的草被鞋底踩动发出的吱吱声。来人是叶龙和麦婧，这两个素来有矛盾的人居然在这样一个漆黑的夜晚走到了一起，确实让人感到奇怪。

二人来到思乡河畔的一棵大树下，叶龙停下脚步，冷冷地问："快说吧，约我出来到底有什么事？"

麦婧离叶龙大约有三米的距离，为了便于说话，她走近了叶龙："龙哥，我觉得你好像对我有些误会，我到底哪里做得不好，你为什么处处针对我？"从麦婧的话音中可以听出，她今天是特意来与叶龙缓和矛盾的，但她不知道叶龙心里是怎么想的，所以语气上尽量舒缓一些。

尽管夜色黑暗，叶龙还是转过身看着麦婧，叶龙的语气并不友好："麦姑娘想多了，我一直都对你很客气呀，你怎么忽然问这个问题？"

麦婧沉默了一下，像是在认真地组织着语言："龙哥，我一向都非常欣赏你，你武艺高强，待人真诚，是我眼里的大英雄。小妹有哪里做得不对的地方，还请龙哥别介意，毕竟，毕竟我年龄小嘛，说话办事难免有疏忽的地方。"

麦婧边说边靠近叶龙："龙哥，小妹对你的心是热的，不信的话你过来摸摸。"

叶龙没想到麦婧会忽然脱掉外衣，做出这样意外的举动。麦婧说话的语气变得越来越温柔，像是一只狐狸精发出呢喃的叫声："龙哥，你过来摸摸嘛，看看我的心到底是热的还是冷的。"

叶龙一把推开勾引他的麦婧："麦姑娘，请你自重，深更半夜的，让别人看见成何体统。"

叶龙越推麦婧，麦婧越是往叶龙身上蹭，逼得叶龙实在没有办法，只好说：“好好好，我相信你，你赶紧把衣服穿好。”

麦婧露出狐媚的笑，搂住叶龙的脖子：“龙哥，你告诉我，你为什么这么讨厌我，到底是我哪里做得不好？”

叶龙正要挣脱，麦婧凑近他的耳朵轻声地说：“说你喜欢我，不说的话我就要喊人了，我告诉大家你要非礼我。”

闯荡江湖半生的叶龙，也曾是风月场上的老手，今天却被一个黄毛丫头给威胁了，他有些不甘心，但暂时也没有更好的办法：“麦姑娘，请你自重，否则别怪我不客气。”

叶龙此时说出的话显得苍白而无力，麦婧根本就不放在心上：“龙哥，我喜欢你很久了，你答应和我好，我就放开你，否则就告诉真旗姐姐和林大哥，就说你把我骗到河边图谋不轨。到时候看他们到底相信谁的话。”

“你……”叶龙这时候才明白，自己上了麦婧的圈套，整日打雁，今天却被大雁啄了眼，叶龙感到非常懊恼，“你到底想怎么样？”

叶龙边往后退边问，走出几步被地上的半截朽木绊倒，仰面躺在地上，麦婧顺势趴在了叶龙身上。

“哎哟，龙哥你这是要干什么，你真坏。”麦婧满脸春色，与叶龙的身体紧紧地贴着，嘴里的口气吹在叶龙的脸上。

此时的叶龙再也控制不住，开始心猿意马起来。

麦婧继续勾引道：“龙哥，你是不是觉得，我是一个水性杨花的女人？如果你这么想那可就错了，我是因为喜欢你才这样，我喜欢你，我真的非常喜欢你。”

麦婧凑近叶龙开始狂吻。

在这样明月高悬的夜晚，在四周无人风景宜人的思乡河畔，面对风情万种的麦婧主动的投怀送抱，生性风流的叶龙再也抵挡不住，一番激情撩拨彻底激活了他心中潜在的欲望。

叶龙翻身压在麦婧身上，喘着粗气说：“你这个小妖精，老子很久没沾女人了，今天正好拿你开开荤。”

一阵粗暴的翻江倒海后，麦婧兴奋地大喊：“龙哥，你饶了我吧，我快要死了，我不行了，我想喝水……”

叶龙渐渐地平静下来，但是没有把身体从麦婧身上移开，喘着粗气狠狠地说：“这下你满意了吧。”

麦婧什么也没有回答，躺在草地上一动不动，她闭着眼睛，像是在享受着刚才经历的狂风暴雨，又像是在想着别的心事。

过了很长时间，麦婧才睁开眼睛，用纤细白嫩的手指轻轻地抚摸着叶龙长满肌肉的胸膛，说道："你真是一头猛兽。"

夜色越来越沉了，思乡河刮起了一阵微风。

叶龙穿好衣服，冷漠得像一个没有支付嫖资的客人，头也不回地走了，远远地传来麦婧娇滴滴的声音："龙哥，你就不担心我一个人回去害怕吗？"

叶龙犹豫了一下，但还是固执地向宿舍的方向走去。

麦婧又说："听说这附近晚上有狼，你就不担心我被狼吃了吗？"

叶龙明知道麦婧故意撒娇，但毕竟二人发生了肌肤之亲，在心理上还是有些不忍。麦婧断定叶龙肯定会返回，只通过这次情色试探，她便摸到了叶龙的命脉，知道他虽然外表冷淡，内心却藏有一丝温暖，对付这样的男人最好的办法就是示弱，表现出一副弱不禁风可怜兮兮的样子就可以驾驭他。

见叶龙原路返回，麦婧像受到惊吓的小动物，扑到叶龙怀里："龙哥，我就知道你不会抛下我不管。"

叶龙嘱咐麦婧今天晚上发生的事不许对任何人说起。

麦婧威胁道："那就要看我的心情了，只要你随叫随到，我保证不对任何人说。"

叶龙目露凶光，吓唬道："你要是敢说出去，我就杀了你，我可是什么事情都能干得出来的。"

麦婧见叶龙真的发怒，吓得不敢再说半句，心有不甘地看着叶龙。

自从黄真旗和麦婧恢复女儿身之后，便搬到另外一间宿舍居住，此时已是深夜十一点，麦婧还没有回来，真让黄真旗心里着急。她坐在桌前正在焦急地等待，如果再过十分钟麦婧还没有回来，她就要出去寻找。

门吱呀一声被推开了，虽然已是深夜，但还是能看出麦婧容光焕发，最让人纳闷的是她居然还哼唱着粤剧。

黄真旗见麦婧平安归来，又见她兴高采烈，以为是遇到什么喜事了，问道："看把你美的，有什么高兴的事，说出来分享一下。"

麦婧意识到自己有些得意忘形，急忙装作若无其事地说："我还能有什么喜事呀，一个弱女子，整天在金矿和一群臭男人抢饭吃，赚到手里的钱还不够买脂粉的呢，只能是苦中作乐，哄自己开心罢了。"

见麦婧又发牢骚，黄真旗安慰道："我们能在旧金山有个落脚的地方就不错了，哪还敢奢求吃得好住得好，慢慢熬着吧，早晚会有出人头地的那一天。"

麦婧打了一个哈欠说道："我可没有姐姐这样的雄心壮志，我呀，找到了哥哥就回去，我可不想在这种地方待着。整天就是干活干活，除了干活就没有别的活动，整个人都快憋死了。我不聊了，今天太累了，想早点休息。"

黄真旗被麦婧的话给逗笑了："我等你等到半夜，你回来也不说陪我聊聊天，却自己一个人先睡，真是太不够意思了。"

黄真旗的话还没说完，便听到麦婧轻微的呼噜声。

"睡得也太快了吧？"黄真旗看着疲惫的麦婧摇了摇头，自言自语道。

这一夜对叶龙来说过得并不平静，他躺在宿舍的床上辗转反侧，心里像是住进了一个魔鬼。这个魔鬼张着血盆大口，旁若无人地撕咬着他的心，不管以前的自己多么放荡不羁，那都是过去的事了。自从遇到黄真旗后，他便收敛了不少，他无数次告诉自己，一定要善待这位对自己情深义重的姑娘，一定不要做出让她伤心难过的事。黄真旗是自己的救命恩人，又是自己颇为喜欢的那种类型，她坚强自立，不虚伪做作，对人对事保持一颗善良的心。选择这样一位心仪的姑娘，也许是自己迄今为止做得最正确的选择。可是因为一念之差，为了满足男人贪婪的私欲却背叛了她，和她最好的姐妹发生了苟且之事，无论从情感上还是从道义上讲，都是一个极大的错误。叶龙感到深深的自责，但他一想到麦婧那风情万种、勾人心魄的眼神，那翻云覆雨、娇喘连连的媚态，那光滑细嫩的身体，心里又产生一种恋恋不舍。一边是真挚的感情，一边是露水的欢愉；一边让他不忍欺骗，一边让他欲罢不能，在这种纠缠不清的心绪之下，叶龙左右为难。这次感情的背叛，如果被黄真旗发现，以她的性格，一定不会原谅自己，或许她会主动结束这段感情。这是叶龙最不想看到的，他喜欢黄真旗，他不想因为自己一时冲动所造成的风流事断送了这段感情。

叶龙在心里狠狠地骂自己：叶龙啊叶龙，枉你一世英名，却屡次在女人身上栽跟头，你瞧你都干了些什么龌龊事，让我说你什么好呢。

叶龙躺在床上，双手抱着头，闭上眼睛，他焦虑不安地想象着明天会怎么样……

转天叶龙早早起床，他穿过一片树林，走过一座木桥，到了工地后才发现自己是第一个到的。叶龙拄着铁锹，看着不远处的金矿，脑子里一片空白，昨天晚上发生的事情在他心里还留有深深的烙印。倒是麦婧比叶龙看得开，她到了工地之后依然谈笑风生，像是什么都没有发生，还不时地与黄真旗说说笑笑。

歇工的时候，黄真旗端着饭盒坐在叶龙旁边，她将一块牛肉夹到叶龙碗里，抬头关切地看着叶龙："阿龙，你的脸色看上去很不好，是最近太累了吗？"

本来是一句无心的问候，在叶龙听来却像是含蓄的试探，做贼心虚的叶龙躲开黄真旗关切的眼神，遮遮掩掩地说："没、没什么，可能是昨晚没有休息好吧。"

叶龙："真旗，你们搬到新宿舍住得还习惯吧？"

黄真旗说："就我和麦婧两个人住，都是自己姐妹，有什么不习惯的。对了，告诉你一件事，莱茵小姐托我做的那件旗袍快做好了，改天我亲自给她送过去。"

叶龙刚要说话，却被一旁的林阿招抢了先："莱茵小姐？哪个莱茵小姐？"

林阿招这一问，让黄真旗想起与叶龙的约定——与莱茵小姐交往的事，不要告诉其他人。现在无意中说漏了嘴，有些不知道该如何收场。

叶龙急忙打圆场道："还能有哪个莱茵小姐，就是，就是一个美国人，见真旗的旗袍好看，便求她帮着做一件。"

林阿招显然对这样的答案不满意，将信将疑地说："不对吧，我可听说咱们的老板加内特的千金大小姐也叫莱茵，真旗你不会和她发生什么瓜葛了吧？"

黄真旗一时语塞："这……"

叶龙说道："这怎么会呢，人家可是千金小姐，怎么可能与我们这些华工交往呢，林大哥今天这是怎么了，问题特别多。"

林阿招对察言观色这一套本就愚钝，面对叶龙的掩饰丝毫没有抵抗力，便小声说道："不是就好，但我还是要提醒你们，有其父必有其女，加内特对待我们华工不好，他女儿自然也不会好到哪里去，与这种人交往，哼，别吃不到羊肉还惹一身臊。"

吃罢午饭，华工们继续干活，麦婧见黄真旗没有注意，偷偷地靠近叶龙，小声说道："今晚我在河边等你。"

看着麦婧一脸春色，叶龙本想拒绝，但心里的贪念却推着他向前走。叶龙没有马上回答，提着铁锹不理睬麦婧，向前走了几步。

麦婧不甘心地追了上去，一把抓住叶龙说："龙哥，你不会占了便宜就不认账吧，晚上到河边，我有事对你说。"

叶龙甩开麦婧的手："昨天晚上都怪我一时糊涂，我向你道歉，请你以后别再纠缠我了。"

麦婧似乎早就知道叶龙会这样说，她胸有成竹，并不介意："我就知道你会这么说，不过我并不生气，我告诉你，你可别惹我，惹急了我，我可什么事都干得出来。"

叶龙被逼得没有其他办法，加之他意志力也不够坚定，只好勉强答应。

麦婧临走时向叶龙抛了一个媚眼说："晚上老地方见，你可一定要来。"

叶龙不再多讲，拿着铁锹向前走去。他从刚才麦婧的话里话外听出，这个小妖精是黏上自己了，这可不是什么好玩的事。叶龙铲了一铁锹沙砾，倒进滚动的传送带上面，看着沙砾通过传送带流进终点的筛子里。

午后的太阳无情地炙烧着，工地上繁忙着，淘金的都是青壮年男子，他们穿着清朝人的裤褂，光着的脚丫被地上的石头划得到处是伤，嘴唇因为炙热和尘土干裂得都冒出血了。

又是一个明月高悬之夜。

思乡河虽然黑漆漆的，但在月光照射之下，还是散发出一丝轻柔迷人的光亮。

对面的群山上空错落有致地分布着群星，好像蒙上了一层晶莹的碎玻璃。叶龙走出宿舍，偷偷摸摸地来到河边，一阵从山顶刮来的夜风吹在他的脸上，他快步向前走，走进一片密林。

叶龙停下了脚步，默默地停留了片刻，回头看看，然后轻轻低语："小妖精，小妖精。"

林中无人应答。叶龙继续向前走，还是没有见到麦婧，难道这个小妖精在戏弄我？叶龙在心里胡乱地猜疑。

一双细嫩的女人的手从身后一把抱住了叶龙，叶龙先是一惊，随后一笑。

麦婧的头靠在叶龙的后背，双手在叶龙身上胡乱地摸，娇喘连连地说："龙哥，我等不及了，我要你……"

叶龙转身一把搂住麦婧，抚摸着她的胸，急不可耐地解开衣扣："小妖精，我现在就给你。"

在这漫长而又激烈的纠缠中，麦婧拼命地喊啊喊，她仿佛忘记了此时身处何地，也忘记了会不会被人发现。叶龙也顾不上这么多了，积压在他体内的雄性荷尔蒙像火山一般喷发而出，摧毁了一切阻碍，他非但没有阻止麦婧的叫喊，反而怂恿道："喊，使劲喊，再大点声。"

麦婧一边配合着叶龙的节奏，一边将叶龙脱下的上衣放在自己身边。麦婧的脸虽然对着叶龙，但手却在偷偷地翻动着叶龙的衣服，像是在找什么东西。忽然，麦婧的手碰到一个稍微有点硬的像纸一样的东西，那件东西被缝在衣服的夹层中，正是叶龙缝在内衣里的藏宝图。这张藏宝图叶龙一直随身携带，他从来没有把这个秘密告诉任何人，麦婧是第一个发现这个秘密的人。

麦婧用一只手试图撕开衣服取出藏宝图，但她还是低估了叶龙的洞察力，叶龙发现后并没有直接粗暴地拒绝，而是装作不知，将麦婧的两只手死死地按在地上，轻吻着她的嘴唇："小妖精，你的手可不要乱动噢，再动我可要把你吊起来，那种刺激可够你受的。"

麦婧沉默着，双手不再挣扎，忽然双腿夹住叶龙，扫兴地说："你这只种牛，就知道交配，也不管我的死活，不玩了，不玩了。"

麦婧将叶龙一脚蹬开，抓起衣服正要穿，被叶龙重新按在地上。

麦婧挣扎着想推开叶龙，但她的力气哪里比得过叶龙，挣扎了半天也无济于事。叶龙明知道麦婧的目的，却装作毫不知情，轻声问道："小妖精，你怎么了，真是莫名其妙，突然间就发起火来。"

麦婧依旧不说话，但也没有继续挣扎。

叶龙连续两天都是深夜未归，走的时候也没有对任何人说他去了哪里，这让同住一间宿舍的林阿招不免有些担心。林阿招见叶龙的床位空着，知他不会走远，也许就在附近，本打算继续睡去。但又担心他出什么事，心里觉得不安，就穿好衣服，轻轻地关好门，到附近寻找。林阿招找了半天也没有寻到叶龙的踪影，决定原路返回，他看到前面不远处就是思乡河，就决定到河边坐坐。

正在野合的叶龙被欲望蒙蔽了心，已经完全丧失警惕，他竟然没有发现近在咫尺的林阿招。林阿招不敢相信自己的眼睛，他使劲掐了一下胳膊，很疼，这才确定不是在做梦，自己看到的是真实发生的。林阿招与麦婧并没有确定恋爱关系，麦婧喜欢谁他无权干涉，可是叶龙背着黄真旗竟然干出这样的苟且之事，林阿招心里愤怒的火焰霎时就点燃了。他替黄真旗感到难过，同时自己也觉得耻辱，这是一种说不清楚的感觉，所以他将一腔怒火全部发泄在叶龙身上。

当叶龙看到林阿招眼睛里露出的凶光时，他的脑袋里嗡的一声，意识到自己闯祸了，以林阿招刚直的脾气，一定会让自己吃不了兜着走。林阿招一言不发，就那样瞪着叶龙，强大的气场让一旁的麦婧不寒而栗。

林阿招背过身去，恨恨地说："你们是什么时候在一起的？"

叶龙和麦婧赶紧穿好衣服。

林阿招转过身走到叶龙近前，叶龙不敢看林阿招那吃人的眼神。

林阿招一拳打在叶龙脸上，叶龙嘴角出血，但他自知理亏，并未还手。林阿招飞出一脚，叶龙脚下不稳，扑通一声摔在地上。林阿招冲过去骑在叶龙身上，又是一通乱拳，叶龙被打得鼻青脸肿，不停地咳嗽。

林阿招觉得并不解恨，又要打，被麦婧拦住："林大哥，你不能再打了，再打下去龙哥会死的。"

"龙哥？"林阿招冷笑道，"你叫得真是亲热，我真是有眼无珠，拿你们两个当朋友，没想到你们却狼狈为奸。我告诉你们，做人不能这样卑鄙无耻。”

随后林阿招对叶龙说：“你为什么不解释？”

叶龙擦干了嘴角的血，说道：“我没什么可解释的，林大哥今天就算打死我，我也不会有半点怨言。”

林阿招苦笑道：“我真是傻到家了，直到今天才看出你的真面目，可惜了真旗对你一片痴情，你的良心难道被狗吃了？”

叶龙依然不说话。

此时的麦婧已经恢复了平静，在藏宝图没有得到之前，她必须接近叶龙，所以她不得不说一些维护叶龙的话，以此获得叶龙对自己的信任。“林大哥，这件事不怪龙哥，要怪就怪我吧，是我心甘情愿的，龙哥并没有强迫我。男欢女爱本就是你情我愿的事，他没娶我未嫁，我们凭什么就不能在一起？”

麦婧是想利用这个机会，把她和叶龙的关系坐实，没想到叶龙却不买账：“麦姑娘，你胡说些什么？”

麦婧反问道：“哟，龙哥这是要干什么，刚提上裤子就不认账了。我对待感情可是认真的，你要是抵赖，我就找真旗姐姐说理去。”

叶龙怒喝道：“你别自作多情了，我和你就是玩玩而已，就像你刚才所说的，这都是你情我愿的事，你想拿这件事威胁我，那你可想错了。”

“够了！”林阿招大声说。

忽然有一种强烈的耻辱感击打着林阿招那颗脆弱的心，他喜欢麦婧，麦婧心里也非常清楚，可是喜欢的人已经被自己的兄弟染指，麦婧居然恬不知耻地说那都是心甘情愿的，似乎丝毫不顾及自己的感受。林阿招觉得自己太可笑了，一直都充当着一个自作多情的角色。

林阿招转身而去，拙嘴笨腮的他自知再说下去，必然会情绪更加激动，所说之言也必定语无伦次。叶龙与麦婧对视一眼，叶龙一把掐住麦婧的脖子，咬牙切齿地说：“别以为我不知道你想干什么，我警告你，以后离我远一点。”

麦婧挣扎着，见叶龙确实动了真气，担心彻底激怒了他，便不敢再说什么。

叶龙本以为林阿招会顾全大局，帮自己隐瞒这件事，但他并不了解林阿招。林阿招是一个直性子，心里藏不住话，尤其是这种关系到黄真旗喜怒哀乐的事。他不想让黄真旗遭受欺骗，也不想让她受委屈，所以还没等叶龙亲自向黄真旗解释，林阿招便将这件事向黄真旗和盘托出。

这样鲁莽的举动所造成的后果就是，三个关系本来很好的人闹得鸡飞狗跳，叶龙夹在中间里外不是人，黄真旗觉得叶龙背叛了自己，麦婧和黄真旗无法正常相处。看到这样的局面，林阿招有些后悔自己的冲动，感情之事，哪能是三言两语就能说得清的，现在倒好，本来亲密无间的四个人变得四分五裂，往日的那种欢声笑语荡然无存。

叶龙多次找黄真旗解释，每次黄真旗都避而不见，不见是因为不敢见，她知道这件事根本就说不清楚，自己虽然痛恨叶龙的背叛，却无法指责另一个当事人麦婧，这又让她觉得如鲠在喉。叶龙的风流黄真旗是知道的，叶龙的意志力不坚定，她也是知道的，甚至叶龙在某一天会因为别的女人背叛感情，她也是可以预测的。但是猜想归猜想，当事实在毫无防备之下摆在自己面前时，她还是有些难以接受。

一个感情上几乎是一片空白的年轻女子，面对一个大自己十多岁，人生阅历极其丰富的男人，似乎没有什么抵抗力。就算是这个男人偶尔出轨，她也会自欺欺人地编造很多理由欺骗自己，把自己包裹在一个透明的气泡里，维护着那微不足道的自尊。对于黄真旗而言，当她听到叶龙和麦婧苟合之事，当时确实气愤，但是过了几天后她就不再那么恨了。因为她深爱着叶龙，爱情像一块橡皮，可以擦去那些画得并不完美的图画，她用这块橡皮擦掉了叶龙身上的缺点，看到的全是优点。此时的黄真旗变成一个蠢女人，她知道自己很蠢，但是无法说服自己，就这样让自己一步一步地变得越来越蠢，直到哪天遭受一次感情上的重创，才会彻底醒悟，做回那个真实的自己。

醒来的时候，已经是傍晚六点多了，窗外好像下起了小雨，窗檐下滴答的雨声传到了刚刚苏醒的黄真旗的耳朵里。黄真旗睁开眼，看了看窗外阴沉的天色，觉得似乎已到深夜，又转过身去迷迷糊糊地睡去。过了一刻钟，黄真旗感到口干舌燥，起身打开灯，到桌前喝了一杯凉茶。

这个时候麦婧应该在宿舍，但黄真旗却没有看到，只看到她的床铺整洁如初，不像是有人睡过的样子。黄真旗开始胡思乱想，也许麦婧又偷偷地与叶龙私会，也许她只是出去散步，也许她有什么别的事。就算有一万种答案，黄真旗还是选择第一个答案——他们又背着自己苟且了。

为了不把朋友间的关系彻底闹僵，黄真旗并没有向麦婧挑明这件事，而是默默地承受着，维持着这段支离破碎的友情。就算黄真旗心胸宽、格局大，但她毕竟是女人，还是无法与别人分享同一个男人。所以在此后的时间里，黄真旗与麦婧的关系还是发生了微妙的变化，两人还像以前那样有说有笑，但都是趋于表面，很难再倾诉衷肠了。比如休息日，如果是往常，黄真旗一定与麦婧手挽着手到唐人街闲逛，或是在宿舍里洗衣服，打扫卫生。而今天则不然，黄真旗待在宿舍里睡觉，麦婧不知道在哪里逍遥，黄真旗忽然感觉到，她们已经无法在同一个屋檐下同呼吸共命运了。

林阿招见黄真旗宿舍里的灯亮着，站在门口犹豫了很久才敲门。咚咚咚，黄真旗被敲门声打乱了思绪，在屋里问：“谁呀？”“是我。”黄真旗从粗声粗气的声音里听出，是师兄林阿招来了。黄真旗见林阿招浑身都湿透了，拉着林阿招的手说：“林师兄，快进来。”

林阿招有些魂不守舍，虽然坐在椅子上，但脑子里却不知道想些什么。黄真旗看出林阿招有话要说，便开门见山地说：“师兄找我有事？”

林阿招看着麦婧的床位，黄真旗知道他心里在想什么，说道：“麦婧出去散步了，应该就在附近，很快就回来。”

林阿招从怀里掏出一瓶白酒和一包牛肉干，随后说道：“心里烦得很，想找你说说话，陪我喝几杯。”

如果别人让黄真旗喝酒，她是断然不会答应的，但林阿招却可以例外，因为黄真旗知道，林阿招是可以为自己死的人。黄真旗更加知道，林阿招喜欢麦婧，那件事对他造成的伤害也许比自己还要大。林阿招不像自己这么能忍，他心里藏不住事，喜欢直接，不太会处理感情上的事情。这次遇到这么大的情乱，他心里肯定想不开。

“好啊，咱们也好久没有共饮了，今天正好一醉方休。”黄真旗说道。

两人推杯换盏，不知不觉中半瓶白酒就下去了，林阿招虽然爱喝酒，却不胜酒力，喝到此时已经微醉。黄真旗的脸上也现出红晕。

林阿招摇晃着脑袋说道：“真旗，我真是佩服你，到了这个时候，你居然还能沉得住气。”

黄真旗不用林阿招劝酒，而是自斟自饮：“不这样又能有什么办法，我总不能像个泼妇一样，找叶龙闹吧。”

林阿招：“像叶龙这种人，当初就不应该认识他，自从认识他以来，先是劫大牢救他，接着遇到了金花，到了旧金山又发生了这样的事。这个人就是个扫把星，他在哪里，哪里就不得安生。”

黄真旗显然不爱听任何对叶龙不利的言论：“师兄，咱们毕竟拜过把子，你不能这么说阿龙。”

林阿招瞪眼道：“你不用替他说话，自从那天我目睹那件事之后，我心里就没有这个兄弟，我们根本就不是一路人。以后他走他的阳关道，咱们走咱们的独木桥。”

黄真旗不知道该如何接林阿招的话，只好不说话，林阿招又喝了一杯酒：“我们真是两个苦命人，凭什么？凭什么他们干的龌龊事，要由我们来承担痛苦？这不公平。不行，我还得找叶龙这个王八蛋问清楚，他为什么要这么做。”

黄真旗知道，以林阿招的脾气，一定是言出必行，于是赶紧拦住林阿招：“师兄，我知道你喜欢麦婧，可是，她似乎对你一点意思都没有，否则她也不会那样了。我曾经也试探过她，到底对你有没有意思，可是她给出的答案让我感到失望。强扭的瓜不甜，我觉得你还是忘了她吧。”

林阿招：“忘了？忘记一个人有那么容易吗？如果能忘了她，我就不会这么痛苦了。但我一点都不恨她，为什么不恨，我也说不清楚。我痛苦的是，我就是忘不了她，你说我该怎么办？”

林阿招瞪着血红的眼睛，喝完了酒瓶里的最后一滴酒。

这时外面有人敲门，黄真旗大声地问：“谁呀？”

“是我。”虽然黄真旗喝醉了，听力不是那么灵敏，但她还是听出了叶龙的声音。

“你来干什么，滚。”喝醉的黄真旗像变了一个人，变得愤怒而直接。

叶龙在门外说道：“真旗，你听我解释，事情不是你想的那样的。”

“我不想听你的解释，你以后不要再来找我了，你走，你走……”黄真旗的声音变得嘶哑而尖利，吓得叶龙不再敢出声。见黄真旗痛苦地蹲在地上哭着，显得那样无助。

林阿招实在看不下去了，大吼一声冲过去推开门。

外面的雨下得比刚才更大了，两个男人在泥泞的雨水中扭打着，这次叶龙开始还手，他如果不还手，肯定会被林阿招打死。大约三十分钟过后，两个人疲惫地躺在积满雨水的地上，浑身上下没有一处是干的。雨水打在他们脸上，溅起一滴一滴微小的水珠，他们在呼呼地喘着粗气，谁也没有力气再打出最后一拳。

黄真旗站在门口，看着两个泥人，没上去阻止，也没上前搀扶，只是那么静静地看着。

第一个站起来的人是叶龙，他踉踉跄跄地来到黄真旗身边：“真旗，我们还能像从前一样吗？”

黄真旗本来是想听叶龙的解释的，但他并没有解释什么，而是说出这样一句话。等于说，叶龙承认了自己的不忠，他在请求黄真旗的原谅。

黄真旗沉默着。

叶龙不甘心，继续说道：“真旗你放心，我会把这件事情处理好，希望你能给我一次机会，我保证，以后再也不会出现这样的事了。”

叶龙见黄真旗仍然不吐口，忽然扑通一声跪在地上，带着哭腔说：“如果你不原谅我，那就请你杀了我吧，如果失去了你，那我活着还有什么意思。”

叶龙拔出那把随身携带的匕首横在脖子上，装出一副要寻短见的架势：“真旗，都怪我鬼迷心窍，做出背叛你的事，我对不起你。既然你不原谅我，那我只好以死来告诉你，我是多么爱你。”

黄真旗那颗冰山一样冷的心，在那一刻被叶龙用这样的小伎俩就给融化了：“阿龙，你别干傻事，我原谅你，你千万不能做傻事呀。”

见目的已达到，叶龙将匕首放回怀中，激动地抱住了黄真旗：“真旗，我保证，以后只爱你一个人，如有背叛，天诛地灭。”

第十四章　石前枯木多

到旧金山将近两年，黄真旗还是无法适应所处的环境。

她深深地感觉到华工的地位低下，吃饭的时候，白人矿工随意插队；干活的时候，白人矿工专挑轻闲省事的活干，将繁重的危险的活留给华工。华工们气不过，去找洛伊评理，洛伊当然是向着自己人。洛伊说，美国人才是这个国家真正的主人，而华人是雇佣的劳工，无法享受平等是非常正常的。洛伊的潜台词是，别争了，争也没用，到了我们的地盘就该忍辱负重并且毫无怨言，因为是我们给你们提供了就业机会，要懂得珍惜。

一个外号叫“快枪侠”的白人劳工，在这期间成为歧视华人的代表，没有人知道他的真名叫什么，只听说他的枪法非常好。“快枪侠”说，这些中国人如此愚蠢，为什么赚的钱比我们多？他手下的弟兄经常故意找茬和华工打架。“快枪侠”又说，中国人又来抢我们盘中的奶酪，我们绝对不允许他们剥夺我们的生存空间。双方隔三岔五火拼，洛伊见局势无法控制，向加内特报告，加内特幸灾乐祸地说，这是奴隶之间的争斗，让他们打，他们打得越激烈，我们的管理越顺畅。

黄真旗听到外面一阵喧哗，跑出去看，只见几名工友倒在地上，急忙过去询问经过。

庄先生告诉黄真旗：“华工们正在宿舍休息，‘快枪侠’带人过来，说他们丢了东西，要搜宿舍，华工们不同意。华工们说，我们虽然没什么钱，但也不会去偷别人的东西。‘快枪侠’不听，上来就打，好几个工人都受伤了。”

黄真旗对“快枪侠”有所耳闻，知道他是金矿上的地头蛇：“既然叫‘快枪侠’，就应该有一个侠客的本色，他怎么总是无理取闹？”

庄先生叹气道：“此人一贯蛮不讲理，工友们没有不恨他的，但是大家也毫无办法，因为他手里有枪。”

黄真旗不服气地说：“有枪怎么了，有枪就可以横行霸道吗？”

自从到了旧金山，黄真旗就对当地人欺负华人的行径深恶痛绝，心里一直憋着一口气。今天又遇到工友挨打，她那颗疾恶如仇的心一下子躁动起来。

“庄先生对这件事怎么看？”黄真旗想征求一下庄先生的意见。

庄先生说：“面对不平等的事情，一定要全力维护自己的利益，睁一只眼闭一只眼，只能让对方更加轻视我们，但是工友们似乎没有意识到事情的严重性。他们只顾着埋头工作，已经习惯了逆来顺受，对于别人的苦难从来都不闻不问，当他们自己遭受苦难才会感到疼。”

黄真旗说：“那我们如何维护自己的利益？”

庄先生回答：“道理很简单，别人第一次打你，你如果不还手，他还会再来打你。如果第一次打你，你及时反击，那么他下次打你就要认真地考虑一下后果了。”

黄真旗虽是一介女流，但自幼读了很多书，理解能力比常人要强，所以她对庄先生的话理解得很透彻：“我们都要主动维护自己的利益。”

庄先生语气坚定地回答：“对，除了反击，没有别的办法，只有反击才有资格与那些欺负我们的人谈判。”

黄真旗对那几个受伤的工友说：“你们愿意跟我去找‘快枪侠’维护自己的利益吗？”

几位工友异口同声地说：“愿意。”

黄真旗说：“既然大家都同意，那我们今天就去找那个蛮不讲理的人讨一个说法。”

“对，我们不能总受欺负，今天一定要讨个说法。”工友们说道。

庄先生并没有阻拦黄真旗，他希望这个初出茅庐的新人，亲自感受一下这里的不公平。

“快枪侠”没有想到，居然会有一个中国女子前来与他交涉。

对于黄真旗，“快枪侠”也有所耳闻，他听说这个女华工有着超群的武艺，为人仗义，待人真诚，很多华工对她心服口服，今天终于见到了，他的心里多少还有点窃喜。“快枪侠”其实没多大，是个毛头小子。他手里夹着一支香烟，正在喷云吐雾，脸上一副玩世不恭的样子，他看了看身旁的兄弟，又端详着黄真旗：“一个中国玛丽也敢来找我谈判？”

兄弟们哈哈大笑，像是看到一个稀有的可以随时让他们发笑的物种：“中国玛丽？！哈哈哈！这个中国女人还不知道吧，玛丽可不是个什么好名字！充满了苦难、身份卑微的女人才会叫这个名字！”

黄真旗："是吗？那我叫你失望了，因为我喜欢这个名字。现在我要问的是，你，作为一个男子汉，为什么要无故打伤我的工友？"

"快枪侠"轻蔑地说："无故？因为他们偷了我的东西！金矿上早有传言，华工最爱偷别人的东西！"

黄真旗说："你有什么证据吗？"

"快枪侠"说："华人的身份就是证据！你们这些肮脏的猪猡，连金子都敢偷，还有什么事做不出来的？所以我觉得就是你们偷了我的东西。"

"快枪侠"这句话激怒了黄真旗，黄真旗看着眼前这个面貌还算英俊却蛮不讲理的年轻人，心里涌起一阵反感。黄真旗想起庄先生说的那番话，别人对你的轻视，源于你对自己的不尊重。想到这里，黄真旗说："其实我们的处境都一样，没什么本质区别，同样都是帮别人淘金，同样都受制于人，我们本来应该和谐相处，至少也是各行其道，井水不犯河水。但是你非要三番两次地挑衅，我告诉你，华人没有你想象的那样软弱可欺，我们也是有尊严和血性的，对于那些不怀好意欺负我们的人，我们也会抵抗，而且绝不手软。"

"快枪侠"大笑，随即骤然收住笑："真是让人发笑啊！如果你们足够强大的话，早就反抗了，而事实上你们这些华工是一群自私自利的人，你们表面上吃在一起住在一起，其实并不团结。但就是你们这样一群人，却在一步一步地抢夺我们的工作，让我们无处存生，我恨你们，当然要赶走你们。"

黄真旗说："这就是你三番两次欺负华工的理由？既然你把这件事看成是一场你死我活的战争，那就没什么可讲的了，与其无端挑衅滋事，倒不如来一场公平的较量，不知道你敢不敢应战。既然你被称为'快枪侠'，那就要对得起这个侠字，我们中国也有侠，但我们的侠是行侠仗义，帮助别人的侠，而不是整天想着欺负别人的侠。"

"快枪侠"呵呵地笑着："这个主意真是太棒了，我当然愿意应战，我一定会用我手里的快枪和精湛的马术打败你们这些华工，你也许还不知道吧，在旧金山还没有比我枪法更好的人，你们这次输定了。"

黄真旗并没有示弱，而是强硬地回应道："你别得意得太早，我会让你这个狂妄之人得到应有的教训，十天之后我们就在这里比试，希望你不要临时改变主意。"

"快枪侠"："我非常期待看到你们离开的场景，我会为你们送行的，你们很快会无比怀念旧金山美丽的朝阳和幽蓝的天空的。"

"谁离开还说不定呢，也许第一个离开的是你，狂妄自大的美国人。"虽然嘴上强硬，且表现出无所畏惧的样子，但黄真旗并不敢小视这次比武，此时她正在心里谋划应对之策。

刚刚撂下电话的加内特大发雷霆。

莱茵小姐见父亲情绪不好，立刻吓得关掉唱机："爸爸，到底发生了什么事？"

加内特气得端起一只咖啡杯摔在地上："那些不老实的华工又在闹事，洛伊刚来电话说，他们又在请求涨薪水，这些华工真是越来越不像话了，我为他们提供就业机会，他们反而屡次向我提出涨薪的要求，看来我该好好地教训他们一下了。"

莱茵小姐平时并不爱参与父亲工作上的事，但是今天恰巧在现场，见父亲大动肝火，只好顺着父亲说道："如果你不愿意给他们涨薪，完全可以解雇这些华工，没有他们，我们的金矿照样运转。"

加内特抽了一口雪茄说："重新招聘工人并不难，让我为难的是，再难以找到像这样物美价廉的工人，他们心灵手巧又吃苦耐劳，比黑人劳工和印第安劳工能干多了，经营企业不节约成本又怎么能赚到很多钱呢。"

莱茵小姐说："生意上的事我不懂，但能看出来你对华工还是有好感的，那就给他们适当加点薪水，这样他们会更加卖力地工作。"

加内特重新坐到沙发上，往烟灰缸磕了一下烟灰："其实加一点薪水不算什么，我只是生气他们得寸进尺，如果那样的话，局面将无法控制。让我好好想想该怎么对付他们，我没事，你回房间休息吧。"

莱茵小姐回到自己的房间，躺在床上想心事。这是一间很大的卧室，每个进入的人都会嗅到一种芬芳的气味，有些刺鼻但令人陶醉。桌上燃烧着的薰香上缓缓升起的缕缕轻烟，轻柔地摆动着，最后扩散开来，为整个房间涂染上了一种类似黄金般闪烁的颜色。房间的每一个不起眼的角落都装饰了各式各样的饰物，体现出一种独特的艺术之美。墙上挂着富有东方情调的艺术品，用金线和羊毛织成的地毯铺在地上，显示着主人的品位。

莱茵小姐脑海中冒出了叶龙的影子，她也说不好为什么会对这个中国男子印象如此深刻，简直是有点难以忘怀。

莱茵小姐想，她也许应该深入了解一下叶龙这个人。

一个晴朗的午后，莱茵小姐亲自到金矿取那件定做的旗袍。

黄真旗将做好的旗袍递给了莱茵小姐，莱茵小姐爱不释手，她让黄真旗替她穿上先试一试，并且说："旗袍是中国文化的一部分，只有中国人穿出来才能体现其原汁原味的美感。”

那是一件橘红色的旗袍，腰线玲珑恰到好处却又不刻意显示，这股东方韵味衬在黄真旗身上，透着优雅与灵秀，那种东方的美让莱茵小姐感到沉醉。

莱茵小姐兴奋地尖叫起来：“哇，你穿上这件旗袍真是太美了，简直就是为你量身定做的，我真不敢相信，这么漂亮的旗袍是你亲手做的。”

莱茵小姐的赞美让黄真旗有些受宠若惊，从莱茵小姐的言谈举止中可以断定，她说的话完全出自真心。

黄真旗谦虚道：“莱茵小姐过奖了，我这只是皮毛功夫而已，我从小和母亲学习女红，我不过是学到她的十分之一。我们老家有这样的习俗，女孩子到了出嫁的年龄，母亲就亲手为她缝制两件旗袍，一件出嫁那天穿，一件平时出席重要场合穿。母亲告诉我，穿旗袍是想让我更像个女人，为人处世要学会矜持和内敛，不要过分张扬，以后的生活也许会出现这样或那样的不如意，希望我能一直做一个宽容大度温文尔雅的女人。”

莱茵小姐：“你真的非常幸运，你有一个多么能干的母亲，她在哪里，也到旧金山了吗？”

每次想起母亲，黄真旗就会感到一丝酸楚，也不知道她现在过得怎么样，身体好不好。见黄真旗神伤，莱茵小姐问道：“难道，难道你的母亲……”

黄真旗很快恢复了平静：“并非如莱茵小姐想的那样，我母亲很好，只不过她一个人生活在中国的广东，我没有时间回去照顾她，所以就感到内疚。”

莱茵小姐：“你为什么不把她接来？”

黄真旗：“事情没有莱茵小姐想象的那么简单，我母亲年纪大了，无法承受坐船到美国的一路颠簸，最好的办法就是我赚到足够多的钱，回到中国看望她。”

莱茵小姐忽然握住了黄真旗的手，黄真旗愣住了，莱茵小姐瞪着那双深海一般的蓝眼睛关切地说：“你也不必难过，至少你还有一位母亲，而我却从未见过我的母亲。希望你能尽快地和你的母亲团圆，我非常愿意为你提供帮助。”

黄真旗感受到了莱茵小姐的善意，她忽然觉得，眼前这个美国姑娘和其他美国人不太一样，她善良，待人真诚，丝毫没有表现出对华人傲慢的态度，这让她对莱茵小姐的好感又增加了一分。

黄真旗：“我能感受到莱茵小姐的诚意，你是我遇到的第一个对华人表示友好的美国人，为此我感到非常的荣幸。”

莱茵小姐：“能做出这么精致的旗袍的人，肯定是一个心灵手巧、聪明美丽的女人，这是你给我留下的第一印象。”

莱茵小姐终于说出了喜欢黄真旗的理由，不过这个理由稍稍让黄真旗感到意外。

黄真旗："莱茵小姐的这个理由我倒是第一次听说，你能从一件旗袍上看出一个人的本质，这一点比我强，我总是不太会看人。"

莱茵小姐："看人没什么难的，只要你盯着对方的眼睛看，总能看出你喜欢的和你厌恶的。"

在交谈的间隙，莱茵小姐不时地打量着叶龙，上次一见，叶龙给她留下的印象太深了，尤其是这个男人那迷人的眼神，他一说话就笑，一笑眼神就像放电一样，迸射出撩人心弦的光芒。这种光芒像一只手，轻轻地撩拨着这个情窦初开的姑娘，让她有些心波荡漾。今天拿旗袍是真的，来接近叶龙也是真的，只不过她没有直接说出来罢了。

莱茵小姐离开时深情地看了叶龙一眼，叶龙报之以微笑，二人似乎有某种心灵感应，这种感应一旦遇到合适的土壤，就会埋下种子，开花结果。

莱茵小姐向叶龙抛了一个媚眼道："你的眼睛里有种神奇的力量，让人不敢直视。"

叶龙可以清晰地感受到莱茵小姐对自己有好感，但碍于黄真旗在身旁，不便多言，只是对莱茵小姐礼貌地点了点头。

这个微妙的细节还是被林阿招看到了，他看着莱茵小姐的背影，撇着嘴说道："叶龙真是有女人缘，没见过几次面，却把这个千金小姐迷得胡言乱语。我看这个莱茵小姐不是什么好东西，你们瞧瞧她那副表情，看着就让人恶心。"

林阿招本意是旁敲侧击叶龙不要再犯同样的错误，没想到却引来黄真旗的袒护。

黄真旗："林师兄言重了，话也不能那么说，我感觉莱茵小姐待人挺和善的。对了，我们还是商议一下如何对付'快枪侠'吧，我虽然向他下了战书，但比试还需要大家一起上，你们都帮我出出主意。"

叶龙见话题转移，急忙说道："'快枪侠'自称骑马和枪法双绝，我看他是在吹牛，只要我出马，不出三个回合就可以击败他。"

林阿招了解叶龙，知道他又犯了吹牛的毛病，故意挖苦他："叶兄弟自己说枪法精准，可我从来都没见你打过枪，万一输了，我们可就没了退路。"

叶龙嘿嘿笑了几声："林大哥的小心谨慎用得不是地方，这话像是在动摇军心，两军对垒，还没有开战你就泼冷水，到底是什么意思？"

林阿招虽说和叶龙拜了把子，但他一直对叶龙狂妄自大的性格看不惯，今天见叶龙盲目自信，实在忍不住了就说了不合时宜的话：“听叶兄弟的意思，此事已经十拿九稳了？”

叶龙拍着胸脯说：“那还用说，我叶龙好歹也身经百战，没有十足的把握我可不敢说大话。什么‘快枪侠’，在我叶龙眼里他就是一只基围虾。”

经历了一场情感风波后，黄真旗、叶龙、林阿招和麦婧的关系发生了微妙的变化，这个系在每个人心里的疙瘩并未完全解开，但也并非互相不理睬。只不过麦婧对叶龙的态度忽然发生了转变，她不想为了这件事与其他人决裂，所以只好暂时断了和叶龙的那种关系，言语上也对叶龙时时进行反驳，以此表明自己的态度。

这样做的目的是，让其他人误以为他们已经彻底了断，同时她也不忍心放弃黄真旗和林阿招两个朋友，毕竟孤身在外，关键时刻还需要他们的帮助。

麦婧说：“龙哥的功夫我们自然信服，打败‘快枪侠’不在话下，林大哥你多虑了。龙哥你看这样好不好，我曾学过骑马，如果你愿意给我个机会，骑术我来比如何？”

黄真旗听出了麦婧的意思，她明白林阿招和麦婧对叶龙的能力并不放心，担心他马失前蹄，麦婧所言正合她意。

黄真旗接着说：“阿龙一人比试两局，确实消耗体力，妹妹如果能拿下第一局，我们的胜算就多了一些。”

叶龙绝顶聪明，自然明白大家的意思：“你们还是信不过呀，既然你们都担心我失败，那我只好主动让贤了。”

叶龙瞪了麦婧一眼：“你是不是特别希望我失败？”

麦婧：“你失败对我没好处，我希望你赢，但你有这个实力才行。”

麦婧这话好伤人，叶龙摔门走了，黄真旗赶紧追了出去，她知道，这个时候叶龙最需要安慰。麦婧和林阿招相视一笑，原地坐下。这些天麦婧一直想找机会向林阿招解释那件事，林阿招每次都回避，今天正是一个绝佳的机会。林阿招与麦婧四目相对，本想说些什么，但又不知道该从何说起，只好左顾右盼，一副尴尬的样子。

麦婧首先打破了僵局：“林大哥，你还在生我的气吗？”

林阿招本来有一肚子气是想发泄的，但他一看麦婧那副可怜兮兮的表情，那颗坚硬的心立刻便软了下来：“感情的事，本来就是你情我愿的，你有自己的选择，我能生什么气呀。”

麦婧：“那件事我不想做任何解释，我只是想问你，我们还能像从前一样说知心话吗？”

林阿招是什么样的性格，麦婧心里最清楚，这是一个吃软不吃硬的男人，这也是一个心宽似海的男人，她完全可以确定，随着时间的推移，林阿招会原谅自己的。为了达到某种目的，麦婧不得不违背本心，不择手段地去接近叶龙，但她心里对林阿招还是存有一丝愧疚的，因为她知道，林阿招一直都在默默地喜欢自己。

二人陷入了长久的沉默之中，林阿招在心里痛苦地纠结了一阵，忽然站起来说：“无论发生什么事情，我都不会不理你的，只要你愿意，我们还可以像从前一样，只不过，只不过，我不知道你心里是怎么想的。”

林阿招的宽容让麦婧非常感动，她甚至觉得，像林阿招这样有包容心的男人在这个世界上属于稀有动物，从她的本心出发，她非常欣赏这样的男人。而叶龙对她来说，不过是需要攻破的一座城池，并没有什么让她值得敬仰的地方。

麦婧充满深情地说：“林大哥，谢谢你。”

麦婧的眼泪让林阿招看着更加心疼，他笨手笨脚地不知道该如何安慰，想了半天才说出一句话：“别哭，别哭，我最见不得女人哭了，过去的事就让它过去吧，只要我们谁也不再提起，它就会慢慢消失的。”

麦婧擦干眼泪，脸上露出了欣喜，语气也变得欢快起来：“林大哥，我想问你一件事，你觉得这次比武，龙哥的胜算有多少？”

林阿招并不看好叶龙：“叶兄弟虽然功夫不错，为人却好勇斗狠，狂妄自大，我担心他会因此而吃大亏，所以才说出那样的话刺激他。他这个人，总喜欢把预想想象成现实，这样难免要栽大跟头。”

叶龙的想法和麦婧不谋而合：“不瞒林大哥说，通过一路观察，我发现龙哥处事好大喜功，少了些韬光养晦的手段。他如果有林大哥一半的沉稳，我也就放心了。”

林阿招：“大丈夫应该居安虑患、藏巧于拙、以屈为伸，但叶兄弟不是这样的。如你所说，他遇事不冷静，喜欢玩小聪明，我真的想不明白，他这样的人居然还能统帅三军，我也想不明白，真旗为什么会喜欢这样的男人。”

林阿招终于把积压心底的话说了出来，这样的话是麦婧非常想听的：“有些话我知道不该说，但我还是忍不住要说。我能看得出来，林大哥也喜欢黄真旗，是那种愿意为她赴汤蹈火的喜欢。”

林阿招脸红了，显然麦婧的话说中了他的心事，但他还是拒不承认：“你胡说些什么？叶龙这个人有很多缺点，但本性还是不坏的。真旗选择叶龙，自然有她的道理，至于我，我对她只有兄妹情。何况，何况我也有意中人了。”

麦婧虽然知道林阿招喜欢自己，但从未听他正式表白过，所以只是一种朦朦胧胧的感觉，今天听林阿招说起意中人，也不知道是不是自己，心里居然莫名地紧张起来：“哦？不知道林大哥的意中人是哪位姑娘？”

林阿招：“你……”

麦婧确定自己猜得没错，心里有些窃喜，但她却不想过早地接受这段感情，因为毕竟还没有完成那项特殊的任务：“林大哥又在开玩笑，我怎么能配得上你。”

林阿招心想，反正早晚也得说，不如今天借此机会说个痛快：“我这个人嘴笨，也没读过多少书，我第一次见你就觉得你符合我的心意。”

麦婧：“林大哥喜欢我什么？”

林阿招说：“喜欢一个人，就是一天总想起她几次，没有她的消息，会替她担心。她受伤的时候，想保护她。她受苦的时候，想让她过上好日子。她饿了，就给她仅有的半张饼。她冷了，就脱下衣服给她穿上。”

林阿招这番朴素、直接的表白，让麦婧找不出任何反驳的理由，她爱林阿招，但不想伤害这个痴心的男人：“林大哥对我的一番情意我能感受得到，但是我真的没有想好，请你再给我点时间好吗？”

林阿招说：“你有什么苦衷吗？如果有的话就请告诉我，我们一起来面对。既然我喜欢你，就会全心全意地去对你好，一辈子都不会做背叛你的事。”

麦婧不敢面对林阿招火辣辣的眼神，她故意转移话题：“我们之间的事，回头再说，眼前最重要的事是几天后与‘快枪侠’的比武。林大哥会射箭吗？”

林阿招本想继续追问，但是又担心逼得太紧反而不好，只好顺着麦婧的话说道：“射箭倒不擅长，但我会使弹弓，小时候我曾遇到一个射弹弓的高手，教过我几个月，只是多年不练，手有些生疏了。”

麦婧问道：“这个倒不必担心，多练几次就没什么问题，不知道林大哥命中率怎么样？”

林阿招想了想：“这倒不是说大话，我几乎百发百中。”

麦婧大喜：“太好了，真是天助我也。我想，打枪和使弹弓应该是一个道理，一样瞄准靶心，一个按扳机，一个装上弹丸对准目标。如果龙哥真的败了，你就用弹弓和‘快枪侠’比试，我想我们赢的概率会大一些。”

林阿招说：“虽说弹弓没有带在身上，但做起来也不难。找来人字形树杈，粗细均匀，长度十五厘米左右；找来两根长四十厘米左右的牛腿部韧带。将两根韧带分别绑在树杈两头，弹丸用钢珠或者圆形石子。”

麦婧说：“材料好找吗？”

林阿招道：“好找，金矿后面有一片树林，多找些树杈就行，我明天就制作弹弓。”

不知不觉中天色已晚，两人走在回宿舍的路上。

林阿招不死心，继续向麦婧求爱：“你真的不愿意给我照顾你一辈子的机会？”

麦婧说：“林大哥的心意我明白，但我不能答应，我相信你能找到比我更适合你的好姑娘。”

麦婧还是婉言拒绝了林阿招，她犹豫的是她的身份，作为一名朝廷派来的专门搜取藏宝图情报的特派员，麦婧无法与林阿招有过多的亲近，一旦获得藏宝图，她将来还要回去复命，那样做对林阿招不公平。所以麦婧虽然喜欢林阿招，却不忍心欺骗他，欺骗一个深爱着自己的男人，在麦婧看来是违背道德良心的事。所以，麦婧只能狠下心来拒绝林阿招的求爱。可是林阿招误会了麦婧的好意，他认为麦婧放不下叶龙。

“难道，难道你对叶龙还是念念不忘吗？”林阿招问道。

麦婧没想到林阿招会这样猜度自己，但她非常理解林阿招此时的心情，他是被拒绝怕了，才会产生这样的疑问：“林大哥不要胡乱猜测了，我和龙哥已经结束了，这件事与他没有任何关系。我只是觉得，我现在没有心情谈情说爱，这都是我的原因。”

林阿招感到非常失望，他拾起地上的一颗石子，使出浑身力气，扔向远处的河流：“麦婧，无论你说什么，我都不会放弃，我一定要娶你做我的女人。”

夕阳西沉，远处高高的山脉被染成一片绯红。

夕光正从密密的松针的缝隙间斜着射下来，形成一束束粗粗细细的光柱，把飘荡着轻纱般薄雾的树林照成了胭脂色。成群的鸟雀扑啦啦地在空中飞行，像一群飞舞的精灵准备回巢。林阿招失落地躺在草地上，仰望满天红云，像一炉沸腾的钢水，金光耀眼。人生第一次求爱就遭到拒绝，这让林阿招有些灰心。他的失落如流水划过心海，麦婧就是一本让他无法解读的书，就是一片让他飞不出的天空。

第十五章　秣马登高丘

在旧金山的这一批华工当中，叶龙的变化最大，他第一个剪掉辫子，用业余时间学习英语，使用美国出产的牙膏和香皂。在歇工的时候，他经常到咖啡厅小坐，感受当地的文化，认识更多的美国人。此时他在一家咖啡厅的门口偶遇莱茵小姐，莱茵小姐邀请他到里面喝一杯咖啡。

莱茵小姐除了对中国服饰感兴趣之外，还对中国武术情有独钟，她想通过这条途径接近叶龙。接近叶龙的原因源自于喜欢，她喜欢上了这个只见过两次面的中国男人，至于为什么喜欢，她其实也说不清楚。如果非要说一个理由的话，那应该算是一见钟情吧，见到叶龙之后莱茵小姐就喜欢上了他的长相，那张棱角分明的脸庞非常适合入画，也非常容易让人记住。

莱茵小姐深情地注视着大自己十几岁的叶龙，一点都没有感到羞涩和胆怯，叶龙并没有回避，而是与之对视，他看得出，莱茵小姐对自己有好感，这种好感并不需要过多的言语，通过一个眼神就可以感受得到。

莱茵小姐首先说道："叶先生，听说你的中国功夫很棒，我非常感兴趣，你愿意收下我这个学生吗？我对你的请求完全是个人意愿，你不用过多考虑到我的父亲。"

叶龙笑着却没有说话，莱茵小姐看出叶龙的顾虑："我果然猜得没错，你还是不太愿意。"

虽然叶龙非常享受莱茵小姐对自己的青睐，但他还是不想冒昧地答应这个请求："对不起，莱茵小姐，虽然我对你印象很好，但是我们之间身份悬殊，我哪有福分给你当老师呢。莱茵小姐真的喜欢中国的功夫，完全可以到中国武馆去学，那里的老师比我强一百倍。"

"你是知道的，中国武馆目前不招收美国学生，但是我非常想学，你能帮帮我吗？"莱茵小姐恳求。

"我帮不了你。"叶龙拒绝得很干脆，丝毫没有顾及莱茵小姐的面子。

“如果叶先生不答应我的请求，那我可要做一些让你不舒服的事了，比如说，我会让我的父亲亲自找你谈。”莱茵小姐在试探叶龙的底线，“我这么做，不知道叶先生会不会答应呢？”

叶龙笑道：“莱茵小姐这么善良，我相信你不会这么做的。”

莱茵小姐：“好不容易遇到一位老师，却不肯收我这个学生，我的心里感到非常难过。请问叶先生，我到底哪里不好？”

叶龙看到莱茵小姐白皙的脸庞流露出的失望和无奈，心里有些不忍，其实他心里非常想接近莱茵小姐，现在又出现这么好的机会，他没有理由拒绝。他表现出的所谓的拒绝，不过是在试探莱茵小姐的诚意。

叶龙假装考虑了一下，半推半就地说：“难得莱茵小姐这么抬举我，那我只好恭敬不如从命了，我就收下你这个学生，但是你要答应我一个条件。”

莱茵小姐欣喜地说：“这简直是一个好消息，我非常高兴，只要叶先生答应这件事，什么条件我都答应。”

叶龙说：“我希望这件事情只限于我们两个人知道，我不想招致不必要的麻烦。”

莱茵小姐说：“那当然了，我一定会守口如瓶。”

叶龙和莱茵小姐约定，每个周末传授武术。叶龙发现莱茵小姐虽然出身富贵，却一点都不娇气，学习中国功夫也非常刻苦。每次传授她的新招式，回去都要认真地练习，下次来的时候便已完全掌握了。莱茵小姐越是虚心学习，叶龙越是潜心传授，经过三个月的传授，莱茵小姐从一个毫无武术根基的娇小姐，渐渐地变成了可以与人展开搏斗的习武之人，虽然根基还不是太扎实，但是对付五六个壮汉却没有任何问题。

在这三个月当中，莱茵小姐对叶龙的功夫有了深入的了解，在她看来，叶龙简直就是一个身怀绝技的世外高手，他传授的招式虽然并不华丽，却非常有效，也非常实用。在传授功夫的过程中，叶龙也向她讲了很多关于武德方面的讲究，比如习武之人，应以武德为重，所谓持之以庄，临之以敬，接之以和，秉之以公，练之以勤，行之以义，存之以仁，归之以忠，而切忌恃强逞能，做无意义之事。

莱茵小姐理解得不深入，叶龙便一字一句地向她讲解，直到她完全理解为止。通过这些细节，莱茵小姐对叶龙的人格魅力更加推崇，她觉得，叶龙不单单是拥有俊逸的外表，他还拥有丰富的内涵，他能讲很多关于中国功夫的故事，还能讲出自己与人搏斗的真实案例，这些充满传奇性的故事，对莱茵小姐非常具有吸引力。

记得有一次莱茵小姐问叶龙："可以带我到中国去吗？我对那里的一切都充满好奇。"

这个问题让叶龙为难了很久，后来叶龙对莱茵小姐说，他已经有相爱之人了，这个人就是黄真旗。聪明的莱茵小姐当然明白叶龙的意思，但她仍然坚持道："听说你们中国男人，可以娶好几个妻子。"

叶龙说中国确实是一夫多妻制，上到皇帝下到普通老百姓，只要是成年男子都可以娶多名妻子，但那要取决于这个男人是否成功，是否具有一定的经济实力，如果只是一个种地的农民，是没有勇气娶多名妻子的。比如他自己，只是一名金矿的工人，根本没有能力娶第二个妻子。莱茵小姐对这样的解释并不满意，在她看来，只要两个人真心相爱，其他的事情并不重要。

那天交谈之后，莱茵小姐问叶龙自己的功夫到底练到了什么程度，叶龙说打败三五个壮汉不成问题，莱茵小姐以为叶龙在取笑自己，有些生气。叶龙告诉她，有时候练武之人是不知道自己的实力的，这需要找人比试才能验证出来。叶龙这么说，莱茵小姐心里充满了期待，她想象着自己像侠客那样击败坏人，一个甚至好几个，也不在话下。

莱茵小姐领着叶龙来到一个拳击俱乐部，里面有好几个黑人拳手戴着拳击手套在练习拳击，一名黑人拳击教练正在指导他们。

莱茵小姐小声问叶龙："我可以去挑战他们吗？"

叶龙胸有成竹地点点头。

莱茵小姐自信满满地说："我现在就是女侠，放心吧，我一定会击败他们。"

莱茵小姐向黑人教练礼貌地说："先生，如果你愿意的话，我想和你的学生比试一下。"

那名黑人教练见莱茵小姐一副弱不禁风的样子，脸上露出轻蔑的微笑："什么？你再说一遍，我刚才没有听清楚。"

"我要和你的学生打一场，我输了就给你一笔钱。"莱茵小姐将刚才的话重复了一遍。

黑人教练看着叶龙："原来是一个中国人，听说你们的中国功夫很有名，不过，你让一个女人来挑战，我恐怕无法接受。"

骄傲的叶龙丝毫没有把这些拳手放在眼里，这种轻视也表现在了他的脸上："功夫是用来竞技的，不分男女，既然我的这个学生有信心挑战，她自然就有赢的把握，这一点我可以向你保证。"

黑人教练向身后看了看，选中一名拳手："你去和她比试一下，虽然中国功夫厉害，但是我们的拳击也是威力无比。"

比试之前莱茵小姐心里还是感到不安，她凑近叶龙小声问道："师父，我才练了三个月，我真的能赢吗？万一我被对方打死了怎么办？"

叶龙给莱茵小姐打气道："相信自己的实力，我怎么教你的，你就怎么打。你刚才不是说了吗？你现在就是无所不能的超级女侠，去吧女侠，你没问题的。"

莱茵小姐学的是中国功夫，自然也学了最基本的礼仪，她向对面的黑人拳手抱拳道："那就多有得罪了。"

那名拳手见状，向她挥了挥拳头。

那名拳手上来就是一记左勾拳，莱茵小姐侧身一躲，拳手接着是一记直拳，莱茵小姐又是一躲。

这让莱茵小姐感到振奋，她大声喊道："师父，简直太神奇了，我居然可以躲过他的拳头。"

叶龙见莱茵小姐这般天真烂漫，感到好笑，但在这种严肃的场合又不便过于随意，急忙克制道："你也别总是躲避，寻找机会就打他几拳，踢他几脚。"

莱茵小姐没想到叶龙教给她的绝技这么厉害，没出几个回合，她绕到拳手身后，飞起一脚，正踢在拳手的后背上，拳手被踢得向前一个踉跄，还没站稳，莱茵小姐追过去又是一脚。拳手支撑不住，那具庞大的两百多斤的身体倒在地上。

莱茵小姐骑在拳手身上，正要挥拳打去，叶龙大喝一声道："快给我住手，人家既然已经倒地，那就是输了，你不应该穷追不舍，这不符合女侠的风格。"

莱茵小姐有些没尽兴，她指着倒地的拳手，顽皮地说："你，不行。我，赢了。"说完冲叶龙挥了挥手，一副胜利者的姿态。

黑人教练见状，气得脸色更加黑了，他又派出一名拳手，怒吼道："去，一定要击败她。"

第一战胜利，莱茵小姐有了信心，自然还想赢第二局。依然没超出三个回合，莱茵小姐还像上次那样，击败了第二个拳手。

叶龙担心对方不依不饶，又担心莱茵小姐体力不支，急忙劝阻道："莱茵小姐，你已经赢了，我们可以走了。"

"慢着，你们还不能走，虽然你的学生赢了，但并不证明当老师的就能赢我。我想和这位先生比试一下。"黑人教练向叶龙挑战。

叶龙拒绝道："我觉得没必要再比了，你肯定不是我的对手。"

叶龙的轻视让黑人教练无法接受，他暴跳如雷："你敢轻视我，我今天就让你尝尝铁拳的厉害。”

黑人教练的拳术自然比他的学生高出很多，但在叶龙面前却显得过于小儿科，狂傲的叶龙轻慢地说：“对付你，我只用一只手足矣。”

受到羞辱的黑人教练咆哮一声，晃动着庞大的身体向叶龙扑去，两只拳头像雨点一般砸了下去。叶龙不慌不忙，闪转腾挪，游刃有余，这样一来倒显得黑人教练像一只黑色的大狗熊，被一只灵活的猴子戏耍。叶龙并不恋战，毕竟是在人家的地盘，时间一久难免生出意外。叶龙单手挡住黑人教练的右拳，脚下轻轻一横，像是非常无意识的样子，黑人教练脚下一绊，叶龙趁此机会单手拍到他的前胸，力道拿捏得恰到好处，黑人教练一个狗啃屎，摔得鼻青脸肿，一颗门牙掉了，满嘴流血。

没心没肺的莱茵小姐鼓掌欢呼：“师父，你真是太棒了，你才是真正的大侠。”

黑人教练恼羞成怒，冲到屋里不知道要找什么东西，叶龙拉着莱茵小姐的手往外跑，边跑边说：“快走，小心那只黑熊回去拿枪。”

叶龙的话音未落，黑人教练果然举着一支长枪追了上来。砰砰砰三声枪响，三颗子弹射了过来，莱茵小姐吓得大叫。叶龙拉着莱茵小姐左躲右闪，一口气跑出很远才停了下来，二人气喘吁吁地坐在地上对视着。

莱茵小姐忽然开心大笑，指着叶龙说：“想不到师父这么厉害，还会怕枪。”

叶龙不好意思地说：“你还笑，你没看见那只黑熊丧失了理智吗？万一被打中，我怎么向你的父亲交代？”

莱茵小姐兴奋地说：“今天简直是太刺激了，我们居然打败了一群拳手，你说我们是不是超级英雄？”

叶龙说道：“你还有心思笑，都怪你，非要来挑战，这下得罪了他们，以后肯定会来找麻烦。你有你父亲撑腰当然不必担心，我只是一名工人，拳手们万一找我报仇，我可怎么办。”

莱茵小姐忽然扑到叶龙怀里，趁叶龙不备，亲了他一口。叶龙愣了一下，但并没有推开莱茵小姐。

“叶龙，等你事业有成了，就可以娶两个妻子，不知道我有没有机会做你的妻子。”莱茵小姐终于忍不住向叶龙表白。

叶龙知道早晚会有这么一天，但他没想到这一天会这么快，心里还是有些没有准备好，他在认真地组织着语言，找最合适的语句回答：“莱茵小姐，黄真旗是我的女朋友，我非常爱她。”

莱茵小姐："这并不矛盾，我也喜欢你，我愿意成为你的第二个妻子。"

叶龙："可是你并不了解中国的事情，所谓的第二个妻子，其实就是小妾，是次要的人，这对你不公平。"

莱茵小姐："但我就是喜欢你，这可怎么办？"

叶龙："今天我们都挺累的，我送你回家吧。"

莱茵小姐："叶龙，你难道不喜欢我吗？"

叶龙："莱茵小姐，你是一个非常可爱的姑娘，我非常喜欢你，但有些事是不能轻易去做的，希望你能明白我的苦衷。"

莱茵小姐："那好吧，等你想好了我们再谈，不过，你可不能因为这件事而疏远我，毕竟我还是你的学生，你教出一个可以打败拳手的学生。"

叶龙："你已经成为一个女侠了，难道不是吗？"

莱茵小姐自言自语道："对，我是女侠，我是可以拯救地球的女侠。"

叶龙将莱茵小姐送到车上，挥手告别，莱茵小姐看上去是那样的依依不舍："谢谢你，今天给我这么好玩的经历，我希望以后我们还能共度这样美好的时光。"

叶龙送别莱茵小姐后，一个人走在返回的路上。

他的心里再次泛起了涟漪，如果说前段时间麦婧的投怀送抱是出于某种目的，这次莱茵小姐的主动示爱则看上去是那般的单纯，但是无论如何，他都不敢擅自越雷池半步，因为在他心里，黄真旗还是第一位的。叶龙生性风流，招女人喜欢，但是他心里非常清楚，自己到底适合和什么样的女人白头偕老，对于共患难的黄真旗，他始终保持着清醒的认识，一旦错过这样的女人，将再也不会遇到。

随着比武的日期临近，黄真旗感到越来越焦虑，虽然是她主动挑战，她却对这次比武并无多少胜算，因为她并不了解"快枪侠"真正的实力，这个只有十七八岁的年轻人看上去是那么的稚嫩，但言谈举止间却显示出与年龄不相称的成熟和老练，如果他不是具备一定的实力，根本不会有那么多的白人劳工追随，他的名气也不会那么如雷贯耳。

明天就是比武的日子，黄真旗彻夜难眠，她听着远处树林里传出的猫头鹰叫，忽然感到一丝寒意，赶紧钻进被窝把头蒙住。过了一会儿，那种刺耳的叫声消失了，黄真旗露出头，看着对面正在酣睡的麦婧。麦婧的被子快要掉到地上，黄真旗起身过去轻轻地把被子重新掖了掖，麦婧侧过身去，嘴里含糊不清地说着梦话："属下明白……宝藏。"

麦婧的话并未引起黄真旗的注意，她重新回到自己的床上，点燃窗前的油灯，从床下拿出一包针线，就着昏黄的灯光，一针一线地缝补着叶龙的长袍。这件长袍叶龙已经不怎么穿了，但黄真旗还是拿过去把袖口上的那个破洞给缝补好，缝着缝着，黄真旗忽然冲动地把衣服凑在鼻子上闻着，这个举动连她自己都觉得脸红。黄真旗急忙把那件衣服放下，偷偷地看了麦婧一眼，见她仍在熟睡，这才安心，把缝补好的衣服收了起来。

第二天是休息日，也是和“快枪侠”正式比武的日子。

一大早华工们便三五成群地来到思乡河畔，岸边有一个空旷的场地，非常适合比武。“快枪侠”戴着牛仔帽，身穿褐色马甲，腰间别着两支手枪，身后跟着几十个白人劳工。

华工队伍和“快枪侠”的人面对着站着，双方剑拔弩张。“快枪侠”看着黄真旗，仍然流露出那种轻视的嘲笑的眼神：“黄真旗，输赢的结果关系到你们的命运，请你最好考虑清楚，现在后悔还来得及。羊只有向老虎求饶，才有避免丧命的可能，我的小绵羊，快向我求饶吧。”

黄真旗看着眼前这个不知道天高地厚的“快枪侠”，虽然他狂妄自大，盛气凌人，但并没有让人感到厌恶，因此并不能把他归为“坏人”的行列，他只是一帮小混混的带头人而已：“小兄弟，你好大的口气。不知道你玩过羊虎斗智棋没有，一般情况下，老虎把羊吃得一个不剩，老虎赢了。还有一种情况，羊最终把老虎围住困死。”

“快枪侠”：“你们没来之前，我们就在金矿工作，虽说得到的薪水微薄，至少还能生存。你们来了，就夺走了我们的饭碗，我的同伴为此只能到别处谋生，这一切都是拜你们所赐，所以这不单单是一场决斗，还是一场利益之争。”

“快枪侠”身后的人群传出一阵声浪：“赶走中国人，维护我们的利益。”

华工队伍中走出一个人，正是敢于直言的庄先生：“这世上只有两种人，强者和弱者。他们生来平等。面对机遇的时候，他们才会分出胜负。金矿就是机遇，我们当然会牢牢抓住。能者多劳，适者生存，我们能做到，你们为什么做不到？我们只是在拿属于自己的酬劳，无意剥夺别人生存的空间。每个华工都有心酸的命运，有的人是被骗来的，有的人出国避难。我们踏上旧金山的那天起，残酷的现实就迎面而来，我们只有变得坚强，拼尽所有力气，才能换来薪水以维持生计。我们还没有能力给大洋彼岸的亲人寄钱，我们的亲人还在国家的动荡中煎熬。你们并不能感受到这些。对你们来说，现在如果忘掉肤色和仇恨，像我们一样辛勤工作，就不会有失业的压力和失衡的心态。我们虽来自异邦，但我们是你们的朋友。我们一直拥有这样诚挚的内心。不过，我们的忍受也是有限度的；或者说，我们并不害怕挑衅。”

黄真旗内心的激情被庄先生的话点燃，这正是她想表达的。黄真旗像是得到了一种神奇的力量，心里不再胆怯，甚至还涌现出一丝亢奋，语气也振奋起来：“中国有句老话，叫作存平等心，行方便事，则天下无事；怀慈悲心，做慈悲事，则心中太平。如果你们悬崖勒马，咱们以后就和平相处，如果你们执迷不悟，那今天的决斗场就是你们的坟场！”

“快枪侠”不耐烦地说：“你们说得够多了，开始比武吧！谁来与我比试马术？”

叶龙大声说：“我！”

叶龙当年追随洪秀全南征北战，骑马不在话下，他对此局存有必胜的信心，却忘记了中国马和洋马终是有区别的。

“快枪侠”看了看叶龙，语气轻佻地问：“你会骑马？”

这句话惹怒了叶龙：“我骑马的时候，你还没出生呢，小屁孩子，对我说话放尊重点。”

“快枪侠”噘着嘴，耸了耸肩膀说：“那好吧，我先来。我们在规定的时间和路程里，谁骑着马按时抵达终点，就算是取得了胜利，没有抵达的就算是输了。”

叶龙说：“这就是小孩子的把戏，简单得很，我今天就让你见识一下什么叫作真正的中国功夫。”

“快枪侠”并没有回应叶龙的话，而是转身对其他白人华工说道：“大家就等着我的好消息吧，我不会让你们失望的。”

“快枪侠”在同伴的助威声中跃上马背。他头戴棕色牛仔帽，帽顶的底部有一个帽圈，上面插着漂亮的羽毛，像中国戏曲人物帽顶的花翎。脖颈戴着一条领巾，平时防风寒，骑马时围在脖子上防沙尘。脚蹬牛仔靴，靴面和靴筒上镂空嵌蛇皮缝出的优美纹饰。手上带着棕红色皮手套，紧紧勒着马的缰绳。

哨声响起，比武正式开始了。

“快枪侠”骑在高速奔驰的马背上，突然双手紧握马鞍，头冲下脚冲上立了起来，这招名叫“金鸡倒立”。又见他两手不停调换，接着晃动身体，在马背上忽左忽右地晃动，双手和身体保持协调，像在静止的鞍马上做优美的体操动作。奔跑了一段路程后，疾驰的马渐渐慢下来，“快枪侠”一手紧握马鞍，身子向右一斜，左手手臂伸出，将地上的一朵野花拔起。之后重新骑到马背上，将野花放在鼻子上深情地闻着，一套动作下来，娴熟干净，完美无缺。

一名同伴抱着吉他高声唱，其他的白人劳工也跟着唱："啊，我的英雄，你奔驰在广阔的荒原之上，你的英姿是荒原美丽的风景。你头顶的天空星斗满天，那是牛羊温暖的眼神，它凝望我温情脉脉，像阳光将我照耀。啊，我的英雄，你骑着马穿梭在牛羊中间，你的英姿是这荒原美丽的风景……"

在一片赞美的歌声中，"快枪侠"翻身下马，立刻被欢呼的人群包围。

叶龙看得心服口服，"快枪侠"的马上功夫与自己相比略胜一筹，但这只是他心里的想法，在场的其他人并不知道。即使是这样，叶龙还是不服输，因为华工的去留掌握在他的手里，要是真的输了他就成了千古罪人，今后还怎么在旧金山混？

叶龙平复了一下情绪，看着那匹美国马。

美国马是"快枪侠"心爱的坐骑，主人骑着自然驾轻就熟，它也会非常配合。

美国马刚跑完一段路，正在悠闲地啃食地上的青草，尾巴不时甩着。叶龙过去拽住缰绳跃身上马，美国马桀骜不驯，前蹄扬起，像要站起来行走。叶龙自视甚高，为了显示自己与众不同，用一只手揪着缰绳，但他低估了美国马的野性。美国马后腿一扬，猛烈地尥起蹶子，叶龙终于撑不住，重重地摔到地上。

"快枪侠"："看来你根本不懂骑术，你连我的马都无法驯服，又怎么能够骑着它比赛呢？我知道你非常介意，但是我还是想说，虽然你还没有正式比赛，但你已经输了。"

叶龙红着脸，想找一个地缝钻进去，他想反驳但又找不到适当的词句，只能怒视着"快枪侠"。

"快枪侠"对黄真旗说："我本来是要和你比的，没想到他非要插手，结果变成这样，你说我该怎么办？"

黄真旗问道："那你想怎么办？"

"快枪侠"说："刚才那局作废，由你来比，你要是能驯服我的马，也可以算赢。"

黄真旗看着叶龙，在征求他的意见，叶龙没有说话。

林阿招知道黄真旗的骑术，便鼓励道："真旗，跟他比。"

林阿招看出麦婧的担忧，凑在她的耳边说："你还不知道吧，别看真旗是个女子，却独爱骑马，当年在新宁的时候我们经常骑着马出去，这样的比试对她来说根本不在话下。"

麦婧说道："原来如此，但是，我看见龙哥好像很不高兴的样子。"

林阿招看了叶龙一眼，转过身说："他骑术不精却要逞强，现在还得真旗帮他收场，心里肯定不好受，男人嘛，都爱面子。”

麦婧也看了叶龙一眼欲言又止，随后把目光聚焦到了黄真旗身上。

那匹美国大洋马继续低头吃草，黄真旗趁其不备，跃身上了马背。

美国马被激怒，它先人立，然后不停尥蹶子。黄真旗早有准备，紧紧抱住马颈，任它如何甩动，丝毫不敢放松。美国马不耐烦起来，甩开马蹄一阵疾奔，跑了一阵子，还是无法将黄真旗甩下马背，于是停下来。华工队伍发出一阵欢呼，以为美国马被驯服。就在此时，美国马突然发出一阵长啸，甩开蹄子又是一阵疾驰，比前两次速度都快，也不知跑了多久，终于慢了下来。黄真旗怕它再耍诡计，仍旧紧抱着马颈不放。美国马终于停下来，用舌头舔着黄真旗的手。

黄真旗松了一口气，抚摸着马头，美国马被驯服了。

这仅仅是序幕，这一局比武还没有真正开始。黄真旗再次翻身上马，她一手捉住鞍桥，双足倒立，飞驰起来如行云流水。更绝的是，黄真旗直立站于马背上，表演倒空翻，看得人触目惊心又赞不绝口。奔驰的美国马不是马，倒成了她表演的道具。这一番表演精彩绝伦，技惊四座，黄真旗的表演明显比“快枪侠”难度更大，完成得更加漂亮，获得了这一局的胜利。

“快枪侠”站在黄真旗面前，不服气地说：“不可思议。但这只能证明你的马上表演比我更加具有观赏性而已，并不能说明什么。现在我和你比枪法，如果你还能赢，我就真的心悦诚服。”

这局下来，黄真旗感到有些疲惫，加之她从未使用过枪，料定自己肯定会输，便建议道：“枪法我不精通，让我们队伍中的神枪手和你比吧。”

“快枪侠”遗憾地说：“又是别人？这次要是出什么意外，我可不会再给你任何机会了。”

黄真旗说：“他是我师兄，武艺比我好，他要是输了，那我肯定也赢不了你。再说，你不是自诩枪法超群吗？那就亮亮招吧。”

林阿招拿着弹弓出现在“快枪侠”面前。

“快枪侠”指着弹弓惊讶地说：“我的天，你就用这个来跟我比射击？”

林阿招说：“对，就用它来和你比，这可是我的独门武器。”

林阿招从布囊中取出小布袋，里面装的是泥制的核桃大小的弹丸：“你看，这就是子弹，它的威力和速度很强，用起来不必你的手枪差。”

“快枪侠”自信地说：“是吗？那我可要好好看看你的表演，我们开始吧。”

“快枪侠”摘掉牛仔帽，从腰间拔出随身携带的六响的柯尔特左轮连发手枪。

六个酒瓶摆在前面的矮墙上。“快枪侠”突然转身，快速拨动扳机，砰砰砰砰砰砰六声枪响，六个酒瓶碎片飞溅，全部击中。

裁判过去重新摆好六个酒瓶。

林阿招将弹丸上好，啪啪啪啪啪啪六声，六个酒瓶立时爆裂。

第一回合没分胜负，二人相视一笑。

裁判将四个酒瓶抛向空中，二人同时射击，每人击中两个。第二回合又未分输赢。

树上飞来一群叽叽喳喳的麻雀，叫唤得很热闹。林阿招看出“快枪侠”要提前出手，他提前上好弹丸。枪毕竟比弹弓快，“快枪侠”占的就是一个快字，又是几声枪响，四只鸟像松子般掉落，鸟尸不规则地横在地上。剩下的鸟受到惊吓，有的飞往高处，有的飞往林间。还没等“快枪侠”反应过来，林阿招后发制人，弹丸如闪电般射出，三只鸟应声落下。像刚才那样，鸟尸横在地上，遗憾的是，比“快枪侠”少射落一只。

林阿招看上去似乎输了，华工这边，所有人都屏住呼吸，看着眼前的一幕。

林阿招微笑地紧盯地上的鸟，一副胸有成竹的样子，不一会儿令人瞠目结舌的怪事发生了。三只横在地上的鸟，突然间苏醒，抖了抖翅膀，鸣叫几声，扑啦啦地飞走了。林阿招射出的弹丸，力道用得恰到好处，击中了鸟，但没有伤到鸟的内脏。三只鸟猛地被重力击中，震荡了神经，暂时昏厥。休息一阵就恢复神智，飞向空中。

林阿招擦了擦额头的汗说：“鸟儿啊鸟儿，实在对不起，让你们受惊了。”

“快枪侠”目瞪口呆，手里的枪也掉在地上：“我的天，林先生，你怎么像是超人？可以让我看看你的武器吗？”

林阿招将弹弓递给了“快枪侠”。

“快枪侠”仔细把玩，一个英文字母Y字形的树杈，两根皮筋连着一块两寸长的牛皮，居然产生神奇的威力。

“快枪侠”赞叹地说：“这简直是世界上最神奇的武器，你是我见过的武艺最高强的中国人，我要和你交朋友。”

林阿招觉得“快枪侠”除了狂妄自大之外倒没有其他让他无法接受的缺点，他愿意交这个朋友：“俗话说不打不相识，你觉得我是你的朋友，那我们从此以后就是朋友。”

“快枪侠”对黄真旗说：“既然我输了，就要兑现当初的承诺。”

“快枪侠”继而对手下人说：“各位工友，我没有赢得这次比试，没能带领大家赶走华工，我非常自责，请你们原谅。按照之前的约定，我必须离开，我希望从明天开始，你们要和华工和睦相处。你们也看到了，华工没我们想象的那样坏，他们诚实勤劳，凭借实力生存，而我们却抛弃了善良与他们为敌，我们应该感到羞愧。”

“快枪侠”来到庄先生面前说：“你说得对，我们应该忘记仇恨，我走了，祝你们好运。”

林阿招将那副弹弓送给了“快枪侠”：“送给你留个纪念吧，希望你以后多做好事，不要再与华人为敌。”

“快枪侠”握着林阿招的手说：“你是一个真正的英雄，能败在你的手下我毫无遗憾，希望我们下次见面的时候还能再比试一次。”

林阿招笑道：“我比你大好几岁，赢得也不算太光彩，如果你愿意的话，咱们以后就以兄弟相称。”

“快枪侠”听后非常高兴：“林大哥，我以后就叫你林大哥。”

林阿招笑着问：“我只知道你的外号，并不知道你叫什么名字。”

“快枪侠”：“噢，‘快枪侠’是别人给我起的外号，我的真名叫科比，你以后叫我科比就好了。”

林阿招：“好的，科比，虽然我们之前并不友好，但是现在，我们就成了朋友，我希望你不要走，继续留在金矿工作。”

科比苦笑着说：“这个我恐怕难以答应，说出去的话总是要算数的，我知道，你们中国人一向就非常在乎诚信，所以我必须要离开，我这么年轻，到别的任何地方我都可以生存。”

黄真旗拦住科比的马：“科比，其实你没有必要离开，我们并没有赶你走的意思。”

科比虽然输了，却输得心服口服，他对黄真旗等人毫无芥蒂，有的只是深深的惭愧：“旧金山其实很小，相信我们还会再见面的，如果以后你遇到什么困难，请记得想起我。中国玛丽。”

“快枪侠”骑着那匹美国马离开了，地上散落的树叶被风一吹旋转着，几只鸟也在风中摇晃，后来它们也飞走了。这一战大胜，可是黄真旗却高兴不起来，因为她觉得，华工和白人劳工都是受雇于金矿的工人，虽然双方时有摩擦，但是大家面临着同样的问题，如何团结起来争取应得的利益，这才是大家共同的目标。

第十六章　海外有江湖

“科比，我亲爱的侄子，你这是要到哪里去？”一个洪亮的声音从人群之中传来，科比停住马，回头看去。

“我的天，叔叔，你、你怎么会在这里？”科比从马上跳下，伸出双手向说话的人跑了过去，“叔叔，你不是在华盛顿吗，怎么有时间到旧金山来？”

来人正是叶龙的老朋友马丁。

在场的所有人都没有想到，原来科比是马丁的亲侄子。

科比见马丁身旁还站着一个年龄约四十岁的中国人，身穿灰色的中式长袍，短头发，脑后的辫子早已剪掉。他皮肤黝黑，脸非常瘦，长着络腮胡子，双眼炯炯有神，不说话的时候都散发出摄人的光芒。

此人是旧金山洪义堂堂主陈远山，陈远山的来头可不小。

陈远山是广东新宁人，自幼家境贫困，但打得一通好拳脚，早年加入反清组织天地会。后遭官府缉拿，经同乡协助，逃到了美国，本想老实过活，却发现这里并非天堂，而是备受白人歧视。开始的时候，陈远山在旧金山一个叫“会仙楼”的中国馆子当厨工。当时，常有吃“霸王餐”的美国流氓，不仅白吃白喝，还砸店打人。很多华人都敢怒不敢言。陈远山却疾恶如仇。有一次，一个白人醉鬼故意来捣乱，还要动手打人，陈远山冲上去一阵拳打脚踢，将其打了个半死。为此，陈远山差点被判绞刑，后在洪门人士的大力营救之下，他逃了一劫。出狱后，陈远山集合了一群年少气盛、敢作敢为的华侨，在洪门内部另立山头，创立洪义堂，以“侠义互助，反清救国”为信条。不到两年，由小到大，杀出一片江湖，成为呼风唤雨的人物，因倡导以暴制暴，使得一些白人也怕他三分。

马丁拉着科比的手介绍说：“科比，这位可是了不起的人物，不知道你听没听说过旧金山的洪义堂？”

科比打量着眼前这个含笑不语的人：“当然知道，洪义堂是旧金山最有影响力的华人社团。”

马丁指着那个人说：“这位就是洪义堂的堂主陈远山先生，我们是老朋友了，他今天跟我一起到这里，是为了办一件重要的事，我们一到这里，就听说你们要比武，所以就站在人群里看着。这真是一场精彩的比赛，不过，你今天输得并不难堪。”

科比见陈远山也带着双枪，露出好奇的眼神。

陈远山看出科比的心思：“年轻人，你的枪法不错，只是稍微有点急躁了，如果你再沉稳一些，最后谁输谁赢也说不定。”

科比对陈远山的威名早有耳闻，今天见面，心里感到非常激动：“陈堂主，听说您的双枪百发百中，有机会还要向您请教。”

陈远山：“请教谈不上，有机会我们可以切磋切磋，我刚才一直都在场，没想到你这么年轻，枪法却这样好，假以时日一定会越来越好。”

马丁的到来让叶龙备感意外，又听说洪义堂的堂主也来了，他更加觉得吃惊。

叶龙与马丁热情拥抱：“老朋友，今天这是怎么了，两位大哥同时降临，让我有些受宠若惊。”

叶龙看了科比一眼，继续说道：“更没想到的是，科比居然是你的侄子，这话怎么说，真是大水冲了龙王庙，一家人不认识一家人呀。对科比多有冒犯，还请马丁先生不要介意。”

二人寒暄过后，叶龙问道：“俗话说，无事不登三宝殿，马丁先生今天有何贵干？”

马丁指着陈远山说道：“今天主要是陈先生有事，我是陪同而来。”

陈远山向叶龙抱拳道：“叶将军，陈某对你的威名早有耳闻，当年在太平军中，你可是天王眼前的红人。”

叶龙诧异道：“我这点薄名还被陈先生记着，真是惭愧至极。”

正赶上午饭时分，马丁做东，请众人到唐人街上的中国餐馆用餐。餐厅老板见是陈远山驾临，急忙热情招待，腾出一间大雅间。

马丁对陈远山说道：“陈先生，你在旧金山的知名度真是太高了。”

陈远山笑道：“旧金山的华人就是我的家人，到了自己家，亲人自然就会热烈欢迎，难道马丁先生连这也嫉妒吗？”

马丁哈哈大笑：“虽然我是国会议员，却没有你这样受人尊重，我心里能不嫉妒吗？”

陈远山打趣道：“马丁先生，你这话可说错了，你是美国人，这里毕竟是你的地盘，我可不敢太过张扬，否则又有人要在背地里整我了。当然，我说的可不是你，咱们毕竟是多年的好友。”

尽管在与马丁谈笑风生，但陈远山的眼神始终都没有离开黄真旗，因为黄真旗静静地坐在那里一直都不说话，显得与其他人不太一样。黄真旗之所以这样，是源于对陈远山的敬畏，面对这样一位德高望重的洪门大哥，黄真旗的心里感到一阵紧张，一时不知道该说什么好，所以只能独坐一隅，听着别人说说笑笑，自己却不发一言。

马丁正式地向陈远山逐一介绍在场的客人，介绍到黄真旗的时候，陈远山问道："听说你是广东新宁人士，我跟你打听一个人不知道你认识不认识。"

黄真旗说："不知道陈堂主打听的是哪个人？"

陈远山："陈桥峰。"

黄真旗心里一惊，她没想到远在几万里外的旧金山，还有人知道师父的名字。

黄真旗试探性地问："陈堂主，您打听的这位陈桥峰是您什么人？"

陈远山像是想起了很多旧事，神情有些黯然："是我堂兄，我们已经有很多年没有见面了。"

黄真旗并没有贸然回答陈远山："您是说，您在中国还有一个堂兄，叫陈桥峰？"

陈远山："没错，当年我堂兄曾在太平军中，后来不满天王骄奢享受的行径，负气离开太平军，回到新宁设武馆。他回来时，我已漂洋过海来到旧金山，走之前连个面都没见。"

听完陈远山的话，黄真旗已经确定无疑，师父陈桥峰就是他要找的人。

陈远山向黄真旗招手道："你坐到我身边，这样说话方便。"

陈远山的平易近人，让黄真旗感到非常亲切，她心里的紧张感也平复了许多。

陈远山给黄真旗倒了一杯酒，笑着问："你是不是见到我有点紧张？"

黄真旗点头道："是的，直到现在我的心还在扑通扑通地跳呢，这种感觉很奇怪，好像是面对学堂的先生，感到诚惶诚恐。"

陈远山发出爽朗的笑声，下巴上的胡子一抖一抖的："我虽然是洪义堂堂主，但也是一个平凡之人，两个肩膀上扛着一颗脑袋。我有什么可怕的，把你吓成这样。"

黄真旗见陈远山露出轻松的一面，也觉得这个人并没有想象中那样不苟言笑，倒是很有人情味："陈堂主，您刚才向我打听的人我认识，而且这个人还和我的关系不一般。"

陈远山一愣："噢？那你告诉我，他现在可好？"

"陈桥峰正是家师，我师父在新宁开了振威武馆，广收门徒，传授武艺，在当地没有不知道他老人家的。我是师父收的唯一一个女徒弟。”黄真旗指着林阿招说，“这位是我的师兄林阿招，也是师父的大徒弟。”

黄真旗和林阿招双膝跪地，大声说道：“我二人给师叔磕头了。”

这个意外的收获让陈远山欣喜不已，他急忙搀扶起二人：“快起来，快起来，我大哥好福气呀，收了你们两个武艺高强的徒弟。上午的比武我都看了，当时我心里还在纳闷，看你们的身手怎么那么眼熟，这下对上了，原来你们都是我大哥的高足，这就不足为怪了，我大哥他现在可好？”

黄真旗答道：“我们出来的时候，师父一切都好，临行时反复嘱咐我们，到了外面一定不要胡作非为，遇到不平之事要行侠仗义。”

陈远山：“好，好！堂兄说的是！”

陈远山重新坐好，举起一杯酒说道：“我今天高兴，来，咱们干了这杯酒，接下来我还有更加重要的事和你们商量。”

马丁插话道：“你们光顾着叙旧了，倒忘了此行的目的，陈先生，这件事还是由你来说吧。”

陈远山意气风发地说：“当年听说旧金山遍地都是金子，淘金工人一个月能赚三十美元，我心想，要是工作上几年，赚他几千美元，就回国娶个媳妇，剩下的钱再做个生意，后半辈子就可以吃香的喝辣的了。那时候初到此地，我们语言不通，风俗不同，文化相异，又加上种族歧视，华人的处境非常恶劣，华人经常被别有用心的人利用，各种势力之间经常发生内斗，华人社团好像被人玩弄的蟋蟀，只要坏人的小竹丝一摆动，两只蟋蟀就打得你死我活，而坏人则在旁边笑，真是令人痛心。”

陈远山正说着，忽然意识到又跑题了，赶紧把话拉回来：“洪义堂正在招兵买马，需要武艺高强、有胆有识的年轻人加入。前段时间马丁向我推荐，说有三个年轻人在金矿淘金，马丁向我简单介绍了你们的情况，我今天是慕名而来，和他一起来看看你们。”

马丁接过陈远山的话：“陈先生对你们的武艺和人品都信得过，但不知道你们有没有这个意愿追随洪义堂。洪义堂目前在美国很有影响力，就连我这个国会议员包括更上层的政要都不敢小视，如果你们加入，肯定会大有前途。”

陈远山补充道：“至少，有洪义堂在，今后再也没人敢欺负你们，这一点我可以向你们保证。”

面对陈远山这样的大靠山，最兴奋的要数叶龙，他知道如果在人生地不熟的旧金山得到洪义堂的关照，就可以摆脱尴尬的生存境遇，所以他显得非常激动：

“洪义堂是维护在美华人利益的社团。作为华人，我们当然愿意有一个能遮风避雨的地方，大家抱团取暖，互相帮助，何乐不为！”

叶龙的话在陈远山听来，感到非常入耳。

林阿招虽然身为大师兄，但每次在关键时候，他都要征求黄真旗的意见。这时，他看向黄真旗。

陈远山见黄真旗并没有想象中的那般激动，反而显得非常平静：“你的表现让我失望。你难道想一辈子待在金矿当工人吗？凭你的武功和智慧，到我的洪义堂会有大展拳脚的机会，我们可以一起做很多事。”

叶龙着急地看着黄真旗，见黄真旗不理他，急得他过去小声地说：“真旗，这么好的机会，你还在犹豫什么呢？陈堂主这么高的身份，肯邀请咱们入堂，是多大的面子，你可别不知好歹呀。”

黄真旗不理睬叶龙。

叶龙被逼得没办法了，生气地埋怨：“你这是在断自己的后路，既然你还想在旧金山混，就应该多一条出路，你这样做算什么？不知好歹！”

现场的气氛顿时尴尬起来，遭受了这么长时间的质问，黄真旗并没有表现出任何的不满，她心平气和地说：“并非我有意拿捏，只是这件事太重要了，我需要时间好好想一想，师叔不会连这点时间都不给我吧？”

叶龙刚才对黄真旗出言不逊，让陈远山感到厌恶。

叶龙说话的时候他一直都在皱着眉头，心想这个人在利益面前怎么会表现得如此露骨。

陈远山毕竟是一堂之主，经历过的人和事多如牛毛，他一眼就看出叶龙和黄真旗之间存在的不和谐之处，一个做事有些急躁，一个做事求稳，像是两个水火不容的极端。从陈远山内心来讲，他更加欣赏黄真旗的稳重，做大事者必须要沉得住气，虽然他不知道黄真旗心里在想什么，但是他能肯定的是，这个姑娘之所以不急于给出答复，一定有自己的考虑。

陈远山心里是欣赏黄真旗的，但他的脸上却没有丝毫表现，他忽然板起面孔，拍着桌子说道：“你好大的架子，难道你还想让我三顾茅庐低声下气地请你不成？”

陈远山这一怒，在场的其他人坐不住了，尤其是马丁，见黄真旗居然不给陈远山面子，急忙劝说黄真旗。

黄真旗软硬不吃，对于陈远山的震怒，她只是微微地皱了一下眉，并没有过于激烈的言辞。

陈远山继续说道："你可知道，多少人求着我想加入洪义堂，我都没有同意，你居然敢直接拒绝我，你知道是什么后果吗？"

陈远山之所以装作震怒，是想试探下黄真旗，如果她屈从，自己将会看轻她；如果她临危不惧而又坚持主张，他势必对其刮目相看。

双方僵持着，现场再次陷入紧张的气氛当中。

黄真旗不慌不忙地夹了一口菜放到嘴中，那是块蘑菇，虽然有些硬，但嚼起来却是津津有味，随后又抿了一口酒："我不是诸葛亮，师叔也并非刘玄德，所谓的三顾茅庐不过是一个历史典故罢了。我就是一个普普通通的人，虽然略懂一些功夫，但在师叔面前也不足一提，试问，我一个小女子何德何能，承蒙洪义堂如此抬举？换句话说，洪义堂看重我的是什么，师叔能否明示？"

黄真旗这番表现，让陈远山深深地佩服，看她面对强压保持的这份淡定，就说明这是一个有着强大内心的人，也是一个做事喜欢深思熟虑的人。洪义堂缺的就是这样能担当大任的人才，黄真旗无疑就是这样的人。陈远山已经想好了，如果黄真旗仍然拒绝，他将不再强求，因为他知道，黄真旗还没有充分认识到加入洪义堂的好处，也许现在的洪义堂在黄真旗眼中，不过是一个江湖帮会，并无多大吸引力。也许黄真旗还没有遭受到人生的重创，还没有经受那种尔虞我诈的纷争，现在的她只是一个具备了反抗意识的年轻人，但是缺乏必要的摔摔打打。

陈远山："洪义堂的骨干成员，都是我亲自挑选出来的，这些人个个都是精英。我自知能力有限，也不敢妄自托大，但是这看人的本事还是有的。我第一眼见你，就知道你将来肯定是我洪义堂的人，因为你身上有一种正气，这个东西一般人是看不出来的。所以我才邀请你加入，这就是缘分，我这个人做事向来是讲究缘分的，怎么样，你考虑好没有？"

黄真旗的心里仍然在纠结，正如陈远山所言，黄真旗对加入帮会这种事向来就毫无兴趣。在黄真旗的内心深处，对帮会有自己的理解："师叔的意思我明白了。但我对入帮会这种事，向来没有兴趣，所以实在难以从命。"

陈远山露出尴尬之色，但也只持续了几秒钟，叹气道："看来洪义堂的庙还是太小，请不来你这样的大神，我感到非常遗憾。不过也没关系，虽然没有合作，但并不妨碍我们继续交往，你们毕竟是我堂兄的徒弟，这层关系可比一般的朋友还要亲近。如果以后你遇到什么困难，请第一时间告诉我，我这个当师叔的肯定不会袖手旁观。当然，洪义堂的大门永远向你敞开。"

黄真旗说道："多谢师叔的宽容，我心里感到过意不去。"

本来是一次开心的欢聚，最终却变成了一次不和谐的交谈，每个人心里都觉得不太舒服。马丁让叶龙好好劝劝黄真旗，叶龙表示爱莫能助，本来是一件大好事，最后却被黄真旗给搞砸了，叶龙心里充满了不高兴的情绪。陈远山走的时候带走了科比，科比表示愿意追随陈远山，也愿意加入洪义堂。虽然洪义堂只招收在美华人，但看在老朋友马丁的情分上，陈远山破例收下了科比。

时间已到了深夜，沉沉的夜色之中，只听见外面唧唧的蛐蛐儿叫声。

黄真旗一个人坐在椅子上，静静地看着墙上的钟表，她在等待与庄先生见面的时间。

时针终于指向了晚上十点钟，黄真旗换好衣服，轻轻地关好门，走向庄先生的宿舍。

屋里的灯亮着，庄先生打开门，将黄真旗让进屋里："来了？"

黄真旗："嗯，这么晚还麻烦您，心里总觉得过意不去。"

庄先生："你跟我还客气什么。"

黄真旗："有件事我想不明白，想请教庄先生。"

庄先生拿着一把蒲扇，轻轻地扇着，用一种慈爱的眼神看着黄真旗。

每次见庄先生，黄真旗都会生出一丝亲近之感，觉得就像跟父亲在一起一般，虽然有些拘谨，但心里却高兴得很："庄先生，您听说过洪义堂吗？"

庄先生点头道："当然。旧金山的华人，没有不知道洪义堂的。"

黄真旗："庄先生对洪义堂的印象还不错。"

庄先生："有些事你没有经历过，但我经历过。记得当年我初到旧金山的时候，遇到一个美国的地痞流氓欺负我，我一介书生毫无还手之力，后来一个路过的华人帮我打跑了那个地痞，还把我送到一家华人诊所进行了简单的包扎，钱都是人家掏的。后来我才知道，那个人就是洪义堂的人，通过和他聊天我得知，他们的大哥，就是现在的堂主陈远山。陈远山拉了一批敢于亡命的华人兄弟，美国黑白两道都不敢轻易招惹他。"

黄真旗："不瞒您说，今天我见到了这位陈堂主，他确实是一个让人心生敬畏的人，可是，可是我却得罪了他。"

庄先生："这话从何说起？"

黄真旗："陈堂主今天邀请我加入洪义堂，被我拒绝了，其实我也不想拒绝，只是当时没考虑清楚。"

说完这些话，黄真旗忽然有种莫名其妙的失落感。

庄先生："陈远山这个人自从上位之后，热心为华人争取权益，只要涉及华人权益的事，无论大小都很重视，或亲自解决，或面授机宜，托人办理。他还通过开台演戏、招收壮丁等形式，扩大洪义堂的势力；又通过多方交际应酬，结识各方华侨领袖和政府官员。这个人不简单啊。他能亲自来邀请你加入，那说明你在他心里的位置，可惜你没有把握住。”

黄真旗：“庄先生，当时我确实没想好。”

庄先生：“洪义堂其实是在美华人的一处避风港，有了这个避风港，你才能有精力和能力做自己想做的事情。”

黄真旗：“可我总觉得加入帮会，就得跟杀人放火有牵连，我并不想那样，即使处境很艰难。”

庄先生：“我理解你的想法。但有时候，现实是很残酷的。洪义堂虽是帮会，甚至可以说是黑帮，但并非你想象的那样。”

黄真旗：“您的话我会仔细琢磨。谢谢您，庄先生。”

虽然交往不多，庄先生早已把黄真旗当作了忘年交，他膝下又无儿无女，对黄真旗像对待女儿一般呵护，无论黄真旗说了什么做了什么，庄先生都能以一颗包容之心对待：“真旗，我说的话仅供你参考，你是一个有主见的人。你自己的路还要你自己去走，但是请你放心，无论遇到什么困难，我都会竭尽全力帮助你。”

这是黄真旗到旧金山之后，听到的最温暖的话，这些话出自一个与去世的父亲年龄相仿的男人之口，让她不由得心生感慨。黄真旗忽然产生一种错觉，以为庄先生就是自己的父亲，情绪有些失控，轻声地叫道：“爹……”

庄先生以为自己听错了：“真旗，你刚才你在叫我什么？”

黄真旗：“爹……”

黄真旗再次叫道。

这次庄先生终于听清楚了，他确信自己没有听错：“真旗，好孩子，我听到了。”

黄真旗哽咽地说道：“第一次见您，就觉得您像我的父亲，尤其是听您说话和看您的神情动作，简直和我父亲如出一辙。”

庄先生感慨道：“我这辈子浪迹天涯，漂泊海外，也没来得及娶个媳妇，生个一儿半女，现在老了，更是没有这个心思了。我要是能有你这么一个女儿，那可是我上辈子修来的福气呀。”

黄真旗：“如果庄先生不嫌我天资愚钝，就收下我这个干女儿吧。干爹在上，女儿给您磕头了。”

庄先生：“快起来，快起来。”

庄先生扶起黄真旗："哈哈，我今天真是高兴，老天爷待我不薄，我今天必须一醉方休。不过，你以后还是叫我庄先生吧，叫干爹会带来诸多不便，你明白我的意思吗？"

庄先生今天真是高兴，他拿出一瓶红酒与黄真旗对饮，两人一直喝到深夜。

黄真旗回到宿舍的时候东方已见鱼肚白。黄真旗躺在床上辗转反侧，她想起临走时庄先生告诉自己的那句话："你和科比比武的事，加内特已经知道了，以我对他的了解，他一定会找你的麻烦。他不希望看到工人们团结，四分五裂的内斗，才是他最希望看到的，所以你要多加小心。"

第十七章　幽云寂壑中

这是一个微风扑面的早晨，一大早加内特就坐着马车来到金矿，因为今天又有一批华工从遥远的中国抵达了，他必须亲自过来和洛伊商谈一下具体事宜。加内特戴着黑色的礼帽，身穿笔挺的西装，脖子上打着紫色的领结，嘴里叼着一个木头做的烟斗，他叼着烟斗站在洛伊的办公室，看着华工们列队从窗前经过。

今年从中国广东又招来五十多名华工，都是身强力壮的男性，如果从运送人力的成本核算上看，这些华工可比从非洲运送廉价得多。华工吃苦耐劳，对待工作兢兢业业，便于管理，是目前金矿用过的性价比最高的廉价劳动力，加内特对此非常满意。

加内特叼着烟斗走出办公室，走到了工人们的中间，有人认出了加内特，主动上前打招呼："总经理先生您好。"

加内特友好地回答："你们好，非常感谢你们，为金矿的发展努力工作。好好干，我不会亏待你们的。"

无论加内特内心多么歧视华工，但在表面上他还是会装出一副和蔼可亲的样子，与华工们亲切地交谈，作为一个知名的企业家，他非常注重自己在公众面前的形象。

当加内特走到一处矿井前，他主动地握住一名华工沾满泥土的双手，充满感激地说："你叫什么名字？矿井下面工作很辛苦吧，你一定累坏了，中午的时候多吃一点。"

当加内特走进金矿食堂的时候，会对正在吃早餐的华工们说道："你们是多么的幸运，为了让你们每天都能吃到可口的中国菜，我特地请来了中国厨师，怎么样，你们吃得还算满意吧。"

当加内特走进华工宿舍的时候，虽然闻到一股难闻的刺鼻的气味，他仍然没有用手捂住鼻子，而是大口地呼吸着空气，并且坐在一张床上抚摸着被褥说道："这里的冬天非常寒冷，我为你们准备了厚厚的棉被，这样的话你们就不会感到冷了。”

一圈下来，加内特一直都在向华工们暗示，这一切都是我为你们提供的，你们应该心存感恩。

快到中午的时候，加内特回到洛伊的办公室。洛伊手里拿着一个记事本，在向加内特一项一项地汇报工作。

加内特不时地点头：“洛伊，你干得不错，我非常满意。”

洛伊受宠若惊道：“总经理先生，谢谢您对我工作的肯定，我一定会更加努力地工作。”

加内特：“我听说咱们的金矿有两个华人女子……”

洛伊见加内特问起此事，急忙解释道：“噢，您说得没错，确实有。这两个女子是我特地留下的，她们非常能干，挖出的金子比那些男人还要多，所以我觉得，只要能多挖金子，能为金矿创造价值，就是金矿最需要的员工。”

加内特说道：“洛伊，你不必紧张，我对你的决定没有丝毫质疑，只是随口一问。你管理金矿这几年来，尽职尽责，替我分担了不少责任，我对你非常放心。只是，我不想让金矿的人，尤其是华工和洪义堂扯上关系，你也知道，这些年来，洪义堂一直都对我们不太友好。”

洛伊说道：“这件事我也是后来听说的，当时我也感到非常意外，我没想到金矿竟然有人认识洪义堂的人，那个陈堂主还要拉拢黄真旗入堂，但黄真旗并没有答应。洪义堂也太无耻了，竟然敢到您的地盘抢人。”

加内特举着烟斗使劲吸了一口，但没有吸到烟，因为烟已经灭了。

洛伊急忙掏出火柴，帮加特内重新点燃烟斗：“看来您对这件事非常在意，可洪义堂的如意算盘并没有得逞，我们也没有必要与他们为敌。”

加内特：“你懂什么！洪义堂是华人社团，他们打着维护华人利益的旗帜，经常与旧金山的白人企业家发生冲突，最可气的是，他们还请了美国最有权威的律师，跟我的同行们打官司，几乎每次都是我们输。其实，我并不想和洪义堂发生冲突，但我也并不畏惧他们，毕竟在旧金山还没有人能动了我。”

洛伊：“那您的意思是……”

洛伊似乎已经揣测到了加内特的心思，但他并没有直说，而是用一种猜测或者说是请教的口气问。

加内特手里的烟斗在桌子上使劲地磕了几下，发出木头撞击的清脆的响声：“一定不能让黄真旗和洪义堂发生任何关系，否则她一定会借着陈远山这个靠山，在金矿兴风作浪，我们应该先下手为强。目前最紧要的是，应该杀一杀华工们的锐气，虽然他们比武赢了‘快枪侠’科比，但是也别太得意忘形。一旦华工们团结起来，就会要求涨薪水，这帮猪猡，还想从我口袋里抢钱，哼，我先让他们尝尝我的厉害。”

洛伊忽然想起一件事，他觉得有必要将这件事告诉加内特：“总经理先生，前段时间您的女儿莱茵小姐曾经到金矿找过黄真旗，似乎她们已经成了朋友。”

加内特：“你说什么？莱茵怎么可能和卑微的华工交往，你一定是看错了。”

洛伊：“那天莱茵小姐一个人来的，见到黄真旗和另外一个叫叶龙的华工，显得非常亲热。黄真旗为莱茵小姐做了一件中式旗袍，莱茵小姐就被感动了，她们已经交往了一段时间了，只是您不知道而已。”

加内特绝对无法容忍自己的女儿与华工成为朋友，就像他不能容忍与一个黑人在一张桌子上用餐一样，他气得差点把烟斗摔在地上：“简直气死我了，看来我确实应该好好教训一下这些居心叵测的华工了。他们处心积虑地接近我的女儿，到底想干什么？”

洛伊：“也许他们只是志趣相投，仅仅是朋友之间的交往而已。”

加内特：“你懂什么！”

每次听到加内特说出这四个字，洛伊就知道他要开始发表自己独到的观点了，尽管这些观点有些是错的，但洛伊还是耐心地听着，并且还得随声附和。

加内特：“每个想接近我的女儿的人都心怀鬼胎，他们要么看中我的钱，要么就是看中我尊贵的地位，这些人心里想什么我非常清楚。想从我女儿身上得到我的帮助，那也得看他是否具备这样的实力，像黄真旗这样的华工，想都别想，就算我女儿愿意，我也不会同意她们交往。”

加内特能和洛伊说这些话，也证明了他对洛伊非常信任，不拿洛伊当外人。

洛伊：“那我能为您做些什么呢？”

加内特：“这件事我要亲自处理，你帮我管理好金矿就行，如果再发现莱茵和黄真旗交往，请第一时间告诉我。”

加内特叼着烟斗背对着洛伊，看着窗外正在忙碌着的华工。

黄真旗和麦婧一前一后，正抬着一筐刚从地下取出的沙砾经过洛伊的办公室，虽然是一筐沉重的沙砾，两个人抬起来却没有感到吃力。那一筐沙砾被抬到一座水池边，倒在地上，水池里的工人用铁锹将沙砾铲到筛子里，双手晃动筛子，仔细地分辨着沙砾中隐藏着的微小的金粒。黄真旗累得满头大汗，举起水壶喝了几口水，喝完又递给麦婧，麦婧拿过水壶也喝了几口。两人坐在地上像是在说着什么，不时地发出欢乐的笑声。只因是女子，显得格外扎眼，加内特一眼就看到了她们。

加内特："洛伊，对面那两个华工就是你留下的那两个女子？"

洛伊靠近窗边看到了黄真旗和麦婧："没错，左边那个就是黄真旗。"

加内特盯着黄真旗看了很久，低声说道："我要见她。"

洛伊迟疑道："您是想……"

加内特不耐烦地说："你懂什么！别废话，你去把她给我叫来，我想和她好好谈谈。"

这是黄真旗第一次见自己的大老板加内特先生，虽然她对这位旧金山知名的企业家早有耳闻，却从来没有亲眼一见，今天被突然召见，她心里感到一种莫名的惶恐。从进门之后，心里就一直忐忑不安，或许是因为之前听说了有关加内特的太多的负面的消息，所以心理上本能地就产生了排斥。

现在，这位传说中的对待华工非常苛刻的金矿主加内特，就坐在她对面的办公桌前，由于身体过于肥胖，加内特将那把办公椅压得发出吱吱的响声，让站在一侧的洛伊露出尴尬的表情。加内特看到黄真旗之后，本打算装出一副平易近人的样子，但他并没有那样做。

加内特想给黄真旗来个下马威，他觉得这种方式应该管用。"你就是黄真旗？"加内特面无表情地问，他觉得这样的语气是和黄真旗谈话的最佳语气。

黄真旗对加内特感到陌生，对这次见面没有任何心理准备，她心里感到紧张，但经过几分钟的心理调节之后，心情逐渐恢复了平静："总经理，我叫黄真旗，是金矿的一名工人。"

加内特："听说你正在和我的女儿莱茵交往，有没有这件事？"

黄真旗："是的，总经理，莱茵小姐曾经让我帮她做一件中式旗袍，我们就此认识，莱茵小姐热情大方，我非常喜欢她。"

加内特露出轻蔑的笑："想用一件旗袍吸引我女儿的注意，也亏你能想得出来，难道你不觉得这样的想法有些幼稚吗？"

黄真旗听出加内特话音不善，但她的反应没有过于激烈，只是微微一笑："总经理刚才说什么？我没有听清楚，请您再说一遍。"

站在一旁的洛伊插话："总经理的意思是，你以后尽量少跟莱茵小姐来往，这样说你听明白了吧？"

说完这句话，洛伊小声问道："总经理，我这么说没错吧？"

加内特阴着脸，没有回答。

黄真旗笑道："难道总经理今天特意把我叫来，就是要对我说以后不要再见莱茵小姐吗？如果是这样的话，派个人告诉我一声就可以，完全没有必要劳您大驾。好的，我可以答应总经理，但是，我非常想知道是因为什么。”

加内特冷笑道：“你没有必要知道原因。”

见黄真旗有些不甘心，加内特补充道：“我是一个有社会地位的人，我不会同华人在一个桌子上用餐，我也不会同意我女儿和华工来往，尤其是那些别有用心的华工。”

听完加内特这番话，黄真旗愣了一下，随之解释道：“我并没有主动接近您的女儿，这一点您可以回去向莱茵小姐证实。另外我从总经理的言谈中听出，您对华人并不友善，甚至还带有一种歧视，这从您对我们华工的态度上就可以知道。以前只是听说，今天当面领教了您的无理，让我对您感到非常失望，如果没有别的事情的话，我想我可以离开了。”

加内特见黄真旗要离开，阻止道：“现在是你的工作时间，我是你的老板，没有我的命令，你不可以离开。”

黄真旗不得不停下脚步。

“我警告你，以后离我女儿远一点，否则别怪我对你不客气，希望你把我的话转告给其他别有用心的华工。”加内特拦住黄真旗的目的，其实就是想把这最后一句话说完。

黄真旗回应道：“要说您自己去说，我没有这个义务为您传达。”

洛伊再次插话道：“你不能对总经理这样无理，你要清楚这样做的后果。”

黄真旗看了洛伊一眼，露出一副瞧不起的表情，努了一下嘴，骂道：“一只哈巴狗。”接着推开门扬长而去。

洛伊气得指着黄真旗的背影说道：“这个女人脾气太大了，居然敢骂我，看我怎么收拾你。”

加内特这次领教了黄真旗的叛逆，也清楚了她是一个不太容易屈服的人：“洛伊，你尽快想个办法，替我好好教训一下她。一定要让她遵守我们制定的规矩，要按照我们的规则办事，如果她还不服气，那就干脆用老办法废了她。”

洛伊：“是！早知道她这样，我当初就不应该把她留下，我现在感到非常后悔。”

加内特指着洛伊的鼻子，手指离鼻尖差不多只有一寸的距离：“现在说这些还有什么用，如果让我再看见她和我女儿来往，我第一个饶不了你。”

洛伊：“可是总经理，那是我无法掌控的。”

加内特：“你给我闭嘴，难道你也敢顶撞我？我告诉你洛伊，你心里应该非常清楚，我聘请你当我的职业经理人，除了管理金矿之外，还要替我分担忧愁。我重复一遍，尽快想一个办法，好好替我教训一下那个黄皮肤的女人！”

面对加内特的大发淫威，洛伊唯有服从：“如果您今天是在这里用午餐，我提前让人去准备。”

加内特拒绝：“我可不想在一个弥漫着华工身上那股难闻的气味的地方用餐。”

加内特戴好礼帽，走出去，在车夫的搀扶下坐上了马车，一阵嗒嗒嗒嗒的马蹄声过后，加内特的马车渐渐消失在飞扬的尘土中。

黄真旗对加内特的话表现出极大的反感，但她心里明白这件事并没有商量的余地，所以她还是刻意疏远莱茵小姐。谢天谢地的是，这段时间以来，莱茵小姐并没有再来找她，为此她感到一丝庆幸。加内特只知道提防黄真旗，却忽略了最为重要的叶龙，而叶龙在这段时间已经完全获取了莱茵小姐的芳心，如果再深一步发展下去，局面将难以收场。

莱茵小姐：“别看唐人街两旁店铺林立，但要说每晚的收入还远远赶不上这些街头的小贩。”晚上八点左右的唐人街用人山人海来形容一点不为过，这里的夜市虽然人多，但是秩序井然，呈现出一片繁华和热闹的景象。莱茵小姐牵着叶龙的手一边向前走，一边介绍着唐人街的情况：“我经常到唐人街游逛，有时候到茶楼喝杯茶，和这里的人们聊聊天，感受到的是一种悠闲和自在。”

叶龙顺着莱茵小姐的手势，看着眼前热闹非凡的场景。

一个八九岁的小男孩，站在一口冒着热气的铁锅旁边，用一把笊篱捞煮熟的馄饨，捞出来之后放到摆好的碗里。他的爸爸站在旁边，双手正在飞快地包着馄饨，那个男孩是爸爸生意上最得力的助手，他全然不顾及身边的热闹与喧嚣，只是一心一意地捞着馄饨。

叶龙：“你多大了？”

男孩：“九岁。”

叶龙用家乡话和小男孩简单地交流了几句，得知他的父亲来自广东，而他则出生于旧金山唐人街，从小跟随父亲做小生意，靠自己勤劳的双手来解决自己所面临的困难。

莱茵小姐见叶龙目不转睛地看着小男孩，轻声问道：“叶先生，你在想什么？”

叶龙感慨道：“看着他，我想起了自己的小时候，也就是他现在这个年纪，我的父亲和母亲死于一场瘟疫，全家只有我幸存了下来。此后便无依无靠，流落江湖，过着流离失所的生活……说实话，我不愿意回忆我的童年，今天之所以伤感，可能是因为触景生情吧。”

莱茵小姐问道：“你的童年很苦吗？”

叶龙：“吃不饱饭，总有比我大的孩子向我扔石头，骂我是小乞丐。有钱人家的少爷，还放出他家的狗咬我，我的大腿上现在还留着一块伤疤。”

叶龙这些年少时充满伤痛的回忆，对于小他将近二十岁的莱茵小姐来说，显得那么遥远和陌生。对于远在地球另一端的苟延残喘的大清帝国发生的事情她知之甚少，但是这并不妨碍她对人类喜怒哀乐这些基本情感的领悟，莱茵小姐明白，叶龙从小受了很多磨难，对于跟自己遭遇相似的人保留了一种悲悯。

叶龙看着莱茵小姐，故作轻松地说：“一切都已经过去了，好在我现在活得很好，尤其是到了旧金山，一切都是新的，感觉自己重新活了一次。”

莱茵小姐：“叶龙，我不希望看到你难过的样子，我希望你快乐，有我陪伴在你身边，你难道不感到快乐吗？”

叶龙重新振作了一下精神说道：“一切都过去了，我现在很快乐，尤其是遇见你之后。”

叶龙的话让莱茵小姐心里动了一下。

唐人街的夜色越来越浓了，叶龙和莱茵小姐穿梭在熙熙熙攘攘的人群中。

这次轮到叶龙向莱茵小姐介绍沿街的广东小吃了，两人坐在一家小吃摊前，叶龙如数家珍地向莱茵小姐介绍桌上的美食。这是马蹄糕，这叫云吞面，这个是叉烧包。莱茵小姐虽然多次到唐人街，却从来没有品尝过这些小吃，经叶龙推荐，她吃上了瘾，一口气吃了几块马蹄糕，嘴里直说“好吃好吃”。

叶龙看莱茵小姐像个孩子般可爱，忍不住摸着她的头说：“慢点吃，慢点吃，这次吃不够，以后我还可以请你吃。”

莱茵小姐享受着叶龙眼中露出的充满慈爱的眼神，那是一种久违的充满爱意的关心，这种感觉她在很小的时候曾经在父亲加内特身上感受过，但后来随着年龄的增长，渐渐消失得无影无踪。

送别莱茵小姐之前，叶龙半开玩笑地问了莱茵小姐一个问题：“如果你父亲有一天知道，你正在和一个华工交往，会不会把你关在家里不让你出门？”

莱茵小姐自信地说：“首先我父亲不会知道的，如果他知道了，我也不怕他，就算他是我的父亲，也不能限制我与人交往的自由。”莱茵小姐的回答充满了孩子气。

叶龙婉转地说道：“莱茵小姐，我已经传授了你中国功夫，你学得也非常不错，我想，我们以后就没必要再交往了。”

“为什么？”这突如其来的拒绝，让莱茵小姐无法接受，“我们之间交往，与任何人都无关，这里是美国，讲自由。”

叶龙忽然觉得刚才说的话有些唐突，但又觉得已经到了不说不行的时候，所以先说出来再说：“莱茵小姐，我明白你对我的情意，可我们的身份和地位太悬殊……”

“你拒绝与我交往，是担心我父亲知道了对你不利吗？”莱茵小姐问道。

叶龙：“也不完全是这个原因，总之我觉得，我们到此为止吧，以后你不要再来找我了。我工作非常忙，根本没有时间陪你出来闲逛，请你多多谅解。”

“你不能这样对我，我现在感到非常伤心，我不想因为父亲的原因，从此失去一个……”莱茵小姐忽然停顿了一下，“我不想失去一个，一个……让我动心的男人。”

叶龙打断了莱茵小姐的话：“对不起，我想我应该回宿舍了，再见。”

莱茵小姐拦住了叶龙，叶龙向左躲，莱茵小姐就拦在左边，叶龙向右躲，莱茵小姐就拦在右边。

莱茵小姐：“你今天把话说清楚，为什么要拒绝我？”

莱茵小姐仍然不死心，以她对叶龙这段日子以来的了解，她深深地感觉到，叶龙对自己是有好感的。莱茵小姐扑到叶龙怀里，双手紧紧地抱住叶龙，生怕他跑了。叶龙左右看看来往的行人，脸上有些尴尬，轻轻地推着莱茵小姐。

莱茵小姐任性地撒娇：“我可不能放你走。”

叶龙小声说道：“你这又是何苦呢。”

莱茵小姐根本听不进去叶龙说的话，她动情地搂住了叶龙的脖子，凑近他的嘴唇使劲吻了一下：“看你还敢不敢拒绝我？”

叶龙像哄孩子一样哄着莱茵小姐：“我不敢了，我不敢了，你快点松开手吧，我的脖子都快被你弄折了。”

这些天叶龙的右眼一直都在跳，跳得非常邪性，干活的时候在跳，睡觉的时候在跳，吃饭的时候在跳，简直就是无时无刻不在跳。叶龙隐隐觉得，似乎要有大事发生，但他又不太确定会发生什么事。此时叶龙站在思乡河畔，仰望着头顶灿烂的星空，他甚至觉得天空中那些闪烁的星星也在跳，有的在翻跟头，有的在摇摆，还有的干脆来回地移动。周围一片死寂，在昏暗中，一切都在跳。叶龙不由得揉了揉眼睛，重新看了看群星，才发现刚才都是自己的幻觉，其实一切都是静止的，只有他的心在动。

从唐人街回来后，叶龙在枕头下面发现了麦婧留下的纸条，大意是约他晚上在思乡河畔见面。叶龙是下了很大决心，才答应和麦婧见面的，因为麦婧说今晚必须要见一面，对两人之间的事做一个了断，所以叶龙就答应了。

前面的草丛发出哗哗的有人踩动的声响，叶龙知道，麦婧来了。

叶龙冷冰冰地说道："找我有什么事？"

麦婧："龙哥，我原来以为你只是多情，没想到你竟然是个花心大萝卜，今天在唐人街你玩得不错吧？"

麦婧的话里明显带着一股醋意，她的语气像是在质问，又像是在试探着什么。

叶龙仍旧是一副冷漠的语气："我跟谁在一起，好像和你没什么关系吧？"

"是的，当然和我已经没什么关系了，却和黄真旗有关系，你可别逼我，再逼我的话，我就把你和莱茵小姐约会的事捅出去，到时候看你怎么收场。"麦婧歇斯底里地吼道。

"你到底想怎么样？"叶龙问道。

"我不想怎么样，我只是想告诉你，虽然我们已经结束了，但是你也不要太得意忘形。你以为和莱茵小姐交往，就能一步登天吗？你别异想天开了，你只是一个卑微的华工。"麦婧说。

叶龙："这一点我心里非常清楚，只是我不理解，你今天约我来到底想干什么，你就是想送给我一面'镜子'，好让我每时每刻照照自己，我的身份有多么卑微吗？"

麦婧冷笑："其实我不想和你吵架，我只是见不得你和别的女人打情骂俏。"

叶龙大笑，他忽然觉得麦婧的这句话非常可笑："我叶龙可不傻，你根本就不喜欢我，你喜欢的是一张图。别以为我不知道你安的什么心，你当初勾引我不就是想得到你想要的东西吗？为了一张藏宝图，你竟然可以出卖色相来勾引我，可见你是一个心机很重的女人。既然说到这里，那我就干脆把话挑明了说，你是不是清廷派来的走狗？"

麦婧一愣，她没想到自己的身份早就被叶龙看穿，并且这个人还将计就计，不但占了自己的便宜，还在此时羞辱自己："叶龙，你这么说有意思吗？"

叶龙冷笑道："看来我说得还不够清楚，那我就再提示你一下，你趁我不在宿舍，偷偷地翻我的行李。我们亲热时，你还忘不了偷偷地搜我的衣服，看有没有那张藏宝图。怎么样，还用我再说下去吗？"

麦婧："你、你血口喷人，我不知道你在说些什么。"

麦婧的心理防线已经被叶龙击得粉碎，她找不出合适的词句来为自己辩解。

麦婧显得手足无措，叶龙看上去倒是悠然自得："那张图就在我身上，可惜你就是找不到，你是不是特别想知道藏宝图到底藏在哪里？"

麦婧明知道叶龙在戏弄自己，但还是忍不住露出了好奇的眼神。

叶龙笑着说："可是我就不告诉你，麦婧，我劝你还是死了这条心吧，早点滚回去找你的主子去吧，你待在这里毫无意义。你想得到藏宝图，除非我死了。"

麦婧大声说道："你说得没错，我确实是朝廷派来的卧底，目的就是得到你身上的那张藏宝图，这下你满意了吧。"

叶龙："我果然猜得没错，从我第一次见你，就怀疑你的身份，说实话，我真的不愿意相信你是朝廷的走狗。不过你放心，我不会难为你的，只要你以后不打藏宝图的主意，也别干什么坏事，以后咱们井水不犯河水。你愿意待在金矿就待着，但是别再干涉我的私事，你听明白了吗？这件事我也不会告诉真旗和林大哥，对了，林大哥好像对你有意思，啊哈哈。"

叶龙也不知道为什么，一想到林阿招和麦婧在一起，心里就会涌起一种莫名的幸灾乐祸。在他看来，无论是脾气秉性，还是人生观价值观，这两人完全不搭界，像是来自于两个星球的人。如果让这两个人凑在一起，不知道会发生多么有趣的摩擦，一想起这些还没有发生的事情，叶龙就想笑。

当然，叶龙的心理感受麦婧是不知道的，她见叶龙发笑，以为他想到了什么可笑的事，怒问道："你发什么神经？"

叶龙收起笑容，一本正经地说："其实我觉得，林大哥除了情商不高之外，其他地方还真的很不错，你如果跟了她，也算是找到了不错的归宿。你别生气，我的建议你不妨考虑一下，毕竟你在旧金山一个人无依无靠，有个人搭伙，也不至于太孤独。"

麦婧："叶龙，你放屁，我的生活凭什么要你来安排，你还是先管好你自己吧。你和莱茵小姐的事，就算我不说，早晚也会被黄真旗知道，你别得意得太早。"

麦婧的话多少还是提醒了叶龙，他沉默了片刻说道："我和莱茵小姐真的没什么，她和我在一起，只不过是想寻找父爱，我能给她的也只能是长辈对晚辈的关爱，至于你说的男女之欢，我们不可能发生。"

叶龙说得连他自己都觉得不伦不类，说到最后叶龙叹气道："我这辈子死都不怕，就怕哪个女人死心塌地地看上我，说实话，我是一个不愿意承担责任的人，尤其是感情上的债，我能躲就躲，不能躲就走一步看一步，一切都顺其自然。但是直到遇到黄真旗，我才明白，我之前的想法是错的，爱情就要承担责任，尤其是当一个女人把全部的感情投向我的时候，我就应该承担起这份责任。”

麦婧忽然对叶龙生出一种复杂的感情，无论她之前对叶龙出于何种目的，她还是对这个男人有感情的，尤其是听他说到对待爱情的理解，瞬间觉得他并非是一个花心男人，而是一个有着丰富情感经历的有故事的男人。叶龙所谓的桀骜不驯，所谓的三心二意，所谓的纸醉金迷，不过是裹在肉身外面的一层掩人耳目的外衣，其实他是一个很懂感情的男人。

麦婧：“龙哥，我已经想好了，我不回国了，就留在旧金山。至于藏宝图的事，就当什么都没有发生过，我们今后谁也不要再提此事。我是真心希望你和黄真旗好，至于莱茵小姐，就是一个华丽的肥皂泡，看着美丽无比，但一碰就破，对于你毫无意义。”

叶龙问道：“你刚才还张牙舞爪，怎么现在变得通情达理？你的转变让我有些不太适应。”

麦婧抿着嘴，好像忽然大彻大悟一般，说道：“我想明白了，我们虽然有过一段露水姻缘，但毕竟见不得人，算不得数。该过去的就让它过去吧。如果龙哥觉得我不是一个坏人的话，我愿意和你做朋友，我们做那种一辈子的朋友。”

麦婧的话让叶龙感动，他原以为他与麦婧的纠葛会无休无止，没想到在这样一个平静的夜晚，会以这样一种和平的方式圆满解决，真是一件让人开心的事。叶龙握住了麦婧的手，动情地说：“谢谢你。”

麦婧抽出了手，故作轻松地说：“这下我心里就舒服多了，以后我们还是朋友，在旧金山我有三个朋友，一个叫叶龙，一个叫林阿招，还有一个叫黄真旗。”

叶龙从麦婧的声音里听出了委屈和不甘心，但他装作不知道。

此时的加内特，正在办公室大发雷霆：“这帮猪猡，他们为什么要和解？像以前那样打得头破血流不是很好吗？都怪那几个带头的中国人，总在破坏我定下的规矩，我一定要找机会除掉他们。”

“加内特先生，那些华工没什么了不起的，必要的时候我亲自去解决他们。”加内特身后站着的一个人说。这是个表情僵硬而冷酷的中国人，他穿着一身笔挺的西装，戴着墨镜，他的英文名字叫彼得。彼得俯身为加内特点上一支雪茄，将火柴盒轻轻放在桌上：“我是中国人，自然知道中国人的弱点，他们表面上团结，暗地里却钩心斗角。只要让他们之间发生利益冲突，立刻就会变得你争我夺谁也不认识谁。所以我觉得，这些华工的团结只是暂时的，除掉他们的带头人，自然就会树倒猢狲散。”

加内特脸上的表情比刚才稍微好看了一些，他看着眼前这个叫彼得的中国人，眼神中透出欣赏："彼得，你到美国已经十年了吧？"

彼得："过完今年的生日，我到美国正好十年。我还记得十年前我来到旧金山后，一直就在您的金矿工作，后来我得了一场大病，还是您去医院支付的医疗费，对于您的恩情我一直记在心里。"

加内特说："我是一个商人，我从来都不否认，我做任何事情都是为了利益，没有利益的事情我不干。我为你支付医疗费，目的是希望你能为我做事。我觉得这种交易很公平，你根本就不欠我的。每一次华工闹事，都是你帮我去解决，对此我非常满意。你做成一件事，我就给你一笔酬金，这样公平合理，你应该理直气壮地拿到报酬。我们美国人的处事方式很直接，不像你们中国人，凡事都要先假装客气一下。"

彼得说："加内特先生，谢谢您对我的赏识，我会尽心尽力地去为您做事。今天您叫我来，需要我为你做什么？"

加内特："那个叫黄真旗的华人女子常带领工人要求涨薪，如果不答应他们的要求，他们就会罢工。你知道，停工一天，对金矿的损失可不小。她还带领其他三个华人打败了'快枪侠'科比，破坏了我之前苦心营造的制衡。黄真旗在华工当中具有一定的威信，如果不提早灭灭她的威风，她以后还会再找我们的麻烦。"

"干掉这个人。"彼得冷冷地说，他的语气像个唯命是从的机器人。

加内特："干掉她并不难，但是她在华工中的影响力比我们想象的还要大，金矿的华工都知道她的名声，我担心事情败露，到时候会不好收场。何况她背后还有洪义堂的人，这对我们来说非常棘手。"

急促的电话铃声响起，加内特接完电话脸色阴沉。

彼得："发生了什么事？"

加内特："洛伊告诉我，华工围在他的办公室里要求增加薪水，否则就罢工。他已经应付不了了，向我求助。"

彼得："这些人简直是得寸进尺，我现在就过去。武力是解决问题最有效的方法，我不信他们在拳头面前不屈服。"

加内特："那就给他们点颜色，你知道该怎么做。"

加内特对彼得充满希望，但是他并不希望把事情闹大，可是他没想到这次彼得出手太重了，他居然失手打死一名华工，给加内特惹了大麻烦。

金矿工地，华工们停下手里的工作，七嘴八舌地向院子里看。

华工阿旺的尸体摆放在一张木板上，他满脸鲜血，那由于极度紧张而扭曲的脸满是皱纹，因悲愤而紧闭的嘴唇半张着，整张脸看上去充满了绝望。阿旺的胳膊被折断，血已凝固，眼睛睁着，仿佛正在看天上刺目的太阳。黄真旗为死去的同胞落泪，她感到华人生命在旧金山的轻贱，这到底是为什么？

“凶手是谁？”黄真旗问道。

一名华工说：“打死阿旺的人叫彼得，他是一个中国人，是加内特的保镖。我们正在和洛伊谈判，要求再加一些薪水，彼得带着几个人进来二话不说，就挥舞手中的木棍打我们。阿旺气不过，就进行了还击，没想到激怒了彼得，他照着阿旺的胸口踢了一脚。谁也没想到，就这一脚就把阿旺踢死了。”

说到这里，那名华工悲伤地哭了起来，其他华工也跟着哭了。

有人喊：“工友们，我们去找彼得算账，为阿旺报仇。”

黄真旗：“今天阿旺被打死，明天被打死的有可能就是我们当中的其他人，所以我们一定要严惩凶手，为死去的同胞讨回公道。”

众工友：“对，阿旺不能白死，为阿旺讨回公道。”

天空中的闪电一个接着一个，雷声一阵接着一阵，接着大雨倾盆而下，又是一个凄迷的夜。

彼得在电话里说：“加内特先生，事情已经办妥，华工现在非常老实，不过，由于我的大意，还是出了点小麻烦。”

加内特说：“你不用说了，我已经知道了，你这件事情办得真不漂亮，还给我惹了麻烦。我最近准备竞选州长，这件事会造成恶劣的舆论，为此我还得拿钱去让那些报纸的记者闭嘴。你最好马上出去躲一躲，暂时不要露面，警察局方面我派人去打理。”

撂下电话，彼得陷入深深的沉思，之后他点燃一支烟狠狠地吸了一口。外面的雨刹那间形成无数道浑浊的水流，顺着下水道倾泻，柏油马路湿漉漉地冒着水泡，在路灯下泛起昏黄的光芒。彼得在昏黄的灯光下开始收拾行李，他准备明天一早离开旧金山。

转天清晨雨停了，空气里泛出草木香，积水消退，天空清澈蔚蓝。当彼得提着行李箱正要出门时，正好遇到了迎面而来的华工队伍。

彼得慌张地说：“你们要干什么？”

黄真旗从人群中走出来，她打量了彼得一番后说：“你还记得自己是中国人吗？”

彼得说：“请叫我彼得，我现在是一名美国人。”

黄真旗：“我对你叫什么根本不感兴趣，我只想问的是，阿旺是不是你打死的？”

彼得虽然是中国人，却丝毫不把中国人放在眼里，他冷冷地说：“如果我没猜错的话，你就是黄真旗吧，我早就听说过你，大家都说你是一个非常爱管闲事的人，今天一见果然名不虚传。”

黄真旗说：“你如果识相的话，现在就跟我去警察局交代你的罪行，否则别怪我手下无情。”

彼得冷笑：“我就站在这里，你如果有本事的话就过来抓我。”

黄真旗说：“好大的口气，今天有我在这里，你就哪也别想走。”

彼得退到一棵梧桐树下，随着树的摇晃，滴滴答答的雨水淋湿了他笔挺的西装和雪白的衬衫。他脱下西装挂在一个伸出来很长的树杈上，然后向黄真旗走来。

彼得说：“我不想和你做什么解释，这件事是我干的，人也是我打死的，与加内特先生毫无关系，今天我们就在这里解决这件事情。”

麦婧站在人群里张望，她盯着彼得的那张脸看了很久，忽然麦婧一惊，揉揉眼睛又看了一遍，喊道：“哥哥，是你吗？我是麦婧。”由于现场声音嘈杂，加上又围观了很多人，麦婧的声音彼得根本无法听到。

黄真旗与彼得打得正酣，彼得不是黄真旗的对手，正在一步一步地向后退。

彼得准备逃走，黄真旗在后面紧追不舍，彼得跑到一座破旧的仓库，里面有很多建筑用的钢筋、水泥、木材等材料。彼得不会想到，这里竟然会成为他的葬身之地。

第十八章　恨意两茫茫

自从到了旧金山，黄真旗只在和“快枪侠”科比的那次比武中，略微地露了一点武功，华工们并不知道她的武功到底有多么厉害。今天彼得彻底激怒了黄真旗，黄真旗便不再掩饰，她决定好好教训一下这个吃里爬外帮着加内特欺负华工的中国人。黄真旗使出的每一招都非常狠，她似乎没有给彼得还手的机会，彼得被眼花缭乱的拳术打得落花流水，不一会儿便鼻青脸肿，浑身上下都是伤。

华工们见黄真旗终于替大家出了口恶气，兴奋地鼓掌欢呼：“真是太解气了，这样的人就得好好教训，黄真旗加油。”

黄真旗的本意并非想置彼得于死地，只是想教训一下他，并且将他抓住，为死去的华工讨一个说法。彼得哪里敌得过武艺超群的黄真旗，再打下去肯定被打死，他东躲西藏，准备伺机逃走，然后找到加内特寻求庇护。彼得继续向前跑，黄真旗在他身后紧追不舍，两个人一前一后，就像猫在抓老鼠。

彼得边跑边喊：“救命呀，快去报告加内特先生，黄真旗要杀人了。”

黄真旗冷笑道：“今天你就是喊破了天，也不会有人来救你。”

彼得拖着受伤的身体，拼尽最后一点力气躲进仓库，藏在一个巨大的木箱后面，喘着粗气偷偷地观察着外面的动静。

华工们也跟着两人来到仓库。

林阿招见黄真旗双眼通红，似乎是打红了眼，情绪难以控制，急忙劝阻道：“真旗，他已经被你教训得差不多了，你不能再打了，再打就真出人命了。”

黄真旗正在气头上，对林阿招的话置若罔闻：“不行，我今天必须要抓住他，他要是跑了，咱们的兄弟就白死了。”

身后的华工齐声说道：“对，抓住彼得，让他给死去的兄弟偿命。”

仓库里安静极了，除了急促的呼吸声可以听到之外，其他一切声音都瞬间消失了。

地上到处都是横七竖八的钢筋，人走起路来要格外小心才不至于被扎到或者绊倒。黄真旗亲眼看见彼得藏进仓库，所以她并不担心彼得会逃走，抓住他只是时间问题。黄真旗轻轻地向前移动，一边走一边小心地避让着地上的钢筋。彼得侧耳倾听，好久都没听到什么动静，他缩回头长出了一口气，坐在地上，手不由自主地伸到了怀里。彼得怀里有一支手枪，那是加内特送给他的，这支枪他随身携带但很少用。刚才在慌乱之中，居然忘记了身上还带着一件武器。

彼得心里有了底气，给枪里装满子弹，自言自语地说："妈的，老子一枪打死你。"

又过了几分钟，彼得还是没听到任何动静，以为黄真旗已经离开仓库，他慢慢地站起来，后背靠着木箱缓缓地向前移动。虽然彼得带着枪，但他还是忌惮黄真旗的武功，所以行动起来还是谨小慎微。彼得走着走着，忽然觉得头顶上掉下一个土块，急忙用手挡开。彼得又走了几步，头顶上又落下一个土块，这次彼得停下来向上看。这一看不要紧，正看到黄真旗站在木箱上狠狠地看着自己。

"彼得，我看你今天能逃到哪里去，听我的话，乖乖地投降吧。"黄真旗说道。

彼得这时候倒没有感到害怕，而是感到羞辱，在自己如此狼狈不堪的情形下，黄真旗居然还在捉弄自己，这让彼得感到无法忍受，他掏出手枪，站在木箱前面的一小块空地上冲黄真旗怒吼："有种的你给我出来，躲着算什么英雄。"

黄真旗正要纵身一跃，彼得突然冲黄真旗打了一枪，差一点击中黄真旗的胸部。

黄真旗吓得急忙趴在木箱顶部不敢下来。

彼得见这招好使，发出嘶哑的歇斯底里的笑声。

站在门口的林阿招急得如热锅上的蚂蚁，大声喊道："真旗，你千万不要出来，他手里有枪。"

彼得举着枪又冲着木箱顶打了一枪，黄真旗仍然没有什么反应。"好啊，我谅你这个胆小鬼也不敢出来，你不是挺能打吗？你再厉害身体也是肉做的，我一枪就能把你打穿。胆小鬼，呸……"

林阿招见情况危急，准备进来夺彼得手里的枪，彼得指着林阿招说："你给我滚出去，再敢向前一步，我先打死你。"

林阿招见彼得情绪激动，为了顾全大局，只好退出仓库，但他并没有走得太远，而是悄悄地藏在仓库门口。正在这时，黄真旗忽然纵身一跃，从木箱顶部跳下，扑向彼得。慌乱之下，彼得冲着半空连续打了几枪，没有一颗子弹打中黄真旗，却被黄真旗一脚踢翻在地。彼得捡起枪继续向前跑，等距离黄真旗大约五米远的距离，彼得转身又是一枪。只听见黄真旗"啊"地叫了一声，左胳膊中了一枪，鲜血瞬间染红了她的衣袖，黄真旗疼得捂住伤口坐在地上。

彼得见这一枪打中了黄真旗，爆发出得意而阴郁的笑声：“嘿嘿嘿嘿，我让你多管闲事，这就是对你最好的惩罚。”黄真旗受了伤，流了血，但她并没有因此而畏缩，这一枪反而激发了潜藏在她身体内的动物性。黄真旗捂着胳膊继续追彼得，彼得边跑边开枪，但是再没有一枪打中过黄真旗。彼得枪里的子弹很快就打光了，他的底气越来越不足了，他也累得跑不动了，但还是龇牙咧嘴地继续跑。

彼得跑着跑着突然脚下一软，迎面倒在地上，过了几分钟也没爬起来。

黄真旗追过去一看，彼得脸冲着地，四肢叉开，一动不动。黄真旗迟疑了几秒钟，见彼得仍然保持原状，心里咯噔一下。仓库门外的人听里面没有动静，纷纷推开门冲了进来，眼前的景象让大家松了一口气。但是没有人意识到，彼得已经死了。

林阿招见黄真旗受伤，关切地问道：“真旗，你的伤不要紧吧？”

黄真旗惨然一笑道：“小伤，死不了人。”

在众人的目光中，林阿招蹲下来拍着彼得的后背，轻轻地喊道：“彼得，彼得。”

林阿招将彼得的身体翻过来，见他的胸口已被地上半截突出的钢筋穿透，嘴角流出了血，脸色苍白，人已经断气。

众人的表情在那一刻都凝固了。

大家面面相觑，听不到一个人说话。

黄真旗愣住了，林阿招愣住了，叶龙愣住了，麦婧愣住了，所有人都愣住了。

情绪最激动的要数麦婧，她发疯似的冲过来，紧紧地搂着彼得，随后双手哆哆嗦嗦地脱下彼得的外衣，在他的左胳膊上找到一块褐色胎记，没错，死去的彼得就是麦婧到旧金山苦苦寻找的哥哥麦超。

麦婧放声痛哭，边哭边说：“哥，你说话呀，我是你妹妹啊。”

麦婧这一声号哭，像一把锥子，生生地扎在了黄真旗心上，让黄真旗感到有些剜心刺骨的疼。黄真旗不知道该用一种什么样的语言来形容此时复杂的心情，她像个哑巴，张着嘴，看着悲伤的麦婧，一句话也说不出来。

麦超离开广东时才十七岁，现在他二十七岁，胡子拉碴，已经是一个成熟的男人，可他还没来得及和妹妹说一句话就走了。这是麦婧感到最为难过的事。

林阿招拉着麦婧的手说：“这个人真的是你要寻找的哥哥？”

麦婧双肩颤抖，声音哽咽着说：“那年春天，广东闹灾，父亲带着十七岁的哥哥到旧金山修铁路。父亲走的时候说，赚到钱就回来，然后盖大房子，过好日子……”

后来几年过去了，他们音信全无。麦婧和母亲相依为命，她们没有钱，根本无法生存，为了养家，无奈之下麦婧不得不给一家大户人家的老爷做了小妾。哥哥到了旧金山后没有来过信，有人说他已经死了。麦婧不相信，一定要找到哥哥。后来她女扮男装混进招工队伍来到旧金山。她想，如果老天有眼的话，一定会让她在有生之年找到哥哥，现在终于找到了，可他却死了。

麦婧冲上去撕扯黄真旗，疯狂地说：“如果不是因为你，我哥哥不会死得这么惨，你把哥哥还给我，还给我！”

黄真旗被麦婧拼命地摇晃着，她不知道该如何解释，此时，一切语言都显得苍白无力。

麦婧跪在泥泞的地上，爬到麦超身边哭着说：“哥，你死了我回去怎么向娘交代？娘还等着你回去给她养老送终呢。哥你说话呀，妹妹还有很多心里话想和你说呢。”

叶龙安慰道：“这件事你也看到了，完全是一场误会，你不能全怪真旗。”

麦婧怒视着叶龙道：“你是什么意思？黄真旗害死了我哥哥，你却还来替她说话，你到底安的什么心？你滚，我不想听你说话，你和黄真旗是一丘之貉，你们都给我滚。”

黄真旗内疚地说道：“这件事说到底都是我的错，但我真的不知道彼得就是你的哥哥，如果事先知道的话……”

“事先知道又会怎么样？你难道会因为他是我哥哥，就会放过他吗？你黄真旗是什么样的人我还不知道吗？你认为你代表着正义，你想当华工的代言人，但是你想错了。这些人只是在利用你帮他们争取利益，而他们只会躲在后面替你摇旗呐喊，关键时刻没有一个人出来帮助你，你快醒醒吧。”麦婧嘶吼着。

林阿招见麦婧完全丧失了理智，说出的话都是歪理邪说，而黄真旗又绝无反驳，他觉得有必要为黄真旗辩解几句：“麦婧，黄真旗不是你想象的那种人，有一点你一定要搞清楚，你哥哥的死纯属意外，是他自己结束了自己的生命，和黄真旗没有关系。你不能把亲人的死全部推到黄真旗身上，这样做对她很不公平。”

“林阿招，你别站着说话不腰疼，死了的是我哥哥，你当然不会难过了。我不需要你来教训，你马上从我面前消失。”麦婧指着黄真旗说道，“黄真旗，我哥哥已经死了，你这下满意了吧？从今天起，我和远在广东的我娘孤儿寡母地苟活人世，这下你满意了吧？我真是瞎了眼，认识你这样一个手冷心黑的朋友，害得我家破人亡，我恨你，我恨不得亲手杀了你。”

麦婧捡起地上的一块木头，狠狠地扔向黄真旗，黄真旗一动不动，并没有躲闪。

林阿招扶着麦婧离开，麦婧临走时恶狠狠地对黄真旗说：“黄真旗，你曾经是我的好朋友，现在你就是我的敌人，因为你亲手杀害了我的哥哥。我这辈子都不会放过你的，我一定要为哥哥报仇。”

对于彼得的死，加内特并没有多大的反应，这顶多算一起意外死亡。

黄真旗也并非杀死彼得的凶手，这件事没过多久就没有人再提起，黄真旗却因此背上了沉重的心理负担，毕竟一条鲜活的生命的离去，与自己还是有一些关系的，她无法面对麦婧，麦婧也无法对面她。

一列火车缓缓开动，那是一辆装满矿石的火车，驶向了旧金山的另外一个金矿。

一列火车缓缓驶入金矿，那是一辆从别的地方驶来的火车，火车上装满了新招聘来的华工。几乎每隔一段时间，华工们都能听到那熟悉的悠长的火车汽笛声，看到一车一车的从遥远的中国运来的做着发财梦的华工，满脸兴奋地走下火车，走向那一间一间散发着霉味的宿舍。当火车即将驶入金矿的时候，所有人都会惊异地挤到窗口，看着窗外那些密密麻麻地插着木牌的坟丘，这已经成为旧金山西部一道悲凉的风景。华工们不知道曾经发生过什么事，但他们能感觉到，逝去的同胞带给他们的暗示：这是一座弥漫着死亡气息的金矿，这里的每一寸土地都渗透着华工的汗水、泪水和鲜血。当他们明白这一切的时候，已经变得麻木不仁，有的人已经钻进了坟丘，成为逝者中的一员。

坟丘旁边高大的树上，聚集着很多乌鸦，这些乌鸦是这片坟丘的守护者，如果陌生人闯入这片乐园，它们就会发出刺耳的叫声，对闯入者进行警告。有时候它们的叫声也表示欢迎，因为只要有新坟出现，就会有点心、水果等祭品随之而来，乌鸦们就可以借此打打牙祭。有一只乌鸦不太怕人，它大摇大摆地飞到了彼得的坟丘上，啄食摆在地上的水果。麦婧跪在哥哥的坟墓前，表情麻木地盯着那块写有哥哥麦超名字的木牌，想起了以前的很多旧事，她沉浸在悲痛当中，根本就不理会那只乌鸦的偷食。旁边的林阿招挥手驱赶那只乌鸦，乌鸦飞到树上，没几分钟又飞回来，林阿招赶了几次都没什么用。乌鸦冲着麦婧嘎嘎地叫，树上其他的乌鸦像听到了某种命令，也跟着叫。

林阿招骂道：“该死的乌鸦。”

麦婧忽然伸出手，那只乌鸦配合地落在麦婧的手掌上，瞪着黑黑的小眼睛看着麦婧。

麦婧忽然笑了，之后流出了眼泪，她对那只乌鸦轻轻地说道：“哥哥，我知道这只乌鸦就是你，我知道，你变成乌鸦来看我了。哥哥，你吃吧，我知道你饿了。”

那只乌鸦像是听懂了麦婧的话，飞到坟丘前，啄起一个红色的樱桃，重新落在麦婧的手上。麦婧用右手轻轻地抚摸着乌鸦的头，乌鸦眯起眼睛，露出一副非常享受的样子。麦婧又哭又笑地说：“哥哥，我知道你能听懂我的话，我知道你想说什么。哥哥你放心，你不会白死，我一定会替你报仇。”

林阿招看着有些神经质的麦婧，忽然感到一阵心酸，无论谁对谁错都已经不重要了，重要的是麦婧失去了一位亲人，而杀害这位亲人的嫌疑人却是自己的朋友，而这位朋友“杀人”的动机是为了主持正义，而所有人都认为被杀的人死有余辜不值得同情。

这些纠结在心里的问题，让麦婧感到委屈，她不知道该如何发泄，只能把全部的怨气发泄在黄真旗身上。可麦婧又觉得这样做在道理上讲不通，她心里像堵着一块石头，让她感到呼吸困难，心里烦乱。这一切林阿招都看在眼里，他很想帮助麦婧摆脱纠结，但又苦于没有途径，只能陪伴在她身边，看着她不要干出什么傻事。那只乌鸦从麦婧的手掌上飞走了，它没有飞回树上，而是向远处飞走了，那正是回家的方向，正是遥远的中国的方向。

麦婧继续跪在哥哥的坟前，看着那只乌鸦变成一个小黑点，喃喃地说道：“哥哥，咱家门前也有一棵树，你去那里垒一个窝吧。”

一阵风吹过，挂在坟丘上的一缕一缕的白色纸条随风飘舞，麦婧掏出火柴点燃一张纸钱，纸钱冒出橘红色的火苗和青烟，在风中微微地颤抖，麦婧又放进去几张纸钱，很快就变成了黑色的灰烬。

林阿招轻轻地扶起麦婧，麦婧双腿发软，站不起来，重新跪在地上。

“人死不能复生，你要多保重身体，时间不早了，我们该回去了。”林阿招说道。

麦婧怔怔地看着前方，有气无力地说：“回去？我又能回哪去？你难道让我回到宿舍，每天面对黄真旗那张恶毒的妇人脸？”

林阿招叹气道：“你总得有个住的地方吧？”

麦婧：“我就算露宿街头，也不会再和黄真旗住在一起，我一看见她就觉得恶心。”

林阿招：“那你今后有什么打算？”

麦婧："我是死是活都不用你管，你是我什么人，你凭什么管我的事？"

林阿招愣住了，他嘴笨，根本接不住麦婧的话。

林阿招想了想说道："你从来都没有拿我当亲人，但这并不重要，重要的是，你现在无依无靠，是最需要人陪伴的时候，我不能袖手旁观。无论你怎么对我发脾气，我都不会离开你的。走吧，如果你实在不愿意回宿舍，那我就帮你找一个新的住处，我没别的意思，就是想帮帮你。"

麦婧冷笑道："你帮我？我看你是在可怜我，我不需要你的可怜，你还是向黄真旗献殷勤去吧。我知道，你一直都喜欢她，心里放不下她。既然这样，你为什么还来找我，你这样做对我公平吗？"

麦婧说中了林阿招的心事，但也只说对了一半，事实上林阿招早已主动割断了对黄真旗的情爱，他将这种男女之爱转换成了兄妹之爱，只有亲情没有爱情，因为他知道，黄真旗并不喜欢自己，她喜欢的是叶龙。

听完麦婧的责怪，林阿招心里反而有一种释然，他想正好借此机会向麦婧把这件事说清楚："你说得没错，我以前是喜欢过黄真旗，但那都是过去的事了。黄真旗已经找到了她的真爱，而我也有了意中人，我对她只有真诚的祝福，除此之外再没有其他想法。你心里很清楚，我喜欢你，可是你至今连一次机会都不给我，每次向你表白，你要么婉言拒绝，要么含糊其辞，我真的不知道你心里到底是怎么想的。"

麦婧忽然站了起来，她的双腿不再发软，走起路来脚下生风，很快就走出了几十米。

林阿招追了过去，拦住麦婧说："我知道，你哥哥刚去世，此时和你谈论感情有些不合时宜，但是我们江湖中人百无禁忌，也顾不上许多了。我今天就想问你一句，你对我到底是怎么想的？"

麦婧拨开林阿招的手，继续向前走，林阿招不甘心，再次拦住麦婧。

麦婧瞪着林阿招："林大哥，你说你喜欢我，那你倒说说，你到底喜欢我什么？"

"这……"麦婧这一问，让林阿招有些措手不及，他挠着头说，"我、我喜欢你……"

麦婧打断了林阿招的话："你现在不用说，说了我也不想听，等你想好了再来找我。"

林阿招："我已经想好了。"麦婧："你真的想好了吗？"

林阿招："嗯，想好了，你人很好，很聪明，会说话，最重要的是，每次看见你，我的心里就扑通扑通地乱跳。”

“哈哈哈哈，”麦婧笑得有些神经质，“林大哥，这就是你喜欢我的原因？你连我个人的基本情况都没搞清楚，就敢说喜欢我，你拿什么来验证你是真的喜欢我？我问你，我来旧金山之前的情况你了解多少？我有没有结过婚，生没生过孩子，以前是做什么的，有没有犯罪前科，这些情况你都做过调查吗？”

林阿招：“这……”

麦婧：“你对一个并不完全了解的人，轻易地就说喜欢，要么你就是一个傻子，要么你就是个神经病。”

林阿招：“喜欢一个人难道需要那么多理由吗？你以前做过什么我并不在意，我也不想知道，我就是喜欢你。”

麦婧：“好，那我今天就告诉你，你给我听好了。我是朝廷派来的卧底，到旧金山的目的是为了得到叶龙身上的藏宝图，只要我将藏宝图交给朝廷，我回去就可以升官发财。为了接近叶龙我不择手段，不惜出卖色相和他发生苟且之事，我是一个坏女人，并不值得你爱。林大哥，我知道你是一个好人，我拒绝你，是不想欺骗你。”

麦婧的话确实具有杀伤力，这些话将充满希望的林阿招划得遍体鳞伤，林阿招根本不相信麦婧的话，他以为麦婧故意用这些话割断他的追求：“你、你说的这些，都是真的？”

麦婧：“当然是真的，我没有必要给自己扣这样的屎盆子，林大哥，你是个好人，以后还会遇到比我更好的姑娘，你应该追求更加美好的生活，你不能在我这棵歪脖子树上吊死。”

林阿招：“就算你说的这些都是事实，那我也不在乎。”

麦婧：“但是我在乎，如果我们在一起，经常会和叶龙、黄真旗抬头不见低头见，我无法面对他们。你是一个顶天立地的男人，你面对叶龙，就能心平气和地面对他和我曾经发生的那段孽缘吗？你能做到吗？你不能自己欺骗自己。”

林阿招：“那你告诉我，如果没有发生你说的那些事，你到底有没有喜欢过我，哪怕是一分钟或者一秒钟？”

麦婧迟迟没有回答林阿招的问题。

林阿招似乎已经确定麦婧对他还是有好感的：“只要你不在乎，那我肯定也不在乎，无论过去发生了什么，我都可以不在乎，我只在乎现在的你能不能给我一个机会。你说话呀，能不能给我一个机会？”

面对林阿招类似疯狂的求爱，麦婧一时没有主见，傻傻地站着任凭林阿招摇晃着。

许久，麦婧冷冷地说道："谁要是能帮助我替死去的哥哥报仇，我就嫁给他，这个人哪怕是一只猪，是一个瘸子，是一个麻风病人，我都愿意，你听明白我的意思了吗？"

麦婧出的这个难题，像一瓢冰冷的水将林阿招的心冰镇了一下，林阿招的心里顿时结了冰霜，怔怔地不知所措。

麦婧挑衅地说："你去杀了黄真旗，然后我就嫁给你，你敢不敢？"

林阿招没有说话。

临走时麦婧说道："我就知道你没有这个勇气，还口口声声说你喜欢我，鬼才会相信你说的话。哼，你这个懦夫。"

林阿招愣着，他忽然觉得，越来越看不懂麦婧了，他觉得这个女人有些可怕。可他又是那么喜欢她，无法控制自己不去想她，这才是让林阿招感到最为头疼的事。

夜已深，窗外的树叶发出沙沙的响声，四周一片寂静。庄先生屋里的灯还亮着。黄真旗扑到庄先生怀里呜呜地哭，庄先生拍着黄真旗的肩膀轻轻地说："孩子，我知道你心里委屈，有什么话就跟我说，说出来心里就会好受一些。"

黄真旗听后哭得更加厉害了："都是我的错，如果我不去追彼得，也就不会发生后面的事了。麦婧的哥哥，其实，其实是被我害死的。"

庄先生说道："孩子，话不能这么说。欠债还钱，杀人偿命，彼得打死了阿旺，他就应该还给阿旺一条命。这件事不过是碰巧罢了，才会导致那样的结果，麦婧感到难过，难道阿旺的家人就活该伤心吗？"

黄真旗："可是，这件事毕竟因我而起。"

庄先生："这个彼得自从成为加内特的打手就作恶多端，他仗势欺人，不顾同胞之情，多次伤害华工。虽然他是一个中国人，但他的双手沾满了华工的鲜血，这样的人你不去教训他，老天爷也不会放过他，他这是罪有应得。至于你和麦婧的关系，你也不必耿耿于怀，她早晚会想明白的，或许你们还可以成为朋友。"

黄真旗："我知道，麦婧非常恨我，她恨不得杀了我替她哥哥报仇。"

庄先生："这件事你看似是一起意外，其实有人在幕后指使。你认真想一想，没有加内特在背后撑腰，彼得胆子再大，也不敢杀人，说到死，彼得是被加内特利用了，利用他扫清障碍。"

黄真旗："利用？"

庄先生："面对不公正，总得有一个人站出来主持公道吧，既然你选择去做这件事，就应该想到后面发生的种种意外，就应该做好充分的心理准备。彼得这件事不过是一个开始，后面你还会遇到更加险恶的事，金矿就是一个江湖，既然是江湖，就会发生各种各样稀奇古怪的事，只要你保持一颗正直的心，铁肩担道义，能辨是与非，做到问心无愧就行了。"

庄先生总能在关键时刻为她指点迷津，帮助她走出现实的泥沼，获得一丝走下去的曙光。

黄真旗看着庄先生那日渐苍老的面容和满头的银发，感动地说："谢谢您能跟我说这些话，我都记住了。"

庄先生笑道："咱们之间不必说这些客套话，我希望你能开心地活着，只要开心地活着，一切就都会有希望。人活着要有精气神，如果连魂儿都没了，那就等同于行尸走肉。"

第十九章　踪迹复迷踪

三个月后，黄真旗的枪伤基本上养好了。

夜风太冷，吹得窗外的树哗哗作响，黄真旗被冻醒了。

她睁开眼，点燃油灯，披上衣服准备关好窗户。麦婧离开后，宿舍里只剩下她一个人，屋里冷冷清清，麦婧的那张床铺上面空空如也，连一片纸都没有留下。黄真旗盯着空床铺想起了很多事，每一个场景都和麦婧有关，场景里的她们欢声笑语，亲如姐妹。想着想着，黄真旗有些伤感，摇了摇头，来到了窗前。破晓时分幽蓝的冷光映在窗户上，不远处的花草树木在夜色中隐秘地生长，在夹杂着丁香和野蔷薇的灌木丛中，隐约传出蟋蟀的低吟浅唱，歌声是那样温暖人心。

不久天上掉下了薄雾，宿舍周围呈现出一种如梦如幻的景色，天气渐有寒意，披着雾气的花草树木散发出幽幽的香气，偶尔有微风吹过，在苍茫的夜色中，月亮被厚厚的云层遮住，显得毫无生气。又要下雨了。关好窗户后，黄真旗重新钻进了被窝，然后把身子蜷缩成一团，可是她仍然感到冷，那是一种浑身上下，从里到外的冷。

旧金山的气候干燥、干冷、风沙大，让黄真旗这个中国南方人难以适应。

在这样倒霉的天气中，她只想躺在床上睡觉，如果不上工的话，她可以在床上睡一天。可是大部分时候身不由己，为了生存，她不得不强迫自己努力工作。可能是最近太劳累了，躺下去没多久，黄真旗便响起了微微的鼾声。她梦见了一片海滩，她光着脚在海滩上奋力奔跑，天上飘着雪花，岸边的树林中忽明忽暗闪烁着星星点点的荧光，周遭仿佛立着一座金色的山，呼呼的寒风把山顶上的雪花吹到了地上，有几片雪花落在黄真旗的头发上很快就化了。黄真旗又梦见了父亲和母亲、叶龙和林阿招，梦见了麦婧和她身后那个黑色的山洞，在漫天飘雪中，一片雪花落在了蜘蛛网上，迟迟不肯融化。

这是一个时空交错的梦。

黄真旗继续做着梦，直到一阵雷声和一道闪电，将她再次惊醒。

旧金山的雨季来了，这个雨季注定不太平。连日的阴雨天，让矿区淹没在一片泥水之中，无法正常施工，洛伊只好给工人放假。华工们待在工棚里无所事事，除了赌钱就是喝酒，打架斗殴时有发生。叶龙喜欢这样的气氛，他每天都和工友掷骰子赌钱。叶龙凭借多年积累的作弊经验，很快就赢了很多钱。华工们本来就工资微薄，除去日常花销之外，剩不下多少。输钱的华工个个愁眉苦脸，叶龙拿着钱假装没看见。林阿招不爱赌钱，躺在宿舍的床上想着心事：带着满腔的怨气出走的麦婧，究竟能到哪里去呢？

叶龙看出林阿招的心事，他冲林阿招笑道："林大哥，这阴天下雨闲着也是闲着，过来玩两把。"

林阿招瞪了叶龙一眼，拒绝道："我想睡觉。"

叶龙搬来一把椅子，坐在林阿招窗前，晃着手里的钱说："等雨停了，我请你出去喝酒。"

林阿招："你自己去吧，我就想睡觉。"

叶龙："林大哥，别以为我看不出来，你是不是还在惦记麦婧？唉，听兄弟一句劝，天涯何处无芳草，何必单恋一枝花，比她好的姑娘有的是。"

林阿招侧过身子，给叶龙留下一个后背。

叶龙见状，无趣地说："你这样整天憋着也不是个办法，如果你真喜欢麦婧，那就去勇敢地追求她，我支持你。"

"你还是管好你自己吧，我的事不用你操心。"林阿招说道。

雨水继续洗刷大地，华工们继续悠闲着。但是精明的洛伊不会给华工们长时间放假的，这不，从急促的脚步声判断，洛伊来了。"伙计们，你们也许待得太久了，再不干活就该长肉了，那样可不好。虽然现在还下着雨，但是没什么，雨中作业的感觉也很美妙，我想你们一定和我想的一样，对吧工友们？"

华工们见洛伊来了，谁也没有说话，睡觉的睡觉，打牌的继续打牌。洛伊早已习惯了华工们对他的冷落，他并没有表现出生气或者不满，仍然笑眯眯地看着大家："一会儿雨就停了，大家做好出工的准备，你们必须完成这个月的工作量，否则将拿不到工钱，听明白了吗？你们马上给我干活去。十分钟后，大家在工地集合。"

叶龙谎称身体还未痊愈，不方便下矿："经理，我感冒发烧，浑身发冷，向您请假。"

洛伊走过去盯着叶龙，用将信将疑的语气说道："刚才你还蹦蹦跳跳得像一只猴子，怎么一转眼就生病了，那样也好，你就待在宿舍养病吧，希望你早日康复。”

洛伊说得没错，雨很快就停了，太阳也出来了，这是个阳光明媚的上午。

华工们聚集在广场上，听洛伊念下矿人员的名单。念完后，林阿招榜上无名，他主动要求下矿，洛伊拒绝道：“听我的，伙计，你最好也乖乖地待在工棚休息，下矿是分批进行的，明天就轮到你了。”

黄真旗并不赞成这么快就下矿，她说道：“刚下过雨，如果现在下矿的话，随时都有塌陷的危险，这么多人下矿，万一发生意外怎么办？”

洛伊对黄真旗的异议并没有反驳，而是心平气和地回应道：“你很有安全意识，你说得非常有道理，我也这么认为，可是我们得听老板的。加内特先生得知华工已经休息了一周，感到非常恼火，命令你们立刻复工。老板的命令大家都得服从，我希望你也能服从。”

黄真旗：“经理，我非常担心我们的生命安全，如果可以的话，请您再和总经理沟通一下，能否过几天再下矿。这属于自然不可抗拒因素，我相信总经理会理解的。”

洛伊：“你的想法太天真了，耽误一天老板损失多少钱你知道吗？这样的损失你能承担得起吗？”

黄真旗见洛伊拿加内特当挡箭牌，知道再争论下去也不会有满意的结果，就没再说什么，跟着一队华工到了工地。

洛伊见他们要进入东边最大的矿井，急忙说：“东边的矿井今天不开工，你们都到西边的矿井。”

东边是已开采多年的大矿，西边是新近开采的小矿，工人平日都在东边开采。黄真旗觉得哪里不对劲，但又说不好，她提高了警惕，故意慢吞吞地换好工作服，最后一个下矿。洛伊站在矿井口，看着华工们进入矿井，使劲地吸了一口气，有一种如释重负的样子。

洛伊冲着井下大声喊道：“伙计们，祝你们好运。”

黄真旗刚下到矿井，没超出半个小时，就下起了暴雨，伴随着几声霹雷，雨下得越来越大。矿井上面的土层本来就松软，突然被急雨猛烈冲刷，裂开一个口子，轰隆一声，矿井塌陷了，七名华工被埋在井下……矿井外面的人早就回到宿舍躲雨，没有人发现矿井塌陷，更没有人会在第一时间将这起矿难告诉洛伊。

一个小时后，终于有人发现了事故，叶龙和林阿招被喧闹的人声惊醒，急忙赶到出事地点。西边的矿井塌陷了，地上出现一个很深的大坑，雨水顺着裂开的缝隙往下流。黄真旗和其他工友被埋在了下面。两个人冲向出事地点，一切和想象的一样凄惨：残垣断壁，碎石堆垒，仿佛地震般陷成一个凹形的大坑。一群人正在用铁锹、镐头往下挖掘，几名遇难者的家属蹲在地上哭，他们的亲人被埋在地下生死未卜。

叶龙发疯似的夺过一名华工手中的铁锹，拼命向下挖，边挖边说："真旗，你一定要挺住，真旗，我来救你了。"

叶龙挖着挖着，由于用力过猛，那把铁锹把被掰折了。

叶龙扔掉那节断裂的木棒，像一只打洞的狐狸，用双手来回晃动，用力向下挖。

叶龙似乎闻到了死亡的气息，他不敢确定那是不是来自黄真旗，心里那根紧绷的神经越来越紧，越来越紧……

事故发生将近两个小时，洛伊才派人加入营救队伍，那些救援的人只是象征性地做做样子，并没有使出全力。倒是赶来的华工纷纷出手相助，几十名华工手持各种工具很快清理完石头和泥土，地面上出现一个两尺多宽的洞口，叶龙奋不顾身第一个跳进洞里，之后又有几名华工陆续进入。

井下发出一阵凌乱而嘈杂的声音，叶龙声嘶力竭地喊道："黄真旗，黄真旗，你听到的话，给我回应一声。"但井下并无任何生命迹象，叶龙紧绷的那根神经马上就要断了……

两个小时之后，一具尸体被挖了出来，名叫蔡运刚。又过了一刻钟，又一具尸体挖了出来，名叫王天水。叶龙盯着一具又一具被从泥土中抬出的尸体，胸口一阵疼痛。他无法预知黄真旗的生死，他已经忘记流泪，就那么静静地守在矿井口，等待奇迹出现。

林阿招和几名华工又抬出两具尸体，一个被重物砸死，血肉模糊。一个窒息而死，面目狰狞。有的被亲人认了出来，传来一阵号哭。又过了五个小时，所有尸体都清理了出来。洛伊对照着花名册一一辨认，一共七个人，没有发现黄真旗的尸体。

叶龙瘫软地坐在地上，双手沾满了泥浆，泥浆上滴答着血水，他的双手已经被石头磨破了皮肉，但他却感觉不出哪怕是一丝的疼痛。

林阿招拾起一根生锈的钢管走向洛伊，洛伊见林阿招眼冒凶光，吓得想跑。

林阿招抓住洛伊的脖子说："你明明知道下这么大的雨，井下随时都会塌陷，为什么让工人下井？你到底安的什么心？"

洛伊解释道："这件事与我无关，我也是按照加内特先生的命令才这么做的，现在一下子死了这么多人，我也不知道该怎么办了。"

“我告诉你，如果黄真旗死了，我第一个就杀了你。”林阿招举着钢管，一步一步地逼近洛伊。

“你别乱来，也许黄真旗还没有死，她说不定还在井下，你再下去找找，她也许还活着。”林阿招一把推开洛伊，重新跳下矿井。

疲惫的华工们蹲在地上休息，地上摆放着遇难者的尸体，遇难者家属扑在尸体上号啕大哭。这凄惨的带着委屈和不平的哭声，听着让人心碎，但在叶龙听来却是麻木的，他怔怔地看着那个裂开的洞口，身上已经没有一丝力气。

叶龙不相信黄真旗就这样不声不响地死了，他蹲在矿难现场，等待奇迹出现。叶龙忽然产生了一种幻觉，他看到不远处的破败的瓦砾之上发出轻微的响动，叶龙晃了晃脑袋，以为是幻听。接着又传来一阵砖瓦的响动，叶龙确定这次是真的，他跌跌撞撞冲过去想看个究竟。

那是一处堆起的碎石，正在一点一点凸起，好像地下有即将破土而出的植物。

接着碎石被一只伸出的手轻轻地推开。那只手破损不堪，沾满鲜血。叶龙一眼认出，那是一只女人的手，是黄真旗的手。是黄真旗，她还活着。叶龙发疯似的用双手向下挖：“黄真旗，我知道是你，你没有死，你再坚持一会儿，我来救你。”

叶龙嘴里忽然喷出一口鲜血，仰面栽倒在地。

“叶龙，你怎么了？叶龙你快醒醒。”刚从矿井上来的林阿招见状，急忙扑到叶龙身边，轻轻地呼唤着昏死过去的叶龙。

许久，叶龙才苏醒过来，嘴角的血迹未干，他挣扎着想坐起来，但身上一点力气都没有。

林阿招派人将叶龙抬回宿舍，转身看到了赶来的庄先生。发生了这么大的事，所有人都无限悲伤，只有庄先生从容淡定，似乎遇难者的生死与他无关。

庄先生安抚完华工之后，来到林阿招面前问道：“黄真旗还没有找到？”

林阿招哽咽地说道：“活不见人，死不见尸。”

庄先生：“既然是这样的结果，那还不能确定她就遇难了，你也不必太难过，吉人自有天相，黄真旗命大，她死不了。”

庄先生虽然这么说，但在林阿招心里，已经断定黄真旗死了，只是目前还没找到尸体而已。林阿招甚至冒出这样的想法，他不希望找到黄真旗的尸体，找不到就意味着黄真旗还活着，他打算用这样一厢情愿的想象来逃避残忍的现实。凭借庄先生多年来的判断，在他看来，这并不是一起简单的矿难，而是加内特蓄谋已久的一次谋杀。无论出于何种目的，这都是加内特惯用的一种手法，利用“意外”的矿难，除掉他的对立面和反对的声音，除掉那个敢于和他讨价还价的人。十几年来，这样的事情已经发生过多次，被加内特用同样手法杀害的具有正义感的华工不计其数，只要领头的人死了，其他的华工就不敢再闹事，这样就便于管理金矿。黄真旗只是众多反对者当中的一个，她不过死于一起普通的矿难，最多给一点赔偿金，也就仅此而已。

赶来声援的华工挤满了金矿中间的那片空地。

他们手持棍棒等待着庄先生的一声命令，事情到了这个时候，庄先生也豁出去了，他必须给加内特施加压力：“工友们，我们的同胞就这样白白地死了，这都是金矿的责任，我们要替他们讨个说法。大家跟我一起去找洛伊，并不是为了我，也并不是为了死去的同胞，而是为了我们每一个人。这些年来，我们的生命没有任何保障，每一次矿难看似意外，其实都是金矿方面事前安排好的，他们的目的我不说大家心里也明白。就算为了我们自己，大家都应该齐心协力做成这件事。”

“庄先生您就说怎么办吧，我们都听您的。”华工们说道。

在庄先生的呼吁下，众人围住了藏在办公室的洛伊，洛伊见事情闹大了，吓得急忙关好门，偷偷地窥视着外面的动静。林阿招第一个冲上去踹门，那扇门被踹得摇晃了几下，等声音平静之后，洛伊在里面大声喊道：“你们想干什么，再闹的话，我就要报警了。”

林阿招气得又用脚踹了一脚门，那扇门又摇晃了几下，忽然倒在了地上。

洛伊吓得躲在办公桌后面，只露出半个脑袋：“你们竟然敢袭击管理人员的办公室，这可是触犯美国法律的罪，你们就等着坐牢吧。”

庄先生拦住情绪失控的林阿招，迈步走进了洛伊的办公室，林阿招紧紧地跟在他身后。

洛伊见识过林阿招的野蛮，担心他随时爆发伤害自己，对庄先生说道：“我只和你一个人谈，其他人都给我出去，如果你答应我的条件，我就和你谈。”

庄先生让所有人都站在办公室外面，屋里只留下他和洛伊。

洛伊见警报解除，这才从办公桌下面站起来，将倒下的那扇门安到了门框上：“你们这些华工简直太野蛮了，为什么要踢坏我的门？这是公司的财产，你们踢坏它是要赔偿的，不过没关系，谁踢坏我的门，我就从他的薪水里扣除。”

庄先生看出，洛伊正在用他的絮絮叨叨来缓解内心的焦虑，这个人经常这么干，他不说话的时候，说明他大脑正在高速运转，在思考着非常重要的事。如果他不停地说话，那就说明他脑子里一片空白，正处于逻辑混乱的状态。

在庄先生看来，洛伊这些年在金矿的所作所为全部授意于加内特，包括这起矿难，他都是按照老板的指令去执行的。洛伊这个人非常具有职业道德，作为金矿的执行经理，他所做的一切都会以老板的意愿为核心，把为公司谋取利益放在首位，对于一切阻碍公司发展的障碍都会进行扫除，包括一些总爱找公司麻烦的人，他必须用最为稳妥的方式解决掉，这是他的工作职责。庄先生心里非常清楚，和洛伊根本谈不出什么结果，他只会把全部责任推到老板身上，但是想见到加内特可不容易，只有对洛伊施加压力，逼得他去求助加内特，事情也许才有解决的可能。

洛伊心情平复的时候，又恢复到之前吊儿郎当的样子，他整理好松开的领结，重新坐回办公桌前，从桌上的烟盒里抽出一支雪茄点上，深深地吸了一口，看着庄先生并不说话。

庄先生回头看了门外一眼，笑着说："工友们脾气都不好，我如果在这里待半个小时还没有出去，他们也许会冲进来，到时候我可无法控制他们。"

洛伊鼻子里发出"哼"的一声："美国可是法治国家，他们要是敢动我一下，警察马上就赶到。"

庄先生笑道："等警察赶到后，洛伊先生恐怕已经被打得奄奄一息了。"

洛伊："你……这起矿难纯属意外，跟我一点关系都没有，你们不应该找我的麻烦，我是无辜的。"

庄先生："人死在金矿，你是这里的经理，怎么说和你没有关系呢？这些遇难的华工，是和金矿签过劳工合同的，我相信你应该知道这些吧。下雨天施工，本身就违反了规定，是你逼着华工们下矿，最终才导致了这场悲剧，这个责任你必须要承担。"

洛伊："我承担，出了这么大的事，我肯定承担。但是我需要和老板商量一下，你先回去等我的消息，这样可以吗？"

庄先生："不可以，你现在就给老板打电话，我就在这里等着。"

洛伊："你到底想要什么样的结果，或者说，什么样的结果你才能满意？"

庄先生："警方介入调查这起矿难，给遇难者的家属合理的经济补偿，否则我们就罢工，这件事什么时候有了结果，我们就什么时候开工。"

洛伊："哼哼，你这是在威胁我，对于矿工遇难，按照公司相关制度，会给出一定的赔偿，这一点请你放心。这只是一起再平常不过的矿难，根本没有必要让警方介入，你这个要求我无法满足。"

庄先生："那咱们就试试，谁更有耐心……"

庄先生起身正要离开，被洛伊拦住："你先等一下，我打电话请示一下老板。"

洛伊像演戏一样，拨通了电话请示加内特，电话拨通后，洛伊按了一下免提键。

加内特那粗大又蛮横不讲理的声音传了出来："罢工？好啊，我陪他们玩到底。如果他们不想饿死的话，可以不工作，可以整天睡大觉，但是我不会支付他们一分钱的薪水。好，就这样，我这边还有其他事要处理，你按我说的办吧。"

洛伊撂下电话，耸了一下肩膀说道："你都听见了，咱们的老板就是这样的脾气，他不喜欢别人和他讨价还价，一切都得他说了算。我有什么办法呢，不过我能做到的是，支付赔偿金，其他的要求我无法满足。"

庄先生："加内特先生是这样的态度，我也没什么话好说了，既然这件事这样处理，那我们只好用自己的方式解决了。再见，洛伊先生，祝你今晚能做个好梦。"

洛伊假装无奈地说："我表示深深的遗憾，我想，这几天我都会失眠的。"

季节已进入初秋，夜里的寒气逼人。叶龙感到浑身发抖，脑袋迷迷糊糊的，他失魂落魄地走在冰冷蜿蜒的铁轨旁边。

宿舍的窗户里射出灯光，闹哄哄的，有人在赌钱，有人在唱歌，有人在屋里走来走去，就连他们移动的影子都看上去那样的若无其事。这一切对叶龙来说是那么熟悉又那么异样。一列装满砂石的火车刚刚开走，车厢外寒冷昏暗，烟雾腾腾，向上升腾的白气像一条弯曲的蛇，张着嘴吐出信子。地上湿漉漉的，围着正在卸货的华工，他们挥舞着沉重的铁锹，将一车一车的砂石装到手推车上，然后再运到不远处的水池子旁边。一股难以排遣的压抑感，沉重地压在叶龙的心头，他站在人群的不远处，扬起眉毛，咬着牙齿，看着洛伊指挥华工们干活。一名大约五十岁的华工，可能是干活慢了些，被洛伊一脚踢了过去，那名华工一声不吭，只是站了起来，拍了拍屁股上的土，推着小推车继续向前走。

前面的路更黑了，叶龙就着月光悄悄地来到一间紧靠着沟壑的小木屋，那正是黄真旗的宿舍。小木屋的门关着，屋里漆黑一片，叶龙在门口站了好一阵子，不知道该怎么办。良久，叶龙轻轻地推小木屋的门，叶龙没有想到，那扇门竟然没有锁。

叶龙在黑暗中摸索着，在床边桌子下面的抽屉里找到火柴和蜡烛，他把蜡烛放在桌上，屋里霎时间亮了起来。屋里的一切都保持原样，两张单人床，左边这张是黄真旗的，右边那张是麦婧的。

现在两张床上都没有人睡了，也许，以后再也不会有人睡了。

想到这里，叶龙就感到内心凄凉，他坐在黄真旗的床上，看到枕头旁边放着一个布包。打开之后，是一个绣了一半的刺绣，上面有两只鸳鸯在水中追逐嬉戏，一只已经绣好，另外一只绣了一半，剩下的部分是翅膀和尾巴。刺绣的最下方绣了一个繁体的龙字，叶龙轻轻捧起刺绣，看着那个龙字，有些失神。

桌上的烛火烧得越来越旺，吸引了五六只飞蛾围绕在火苗周围，叶龙担心它们被烧伤，拿一个玻璃罩子罩上油灯。那些飞蛾仍然不肯离开，围在玻璃罩旁边来回飞舞，反复地取暖。叶龙的嘴巴张了张想说话，却发不出一丝声音，他想起了第一次见黄真旗的场景，想起了他们在月亮下面许愿的场景，他仿佛看到了碧萝山就立在他面前。山上传来几声清脆的鸟鸣，像是两只比翼齐飞的鸟，正在彼此呼唤。想着想着，叶龙便躺在黄真旗的床上睡着了，这一夜他睡得很香，因为空气中弥漫着黄真旗那熟悉的气味。

半梦半醒之间，叶龙听到门外边传来轻微的脚步声，叶龙轻轻地站起来。那脚步声越来越近，似乎已经站在了门前，但并没有再向前移动。叶龙听到了钥匙发出的轻微的响动，由此可以判断外面的人正在开门，但并没有找到锁。

叶龙忽然意识到，自己进来的时候心里想着事，忘记了插门，但外面的人并不清楚这个细节。过了一会儿，门被推开了，一个黑影走了进来。

躲在门后的叶龙一把勒住来人的脖子，厉声喝道："你是谁？深更半夜的敢来这里偷东西。"

可能是叶龙使的劲太大了，来人嘴里发出"啊"的一声，差点断了气。

叶龙听出，那是一个女人的声音，叶龙的胳膊松了松，继续问道："快说，你是什么人，到这里干什么？"

女子被叶龙勒得呼吸困难，不停地咳嗽，缓了一会儿说道："你又是谁？到我的宿舍干什么？"

叶龙一惊，以为黄真旗死而复生，将信将疑问道："你、你是，黄真旗？你到底是人还是鬼？"说完，叶龙侧过身，凑近那女子仔细看，才发现不是黄真旗，而是失踪多日的麦婧。

叶龙放开麦婧，过去点燃了蜡烛："这些日子你去哪里了？我们到处在找你！"

麦婧坐在自己的床上，对叶龙的话置若罔闻，之后她开始收拾自己的行李，从柜子里将衣服叠好，然后一件一件地放进皮箱。

"你说话呀，这些天都到哪里去了，你如果还拿我们当朋友，就继续留在这里。"叶龙怒吼道。

麦婧仍然不理睬叶龙，她将皮箱锁好，重新坐在床上。

叶龙挨着麦婧坐下："黄真旗死了，你知道不知道？"

麦婧冷漠地说："你跟我说这些干什么，我们已形同路人，她的生死与我无关。"

叶龙："到现在活不见人，死不见尸，你难道对她就没有一点点关心吗？没错，就算你们之间发生过误会，但人死万事休，作为曾经的姐妹，你至少也应该问问她是怎么死的吧？"

麦婧："对不起，我现在很忙，根本没时间听你说这些。我这次走，以后就不回来了，至于我去哪里，我不会告诉你的，你最好也别问。总之，我要选择另外一种生活，如果你还念我们之间的情分，就不要拦着我。没有了黄真旗，你还会找到更加适合你的女人，相信我的话，多保重。"

叶龙拦住麦婧："那你告诉我，你今天晚上回来干什么，难道就是为了取走你的东西？我觉得不是，你这次回来是为了看看黄真旗到底是不是真的死了，我说得对吗？"

麦婧："你不要胡乱猜测了，我今天之所以晚上偷偷回来，就是不想让其他人知道。我再说一句，黄真旗虽然死了，但我心里的恨还在，我是多么想亲手杀了她呀。可惜，她却这样不明不白地死了，我不知道是该高兴，还是应该伤心，算了，不说这些了，我走了。"

叶龙："你应该去和林大哥告个别，毕竟……毕竟他对你一片痴情……就算做不成恋人，还可以做好朋友。"

麦婧强露笑颜，那种笑容里满含苦涩："虽然你不要我了，可是也不能随便找一个人，就把我给送出去吧。我的终身大事我自己做主，就不用龙哥操心了。我走了，你自己多保重。"

这次叶龙没有阻拦麦婧，他背对着麦婧，冷冷地说："再过几天就是黄真旗的葬礼，如果你的良心没有被狗吃掉的话，就到她的坟前为她烧几张纸，毕竟你们姐妹一场，你应该去送送她。"

麦婧头也没回地离开宿舍，在她看来一切物是人非，金矿已经没有值得她留恋的地方了，而她再次出现则是在加内特的床上，这一切都来自于她有一颗疯狂的复仇之心。

黄真旗的死让叶龙痛不欲生，他整天借酒浇愁，尤其当他不断听到华工们说这起矿难是一起蓄意谋杀时，心里就感到愤懑。可是出事那天，叶龙并不在现场，后来发生的一切他都是道听途说，并没亲眼所见，所以根本无法求证这起矿难的始末缘由，这才是让他感到最纠结的事。后来，叶龙的心里渐渐地平复，他只想找到黄真旗的尸体，哪怕只是一只鞋也行，那也算是留给他的一点念想，可连这点要求老天爷都不满足他。

叶龙一杯接一杯地喝着闷酒，他瞪着发红的眼睛，看着眼前来来往往的客人。

这是一家华人开的中餐馆，店面不算大，价钱合理，里面的广东菜特别正宗，叶龙以前和黄真旗经常到这里打打牙祭。老板是一个五十多岁的中年人，一只眼睛得了白内障，看人模模糊糊的，另外一只眼睛是好的。老板名叫阿三，在唐人街上开中餐馆已经三年了，生意还算兴隆。因为都是老乡，所以阿三对叶龙和黄真旗颇有亲近之感，一来二去就混成了朋友。

阿三将一壶酒放在叶龙面前："自己家酿的酒，但你也不能喝太多，怎么着，还在为黄真旗的事闹心呢？"

叶龙抬起头，半睁着眼睛看着阿三说道："人都死了，想什么都没用了，我就是一个废物，连自己心爱的人都保护不了，你说我还算什么男人。"

阿三："前几天我听说，那天雨刚停，金矿就逼着华工下井。要换成我，就算这份工作不要了，也不去冒这个险。可惜了，七八条人命……"

叶龙："这些人不会白死。"

阿三："我听说，黄真旗之前得罪过加内特，不知道有没有这回事？"

叶龙想了想说道："要说得罪，好像前段时间，黄真旗带头闹过罢工。"

阿三："这就对了。"

"对了？"叶龙听出阿三话里有话，"难道这里还有什么隐情？"

阿三："金矿有条不成文的规定，带头罢工的人，过不了多长时间就会消失，大部分人死于矿难。官不究民不问，一条人命赔偿二百美金，这样就算圆满解决。"

叶龙："你的意思是说，这是一起蓄意谋杀？"

阿三面带苦涩："你们还是太嫩，不知道江湖的险恶，加内特在旧金山的势力比我们想象的还要大，害死几个华工算什么，一点都不会影响他知名企业家的形象。黄真旗的死那是早就策划好的，她一死，谁还敢带头罢工？"

阿三的话让叶龙茅塞顿开，他心中那团解不开的乱麻此时也清晰了，可黄真旗已经死了，这叫死无对证，想查明真相又谈何容易。

两人正说着话，阿三看见莱茵小姐衣着光鲜地走了过来。

阿三对叶龙小声说道："那洋妞是来找你的吧？"

叶龙回头看，并没有回答阿三的问题。

阿三起身招呼道："这位小姐，您是来用餐的？"

莱茵小姐摇了摇头说："不，我是来找人的，我找他。"

莱茵小姐不客气地坐在叶龙对面，叶龙睁着醉眼问道：“你这么尊贵的大小姐，应该到西餐厅呀，你到这里干什么？”

莱茵小姐关心地问道：“你喝酒了？”

叶龙看来是喝醉了，他蛮横地说：“对，我喝了，你管得着吗？”

莱茵小姐夺过叶龙的酒壶，说道：“你的女朋友死了，我知道你心里难过，可是喝酒根本解决不了问题，你应该振作起来。”

叶龙挣扎着站起来，摇摇晃晃地走到餐厅外，莱茵小姐扶住了叶龙。

叶龙推开莱茵小姐，结结巴巴地说着醉话：“你父亲加内特，是一个大财主，大财主，就爱欺负穷人。黄真旗，不听话，就被大财主，埋在地下，给害死了。”

莱茵小姐对叶龙的话似懂非懂，叶龙也没有说第二遍，他忽然抱住莱茵小姐大声痛哭，嘴里含糊不清地说道：“真旗，我这辈子，就爱过，你这么，一个女人。你说，你为什么说走就走？我恨的是，连你的尸骨都找不到，想给你堆个坟头，都不知道，往里面放什么好。真旗，我知道，你还活着，我叶龙看上的女人，怎么可能，说死就死呢。”

莱茵小姐大概听明白了叶龙的意思，他是在思念死去的黄真旗，对此她非常理解。

莱茵小姐今天来找叶龙，就是担心他想不开，特地前来慰问。与此同时，莱茵小姐也抱有其他目的，她认为黄真旗的离去，无疑给她带来了接近叶龙的机会，她当然不会错过这样的机会。

莱茵小姐坐着马车，将酒醉的叶龙送回宿舍，出门的时候被洛伊发现了。

洛伊追了出去，站在莱茵小姐的马车前：“莱茵小姐，有一件事我必须要告诉你，加内特先生如果知道你和叶龙交往，他肯定会非常生气。”

莱茵小姐根本没把洛伊的话放在心上：“谢谢你的提醒，不过我已经成年了，和谁交往根本不用别人干涉，当然也包括我的父亲。”

洛伊：“可是……”

莱茵小姐：“没有什么可是，请你转告我的父亲，他没有权利干涉我的人身自由，再见。另外，如果你还想留在金矿，就少干涉我的事，你听明白了吗？”

夜色中的洛伊并没有感到尴尬，相反他非常喜欢莱茵小姐率真的性格。在洛伊看来，在这个世界上，只有莱茵小姐敢用这样的语气和加内特说话。她说话的时候，根本就不在乎加内特的感受，也不用担心加内特会用什么样的方式对付自己。

洛伊在心中默默地说：“莱茵小姐，祝你好运。”

第二十章　樽酒话平生

天上又下起了小雨，天气寒冷而阴沉，壁炉里的火苗烧得很旺，像跳动的精灵。

在这样的鬼天气里，只有待在温暖的家里，才是最明智的选择。加内特端着酒杯，晃动着酒杯里的红酒，不时地在客厅里走来走去，像是在等什么人。

没错，他等的人是洛伊。

半个小时后，门铃准时响起，洛伊进门后，将雨伞放在靠墙的地方："真是鬼天气，雨越下越大了，真不知道要下到什么时候。"

"老伙计，你不应该这样抱怨，下雨对我们还是有好处的。"加内特拿着酒瓶和酒杯坐在沙发上，他给洛伊倒了一杯酒，"先喝一杯，这样会让你全身放松起来。"

洛伊端起酒杯喝了一口，然后从烟盒里掏出一支香烟，但并没有马上点燃。

加内特看着洛伊，声音低沉地说："那些华工这下老实了吧，按照惯例，他们会老实很长一段时间。"

洛伊知道加内特说的是什么，他像是在想着什么，有些注意力不太集中："也许……也许，这件事没有我们想的那么简单。这次和以前不一样，华工们的反抗情绪很强烈，他们竟然说，这起矿难是我们精心策划的。我想……我想肯定有人在背后给他们撑腰。"

加内特语气坚定地说："给他们赔偿，适当多给一些，这些华工，不就是想多要一些抚恤金吗？"

洛伊："庄先生找我谈判，他们怀疑这是一起人为的矿难，他的意思是想通知警察局介入调查，想把这件事闹大。可是，目前谁也不知道黄真旗到底是死是活，毕竟她的尸体还没有找到。连日下雨，救援工作开展起来难度非常大，挖掘一具尸体，需要大量的人力和物力。"

加内特："黄真旗肯定是死了，也许她的尸体掉进了旁边的矿井，等雨停了就派人下去找，找不到尸体，这件事确实难办。"

洛伊："我也是这么想的，如果找不到尸体，华工们肯定还会闹下去，如果他们罢工，造成损失倒是小事，我担心的是对您的社会影响不好，毕竟您正在竞选州长。"

洛伊的话提醒了加内特，他举起杯喝了一口酒，抽了一口雪茄："这件事必须尽快结束，我今天叫你来，就是听听你有没有什么好办法。"

洛伊："如果有一天真相大白，华工们知道黄真旗和其他几名华工是我们故意害死的，那样所造成的影响恐怕难以平息，不过，我还是想了一个办法。"

加内特见洛伊有了解决方案，紧绷的脸上终于露出了一丝笑意："说吧伙计，我知道你肯定会有办法。"

洛伊："我们可以找一具和黄真旗身材差不多的尸体来冒充，然后就说找到了黄真旗的尸体，而且我们要以最快的速度毁尸灭迹，这样的话，这件事就可以圆满解决了。"多年来，洛伊除了是金矿的执行经理人之外，他还是加内特的半个参谋，每次遇到与华工相关的比较棘手的事情，一般都是洛伊出谋划策，所以加内特对洛伊的建议一般都会欣然接受。

加内特："老伙计，你出的主意不错，这件事对你来说应该不难办吧。"

洛伊故意面带难色。

加内特说："放心吧，按照之前说好的，我会派人把钱送到你的家里。"

洛伊并没有说话，继续沉默着。

加内特又说："你放心去干，出了事我负全部责任，我的势力你比谁都清楚，旧金山警察局的约翰逊警长，是我多年的朋友，你能明白我的意思吧。"

洛伊终于得到了加内特给自己的准确答复，他对加内特的承诺将信将疑，但还是自欺欺人地认为，出了事加内特会保护他的人身安全。

洛伊鼓起勇气："我们做的都是违法的事，早晚有一天肯定会出事，我希望到时候加内特先生能兑现今天的诺言。"

为了安抚洛伊那颗多疑的心，加内特拍着他的肩膀说："放心吧伙计，这种事我们干得轻车熟路，不会有人追究的，你放心大胆地去干，那笔钱三天之后你就能收到。"

外面依然下着雨，洛伊举着雨伞，冒着雨赶回金矿。

加内特站在空空荡荡的客厅里，他对刚才洛伊的忧虑感到不满，这个人跟随他多年，身上最大的缺点就是做事犹豫不决，洛伊不能算是一个严格意义上的坏人，因为他有时候会心慈手软，会不忍心置人于死地。他的缺点非常明显，但是加内特还必须得用他，因为他知道加内特太多的秘密，或者因为，换作另外一个人，加内特会觉得用着不习惯。洛伊的优点是听话，甚至有点唯命是从，怪不得华工们暗地里都说他是加内特忠实的走狗。不知道为什么，可能是阴雨天让人情绪不安，加内特忽然对洛伊有些不放心，他倒不是担心洛伊把这件事办砸，而是担心他守不住这个秘密。加内特稍微有一些焦虑，将那支雪茄使劲地在烟灰缸上磕着，一截灰色的烟灰掉在了外面。

黄真旗的尸体找到了，这个消息很快传到了每一个华工的耳朵里。

华工们成群结队地赶到出事地点，见地上停放着黄真旗的尸体，那是一具被挤压得变了形的尸体，根本无法辨认到底是不是黄真旗。由于时间太久，再加上太阳的照射，尸体散发出难闻的气味。

所有人都认定躺在地上的就是黄真旗。

叶龙愣在原地，虽然他早就相信，黄真旗已经遇难，但还是无法承受失去恋人的伤痛。叶龙的双腿像灌满了铅，有些僵硬，他想走过去，可是却迈不动双脚。叶龙停住，缓和了一下内心的悲痛，一步一步地走到黄真旗面前，他想再看一眼黄真旗的脸，但是那张脸已经血肉模糊，根本看不清楚。

叶龙蹲在地上，愣愣地看着，一句话都说不出来。

尸体只停放了半个小时，便被人抬到一片空地上，地上堆满了干枯的树枝和杂草，还放着一桶汽油。叶龙和林阿招把尸体放在杂草堆上，庄先生老泪纵横，边哭边往尸体上洒汽油。很快那具尸体和杂草堆上都是汽油，空气中弥散着刺鼻的汽油味。

庄先生递给叶龙一盒火柴：“你来点吧。”说罢默默垂泪。

叶龙迟疑了一下，看着庄先生，庄先生说道：“这件事必须由你来做，早点让黄真旗入土为安。”

叶龙哆嗦着双手，抽出一根火柴，只听得哧的一声，火柴冒出红色火苗。叶龙轻轻地走过去，将燃烧的火柴扔到了杂草堆上。熊熊燃起的火苗很快蔓延到了黄真旗的尸体上，发出噼里啪啦的声响，那腾起的火团冒着浓烟，足有两米多高。

黑色的烟柱扭曲着在空中升腾，像蜿蜒升天的龙，看着那么壮观，那么让人震撼。

那热烈的火苗散发出的温度，烧烤着几米开外的人群，尽管他们已经躲得很远，还是被烤得皮肤发烫。所有人都在目不转睛地看着眼前燃烧的大火，他们仿佛看到的是一片沸腾的火海，有一股悲伤的气味在空中飘荡。

叶龙站在不远处，他看着愤怒的火苗，已经忘记了悲伤。

如果说之前，叶龙还对黄真旗的死抱有一丝幻想，那么当他看到黄真旗的尸体之后，带给他的只有深深的绝望，那种绝望由表及里地穿透他的骨髓，让他感到钻心的疼。但是叶龙毕竟是理智的，他心里非常清楚，他与黄真旗的缘分就此结束，也许用不了多久，他又会邂逅另外一段感情，这是叶龙的性格所致，也是他的命。

林阿招不一样，黄真旗和他青梅竹马，是他少年和青年时代倾慕的女神，虽然后来证明，这完全是单方面的相思，但是这改变不了他对黄真旗的痴情。眼睁睁地看着心爱的女人变成一具面目全非的尸体化身火海，林阿招心里的伤痛并不比叶龙轻多少，他对黄真旗的感情里，既有男女之情，也有兄妹之情，那是一种非常复杂的感情。所以林阿招主动退出这场爱情的竞赛，后来又主动追求麦婧，他就是想通过一段新的感情忘记过去的感情。无奈落花有情，流水无意，由于各种原因，麦婧迟迟不肯接受他的求爱，让他对“爱情”这两个字有些心灰意冷。如果单从感情上来讲，林阿招对黄真旗的感情要大于叶龙，林阿招可以为黄真旗去死，叶龙虽然也可以，但他会在死之前稍微犹豫一下，这就是这两个男人之间的区别。

那团烈火足足烧了两个小时，在场的华工该走的都走了，最后只剩下叶龙、林阿招和庄先生。地上是燃烧过后的灰烬，有的地方还冒着蓝烟，等蓝烟散尽后，庄先生抱着一个坛子，轻轻地放在地上。

叶龙蹲在地上，双手捧着地上的骨灰，一捧一捧地装进坛子里。

庄先生说：“墓地我已经看好了，就在铁轨旁边，明天我们就去安葬。”

林阿招说：“既然是明天安葬，我想今天晚上再陪陪黄真旗，和她好好说说话，骨灰先放在我这里，明天一早我就带到墓地。”

林阿招像是在和庄先生说话，又像是在和叶龙说话，二人都看着林阿招。

林阿招语气坚决地说：“我是黄真旗的师兄，也算是她的家属，我提这个要求不算过分吧？”

庄先生没有说话。

叶龙说话了：“林大哥，你这又是何必呢。”

林阿招：“叶龙我告诉你，我干什么你管不着，现在黄真旗死了，有些话我说出来也就没有顾忌了。你口口声声爱黄真旗，你为什么还要做对不起她的事，你告诉我，你跟莱茵小姐到底是怎么回事？”

叶龙一愣，随之解释道：“林大哥，我知道你一直对我都有意见，但是我向你保证，我和莱茵小姐什么都没有发生。她约我只是单纯地想学中国功夫，我盛情难却，就答应了。担心黄真旗知道后多想，我就没敢告诉她，事情没有你想的那么复杂，我们就是普通朋友。”

林阿招："叶龙，黄真旗已经死了，你撒谎还有意义吗？如果你大大方方地承认，你对莱茵小姐有好感，你想和她交往，就请你直说，那样我倒是高看你一眼。你越是遮遮掩掩，就越说明你心里有鬼。”

“林阿招，你不要血口喷人，再这样说，别怪我对你不客气。”叶龙被林阿招问得面红耳赤，有些恼羞成怒。

林阿招抱起装满黄真旗骨灰的坛子，冷笑道："你这个人对待感情三心二意，能骗得了黄真旗，却骗不了我。你跟莱茵小姐喝咖啡，一起散步，一起聊天，这也算是普通朋友？你骗谁呢？黄真旗的骨灰我抱走了，你不配拥有她，你给我让开。”

叶龙拦住林阿招的去路，就是不肯让开。倔强的林阿招也不示弱，他推开叶龙的手，叶龙冲他打出一拳，林阿招侧身一躲。二人话不投机，厮打在一起，庄先生站在一边怎么劝解都无济于事。叶龙和林阿招的武功不相上下，两人打了十几个回合不分胜负，但是林阿招手里抱着黄真旗的骨灰，稍微有些吃亏。两人又打了五六个回合，林阿招一不留神，手里的坛子掉在了地上，黄真旗的骨灰撒了一地。

两人立刻停止厮打，蹲在地上清理撒落的骨灰。

庄先生气得直跺脚，指着两人的鼻子骂道："你们两个畜生，人死了都不得安生。”

黄真旗的骨灰被叶龙和林阿招一分为二，他们各自找来新的坛子，将骨灰装了进去，然后抱着各自的黄真旗回到宿舍。

荒芜的旧金山除了荒凉还是荒凉，如果没有在这片土地上拼命工作的华工，这里简直没有一丝生机。的确，这里地广人稀，像是中国的西部，有着苍凉的戈壁滩和人烟稀少的村庄。这里最常见的树叫约书亚树，这种树的外形相当奇特，远看活似一团扭曲的枝干，近看却像带刺的木桩。金矿周围生长着很多这样的约书亚树，尤其是那片坟丘周围，这些树像一个个站立的巨人，守护着这片埋葬华工尸骨的地方。

林阿招挥舞着铁锹，正在挖一个一米左右的坑，等挖好了就把黄真旗的骨灰放进去。但是让所有人感到奇怪的是，现在有两坛骨灰，黄真旗被一分为二。最后在庄先生的劝说下，叶龙将手里的半坛骨灰倒进了林阿招的坛子里，终于合成一个完整的黄真旗。林阿招挖累了，叶龙接过铁锹继续挖，大约过了一个小时，坑挖好了，叶龙小心翼翼地将骨灰放进坑里，然后再用铁锹铲着土，一锹一锹地往里填土。

庄先生看着后面密密麻麻的坟丘，叹气道："你说人活着到底为了什么，无非是一抔黄土而已。你们看看后面的那些坟，大部分人都是死于矿难，我们每个人的未来，都是一个未知数。但是你们要记住，如果有下辈子，就算在老家要饭，也不要到旧金山淘金。你们的生命都是父母给的，将来一定要记着还给他们，而不是把命丢在这里。"

黄真旗的死让庄先生感到自责，他后悔对黄真旗说了那么多关于金矿的事，有些事黄真旗根本就不用知道，也不应该知道。但是他告诉了黄真旗，他还在潜移默化地影响着这个具有反抗精神的姑娘，起来跟加内特抗争，起来争取应得的利益。从这一点来说，庄先生是藏有私心的。这些年来，他一直都在等待一个真正的英雄出现，由这个英雄带领华工们跟加内特斗，争取提升华工的地位，争取增加薪水，甚至争取平等和自由。确切地说，庄先生一直都在等一个男人出现，没想到却等来了黄真旗，通过这段时间和黄真旗的接触，庄先生断定，她就是自己一直以来苦苦寻找的人选，如果好好调教，她一定可以成为华工们的代表，甚至可以成为改变华工生存局面的能够开创历史的风流人物，这是一棵好苗子，可是刚有一点希望，这棵幼苗就被肆虐的风暴摧毁了。

"是我害死了黄真旗，都怪我，今后恐怕再也遇不到这样有天分的人了。"这是庄先生内心最真实的想法，但是他无法对别人吐露这份心声。

黄真旗的死讯传到了洪义堂，陈远山带着"快枪侠"科比赶来，陈远山一身黑色唐装，身后的科比也是一袭黑色西装，两人表情肃穆地在黄真旗墓前鞠躬。

陈远山默默地说道："洪义堂没有这个福分，错过了你这么一位人才，真是让人惋惜。"

之后陈远山问叶龙："这到底是怎么回事，好端端的一个人，怎么就这样走了？"

叶龙将自己的猜疑告诉了陈远山，陈远山皱着眉头说道："要这么说，这件事蹊跷之处很多，既然如此，我洪义堂就不能袖手旁观，科比，你协助叶龙调查这件事。"

陈远山能驾临黄真旗的葬礼，已经超出所有人的意料，加内特贸然前来吊唁，更是超出所有人的想象范围。加内特前来吊唁的目的只有一个，作为金矿第一负责人，出现这么大的矿难，他觉得自己有必要亲自慰问遇难者家属，以此显示他对员工的关心和爱护，对于这种逢场作戏的事，加内特已经驾轻就熟。但是加内特没有想到，会在这种场合遇到洪义堂的人。

回避已经来不及了，加内特只好大步走了过去，热烈地向陈远山挥手道：“陈堂主，我叫加内特，是金矿的负责人，见到你非常高兴。”

陈远山礼貌地点点头。

“黄真旗只是一名普通的矿工，没想到陈堂主居然认识她，我感到非常意外。”加内特大声说道。

陈远山不卑不亢：“黄真旗是华人，只要是在旧金山的华人，都是我陈远山的朋友，朋友出事了我当然要来，这没有什么大惊小怪的吧。我想问一下，加内特先生为何对一名普通的矿工如此重视，还亲自前来吊唁，这恐怕不合情理吧。”

“在我的地盘发生矿难，我当然要来慰问，不但要慰问，我还要给他们补偿金。我是一名企业家，做慈善本身就是义不容辞的事嘛。”加内特说。

陈远山冷笑道：“这件事加内特先生就打算当作一起普通的矿难处理吗？这些人的死因难道就不应该认真调查一下吗？”

加内特：“调查？我觉得根本就没这个必要，自从开设金矿以来，每年都会发生这样的事，这也是没有办法的事，我觉得对于遇难者来说，给予他们一定的赔偿就是最圆满的解决。你说呢，陈先生？”

陈远山：“既然加内特先生心里是这么想的，那我也没什么可说的，但是我把话放在这里，黄真旗虽然还没有正式加入洪义堂，但她已经算是我洪义堂的人，既然如此，这件事我就一定要管到底。”

加内特：“我知道，陈先生在旧金山的华人当中非常有影响力，你本人也非常讲义气，但是，我加内特也不是好惹的，你可别忘了，这可是在美国，并不是在你们那个贫穷落后的清国。”

两个人你来我往，最终谁也不肯让步。

陈远山知道，再这样纠缠下去毫无意义，最后主动休战，说道：“我会密切关注这件事的发展，如果有不合理的地方，我会派我的律师介入，到时候咱们法庭上见。”

加内特：“这是一起由于管理不完善而导致的矿难，我会处理相关的负责人，我不会留给律师可乘之机的。我知道，洪义堂聘请的律师鼎鼎有名，可那又能怎么样呢？”

远远地，一个人偷偷地躲在一棵树后，那是负气出走的麦婧，麦婧只是静静地看着黄真旗的新坟，当她亲眼看到黄真旗确实死了，心里积压许久的恶气终于吐了出来，但同时也感到一丝悲伤，毕竟黄真旗是她的好姐妹。

等众人散去后，麦婧来到黄真旗的坟前，她坐在地上，看着坟前用黑色毛笔写着黄真旗名字的木牌。坟前遍地都是刚刚燃烧过的黑色的灰烬，被风一吹，在地上打着转，像一只只蝙蝠低空飞行。对于这片坟丘麦婧非常熟悉，因为就在前不久，她刚刚亲手埋葬了意外身亡的哥哥，那天是她有生以来最悲伤的日子，因为她失去了一位亲人。而今天，她看到曾经鲜活的生命被装在坛子里埋进泥土，她的心里五味杂陈，有一种特别复杂的心情，她失去了一个朋友，一个让她爱恨交加的朋友。她感到怅然若失，同时又有一种不甘心萦绕在心头。

"如果，我是说如果，我哥哥没有出现；如果，你们之间不发生那次误会，我们就是一辈子的好朋友、好姐妹。可是，有些事情是不能假设的。黄真旗，我们……我们下辈子再做朋友吧。"麦婧的声音当中带着哽咽和委屈，但是她的双眼里忽然露出恶狠狠的目光，"你永远不会理解失去亲人的痛苦，你也不会理解无法为死去的亲人报仇的心情，你也许是无意伤害，但是我哥哥毕竟死了，所以我无法原谅你，更加无法面对你，我们的相识本身就是一个错误。"

"麦婧，你应该忘记心中的仇恨，我不希望看到你现在这个样子。"一个低沉的声音从身后传来，麦婧心里一惊，以为是自己出现了幻听，急忙回头看去。只见林阿招和叶龙站在她的身后，那个声音是林阿招发出来的。

麦婧站起来要走，被林阿招拦住："我知道你今天肯定会来，所以就和叶龙在附近等你，既然你来了，我想，你和黄真旗之间的恩怨就算一笔勾销了。"

"我今天来看黄真旗，只是出于朋友的情义，烧完纸钱我就走。"麦婧掩饰道。

"这件事还有很多疑点，我们分析，黄真旗很有可能是被加内特害死的。"叶龙说道。

麦婧冷冷地看着叶龙："黄真旗是你的女朋友，你当然愿意相信这些凭空的猜测了，但是这件事与我无关，我可不愿意把时间浪费在这样毫无意义的事情上。"

叶龙叹了口气，语重心长地说道："麦婧，你变了，变得被仇恨冲昏了头脑，变得冷血无情，变得丧心病狂，我真的替你的未来担心。"

麦婧："叶龙，我这都是被黄真旗逼的，我是见不得她好，我更加见不得你们都对她好。同样是女人，我哪里比黄真旗差，你们这些男人为什么都喜欢她，呵护她，事事替她着想。你们什么时候发自内心地关心过我，你们拍着良心想一想，你们对我都做过什么？"

林阿招："麦婧，你的话太伤人了。"

麦婧："伤人？林大哥，你不是一直都喜欢我吗？那好，既然你喜欢我，就请你站在我这边，帮着我说话。可是你做不到。别以为我不知道，当初要不是黄真旗拒绝了你，你才不会把注意力转移到我身上呢，你把我当成什么了？你的备胎？你们对我的情义都是假的，在你们的心里，只有黄真旗。就算她死了，她在你们心里的地位也比我高。我算什么，我就是一个处心积虑想窃取藏宝图的贼，一贴治疗失恋伤痛的膏药。你们一个处处防着我，一个虚情假意地同情我，我恨你们。"

林阿招愣住了，叶龙也愣住了，没想到麦婧心里装着这么多的委屈，而这些所谓的委屈，在他们看来确实存在，但是也并非全部是事实。两人像是事前约好似的，谁也没有再辩解一句，只是默默地站着不说话。

麦婧大声地笑："让我说中了吧，你们都是伪君子，不敢承认做过的事，还算什么男人。"

"麦婧，你误会大家对你的好意了。"一个微弱的声音从三人身后传来。

三人的心里几乎同时一惊，这个声音似曾相识。那是一个浑身沾满泥浆的人，脸上除了眼睛、鼻子和嘴之外，其他的地方都沾满了黑色泥浆。这个人扶着一棵树，正在大口地喘着粗气，从外形上看，无法辨认出本来的容貌。

那个声音有气无力："你们三个还吵什么，快来救救我！"

"真旗？你是黄真旗！"叶龙第一个冲了过去，扶住即将倒下的那个人，用衣袖在那个人的脸上擦了一下，凑近一看，果然是黄真旗。

叶龙搂住黄真旗激动地说："你还活着！还活着！！！"

黄真旗拼尽最后一丝力气才走到自己的坟前，现在她看到了亲人，那根紧绷的神经忽然放松，整个人失去了支撑的力量，人像面条一样瘫软在地。

林阿招走近黄真旗，用手轻轻地凑近她的鼻下，然后说："呼吸还算正常，应该不会有大问题。"

大约过了半个小时，黄真旗终于缓了过来，她接过叶龙递过来的水壶，一口气喝干，用手擦了擦嘴角，然后看着三个人笑。

黄真旗回想当天发生矿难的前前后后。

凭着直觉她认为这次矿难有多处疑点：首先是洛伊的表现，这个平时慢条斯理的美国人，在出事那天显得异常着急，他明明知道下雨后有可能导致矿井塌陷，却还在不停地催促华工们抓紧下矿井。华工们本来准备到东边的矿井，却被洛伊领到了西边的矿井。最重要的一点是，这件事发生在黄真旗带领华工要求涨薪之后，不能排除加内特打击报复的可能。当时黄真旗就感觉到一丝不安，但也没有发现什么不对劲的地方，直到矿井塌陷，才验证了她的担心。黄真旗下矿后，找了个靠近井口的地方，那里正好有个闲置的挖掘机，黄真旗躲在下面。她想，一旦发生危险，可以冲出去，找人营救。

事情并非黄真旗想的那么简单。

矿井塌陷后，工友们瞬间被沙石掩埋，只有黄真旗事先躲在挖掘机下面才幸免于难。

当她爬到井口时，才发现井口早已被泻落的泥沙堵死。矿下无灯，漆黑一片，黄真旗找不到工具，只好用手向上挖掘，挖了几下都是石头，只好罢手。之后她又向左边挖，挖累了就趴在地上休息一下，然后继续挖，黄真旗挖通了另外的一个矿井，然后顺着通道爬了出来，出去前她担心外面突然照射的阳光伤害眼睛，就从身上撕下一片衣服蒙在眼睛上，再慢慢地爬出洞口。等完全适应了外面的世界，她才摘下那片布条，环视着眼前既熟悉又陌生的世界。良久后，黄真旗才发现，外面是一片一片的坟丘。再往前看，有蜿蜒曲折的铁轨，那一刻她终于确定自己还活着，但她的脑海里却是一片空白，像是刚刚做完一场噩梦。

见黄真旗看着写着自己名字的坟墓发愣，叶龙说道：“我们看见你的尸体被烧成了灰，都以为你死了，所以……呵呵，坟墓是简陋了一些……我和林大哥为了争夺你的骨灰，还动了手。”

叶龙忽然想到一个问题：“我终于明白了，烧掉的那具尸体并不是黄真旗的，而是另外一个与她身材相仿的人的。加内特，你这个混蛋，我操你八辈祖宗，这笔账你一定得还。”

黄真旗有气无力地说：“别骂了，骂得再狠他也听不见，现在我只想睡觉，你们谁也不要打扰我。”

黄真旗在宿舍里睡了一天一夜。

她从没睡得如此安稳，如此香甜。这将是一次获得新生的睡眠。

黄真旗再也不用去想那么多烦心事，也不用起早贪黑地去工地上班，不用担心管理人员的责罚，她只需要好好睡一觉，把过去的事都忘记。一觉醒来后，她黄真旗——中国玛丽，将置身于一个新天地，一切都会重新开始。通过这次死里逃生，她获得了真正意义上的生命洗礼。从此她将不再畏惧。尽管有可能会再次被击倒，甚至一败涂地，但她将不会再回避。因为她想明白了一个道理：有些事既然躲不过，那就直面命运的挑战。想在旧金山生存下来，想在这片土地上漂亮和光荣地生活，就必须无所畏惧地面对一切，在残酷的现实中历练自己。

这一次，黄真旗要主动出击。

第二十一章　归山落空音

谁会对黄真旗的死悲伤?

叶龙会，林阿招会，庄先生也会。

他们希望出现生命的奇迹，希望黄真旗死而复生，现在愿望终于实现了，所以他们激动的情绪有些失控。有的人对此则感到失望，甚至在内心发出诅咒，希望黄真旗万劫不复。现在黄真旗复活，首先感到失望的就是麦婧，她本来熄灭的复仇的火焰重新燃起，黄真旗这样的人怎么可以大难不死呢?就算她不死，也要让她尝尝生不如死的滋味，这是麦婧最真实也最残忍的想法。

麦婧甚至想过，从黄真旗手里把叶龙夺过来，但这件事恐怕没有她想的那么容易，所以麦婧不得不采取其他的办法，在极端偏执的情绪下，不得不出卖自己的肉体。

加内特得知黄真旗复活的消息，心里一惊，没想到自己精心导演的一幕大戏演砸了，这让他恼羞成怒。他担心黄真旗会借此机会捅破真相，让自己下不来台，他也在想办法堵住黄真旗的嘴。

某天夜晚，麦婧主动找到加内特，两个人一拍即合达成默契，决定联手对付黄真旗。加内特的条件是麦婧成为他的秘密情人，麦婧的条件则是，让黄真旗再吃点苦头，让她明白杀人偿命、欠债还钱的道理。

夜色昏沉，加内特的豪宅灯火通明，卧室里的灯光是暗的。刚刚进行过肉体交易的麦婧穿着丝绸睡衣，像猫一样倚在加内特的怀里。麦婧起身给加内特斟满一杯红酒，然后自己点燃一支烟，妖媚地说："加内特先生，你的要求我已经满足，希望你也能遵守承诺。"

加内特晃了晃高脚杯，呷了一口红酒，脸色更加红润了，他抚摸着麦婧，麦婧闪躲，但还是被重新搂在怀里。

"中国女性非常传统，她们深受孔孟之道的影响，遵守三从四德，没想到你却与众不同。看来仇恨确实可以让人丧失理智，现在你身体的每一个细胞都充满了仇恨。你想借我之力惩罚黄真旗，那没有任何问题。说实话，我最近也被这个人搞得焦头烂额，不过这需要时间，我得好好想想该怎么办。”

麦婧恨恨地说：“其实很简单，我有一个办法，你可以这么做……”

加内特若有所思：“这个办法不错，我们可以试一试。”

加内特欣赏地看着麦婧：“没想到你对待朋友也这么残忍，我太欣赏你的卑鄙无耻了，像是找到了久违的知音。”

加内特这句话并不是在挖苦麦婧，而是发自内心的欣赏，甚至有一种惺惺相惜、相见恨晚的感觉。

“这件事我已经有了最合适的人选，你等着我的好消息。”加内特说。

约翰逊是旧金山警察局的警长，管理着金矿和唐人街的治安，多年来他和加内特已经达成某种默契，在他的地盘无论发生多大的案件，只要金钱给到位，一切都好解决。约翰逊爬到这个位置不容易，他不会放过任何一个向白人企业家索要金钱的机会，只要给钱就好办，只要给钱，黑的也能说成白的。

加内特对这位合作伙伴非常满意，两人甚至成了无话不谈的朋友。

约翰逊警长是一个黑人，一直对华工充满敌意。他表面上道貌岸然，其实是个唯利是图、贪婪残暴的人，在对待华工的问题上，约翰逊警长从来都是避重就轻、轻描淡写。他每次见到华工，都会微笑着和他们打招呼，嘴里说着“亲爱的，你们好”，背地里却称华人为“猪猡”。

约翰逊警长收到加内特送来的一千块美金，黝黑的脸上露出满足的笑容，咧开的大嘴露出雪白的牙齿，发出让人恶心的口臭。约翰逊警长知道这件事情如何解决才算圆满，这对于他来说简直是驾轻就熟，一定会处理得天衣无缝。

约翰逊警长在电话里向加内特表决心：“放心吧，老朋友，您只需要明白一个道理，虽然我是黑人，但我有一颗热爱白人的赤子之心。那些无知愚昧下贱的黄种人，还以为到了金矿就能得到金子，他们就是廉价的劳工，与牛马无异。对付他们最好的办法，就是让他们自相残杀，我知道该怎么做。”

加内特在电话那头提醒道：“你也知道，我是一个本分的商人，从来都不干违法乱纪的事。如果不是黄真旗总带着人找我的麻烦，我才懒得理睬她呢。现在需要你做的是，动用你的权力，给她点颜色，最好让她永远地在我面前消失。”

“让一个大活人永远消失恐怕不可能，您知道，我是一个遵纪守法的警长，从来都不干违背法律的事。我能做到的是，让她吃尽苦头，洗心革面，重新做人。”约翰逊警长说出的话也是滴水不漏。

“好了好了，你也别在我面前演戏了，我们各自是什么样的人，彼此心里都非常清楚。我只有一个要求，千万不要把我牵扯进去，我可是要竞选州长的。”加内特嘱咐道。

约翰逊警长拍着胸脯保证：“放心吧老朋友，我不会白拿您的钱，您支付给我的钱一定会物超所值。”

加内特撂下电话，麦婧从卧室来到客厅，加内特与约翰逊警长的通话她都听到了。

“你都听到了吧，我已经交代完了，黄真旗又将迎接一场灾难，她这次可就没那么幸运了。”

麦婧坐在加内特的腿上，讨好地说：“看来我没找错人，你跟其他的商人不一样，果然是一个言出必行的人。”

“你也没必要拍我的马屁，我尊重每一个付出的人，哪怕她是用肉体来付出。不过，我有一件事感到好奇，你和黄真旗关系那么好，彼得的死其实与她毫无关系，你为什么就非得采取这样的方式报复她呢？”

麦婧咬牙切齿地说：“因为我永远无法面对她，见到这个人我就感到浑身不舒服，所以她必须在我面前消失。”

“看在你去世哥哥的面子上，我劝你一句，仇恨会让一个人丧失理智，这件事结束之后，我希望你能彻底放下，然后重新开始美好的生活。”

麦婧决绝地说：“放下？杀兄之仇哪有那么容易放下，你的亲人被人杀害，你也能轻易放下吗？”

这句话触痛了加内特，让他想起已故的太太，加内特说：“你也许是对的，我的太太也是一个中国人，后来她自杀了，具体原因我不想说，从那以后我就充满了复仇心理，你知道我为什么对华工如此冷酷无情吗？就是因为我的太太，她是被华人害死的，所以我仇恨所有的华人。当你具有雄厚的实力，复仇就变成一种快感，当你没有具备这种能力时，复仇只能变成一种折磨，对心灵的折磨，对肉体的折磨。”

“你为什么对我说这些话？我只是你发泄性欲的工具而已，你完全没有必要透露你的隐私。”麦婧说。

加内特说：“非常抱歉，我也不知道为什么，我给你看一张照片吧。”

加内特领着麦婧来到莱茵小姐的书房，从抽屉里拿出一张照片，上面是一位年轻的清朝女子，发髻高绾，衣着华丽，眉宇之间透出一丝忧愁。

麦婧问：“这位姑娘是……”

加内特：“她是我的太太，你仔细看她的五官，有没有觉得你们长得很像？”

麦婧仔细端详着照片中人，确实有几分形似。

“她小名叫淑贞，已经去世二十年了，我每天都在想她。”

加内特的脸上现出了悲伤，语气变得哽咽起来，他再次看着麦婧说：“你们长得真的很像，每次看到你，就会让我想起她。”

加内特说这些话的时候，丝毫没有顾忌到麦婧的感受，当然，麦婧也不会介意。但她的心里忽然生出苦涩的尴尬，虽然和加内特之间纯属交易，但被他当作某人的替身，心里多少还是有些别扭。

这时门响了，莱茵小姐在经过书房的时候发现了麦婧，两个女人对视着。

莱茵小姐充满敌意地问：“你是谁？怎么会出现在我的书房？你手里拿的是什么？”

莱茵小姐一把夺过麦婧手里的照片，愤怒地说：“你有什么资格动我妈妈的照片？”

莱茵小姐转而对加内特说：“爸爸，我警告你，我已经成年了，以后没有经过我的允许，你不许带着陌生人到我的书房。”

加内特表情尴尬正要解释，莱茵小姐阻止道：“爸爸，恭喜你又找了一个新女朋友，能带回家里，说明你们的关系已经发展到谈婚论嫁的地步了。”

“不是你说的那样，莱茵，你听我解释。”加内特说。

最尴尬的要数麦婧，她知道加内特无法介绍自己的身份：“我想我应该走了。”

“等等，你先别走，”莱茵小姐站在麦婧的面前上下打量，“我好像在哪里见过你。”

麦婧掩饰：“你认错人了，我们根本没有见过。”

莱茵小姐：“不对，你让我想想。”

麦婧赶紧抽身离去。莱茵小姐正要追，被加内特拦住：“莱茵，她是我的朋友，你不要无理取闹。”

莱茵小姐警告加内特：“别让我再看见这个女人，一个和我年龄差不多的人想当我的后妈，她配吗？”

加内特无可奈何地摇了摇头，然后下楼，他并没有出去追回麦婧。

思乡河的夜非常安静，一如往常。平静的河水像睡着一般，没有泛起一丝波纹。河对面那片茂密的树林也沉默无声，黑漆漆的像肃穆站立的士兵。

吃过晚饭，黄真旗、庄先生、叶龙、林阿招来到河边。最近发生的事情，让他们心力交瘁，已经很久没有聚在一起说说话了。

经过深思熟虑之后，庄先生决定阻止黄真旗继续反抗，在他看来，这些反抗毫无意义，弄不好还会丢了性命。尤其是黄真旗这次遇难，如果不是她命大，恐怕早已魂断旧金山了。庄先生开始后悔，他不忍心眼睁睁地看着黄真旗一步一步断送了自己的性命，他必须让她悬崖勒马，忍辱负重，不要再当出头鸟。

“真旗，有一件事我考虑了很久，今天想当面和你说。”庄先生说。

黄真旗很少听到庄先生的语气如此凝重，这让她瞬间有一丝不安。

黄真旗说：“庄先生，您是不是想劝我不要再与加内特为敌？”

庄先生一愣，随后语气低沉地说：“放手吧，我们斗不过加内特，我不想再让你遭受苦难。老老实实地工作，等将来赚够了钱，就到唐人街做点小生意，养家糊口还是没问题的。人在屋檐下，不得不低头，这么简单的道理你应该懂吧。”

叶龙和庄先生的想法一样，他也认为双方力量悬殊，又是在人家的地盘，与其针锋相对，倒不如放弃抵抗，以求自保。

“强龙压不过地头蛇，就算你浑身是铁，又能打出几颗钉子？听庄先生的话，放弃吧，我们这也是为你好。”叶龙说。

无论何时何地，也无论发生了什么样的事，林阿招都会和黄真旗站在一起，这已经是他多年形成的条件反射。林阿招见黄真旗并未说话，就猜想她心里肯定不同意，于是说：“这件事怎么可能就这样了结？你们可以不管，但不能阻止我们去做。你们嘴上说是为真旗好，要我看完全就是贪生怕死，你们应该站在真旗的角度想一想，她被埋在矿井下是多么无助，多么绝望。她遭受了这样的委屈，你们却让她放下，真是站着说话不腰疼。”

叶龙辩解：“林大哥，难道只有你一个人关心黄真旗吗？难道我们都是站着看笑话的吗？你这个人一说起话来就带情绪，我看你应该好好冷静一下。”

庄先生见黄真旗对自己的建议并无回应，知道她有自己的想法：“真旗，你应该知道，我不是那个意思。大丈夫能屈能伸，咱们暂时将仇恨放下，该服软的时候就服软，这也没什么丢人的，你能明白我的意思吗？”

三人的话在黄真旗听来各有各的道理，她心里非常清楚，他们都是自己的亲人，都是真心实意地为自己好。但黄真旗倔强的性格，促使她一定要搞清楚这件事的始末缘由，至于报仇不报仇，她并没有多少想法，她就是想知道，到底做错了什么，能让加内特如此恨自己，如此痛下杀手。

黄真旗说：“经历过生死，我想明白一个道理：人不犯我我不犯人。我只是一个最底层的华工，没什么能力与我的老板加内特抗衡，但我仍然会反抗，不反抗就没有活路。不反抗也是奴隶，反抗也是奴隶，那我肯定选择后者，我不想不明不白地活着，我想活出人的尊严。别人给不了我尊严，那我就主动去获得这份尊严。”

在某些时候，叶龙和黄真旗的人生观和价值观是截然不同的，叶龙看起来更加现实，也更加残酷。

叶龙：“你说得很有道理，可是……你获得尊严的方式就是以生命为代价，这样你觉得值得吗？你死了，把悲伤留给我们这些活着的人，你觉得这样公平吗？”

叶龙最擅长的就是没理搅三分，搅来搅去，最终谁也不知道到底是谁有理，这也是林阿招最烦叶龙的地方。

林阿招：“叶龙，我问你，你爱黄真旗吗？如果爱，你愿意陪她一起死吗？”

林阿招这句威力无比的话让叶龙有些招架不住，他明明知道这是林阿招使用的激将法，但好在他应变能力强。

叶龙：“我叶龙喜欢过不少女人，但我并非一个花花公子，对每一个我爱的女人我都可以赴汤蹈火，死算什么，就算是上刀山下油锅，我都毫不犹豫。”

林阿招步步紧逼：“你根本没有正面回答我的问题，我就问你一句，加内特谋害真旗，你到底愿不愿意替她出头？”

林阿招瞪着血红的眼睛，像一只发狂的猛兽。叶龙直视着林阿招，在他看来，林阿招不像是就事论事，倒像是在故意挑衅，这让好斗的叶龙感到不快：“我今天就把话放在这儿，谁敢动黄真旗一根毫毛，我就跟他玩命，这下你该满意了吧？”

林阿招仍然瞪着叶龙，似乎加内特谋害黄真旗是叶龙一手造成的，林阿招的质问显然已经超出了普通的男女关系，给人感觉他在借题发挥，发泄积压在心底的不满情绪。这些都被庄先生看在眼里。

庄先生：“你们都别吵了，咱们听听真旗怎么说。”

黄真旗已经打定了主意，她看着面红耳赤的叶龙和林阿招：“忍辱负重也好，主动出击也罢，最终还是要看对方的态度，如果加内特不收敛，继续为非作歹，那我一定会反抗。而且，我会主动加入洪义堂，有了洪义堂的帮助，我就不信斗不过加内特。”

庄先生问：“你之前不是拒绝加入洪义堂吗，今天怎么改变了主意？”

黄真旗理了理烦乱的思绪，看着对面黑漆漆的树林说：“以前觉得洪义堂不过是一个江湖帮会，后来接触了陈远山堂主，了解了一些背景，也听说了洪义堂的所作所为都是出于保护华人的目的。我觉得是不是帮会并不重要，重要的是，洪义堂是咱们华人在海外的家园，华人遇到各种困难，洪义堂都可以伸出援助之手，有了这些就足够了。”

庄先生欣慰地说：“真旗，你学会借力了，这样很好。人在海外，肯定会遇到各种麻烦，大家在一起抱团取暖，共享各种资源，这样才能共赢。任何单打独斗都成不了气候，因为力量太弱小了，根本就不堪一击。”

听黄真旗如此一说，林阿招急忙说道：“既然你决定加入洪义堂，那也算我一个，不说别的，陈远山毕竟是咱们的师叔，有了这一层关系，想必他也会善待咱们。”

庄先生并不这么看：“洪义堂虽然有些实力，但并不具备和加内特抗衡的能力，我想，就算是陈远山也未必敢与加内特发生正面冲突，双方都是抱着试探的心理。就算你们加入洪义堂，也不能完全依附于他们，毕竟这是在旧金山，是在加内特的地盘，说话办事还是要小心谨慎。”

一直没有说话的叶龙陷入了沉思：“宁做鸡头不做凤尾，如果陈远山给你一个职位，那就去。如果只是做一个普通的小喽啰，我看不去也罢。待在金矿虽然会遇到这样那样的麻烦，好歹也是自由身，到了洪义堂可就不一样了，受那些条条框框的约束，等于戴上了紧箍咒，没有半点自由。不好不好，想起来就不好。”

林阿招不咸不淡地说了一句：“说这些有什么用呢，你想加入，人家说不定还不想要你呢。”

叶龙气急败坏地反击：“林阿招，我提醒你，黄真旗可是我的女朋友，我不希望她身边整天跟着一个图谋不轨的人，你心里想什么别以为我不知道，你一直喜欢黄真旗对不对？”

庄先生尴尬地看着黄真旗，不知道该如何进行劝解。

黄真旗并没有理会二人，而是将庄先生拉到一边：“庄先生，我忽然有个想法，您帮我参谋一下。”

庄先生正好借此机会躲开叶龙和林阿招的唇枪舌剑：“你说说看。”

黄真旗看了看叶龙和林阿招，微微一笑：“明天晚上我再跟您细说。”

林阿招着急：“什么重要的事，还怕我们两个听到？”

黄真旗故意遮遮掩掩：“我就是不想让你们知道，就是不想。”

转天傍晚，黄真旗如约来到庄先生的宿舍，庄先生关好房门：“什么事非得搞得这样神秘？”

黄真旗笑：“其实没多大的事，我就是不想让阿龙和林师哥掺和，再说，这件事他们也帮不上忙。"

庄先生笑道："看来，我倒是能帮上你的忙了？"

黄真旗点头："对呀，所以我才来跟您商量。我想办个学习班，帮助那些不识字的华工学习文化，这一点您肯定比我清楚，咱们这里的矿工百分之九十以上都是文盲，所以干不了别的行当，只能到金矿当苦力。他们掌握了文化知识，眼界自然就打开了，觉悟也会提高，不像现在，只知道逆来顺受。"

对于黄真旗的建议，庄先生并没有表现出多大的兴趣，他只是"嗯"了一声，便再无回应。黄真旗猜想，这个建议一定是出现了什么问题，让庄先生感到担忧："您觉得哪里不妥？"

庄先生叹了口气，低沉地说："看来，你是一个不安分的人，你还是想在旧金山出人头地。"

黄真旗诧异地问："这话怎么讲？"

庄先生说："这件事不是不能做，我只是希望，你不要再与加内特发生正面冲突。你越是这么干，加内特越会想尽一切办法拔掉你这个眼中钉。"

"您想多了，我不过是教大家读书识字而已，又没有触犯到加内特的利益，他能把我怎么样？"黄真旗并不服气。

庄先生说："作为企业的老板，加内特最不愿意看到华工们团结，这样会不利于他管理。所以这么多年，华工们很少有机会聚在一起，大部分时间都分散，为什么？目的就是让大家尽量少接触，避免拧成一股绳进行抗议和罢工。自从你到金矿之后，已经带头干过这样的事了，所以才会有倒霉事隔三岔五地找上门来，你应该想一想，这到底是为什么。"

"难道为了这个，这件事我们就不能做了吗？"黄真旗说。

"你上次差点把命丢了，为什么还不长记性？你每次冲动的时候，应该多想想你远在广东的母亲。万一你再出事，老人家的下半辈子谁来照顾？"庄先生怒吼道。

黄真旗陷入长久的沉思，但她还是固执地说："这件事我一定要干，华工为什么受欺负？主要原因就是不懂得通过正常途径维护自己的利益，有了知识，他们至少可以知道，如何与加内特进行交涉。"

庄先生知道黄真旗固执，没想到竟然如此固执，他赌气地说："既然你不听我的话，那我就没有你这个干女儿，从现在起，你想干什么就干什么，我绝对不干涉。"

两人不欢而散，黄真旗愣着，她没想到平日里温文尔雅的庄先生，居然发这么大的火，吓得她再也不敢争辩。

“既然您不支持，那我就自己干，我先走了，您早点休息吧。”黄真旗赌气地说。

黄真旗正要离开，身后传来庄先生低沉的略带缓和的话：“如果你真想做这件事，需要我做点什么？”

黄真旗转过身，露出孩子般的笑容，一把抓住庄先生的手说：“我就知道，您一定会帮我的嘛。我需要您帮我动员那些愿意学习的华工，您德高望重，说出的话大家都信服。”

庄先生无奈地说：“真是拿你没办法，但你也要答应我一件事。”

黄真旗失望地说：“我就知道，您会跟我讨价还价的。”

庄先生：“今后再也不要当出头鸟。”

黄真旗：“我答应您，当一个缩头乌龟。”

庄先生直摇头：“你呀你，做人就是太固执，想好的事情，九头牛也拉不回。”

经过一周的动员，至少有一百名华工愿意在工闲时间跟黄真旗学习文化，信心满满的黄真旗进入教书先生的角色，这对于饱读诗书的她来说并不难，却需要极大的耐心。这些大字不识的华工以前都是种地的农民、小商小贩、漂泊的渔民，底子很差，教起来有一定的难度。

好在黄真旗不是一个急功近利的人，她一点一点地向华工们传授，耐心地教他们《百家姓》和《千字文》。小时候父亲是如何教她的，她现在就如何教这些工友，经过一个多月的言传身教，华工们已经初步掌握了一些简单的文字，他们亲切地称黄真旗为黄先生。黄真旗对这个称呼不敢接受，先生这个称呼无比尊贵，她如何受得起？让大家叫她黄真旗或者真旗就行。

叶龙识文断字，也坐在台下认真听讲，他觉得这算对黄真旗的支持。黄真旗忙不过来，叶龙便充当她的助手，对那些一知半解的华工进行辅导。林阿招的文化比起叶龙明显差了一些，他也识文断字，但仅仅是识字而已，并没有读过几本书，经过这些年的荒废也忘得差不多了，所以林阿招心甘情愿地当黄真旗的学生。

黄真旗还将旧金山的华文报纸的重要新闻念给华工们听，让华工们第一时间掌握社会上所发生的大事，在茶余饭后形成谈资，省得再去赌博或者逛妓院。虽然工作辛苦，居住的条件恶劣，但有了知识的滋养，这些远在异乡的华工有了一丝精神上的慰藉。

有的华工识字之后，拿起笔给家里写信。这些年他们住着简易的帐篷，做着最辛苦的工作，拿着低廉的工资，下矿掘金，屡遭不公……他们至今仍不能确定，有多少同胞在危险的工作中殒命，也不知道未来等待他们的会是什么样的结局。为了不让远在家乡的家人们担心，他们在信中都是报喜不报忧，对于家庭的稳定，他们除了寄钱，能做的也只有这些了。

这是一段充满激情和乐趣的日子，每天吃过晚饭，华工们便来到工棚，等待黄真旗为他们传授知识。工棚里坐满了前来学习的华工，有人拿着日记本和笔，认真地记录着学习的内容，有人在课后向黄真旗请教问题。直到深夜，大家才意犹未尽地回到宿舍。

然而好景不长，一切如庄先生所料，加内特得知黄真旗并不安分，经常派人捣乱，工棚里经常断电。后来黄真旗将授课地点转移到思乡河，加内特便制定新规则，晚上七点之后所有华工一律不得外出，如有特殊情况需写明原因。这让授课一度陷入停滞状态，暂时也没找到更好的办法。

这天黄真旗收到陈远山的请柬，邀请她和林阿招出席洪义堂名下的“百草堂”药店的开业庆典。黄真旗和林阿招坐上洪义堂派来的马车，叶龙急匆匆地赶来：“你们这是要去哪里，怎么也不带着我？”

林阿招炫耀地说：“我们去参加陈师叔的开业仪式，你没有请柬，那就不用去了。”

叶龙感到很没面子，不甘心地说：“这个陈老爷子，表面上对我还算尊重，没想到心里却轻视于我，不行，我得当面问问他。”说罢，叶龙便要坐上马车。

林阿招嘲笑：“你这个人真是奇怪，人家没有邀请你，你去干什么，脸皮真是比城墙还厚。”

叶龙没有理会林阿招的冷嘲热讽，转而向黄真旗求助：“真旗，我可是你的男朋友，你不会眼睁睁地看着不管吧？”

黄真旗能理解叶龙的感受，但她更加理解陈远山的心意，既然主办方没有邀请叶龙，她带着一起去，难免会让那位脾气火爆的师叔不高兴，想到这里，黄真旗说：“阿龙，陈师叔确实没有邀请你，你不请自来就成了不速之客，到时候会更加尴尬。”

叶龙也不知道是哪里来的脾气，拦住马车死活不让走，他这么做完全是为了赌气。

“真拿我当弼马温了，玉皇大帝开蟠桃盛会各路神仙都到了，唯独不邀请我孙猴。行，既然不邀请我，那我就自己去，到时候可别怪我使性子，让大家都不愉快。”叶龙说。

“你到底躲不躲开？”林阿招喊道。

刚在还站着的叶龙，现在干脆坐在马车前面，一副无赖泼皮的样子：“要我躲开也行，那就带着我去，我知道，你们今天会加入洪义堂，到时候也算我一个。”

林阿招趁叶龙不注意，一把将他推开，也没通知车夫，照着马屁股狠狠地踢了一脚。

那匹马受了惊吓，向前奋力奔跑，吓得车夫大叫：“我的天，到底发生了什么事？”

等叶龙缓过神来，马车已经跑出很远，林阿招冲着无助的叶龙喊：“得罪了，兄弟，我会替你好好照顾真旗的，哈哈哈哈。”

面对如此羞辱，叶龙身上那股潜藏的自尊心被激发了，他咬牙切齿地说：“想甩开我，那咱们就试试。”

叶龙大叫一声，像发狂的猎豹，集中全身的力量，双腿发力，甩开大步，冲着急速飞驰的马车追了过去……

马车缓缓地停在洪义堂的门口，黄真旗还在埋怨林阿招不该那么做，这时就听到身后有人说：“四条腿的马，居然跑不过两条腿的人，快把这匹马宰了吃肉吧。”

黄真旗听出是叶龙的声音：“阿龙，你这又是何必呢？”

林阿招对叶龙脚下的功夫佩服得五体投地，竖起大拇指赞叹：“你到底是怎么追上来的？”

叶龙晃动着双臂，没好气地说：“你不是看到了吗？我有一双翅膀，飞过来的。”

三人正说着话，就见“快枪侠”科比从里面迎了出来，他只是看了叶龙一眼，并没有表示出任何欢迎或者不欢迎的表情。叶龙也无所顾忌，大摇大摆地进入客厅。

陈远山见叶龙也在，低声问科比：“我好像没有邀请这个人，他怎么会出现在这里？”

科比答：“这位叶先生主动要求来的，似乎黄真旗和林阿招也无可奈何。”

还没等陈远山说话，叶龙便埋怨：“这么大的喜事，陈堂主也不说邀请叶某前来喝杯喜酒。”

陈远山对叶龙并无恶意，只是觉得他和黄真旗、林阿招相比，和自己的关系不太近，他们也算不上相熟，所以就没有给他发请柬。陈远山没想到，叶龙脸皮这么厚，居然不请自到，还这么理直气壮。

陈远山："既然来了，那就是洪义堂的朋友，我当然举双手欢迎。"

叶龙端着架子坐下，撇着嘴看着林阿招，潜台词是说："看见没有，连你师叔都对我这么客气，你虽然是我的结拜大哥，以后也得对我毕恭毕敬。"

出席完开业仪式，黄真旗和林阿招向陈远山提出要加入洪义堂，陈远山非常高兴，立刻摆香堂举行仪式。

上香之前，黄真旗向陈远山提出三个条件，如果陈远山答应，她就加入洪义堂。

第一个条件是不贩卖鸦片，第二个条件是不开设妓院，第三个条件是替华工主持公道。陈远山全部答应。

仪式过后，两人向陈远山下跪，表明决心，至此黄真旗和林阿招正式成为洪义堂的成员。

正如叶龙所说，陈远山并未给黄真旗和林阿招任何职务，只是让黄真旗在闲暇时间给洪义堂那些不识字的成员传授文化知识。

对此，两人并没有产生任何想法。倒是旁观的叶龙，一副酸葡萄的心理，心说：我说什么来着，你们就算加入洪义堂，也是人家的小喽啰，有什么可得意的。

第二十二章　得之一寸光

按照加内特之前的承诺，给每位遇难华工支付五百美金的抚恤金，然而两个月过去了，这笔钱迟迟没有发放到家属手里。加内特的答复是，华工没有遵守金矿的规章制度，擅自在暴雨之后进行违规操作，从而导致了矿难。这件事还需要进行周密调查。赔偿事宜无限期延后，家属们眼见索赔无望，心急如焚。

众人去找命令他们下矿的洛伊对质，洛伊已经辞职离开，谁也不知道他去了哪里，这让索赔之路变得更加无望。黄真旗对此非常愤怒，这再一次激起她对加内特的厌恶。加内特是想赖账，想无限期地拖延下去，这件事就会不了了之。自己被蓄谋陷害的事可以不去计较，但同胞拿命换来的抚恤金必须拿到，这样对遇难者的家属也算是安慰。

既然洛伊辞职，那只有去找加内特。加内特友好地接待了黄真旗和华工代表，他悲伤地说："这场意外的事故让我感到痛心，我答应过给遇难者抚恤金，可是……你们也知道，这件事看起来没有那么简单。"

加内特对黄真旗说："作为唯一的幸存者，你也应该得到赔偿。"

黄真旗："七条鲜活的生命在金矿被埋葬，这件事不是赔偿就可以解决的，我们怀疑这是一场蓄意谋杀，请求警察局介入调查。"

加内特："谋杀，还是蓄意的？你的想象力真够丰富的，你知道你在说什么吗？我现在就可以告你诽谤。"

随后加内特说："发生这么大的事情，我也感到无比难过，我愿意在原来的基础上为每名遇难者再增加一百美金，不过……你们还需要等一段时间。"

加内特看上去在妥协，其实是在空口许诺，他根本没拿黄真旗当回事，这一点黄真旗也感觉到了。

黄真旗："赔偿我们必须要，事情的真相我们也想知道，难道加内特先生以为，洛伊走了，这件事的内幕就没有人知道了吗？我想不会的。人在做天在看，见不得人的事，早晚是会被曝光的。"

加内特哈哈大笑："你以为你是谁？一个浑身恶臭的华工，敢对我这样说话。我告诉你，坐在我面前谈条件的人还没有生出来，你又算什么东西？"

面对加内特的冒犯，黄真旗没有愤怒，反而变得心平气和，她搬了一把椅子坐在加内特对面："论演戏我比不过你，论厚颜无耻我也比不过你，论财力和权力我更比不过你，但是，这并不代表我就怕你。我也算死过一次的人了，我连死都不怕，还会怕什么？你想威胁我，恐怕你想错了。"

加内特："噢？看来你是想和我较量一下喽，那我随时奉陪，你想到警察局报案，我不会阻拦你。我是一个遵纪守法的商人，有政府和人民的信任，还能怕你造谣吗？我求求你了，你现在就去警察局，快去，我等着警察拿手铐来把我铐走。"

黄真旗没与加内特争论，她清楚这样的嘴仗毫无意义，无论加内特如何挑衅，她都极力克制着情绪。

最后加内特说："祝贺你加入了洪义堂，那也算是一个有影响力的社团，但在我的眼里，就是一帮乌合之众，成不了什么大气候。跟着陈远山混能有什么前途，你倒不如跟着我，你帮我管理金矿，你接替洛伊的位置，你要不要考虑一下？"

黄真旗微微一笑："你主动到警察局投案自首，坦白是你蓄谋制造了矿难，然后再坐十年大牢，我就答应你。"

"你……"加内特没想到，在这种情况下，黄真旗还有心思开玩笑，加内特大怒，"跟我作对的华人，没一个会有好下场，你也不例外。"

转天上午，黄真旗到警察局报案，加内特已经提前给约翰逊警长打过电话，所以他并没有感到吃惊，约翰逊警长热情接待了黄真旗。

约翰逊警长："虽然肤色不同，但我们就像兄弟姐妹，尤其是在旧金山，大家更应该互相帮助。这件事我一定会调查清楚，给你们一个满意的答复。"

约翰逊警长让黄真旗做了一份笔录，然后让黄真旗回去等消息，这件事暂时告一段落。

又是连续几天的雨，浑浊的雨水四处流淌，地面上到处都是积水的小坑洼。半夜里，黄真旗被巨大的雷雨声惊醒，脑海中常浮现出一幅画面：雨水汇聚成奔腾的洪流，将正在熟睡的工友们淹没，沉甸甸的生命融化于静寂之中……

清晨雨停了，宿舍不远处的草地上几匹马在吃草，吃饱了就在地上打滚。昨夜被雨水冲刷过的矮树，基本保持一个姿势——东倒西歪。远处是第一批归来的华工，他们浑身黑黑的，穿着破碎的衣服，光着的脚被石头摩擦得发红，嘴唇因为口渴和尘土的原因，干裂得出血、蜕皮。

黄真旗冲他们挥了挥手，报之以微笑，做好第二批下矿的准备。

到旧金山的日子里，黄真旗每天都面临着高强度的劳动，挖坑、下矿、筛沙子、吃难以下咽的食物、睡脏乱差的宿舍。黄真旗从来不迟到早退，每天都按时上工，脏活累活抢着干。

平时黄真旗省吃俭用，把钱一点一点地攒起来，她想等攒够钱就离开金矿，到唐人街做生意。这是黄真旗心中的秘密，她没有告诉任何人，她在一点一点地接近自己的梦想。

林阿招也在埋头苦干，他仗着身强力壮，干活比别人卖力，赚到的工钱也多。

叶龙则正好相反，他吃不了这份苦，经常迟到早退，很多工友都不喜欢他。叶龙从中国带来的一些金银首饰，基本都用来购买衣服和交际应酬，他想通过频繁的交际多认识美国人，可以早日融入美国的社会，但他没有想到，这条路走起来没有想象中那么容易。

黄真旗用她的真诚，获得了华工们的好感，大家遇到什么问题都愿意找她帮忙。林阿招用他的忠厚，也赢得了一部分华工的认同，大家对他的直爽印象深刻，都愿意与他交往。

叶龙和他们不同，喜欢他的人和讨厌他的人各占一半，喜欢者认为叶龙有性格，讨厌者认为叶龙狂妄自大，不好接触。事实证明，到了旧金山之后，叶龙经常得罪人，也没有交到几个朋友。大家如果不是看黄真旗和林阿招的面子，根本不愿意理睬他。叶龙并不在乎，他依然我行我素，活得怡然自得。

从加内特家里出来后，麦婧发现身后有人跟踪。麦婧快速地走，身后那个人的脚步也随之加快，两人一前一后，走走停停，不知不觉就来到一个偏僻的街巷。麦婧闪身躲进一家杂货店，混在一群顾客当中，以此来躲避来人的跟踪。

在里面待了大约一刻钟，麦婧大摇大摆地走出杂货店。刚走出几步，就发现那个人又出现了，麦婧拼命地向前跑，一口气跑到了唐人街。

麦婧实在跑不动了，就坐在街角的长椅上休息。那个人坐在麦婧旁边，摘下头上的黑色礼帽，露出冷冷的眼神。她是一个华人女子，三十多岁，皮肤黝黑，长得并不好看，甚至有些丑。

这名女子是麦婧的师姐，名叫阿英。阿英和麦婧一样，来自于清廷大理寺卿张旋仁门下，张旋仁共收了两女一男三名徒弟，大徒弟就是阿英，二徒弟是麦婧，三徒弟叫坤如。

当年张旋仁为了寻找藏宝图，派麦婧乔装改扮，混进华工队伍，接近叶龙窃取藏宝图。没想到几年过去了，一点进展也没有。忧心忡忡之下，张旋仁派大徒弟阿英和三徒弟坤如到旧金山打探麦婧的下落。阿英到了旧金山，没有急于联系麦婧，而是进行了暗访，调查麦婧在旧金山的状况。阿英得知麦婧委身于加内特，一心只想替哥哥报仇，将盗图大事抛到脑后。

麦婧看到阿英，就知道大事不好，师父肯定不满意，派师姐来监督自己。弄不好的话，师父会让阿英把自己换回去。

麦婧心里慌乱，脸上还是装作云淡风轻，她一把搂住阿英："师姐，怎么会是你？你到了旧金山也不提前告诉我一声，我好去接你呀。"

伸手不打笑脸人，麦婧如此殷勤，阿英没了脾气，反倒觉得不好意思。

麦婧握着阿英的手："师姐，我请你吃饭去。"

阿英把手抽回："师父整天都在发火，责怪你不跟他联络，不向他汇报行动的进展情况。"

麦婧："师姐，你好不容易来旧金山，我必须请你吃饭。咱们边吃边聊，你难道还怕我跑了不成？"

如果不是公务在身，阿英肯定会答应麦婧的邀请，可阿英担心节外生枝："咱们还是先把事情说清楚吧，藏宝图你拿到手了吗？"

麦婧闪烁其词："本来就差那么一点点就到手了，却被叶龙发现了。师姐再给我些时间，我保证弄到藏宝图，让师父他老人家高兴。"

阿英说："师父曾说，给你两年时间，如果还拿不到藏宝图，就让你回国。"

麦婧央求："好师姐，我求你了，再给我一些时间。"

阿英拒绝："不是我不通情理，实在是师命难违。"

"师姐，既然你给脸不要脸，那我就把话挑明了。我不想回国，我哥哥的仇还没报，如果你非让我回去，那就带着我的尸体回去吧。"在阿英的步步紧逼之下，麦婧放出了狠话，她的话触动了阿英。

"师妹，我可以帮你杀了仇人，但你必须回国。"阿英说。

"谢谢师姐的好意，我不需要，这个仇人我必须亲手杀了她。"麦婧不领情。

阿英怒吼："你宁愿出卖色相，求美国人帮助，也不愿意接受我的帮助吗？"

麦婧冷冷地说："我不想背负任何人的债，你说我拿什么还你这个天大的人情？"

阿英："那你是铁了心，要违背师父的意愿了？"

麦婧："我愧对他老人家的器重，等我报完仇，就回国当面向他请罪。"

阿英："既然你执迷不悟，那就别怪我手下无情。"

阿英过去抓麦婧的手，麦婧挣脱开，拼命地向前跑去。刚跑出几十米，就被一个人堵住了去路。

麦婧大惊："师弟，你……你怎么也来了？"

来人是张旋仁的三徒弟坤如，他正在面无表情地看着麦婧。前面是坤如，后面是阿英，麦婧恐怕是插翅也难逃了。麦婧的狠劲被激发出来，她决定拼个鱼死网破，发狂地向阻力相对小的阿英冲了过去。

黄真旗挤进人群，见麦婧被两个陌生人夹击，以为遇到了打劫，毫不犹豫地跳进场内。叶龙担心黄真旗吃亏，过去拦住了坤如。

刚才是二对一，现在成了三对二，形势瞬间发生变化。

麦婧见黄真旗和叶龙出手相助，冷冷地看着他们。

黄真旗："快给我住手，两个打一个算什么英雄好汉？"

阿英怒喝："这是我们家的事，用不着你来管，你再不闪开，小心我对你不客气。"

坤如："师姐，别跟她浪费唾沫星子，快点动手吧。"

麦婧忽然说："黄真旗，我不需要你的帮助，我跟他们是朋友，不过是发生一点小误会。"

叶龙指着麦婧骂："你真不知好歹，我们好心帮你解围，你狗咬吕洞宾不识好人心，真旗，我们走，这样的人就活该她倒霉。"

"叶龙，你凭什么管我的事，你经过我同意了吗？"麦婧怒吼。

"叶龙？！"阿英和坤如异口同声地说道，原来此人就是身怀藏宝图的人。

两人对视一眼，不去理会麦婧，也不去理会黄真旗，而是向叶龙逼近。

叶龙心说："好生奇怪，怎么都冲着我来了？"

叶龙见来者不善，不想与他们交手，扭头就跑。两人紧追不舍。黄真旗担心叶龙寡不敌众，也跟在他们身后。最后剩下麦婧一个人愣愣地站在原地，好一会儿才反应过来也追了过去。

五个人来到了金矿附近的一片树林，阿英和坤如拦在叶龙面前。

阿英："你就是叶龙？"

叶龙："对呀，你们为什么追我？"

阿英一副冷若冰霜的表情："别跟我嬉皮笑脸，我就问你一句，你到底是不是叶龙？"

叶龙苦笑："在下行不改名坐不改姓，正是叶龙。"

阿英问：“当年太平军中赫赫有名的叶龙叶将军？”

叶龙有些得意：“正是在下。”

阿英对坤如说：“这趟可没白来，叶龙自己送上门，咱们可得好好卖卖力气。”

叶龙一边躲闪，一边说：“你们是不是应该告诉我你们是谁，大家也许是一家人，可别打错了架。”

阿英说：“既然你是叶龙，那就赶快把藏宝图乖乖地交出来，否则让你横尸当场。”

叶龙这才听明白，原来这两个人都不是好人，他们是朝廷派来的鹰犬。

刚才还嬉笑怒骂的叶龙，忽然变得阴郁可怕，他收起笑脸，阴沉地说：“你们千里迢迢追来，就是想要我的藏宝图，无耻清妖，今天你们落在我的手里，一个都别想活。”

暴怒之下的叶龙和玩笑之下的叶龙判若两人，他每一招每一式都有杀机，阿英与坤如合力迎战都显得力不从心。

想起洪天王驾崩之前壮士未酬的遗憾，想到跟随自己的兄弟们的惨死，他就心痛难安，一腔怒火无处发泄。到了旧金山之后，远离那些是是非非，他的心总算获得了暂时的宁静，没想到这样的平静今天被阿英和坤如打破，叶龙有些发狂。

叶龙一脚将阿英踢倒在地，伸手抓住她的脖子，一拳马上砸下。

坤如大吼一声：“不要伤害我师姐的性命。”

叶龙一掌打在坤如的胸口，由于用力过猛，坤如支撑不住，口吐鲜血，倒在墙角。

叶龙：“我本想隐退江湖过平安日子，你们还来纠缠，我今天就要了你们的狗命。”

叶龙掐住阿英的脖子，正要使劲，被麦婧一把推开。

“龙哥，我求求你，看在我的面子上饶了他们吧。”麦婧跪在地上央求。

叶龙根本听不进去，阿英被掐得瞪大眼睛，双手乱舞，眼看丧命。

麦婧到黄真旗面前央求：“我求求你，快劝劝龙哥，不要伤害我的师姐。”

黄真旗向叶龙求情：“阿龙，得饶人处且饶人，你就算杀了他们，死去的兄弟们也不能复生。”

黄真旗的话像一瓢冷水浇在叶龙身上，让丧心病狂的叶龙恢复了理智，他说：“今天要不是看在我女朋友的面子上，我就杀了你们。”

麦婧扶起阿英，见她脸色苍白，许久才缓过神来。坤如的伤势也很重，他恶狠狠地瞪着叶龙。

麦婧：“师姐、师弟，你们快走吧，以后别再来找我了。”

阿英见夺图无望，对坤如说：“师弟，我们走。”阿英和坤如互相搀扶着离去。

黄真旗关心地问麦婧：“刚才你没受伤吧？”

麦婧强装笑颜：“还好，刚才真是……谢谢你。”

叶龙：“你应该谢谢黄真旗，关键时刻她能替你说好话，说明她念及旧情。而你呢？做出多少恩将仇报的事，你确实应该好好反思一下。”

麦婧满脸通红，无力争辩，默不作声。

叶龙又说：“那两个人跟你是什么关系，赶快给我一五一十地交代。”

麦婧走后，黄真旗对叶龙说：“你身上还隐藏着多少秘密，都告诉我。”

叶龙郑重其事地说：“藏宝图的事，千万不要告诉任何人，包括林大哥。他这个人藏不住秘密，知道了反而对他不好。刚才那两个人，没那么容易善罢甘休，他们还会来寻衅滋事，我不想让林大哥卷进来。”

黄真旗：“阿龙你放心，我肯定会守口如瓶。那批宝藏远在中国，你将来有什么打算？”

叶龙看着远处即将落下的夕阳，心中怅然：“反正宝藏不能落到清妖的手中，那样的话我死不瞑目。”

黄真旗：“等我们攒够钱，就从金矿辞职，出去做点生意。”

叶龙赞成黄真旗的提议，他问黄真旗想做什么生意。

黄真旗想了想说：“我家祖上要么是做官的，要么就是做生意的，别看我爹是一介书生，可做起古玩生意，在新宁也算数一数二的。我觉得我多少还是遗传了一些我爹做生意的基因的，大生意不敢说，做点小生意还是绰绰有余。你要问我做什么生意，我没有考虑好。”

叶龙：“无论做什么生意，你当掌柜的，我给你打下手，咱们夫唱妇随，一定把生意经营得红红火火。”

“夫唱妇随，你想得倒是挺美，我还没想好到底嫁不嫁给你呢。”黄真旗说。

叶龙搂住黄真旗：“我这辈子赖上你了，你干什么我就干什么。”

黄真旗：“嫁给你也行，但我有一个条件。”

叶龙：“什么条件？”

黄真旗：“这辈子只娶我一个，不许再娶个三妻四妾的来跟我争宠。”

叶龙拍着胸脯：“全听你的，我又不是皇上，要那么多老婆做什么，有你一个就够我忙活的了。”

第二十三章　人静觉夜凉

几块墓碑上存留着残破的照片，那是一张张被旧金山的太阳磨砺得黝黑粗糙的脸，高颧骨、深眼窝，脑后拖着乱糟糟的发辫，表情木讷，看不出悲喜，也看不出年龄。墓碑上写着逝者的名字，大部分是男性，偶尔也会出现几个女性，但没有名字，上面写着某某氏。

这是一座墓园，坐落在荒无人烟的旧金山北部，四周用铁丝网围成一个椭圆形，墓园里长满各种高低不一的树木，园子里的荒草有半人多高，但整整齐齐，像是被人修整过。

这座墓园看上去残败不堪，有的墓碑在风霜雨雪的侵蚀下，变得有些斑驳，逝者的名字也变得模糊，不靠近了仔细辨认，根本看不清上面的名字。这座墓园比起金矿附近的那些插着木牌的乱坟丘，看上去要正规一些，像是有人在做着精心的维护。

陈远山领着黄真旗在墓园里转了一圈，一边走一边介绍墓园的历史和发生在逝者身上的故事。一圈下来，黄真旗的心情越来越沉重。直到此时，她还不太清楚陈远山为什么要带她到这种地方游逛。

通过陈远山的介绍，黄真旗得知，坟墓的主人都是到旧金山寻梦的华工，他们大部分被害而亡或死于贫困，许多客死他乡的华人在当地没有亲属。

大多数华工的遗骸在死去数年后，才由回国的亲人带回中国，他们的亲人或者朋友，在当地设立一个衣冠冢，里面放一些首饰等贵重物品，以供在旧金山的亲人凭吊。还有一些贫穷的华工死后家人无钱购买棺木，直接把遗体埋在地下，在坟头插一个写有逝者名字的木牌。

随着旧金山外来人口的激增，一些丧尽天良的人，竟然打起了盗墓的主意，他们在月黑风高之夜，扒开坟墓，将里面陪葬的金银首饰洗劫一空。

让黄真旗感到震惊的远远不止这些，陈远山讲述的一个故事，让黄真旗感到触目惊心。老一代华工都记得，当年旧金山发生过一起轰动的事件，一名白人企业家因为受到不明身份的人袭击而死亡，当地白人怀疑凶手是中国人，于是血洗了当时中国人居住的唐人街，开枪打死了二十名华人并把他们的头悬挂在街上示众，那二十名遇难者的尸体随后也被埋葬在这座墓园。

这起事件在旧金山引起轰动，当时华人社团的力量还很单薄，无法与强大的白人势力抗衡，此事最终以华人忍受屈辱收场，在华人心里留下难以愈合的伤痕。

陈远山就是亲历者之一，那时他有一腔怒火却无处发泄，有一身本领却无处施展，只能眼睁睁地看着同胞惨死在白人的枪口之下。后来陈远山逐渐强大起来，竭尽全力帮助在旧金山奋斗的华人，帮他们找工作，维护他们的利益，最重要的一点是，他联合旧金山获得成功的有影响力的华人代表，成立一个专门运送华工遗骨的组织，分期分批地把无人认领的遗骨运送回他们的广东老家，让这些魂断海外的同胞入土为安。

当陈远山与清政府交涉的时候，清朝官员竟然编造各种理由拒不接收，后来还将这些无主遗骨退回，以致这些华工成为孤魂野鬼。陈远山请人为这些孤魂野鬼做法事超度亡灵，也算是尽到同胞道义。

陈远山指着一座墓碑说："他是我最亲密的朋友，名叫萧友才，当时我们情同手足，一起反抗过白人的屠杀。我们到了旧金山以后，被骗到一家种植园当劳工。每天凌晨，就被持枪的监工押着下地劳动，天黑了才能收工，夜里被关在工棚不能出去，如果逃跑，园主抓回来就进行鞭打，然后带上脚镣继续……"

后来他们无法忍受残暴的欺压，决定起义反抗。他们暗地联合了二百多名华工，在一个深夜，陈远山带着一部分人冲进了园主的住所，控制了园主并将他家的财产洗劫一空。萧友才带领另外一部分人抢夺打手们的枪支和砍刀，一举杀死了园主的几名帮凶。

那一仗干得漂亮，也大快人心，但他们放松了警惕，以为就此获得了人身自由。很快他们就被当地的警察和军队镇压了，二百多名华工大多数被枪杀，萧友才也在其中，陈远山趁乱逃出种植园，才捡了一条命。

这次起义损失惨重，但震动了美国政府和舆论界，让他们对华人有了全新的认识，那些自以为是的美国人，一下子意识到中国人并非温顺的待宰羔羊，一旦激怒了他们，他们就会像雄狮般爆发出骇人的能力。

这件事最终的结果是，美国政府不得不颁布几项法令，禁止企业主虐待华工，要求企业主改善华工的工作环境和生活状况。华人也借此机会得到喘息之机，渐渐有了一些积蓄，用这些钱在唐人街上开起了杂货店、洗衣店、裁缝店、小吃店，等等。随着经济上的独立，华人才一步一步地获得了生存空间，获得了相对的人身自由。

听完陈远山的讲述，黄真旗说："我想知道的是，清朝政府为什么不派人来维护华人的利益？"

陈远山愤愤不平："为什么？天才知道为什么。清政府对海外华工的态度冷淡，导致了我们这些华人对他们彻底绝望，等着那些八旗子弟来解救咱们，咱们这些人恐怕早就死无葬身之地了。到了旧金山，一切都要靠自己。今天带你到这里来，就是想让你真正了解我的为人，了解这些年洪义堂在旧金山都做了哪些事。"

黄真旗："洪义堂的事业是您这一代人辛辛苦苦拿血汗拼下来的，这些历史都是我之前不知道的，我现在明白了，您不单单是为了自己，心里还装着旧金山的华人。说实话，之前我对洪义堂有些偏见，觉得就是一个江湖帮派，没什么大作为，今天让我有了重新的认识。"

陈远山："第一次鸦片战争之后，清政府签订不平等的中英《南京条约》，中国开始一步步沦为半殖民地半封建社会。腐朽的清政府挡不住英国的坚船利炮，倒是散落在民间的团体自发抗击侵略者，在一定程度上阻止了英军侵略的步伐。清政府根本靠不住，也别做这样异想天开的梦，一切都要靠自己。在弱肉强食的旧金山，华人必须团结一心，整合各方面的资源，包括人方面的钱方面的，形成一股力量，这样才有资格和强大的势力周旋，否则只能受辱。"

陈远山带着黄真旗缓缓地走出墓园，陈远山对看守墓园的老年华人嘱咐："老江，辛苦你了，一定要守护好这座墓园，他们的遗骨早晚都要回到故乡，现在看来只是时间问题。"

老江："陈堂主放心，我每天早晚都会巡视一次，不会有什么问题。"

陈远山随后对黄真旗说："我需要找一个人帮我做成这件事，这个人要有知识有文化，会说英语，能和美国人进行交流。你是我目前心里最合适的人选，不知道你心里是怎么想的？"

陈远山讲述到一半的时候，黄真旗就已萌生了参与此事的想法，见陈远山发出邀请，黄真旗感到欣慰，她能感觉到陈远山对自己的信任。

黄真旗："我愿意做这件事，但还没想好从何处着手。"

陈远山见黄真旗答应了自己的请求，很高兴："要做成这件事，最关键的是需要清政府驻美国领事馆从中斡旋，靠民间的力量难度非常大，我也正在通过各方面的渠道与领事馆的何芳何大人取得联系，到目前还没有什么消息。"

黄真旗："何大人？您说的是何芳何大人？"

陈远山见黄真旗有此一问，猜她或许认识对方："看来，你认识这位何大人？"

黄真旗说："我与何大人有过一面之缘，刚来旧金山时，一位工友在移民局遇到一点小麻烦，要不是这位萍水相逢的何大人出手相助，那位工友恐怕就得被遣送回国了。当时为了感谢，我还送给何大人一件玉弥勒，何大人收下了，还说在旧金山需要帮助，可以去找他。"

陈远山心里增添了几分把握，他转念一想，天下乌鸦一般黑，身居要职的清朝官员，怎么可能会把身为一介草民的黄真旗放在眼里呢？

陈远山："我倒不是不相信你与何大人的交情，只是担心他也像其他官员那样，拿着朝廷的俸禄，不替老百姓办实事。你去找他，也许会碰一鼻子灰，这一点你想过没有？"

陈远山毕竟是老江湖，经历的世面多，他的担心不是没有道理。

黄真旗想想也有道理，感慨道："说的也是，毕竟我们只见过一面，也没多少交情，人家凭什么要帮我呢。不过我还是想试一试，无论结果如何，试过了才能知道。"

陈远山："这样也好，你已是洪义堂的一员，我就不跟你客气了，你需要我做什么？"

黄真旗："您帮我准备些礼物吧，去拜见人家，空着手恐怕不好。我囊中羞涩，实在是买不起昂贵的礼物，所以还得您破费。"

陈远山全看在眼里："钱的事不要你费心，到时候找账房去取就行，另外，我会每个月发给你一份工资。虽然不多，但也够你吃喝之用，剩下的钱等年底了再发红包，不知道你意下如何？"

黄真旗推辞："我在金矿工作有工钱，怎么还能再拿洪义堂的钱？"

陈远山："你就不要跟我客气了，洪义堂不是我一个人的，是所有入会的兄弟姐妹的，赚到了钱当然大家都有份，你也不例外，这件事就这么说定了。"

这天歇工，黄真旗一大早就坐在镜子前精心梳妆打扮，今天要去拜见何大人，需要打扮得干净体面一些。黄真旗梳好头后，从衣柜里取出那件长袖的上面绣着牡丹花图案的中式旗袍，小心翼翼地穿在身上。每次参加重要的场合，黄真旗都会穿上这件旗袍，看上去是那么典雅高贵、清新脱俗。脚下穿一双淡绿色的平底绣花鞋，黄真旗自幼练武，没有裹脚，那双鞋穿着非常合脚，显得饱满。手腕上戴着一个金色的缠臂金，淡雅而不俗气。

见黄真旗在镜子前端详自己，站在身后的叶龙开玩笑："咱俩好了这么长时间，也没见你这样精心打扮，这是要去见谁呀？"

叶龙早就知道黄真旗要见的人是何芳，他还是明知故问。

黄真旗没有听出叶龙话中淡淡的醋意，大大咧咧地说："今天去拜见何芳何大人，人家可是大清国驻美国领事馆的领事，这是第二次见面，总要留下一个好印象。"

"哦，我说呢。"叶龙沉默了片刻说，"人家可是朝廷的大官，恐怕早就把你这个小人物忘了，要我说，还是不见的好，免得吃闭门羹，多尴尬呀。"

黄真旗："我有过这样的担忧，但也没有办法，陈师叔交代过的事，我必须要全力促成。我想，以我对何大人的了解，他应该不是那种势利的人，只要他答应见我，事情就成了一半。"

叶龙："不知道这位何大人娶妻了没有，你打扮得如此秀丽，万一他对你起了歹心可怎么办？我可听说，大清朝的官员大多贪财好色，要我说你还是别去了。"

黄真旗这才明白叶龙的真正用意，他虽然没有明说，却是在吃自己和何大人的醋。

黄真旗笑道："阿龙，也就你拿我黄真旗当个宝贝，在别的男人眼里，我不过是一个带着男儿气的女汉子。一没姿色，二没家世，何大人能看上我什么呢？"

见黄真旗把话挑明了，叶龙借此机会表明态度："谁说的？你可是我心里才貌双全的女人。你这个人吧，长得不是最好看，却越看越耐看；性格有些男儿气，却温柔大方；身为女流，却有男人都不具备的毅力。总之呢，是一个天上少有，地上不多见的奇葩女子。但凡有点眼光的男人，都会对你生出爱慕之情，这一点恐怕连你自己都不知道吧。"

黄真旗咯咯地笑了起来："阿龙，没见你这么夸人的，真是越说越不靠谱了，要照你这么说，我真成了天上仙女了。你别在这里逗我开心了，该干什么就去办什么，我得走了，再不走就该迟到了。"

叶龙张开双手做阻拦状："不行，我不许你走。我对这个何芳不太放心，为了你的人身安全，我必须陪着你去。"

黄真旗推开叶龙："你别闹了好不好，本来是一件光明正大的事，被你这么一说，倒变成见不得人的秘密幽会。别人不知道，你还不知道吗？想占我的便宜，他得有那个本事，否则我不打残了他。”

叶龙：“害人之心不可有，防人之心不可无，万一他给你使蒙汗药怎么办，你防得住吗？听我的话，还是由我陪你去吧，你放心，你们谈你们的，我坐在旁边保证一句话也不说。”

叶龙还在胡搅蛮缠，黄真旗实在没有耐心再陪他胡闹，绷着脸假装生气地说：“阿龙，我去办的是要紧的事，没时间陪你开玩笑，你快闪开，让我出去。”

叶龙叉着腰，一副同归于尽的样子：“你要出去也行，那就从我的尸体上踩过去。”

黄真旗真的怒了：“你到底闪不闪开？”

“就不。”叶龙任性地答道。

黄真旗抓住叶龙的胳膊，轻轻一推，将毫无防备的叶龙推倒在地。叶龙不甘心，追过去搂住黄真旗的腰。黄真旗给叶龙来了一个“背口袋”，叶龙被狠狠地摔在地上，大叫：“不好了，谋杀亲夫了。”

等叶龙爬起来，黄真旗已经消失得无影无踪。论拳脚功夫，叶龙不是黄真旗的对手，所以他只能吃这个哑巴亏。

叶龙气得直跺脚：“黄真旗，你给我回来，想谋杀亲夫，你还长本事了。”

随后叶龙坐在地上自言自语：“防着一个林阿招已经够了，现在又冒出一个何芳，黄真旗呀黄真旗，你能不能让我省点心呀？”

何芳所在的驻美领事馆位于旧金山最繁华的街区，那是一幢占地几千平方米的别墅小楼，门外有士兵站岗，没有通行证根本就进不去。领事馆门口有三五棵长势茂盛的梧桐树，巨大的树冠将门口的马路遮住，成为幽静的林荫小道。提前赶到的黄真旗提着准备好的礼物，站在树下向门口张望，她略微整理了一下衣装，大步向前走去。

黄真旗说明来意后，士兵进去通报，大约五分钟后，士兵出来说：“何大人请你到他的办公室。”

黄真旗跟随着士兵来到何芳的办公室，办公室豪华气派，墙上悬挂着大清国的黄龙旗。办公所用的桌椅均为昂贵的红木，花台上摆放着一盆君子兰，茶几上是一套精美的茶具。办公桌对面立着一个巨型的书柜，上面并没有摆放多少书，而是摆着许多精美的中国瓷器。

黄真旗注意到，她送给何芳的那件玉弥勒并没有摆在书柜上，而是放在何芳办公桌上面的一个笔架上，玉弥勒被一根褐色的绳子吊着，正在轻微地摇摆。

何芳还是那样的意气风发，拖着发辫，戴着瓜皮帽，一袭长衫马褂，清瘦的脸上有着一双矍铄的眼睛。

这时电话响了，何芳左手批阅文件，右手接过电话用流利的英语与对方交谈，说到关键之处，何芳大声说：“我要立即照会美国政府，要求政府即刻下令，制止这类足以让美国历史蒙羞的反华风潮，解除对来美华人的限制。”

随后何芳又说：“你们需要证据，那我就亲自去搜集华人受迫害的证据，然后找你们的总统大人和你们的国会议员。我想，你们英明的总统大人，总该给我一个在国会陈情的机会吧。”

何芳并没有问黄真旗所来的目的，而是指着桌子上的那件玉弥勒说：“你送我的这件东西我非常喜欢，一直都想好好谢谢你，今天总算有了机会。咱们好些年没见了，你的样子一点都没变，到旧金山还适应吧？”

何芳说话办事比较直接，并没有拐弯抹角，也没有摆什么官员的架子。就像朋友之间的久别重逢，黄真旗心里的紧张感稍微得到一些缓解。更让黄真旗佩服的是，何芳居然能从刚才激动的情绪中快速摆脱出来，换成另外一种平易近人的态度与自己交谈。

黄真旗答：“何大人日理万机，还能记得我这个小人物，让我非常感动。”

这是黄真旗第二次见到何芳，这一次比上一次的距离更加近，近到可以看清何芳脸上的毛孔，感受到他的呼吸，聆听他不俗的谈吐。

黄真旗想起临行之前，叶龙的那一番举动，脸上闪过瞬间的不好意思，心说：我这是怎么了？

何芳：“我能记住与我见过面说过话的每一个人，包括政府官员和社会底层的人，这也是我多年来从事外交工作练就的本领。我当然记得你了，上次在移民局咱们第一次见面。不过说实话，那件事就算你不求我，我也会出手相助的。这么多年来，美国政府想尽各种办法限制华人入境，远涉重洋来到美国的中国人，经常因为护照不规范或其他的一些小事情，无故被扣押在入境处。每次遇到这样的事，我都会据理力争，尽力让同胞顺利入境。现在我也不知道帮助过多少华人渡过难关，作为朝廷官员，这都是我的职责范围内的事，没什么值得炫耀的。”

黄真旗：“我冒昧地问个问题，刚才听您在电话里是在和美国人争论吗？您的英语说得可真不错。”

何芳惊讶地看着黄真旗：“这么说，你能听懂我刚才说的话？”

黄真旗谦虚地说：“我到旧金山这几年，别的没做，倒是一直都在学习英文。”

“那真是太棒了，你让我刮目相看。”何芳说。

黄真旗想起此行的目的：“何大人，我想问您一个问题，作为中国人，作为一名驻美领事，您怎么看待华工在美国的处境？”

黄真旗的提问让何芳陷入沉思，他在办公室内背着手踱着步，最后重新坐在沙发上：“在美华人大多都是诚实勤奋的劳工，他们为美国的发展做出了巨大的贡献，包括早年参与修建纵贯整个大陆东西的中央太平洋铁路，在如此恶劣的工作环境下，华人近三千人丧生，而且薪金不及黑人的三分之一，他们为美国做出贡献之后，不争功，不抢先，从事的工作也是白人等其他人种不屑于做的工种。

“根据我这么些年的了解，全美每年的刑事案件，涉及华人的不到 0.1%，华人甚至一边拿着低廉的薪水，一边干着受歧视的工作，也极少参加社会罢工活动。这么说吧，在美国人眼里，华工是最适合帮助他们赚钱的工具，但美国人对华人极其不公正。某些政客为谋私利，在经济危机来临、失业率上升的时候，把责任推给善良的华人，这种不公正将会是美国历史上最大的耻辱。”

黄真旗发自真心为何芳鼓掌：“何大人真是一位具有远见卓识的外交家，但为什么外界对您的评价褒贬不一？有人说您在弱国无外交的时代，以莫大的勇气，用自己的学识，在外交界维护了中国尊严，让世人侧目。也有人说您靠出卖国家利益而升官发财，其实并没有做出多少利国利民的成绩。”

何芳笑道：“我一心效忠大清，这是毋庸置疑的，国家的利益和个人利益出现矛盾，我当然首先选择国家利益，但我拼尽全力所能争取的利益也很有限，这与大清国的国力有关，弱国在强国面前就没有话语权，这是不争的事实。这些年我能做的，就是在职责范围内，让在美的华人的利益得到最大的保护，至于什么升官发财，我根本就没想过。”

两人的谈话到了这里，黄真旗相信何芳说的都是真心话，她已经明确地预感到，自己今日所求之事，何大人会鼎力相助，黄真旗觉得遇到何芳真是三生有幸。

黄真旗说：“何大人是否知道，旧金山还有上千具华工的遗骨无法运送回国，这件事在几年前就有爱心人士与清政府联系过，但被无情拒绝，直到现在，这些亡魂还滞留在异国，无法回到家乡安身。”

“这……”何芳欲言又止。

黄真旗：“难道何大人有难言之隐？”

何芳：“你今天找我，就是为此事而来？”

黄真旗点头：“是的，这件事恐怕只有何大人能管。”

何芳为难地说："确有此事，朝廷当时的态度确实恶劣，理由是华工属于非法出境，又是在美国丧命，朝廷没有义务花费人力物力将他们的遗骨运送回国。当时正值鸦片战争，朝廷无暇顾及这件事，一直就没有回应。"

黄真旗："何大人能否告诉我，这件事还有没有可能出现转机？"

何芳为难地说："运送同胞的遗骨回国，确实不是一件小事，不过我可以向你保证，我一定会与朝廷积极协商，尽力促成此事。我也没有多少把握，你也知道，大清国现在四面楚歌，列强虎视眈眈，皇上还有没有精力过问此事，我也说不好。"

黄真旗："无论结果如何，只要何大人尽力就是，那我就先替那些逝去的同胞谢谢您了。"

何芳："咱们都是中国人，说这些客气话就见外了。你一个无权无势的女子，能有一颗忧国忧民的心，让我这个朝廷命官感到惭愧。今天时间也不早了，你别着急回去，我请你吃饭。"

无论黄真旗如何推辞，何芳就是不同意，黄真旗觉得，何大人的脾气有些古怪，甚至有些强势。他决定的事，别人很难拒绝，如果你非要拒绝，他就会说，你不给面子，那我也不给你面子，你求我的事我不会帮你办。

临出门的时候，何芳换了一身便装，与黄真旗站在一起，看上去是那么协调，那么般配。

何芳对着镜子开玩笑："咱俩的装扮，越看越像是一对情侣，可惜呀，我已经有老婆孩子了，否则还真的会考虑你。"

这话黄真旗听起来没有产生别的想法，因为她知道，像何芳这样见多识广的高官，如果不懂得察言观色，不懂得处事圆滑，根本不可能在官场顺风顺水。这样的人往往爱开玩笑，说一些别人爱听的话，以此来沟通感情，所以不必当真。

黄真旗："何大人尽开玩笑，我一介草民，哪有福气与您相提并论。"

何芳："就算我有这个心也没这个胆，我太太是个醋坛子，唉，不说了，不说了。"

两人坐着马车来到唐人街上的那家最有名的中国餐厅，老板叫阿三，旧金山的华人基本上都知道他的名字。

看到何芳大人莅临餐馆，阿三受宠若惊，急忙迎了出去："何大人光临小店，真是蓬荜生辉呀。"

何芳："今天请一位朋友吃饭，来间上好的雅间。"

阿三："好嘞，这就给您准备。"

阿三临走时瞅了黄真旗一眼，他认识黄真旗，也知道黄真旗和叶龙是恋人的关系。

阿三很快就准备了一桌丰盛的广东菜："何大人，都是遵照您的吩咐准备的，也不知道合不合您这位朋友的口味。"

何芳："她是广东人，肯定爱吃。"

何芳举起酒杯说："真旗，我们干一杯，祝……祝什么呢？就祝我们有缘再次相聚。"

黄真旗与何芳碰杯，只喝了一口脸上便飞起了红霞。黄真旗平日很少饮酒，今日算是破了戒。

何芳放下酒杯："从言谈举止看，你和其他那些华工不一样，你读书识字，还懂英文，说话办事也不俗，但是，怎么也像他们一样，跑到旧金山当了劳工？"

何芳的话让黄真旗想起了很多往事，她也不知道该从何说起，有些愣神儿。

何芳问："有难言之隐？"

黄真旗："没有没有，我只是不知道该怎么对您说。"

"那就从你的家庭说起吧。"何芳说。

黄真旗："我家住广东新宁，父亲是个读书人，中过举人，后来看不惯官场的黑暗，就辞官做了古玩生意。母亲是大家闺秀，知书达理，管理着家里大大小小的事。"

何芳恍然大悟："我说呢，那也算是书香门第，想必你读过不少书。"

黄真旗继续说："父亲从小就教我读书识字，他希望我将来做一个对国家有用的人，可后来我却偷偷学起了武术，父亲骂我不学无术，差点与我断绝关系。"

"可怜天下父母心呀。"何芳感慨道。

何芳问："你接受了这么好的教育，本应该从事好的职业，那你为什么来旧金山当了劳工？"

黄真旗平静地说："我杀了人……"

"什么？你杀人了？"何芳瞪着眼睛，根本不相信黄真旗的话。

黄真旗说："父亲被他最好的朋友谋害，为了替父亲报仇，我亲手宰了那个人。为了躲避官府的抓捕，我只好远渡重洋来到旧金山。"

"杀父之仇不可不报，你做得没错，再后来呢？"何芳问。

"再后来我就到了金矿当了劳工，经常受到老板的欺负。来之前我根本就没想到，会遇到这么多的磨难，好在都挺过来了，我依然活着。"

何芳问："那你的母亲呢？还在新宁？"

黄真旗："是的，也不知道她老人家现在怎么样了，我写过几封信报平安，但母亲至今没有任何回复。"

何芳："我在广东有很多朋友，我帮你打听一下你母亲的状况，希望她老人家平安无事。"

黄真旗："说起来真是不好意思，每次见您，都免不了给您添麻烦，心里实在过意不去。"

何芳："这是说的哪里话，你能来找我，我非常高兴。我这个人相信缘分，也喜欢交朋友，既然咱们有缘，那就没什么可说的，这个忙我一定会帮。"

黄真旗："真旗感激不尽，遇到何大人是我的福分。"

何芳想起一件事，表情凝重地说："作为大清朝的官员，我的觉悟都没你高。就拿运送遗骨这件事来说，本应该是我们官方做的，却因为各种原因拖了这么久，想起来真是羞愧得很。"

黄真旗能感觉到何芳的真诚，那是一种发自内心的真诚，不是装出来的，否则他也没有必要和自己说这么多。

黄真旗："我对大清国不抱任何希望，好在还有您这样有担当的官员，我觉得情况还没想象的那么糟糕。只要我们双方共同努力，这件事总会办成的，您说呢？"

何芳："你说得没错，一个国家如果连自己的子民在海外的利益都保护不了，那还算什么政府？老百姓根本不会真心拥戴，这样的政府我看离崩塌也不远了。"

虽然人在海外，黄真旗对于何芳的言论还是有些担忧，妄议朝政是要严办的，可是这位何大人却仗义执言，在大庭广众之下公然抨击朝政，要么就是忠直清正，要么就是心无城府。见黄真旗面露惊色，何芳意识到自己的言论激进了："我的意思是，眼睁睁地看着成千上万华工的遗骨弃置海外，大清国的那些官员就能心安理得吗？如果里面有他们的亲人和朋友，他们肯定不会那样麻木不仁。"

黄真旗："难得何大人还有这样的洞察，不过，您可不能再乱说了。"

何芳明白黄真旗的意思，不好意思地说："人遇到不平之事，难免会情绪激动，这些话我也就是对你说，因为你不会出卖我。换作别人，我可不说，我不但不说，还不准别人说。"

黄真旗觉得何芳很有意思，睿智、仗义、幽默，有脾气有性格，活得非常真实，最主要的是没有当官的架子，说话办事都那么亲民。

临别时何芳给黄真旗留了办公室的电话号码，号码写在一张纸上，黄真旗收下了。

何芳："我们要分别了，你说应该是用美国人的再见方式呢，还是用中国人的再见方式？"

还没等黄真旗明白是怎么回事，何芳就给她来了一个热情的拥抱："那就来一个美国式的告别吧，认识你非常高兴，希望我可以帮到你。"

也许何芳是故意的，也许是他过于热情，黄真旗被他紧紧地搂住，身体僵硬地站着，不知道是该挣脱还是顺从，有些害羞。

好在何芳点到为止，松开黄真旗："再见，祝你今晚做个好梦。"

何芳的马车消失在夜色之中，黄真旗的心情非常复杂，对于何芳的"冒犯"，她不知道该如何评价，但感觉上并不讨厌，也许何芳是想通过这种方式表达他与朋友的亲近。

想到这里，黄真旗抬头看了看天上的月亮，明亮而干净，伴随着嗒嗒嗒的马蹄声，黄真旗于熄灯之前赶回宿舍。

第二十四章　满院风铃语

何芳请黄真旗吃饭的事，阿三第一时间告诉了叶龙，阿三添油加醋地说：“何芳看黄真旗的眼神都不对，像是想一口把她吃掉。”

这句话正好说中了叶龙的担忧，叶龙又详细地询问了吃饭的细节，主要还是打听两人有没有身体接触。阿三先说没有，后来又说有，何芳临走时紧紧搂住黄真旗不放。叶龙嘴上说没什么没什么，心里却醋意大发，毕竟不是亲眼所见，找不到证据。好在叶龙是理智的，他并没有冲动，决定当面问黄真旗。

这天傍晚，叶龙约黄真旗到思乡河边见面，憋着一肚子火的叶龙还没来得及先开口，黄真旗便主动“交代”了事情的经过，说到被拥抱的过程黄真旗一带而过。

“阿龙，我觉得这件事我有必要告诉你，你有知情权。”黄真旗说。

黄真旗的坦诚让叶龙措手不及，本来准备好的一大堆责怪竟然不知道该从何说起，只好强装大度地说：“这个何芳到了美国别的没学会，倒是把美国人占便宜的招学得很精，我不怪他，这也算是入乡随俗嘛。”

黄真旗见叶龙没有放在心上，便放心了许多，通过这几年的交往，黄真旗发现叶龙身上最大的问题是心眼小，爱吃醋。这件事如果不主动坦白，让他知道了一定会胡乱猜疑，胡搅蛮缠。黄真旗是个做事讲究干脆利落的人，不喜欢在这种事情上纠缠，处理问题尽量简单化。

黄真旗：“何大人已经答应，协助促成运送华工遗骨的事，我也没想到事情会这么顺利，何大人以后就是咱们的贵人，我会尽力维护好这层关系。”

叶龙不咸不淡地说：“你也别高兴得太早，这种人说话也不能全信，真等事情办成了，你再下结论吧。”黄真旗若有所思，没再说话。

叶龙：“联系报馆的事，我已经办妥了，主编说可以刊登你写的文章。毕竟大家都是华人，他也愿意做这件事。不过我可提醒你，这篇文章刊登了，全旧金山的人就知道了加内特是什么样的人，到时候他肯定会恼羞成怒。”

黄真旗："我这么做也是被加内特逼的，直到现在，遇难者的抚恤金也没有全部支付，警察局也不做任何的回应，我们不能再等下去了，这件事完全在由他们操纵，我们绝对不能束手待毙。"

叶龙担忧地说："这么做事情会越闹越大，其他的我倒不担心，我只是担心你再遭劫难。"

黄真旗反问："这件事我不去做，难道就能平安无事吗？如果每个人都沉默，坏人的气焰会越来越嚣张。"

"你真是倔强呀。"叶龙说。

"我的脾气你应该非常了解呀。"黄真旗说。

叶龙埋怨："你看你看，无论我怎么说，你还是一意孤行，这个毛病会害了你。"

黄真旗根本没有当回事："我就这脾气，改是改不了了，你就慢慢适应吧。"

黄真旗洋洋洒洒地写了一篇针对加内特丑行的声讨文章，文中详细介绍了加内特如何制造矿难，如何逃避法律责任以及如何控制警察局消极调查的经过，文章很快被刊登在旧金山的华文报纸上。社会各界都在指责加内特的行为违背了美国精神，加内特面临着巨大的舆论压力，但仅仅过去几天，形势便发生了急转。

加内特买通旧金山市长，声称华人报纸的报道涉嫌造谣，报纸被迫进行整顿，并公开向加内特道歉。这种局面是黄真旗没有想到的，她因此成为第一个敢于公开向加内特挑战的公众人物，吸引了美国境内其他媒体的广泛关注。

黄真旗也聪明地借助这些媒体的采访，表达对加内特的强烈抗议，她的言论得到在美华人的热烈回应。黄真旗印了无数张传单，上面印着那篇发表在报纸上的文章，这些传单传遍旧金山的大街小巷，这件事持续了两个多月。加内特始终没有露面，更没有找人与黄真旗谈判，这让黄真旗感到气愤。

其实，加内特早已经做好了报复的计划，但他想等到事情平息之后再实行，因为这样的话，公众就不会怀疑到他的头上了。现在正是最好的时机，加内特决定启动报复计划，他采取的手段还是那样的卑鄙。

加内特找到一个名叫哈里的美国混混，给了他十根金条，让这些金条和黄真旗扯上关系。哈里见钱眼开，满口答应，并承诺尽快开始行动。同时加内特又让约翰逊警长做好搜查的准备，这样的话此事就可以万无一失。黄真旗对此毫无防备，她将为此付出坐监狱的代价。

金矿的夜安静而隐秘，浓重的云层遮住了月亮，野地里枯黄的蒿草一蓬一蓬的，密密实实地连在一起，像拉起一道围墙。华工宿舍被孤零零地包围，静静地矗立在充满松树气味的平地上，风往哪边吹，味道就飘向哪边。

远处是思乡河，经过思乡河，顺着斜坡一路向前，就是漫山遍野的森林。华工们休闲的时候，经常走十几分钟的路程，到森林采蘑菇、打野物。

哈里在夜色中急速前行，脚下的野草发出阵阵声响，谁也不会猜到他此行的目的。

黄真旗被临时安排加班，要干到晚上十点才能结束。哈里偷偷摸摸地来到黄真旗的宿舍，见屋中无人，从窗户跳进去，将那包金条偷偷地藏在黄真旗的床下，然后扬长而去。

晚上十点之后，黄真旗拖着疲惫的身体回到宿舍，并没有注意到屋里有人来过，简单地洗漱过后，黄真旗上床睡觉。

按照提前定好的时间，约翰逊警长带着手下如期赶到，门外传来急促的敲门声，将沉睡中的黄真旗惊醒，黄真旗不知道到底发生了什么，她揉着眼睛，起身开灯："谁呀？"

门外无人应答，黄真旗轻轻地打开门，约翰逊警长推开黄真旗带着手下强行闯入。

约翰逊警长非常有礼貌地说："真是不好意思，深夜还打扰你的休息，我感到自责和不安。"

黄真旗毫不示弱："你这叫擅闯民居，我触犯了哪条法律，能让警长如此兴师动众？"

约翰逊警长咧着嘴笑，露出洁白的牙齿，他似乎胸有成竹，说起话来从容淡定。

"我这么晚登门拜访，肯定不是请你喝咖啡，至于具体干什么，要搜查完你这里才能告诉你。"约翰逊警长说。

"那不可以，你凭什么搜查我的住所？"黄真旗说。

约翰逊警长说："既然你嘴硬，那我就实话告诉你。我接到金矿方面的报案，说保险柜里丢了十根金条，于是我就带着人到华工宿舍搜查，请你配合我们的工作。"

黄真旗迟疑了一下："约翰逊警长是例行公务，那我一定全力配合，请搜查吧。不过我想提醒你，搜查归搜查，最好不要乱动我的东西。"

约翰逊警长笑："谢谢你的配合，我们只是例行公务，保证不损坏这里的一件东西。好在你这里没多大，用不了多长时间。"

约翰逊警长说："伙计们，进去搜查，不要放过每一个角落。"

黄真旗的宿舍不大，搜查工作很快完毕，一名警察从黄真旗床下搜出一个布包，打开之后黄真旗愣住了，约翰逊警长装模作样地数着包里的金条，正好十根。

约翰逊警长用戴着白手套的手，拿起一根金条说："金条！一共十根！你难道不打算解释一下吗？"

"金条不是我的，我也不知道它怎么会出现在我这里。"黄真旗说。

"噢，那就奇怪了，难道金条长着脚，自己走到你的床下？人赃俱获，你就是小偷，是你偷了金矿保险柜里的金条。"

约翰逊警长不容分说，命令手下抓捕黄真旗。

以黄真旗的武功，要想逃脱易如反掌，但她并没有反抗，那样的话无异于畏罪潜逃，更加解释不清楚了。

黄真旗："应该是有人故意陷害我，这件事没有你想的那么简单。"

约翰逊警长："陷害？你真会找托词，当然，你可以这样替自己辩护，但不需要在这里，等你到了法庭，再跟法官编造你的故事吧。来人，将这个小偷给我带走。"

黄真旗意识到这又是一次有预谋的陷害，她有些不甘心，打算先逃走再说。

黄真旗："我要是不跟你们走呢？"

这时门忽然开了，陆续进来三名警察，举着枪对准黄真旗的脑袋，黄真旗彻底打消了反抗的念头。

约翰逊警长笑着说："我知道，你的武功非常厉害，所以我提前做好充分的准备。你不是会飞檐走壁吗？你倒是跑呀，你敢跑出宿舍，我就把你乱枪打死。你这叫袭警，你懂不懂？"

受制于人的黄真旗乖乖地束手就擒，被押到位于旧金山北部的女子监狱。在去往监狱的途中，黄真旗已经想到，这又是一次生死未卜的劫难，她做好了最坏的打算。屡次被陷害的遭遇，让黄真旗产生难以名状的痛苦，她不知道自己还能不能活着走出监狱，巨大的不安全感让她身体发抖。

大约过了一个小时，就到了城北女子监狱。

黄真旗沿着一条小径走到尽头，来到一座大厅，有七条走廊伸向不同方向。每条走廊两侧是一排排低矮的牢房，牢门上写着号码：1 号、2 号、3 号……

站在大厅中央，黄真旗注视着阴暗的走廊，笼罩在这里的阴森的鬼气让人恐怖。

黄真旗偶尔听到隔壁脚镣发出的哗啦哗啦摩擦地面的声音，听到夜莺凄厉的啼鸣之声。一切声响都被厚厚的围墙和沉重的铁门阻隔，让人觉得寂静得可怕。每一个走进牢房的犯人，头上黑色的兜帽都会被拉下来，仿佛是一种特定仪式。黑色的布，是隔在犯人与外界之间的幕帘。

黄真旗看到一位男性监狱长，那是一个满脸横肉的白人，五官被臃肿的肉挤压得变形，像一张扭曲的河马的脸。长年累月与世隔绝，似乎将他的青春和激情埋葬，他对任何事情都麻木不仁，脸上充满事不关己的表情。

监狱长看都没看黄真旗，对约翰逊警长礼貌地点了点头就转身离开。

黄真旗继续向前走，拐进一条长长的走廊，又是一排牢房。每个牢房都有两层门，外面一层是坚硬的橡木门，里边是带格栅的铁门，铁门上有一个机关，食物可以通过那里递进去。

这间牢房关押着一名女囚，她捧着一本厚厚的《圣经》在读，一副不理尘世的样子。她的面前摆放着书籍、钢笔、墨水和纸张。她的毛巾、香皂、脸盆、化妆品等日常用品都挂在墙上，或者放在小架子上。

黄真旗注意到，女囚隔壁关着一个非常年轻的白人女子，女子不知道从哪里搞到了颜料，将四壁和天花板都画满了抽象的图案。她的画色调明快透出欢悦，是那种注入喜悦情绪的画卷，没有颓废消沉，没有凄惨可怜。真是难以想象，这出自一名女囚之手。

黄真旗又看到一名黑人老妇，也许是受到特赦还是别的什么，她在牢房里饲养了一只兔子，一阵腥臊的兔子味道扑鼻而来。老妇人怀里抱着兔子，因用力过猛，兔子呼哧呼哧地喘着粗气。兔子像是她失散多年的儿子，重新回到她的身边。

黄真旗又看到两个古怪离奇的人。第一个是个风骚的黑人姑娘，厚厚的嘴唇，雪白的牙齿，脸上非常阴暗。她冲黄真旗伸出中指，低声骂着什么。另外一间牢房里，一位白人妇女也许刚刚被关押，正在高声吼道：“我无罪，放我出去。”

短短十几分钟，黄真旗就见识了监狱里形形色色的犯人，她感到手脚冰凉。黄真旗停在一间牢房门口，沉重的铁门开了，黄真旗走了进去。这还算是一间比较干净的牢房，事已至此，黄真旗不再害怕，也不再抱怨，她比之前坦然了许多。

黄真旗早就意识到，会遇到一次劫难，但没想到劫难来得这么快，并且是以这样一种方式降临，这也让她更加坚信自己的判断，从矿难到约翰逊警长故意拖延再到被人陷害，一切都是有预谋的，而制造阴谋者就是加内特。

魔鬼为了它的目的可以背诵《圣经》，狼为了它的目的可以吃素。哈里为了钱，可以不择手段。哈里成功陷害黄真旗之后，加内特非常高兴，他接到约翰逊警长的电话后说道："老伙计，你干得很棒，黄真旗，就让她在监狱里好好待着吧。敢跟我作对，这就是她的下场。"

约翰逊警长："黄真旗就是笼子里的鸟，想出去恐怕很难，一个小偷，就算出狱，又有谁会轻易相信一个小偷说的话呢，哪家企业还敢用一个小偷？"

"哈哈哈，对对对，我们编造的这个小偷的故事还是很动听的，以后华工就是小偷的代名词。"加内特高兴地说。

混混哈里收到一笔可观的酬金，这足够他挥霍一阵子的了，当他从加内特手里接过那厚厚的一沓钞票时，心里是满足的，也是贪婪的。像他这样的混混，一下子拿到这么多钱，好比做了一场好梦。通过这件事，能与加内特这样的有钱人说上话，那是何等的荣幸，如果能继续合作的话，无疑是找到了一份不错的工作。

哈里对加内特说："先生，只要您愿意出钱，什么事我都愿意去做，包括杀人放火。"

加内特："麦子为了萌芽，它的种子必须死了才行，下一步是让黄真旗在这个世界上消失。黄真旗一死，华工们就失去了领头人，就再也不敢要求涨薪了，罢工的人也会重新回去工作。"

这些话是对自己说的，更像是对哈里暗示着什么，哈里心领神会地说："加内特先生财大气粗，只要舍得花钱，任何事情我都愿意效劳。"

哈里以为加内特会继续与他合作，派他去干掉黄真旗。

没想到加内特却说："我委托你办的事情，你完成得很出色，我已经付给你可观的佣金。我们之间的合作结束了，也就是说，我们从现在起互相不认识，我可不想跟你这种人扯上什么关系。"

哈里感到意外，他对加内特有些捉摸不透："不不不，我不希望这样，只要加内特先生愿意，我将非常荣幸地为您效劳。黄真旗虽然在监狱，但她早晚会被放出来，还会继续与您作对，我现在就可以帮助您除掉她。"

加内特皱着眉头："我知道你什么事情都能干得出来，但我们的合作已经结束了，你也知道，约翰逊警长是我的好朋友，只要我一个电话……"

哈里失望地耸了耸肩："我感到遗憾，我只想通过与您合作获得报酬，但您并不愿意给我机会，那好吧，我会保守我们之间的秘密，再见，加内特先生。”

当加内特听到“秘密”二字时不耐烦地说：“你只是一个街头的小混混，我随时都可以让你消失，你最好给我老实点，快给我滚。”

哈里临走时说：“加内特先生，你敢小瞧我，那我们就走着瞧。你别忘了，我可是什么事情都能干得出来。”

加内特冷笑：“黄真旗比你厉害多了吧，她照样被我关进监狱，难道你也想试一试吗？”

哈里接不住加内特的话，只好嘿嘿嘿地笑，笑声里带着一种不服气。

黄真旗被捕入狱的消息传遍金矿，庄先生的第一反应是，怕什么来什么，这肯定又是加内特搞的鬼。

叶龙和林阿招心急如焚，打算探听一下情况，两人相约来到城北女子监狱。叶龙围着监狱高大的围墙转了一圈，蹲在地上失望地说：“美国的监狱真是铜墙铁壁，连一只苍蝇都飞不出去，何况是人。”

林阿招看出他的动机：“这里是旧金山，不像当年在广东劫狱那么简单。你抬头看看，到处都是荷枪实弹的士兵，只要一露头，肯定被打成筛子。”

林阿招：“庄先生都说了，黄真旗不可能偷金条，肯定有人陷害她，根据他的判断，应该是加内特，因为除了他没有别人。”

叶龙：“我们屡次侵犯他的利益，他当然不高兴，这么做也符合他的性格，还有一个疑点就是洛伊的突然失踪，我感觉其中必有隐情。只要我们找到洛伊，就能知道一些蛛丝马迹。”

林阿招：“你还记得当年咱们三人在新宁夜探孙知县的私宅吗？”

叶龙：“当然记得，我一辈子都忘不了，难道林大哥今天要重演当年的一幕？”

林阿招：“冤有头债有主，我们怀疑是加内特在搞鬼，就应该先去探查一下他的动向，说不定会有意外收获。”叶龙表示同意。

两人穿行于茫茫夜色之中，一个小时后，就见一座豪华气派的洋楼出现在前方。

两人躲在灌木丛边，林阿招说：“应该就是这里，咱们分头行动，一个小时后在这里会合。”

加内特是旧金山最富有的人，他居住在一座庄园里，四周是广阔的农场，这边是羊群，那边是牛群。地里生长着茂密的谷物和棉花、橡胶、可可等经济植物，每块庄稼地都雇佣工人侍弄。门口有士兵日夜站岗，守卫森严，有钱人都爱惜生命，加内特更是如此。富翁加内特和他的画家女儿莱茵小姐就住在这所大房子里，他们幸福快乐地生活着。

林阿招向西而去，叶龙独自向东。叶龙看到一楼最外边一间屋子亮着灯，就猫着腰快步疾走，来到窗外观察。里边是一间厨房，几名头戴高白帽的厨师，正在准备精美的晚餐。案板上放着各类新鲜食物，旁边有几样菜品已经装好盘。一盘沙拉，一盘烤鸡和烤肉，一盘炒饭，一盘面包片及甜食，还有水果、冷饮、红酒，等等。叶龙心想，今天家里必定有贵客到访。

叶龙躲在暗处四下打量。他看到二楼有一间屋子亮着，于是身形一跃，双手抓住楼墙上凸出的晾衣架。稍微稳了稳身子，深吸一口气，噌地跃到二楼阳台上。

叶龙见阳台门开着，屋中看不到人，他等待了一会儿。过了十几分钟，里边仍旧没有动静，叶龙大着胆子进入屋内。

客厅墙壁上挂满洋人头像的画，叶龙不懂艺术，一个也不认识。长方形的桌子上，摆放着精致的外表刻满美丽花纹的花瓶，里边插着新鲜的玫瑰花，芬芳的香气飘满整个房间。桌子旁边是一排讲究的真皮沙发，豪华气派，坐上去很舒服。木质地板，石膏打制的屋顶，像是倒着的舞池。硕大的吊灯开着，将屋中照得雪亮。

左边有一间卧室，卧室对面是卫生间，里边传来哗哗的流水声，这表示有人在洗澡。靠近桌子的地方，是一排书架，上面摆满各类书籍。叶龙到旧金山之后，为了能更快地融入主流社会，曾学习英文和美国的生活礼仪。

叶龙随手拽出一本书，小声念道：《米沃什诗集》，不禁嘲笑，洋人也懂得写诗，不知道和李白相比哪个更有文采。不过接着翻阅的一本书，让叶龙吃惊不小，是英文版的《易经》，想不到远在大洋彼岸，还有人在关注中国古典著作。

叶龙见沙发旁边的衣架上挂着一件鲜艳的旗袍，突然想起，那不是黄真旗亲手帮莱茵小姐做的吗？难道这是莱茵小姐的闺房？想到这里，叶龙想要离开。

"你是什么人？为什么闯进我的房间？"一个女子的声音从叶龙的身后传来。

莱茵小姐刚洗完澡，头发湿漉漉的有些凌乱，她光着雪白的脚，披着浴巾站着，惶恐地盯着叶龙。

莱茵小姐握着一只茶杯，用颤抖的声音说："你这个可恶的小偷，你再不投降的话，我就砸破你的脑袋。告诉你，我可是会中国武术的，你给我老实点。"

叶龙觉得莱茵小姐的举止可笑，担心她万一尖叫，自己不好脱身，只好转过身。

看到叶龙的莱茵小姐露出不可思议的表情："怎么会是你，叶龙，你怎么会出现在我的房间？"

叶龙一时语塞，他沉默了片刻才说："莱茵小姐，我也不知道该如何解释，不过请你放心，我绝对不会伤害你，我是个好人。"

莱茵小姐并没有生气，相反倒有些意外、有些惊喜，她觉得叶龙不好意思的样子非常可爱。

莱茵小姐："你可是我的老师，我当然不会怀疑你的动机，但你必须告诉我，为什么会在晚上出现在我的房间？你是怎么进来的？"

叶龙纠结了一下："那我只好实话实说了，我今天不是来找你的，我是来找你的父亲加内特先生的。"

莱茵小姐："你找我爸爸有什么事？他正在和约翰逊警长吃饭，他们好像有非常高兴的事情庆祝，两个人喝了很多酒。"

叶龙想，莱茵小姐心地善良，如果求她帮忙或许可以营救黄真旗。

莱茵小姐说："你教过我中国功夫，就是我的师父，你们中国有句古话叫作师徒如父子，既然师徒关系如此亲密，你对我就应该说出此行的目的。"

叶龙将他对黄真旗入狱这件事的看法告诉了莱茵小姐，他重点说出了对加内特的怀疑，并请求莱茵小姐帮助他。

莱茵小姐不相信叶龙的话："你的猜测有根据吗？我爸爸不会做出那种事情的，他是个做正经生意的商人，虽说商人以利益为重，但他不至于做出栽赃陷害的事情。这件事我无法帮你，我不可能和父亲的敌人商量对付他的计策，这很可笑。"

叶龙："莱茵小姐，我必须提醒你，加内特先生也许是你眼中的好爸爸，但他确实与这场阴谋有关。当然，目前只是猜测，早晚会水落石出。真是抱歉这么晚打扰你休息，我告辞了。"

莱茵小姐从来都不掩饰对叶龙的倾慕，从她第一次见叶龙起，就暗暗喜欢上了这个中国人，她自己也说不清楚为什么，这也许就是一见钟情吧。见叶龙嘴巴说要告辞，却迟迟没有离开，莱茵小姐心软了，她想，这是一次很好的接近叶龙的机会。

莱茵小姐："如果我爸爸真的和陷害黄真旗的事有关，我一定会站在正义的一边，你要给我时间去求证，如果你相信我的话。"

叶龙猜得没错，莱茵小姐果然让步了，他的心中升起了一线希望。

叶龙："莱茵小姐，你是我认识的唯一值得信赖的美国朋友，我知道这件事让你感到为难，但我不会强求你，我只希望通过你的帮助，能让黄真旗在监狱里少受一些苦，何况黄真旗也是你的朋友。”

莱茵小姐照着镜子，发觉自己的样子很狼狈，她理了理头发说：“你来得真不是时候，我刚洗完澡，还没来得及化妆，我以这样的形象见你真是不好意思。你放心好了，你和黄真旗都是我的朋友，我一定会尽力帮助你们的。”

叶龙觉得有必要表示一下对莱茵小姐的感谢，他说：“我们在这种场合相见，也算是机缘巧合，世界上最珍贵的不是相遇，而是偶遇，这样的偶遇让我终生难忘。”

莱茵小姐：“你的话让我很感动，我真心替黄真旗高兴，有你这样的爱人是她一生的幸运。当然了，这个世界上除了黄真旗之外，还有别的人倾慕你，我就是其中的一个。请你不要误会，我说的倾慕不是你们中国人理解的喜欢，我的倾慕是欣赏、羡慕和尊敬。”

叶龙：“莱茵小姐，我也非常倾慕你。”

莱茵小姐笑着说：“那我简直太荣幸了，既然你是我的朋友，就不能从窗户走，那样显得太失礼了，我送你出去吧。”

莱茵小姐换好衣服，拉着叶龙下了楼梯，一直将叶龙送到门外。

临行时莱茵小姐提醒叶龙：“你要小心一点，让我爸爸发现就糟了，你在这里等我，我去派车。”

一辆崭新的马车停在叶龙面前，莱茵小姐打开车门让叶龙上车，然后告诉车夫把叶龙送到矿上。

一个小时后叶龙回到宿舍，他猛然想起，林阿招还在约定地点等着他。

林阿招左等叶龙不来，右等也不来，最后一个人回到宿舍。见叶龙提前回来，林阿招埋怨地说：“咱们不是说好在约定地点会合吗？你为什么自己先回来了，害我等了好久。”

叶龙见林阿招怒了，连忙解释：“林大哥别生气，你先听我说。”

叶龙将和莱茵小姐相遇的事情和盘托出，但他故意忽略和莱茵小姐尴尬见面的过程。

林阿招说：“你和莱茵小姐有交情，完全可以通过她来营救黄真旗，以你的三寸不烂之舌应该不成问题。莱茵小姐帮不帮忙倒在其次，关键是她能从加内特口中探出黄真旗被捕的真实原因，这对我们来说非常重要。”

叶龙心想，通过莱茵小姐营救黄真旗无疑是条途径，但也会因为频繁接触她而对她产生感情，这种分寸实在不好把握，叶龙陷入两难。

林阿招："黄真旗一天不出来，就要在监狱遭受一天折磨，如果不尽快营救，早晚会被加内特害死。"

叶龙心想：人命关天，为了黄真旗也顾不了那么多了。

叶龙："林大哥别着急，我当时就想到了，也跟莱茵小姐说了，她答应会帮助我们的，我明天再找她询问一下进展。"

林阿招："我们在旧金山人生地不熟，想救人都不知道怎么救，我心里能不着急吗？"

叶龙："你那边的情况如何？"

林阿招："事情和我们推测的一样，果然是加内特在幕后操纵，你猜加内特跟谁在一起？他跟约翰逊警长在一起喝酒。约翰逊警长说，这种案子除非当事人撤诉，否则黄真旗至少判刑两年，加内特数次提到一个叫哈里的人，他就是栽赃陷害黄真旗的人，他要求约翰逊警长尽快干掉哈里。"

叶龙："要这么说，哈里就是陷害黄真旗入狱的帮凶，我们要是找到他，事情就会有转机。"

林阿招："当务之急不是黄真旗能否出狱，而是在这段时间内如何保证她的生命安全。"

叶龙想起了洪义堂："黄真旗现在是洪义堂的人，我们应该去找陈远山帮忙，以洪义堂的势力，就算捞不出黄真旗，让她免受皮肉之苦还是能做到的。"

转天一大早，叶龙和林阿招就去洪义堂拜访陈远山，陈远山意识到这件事没那么简单，一边派人找约翰逊警长打点，一边咨询律师替黄真旗打这场官司。

第二十五章　空阶拾落叶

失眠之夜，万物浸染在变幻莫测的薄雾中，潜藏着一丝莫名的伤感。仿佛季节的变幻是有灵性的，也能理解人的离愁别恨。叶龙躺在床上睡不着，他在努力地放松紧绷的神经，但还是有一股焦虑汹涌而来。他的眼前浮现出一幕一幕的场景：黄真旗在监狱中受罪的场景刚刚落幕，莱茵小姐妩媚的神态又浮现出来。

莱茵小姐穿睡衣的娇媚模样，金黄色的头发，如藕般洁白的手臂，硕大凸出的双乳，结实的小腿，无不透出让人垂涎欲滴的诱惑。莱茵小姐说话的声音好听，宛如银铃一般清脆悦耳。莱茵小姐的眼神夺人魂魄，像深不可测的井，散发出幽蓝的光芒。莱茵小姐的举止优雅，落落大方，具有淑女的矜持。

莱茵小姐的影子搅乱了叶龙的心湖，他心烦意乱又充满期待，百转千回又心猿意马。

辗转反侧中，叶龙回想起与莱茵小姐认识的这段时间发生的一切，几乎都是美好的画面，这个美国姑娘像是一剂神奇的药丸，让叶龙重新焕发出别样的活力。作为一位生理正常的男人，看到莱茵小姐那丰腴的体态，叶龙不由得心猿意马，想抚摸一下那神秘的身体。

叶龙交往红颜无数，却从未交往过外国的女子，他对此充满了好奇，大脑里会幻想出若干的画面，通过这种方式来满足自己对情欲的渴望。这不单单是叶龙的问题，也是华工们遇到的普遍问题，每天除了超负荷的体力劳工，几乎没有其他的娱乐活动。这些漂泊在异乡的华工体内的欲望无处发泄，这是一个长久以来非常隐秘的问题，也是一个非常现实的问题。

这对于生性风流的叶龙来说，无疑是一个考验，但理智告诉他，一旦沾上莱茵小姐，就会惹来不必要的麻烦。首先加内特就不会放过他，还要面临黄真旗这边道德上的谴责，叶龙一直都在压抑心中的欲念。他不敢看莱茵小姐的眼神，不敢与她进行过多的接触，但有时候又难以控制，在这种纠缠中度过一天又一天。

那晚在加内特的寓所偶遇莱茵小姐，叶龙的欲望一再膨胀，他用意念压制欲望，转而想到通过莱茵小姐的关系来营救黄真旗。叶龙不愿意承认这就是一种交换，或者说是一种互相利用，莱茵小姐没有义务管黄真旗的闲事，但她是个善良的姑娘，最后还是答应试一试。可是叶龙觉得，这是有条件的，至于莱茵小姐会开出什么条件，叶龙暂时还没有分析出来。

有一点可以肯定，无论叶龙对莱茵小姐有什么非分之想，他还是全心全意地营救黄真旗，抛去爱情不谈，就算为了义气，他也会舍命去救黄真旗的。受人滴水之恩，当涌泉相报，黄真旗当年冒死劫狱救自己，这份情义就值得他赴汤蹈火。

叶龙就是这样一个性格多面的人，他可以背叛感情，却不会背叛道义，更不会做出恩将仇报的不义之事。

叶龙苦苦等了三天，终于等来莱茵小姐的答复，她约见叶龙，商谈具体如何去做这件事。叶龙那颗备受煎熬的心，终于放松了一些，这至少说明，莱茵小姐的态度是积极的。

赴约之前，叶龙精心打扮了一番。新剪的发型，抹了很多头油，老远就能闻到刺鼻的香气。上身是灰色格子西装，打领带，下身同样是灰格子西裤，脚蹬黑色皮鞋。除了黄皮肤黑头发之外，叶龙已经完全西化了，他并没觉得这有什么不好。

叶龙比约定时间早十分钟到了咖啡厅，他先点了一杯美式咖啡，然后点上一支雪茄，用力抽了一口，望着窗外来往的人群。几分钟后，莱茵小姐准时出现在叶龙对面，与叶龙一样，她也经过刻意的修饰。刚做的发型，一袭黑色长裙直到膝下，黑色高跟皮鞋。脖子上戴着一条天蓝色宝石项链，手拿咖啡色手包。

下午两点钟的“昔日情人”咖啡馆客人不多，悦耳的钢琴声悠悠飘来，似乎一切是为两人精心准备。

叶龙非常绅士地说：“想喝点什么？”莱茵小姐要了杯柠檬汁。

叶龙呷了一口咖啡，有些苦，但他还是笑着咽下。

叶龙恭维地说：“你今天非常漂亮。”

莱茵小姐精通中文，嫣然一笑：“叶龙，你今天也非常帅，看上去比平时精神百倍。”

叶龙故作老练地弹弹烟灰：“像莱茵小姐这样美貌的小姐，我没有理由不赞美。”

莱茵小姐说：“叶龙，我今天是专程向你道歉的。”

“道歉？这话从何说起？”莱茵小姐的话让叶龙意外。

莱茵小姐说："那天我爸爸喝得大醉，我就抱着试一试的心理问他黄真旗的事情，没想到他居然把真相都告诉我了。黄真旗入狱是他陷害的，他还向约翰逊警长行贿，要求重判黄真旗。"

叶龙心里一惊，他没有表现出愤怒，充满感激地说："莱茵小姐，谢谢你能告诉我这些。为了帮助我，你这么做太危险了，你父亲知道后，也许会责罚你。可我不明白的是，你的父亲为什么那么恨黄真旗？"

莱茵小姐叹气："我爸爸不仅仅是针对黄真旗，而是针对所有华工。我不知道什么事情刺激得他歇斯底里，他一谈到华工就咬牙切齿，有一次他说，我的妈妈是被华人害死的，但他从来没有告诉我事情的经过。"

叶龙说："我猜得果然没错，你的父亲，这个在当地有着良好公众形象的白人企业家，采取卑鄙的方式，残害华工的生命。他还雇佣流氓将金条藏进黄真旗的屋中，陷害她入狱。他这么做也太偏激了，难道就因为曾经有一个华工伤害过他？"

说到这里，叶龙的情绪有些激动，他有求于人，本该和颜悦色，但他心性急躁，最终还是由着性子来。

莱茵小姐对叶龙的责怪有些反感，她略带不满地说："我的爸爸做得不好，但他毕竟是我的爸爸，我能做的就是替他赎罪并且尽量帮助你救出黄真旗，你要明白，除了我爸爸之外，我是唯一能救出黄真旗的人。你需要我来帮忙，不应该用这样的态度跟我说话。"

叶龙意识到刚才的失态，急忙补救："对不起，对不起，我说话太唐突了，不小心冒犯了你。我心里非常着急，我担心黄真旗在监狱里受到伤害。你知道，她是我的女朋友，我应该保护她，所以……我说话是不是，有些语无伦次？"

莱茵小姐见叶龙一提到黄真旗，就表现出这样紧张的状态，心里多少还是有一些吃醋，她酸溜溜地说："黄真旗才在监狱里待了几天，就把你急成这样，如果法庭真的判处她十年有期徒刑，你会怎样？"

"我……"叶龙被问得哑口无言。

"那我就等她十年。"叶龙说。

莱茵小姐又说："要是判处终身监禁呢，你打算等她一辈子？"

叶龙毫不犹豫地说："一辈子就一辈子，这辈子等不到，下辈子我继续等。"

"真是一个死心眼，难道你就没有想过重新开始一段恋情吗？"莱茵小姐说。

"这……"叶龙被问得哑口无言。

"黄真旗救过我的命，她如果没命了，那我的人生将毫无意义。"叶龙说。

莱茵小姐看着叶龙，摇了摇头说："我们美国人是为自己活着，你们中国人是为别人活着，所以你们活得非常累。就比如你，如果黄真旗真的被判刑，你该怎么活还怎么活。你有权利选择自己的生活和感情，完全没有必要再纠缠于黄真旗。因为错不在你，你是无辜的，你是受害者。"

叶龙低着头，像个犯了错的孩子，不反驳也不争辩，让人看着心疼。莱茵小姐本打算继续纠正叶龙固执的错误的观点，见他一副唯唯诺诺的样子，实在不忍心，转而说："无论黄真旗的案子结果如何，我都希望你能像从前一样开心，说吧，需要我如何帮助你。"

萎靡不振的叶龙听到这句话，重新焕发了精神，他忽然握住莱茵小姐的手："只要能救黄真旗，我什么都愿意做，我求求你了莱茵小姐，你一定要帮我救出黄真旗。"

莱茵小姐本来就钟情叶龙，但叶龙几次决绝地拒绝了她的求爱，莱茵小姐当然不甘心。现在，面前摆着一个虏获叶龙的机会，她当然不能放弃，她决定开出早已想好的条件。

莱茵小姐深情地看着叶龙："我知道现在向你表达爱意有些不合时宜，但我还是无法控制自己。我知道你和黄真旗是一对情侣，可你们毕竟没有结婚，既然如此，我就有资格参与这场爱情的竞争。黄真旗进了监狱，等于被取消了竞争资格，那么我就理所当然地获得了胜利，你能理解我的意思吗？"

莱茵小姐的表白像一股山洪，顷刻间冲垮了叶龙的心理堤坝，这简直就是赤裸裸的交易，叶龙咬着牙在做最后的抵抗。

莱茵小姐见叶龙默不作声，以为他并无诚意，赌气地说："你不同意我的条件，就当我什么都没说，我还有别的事，我先走了，再见。不，最好我们再也不见。"

见莱茵小姐站起来就要走，叶龙抓住莱茵小姐的手，低声下气地说："你别走，让我再好好想想，这个选择对我来说确实很难，你知道，我不是一个随便就背叛爱情的人。"

莱茵小姐见叶龙示弱，重新坐下，喝了一口柠檬水："我就是想让你明白，我对你一片真情，你是一个有魅力的男人，黄真旗可以喜欢你，我为什么就不可以？当然，这个时候逼你拿感情来做交换，确实有些不光明，但这也是没有办法的办法，希望你不要理解成我在乘人之危。"

叶龙这时才发现，莱茵小姐没有自己想的那么单纯，她甚至有那么一点点小心机，当然，这点小心机是用在夺爱上面的，是可以理解的。叶龙觉得把莱茵小姐想简单了，她早就看透了自己的心思，她开出条件就意味着想被利用，这是她心甘情愿的，现在关键看叶龙心里是怎么想的，愿不愿意配合她达成这个目的。

叶龙仍然在纠结，他还是不想拿爱情做交易，他用祈求的眼神看着莱茵小姐，随后把心一横："黄真旗被关在监狱里，我没有心情谈论这些风花雪月的事情。如果莱茵小姐拿感情作为交易的筹码，实在有点为难我了，我无法接受。"

叶龙给出的答案早在莱茵小姐的意料之中，莱茵小姐非常清楚，叶龙对于黄真旗的情义，不仅仅是爱情那么简单，恐怕还有亲情。让他这么轻易地改变主意，估计很难，不能再逼他了，弄不好会起反作用。

莱茵小姐问叶龙："你爱黄真旗吗？"

"爱"这个字对叶龙来说既熟悉又陌生，叶龙读书不多，但他明白，既然爱一个人，就要忠实于对方。他和黄真旗一路走来相依为命，这也许就是爱，但又无法确定。

叶龙说："我不懂什么是爱，我只知道一旦承诺，无论对方发生什么意外，都要信守诺言，从一而终。因为黄真旗对我好，我就应该对她好，这就是爱。"

莱茵小姐笑了，她喜欢叶龙的可爱，那是一种天真的固执。

莱茵小姐说："叶龙，你说的这不是爱，我理解的是这样的：看到对方就心情愉快，浑身每一个毛孔都张开，像被雷电击中般的感觉。就像我此时此刻和你在一起，既兴奋又甜蜜，仿佛刚刚饮过美酒之后产生的陶醉的幸福感和满足感。你知道吗？我每次想起你，心里就是这种感觉，这才是真正的爱。"

叶龙从沙发上站起来，伸了个懒腰，假装看窗外的风景，然后重新坐下，他极力掩饰内心的慌乱，他在躲避莱茵小姐火辣辣的目光。莱茵小姐继续展开猛烈的感情攻势，叶龙有点招架不住了。

莱茵小姐说："叶龙，机会不等人，不要因你的犹豫而错过，瞬间失去只因你一念之差，成为一生的遗憾。理智的分析都无法支持你做决定，那就交给心去做主，这样就不会后悔。"

叶龙说："莱茵小姐，你的要求就像一根绳子，让我感到窒息。如果你真的喜欢我，就请不要逼我，你放我一马，我对你感激不尽。"

莱茵小姐说："我在想我是不是有些太不矜持了，给你带来了焦虑和不安，那么好吧，你还有足够的时间考虑这个问题。不过请你放心，我们之间的感情与我去救黄真旗无关。"

叶龙没想到莱茵小姐最终还是答应了他的请求，让他对莱茵小姐又有了新的认识，就这短短的一个下午，叶龙几次推翻对莱茵小姐的看法，每次都认为自己看清了她，没想到那只是自作多情的想法。莱茵小姐是多变的，也许这就是女人的天性，无论中国女人还是外国女人，心情总是多变的，让人捉摸不透。

叶龙轻轻地拍着莱茵小姐的肩膀："谢谢你，我会好好报答你的。"

莱茵小姐坐上马车离去，叶龙重新坐在沙发上，将剩下的咖啡喝完。然后起身离开，此时他的心情是复杂的，说不出是应该高兴还是庆幸。这时一阵冷风吹来，叶龙感到浑身发冷，急忙加快了前行的脚步。

再有半个月就是西方人的圣诞节，旧金山街头早已呈现出浓郁的节日氛围。马路两边有商家叫卖，地上摆放着冬青、红孤挺花、圣诞仙人掌。还有圣诞树上的各种装饰品，彩花、玩具、星星、圣诞卡、圣诞帽等。

远处传来欢快悦耳的《天使歌唱在高天》的歌声，每个行人都微笑着，浑身充满力量。按照当地习俗，圣诞节前夜将举行游行，白天则会在广场举行盛大的音乐会和溜冰活动。

叶龙百无聊赖地在街头闲逛，他被眼前的场景感染，思乡之情油然而生，如果在中国，此时已进入腊月，马上临近春节。在叶龙的家乡广东讲究逛花市，每年春节前几天花市就开始了，街道两边摆满各种花，有水仙、百合、桃花、玫瑰、菊花，等等，一直摆到除夕午夜。花市最旺的时候是年三十晚上，老百姓到花市上买些花、柑摆在家中，以图大吉大利。到了农历年二十八，全家人都起来干活，把家中上上下下里里外外打扫干净。男人剃头，女人洗头，这是所谓的"洗邋遢"。

除夕之夜，团年饭有几道菜必不可少，如鱼（"年年有余"）、蚝狮（"好事""好市"）、发菜和生菜（"发财""生财"）、凤爪扒金钱（鸡脚冬菇，"招财进宝"）、慈菇（以后添男丁）、芹菜（勤力）、葱蒜（代表聪、算）……这一番吃下来，每个人浑身沾满喜气，来年就会万事亨通。

这些在旧金山很少看到，即使有类似的场景，也都是小范围的。叶龙路过阿三的中国餐馆，阿三正闲坐在大厅里的椅子上，端着一壶茶，慢悠悠地喝着。叶龙轻轻地来到阿三身边，刚要说话，就见阿三睁开眯着的眼睛，慢悠悠地说："阿龙呀，别躲躲藏藏的了，你一进门我就看见你了。"

叶龙本想跟他开个玩笑，没想到被揭穿，无趣地说："你这个人真没意思。"

阿三上下打量着叶龙的着装，啧啧啧地赞叹："哎呀呀阿龙，你这身打扮真是时髦，俨然变成上等人了。"

叶龙平日里和阿三很熟，说起话来也比较随便，不用顾忌什么。

叶龙说："什么狗屁上等人，没一个好东西，都他妈的双手沾满了下等人的血。"

阿三吩咐伙计给叶龙沏茶，随后指着餐馆外面行色匆匆的人说："这么冷的天儿，上等人都躲在家里烤着火炉，吃着牛排，喝着红酒，听着音乐。街上走动的都是下等人，比如你我，还得起来干活，不就为了填饱肚子吗？这也是没有办法的事。"

叶龙埋怨："老子每天都在努力工作，赚不到几个钱，钱都装进了上等人的腰包。最后还得受上等人的气，被他们压迫剥削，还让不让人活。早知道是这样，老子当初就不来旧金山了，待在中国境遇就算再坏，那也是咱们自己家的地盘，待着心里踏实。"

阿三拍着叶龙的肩膀，语重心长地说："兄弟，你应该多读读华文报纸，大清国都快亡国了，咱们这些华人在海外努力打拼，经常受到欺压，甚至还闹出人命。每次过错方都是华人，我就纳闷了，大清国为什么不派人来管管，那个什么驻美领事馆就形同虚设，一点正经事都不办。"

阿三说起驻美领事馆，想起了上次的事："那个何大人不是跟黄真旗关系好吗？现在黄真旗出了这么大的事，他怎么连个面都不露？要我说呀，何大人和黄真旗不过就是最普通的朋友关系，也许连朋友都算不上，那都是你我想多了。"

叶龙的心情本来还好，一听到何芳这个名字，产生了厌恶，恨恨地说："天下乌鸦一般黑，在我眼里，何芳就是一个官场上的混子。外界对他的那些赞誉都是不了解真相的阿谀奉承，他不过是一个徒有虚名的官场油子罢了，我才不稀罕认识他。"

"是呀是呀，我们都误会黄真旗了，可惜她身陷囹圄，连个解释的机会都没有。我真是后悔，何大人请她吃饭的事，不就是吃顿饭吗？我还以为何大人对她有别的想法呢。"阿三遗憾地说。

叶龙沉闷闷不乐，看上去心情糟糕，刚才莱茵小姐已经答应他营救黄真旗，但他心里还是觉得别扭，委曲求全的滋味并不好受。

阿三看出叶龙苦闷，笑着说："吉人自有天相，你也不必想太多，我让人准备几样小菜，咱哥俩喝一杯。"

叶龙心灰意冷地说："如果这次老天爷帮我，等黄真旗从狱中出来，我就带着她回国。旧金山这个破地方，我真是待够了，我们华人简直就没有活路。"

阿三说："话也不能这么说，旧金山虽然不好，但你也应该想一想，为什么每年还是有那么多华人来到这里？大部分人都是偷渡过来，大清国和美国都不承认他们的合法性，但来到这里的人也有混得不错的。比如洪义堂的陈远山，还有唐人街上的那些大商铺的老板，他们都是华人，遇到的境遇甚至比我们还要艰难，但人家照样挺过来了，我们为什么就不行？”

叶龙问阿三：“你开这家小餐厅，每年能赚多少钱，你再干多少年才能成为百万富翁？”

阿三说：“赚不到多少钱，养家糊口而已，但我还得干，一旦关闭我就得喝西北风。这就叫坚持，只要坚持总会有希望。”

阿三指着餐馆外面说：“你看看这唐人街，几乎都是中国人在做生意，有做得大的，有做得小的。大家都在努力地创业，以此来安身立命，我觉得你不应该回国，待在旧金山机会还是很多的。”

旧金山的生活让叶龙活得并不开心，事业毫无起色，感情也不顺利，心中藏着的复兴太平天国的大业也没有指望。认真想一想，真是没有一件顺心的事，叶龙感到一种莫名的失落。借着酒劲，他失意地说：“每个人的天赋不一样，我可能不是做生意的材料，也当不了官，想来想去，还真的没有什么工作能胜任。想当年我身为太平军统帅，掌管千军万马威风凛凛，谁能想到会落得这样的下场，真是造化弄人呀。”

叶龙想起往事黯然神伤，阿三心里也不是滋味：“好汉不提当年勇，到什么山唱什么歌，你留在旧金山，到底有什么打算？”

叶龙说：“过一天算一天呗，还能有什么打算呢？暂时也找不到更合适的工作。算了算了，不想这些烦心事了，我现在想的全是如何尽快救出黄真旗。”

阿三说：“咱们无权无势无钱，想捞出一个人简直是不可能。所有人心里都明白，黄真旗不是小偷，但有什么用呢，法律不相信穷人的话。”

阿三想起了什么，激动地拍了叶龙一下：“对了，你可以去找洪义堂，黄真旗不是他们的人吗？陈远山不会不管的。”

叶龙说：“找过了，陈远山倒是没有拒绝，答应尽快想办法，可是……我心里着急呀，找律师打官司需要很长时间，我等不了那么长时间。说实话，现在指望谁我心里都不踏实，这件事还得我自己来。”

“叶龙，你别意气用事，没错，你的武功确实很好，但用不上，现在最需要的是人际关系和钱，有了这些才有可能把黄真旗捞出来。无论是在中国还是在美国，钱都能起最大的作用，这是永恒不变的真理。”阿三说。

随后阿三起身离开，没一会儿工夫，阿三重新坐到椅子上，手里拿着一沓钞票。

阿三将钞票递给叶龙："我也是小本生意，能力有限，只能拿出这么多，这些钱你拿着。"

叶龙推开阿三的手："你这是干什么？快给我收起来，我怎么能要你的钱？"

阿三知道叶龙好面子，不好意思拿，早就想好了怎么"对付"他。

阿三说："我的钱怎么了？一没偷二没抢，都是我辛辛苦苦赚来的，这些钱都是干净的。虽然不多，但可以积少成多，你要是不拿着，就当没我这个朋友。"

叶龙确实需要钱，他纠结了一下，然后在阿三的肩膀上拍了一下："那行，这钱算我借的，回头我还给你。"

阿三说："什么还不还的，咱们兄弟不必这么客气。咱们都是华人，关键时候就应该互相帮衬，一人拉一把，人多力量大，困难就会很快过去。"

叶龙喝得醉醺醺的，摇摇晃晃地从阿三的餐厅走出来，外面飘起了雪，天气比刚才更冷了。见叶龙穿得单薄，阿三拿来一件羊皮棉袄给叶龙披在身上，叶龙说："三哥，你对兄弟的恩情，我会记一辈子。"

临走时阿三嘱咐："下雪了，路上滑，你一定要多加小心。"

走出一百多米，叶龙扬起头，看着纷纷扬扬的雪花，心情一下豁然开朗。他紧了紧衣服，继续向前走，地上的雪积了厚厚的一层，踩在上面发出咯吱咯吱的声音。

叶龙来自中国南方，很少见到雪，当他看到旧金山的雪，恨不得光着脚在雪地上奔跑，又走了一段路，叶龙来到一片荒芜的野地之中，再往前走就是金矿的华工宿舍。叶龙感到内急，站到一棵树下解手，那棵大树的树冠被雪覆盖，不时地从上面往下掉雪渣。叶龙系好腰带刚要离开，就见树上又掉下一块砖头大小的雪块，他急忙侧身闪躲。

叶龙发现身后的不远处，一男一女两人静静地站在雪地中，像两尊泥土做的雕塑。虽然叶龙喝醉了，但他还是一眼就认出了那两个人，他们是到旧金山追捕麦婧的阿英和坤如。叶龙下意识地摸了摸缝在内衣里的那张藏宝图，稍微振作了一下精神："又是你们两个鹰犬，看来上次没有打服你们，今天竟然又自己送上门来了。"

坤如仍然少言寡语，负责说话的还是阿英。阿英领教过叶龙的身手，单打独斗肯定不是他的对手，但如果与坤如联手，拼尽全力还是可以和叶龙斗一斗的。虽然心里没底，他们还是决定试一试，必须想尽一切办法得到那张藏宝图。

阿英似乎胸有成竹，说话的语气比上次强硬多了："叶龙，不，叶将军，只要你乖乖地把那张图交出来，我们就不会为难你，如果你还负隅顽抗，那就别怪我们不客气。今天就是拼死一战，也不会让你轻易逃脱。”

在寒风的吹拂下，叶龙酒醒了一半，他仍然下意识地摸了摸胸口的位置，像是故意的。阿英早就注意到叶龙的这个细节，她心中窃喜，认为藏宝图就在叶龙的身上。

叶龙发出洪亮的笑声，声音传出很远，将落在树上休息的鸟雀惊得乱飞。

叶龙发狠地说：“当年要不是你们这些鹰犬，老子不至于亡命旧金山，这都是你们害的，你们欠老子一笔账，今天咱们新账老账一起算。”

阿英与坤如对了一下眼神，坤如心领神会，两人不约而同地大吼一声，冲向对面的叶龙。叶龙觉得羊皮棉袄有些笨重，脱下来挂在树杈上，又担心弄脏里面的西装，就将西装也脱下，摘下领带。最后叶龙上身只穿着一件白色的衬衫，寒风吹在叶龙的皮肤上，他不由得瑟瑟发抖。

叶龙与阿英和坤如打在一起。经过上次的惨败，阿英已经摸清了叶龙的招数和他的内力，短平快肯定不行，要想战胜叶龙就得放慢速度，慢慢消耗他的内力。所以阿英的招数大多数都是试探性的、轻柔的、省力的，目的是引诱叶龙尽量多出招。叶龙已经看出了阿英的用意，他一贯妄自托大，根本不想后果，还是一味地使出狠招。

阿英和坤如不时地变换位置，一前一后、一左一右地夹击叶龙，几十个回合下来，叶龙手忙脚乱，渐渐露出体力不支的迹象。阿英又冲坤如使了个眼色，坤如会意，加快了进攻的招式，将叶龙逼向了一个凹进去的沟壑。从表面上看，那只是一个比地面略微低一些的洼地，叶龙不会想到，那竟然是阿英和坤如提前挖好的陷阱，专门用来捕获叶龙的。

在阿英与坤如的步步紧逼下，叶龙退守到陷阱边上，阿英见只差毫厘，与坤如使出最后的力气，一齐向叶龙发动进攻，哗啦一声，叶龙仰面栽倒，掉进了陷阱。好在上面铺的都是树枝和杂草，对人构不成太大伤害，叶龙虽然掉进去了，却毫发无损。

大功告成，阿英和坤如站在陷阱上面，阿英冲下面灰头土脸的叶龙喊：“叶龙，你现在就是一只被关在笼子里的野兽，想逃出去恐怕是不可能了，快把藏宝图交出来。”

叶龙掸了掸衬衫上的尘土，又摘了摘头上的树叶，冲阿英说：“真没看出来，你们这两个鹰犬还挺聪明，挖个陷阱骗老子钻进去，亏你们能想出来这么下三烂的损招。既然进来了，那我也不打算出去了，这里正好遮风避雨，待着也挺舒服。要是再能来一只烤鸡和一瓶红酒就完美了。”

阿英说："叶龙，你现在都死到临头了，还有心思开这种玩笑，看来你受的罪还不够。"

阿英提着一桶提前准备好的冷水来到陷阱旁边："你看看这是什么？"

叶龙扬起头，只能看到桶的底部，根本无法判断桶里装的是什么东西。

叶龙的玩世不恭全是装的，其实他心里怕死怕得要命，当他看到那个桶的时候，第一时间想到的是油。

"你这个恶毒的婆娘，想拿油烧死我呀，我告诉你，你可别乱来。这个世界上，只有我知道藏宝图的下落，我要是死了，你可就什么都得不到了。"叶龙心虚地说。

阿英见叶龙露出原形，发出咯咯的笑声："这还是刚才那个慷慨激昂、视死如归的叶将军吗？我怎么一下子不认识你了。"叶龙红着脸不说话。

阿英得意地说："我才舍不得烧死你呢，桶里装的是水，你刚才不是说里面很暖和吗？那我就给你洗个热水澡。啧啧，你说我怎么对你这么好呢，连我自己都佩服我自己。"

寒风凛冽的冬天，天上还下着雪，阿英准备拿水把叶龙浑身浇透，估计不出半个小时叶龙就会变成一座冰雕。

叶龙站了起来，想从陷阱里爬出去，他明明知道根本不可能，还是决定试一试。阿英蹲在陷阱边上向下看，像是在欣赏一场动物的表演。有一次叶龙快要爬到中间了，阿英从桶里舀出一瓢水，慢悠悠地冲叶龙的身上浇了下去，叶龙冷得牙齿直打架，发出歇斯底里的吼声："冻死我了，你们等着，我就算做鬼也不会放过你们。"

叶龙越骂，阿英越往下浇水。最后叶龙再也不敢骂了，老老实实地坐在地上，闭着眼睛，嘴里小声念着："妈祖娘娘保佑，妈祖娘娘保佑……"

第二十六章　雪消路更新

阿英看着叶龙的样子想笑，她绷着脸："藏宝图到底在哪里？你要是还不说，我就把你活埋，就算拿不到藏宝图，把你的人头带回去，也可以向师父交差。我再给你十分钟时间，你好好考虑一下。"

站在一旁的坤如说："师姐，不必跟这种人多费口舌，这么冷的天儿，再饿他几天，我看他说还是不说。"

坤如捡起一块小石头，扔向叶龙，正好打在叶龙的头上。

叶龙疼得直叫唤："哎呀，疼死我了，你打吧，打死老子也不会说。"

双方陷入了僵持局面，时间一分一秒地向前走着，大约过了一个小时，叶龙饥寒交迫。阿英不知道从哪里弄来一只烤鸡，撕下一只鸡腿递给坤如，坤如接过鸡腿大口地吃着，边吃边说："香喷喷的烤鸡，真是太好吃了。"然后将吃剩的鸡骨头扔到叶龙旁边。

阿英像变戏法一般，从包里掏出一壶酒递给坤如，故意提高嗓门说："有酒有肉，真是神仙般的日子。"

两人一唱一和，故意气叶龙，此时的叶龙浑身发抖，连说话的力气都没有了。叶龙感到悲哀，正如阿英所说，困兽犹斗，苟延残喘，狼狈不堪。现在唯一可以救自己的只有身上的这张藏宝图了，这是最后的筹码，不到万不得已的时候，叶龙是不会交出来的。

陷阱里鸦雀无声，叶龙直挺挺地躺在地上，不再挣扎，不再反抗，宛如一具僵尸。

坤如举着一只鸡腿指着下面说："师姐，怎么没有了动静，他不会是死了吧？"

阿英伸长脖子朝下面看，见叶龙躺在地上一动不动，大声喊："叶龙、叶龙，你别给我装死，我可不会轻易上当。"

坤如担心地说："也许他真的冻死了，毕竟身上淋了那么多的水，我们……

我们该怎么办？”

阿英不相信一条铁骨铮铮的硬汉，这么轻易就被折磨死了，无非就是浇了点水，不至于要了他的命。但看叶龙的样子，也不像是在伪装，阿英有些后悔，但直觉告诉她，这也许是叶龙制造的假象。

阿英没有将真实想法告诉坤如，她故意说：“都怪我，都怪我，没想到他的命如此脆弱。既然人都死了，对我们也没有什么价值了，干脆把他埋了吧。”

坤如完全赞成阿英的提议，拾起铁锹，往陷阱里铲土。哗的一声，一锹土倒在叶龙的身上，又一锹土倒在叶龙的头上，没多久叶龙就被掩埋的只剩下了脸。坤如累得直喘气，嘴里呼出一口白气：“旧金山的冬天可真够冷的，就这么一会儿工夫，我的手都冻僵了。”

阿英大声说：“先埋到这里吧，我刚才想了一下，叶龙是我们的敌人，也是我们的同胞。他在旧金山丧命，那就应该按照美国人的风俗进行火化，我们找些油倒在他身上，一把火烧了他，这样也算对得起同胞了。”

坤如佩服地说：“师姐，你真是菩萨心肠，可是，去哪里找油呢？”

阿英说：“你的壶里不是还有酒吗？倒在他身上，再扔进去些枯枝，一点火他就可以升天了。”

坤如大声说：“好嘞。”

坤如掏出酒壶刚要往下倒，就见叶龙像诈尸一样站了起来，冲阿英破口大骂：“你这个贱人，你真想烧了老子呀，我告诉你，老子就是蒸不熟煮不烂的孙猴子，你就算搬来太上老君的八卦炉也休想把老子烧死。”

坤如被叶龙吓得后退了几步：“师姐，他……他还活着。”

阿英冷笑：“我早就料到他在装死，就这点小伎俩还想骗我，真是难为他了。”

阿英冲叶龙说：“死到临头你还嘴硬，装死的滋味不好受吧，既然你愿意耗着，那我们就陪着你，看谁能耗到最后。”

坤如这才恍然大悟：“师姐早就知道他在装死呀，真是魔高一尺道高一丈，师姐就是厉害。”

雪越下越大，陷阱里积了厚厚一层，这次叶龙真的有些顶不住了，他感到孤独绝望，觉得自己这条命今天就要交待了。

不过，叶龙隐约听到上面传来打斗之声，他听出是林阿招的声音，原来是赶来的林阿招发现了他们。求生的欲念让叶龙抖擞起精神，他冲上面大声呼喊：“上面是林大哥吗？我是叶龙，你快来救我。”来人正是林阿招。

外面大雪纷飞，天寒地冻，叶龙出去一整天还没有回来，林阿招有些担心，就蹚着雪在金矿周围寻找。林阿招远远看见阿英和坤如，见是生面孔，再看两人的穿着，不像是金矿的华工，觉得他们形迹可疑。

林阿招盘问两人的来历，阿英极力掩饰内心的慌张，支支吾吾地答非所问，其实他们并不知道林阿招和叶龙的关系。

林阿招见两人挡在自己面前，就断定他们身后的坑里肯定有秘密，三人言语不和就动起手来。林阿招的功夫在叶龙之上，对付阿英和坤如绰绰有余，没有几个回合，林阿招就来到陷阱前面，正好听到叶龙的求救。

叶龙与林阿招打了个照脸，叶龙仰着头欣喜地喊："林大哥，救命恩人可算来了，快救我上来，妈的，这条命差点丢在这里。"

还没等林阿招说话，阿英和坤如就像饿狼一般扑来，阿英这才意识到，林阿招和叶龙认识，再看此人武功远在自己之上，再打下去说不定自己都会折进去。好汉不吃眼前亏，阿英冲坤如喊道："师弟，不必恋战，快走。"

阿英拉着坤如蹚着厚厚的积雪向前跑去，林阿招没有恋战，留下来营救叶龙。林阿招从树上折断一根又粗又长的树枝，伸向陷阱让叶龙抓住，然后两个人同时发力，叶龙揪着树枝纵身一跃，终于跳出陷阱，蹲在地上呼哧呼哧喘着粗气。

过去了十多分钟，叶龙才缓过劲来，林阿招问他事情的经过，叶龙只蜻蜓点水般介绍了一下情况，说阿英和坤如是自己的仇家，为了报仇追到旧金山。林阿招也没多想，搀扶着叶龙往金矿的方向走，两人刚进宿舍，就见庄先生从外面进来。

庄先生见叶龙浑身是伤，居然没顾得上询问，而是大声说："你们可算回来了，金矿出事了。"

叶龙听到庄先生的话，惊得坐了起来，以为阿英和坤如追到了金矿："庄先生，又出大事了？"

庄先生坐在椅子上，接过林阿招递过的热水，觉得有些烫手，就重新放到桌子上。

"入冬以来，很多矿工染上风寒，开始大伙都没太在意，以为喝点姜汤去去寒气就能没事。没想到后来被感染的人越来越多，都躺在宿舍里养病。刚才有一个华工发烧昏迷体温都到了四十三度，怕是挺不过去了。"庄先生担忧地说。

叶龙："生病了就吃药，找大夫看病，为什么要拖到这个时候？"

庄先生："找了一个洋大夫，出诊一次一百美元，请不起。他开的西药也贵得吓人，根本就吃不起呀。那么多华工都染了风寒，谁能出得起这么多钱，所以就变成现在这样的局面。”

林阿招：“染上风寒可不能拖着，这种病严重了会要人命，何况还会传染，照这样下去，金矿的华工都得染上风寒。”

庄先生一拍大腿说：“对呀，我担心的就是这个，人命关天的大事，马虎不得。所以我才来找你们商议，要是黄真旗在的话就好了，她见多识广，肯定会有解决的办法。”

庄先生如此一说，勾起了叶龙和林阿招的伤心事，两人沉默不语，现场气氛尴尬极了。

庄先生不好意思地说：“你们瞧瞧，我真是老糊涂了，哪壶不开提哪壶，我说这些干什么。”

林阿招忽然说：“真旗精通医术，知道各种草药的名字，当初在新宁的时候，经常给街坊四邻免费看病。”

“对呀，我怎么就没想到呢？当初在碧萝山，我被毒蜈蚣咬伤，还是真旗用草药帮我驱毒的呢，要是没有黄真旗，我这条命早就被老天爷收走了。”叶龙说。

庄先生像抓住了一棵救命稻草，可转念一想，又叹了一口气：“真旗还在监狱里，远水解不了近渴呀，我们总不能把病人送进去让她医治吧。”

叶龙：“这肯定办不到，但也不是没有办法，真旗出不来，我们可以去找她要治病的方子，这件事应该没那么难。”

庄先生：“这倒是一个办法，但想接近真旗，哪有那么容易？”

叶龙：“我有办法，你们就等着我的好消息吧。”

庄先生与林阿招面面相觑，不知道叶龙葫芦里卖的什么药，林阿招问：“你不会是去找那个什么莱茵小姐帮忙吧？我告诉你，那个女人，沾上了就是麻烦，咱们还可以想其他的办法。”

叶龙苦笑：“真是什么都瞒不过林大哥，但是，除了这个途径，还能有什么其他办法呢？是你有办法，还是庄先生有办法？为今之计，只能是死马当活马医了，如果真能见到黄真旗，至少咱们还能确定她现在还活着。”

林阿招继续阻止：“这个女人看你的眼神不对，万一你被她的美色勾引把持不住，那受伤害的可就是黄真旗，你这不是救她，而是害她呀。”

叶龙笑着说：“林大哥这是在怀疑我呀，要不你来想办法，我们都听你的。”

“这……”林阿招明知道叶龙在嘲笑他，就是找不出反驳的理由，愣着不说话。

庄先生打破了僵局，他还是站在了叶龙这边：“人命关天，不管采取哪一种方式，都要先救人，再考虑其他的因素。目前来看，叶龙的办法是最可行的，我支持。”

刚才阿英和坤如的一通折腾，让叶龙苦不堪言，他觉得浑身酸疼，咬着牙说：“疼死我了，疼死我了。”

林阿招这才想起，忘记将手里的止痛药给叶龙外敷了，他将药膏轻轻地涂在叶龙的伤口上：“以你的身手，怎么会被那两个无名小卒伤成这样，真是不可思议。”

叶龙辩解：“是我轻敌了，他们提前挖好了陷阱，我一不留神就踩下去了。要不是林大哥及时赶到，我说不定就被他们折磨死了。”

林阿招为叶龙涂完药，才发现庄先生晕倒在地上，林阿招用手一摸庄先生的额头，皱着眉说：“怕什么来什么，庄先生也被传染了，额头烫得厉害。”

林阿招对叶龙说：“你也别躺着了，赶快去找你那个莱茵小姐想想办法，快去呀。”

叶龙刚躺下，又被林阿招拽了起来：“赶紧走，就这点皮外伤，根本就不影响你走路。”

叶龙只好挣扎着起来，抬头看了看表，已经是傍晚六点钟。外面的雪已经停了，风也变小了，像是在配合叶龙的出行。叶龙简单吃了点东西，到外面给莱茵小姐打电话，莱茵小姐毫不犹豫地就答应了叶龙的请求，约他明天上午十点在城北女子监狱门口见面。

转天上午叶龙准时来到城北女子监狱，莱茵小姐已提前抵达。早在前一天夜里，莱茵小姐就在电话里告诉约翰逊警长，要探视黄真旗。约翰逊警长非常了解莱茵小姐的脾气，如果不答应她的要求，她发起脾气来有可能放一把火把监狱给烧了。约翰逊警长并没有做任何阻挠，而是爽快地答应了，但他在第一时间把这件事告诉了加内特。

监狱长打着哈欠接过约翰逊警长亲笔写的信，稍微看了一眼，便叠好装进上衣口袋，将头一摆，意思是让莱茵小姐和叶龙跟着他走。大约走了五分钟，三人来到一扇厚重的大铁门前，监狱长还是不说话，带着两人进入探视室。然后小声告诉一名狱警，将黄真旗押出来。

大约又过去了五分钟，黄真旗穿着囚服出现在叶龙面前。叶龙看到黄真旗那憔悴的面容，情绪有些激动，他想冲过去握黄真旗的手，被站在一旁的狱警拦住。黄真旗看着叶龙，眼泪控制不住流了下来，只是哭，没有说一句话。哭完了，她擦了擦眼泪，露出让人心疼的微笑：“阿龙，我在这里挺好的，每天有吃有喝，还可以看书，你不必为我担心。”

叶龙见黄真旗身处困境还能如此安抚别人，更加觉得有愧于她，没有好好保护她。

叶龙说：“真旗，他们有没有对你用刑？你不要骗我。”

黄真旗看到了叶龙身后的莱茵小姐，她冲莱茵小姐友好地点了点头。莱茵小姐不太好意思面对黄真旗的目光，一来是因为父亲加内特是陷害黄真旗入狱的元凶，二来她帮助叶龙的目的不纯，所以她从一进入探视室开始，就刻意躲避黄真旗的目光。

黄真旗已经看出，安排这次探视是莱茵小姐的功劳，她从心底感激莱茵小姐，让她还有机会与叶龙见面。

叶龙看了看墙上的表，抓紧时间说：“你把心放在肚子里，少则三五日，多则半个月，我一定会想办法保释你出来。”

黄真旗对此不抱任何希望：“阿龙，我会善待自己的，你也要多保重身体。”

叶龙想起此行的主要目的：“工友们感染上风寒，没钱去买药，林大哥说你精通医术，不知道有没有医治的方子。”

黄真闻说：“风寒如果不及时医治，是要出人命的，现在的情况如何？”

叶龙垂头丧气地说：“有几个高烧到了四十多度，已经陷入昏迷。”

黄真旗一听急得站了起来，见狱警拿眼睛瞪着她，只好坐回座位。她向狱警提出需要一张纸和一支笔，接着，黄真旗拿起笔唰唰点点，在那张白纸上写满了字，写完后将纸叠好递给叶龙：“这是我家传治疗风寒的秘方，你按照上面写的内容到中药铺抓药，按照配比熬制，尽快给华工们服下。”

叶龙接过药方，疑惑地看着黄真旗：“这方子……真的……管用？”

黄真旗说：“药方是我祖上传下来的，这么多年每次都是药到病除，没有出现过一次意外。你尽管放心拿去用，时间紧迫，再耽误下去传染面会扩大。”

听黄真旗这么说，叶龙才放心，赶紧将药方揣进怀里。

黄真旗问：“庄先生和林大哥还好吗？”

叶龙：“你入狱后，庄先生整天忧心忡忡，四处找人想办法，这次也染上了风寒。林大哥更是心急如焚，整天像丢了魂一样。”

“你转告他们，我一切都好，天无绝人之路。”黄真旗说。

临走时叶龙说：“陈堂主答应请律师帮你打这场官司，我估计律师这几天就会来找你。”

黄真旗点了点头，不好意思地说："让大家为我操心了。"

叶龙从城北女子监狱归来，将黄真旗写的药方给庄先生和林阿招看，上面写着十几味草药的名字。叶龙和林阿招马不停蹄地来到唐人街的华人药铺，让人欣喜的是，药店里竟然有方子上面所写的所有草药。

抓好药之后，用大锅熬制了两个小时，然后将药汤倒进一个个罐子里，送给那些染上风寒的华工。一周之后，华工们真的奇迹般恢复了。当华工们得知，是身在监狱的黄真旗为大家开的药方，都充满了感激，黄真旗的善举迅速在华工中传开，大家提到"黄真旗"三个字没有不敬佩的。

中药铺的吴掌柜到金矿拜访庄先生，说明来意后庄先生陷入了沉默。原来，自从黄真旗那张神奇的药方传遍华人圈之后，其他金矿的华工也来索取药方，庄先生并没有给他们方子，只是帮他们抓药熬药。因为庄先生知道，这张药方是黄真旗的家传，不可轻易外传。另外庄先生也担心方子落到唯利是图的奸商手里，被他们用来赚华工的钱，所以庄先生非常慎重。

吴掌柜就是想买下这张药方，用来制作治疗风寒的药品。吴掌柜在华人当中的口碑还算不错，多年来凭着良心做生意，经营的药材货真价实，要价也比较合理，所以庄先生觉得为难。

庄先生："对不起吴掌柜了，这张方子是华工们的保命药方，我不可能拿它去卖钱。"

吴掌柜："庄先生这么想就错了，我并非是想拿方子牟取暴利，而是想让更多的华人得到救治，当然，这些药不是白送，而是需要支付费用。我想，把一张纸变成钱，可以帮助更多的华人，这也算是救死扶伤吧。"

庄先生："华工们大多数没什么钱，你的价格定得太高，还是没有人买得起。像那些白人，一服药开口就要几十美金，简直是天文数字，那是坑人。"

吴掌柜："这个请庄先生放心，我早就想好了，如果愿意的话，可以拿这张方子入股，和我一同经营，每年年底分红。我并没有其他企图，只是单纯地认为这么好的一个方子放在手里不用，就等于一张废纸。我们可以共同开发，创立一个品牌，将来可以造福更多的中国人。"

庄先生可以感觉到吴掌柜的诚心，但他还是慎重再慎重。

吴掌柜看出庄先生在犹豫："黄真旗很了不起，精通医术，为人仗义，经常为华工伸张正义，让人十分敬佩。"

庄先生叹气："她年轻不懂事，干了得罪加内特的事，现在被关在监狱，随时都面临危险。唉，枪打出头鸟呀，我们现在是一点办法都没有。”

吴掌柜掏出一些钱放在桌子上：“这些钱请庄先生收下，算是我的一点心意。庄先生千万不要多想，这些钱和我买药方没有一点关系，我只是出于对黄真旗的同情，希望能帮到她。”

庄先生推辞：“钱我不能要，药方的事等黄真旗出狱后咱们再商量。药方是黄真旗的，只要她答应，我这边没什么意见。”

吃人嘴短，拿人手软，这话用在叶龙身上最合适。昨天刚陪他到监狱探视黄真旗，今天一大早莱茵小姐就坐着马车来找他。叶龙左右一看，见无人注意，便将莱茵小姐拉到一个偏僻之处：“你怎么来了？”

莱茵小姐大大方方地说：“金矿是我家开的，我想什么时候来就什么时候来，难道还要提前通知别人吗？”

叶龙：“不不不，你误会了，我根本不是这个意思。”

“那你是什么意思呢？”莱茵小姐反问。

叶龙结结巴巴地说：“这个时候咱们见面，别人会说闲话的，我倒是无所谓，关键是担心影响到你。这件事要是让你的父亲知道，恐怕会对你不利。”

莱茵小姐嘤嘤地笑：“叶龙，你在撒谎，我们在一起有什么不可告人的，你到底怕什么？”

叶龙急得直冒汗：“关键是我们根本没有在一起呀，你快点走吧，以后少到金矿找我。”

莱茵小姐知道叶龙并非有意驱赶自己，他只是爱面子，担心别人说闲话。

莱茵小姐说：“行行行，算我不好，不应该到这里找你。但是，对于帮助过你的人，你是不是应该请她喝一杯咖啡呀？”

叶龙像哄孩子一样说：“请请请，回头我肯定请你，你先回去好不好？”

莱茵小姐不情愿：“你现在就坐车跟我走，否则我就让所有人知道我们的关系。”

叶龙无可奈何：“你不是要喝咖啡吗？我现在就请你喝。”

叶龙坐上马车，莱茵小姐故意靠近，叶龙装腔作势地往后挪了挪，以示和莱茵小姐保持一定距离。

莱茵小姐笑：“那句话怎么说来着，让我想一想啊，想起来了，叫念完经就打和尚，我就是那个和尚。”

叶龙见确实没有人注意莱茵小姐的马车，这才放松下来，说话的语气也恢复了平常的幽默风趣："不对不对，你不是和尚，和尚是男的，你是尼姑，尼姑是女的。"

二十分钟后，马车缓缓地停在"昔日情人"咖啡馆门口，叶龙下车一看，咖啡馆进出的都是西装革履的有钱人，再看看自己身上的寒酸样，心里感到别扭。更让他感到别扭的是，最近囊中羞涩，他恐怕连一杯咖啡也买不起。

莱茵小姐知道他囊中羞涩："咱们进去吧，今天我请客。"

莱茵小姐见叶龙站在原地不动："你今天好奇怪，为什么不进去呢？"

叶龙红着脸，鼓足了勇气说："等我将来赚了钱，一定请你到旧金山最好的咖啡馆喝咖啡。"

莱茵小姐挽着叶龙的手进入咖啡馆，给两人每人点了一杯咖啡："叶龙，你现在没钱，但我相信凭你的能力和智慧，早晚有一天会获得成功。"

叶龙知道莱茵小姐是为了照顾自己的自尊心，才说这些鼓励的话。

莱茵小姐继续说："你有没有钱对我来说并不重要，重要的是我们在一起非常快乐，这些快乐是用多少金钱都买不到的。"

叶龙喝了一口咖啡："每次请客都让你破费，我感到非常不安，作为一个男人，花女人的钱，总是感到脸上无光。"

莱茵小姐并不想把精力浪费在这种毫无意义的事情上，她更关注的是叶龙到底愿不愿意接受自己的爱。

"昨天在探视室，我能看得出来，你和黄真旗非常相爱。"莱茵小姐说。

叶龙不愿意谈论这件事，也不想面对，他低着头没有说话。

莱茵小姐道："下一步你打算怎么办？我的意思是，你和黄真旗的关系怎么处理？"

叶龙像是在做着痛苦的纠结，他抬起头问："你能不能放过我？"

莱茵小姐有些失望："没想到你把我的爱当成了负担，可是……"

莱茵小姐随后说："我必须得到你，无论采取什么手段，我都要和你在一起。我也不知道自己到底为什么，我就是喜欢你，每天都想见到你，我无药可救了。"

叶龙说："我根本无法割舍对黄真旗的爱，就算我们真的在一起，我心里也装着她，你能接受这样的结局吗？"

莱茵小姐坚定地说："我能，你心里装着谁那是你的事，只要我心里装着你就足够了。"

叶龙站起来："以后我们不要再见面了。"

莱茵小姐威胁："你最好考虑一下后果，没有我的帮助，黄真旗也许会死在监狱。”

叶龙赌气：“你随便吧，难道除了你之外，别人就办不了这件事吗？”

莱茵小姐生气地说：“也不是所有的爱都要占有，但我真的做不到一无所求，别看我对你温柔，对待别人我可是什么事情都能干得出来。”

叶龙说：“你说得没错，因为你父亲是加内特，也是一个什么事情都能干得出来的魔鬼。”

叶龙紧紧地盯着莱茵小姐，忽然说：“算你狠，我认输了……”

从咖啡馆出来后，叶龙有些失魂落魄，他拒绝上莱茵小姐的马车，一个人独自走在凄冷无人的街上。刺眼的阳光照在他的身上，他就像一座雕像在缓缓地向前移动。

叶龙拐进一条小街，继续向前走着，他看到一个熟悉的身影。那个身影从这条街跑向另外一条街，一闪就不见了。叶龙加快脚步追了上去，并没有找到那个身影。叶龙靠在墙上，密切地观察着从眼前经过的行人。

叶龙的肩膀被人拍了一下，站在他眼前的人，戴着墨镜和白色口罩，衣领高高竖起。

叶龙一眼认出，就是刚才看到的那个人，还没等叶龙说话，那个人小声地说：“我是洛伊，请你不要回头，向前走一百米等我，我有话对你说。”

叶龙也没想别的，按照洛伊的提示向前走了一百米，那里有很多行人，洛伊坐在一条长椅上。叶龙冲过去揪住洛伊的脖领子：“你这个杂种，所有人都在找你，你到底躲到哪里去了？”

洛伊被叶龙勒得喘不过气，挣扎着说：“你不要这么凶嘛，我都快被你勒死了，放开我，我有事要告诉你。”

叶龙松开手，眼睛因为过度愤怒而布满了红血丝。

洛伊：“我知道我可能活不长了，在我临死之前，我把那起矿难的真相告诉你。我参与了矿难的事，当然要躲起来，我不躲起来加内特就会派人干掉我。这段时间我感到非常内疚，每天都在忏悔我做下的坏事。我不知道我还能活多长时间，因为加内特已经派人在追杀我，我要把我知道的真相告诉你，否则我不会原谅自己。”

叶龙：“那起矿难到底是怎么回事？”

洛伊：“事情发生前两天，加内特命令我将他们骗到快塌陷的矿井里，然后谎称是意外事故。他要害的人是黄真旗，其他华工等于做了黄真旗的殉葬品。加内特想杀我灭口，我连夜逃了出来。但我毕竟是帮凶，我经常在梦中听到死去的华工呼唤我的名字，他们伸着血淋淋的双手掐我的脖子。如果我不将功赎罪的话，我会下地狱的。”

叶龙：“你跟我到法庭作证，说清事情真相。”

洛伊：“请你相信我，我之所以冒着生命危险来告诉你真相，就是想帮助黄真旗，我知道她为此进了监狱。可是，我不能露面，我现在随时都面临生命危险。”

叶龙抓住洛伊：“你别跟我废话，我们现在就去警察局。”

洛伊央求：“不要为难我好吗？就算去了警察局，那个约翰逊警长也会袒护加内特，所以去不去都没什么意思。在旧金山，只有加内特说了算，我们这些人根本动不了他。”

枪声！枪声！枪声！一把枪隐藏在角落里，朝着洛伊和叶龙连续开枪。

洛伊连中三枪，唯一的证人被暗杀，叶龙躲得快，但左胳膊还是受伤了。叶龙并没有看到枪手的真面目，但他猜到这是加内特所为。

洛伊倒在地上，他说出最后一句话：“我终于可以轻松地去见上帝了。”

叶龙诅咒：“加内特，你这个卑鄙无耻的家伙，我一定不会放过你。”

加内特跷着二郎腿坐在沙发上，手里的雪茄缓缓地冒着青烟，墙上的挂钟在有节奏地摇摆。加内特不时地盯着看时间，似乎在等待什么人的到来。这时佣人轻声说：“您等的人来了。”

加内特弹了一下烟灰，低沉地说：“让他进来。”

佣人带着一个四十多岁的美国人进来，那个人一袭黑衣，脸上有个刀疤，看上去有些阴森。那个人直挺挺地站在原地，面无表情，一句话都不说。

此人是加内特雇佣的杀手，外号叫“独狼”。

加内特依然坐在沙发上，他并没有给“独狼”让座，冷冷地问：“事情办得怎么样了？”

“独狼”语言简短有力，不拖泥带水：“洛伊被我一枪打死了，但现场还是出了一点小意外。本来只有洛伊一个人，没想到又来了一个华人，他好像跟洛伊认识，两人说了很多话。”

加内特站了起来：“华人？男的女的，多大年纪，长什么样子？”

“独狼”想了想说：“大约四十岁，身材很高，皮肤有点黑，脑袋后面的辫子剪掉了，穿着有些寒酸。”

加内特想了半天也没有想到是谁，因为他对叶龙没有什么印象，稍后加内特问："如果给你看那个人的照片，你能认得出来吗？"

"独狼"点了点头，再也没有说话。

加内特拍着"独狼"的肩膀说："你干得不错，按照事前谈好的，我会给你一笔钱。"

加内特从抽屉里拿出一个很大的信封递给"独狼"："请收下，这是你应该得的。"

"独狼"将信封揣进口袋，仍然面无表情："那个华人，挨了我一枪，但没打死他。"

加内特说："你尽快调查清楚那个华人的底细，先别动他，一切听我指挥。"

"独狼"向加内特保证道："请加内特先生放心，基本的职业操守我还是懂的。"

第二天加内特接到了约翰逊警长的电话，说一个名叫叶龙的人到警察局报案，说他目击了枪手杀洛伊的经过，要求警方展开调查。

"叶龙？！"加内特轻声地念着叶龙的名字。

约翰逊警长提醒："叶龙是金矿的华工，他是黄真旗的男朋友，前几天莱茵小姐带着他到监狱探视过黄真旗。"

加内特恍然大悟，这才想到，自己的女儿和这个叶龙肯定有事，否则不会背着自己去探视黄真旗。另外他也想到，洛伊临死前也许已经将矿难的真相对叶龙和盘托出。

约翰逊警长："在我的地盘发生这样的恶性事件，作为警长，我肯定是要展开调查的，哪怕是走走过场。"

加内特："这件事走走过场就行，没必要深究下去。"

约翰逊警长嘿嘿地笑："我就说嘛，这么大的事，怎么可能与你无关呢？好的好的，我知道该怎么做了。"

第二十七章　开关扫白云

叶龙的枪伤并不严重，只是擦破了点皮，简单包扎之后便无大碍。虽然已经报案，但叶龙明白，约翰逊警长根本不会认真对待这个案子。叶龙决定，把这个意外的发现告诉洪义堂的陈远山。

陈远山最近也在为黄真旗的事多方奔走，他聘请的律师正在介入这个案子。这天上午，陈远山刚刚与聘请的怀特律师商讨完黄真旗的案子，怀特律师准备到城北女子监狱找黄真旗询问案件的具体经过。怀特律师是一个美国白人，他与陈远山是多年的好友，也是洪义堂聘请的法律顾问。怀特律师在旧金山大名鼎鼎，专门替华人打官司，深受华人企业家的推崇。

陈远山的助理科比敲门，说叶龙有急事求见。叶龙一口气将洛伊临死前告诉自己的秘密说了出来，陈远山皱着眉头。怀特律师听完叶龙的陈述，激动地将文件夹拍在桌子上："陈堂主，叶先生提供的线索对我们打赢官司非常重要，我想现在就去见黄真旗，向她详细了解情况。"

陈远山对怀特律师的能力没有任何怀疑，多年来他为洪义堂打赢了几起重要的官司，为洪义堂赢得利益和尊严，这是毫无疑问的。但这次面对的是强大的加内特，遇到的困难也会越来越多，越来越大，对此陈远山底气不足。

兴致勃勃的怀特见陈远山沉默，表示不理解："陈堂主，你难道不相信我的能力？"

陈远山解释："怀特律师，我对你的能力深信不疑。不过这次不一样，我们面对的是加内特，这个人手眼通天，据说在国会有很多人都是他的朋友，想扳倒他，要做好充分的准备。"

怀特律师哈哈大笑："我的陈堂主呀，这里是美国，是民主和法制的社会。任何人都不能逾越法律的底线，何况是一个小小的加内特，就是我们的总统先生，如果触犯法律，国会照样可以让他下台。你可以不相信我，你要相信法律的威严。"

陈远山：“可是，我们是华人……我们的利益一再被侵犯，这么多年，冤假错案难道还少吗？”

怀特律师：“请相信我，美国的法律会越来越健全，华人的地位也会越来越趋于平等，只不过还需要时间。这些因素并不能成为我们伸张正义的阻碍，我们必须拼尽全力才能打赢每一场官司，连我都有信心，陈堂主为什么反倒缩手缩脚呢？”

怀特律师的话让陈远山感到惭愧，多年在旧金山打拼的经历，让陈远山学会了忍辱负重。洪义堂在旧金山还算有点势力，也遭受到不少攻击和非议，有人说洪义堂对美国社会构成了威胁，更多上流社会的人对洪义堂态度恶劣。

陈远山清楚地记得，他初到美国在旧金山坐电车，车身居然写着“禁止华人上车”的标语，白人拒绝与黑人和黄种人一同乘车、一同就餐，很多公共场合禁止华人入内。美国报纸副刊经常刊登一些侮辱华人的漫画，漫画里的华人尖嘴猴腮，形象猥琐，穿着清人的长衫，脑后拖着乱糟糟的发辫。华人成为肮脏的代名词，华人居住的社区也成为藏污纳垢的代名词。

在这样恶劣的环境下，陈远山与一群华人抱团取暖，成立洪义堂，用他们的实际行动逐步改善华人在美国人心中的形象。然而这种印象根深蒂固，一时也无法彻底改变。陈远山作为洪义堂的领头人，也是旧金山华人当中的杰出人士，他肩上的担子非常重。既要保证手下的兄弟有饭吃，有衣穿，有钱分；也要保证所做的都是正当生意，不违法乱纪，不假冒伪劣。所以干得非常辛苦，也非常艰难。为了维护这种平稳的局面，陈远山不愿主动得罪加内特这样的地头蛇，以洪义堂目前的实力，还不足以撼动加内特这棵大树。

但是这次不一样，黄真旗的入狱，让陈远山觉得必须出手相助。陈远山帮助黄真旗的理由很复杂，一来黄真旗与他有特殊关系，黄真旗是哥哥陈桥峰的徒弟，间接算自己的徒侄。二来黄真旗是洪义堂的人，下属被人陷害，必须全力营救。三来陈远山有自己的私心，他看好黄真旗的为人和能力，如果调教得当，她完全可以当自己的接班人。

综合以上三点，陈远山决定不惜血本营救黄真旗，他请来律师界的权威怀特律师负责这场官司。陈远山的慎重在于，这是一场赌局，他想提醒怀特，自己的全部家当都押上了，这场官司一定要赢。

怀特律师如期探视了黄真旗，向她详细了解了整件事情的经过，并向黄真旗保证，会尽快整理证据，向法院起诉加内特。这件事传到加内特的耳朵里，加内特当然知道怀特律师的厉害，多年来他一直都在为洪义堂服务，为在美华人打官司，那是一个正义的具有反抗精神的律师，在旧金山的上流社会中享有良好的口碑。怀特律师的介入，让加内特感到不安，也许自己的阴谋会就此大白于天下，弄不好会身败名裂。

加内特想不出更好的办法对付怀特律师，整日焦虑不安，他反常的行为引起了麦婧的注意。加内特躺在床上难以入睡，他起身倒了一杯红酒，坐在卧室的椅子上皱着眉头想心事。麦婧穿着性感的丝绸睡衣，坐在他的旁边："有什么心事就说出来，或许我可以帮你出谋划策。"

烦躁的加内特摇了摇头说："这件事可没那么简单，论武斗我谁都不怕，但是论文斗，我心里就没底了。怀特律师没有打不赢的官司，何况他已经见过黄真旗，手里肯定掌握了证据，你说我该怎么办？"

麦婧自从跟了加内特，很少看到他为一件事大伤脑筋，看来这位怀特律师确实给他制造了不小的麻烦，为了讨好加内特，麦婧说："你没有必要自寻烦恼，在我看来这件事还没有到山穷水尽的地步，有解决的办法。"

"噢？你快说说看。"加内特像是抓住了一根救命稻草，急切地等待麦婧的回复。

麦婧轻轻地抚摸着加内特那张被焦虑折磨的脸，像在安抚一个大孩子："现在有两条路可以选择，第一条路，花大价钱收买怀特律师，让他成为我们的人。第二条路，雇人除掉怀特律师，永绝后患。除掉他之后，旧金山再没人敢接手这个案子，我们的目的也就达到了。"

加内特听完后，愣了一会儿神，随后站起来，喝完最后半杯酒。

加内特说："第一条路风险不大，怀特律师未必会上钩，据我所知，他和陈远山可是很好的朋友，利诱恐怕没那么容易。第二条路倒是万无一失，可是……弄不好我会惹火烧身。你让我好好想一想，这件事一定要慎重，慎重没什么坏处。"

麦婧见加内特在犹豫，就帮他下决心："我没猜错的话，怀特律师正在搜集证据，不出一周他就会正式起诉你，到时候黄真旗会出庭作证。那个时候你再想反击，可就没那么容易了。这件事公之于众，会激起旧金山民众的强烈反应，尤其是华人。你是公众人物，从此将身败名裂，还会因此坐牢，这些结果你想过没有？"

麦婧的一席话唤醒了加内特"求生"的本能，他使劲地点了点头，抬头看着墙上的挂钟，意味深长地说："你说得对，留给我的时间确实不多了。"

麦婧说："除掉怀特律师是唯一的办法，这样的话黄真旗的案子就会无限期拖延下去，我们就有足够的时间让黄真旗不明不白地死在监狱，简直就是一举两得，堪称完美。这件事要快，越快越好，我建议你明天就开始行动。”

加内特看着麦婧说：“这件事其实与你没多大关系，我们非亲非故，你为什么要帮我？”

加内特的话让麦婧感到温暖：“我心里非常清楚，我们之间就是交易关系，你把我当成发泄欲望的工具，但我把你当成知心朋友，道理就这么简单。”

加内特心中涌起莫名的欣慰，这种感觉让他想起以前的事。他不得不重新审视他与麦婧的关系，这个看似唯利是图、冷酷无情的女人，并没有想象中那么丑陋，她有时会露出善解人意的一面。

加内特深情地说：“我是一个十恶不赦的坏蛋，能获得今天的成功，就是因为我心狠手辣。我杀过很多人，大部分都是华人，双手沾满了鲜血。随着年龄越来越大，我一个人独处的时候，经常感到后悔，我做的错事太多了，恐怕一本书都写不完。可我必须这样做，不去压榨那些华工，我就赚不到更多的钱，我唯一能做的就是，让他们尽量住得好一些，吃得好一些，仅此而已。”

麦婧伸开双手，将加内特紧紧地搂在怀里，拍着他的肩膀说：“你能这么想，我真的感到高兴，说明你还有善良的一面。其实我们都一样，为了心中的执念而去犯错，给别人带来无法愈合的创伤。然而，事情已经走到这一步，我们站在悬崖边上，后面是追兵围堵，前面是万丈深渊，唯有跳下去或许还有一线生机。就像眼前这件事，唯有除掉怀特律师，你才能获得重生。”

加内特枕在麦婧怀里，闭着眼睛，呼吸很轻：“我年龄越来越大了，为了我的女儿，我也应该多抽出时间陪伴她。我保证，干完这件事我会退休，享受天伦之乐。但愿……但愿我可以心想事成。”

麦婧看着窗外，心不在焉地说：“希望我们每个人都能心想事成。”

经过一夜的纠结，加内特最终下定决心除掉怀特律师。杀手“独狼”如约而至，他还像上次那样，直挺挺地站在加内特对面，面无表情，一言不发。加内特也没有多说话，直接将一个装满钞票的信封递给“独狼”，并且告诉他怀特律师的住址。

临走时加内特嘱咐：“除掉这个人之后，你带着钱马上离开旧金山，到华盛顿躲一躲，车票我已经买好了，就在信封里。”

“独狼”点了点头，转身离开。

加内特叼着烟斗坐在沙发上，不时地看着墙上摇摆的挂钟，最近他总爱看表，每次看的时候都有一种紧张。他也说不清楚到底是为什么，他并不知道这是一种强迫症。

怀特律师被枪杀的消息登上报纸头条，报道称，怀特律师是在深夜回家途中被人枪杀的，脑袋中了一枪，上身中了三枪，当场毙命。报纸还配了一张怀特律师遇难的照片，脑袋上有一个小小的枪眼，冒着黑血。怀特律师瞪着眼，临死前似乎有什么话没有说完。

著名的大律师被枪杀，引起了旧金山各界人士的强烈反应，大部分正义人士纷纷站出来谴责凶手，要求旧金山警方尽快破案，将凶手绳之以法。来自各方的压力，统统涌向约翰逊警长，让他有些应接不暇。前不久发生了洛伊被枪杀案，现在又发生怀特律师被枪杀案，两起案件间隔还不到一个月。迫于各方压力，约翰逊警长向媒体公开表示，将投入更多的警力，要在最短的时间内抓到凶手。

怀特律师的意外身亡，让陈远山措手不及，黄真旗的案子刚有点眉目，顷刻间就回到原点。更让他遗憾的是，失去怀特律师这样一个能干的朋友，将是洪义堂最大的损失，今后还有谁能勇敢地站出来维护华人的利益，还有哪一个白人愿意帮助华人获得尊严？于公于私，陈远山都为怀特律师的死感到悲痛，他甚至在想，以后再也遇不到像怀特律师这样好的律师了，不会了，再也不会了。

加内特拿着报纸一字一句地看完那则新闻，怀特律师确实死了，他确实做到心想事成了。面对这样的喜讯，加内特一点都高兴不起来。

麦婧："一切都如我们所愿，这件事完美收场了，难道我们不应该庆祝一下吗？"

加内特："那是当然，我们获得了足够的时间，我相信后面的事会更加顺利。"

麦婧往两个高脚杯各倒了半杯红酒，一杯递给加内特："你知道吗？你这次做了一个正确的选择，一个成功人士，关键时刻还是要有精准的判断力。"

加内特："有一件事憋在我心里很久了，我今天想对你说。"

加内特深情地看着麦婧，他犹豫了一下，但还是鼓起勇气："我女儿已经成年了，她很快将会有自己的生活，而我并不想孤独地过完下半辈子，我想……我想再找一个合适的伴侣。"

麦婧听出了加内特的话外之音，她装作糊涂："像你这么成功的男人，找一个伴侣应该不难，不知道你要什么样的？"

加内特直勾勾地看着麦婧，毫不掩饰地说："找伴侣并不难，想找一个合适的却不容易。我觉得……你就是最合适的人选。"

麦婧急忙说："不不不，这绝对不可能，我是一个卑微的华人，怎么可能成为你的伴侣呢？你千万不要开这种玩笑，我心里乱急了。”

加内特将麦婧搂在怀里，冲动地说：“我才不管什么身份、地位和肤色，我需要你，现在就需要。”

加内特迫不及待地抱起麦婧，急匆匆地来到卧室，将麦婧扔到床上，一边脱衣服一边喘着粗气说：“从现在起，你不是我的情人，而是我的伴侣。”

对于加内特野蛮的爱，娇小体弱的麦婧无法抗拒，她只能默默承受。看着加内特那野兽般的表情，麦婧的心情非常复杂，她也搞不清楚，为什么会对加内特产生感情。然而这种感情非常复杂，不完全是男女之爱，倒是有一种母爱在里边。

在麦婧看来，加内特像一个缺乏母爱的孩子，这个孩子长期缺乏母爱，会做出各种各样具有破坏性的事。麦婧并不喜欢加内特，而是出于同情和疼爱，或者说是一种宽容。麦婧并不愿意面对，但她还是屈从了，麦婧感到非常难受，她并不承认自己是加内特的伴侣。

叶龙没有答应莱茵小姐的求爱，莱茵小姐认为是他放不下黄真旗，如果黄真旗主动放弃的话，叶龙就会放弃这段感情，就能和自己在一起了。想到这里，莱茵小姐决定到监狱去一趟，她要和黄真旗当面谈谈。

次日上午，城北女子监狱。莱茵小姐的突然造访让黄真旗感到意外。

莱茵小姐开门见山：“黄真旗小姐，我想救你出去。”

突如其来的喜讯，并没有让黄真旗兴奋，相反，黄真旗感到难以置信。莱茵小姐是加内特的女儿，她怎么可能帮助父亲的敌人呢？没有无缘无故的施恩，更没有无缘无故的冒险。

黄真旗：“莱茵小姐，我仅仅为你做了一件旗袍，我们也谈不上是朋友，你为什么要帮助我？”

莱茵小姐：“我今天要告诉你一个好消息和一个坏消息，好消息我前面已经说过了，现在我说坏消息。我已经和叶龙在一起了，我答应过他要救你出去，这对我来说并不难，只需要我爸爸撤销起诉，你一周后就可以出狱。”

黄真旗冷冷地说：“我并没有犯罪，为什么要受你们摆布？再说，怀特律师已经从我这里获得了足够多的证据。我想用不了多久，我就可以出狱了，你的父亲也许会坐牢。”

两个女人面对面站着，莱茵小姐用编造谎言的方式让黄真旗主动放弃，如果这样的话，叶龙那边就好办了，她在等着看黄真旗的反应。

黄真旗毕竟是女人，无论莱茵小姐说的话是真是假，她都无法掩饰内心的惶恐。

莱茵小姐："你也许还不知道，从第一次见到叶龙，我就爱上了他。我一见到他就感到开心，我觉得这就是爱情。叶龙已经与我相爱了，我们每天都在一起，以后他也不用那么辛苦地当矿工了，我会帮他找一份清闲的工作。"

莱茵小姐的话发挥了刺激作用，黄真旗的心像被什么东西猛击了一下。

黄真旗："就算你说的都是真的，我也不相信阿龙会那么做。方便的话，请你让阿龙来一趟，我想当面和他谈谈。"

黄真旗的泪水夺眶而出，如果莱茵小姐说的是真的，叶龙为了救自己而委身于她，那他这份苦心无法接受。如果主动放弃这段感情，又根本做不到，摆在面前的这道爱情题太难了，黄真旗不知道该如何选择。

莱茵小姐："你可以不配合，继续待在监狱里。如果你一意孤行的话，就辜负了叶龙的良苦用心了，他那么做全是为了你，连我都看出来他有多么爱你。摆在你面前的只有一条路，那就是答应我的条件，出狱之后离开叶龙。"

黄真旗擦干了眼泪："我希望你能答应我一个条件。"

莱茵小姐："什么条件我都答应。"

黄真旗："让阿龙亲自来见我，有些事还需要当事人自己解决。"

莱茵小姐："没问题，我会促成你们见面，但你必须答应我，只要见到叶龙，你就选择放弃。"

黄真旗的心被反复烘烤，直到发煳，冒出刺鼻的气味。那是一种煎熬，让人痛不欲生的煎熬，在这份煎熬中，需要黄真旗做一个耻辱的不情愿的决定，太难了。

贪婪的哈里阴魂不散，他向加内特提出借一千美金喝咖啡。暴跳如雷的加内特指着哈里说："你胆子够大的，还敢来敲诈我，我保证，你绝对不会从我这里得到一美分。"

一旁的麦婧说："哈里先生，人不能太贪心，你应该想一想，加内特先生可从来不怕威胁，你如果真的激怒了他，他可是要杀人的。"

哈里哈哈大笑："麦婧小姐，作为靠敲诈勒索为生的人，你认为我会在意你的恐吓吗？我这个人确实贪婪，但我从来不贪得无厌，看见两只兔子，有些人一会儿抓这只兔子，一会儿抓那只兔子，最后一只也抓不住。我只能抓一只兔子，我知道抓多了什么都会丢掉。打个不恰当的比喻，加内特先生就是兔子，我为他卖命，换来的报酬少得可怜，我难道不应该多索取一些吗？”

麦婧说：“你太高估自己的能力了，陷害黄真旗的主意是我出的，你只不过是把一包金条偷偷放到她的床下而已。这种没有多大难度的事，找谁都可以做，加内特先生之所以选中你，完全是出于对你的信任。没想到你不仅不知道感恩，还反过来敲诈勒索，你这么做真的是在找死。”

哈里笑了：“看来你们根本不想答应我的条件，这样也好，我现在就离开，但我无法保证不把这个秘密泄露出去。”

哈里故意做出一副要离开的样子。

“或许……我们可以好好谈谈。”加内特终于说话了。

哈里露出了得意的微笑：“加内特先生，你再支付我一千美金，这件事就算到此结束，从此以后我们不会再发生任何关系了。”

麦婧与加内特对视了一眼，她对哈里说：“加内特先生可以给你这笔钱，但不是今天，三天之后你来取钱。”

“滚，你这个无赖，以后别让我再见到你。”加内特骂道。

哈里：“三天之后我取钱，希望你不要让我失望。”

哈里走后，麦婧对加内特说：“我们应该尽快除掉哈里这个眼中钉。”

刚送走瘟神哈里，约翰逊警长就登门拜访。

加内特说：“老伙计，你来得太及时了，否则我都没有心情吃午餐。”

约翰逊警长说：“不知道加内特先生有什么需要我效劳的？”

麦婧说：“哈里刚才又来敲诈，我担心的是，万一这次把钱给他，以后他还会无休无止地敲诈。如果他把陷害黄真旗的事散布出去，倒霉的不只是加内特先生，就连约翰逊警长也会背负渎职之罪。我有一个好办法，不费吹灰之力就可以堵住哈里的嘴。”

约翰逊警长开始坐不住了，他急切地问：“需要我做什么？”

麦婧看了一眼加内特，加内特点了点头。

麦婧：“哈里进了监狱，他说的话就无人相信了，这对约翰逊警长来说是举手之劳。事成之后，您将得到一千美金的报酬。”

约翰逊警长：“这并不难，但需要适当的理由，毕竟法律讲究证据。”

麦婧：“陷害黄真旗就是哈里一手策划的，加内特先生、约翰逊警长，包括我，我们都没有参与这件事，这难道不是证据吗？”

约翰逊警长发出沙哑的笑声，他对麦婧竖起了大拇指：“麦婧小姐，你真是一个聪明的女人，你说得对，一切都是哈里干的。有了这个理由，我就可以派人抓他了。”

约翰逊警长走后，加内特并没有如释重负，相反，他更加焦虑了。

加内特烦躁地说：“事情越来越复杂了，刚刚平息了黄真旗的事，哈里这个混蛋又来搅局，真是让人伤透脑筋。我得尽快干掉哈里，不对不对，我还有另外一个人也应该尽快除掉，不过，我还没想到更好的办法。”

麦婧问：“除了哈里，还能有谁让你如此费心？”

加内特：“叶龙，我必须除掉叶龙，他曾到监狱探视过黄真旗，他知道得太多了。更让我恼火的是，这个卑微的华工竟然异想天开，想跟我的女儿谈恋爱。”

麦婧这是第一次听说叶龙和莱茵小姐的事，而且是从加内特嘴里说出来，以加内特的火爆脾气，肯定不会放过叶龙。麦婧对叶龙的感情复杂，无论之前他们之间发生过什么，在她心里，都希望叶龙不要受到伤害，这是她最真实的想法。

麦婧思考着，该用什么样的方式劝阻加内特，想了一会儿，麦婧说：“怀特律师已经死了，就算叶龙知道了什么，也没这个能力翻盘。他只是一个无名小卒，你根本没有必要为他牵扯精力。”

加内特并不知道麦婧和叶龙之前的感情纠葛，他只知道，麦婧和叶龙是同乡，是好友。从这个角度看，麦婧帮叶龙说几句好话也在情理之中。

加内特：“你说得有道理，叶龙不过是一只小蚂蚁，也干不出什么惊天动地的大事。不过，我的女儿非常喜欢他，我担心继续发展下去，他会让我的宝贝女儿受到伤害。他的企图我当然知道，想利用我的女儿得到地位和金钱，真是一个居心不良的家伙。”

麦婧：“你只需要派人警告他就行，没有必要伤害他，我了解叶龙，他胆小怕事，到时候肯定见好就收。至于你的女儿，也是因为一时糊涂，好好劝说应该没事。”

加内特：“你并不了解莱茵，从小到大，她非常叛逆，根本不听我的话。如果我跟她谈这件事，她肯定不会同意，甚至还会起到反作用。想想真是烦心，我只能找叶龙下手，让他主动远离莱茵，如果他执迷不悟，就让他尝尝我的厉害。”

麦婧心里着急，一句话脱口而出：“不，你不要伤害叶龙。”

加内特被麦婧的过激反应吓了一跳，看着惊慌失措的麦婧，加内特问：“告诉我，你和叶龙到底是什么关系？”

麦婧平复了一下紧张的心情，心平气和地说：“叶龙是我的亲人，无论他对你做过什么，希望你能看在我的面子上原谅他，不要伤害他。”

“亲人？”加内特冷笑，“你们的关系比亲人还要亲近吧，我从你对他的关心，就能感觉到你们的关系非同一般。有些事你不应该对我隐瞒，毕竟我们很快要结婚了。”

麦婧知道，她和叶龙那段荒唐的感情经历，无论如何都不能对加内特坦白。她下定决心，把这件事烂到肚子里，绝对不会再对任何人讲。

麦婧的心理状态恢复如常，谈笑风生地说：“我并没有欺骗你，你这个人就是疑心重，全金矿的人都知道，叶龙是黄真旗的男朋友，人家两个人恩恩爱爱，别人怎么能插得进去？我不知道你的猜测从何说起，难道你听说了什么，或者看到了什么？”

加内特见麦婧敢于直视自己犀利的眼神，说话的语气也不像刚才那般语无伦次，心想，也许是自己太冒失了。

加内特用笑声打破了僵局：“如果真是那样的话，我跟你，叶龙跟莱茵，咱们四个人的关系就变得错综复杂了。我刚才只是开玩笑，是我想多了，真的想多了。既然你替叶龙求情，那我向你保证，只要他识时务，不再纠缠莱茵，我就不为难他，这样总可以了吧？”

麦婧长出了一口气，像猫一样靠近加内特：“谢谢你给我这个面子。”

加内特抚摸着麦婧白嫩的脸蛋：“不过我要提醒你，我这个人最无法容忍的就是背叛，希望你不要背叛我。”

麦婧轻轻地“嗯”了一声，再也没说什么。

第二十八章　雾里看落花

就着桌前昏暗的灯光，黄真旗在摊开的纸上写着什么，她一会儿冥思苦想，一会儿站起来在囚室里走来走去，然后回到座位上继续写着。已经写好的一沓草稿，整齐地摆放在桌上，墨水又快用完了，黄真旗的思维像被什么东西卡住了，她不得不停下笔，坐在那里思考。

前段时间黄真旗总是梦见矿难死去的同胞，有一个平时和黄真旗关系不错的华工对她说，我们这些人死了都是白死，没有人知道事情的真相，其他华工也随声附和。梦醒之后，黄真旗浑身冒汗，阴阳两隔，身陷囹圄，没有能力帮助工友申冤。

黄真旗苦苦思索，到底能为他们做点什么，她首先想到自己。现在回想起来，当年的“黄金梦”是通过商人、海员、骗子、传教士从香港朝内地扩散。让广东成百上千的失地农民通过各种合法或非法的方式来到旧金山，途中差点丧命于漫长的航路，到了旧金山面临各种奸商恶霸买办的欺压讹诈，其间九死一生。

从某种意义上来说，华工们的境遇是悲惨的，他们的精神却是麻木的，甚至是愚昧的。他们所遭受的苦难罄竹难书，死亡人数逐年上升，而他们的觉醒意识基本属于零，面对来自外部的伤害，他们缺乏对所处环境清醒的认识，缺乏有组织的反抗。

黄真旗记得，初到旧金山的第二年，华工们经常和印第安人发生冲突，那种惨烈的场面想起来都胆战心惊。印第安人无法反抗白人的权威，他们觉得华人软弱可欺，因此经常与华人爆发小规模的冲突。

华工们手持各式各样的武器，印第安人则手持长矛，双方列队迎战。当双方开始交战时，消息会马上传开，这种事常被当作假日的娱乐，引来许多人围观。美国政府和金矿主也不想干涉，往往袖手旁观，观赏取乐。

黄真旗听庄先生讲起一桩惨案，那是发生在另外一座金矿的事。金矿为了增加产量，取消矿工的休息日，还要求矿工二十四小时昼夜加班，薪水却不增加。

矿工认为不公平，提出加薪及改善待遇的要求。

金矿主不肯接受，于是矿工发动全面罢工。矿工包括白人、黑人、印第安人以及周边国家的移民劳工，老实本分的华工没有参与罢工，引起人数最多的白人劳工的不满。同时，金矿在白人劳工罢工后，立即从中国雇佣百余名华工顶替罢工的白人。此举引起白人矿工及当地矿工家属的愤怒。惨案发生了，二十八名华工惨遭杀害，十五名华工受重伤，约六百名华人遭驱逐。

美国政府颁布“外国矿工执照税法”高额盘剥华工，随后宣布华人不准在法庭作证。华工可利用的价值不断降低，他们没有选票，很难进入美国主流社会，成为一颗随时可以被美国政府拿来“平息民愤”而抛弃的棋子。

让人痛心的是，这些惨无人道的悲剧，并没有引起清廷的反应，清朝驻美国领事馆在很长一段时间内保持沉默，只有何芳在私人场合表达过强烈不满。何芳是在参加一位美国国会议员的生日宴会上发表这一言论的，那天光临现场的都是政府官员和上流社会的精英。美国记者问何芳，对于前不久发生的惨案有什么看法。

何芳用标准的英语回应：“你们不是很为你们作为美国人自豪吗？认为你们的国家代表着世界上最高的文明，你们因你们的民主和自由而自豪，但你们的所谓民主和自由，华人可以真正享受到吗？”

对方哑口无言。

然而，何芳非常清楚清朝国力，根本不足以对美国产生任何压力，最终他还是谨慎了自己的言行，告诉记者，这只是他作为中国人表达的个人观点，与两国外交没有关系。

美国记者又说，旧金山的华人联名给何芳写了一封请愿信，请求领事馆与美国政府斡旋，保证他们在旧金山的基本权益。

在何芳看来，清朝政府实力不济，接受了请愿信也做不到，何芳只说了三个字：“不接受。”

关于这些事没有留下任何文字记载。华工大部分是文盲，他们没有意识做有益于后人的事，也没有想过通过文字让子孙后代知道他们当年的血泪史。黄真旗坚信，文字是有力量的。黄真旗决定做这件事。她知道，这是一项漫长而辛苦的工作，会消耗非常多的时间和精力，但它的意义却是巨大的。

但黄真旗仍有难解的忧伤，因为她想到了叶龙。

此时的叶龙正处于纠结中。莱茵小姐与叶龙频繁接触，将去监狱探视黄真旗的情况告诉了叶龙。

莱茵小姐：“黄真旗的判决书很快就会下达，盗窃不至于判处死刑，但至少要判几年有期徒刑。那样的话，她就彻底完蛋了，在美国，有犯罪前科的华人无法待下去。”

叶龙陷入沉默，这个结果不算太坏，也不算太好：“我知道你有办法救她。”

莱茵小姐：“你的意思是，如果我救了她，你愿意接受我而放弃黄真旗？叶龙，我问你，你到底有没有爱过我，哪怕是瞬间闪过的念头？”

叶龙心里非常清楚，要顺着莱茵小姐的心意说，不能得罪她，否则这个任性的姑娘完全有可能又提出什么奇怪的要求：“你出身高贵，年轻漂亮，通情达理，哪个男人又能挡得住你的魅力呢？我承认我喜欢你，但我们身份地位悬殊，根本不可能有结果，所以我一直都在回避这段感情，我没有勇气接受你的感情。我爱你，但对你的爱和对黄真旗的爱不一样，对黄真旗的爱更像是对待亲人，我们谁也不愿意看到自己的亲人遇到麻烦对不对？只有黄真旗获得自由，我才能心安，才可以放下包袱，全情投入到下一段感情当中。”

叶龙是久战情场的老手，知道莱茵小姐最想听到什么样的话，他在表达自己心声的同时，也暗示莱茵小姐必须营救黄真旗，声情并茂，让人无法拒绝。莱茵小姐对叶龙的回答非常满意，她握着叶龙的手说：“你这算对我的表白吗？”叶龙使劲地点头。

莱茵小姐：“上次见黄真旗，她委托我转告你，想见你最后一面。她说有些事最好当事人面谈比较好，你正好利用这个机会告诉她，你现在的女朋友是我。这件事结束之后，我会想办法救她出来，我希望你不要把咱们的合作理解为交易。”

叶龙说：“事情总该有个了断，我知道该做什么，该说什么。如果你站在女人的角度换位考虑，就能理解她此时的心情了，被陷害入狱，又莫名其妙地丢失感情，这对她来说是一种伤害，也是一次打击。我希望你尽量不要在她的伤口上撒盐，那样太残忍。”

莱茵小姐：“我也是女人，当然可以理解黄真旗，我保证不会幸灾乐祸。我们现在是相爱的人，对我来说，为你做任何事情都是有意义的，希望你能明白我对你的苦心。”

叶龙说：“谢谢你，遇到你是我上辈子修来的福气。”

莱茵小姐坚信叶龙很快就会忘记黄真旗，重新投入一段新的恋情，她觉得自己所做的一切都非常值得。

第二个礼拜天，莱茵小姐带着装满现金的黑色皮包，来到约翰逊警长的办公室。

约翰逊警长盯着皮包，意识到好事来临："尊贵的莱茵小姐，你的大驾光临让我感到非常荣幸，请问有什么需要我效劳的吗？"

莱茵小姐开门见山地说："我想请约翰逊警长帮我一个忙。"

约翰逊警长说："莱茵小姐请讲，只要我能做到，一定会尽力。"

莱茵小姐说："我想请约翰逊警长写一封亲笔信，我带个人探视黄真旗，请你放心，我不会让你白费心。"

莱茵小姐拍了拍那个黑色皮包："这里装的都是钱。"

约翰逊警长有点蒙，他不知道莱茵小姐又想干什么："你真是把我搞糊涂了，黄真旗？你说的是那个和你父亲作对的中国女人？她和你非亲非故，你为什么又要去探视她，我感到很不理解。"

莱茵小姐："黄真旗是我的朋友，我到监狱探视我的朋友，这个理由应该合情合理吧。至于我为什么这样做，那就不劳约翰逊警长费心了，我给你这笔酬劳，你帮我办事，并且保证不让我的爸爸知道。怎么样？这可是一笔非常合算的交易。"

约翰逊警长站起来在办公室内踱着步，像是感到为难，又像在深思熟虑。莱茵小姐非常了解这位贪财的警长在想什么，他的大脑正在高速运转，心里的计算器在飞快地计算，以精确的数据衡量着这笔交易的利弊。

想了一会儿，约翰逊警长重新坐回椅子上，为难地说："这件事风险太大，你让我好好考虑一下。"

莱茵小姐取出一沓美金，推到约翰逊警长面前："这些钱请约翰逊警长收下，这次交易只要我不说，其他人不会知道的。"

约翰逊警长并没有对那一沓美金动心，他苦笑："莱茵小姐，我知道你有的是钱，但是这件事不太好办，如果我同意你探视黄真旗，就会得罪加内特先生，我们毕竟是几十年的老朋友，多年来一直都保持着密切的合作，这让我十分为难。"

莱茵小姐又取出一沓美金，推到约翰逊警长面前。

约翰逊警长瞥了一眼，脸色比刚才好看多了："莱茵小姐，我是一名警察，不能知法犯法，你拿金钱考验我是没有用的。你走吧，我不会答应你的条件。"

莱茵小姐又将一沓美金推到约翰逊警长面前："你就算帮我爸爸再多做几件事，恐怕也拿不到这么多报酬吧，你想一想，给谁服务都是服务，跟谁交易都是交易，只要金钱到位，这笔生意就可以做。何况，我只是去探视黄真旗，并没有做什么越轨的事，这对你来说只是举手之劳。就算我爸爸知道了，你把责任全部推到我身上，我爸爸也拿你没办法。”

约翰逊警长内心在做最后的挣扎，说实话，当莱茵小姐拿出第一沓美金的时候，他就已经动心了。但凭着多年来的社会经验，他断定莱茵小姐这次一定会不惜血本做成这件事，所以就故意拒绝，以此获得更加丰厚的报酬。现在他的目的达到了，这笔数额可观的报酬一旦到了他的手，就算是加内特也别想要回去，这是一笔高回报的生意。

想到这里，约翰逊警长嘿嘿地笑着，将桌上的钱放进了抽屉：“如果让我在你父亲和你中间选一个，那我肯定选你，实话跟你说，你可比你那位吝啬的父亲出手大方多了。有时候我就感到奇怪，你们父女俩对待金钱的态度，差距怎么就那么大。”

莱茵小姐没心思和约翰逊警长闲聊：“真是一次完美的合作，既然你收了钱，那就马上给我办事，我明天必须见到黄真旗。”

约翰逊警长收到钱后办事效率马上提高，他拿起笔唰唰点点写了一封信，然后叠好装进信封，递给莱茵小姐：“这是我的亲笔信，有了这个保证你进出监狱畅通无阻。”

等莱茵小姐走后，约翰逊警长关好办公室的门，激动地打开抽屉，拿起一沓钞票面带喜色地数着，一张、两张、三张……

约翰逊警长边数边说：“你们不是瞧不起黑人吗？就连上流社会的白人也得求我办事，你们的钱全是剥削得来的，不要白不要。”

莱茵小姐从警察局出来，在外边等待的叶龙快步走了过来：“事情办得顺利吗？”

莱茵小姐说：“贪婪的人最容易对付，我给了约翰逊警长一笔钱，他给我写了一封亲笔信。我们现在就去城北女子监狱，记住我的话，快刀斩乱麻，你越早了断，对双方，不，对我们三个人都有好处。”

叶龙倚在马车靠窗的一侧，茫然地望着窗外。公路两边的树木瞬间闪过，地上残败的棕红色落叶被车轮压过后，发出沙沙的响声。路的尽头看不到路，像一个蓝色的洞口无边延伸。马车显得很渺小，四只轮子奋力前行，不过是缩短和洞口的距离。

叶龙看着凄迷的景色，想着一段感情就这样终止，不由得生出悲伤。

“停车。”叶龙有一种想吐的感觉。

马车缓缓停下，叶龙捂着嘴冲下车去，蹲在路边呕吐了很长时间。

莱茵小姐并没有下车，她能理解叶龙的心情，毕竟马上就要亲口对黄真旗说出伤害她的话，感到难受和纠结也在情理之中。

叶龙重新振作起来，大步回到车上，莱茵小姐见他双眼通红："你刚才哭过？"

被看透心事的叶龙掩饰："没有没有，眼睛里飞进了小飞虫，揉得太过用力了。"

莱茵小姐安慰叶龙："早晚都会有这一天，长痛不如短痛，你应该振作起来，别让黄真旗看到你的悲伤。"

大约过了四十分钟，马车缓缓地停在了城北女子监狱冷冰冰的铁门前，莱茵小姐掏出约翰逊警长的亲笔信。那名监狱长仍然一副无精打采的样子，将看完的信放进了抽屉，冲门外的狱警大声说："带他们去见那个中国女人。"

一名狱警押解着黄真旗进入探视室，莱茵小姐识趣地离开，探视室里只剩下黄真旗和叶龙。

隔着透明的玻璃，黄真旗擦了擦眼泪，抿着嘴，像是在笑，又像是在哭。

两人沉默了许久，黄真旗说："阿龙，你为什么要骗我？"

"我……"叶龙沉默不语。

黄真旗又问："你真的爱过我吗？"

就在不久之前，莱茵小姐也问过同样的话，叶龙说得言不由衷，今天他要忠于自己的内心。

"我当然爱过你。"叶龙说。

黄真旗笑中带泪，感到欣慰，她相信叶龙说的话。

黄真旗说："我也爱过你，以前爱，现在爱，将来也爱，你是我生命中第一个男人，我忘不了你。"

叶龙今天的话非常少，之前想好的那些话到现在全部忘掉，他心中有愧，无法和黄真旗进行正常的交流。更多的时候，黄真旗在说，叶龙充当倾听者，必要的时候就附和一声。

叶龙沉默着，他不想多说的原因是担心情绪失控，沉默好歹可以让他保持理性。

黄真旗说："你是一个天生多情的人，喜欢你的女人很多。我曾经以为我能让你专一，但是事与愿违，无论你做什么样的选择，我都不会怪你。我当年在碧萝山救你一命，也没想过要和你在一起，我为你劫狱没想过要和你在一起，我们在大海上九死一生，我也没想过要和你在一起。可是，最终我们还是成为恋人，这就是命运。”

叶龙的手紧紧地攥着，黄真旗的每一句话都像一枚钉子，将他牢牢地钉在道德的十字架上。直到现在，叶龙仍然认为自己不忠不义，背叛了这段感情，他感到自责和不安。如果还有其他方式，他绝对不会受制于莱茵小姐，但没有办法，他只能默默承受摧残心灵的压力。

黄真旗：“阿龙，如果我告诉你，我根本不接受你用心良苦的营救，你不会怪我吧？”

叶龙：“真旗，你不要这样，否则我的努力就全部白费了。非常时期，就得用非常的办法。我爱你，愿意为你做一切，如果你也爱我，那就请接受我的付出。”

黄真旗：“阿龙，你是在用你的幸福换取我的自由，你这么做不值得。”

叶龙：“我今天来见你，就是想告诉你，从今以后我们不再是恋人了，但你还是我的亲人。为了亲人我这么做，我认为非常值得。”

黄真旗：“我绝不接受……”

叶龙：“你必须接受……”

黄真旗拍打着面前的玻璃大喊：“叶龙，你这个混蛋，你为什么要这样对我？”

叶龙也大喊：“黄真旗，你给我记住，你就是死，也得给我死在外面，监狱不是你应该待的地方。”

狱警见两人情绪失控，立刻出面阻止，并催促他们时间到了。

临走时叶龙警告黄真旗：“你是我的女人，一切必须听我的，你在这里好好休息，用不了几天就能出狱。”

沉重的铁门砰的一声关上，这对苦命鸳鸯总算见了一面，但很快又像牛郎织女被天河隔开。

叶龙的身体像被掏空了，他失魂落魄地走到马车前：“我的任务完成了。”

莱茵小姐将他拽上马车：“剩下的交给我来办，相信我，我一定会让这件事圆满结束。我今天特别高兴，你陪我喝一杯怎么样？”

叶龙毫无心情，但还是勉强说：“确实应该好好喝一杯。”

夜幕降临，飞鸟归巢，车夫挥舞马鞭，马车行驶在如血的夕阳中。莱茵小姐哼起了歌，歌声飘扬在空中，叶龙没有雅兴听，茫然地盯着远处的天空。

半个小时后，马车停在一家酒吧门前，门口站着两名黑人门卫，莱茵小姐付给他们小费之后，挽着叶龙的手走进酒吧。

这是旧金山最大的酒吧，中央是演出台和舞池，两厢有成排的台球桌。灯光昏黄，纸醉金迷。到处都是叼着雪茄的白人，每个人都举着酒瓶或者透明的玻璃酒杯在狂饮。露出青砖的墙壁上挂着牛仔帽，还有别在帽上的羽毛、面具，等等。

台上有乐队伴奏，黑人女歌手用沙哑的嗓子哼唱着爵士乐，台下有人扭动着屁股，跟着节奏跳舞。到处都是酒鬼，到处都是空酒瓶，妓女和长着络腮胡子的男人窃窃私语……

服务生礼貌地递来酒水单，莱茵小姐要了一瓶红酒。不一会儿，服务生用托盘端来红酒和两个高脚杯，弯腰倒酒。

莱茵小姐说："我们干一杯，黄真旗很快就会出狱，想想看，一个即将被判刑的人，很快就无罪释放，这就是权力和金钱的力量，这个世界没有权力和金钱办不到的事。"

莱茵小姐优雅地呷了一口："真应该好好放松一下，过几天我们一起去骑马好吗？我知道你的技术不错，到时候我们可以比赛。"

叶龙忽然问："你真有把握救出黄真旗吗？"

莱茵小姐保证："旧金山没有我做不到的事，三天之内，我保证黄真旗无罪释放。"

回到家后，莱茵小姐本来打算偷偷回卧室，没想到刚上楼梯，就被在客厅等候的加内特叫住。莱茵小姐灰溜溜地下楼，老老实实地坐在加内特的面前。

加内特闻出莱茵小姐身上的酒味，皱着眉头说："又喝这么多酒，你居然还能找到回家的路，真是奇迹，我应该祝贺你。"

莱茵小姐朝一楼卧室看了一眼："怎么就您一个人，那位红颜知己麦婧小姐呢？"

加内特义正词严地说："我问你为什么喝这么多酒，你提她干什么？"

莱茵小姐吐了吐舌头，做了一个鬼脸："我就是关心她嘛，怎么，你们闹矛盾了？"

加内特："别对你的父亲嬉皮笑脸，我问你话呢，你为什么出去喝酒？"

莱茵小姐："心里烦，就想喝，您管不着。"

莱茵小姐此话有些伤人，但加内特习以为常。

莱茵小姐：“爸爸，您爱我吗？”

加内特被问得莫名其妙：“你确实喝醉了，上楼洗个澡睡觉，有什么事明天再说。”

莱茵小姐赖着不走：“您说话呀爸爸，您到底爱不爱我？”

加内特认真地说：“你是我的心肝宝贝，我比任何人都爱你。”

莱茵小姐：“既然您说您爱我，那就帮我办一件事，我说出来您可不许生气。”

加内特知道女儿古灵精怪，经常会冒出让人搞不懂的想法：“是不是又找我要钱？上个月不是刚给过你一笔吗？”

莱茵小姐觉得火候差不多了：“爸爸，您能不能撤销对黄真旗的起诉？”

加内特面带怒色，严厉地看着莱茵小姐。

加内特：“是那个叶龙让你这么做的？”

莱茵小姐：“是我自己决定的，黄真旗是我的朋友，另外……”

加内特大声说：“另外什么，你是我的女儿，怎么去帮助外人，你告诉我，你心里到底是怎么想的？”

莱茵小姐小声说：“很多人都说，黄真旗的案子是您幕后操纵，她根本就不是小偷，也没有偷金条，她是被人栽赃陷害的。”

加内特怒吼：“简直胡说八道，她没有偷金条，警察怎么会在她的床底下搜到金条？那天夜里，约翰逊警长带着人去搜查，她当时就承认了，这难道不是最有力的证据吗？”

莱茵小姐反问：“您怎么对具体情节知道得那么清楚？”

“这……”加内特的停顿，让莱茵小姐确信叶龙对她说的话，此事就是父亲一手策划。

莱茵小姐：“爸爸，黄真旗已经受到惩罚，您的目的也达到了，就放过她吧。”

加内特：“绝对不行，为了教训她，我付出了大量的人力和财力，想就这么出狱，没那么容易。”

莱茵小姐：“爸爸，您这么做到底是为了什么？”

加内特：“为了什么？不为什么。是她多次挑战我的底线，我岂能轻饶了她？我对她已经够仁慈了，要不是忌惮洪义堂，我早就派人在监狱里弄死她了。”

莱茵小姐：“您杀了那么多人，难道就不感到哪怕是一丝羞愧吗？您可别忘了，您是一个企业家，不是一个刽子手，可是现在，您双手沾满鲜血，难道打算继续错下去？放过黄真旗，给她一条生路，就算是为了我，可以吗？”

加内特：“这件事没有商量的余地，你不要多费口舌了，你的心一定被那个姓叶的迷惑了，你告诉我，你们现在到底是什么关系？”

莱茵小姐：“看在我去世的妈妈的面子上，您能不能答应我的请求？”

暴跳如雷的加内特沉默了，因为女儿提到她故去的母亲，这触痛了加内特的心。

加内特痛苦地说：“我可以撤销起诉，但你必须答应我一件事。从明天起，你离叶龙越远越好，多与迈克交往。这个不用我多说了吧，迈克的父亲是国会议员，也是我多年的好友，我希望你多和上流社会的年轻人交往，而不是整天与卑微的华工混在一起。”

莱茵小姐怒吼：“这又是交易，难道您和女儿也要进行交易？”

加内特平静地说：“你不愿意那就算我什么都没说，黄真旗的事免谈。”

莱茵小姐领教到父亲的老谋深算，心里有苦说不出。

“算你狠，不过，我得好好想一想，明天再答复你。”莱茵小姐说。

“我现在就要答案，不必等到明天。”加内特步步紧逼。

莱茵小姐心想，不妨先答应父亲的条件，先救出黄真旗再说：“本来我和叶龙也没什么太深的交往，不联系就不联系，这没什么难的。”

加内特说：“你不应该拿你去世的母亲威胁我，这不是你的风格，太反常了，也许是因为你喝了酒。对，你完全是酒后胡言乱语。”

莱茵小姐晃晃悠悠地走上楼梯：“爸爸，如果黄真旗没有出狱，我可对您不客气。”

加内特摇头：“你真是我的好女儿，我对你刮目相看，去睡觉吧，祝你做个好梦。”

第二十九章　秋风厌索居

朋友的生日晚宴上，加内特喝了酒，有些微醉，麦婧搀扶着他上了马车。加内特喝完酒有些兴奋，有些话多。他用欣赏的眼光看着精心打扮的麦婧，不住地赞美：“你是今天全场的焦点，比那些臃肿的政府要员的夫人苗条多了，你知道我为什么带你参加这样的聚会吗？”

麦婧端庄地坐着，时不时地看着车窗外的风景：“你这么想肯定有你的道理，我不好乱猜。”

加内特很得意，他炫耀地说：“你应该多出席这样的场合，与上流社会的人多交往，了解他们的衣食住行，这样才可以更快地融入。他们对华人持有偏见，但只针对下层的华工，对于华人当中的精英他们还是表示欢迎的。何况你是我加内特的未婚妻，他们更加会对你表示友好。”

“未婚妻？”麦婧听到这三个字有些不舒服，加内特一再表示愿意娶她，但她并不情愿，她不喜欢加内特，跟这样的人在一起简直就是折磨。两人的关系源于交易，后来因为一方的不冷静而产生了感情，现在又要结婚。这让麦婧有些措手不及，如果拒绝了加内特的求婚，会发生什么样的后果她非常清楚，因此麦婧有意回避这个话题。

加内特见麦婧并无回应，自尊心受到伤害：“像我这样尊贵的成功人士，难道配不上你吗？请回答我的问题。”

在加内特看来，主动提出娶麦婧已是天大的恩赐，他觉得麦婧应该手舞足蹈。但是没想到，麦婧反应冷淡，这让加内特颜面无光，暴躁的脾气马上就要爆发。

麦婧正在想着如何在不伤害加内特的前提下，表明自己的态度。这些话确实不好说出口，但现在不说拖到以后更加难以启齿，麦婧犹豫不决。

“你说话呀，我可没耐心听你编故事，你直接告诉我，你心里到底是怎么想的？”在酒精的刺激下，加内特的情绪有些失控，他抓住麦婧的脖子恶狠狠地说。

麦婧奋力挣扎着，一只手使劲地掰加内特长满黄毛的大手，但是掰不动。

麦婧喊："你弄疼我了，快放手。"

加内特的笑容变得狰狞，这种笑容才是他的本来面目，只有他发怒的时候才会露出这样的笑容。

两人的举动使得行驶中的马车发生剧烈摇晃，马受到惊吓，发出嘶鸣。车夫吓得急忙将车停住："先生，需要我的帮助吗？"

加内特将麦婧从马车上揪了下来："原来你一直都在骗我，你欺骗了我的感情，你这个下贱的女人。"

麦婧像一只无辜的羔羊，被强悍的加内特随意摆弄，觉得不解气，加内特指着麦婧骂："贱货，你这个贱货……"

从始至终麦婧都没说什么，可是加内特主观地认为，麦婧故意羞辱他，挑战他的尊严。加内特爆发的激烈的反应，让麦婧坚定了远离他的决心，但她是个聪明人，知道在这种环境下绝对不能激怒加内特。

麦婧整理了一下凌乱的头发，看着加内特发红的眼睛，她非常清楚，这个野兽般的男人外表强悍，内心却非常脆弱，他现在最需要的就是安慰。

加内特西装的扣子绷开了，领结也歪向脖子一侧，一只鞋不知什么时候丢在了地上，那副醉鬼的样子非常狼狈。

麦婧想搀扶起狼狈不堪的加内特，但有点拉不动，车夫过来帮忙，两个人才将身材臃肿的加内特重新扶到马车上。

麦婧压抑着内心的悲伤和恐惧："结婚这件事，你和你的女儿商量了吗？她是什么态度？"

加内特满不在乎地说："你是说莱茵？她是我的女儿，当然要听我的，她不敢有任何意见。"

马车很快抵达加内特的豪宅，麦婧搀扶着加内特摇晃地走进客厅，加内特拖着笨重的身体坐在沙发上，麦婧给他沏了一杯热咖啡。

有人从二楼走了下来，莱茵小姐冲麦婧挥了挥手表示问候。莱茵小姐看到醉醺醺的加内特，又看了一眼衣冠不整、深情疲惫的麦婧，似乎明白了什么。

莱茵小姐调侃："麦婧小姐，我爸爸非礼你了？"

麦婧红着脸："这个应该问你的父亲。"

莱茵小姐说："我爸爸现在就是一个醉鬼，问也问不出什么结果，我只是想知道，他没有伤害你吧？"

麦婧说："你父亲酒醒之后，你可以问他到底对我做了什么，另外，他有一件事要问你。”

麦婧看着加内特，露出挑衅的眼神：“你的女儿就在你面前，你把你在车上对我说的话，向她重复一遍。”

加内特虽然醉酒，并没有完全丧失理智，他知道自己在干什么。他无法确定，女儿会不会同意他娶麦婧，早在莱茵小姐很小的时候，加内特就向她保证这辈子不再娶第二个太太。这是父亲对女儿郑重的承诺，正因为如此，莱茵小姐对加内特产生了一丝尊敬，获得了一丝心理上的安全感。

现在加内特要单方面摧毁当年的承诺，而另外一方却毫不知情，这才是加内特最纠结的地方。

加内特并没有勇气坦白，麦婧多少有了些信心，只要莱茵小姐不同意，加内特就不敢和自己结婚，这样自己就可以从这件棘手的事情中顺利脱身。

麦婧说：“莱茵，既然你的父亲不愿意说，那我就替他说。你父亲已经向我求婚了……”

莱茵小姐并没有产生多大反应，她只是略微感到吃惊，继而转为祝福，她挨着加内特坐下：“爸爸，你是应该找一个相爱的人一起生活，这没什么，我完全同意。有一点我要讲清楚，你必须提前写好一份遗嘱，以此证明我是你全部财产的唯一合法继承人。我可不想眼睁睁地看着你辛辛苦苦赚来的家产，被另外一个来路不明的女人分割。至于你们何时结婚，哪怕就是再给我生几个弟弟妹妹，我都不关心，这就是我的态度。”

莱茵小姐与麦婧对视，双方都明白对方的心意，所以这种对视并无恶意，而是一种平静友好的交流。

莱茵小姐：“你很有眼光，也很有手腕，能在这么短时间内俘获我爸爸的心。以前小看你了，没想到你勾引男人真有一套，改天你教教我，怎么样才能让一个男人死心塌地爱我，我相信你一定有好办法。”

麦婧并不清楚莱茵小姐说这番话的背景，其实她是在说叶龙对自己的感情，这确实是让她感到头疼的问题。

虽然屡次遭到莱茵小姐冒犯，但麦婧并不讨厌她，相反倒喜欢她鬼灵精怪、大胆直爽的性格。

麦婧回答：“去问你的父亲吧，他心里最清楚，我是如何勾引他的。”

两个女人滔滔不绝，让坐在一旁的加内特连话都插不进去，当他听到女儿并不反对自己和麦婧结婚时，心里充满了感激、内疚以及不安。他本以为莱茵小姐会借题发挥，没想到她竟然爽快地答应了，她提出的条件足够苛刻，但归根结底也是肥水不流外人田。

喝完麦婧端来的热咖啡，加内特酒醒得差不多了，他先是向麦婧道歉，不应该对她那样野蛮。

之后加内特对莱茵小姐说："爸爸不是开玩笑，我真的决定和麦婧结婚，我希望你也是认真的。"

莱茵小姐咯咯咯地笑，指着加内特的鼻子说："爸爸，您今天到底喝了多少酒，变成了红鼻子的圣诞老人。"

加内特愣了一下神，摸了一下鼻子："你能不能正经一点？咱们在谈一件非常严肃的关系到家庭是否美满和谐的事情，你不要大呼小叫的好不好？"

莱茵小姐见加内特有些生气，识趣地见好就收："只要您是认真的，那我就是认真的。美国是一个讲究民主和自由的国家，我已经成年了，以后不再需要您指手画脚。同时我也不干涉您的生活，那毕竟是您自己的事，由您自己来决定。"

加内特欣慰地说："莱茵，你确实长大了，你能这样理解爸爸，我感到很开心。"

莱茵小姐不好意思地说："爸爸，只要您身体条件允许，您就算再找十个八个女人，我也不会反对。"

加内特哭笑不得，他对这个女儿毫无办法，只能沉默着不说话。这时加内特无意中看到麦婧失魂落魄的眼神，他非常清楚，麦婧并不愿意嫁给自己，至少从她的眼神中他读到了拒绝。

莱茵小姐露出讳莫如深的表情，她问麦婧："你应该问问自己，是不是真的爱我的爸爸，爱情是不能勉强的。"

说完莱茵小姐苦笑了一下，她想到了自己和叶龙的感情。

莱茵小姐说："我爸爸年龄越来越大，你正当年轻，你难道认命嫁给一个比自己大三十多岁的老年人？我爸爸除了能满足你对金钱的欲望之外，其他地方很难真正满足你。我们都是女人，你应该能明白我说的意思。"

加内特见莱茵小姐又在胡言乱语，大声说："莱茵，我们很快就是一家人了，你应该对麦婧保持应有的尊重。"

莱茵小姐凑近麦婧小声说："我爸爸是个坏人，他干了很多坏事，这些我必须要告诉你，你跟了他，就是坏人的帮凶。"

加内特竖起耳朵想听清楚她们的谈话，可是好像什么都没有听到。

"莱茵，时间不早了，你该上楼休息了。"加内特催促道。

莱茵小姐临走时再次小声说："我可提醒过你，你如果不听，那就随便。"

莱茵小姐踩着楼梯上楼，身后传来嗒嗒嗒嗒的高跟鞋敲击木质楼梯的响声，听上去是那么的悦耳。

一切归于平静，加内特说："在华工眼里，我就是一个十恶不赦的坏蛋，用他们的话说，我剥削他们，压榨他们，甚至虐待他们。不可否认，这都是事实。我对你不一样，我喜欢你，我不会像对待他们那样对待你。你不要被莱茵的那些话蛊惑，她虽然嘴上同意，心里却有其他想法，我自己的女儿我最了解，她就是不想让我们在一起。"

整个晚上麦婧基本上都在沉默，她心里早就打定了主意，拒绝加内特的求婚。她本打算等加内特头脑清醒的时候再说，现在见他醉意全无，于是决定和盘托出自己的心声。

麦婧鼓足勇气说："我们的交易结束了，我问自己，除了交易外，我们之间还有没有其他感情。我觉得是有的，但不是爱情，而是友情。很多事情我们能谈得来，想法也保持一致，但这并不能证明我们有爱情。我并不爱你，我不能欺骗你，我想说的就是这些。"

一口气吐出压抑在心中许久的话，麦婧觉得舒服多了，接下来她要等待的就是加内特狂风暴雨般的怒吼或者暴力。出乎意料的是，加内特并没有那样做，他垂头丧气地坐在沙发上，脸因愤怒涨得通红，双手在微微地发抖。许久，加内特双手使劲地按在沙发垫上，借助这股力气托起他那笨重的身体。最后，加内特从沙发上站起来，他摇了摇头，什么也没说，迈着沉重的脚步回到卧室。

麦婧轻轻地推开门，走到加内特的旁边说："对不起，我知道，我这么做伤害了你的感情。"

加内特将麦婧搂在怀里，抚摸着她那乌黑飘逸的长发，声音哽咽地说："我爱你，不想看到你难过和悲伤，如果我的决定能换来你的自由和欢乐，那我愿意成全你。"

加内特的话让麦婧感动，从她第一次与加内特交易到现在，加内特从来没有像今天这样通情达理，麦婧不敢相信这些话出自加内特的口，她充满感激地说："你并不是我想象中的那样，我承认，我以前误解过你，都是我不对，我不该那样。"

加内特："我说这些话是认真的，也是算数的，你随时都可以离开我。当然，我会给你一笔补偿，毕竟你做了我这么久的情人，我没有别的可以给你，我只有钱。明天你就可以拿到那笔钱。希望我们以后还能做朋友。"

加内特的恩赦对麦婧来说是意外惊喜，可她怎么也高兴不起来，她甚至有些自责，觉得自己是不是太冷酷。

加内特："也许这是我们相聚的最后一个夜晚，你知道我有多么难以割舍吗？让我再好好看看你。"

加内特用那双粗大的手掌，捧起麦婧的脸，就那么深情地看着。两个人都流着泪，谁也没有再多说一句话。

良久，麦婧轻声说："你是一个好人，忘掉我，我这样的人没有资格让你记住。"

加内特："我确实老了，对你竟然发不起火来。你哥哥的死，有一半是因我造成的，我向你说声对不起，希望你不要记恨我。当然，也没有必要记恨黄真旗，她是无辜的。我们曾经所做的一切，现在想想，真的没必要那么极端。莱茵说得对，我确实干过很多坏事，但那都是迫不得已。"

麦婧惊声说："刚才莱茵小声对我说的话，你都听到了？"

加内特自言自语地说："让我一个人孤独终老，本身就是对我的惩罚，我没什么可说的，坦然接受就是了。"

床头的台灯关掉了。加内特紧紧搂着全身赤裸的麦婧，他没有像平时那样如狼似虎地发泄，只是那么紧紧地搂着，一句话也没有说，直到天色大亮。加内特知道，麦婧并不爱自己，就算自己挽留，都无法留住这个女人，与其那样，倒不如给她自由，让她寻找自己的真爱。

情欲像一张大网纠缠着人的心，又像汹涌的海面无休无止。哈里没有从加内特那里获得金钱上的满足，便盯上了麦婧，他想，麦婧不过是加内特的一枚棋子，不过是一个招之即来挥之即去的情人，就算动一动这枚棋子，加内特也不会有太大的反应。

麦婧从加内特住所出来的那一刻，哈里便偷偷地跟在麦婧身后，麦婧对此毫无防备。

下了马车，麦婧经过一条偏僻的街道，隐约听到身后有轻微的脚步声，她回头看了一眼，没有发现什么，就继续向前走。刚走几步，又觉得有人跟踪。她又回头看了一眼，这次她看到了哈里，但已经晚了。

哈里狞笑着，一步一步地逼近麦婧，麦婧失声尖叫，快速向前跑去，没跑几十米就被哈里的手下堵住。麦婧准备殊死一搏，还没等她动手，哈里的手下举起了枪。麦婧不得不放弃了抵抗，她的心在剧烈地跳动，露出惊恐的眼神。

麦婧知道事情不妙，急忙说："哈里，你不要乱来，你不是需要钱吗？如果你放过我，我会满足你的要求。”

麦婧从皮包里拿出几张钞票，双手哆嗦着，准备递给哈里。

哈里看出了麦婧的惊慌，他嘿嘿地笑了几声，得意地说：“麦婧小姐你还好吧，我记得上次你对我的态度可不是这样，你几乎成为加内特的代言人，你说的每一句话都对我充满了敌意，今天你这是怎么了，对我这么客气。”

麦婧解释：“我跟加内特合作也是没有办法，我必须借助他的力量才能报复我的仇人黄真旗，你帮我们把金条藏到黄真旗的房间，从这一点来说，我们应该是很好的合作者。我不知道你今天为什么要针对我，事实上我并没有得罪过你，加内特也没有得罪过你，他毕竟为你支付了一笔报酬。”

这时哈里大笑，他抚摸着麦婧的脸故作怜惜地说：“亲爱的麦婧小姐，你有没有想过我为什么要绑架你？原因很简单，我就是想搞你，但你是加内特的女人，我只好采取最适合我的方式来得到你。我知道你非常厌恶我，这在我看来都不重要，重要的是，我马上就要得到你的肉体了，我感到非常开心。”

麦婧歇斯底里：“哈里你这个混蛋，你要想清楚后果，你这么做会受到法律的制裁，至少你要坐几年牢。”

哈里嘿嘿地笑：“法律？你觉得你们这些华人在旧金山得到过法律的保护了吗？你不要跟我提什么法律，法律都是为白人服务的。包括我这个黑人，就算我现在死了，也没有多少人会对我表示同情。”

哈里手一挥，几个手下押着麦婧来到一座仓库，麦婧刚要喊，被一个家伙往嘴里塞进一块脏兮兮的抹布。

哈里露出野兽般的眼神：“这里可真是一个做爱的好地方，我和你在这里共度良宵。”

哈里狞笑着，一层一层剥去麦婧的衣服，几个手下识趣地离开。

第一次见到这个风情万种的中国女人，哈里内心隐藏的兽性就被唤醒，这个中国女人美丽中透出风骚，看上一眼便可以满足男人所有的性幻想。哈里无时无刻不在想着如何占有麦婧，哪怕是触摸一下她的身体都可以，肉欲的魔力可以摧毁一个人理智的防线，有人愿意在诱惑面前以身试法。

麦婧在奋力反抗，屈辱的泪水夺眶而出，但在强壮的哈里面前，这无异于蚂蚁撼大树。很快麦婧的上身被剥光，雪白的肌肤散发出诱人的光泽，女人身体特殊的气味让哈里欲仙欲死。

哈里沉重地喘息着，在麦婧身上狂吻：“我的香肉，我想吃了你。”

麦婧满是耻辱又无力挣扎，凭她的体力根本无法挣脱哈里的魔爪，麦婧四肢在激烈地晃动，身体在剧烈地扭动，试图将压在她身上的哈里推开，但没有任何效果。

几个手下躲在角落，窥视着精彩的好戏。

哈里兽性大发，他肆无忌惮地在麦婧的胸口来回移动。麦婧不会错过任何一个逃脱的机会，她突然说："哈里，你不是想得到我吗？我现在答应你，不再反抗，我甚至会配合你，但你也要答应我一个条件。"

正兴起的哈里不耐烦地说："快让我搞你，我才不管什么条件呢。"

麦婧说："你快停下来听我说，相信我的条件你会感兴趣。"

哈里停了下来，擦了擦额头冒出的汗："快说，什么条件？"

麦婧见哈里对她的提议表示出兴趣，急忙说："我们谈一笔交易怎么样？你放过我，我给你一笔钱，你拿着这些钱想找什么样的女人都可以，一笔很多的钱，你想一想，你为加内特卖命不就是为了钱吗？"

哈里又在嘿嘿地笑："你这个骗子，你哪来那么多钱，我要一万美金你有吗？"

麦婧说："我的包里有三千美金，你先拿着，剩下的钱很快就给你。只要你放过我，一切都可以商量。"

哈里说："钱我要，人我也要，你别多费心机了，没有必要拖延时间，没有人会来救你的。你就乖乖地陪我玩吧，哈哈哈哈。"

哈里快速地脱掉衣服，像一只急切想要交配的公狗扑了过来，麦婧这次没有反抗，她像待宰的绵羊顺从地躺在地上，眼角流出了屈辱的泪。

"王八蛋，快给老子住手！"话音未落，林阿招飞身过来，一脚踢翻了哈里，哈里的手下闻讯赶来，举枪向林阿招射击，刺耳的枪声在空旷的仓库里产生巨大的回声。

林阿招的出现彻底搅了哈里的好事。

哈里光着上身，气急败坏地说："都给我上，干掉这个可恶的家伙。"

林阿招为什么会突然出现在这里？原来他刚从洪义堂回来，路过几条街道的时候，看到一个人的身影非常像麦婧，就偷偷地跟在身后。哈里的出现，让林阿招找不到麦婧的踪影，他凭着直觉在附近寻找，他看到一座很大的旧仓库，就抱着试一试的心理走了进来。刚进门就看见哈里施暴，林阿招火冒三丈，飞身过来就踢翻了哈里。

在武艺高强的林阿招面前，哈里和他的手下不堪一击，没几个回合，林阿招就制服了哈里，几名手下也狼狈地躺在地上。

林阿招捡起一把枪顶着哈里的脑袋："我不想杀人，但今天你触犯了老子的底线，所以你今天必须死。"

林阿招的及时出现，让麦婧获得了救命稻草。麦婧捡起一件衣服围在赤裸的身上："林大哥住手，你不能杀他，杀了他会坐牢的。黄真旗已经进去了，你可不能重蹈覆辙。"

哈里见麦婧为自己求情，激发了求生的欲望："麦婧小姐说得对，你不能开枪，我死了你的前途就会一片黑暗，你就无法在旧金山继续待下去。"

林阿招强忍着怒火，手里的枪慢慢挪开，但他很快又拿枪顶住哈里的脑袋说："不杀你难泄老子心头之恨，所以你还得死。"

哈里看出林阿招在做着激烈的挣扎："我能看得出，你非常喜欢麦婧小姐，你们才应该成为最幸福的情侣。如果杀了我，你肯定会坐牢，你们的幸福就被你亲手毁了。另外我也想告诉你，如果没有加内特的默许，我绝对不敢非礼麦婧小姐。"

林阿招和麦婧不约而同地说："是加内特指使你做这件事？"

哈里本来是情急之下胡编乱造，没想到两人都相信了他的话："这件事你需要向麦婧小姐核实，这是他们之间达成的交易。我去找加内特要更多的酬劳，他没有答应。我说既然得不到金钱，就想得到他的女人，这个女人就是麦婧小姐。我当时也只是随便说说，没想到加内特居然默许了。他说麦婧小姐是个大麻烦，他不想和她有太多关系，他正在想办法摆脱她的纠缠。"

哈里的话让林阿招感到意外，他并不知道加内特和麦婧之间有交易。听完哈里的话，麦婧已经确信，加内特昨天晚上的真情流露完全是在演戏，可悲的是自己还觉得他是一个好人。但是麦婧想，就算加内特真是那样的人，也不能让林阿招知道他们的关系。

麦婧相信哈里刚才的话是真的，因为那就是加内特的做事风格，她纠结的是如何向林阿招解释陷害黄真旗的经过。之所以纠结，是因为在麦婧心里，她非常在乎林阿招，如果没有发生哥哥意外死亡的事，说不定她和林阿招早就在一起了。

麦婧打断了哈里的话："林大哥，不要相信他的话，他完全是为了保命而编造谎言，关于这件事的前因后果我会向你解释的。"

林阿招将枪从哈里脑袋上挪开："你走吧，再见到你干坏事，我一定亲手杀了你。"

哈里不敢相信这是真的，他站在原地不敢走。

林阿招背对着哈里："我不杀你，并不是怕什么，我只是不想脏了我的手。还不快滚，否则别怪我反悔。"

哈里连滚带爬地正准备向外走，林阿招叫住哈里："人可以走，你得把枪给我留下。"

哈里说："你要我的枪干什么，你不会等我走出去再打死我吧？"

林阿招说："我既然答应放过你，就会兑现诺言，至于我要枪干什么，这就不用你操心了。"

哈里哆哆嗦嗦地把枪递给林阿招，一边往外走一边回头看，他猜不透林阿招的心思。直到走出仓库，哈里才确定自己捡了一条命。

林阿招冲着哈里的背影吐了一口唾沫："呸，你这个狗杂种。"

仓库里安静得让人窒息，就连灰尘飘动的声音都可以听到，林阿招来到麦婧身边："婧婧，这么长时间没见，你还好吧？"

麦婧回避着林阿招的眼神，林阿招这才意识到麦婧还没有穿好衣服，正拿着一件上衣遮挡。

林阿招尴尬地说："我这个人就是粗心，刚才冒昧了，你先穿衣服。"

逆境中遇到老情人，麦婧感慨万千，委屈的泪水夺眶而出。

麦婧说："林大哥，刚才多亏了你。"

林阿招说："你走的时候连句话都没有，我一直都在找你。没想到我们会在这种场合重逢，让我说什么好呢，刚才那个混蛋没有把你怎么样吧？"

麦婧说："我还好，幸亏你及时赶到，否则我真的不知道后面会发生什么。"

"你怎么会跟加内特这种人混在一起？他是什么人你不清楚吗？他可是害黄真旗坐牢的人。"林阿招对哈里刚才说的话耿耿于怀。

麦婧答："加内特是什么样的人并不重要，重要的是他可以帮助我报复黄真旗，只要能报复我的杀兄仇人，什么事我都能做得出来。事到如今我也没什么可隐瞒的了，黄真旗坐牢是我一手策划的。我知道加内特一直想除掉黄真旗，就去找他合作，加内特给了哈里一笔酬劳，让他把金条放到黄真旗宿舍的床下，以此陷害她窃取黄金。事情就是这样，无论你怎么看，我都已经做了。"

林阿招怒不起来，也恨不起来，他不想让麦婧继续错下去："婧婧，你好糊涂。你哥哥的死属于意外，在场的人都看见，确实与黄真旗无关。人死不能复生，黄真旗也因此受到了本不该她承受的惩罚，这下你应该满意了吧。"

麦婧冷冷地说："听林大哥话里的意思，还是在替黄真旗鸣不平，你有没有想过，我哥哥就算是被黄真旗误杀，如果她不将人推倒人也不会死，她有不可推卸的责任。”

林阿招说：“你和黄真旗情同姐妹，黄真旗救过你的命，就算看在这一点上你也不应该去伤害她，你现在有些丧失理智，再这样下去只能两败俱伤。”

麦婧说：“你说得没错，黄真旗对我有恩也有仇，我对她有爱也有恨，为此我非常矛盾。每当我想到哥哥临死前哀怨的眼神，我的心情就难以平复，我知道这么做对黄真旗不公平，但我真的不知道该怎么办。”

林阿招说：“既然你无法说服自己重新接纳黄真旗，那就交给时间，至少你现在要解除对她的敌视，不要再去做不应该做的事。你要明白，我们共同的目标是对付加内特而不是内耗，黄真旗现在非常需要我们的帮助。”

麦婧说：“我不知道该如何面对她，就算我们彼此原谅，我见到她后也不知道该说些什么。”

林阿招说：“什么话都不用说，大家还像从前一样。”

麦婧说：“时间真的可以修复我们之间的裂痕吗？”

林阿招坚定地说：“当然可以，只要你愿意，黄真旗那边我会去解释，请你一定要相信我。”

麦婧委屈地哭了起来：“我总是自作聪明，分不清好人和坏人，这让我走了很多弯路。林大哥，你真的不嫌弃我吗？还愿不愿意接受我做你的朋友？”

林阿招说：“我们永远都是亲人和朋友。”

第三十章　边月随弓影

强奸麦婧未遂，让哈里感到非常恼火，他把愤怒转移到了加内特身上。他曾多次找加内特敲诈勒索，如果不给钱，就将陷害黄真旗的事捅出去。加内特感到非常头疼，面对这样一个无赖，一味地迁就等于纵容，加内特授意约翰逊警长，最好把这个瘟神关进监狱，去一去他身上的贪得无厌。

旧金山的某个赌场，哈里鼓起的眼睛布满血丝，他已经两天两夜没有睡觉了，赌桌上堆满了钞票，哈里赢了不少钱，他举起酒瓶喝着啤酒。前几天发生的事情丝毫没有影响到他的心情，他没有得到麦婧，但他得到了金钱，赢来的钱足够他挥霍一阵了。

赌场的门被人踢开，六名荷枪实弹的警察同时对准了他，哈里有些意外地说："我触犯了哪条法律？"

约翰逊警长走到哈里面前说："这里不是谈话的地方，请哈里先生跟我们到警察局再说，我想你会答应的，对吧，哈里先生？"

哈里说："我可以控告你非法拘禁。"

约翰逊警长没有把哈里的话放在心上，他非常有礼貌地说："你与一起大案有关，我们邀请哈里先生到警察局了解情况，如果哈里先生是清白的，我们会当场释放。走吧，车在外面等着你呢。"

哈里想的是不是陷害黄真旗的事被人举报了，但这件事的幕后主使者是加内特，如果他不说，其他人怎么可能知道？

哈里说："听说约翰逊警长和加内特的私交很好，不会是加内特让你来抓我的吧？"

约翰逊警长没有理会哈里的话，命令一名警察给哈里戴上了黑色头套，将哈里押到车上。

约翰逊警长每天要应付七八起案件，审问犯人自然经验丰富，他非常清楚如何对付哈里这样的街头小混混。先上来一顿鞭子，哈里的惨叫声异常刺耳，由于隔音效果好，外面根本听不到。

约翰逊警长说："刚才是对你袭警的惩罚。"

哈里无辜地说："约翰逊警长，我根本没有袭警。"

约翰逊警长说："我说你袭警你就袭警。"

哈里当然听说过约翰逊警长对待犯人的手段，他问道："你打算怎么处置我？"

约翰逊警长说："你做了什么事自己最清楚，法律至少判你两年监禁。"

哈里说："你告诉我，我究竟犯了什么罪？"

约翰逊警长说："在金矿黄金失窃案的前一天晚上，你潜入黄真旗的宿舍，而转天我们就从黄真旗床下搜出加内特先生丢失的金条。这件事你怎么解释？"

事情发展到现在，哈里已经确定自己被抓确实与加内特有关，加内特的目的是想杀人灭口，而哈里想先保住自己这条命。

哈里说："我和黄真旗无冤无仇，我为什么要陷害她？"

约翰逊警长说："那不是我关心的范畴，我只看证据。"

哈里说："这件事是加内特指使我干的，因为黄真旗总是和他作对。"

约翰逊警长说："加内特先生是旧金山最知名的企业家，他每年都要捐助很多慈善机构，这样一个公众人物怎么会参与陷害一名华工？如果你再胡说八道的话，加内特先生可以告你诽谤。"

哈里挑衅地说："如果我不配合呢？"

约翰逊警长说："监狱里经常会有犯人死亡，官方对外界的统一口径是，他们因为生病无法治愈而死亡，你不想成为其中的一个吧？"

哈里的脸色变了，他认为约翰逊警长说到就可以做到。

约翰逊警长凑近哈里的耳朵小声说："别以为你强奸麦婧的事我不知道，单凭这件事，就可以判你坐十年八年的牢。"

哈里觉得没有任何希望了，他的内心在激烈地挣扎，哈里沮丧地说："看来我只好认命了，是我陷害了黄真旗，所有坏事都是我干的。"

一切都在约翰逊警长的掌握之中，他心满意足地说："从明天开始，我会让狱警优待你，哈里，你暂时不会挨打了。"

加内特最终兑现了对莱茵小姐的承诺，撤销了对黄真旗的起诉，做出这个决定，对加内特来说是不容易的。在他看来，女儿就是他的命根子，他并不想因为别人恶化与女儿的关系。莱茵小姐答应了从此远离叶龙，也答应了重新选择一段感情，那就应该满足她的要求，毕竟饶了黄真旗对加内特来说并没有什么损失。

约翰逊警长向加内特表达了担忧，他觉得应该至少判处黄真旗两年刑，彻底将她打入地狱，这样就可以永绝后患。

加内特倒是镇定自若，他认为黄真旗没有背景，没有财力，没有人脉，没有实力与自己对抗。先前的所谓反抗，不过是因年轻无知而做出的冲动之举，或许是受到别人的挑唆而冒傻气，经过这次教训，她应该明白以卵击石的后果。

城北女子监狱厚重的铁门吱呀一声被打开，黄真旗看到了在门口迎接她的林阿招和麦婧。劫后重生的黄真旗看到了亲人，她一头扎进林阿招的怀里，林阿招轻轻地拍着黄真旗的肩膀："没事就好，没事就好，在牢里吃了不少苦吧？"

黄真旗擦干眼泪："我命大，这点苦不算什么，你们都还好吧？"

并没有看到叶龙，黄真旗略感失望，这一细节被林阿招看到。

来城北女子监狱之前，叶龙把他与莱茵小姐做交易的事告诉了林阿招，他希望林阿招能理解自己的苦衷。林阿招以为自己是唯一可以为黄真旗赴汤蹈火的人，以为只有自己才愿意为黄真旗付出一切，没想到叶龙做得比自己还要好。

黄真旗没看到叶龙，她振作了一下精神说："出来真好，天是蓝的，云是白的，像做梦一样。"

黄真旗看到麦婧，愣了一下："麦姑娘，你来了。"

麦婧感受到了距离，好在她已经消除了对黄真旗的误解和恨意，她哽咽着说："姐姐，我错了。"

麦婧的话消融了黄真旗心里的坚冰，她握住麦婧的手："没必要纠结过去的事，我们都应该向前看。"

麦婧看着面容憔悴的黄真旗充满怜惜地说："我们还像以前那样亲如姐妹好吗？"

黄真旗喜中带泪："好，当然好了。"

麦婧擦干眼泪："这么重要的喜事，今天怎么没看见叶龙来？"

黄真旗说："阿龙与我形同陌路，我们不再有任何关系了。"

麦婧说："姐姐你别哭呀，到底发生了什么事情？"

黄真旗说："莱茵小姐亲口对我说，阿龙去求她救我，她的交换条件就是得到阿龙。"

麦婧说："这种感情的交易你怎么能答应呢？"

黄真旗叹了一口气："交易也好，真爱也罢，事已至此，你们就当作一个故事来听吧。”

麦婧说：“你真是菩萨心肠，人家抢了你的男人，你非但不责怪，还要言谢。”

黄真旗苦笑：“我不想纠缠这些，我要好好活着，只有这样才能对得起我所遭受的那些苦难。”

墙上的表嘀嗒嘀嗒地走着，莱茵小姐怯怯地望着加内特，她无法预知会是什么样的结果。这注定是一个不眠之夜。

加内特拍着桌子说：“你今天晚上干什么去了？”

莱茵小姐深知，父亲已经知道她并没有与叶龙断绝来往，相反，两人比以前更加如胶似漆了。这等于说，女儿欺骗了父亲，并没有按照他的意思去做。莱茵小姐想不好该说什么，愣愣地站着。

加内特说：“别以为我老糊涂了，我告诉你，你的一举一动都逃不出我的眼睛。”

莱茵小姐愤怒地说：“爸爸，您竟然监视自己的女儿？”

加内特说道：“没有经过我的允许，就带着叶龙去找约翰逊警长，还让叶龙和黄真旗见面。我不明白，你这么做到底为了什么？”

莱茵小姐坚定地说：“为了爱情，我喜欢叶龙，我可以为他付出一切。拜您所赐，黄真旗进了监狱，我不忍心看叶龙难过，就帮助了他，因为我爱叶龙。”

莱茵小姐轻描淡写的回答让加内特吃惊不已，他怒吼：“我的傻女儿，你犯了一个极大的错误，你想过没有，黄真旗是我的敌人，她如果被放出，进监狱的可能就是我，我竞选州长的事情就毁于一旦。如果你长着耳朵，应该听说过她是怎么跟我作对的。她带领华工罢工，三番五次要求我增加薪水，她必须得到惩罚。你知道吗？黄真旗出来以后第一个要对付的人就是我，你的父亲。”

莱茵小姐说：“我所做的就是希望叶龙快乐，他答应过我，我将黄真旗保释出狱，他就会和我结婚。他是个信守承诺的人，这一点我坚信。现在好了，黄真旗已经出狱了，接下来我们就该谈婚论嫁了。”

加内特压抑的情绪终于爆发：“高贵的白人与卑贱的黄种人发生了爱情，并且这个白人一厢情愿地坚信，他们之间的爱情天长地久。真是可笑，你以为这是童话故事？别做梦了，根本不可能，你们之间不会有结果，他能为了你抛弃黄真旗，就能为了别的女人抛弃你，他这是在利用你的单纯和善良，你早晚会被那个混蛋欺骗。”

加内特气得浑身哆嗦，莱茵小姐急得哭了：“我们是真心相爱的，您难道不希望看到女儿找到一份幸福的爱情吗？”

加内特怒吼：“你给我住嘴，我警告你，如果你不离开叶龙，我就叫那个杂种永远消失。”

莱茵小姐说：“爸爸，您这是独裁和专制。”

加内特说：“你利用我放了黄真旗，然后单方面毁了承诺，你是个骗子，我的女儿居然是一个大骗子。”

加内特对莱茵小姐的出尔反尔备感痛心，丧失理智的他掏出枪怒吼：“我现在就去杀了叶龙这个混蛋。”

莱茵小姐抱住加内特的双腿苦苦地哀求：“爸爸，求求你了，不要伤害叶龙。他如果死了，那我也不活了。”

莱茵小姐夺过加内特的枪，对着自己的头：“爸爸，您如果不同意我和叶龙在一起，我现在就死在这里。”

“你……”加内特被莱茵小姐这个举动搞得手足无措。

“你把枪放下，有些事我们可以坐下来心平气和地谈。”加内特说。

“爸爸，您知道麦婧为什么会离开吗？就是因为您太冷酷无情，不通情理。”莱茵小姐说。

“不许你这样说你的父亲。”加内特说。

“醒醒吧，您不要拿女儿的幸福做赌注，那样对我不公平。”莱茵小姐央求道。

“你把枪放下，我们好好谈谈。”加内特的心情趋于平静。

莱茵小姐沉默不语。加内特像战败了的将军，垂头丧气地说：“我答应你，你快把枪放下。”

莱茵小姐将枪放在桌上，扑到加内特的怀里哭：“爸爸，我确实喜欢叶龙，我希望婚礼那天，能亲自挽着您的手去教堂。”

就算是铁石心肠的加内特，也无法拒绝女儿的乞求：“为了一个男人，让我们父女反目成仇，你觉得值得吗？”莱茵小姐使劲地点着头。

加内特抚摸着莱茵小姐金色的头发，语重心长地说：“我的女儿，作为父亲，我明知道你走的是错误的道路，还得陪你走下去，你知道我有多么痛苦吗？我这辈子只有你这么一个女儿，我希望你快乐幸福，不要被别有用心的人以感情为筹码而利用。你就是不听，不听也好，那就按照自己的想法去做吧。人总要为自己的冲动付出代价，我只是希望，你不要遭受太大的伤害。”

莱茵小姐用手堵住了加内特的嘴：“爸爸，我和叶龙一定会幸福的。”

加内特表情凄然："我是一个成功的商人，却是一个失败的父亲。"

这对父女整整聊了一夜，在莱茵小姐的记忆中，已经很久没有与父亲说这么多话了，这让她感到久违的温馨和幸福。父亲确实越来越老了，情绪喜怒无常，刚才还暴跳如雷，转而就变得和蔼可亲，有些让人捉摸不定。

莱茵小姐抚摸着加内特脸上的皱纹："爸爸，您真的老了。"

加内特看着窗外飘落的雪花，低沉地说："又一个圣诞节过去了，幸运的话，我也许还可以再过十个圣诞节，然后就去天堂了。"

莱茵小姐说："爸爸，我希望您永远都陪伴在我身边。"

加内特说："作为你的父亲，我有必要跟叶龙见个面。"

莱茵小姐将信将疑："爸爸，您真的接受叶龙了？"

加内特说："毕竟是你准备托付终身的人，我要考察一下叶龙。"

莱茵小姐亲了加内特一口："爸爸，我爱您，我相信您会喜欢叶龙的，他是一个非常棒的男人。"

壁炉里的柴火烧得很旺，红色的火苗在剧烈地跳动，窗外下着鹅毛般的大雪。几乎每年圣诞节前都要下雪，每次雪后莱茵小姐都会搀着父亲的手到外面散步，加内特特别喜欢听脚踩在雪地上发出的咯吱咯吱的响声，这让他想起年轻时的辉煌岁月。

莱茵小姐没有注意到，加内特的脸上闪过一丝不易觉察的笑。他忽然想到一个妙计，利用叶龙来对付黄真旗，鹬蚌相争渔翁得利，无论谁胜谁败都对自己有好处。

叶龙准时出现在加内特家中，叶龙之前和林阿招深夜来过，由于当时情况特殊，他并没有认真地欣赏这座豪宅。今天作为莱茵小姐的男朋友出现，终于有机会参观旧金山最有权势的企业家的府邸了，叶龙终于有机会近距离接触传说中的加内特了。

晚餐之后，加内特对莱茵小姐说，他要单独和叶龙谈谈，希望女儿回避一下。

加内特带着叶龙来到书房，叶龙也算是见过世面的人，当他看到加内特书房里的椅子镶嵌着黄金与宝石时立刻惊呆了，这奢华程度不亚于当年洪秀全皇宫里的龙椅。

叶龙抚摸着那把奢华的椅子，啧啧地赞叹，加内特炫耀地说："这把椅子是我私人订制的，全世界只有一把，上面的宝石价值昂贵，随便一颗就可以买下一座庄园。"

叶龙恭维道："中国皇帝的龙椅，与这把椅子相比，也显得逊色不少。"

加内特大笑道："你太会说话了，我非常欣赏你。我想问你，你是真心爱我的女儿吗？"

叶龙毫不犹豫地说："我可以向加内特先生保证，我对莱茵小姐的爱绝对忠贞。"

加内特："既然你这么说，我就放心了，从明天起，你就是我加内特的人，我名下的赌场由你管理，旧金山的庄园你随便挑，很快你就是美国上流社会的精英，所有人都会对你刮目相看。"

这不就是一直以来梦寐以求的生活吗？这不就是多年奋斗想达到的成功吗？现在就摆在自己面前，简直像是一场梦。

叶龙语无伦次地说："您……您说的，全是真的？"

加内特："当然是了，我怎么可能骗人呢。"

叶龙刚要感恩戴德，就听加内特说道："当然，我是有条件的……"

叶龙收起笑脸，看着加内特，心里凉了半截。

加内特："黄真旗是我的敌人，你应该帮我对付她。"

金钱与友情，选择哪一个？叶龙开始纠结，他很快就拿定了主意。

叶龙："加内特先生需要我做什么？"

加内特："你喜欢金钱还是朋友？"

叶龙毫不犹豫地说："当然是金钱，有了钱就有了一切。"

加内特语重心长地说："你想要多少钱，就有多少钱，但你必须要记住，对我女儿好一点，不许伤害她。"

叶龙："请您放心，我能做到。"

加内特："帮我干掉黄真旗，我知道，这件事对你来说很难，但你必须干掉她。包括那个林阿招，他们活着一天，就是我们的心腹大患。"

叶龙犹豫着，没有立刻回答。加内特忽然掏出枪，对着叶龙的脑袋："你不愿意？"

以叶龙的武功，夺走加内特的枪并不难，但他没有反抗。不反抗的原因，是叶龙不想与加内特翻脸，好不容易得来的荣华富贵岂可轻易放弃。

叶龙："给我一些时间，我需要认真想一想。"

加内特："我的耐心是有限的，别挑战我的底线。"

几天后加内特兑现了承诺，给了叶龙想要的荣华富贵，叶龙经常出入上流社会的各种宴会，认识了很多尊贵的美国朋友，他非常享受成功的感觉，这让他重拾丢失多年的做男人的尊严。

叶龙发迹之后，并没有忘记结拜大哥林阿招，他在一家豪华西餐厅约见林阿招。

看着叶龙一身上等人的装扮，林阿招产生一种厌恶，他并非嫉妒叶龙，而是觉得这个人越来越不像自己的兄弟了。

叶龙绅士地打了一个响指，服务生应声而来，叶龙把菜单推到林阿招面前："林大哥，你想吃什么就点什么，挑贵的点，兄弟现在有钱。"

林阿招没有翻菜单，直接说："我要一碗面。"

叶龙拿起菜单，点了两份牛排、一瓶红酒以及两份甜点，随后说："林大哥怎么不问问我，最近过得怎么样？"

林阿招阴阳怪气地说："不用问，你都成为加内特的金龟婿了，现在有权有势，肯定比我们这些卑微的华工过得滋润。"

叶龙一笑，感叹道："今年是 1881 年，我四十岁了，到旧金山十五年，当了十五年华工，过了十五年牛马不如的生活，现在总算熬出头了。我发达了，当然不能忘了一起吃苦的大哥。"

叶龙掏出一沓美金："林大哥，这些钱你先拿着，我现在有钱。"

林阿招拿起钱夸张地亲了一口："钱真是个好东西，有钱了人就变得不一样了。"

叶龙借机说："林大哥只要为加内特办事，也可以像我一样，你又何必在金矿做苦力呢？"

林阿招自言自语："跟着加内特我就成为有钱人了，每天吃香的喝辣的，再也不用睡臭烘烘的华工宿舍了，想起来真是美好。"

叶龙："林大哥这么想就对了。"

林阿招又要了一瓶红酒，灌了叶龙很多酒，叶龙有些醉了，满脸通红，说话有些颠三倒四。

林阿招问："兄弟，你跟大哥说实话，加内特为什么对你这么好？"

酒喝正酣，不用林阿招劝酒，叶龙自斟自饮，他晃动着高脚杯中的红酒说："这个狡猾的老家伙，他才不会真心对我好呢，我们就是互相利用，我帮他做事，他付给我酬劳。这样也非常公平，两不相欠。"

林阿招又问："加内特给你开出什么样的条件？"

叶龙喝完杯中酒，醉醺醺地看着林阿招，眼睛半闭半睁："哼哼，什么条件，这个老家伙让我干掉黄真旗。他那是异想天开，黄真旗是谁，那是我这辈子最心爱的女人。我就是骗那个老家伙，先答应他，就算我不去做，他也不敢对我怎么样，毕竟他女儿莱茵喜欢我，甚至可以为我去死。”

叶龙又说：“林大哥你听我的，跟着加内特混可以一步登天，我们漂洋过海到旧金山，不就希望有这一天吗？现在机会摆在你的面前，就看你愿不愿意抓住机会了。”

酒后吐真言，叶龙贪图荣华富贵是他的选择，但如果为了利益伤害黄真旗，这是林阿招绝对不允许的。看着醉烂如泥的叶龙，林阿招替他感到难过，这位曾经患难与共的兄弟变了，也许他从来都没变，一直都追求物欲，一直都随心所欲。

林阿招：“兄弟，大哥劝你一句。你怎么乱来我不干涉，但不要被坏人当枪使，成了人家的狗腿子，去伤害自己人。”

叶龙有些站不稳，开始摇摇晃晃：“你就是胆子太小了，太正直了，太傻了。除了我、黄真旗、麦婧之外，其他华人的死活跟你有什么关系？你顾好自己就行了，没必要替别人操心。”

第三十一章　回看路欲无

黄真旗从金矿辞职后，在洪义堂科比的帮助下，搬到了唐人街附近的一处小洋楼，麦婧与她合租。

这天清晨，一个七八岁的美国男孩，交给黄真旗一张纸条。打开一看，是叶龙的笔迹，约她下午三点在思乡河见面。

麦婧看在眼里，问她谁来的信。黄真旗也没有隐瞒，说叶龙约她见面。麦婧问黄真旗去还是不去，黄真旗说："我们已形同路人，没什么关系，见与不见没有什么意义。"

凭着女人敏锐的直觉，麦婧看出黄真旗在犹豫，她故意说："龙哥真是可笑，拿姐姐当什么人了，想丢就丢，想见面就见面，就不见，急死他。"

说完麦婧偷偷看了黄真旗一眼。黄真旗没再说什么，使劲地擦着桌子。

麦婧话锋一转："不过我觉得，你应该去见他，有些事还是当面说清楚比较好，你正好借此机会和他彻底做个了断，这样对双方都有好处。"

黄真旗："我明白你的意思，我还是觉得没必要再见面，我无法面对他。"

麦婧："你不见，龙哥肯定不死心，说不定还会来找你。龙哥什么性格你又不是不知道，他肯定会死缠烂打，闹得满城风雨，你还是去和他见面。"

黄真旗拿起床上的一个枕头，使劲地朝着墙上打，边打边说："你就别劝我了，我才不会去呢。"

麦婧使用激将法："你不去也好，那我就替你去跟他说个明白。"

黄真旗将枕头扔到床上，坐在床沿上叹气："那还是我去吧。"

麦婧想笑又没好意思笑，她捂着嘴说："像一个撒娇的小姑娘，明明是想见面，还要故意装作不情愿，真是让人难以捉摸。

吃过午饭，黄真旗坐在镜前梳妆打扮，她穿上那件好久不穿的棉旗袍。

麦婧在一旁啧啧啧赞叹："明明心里欢喜，嘴上却装作生气，姐姐原来也会虚伪的一套。我看你跟龙哥怕是难舍难分，最终受伤的可能是三个人。"

黄真旗："我就是去和他说几句话，然后就回来，你何必大惊小怪呢。"

麦婧："就怕一见面，双方都不能把持得住，到时候死灰复燃……"

黄真旗被麦婧说得心里一震，这一点她还真没有想过。万一叶龙真的提出重归于好，她将如何答复？

梳妆打扮完毕，黄真旗围着厚厚的围巾，戴着手套，拎着小包，走出去了。

太阳很暖和，天气没有前几天那么冷，黄真旗走在下午的阳光里。已经很久没有享受到下午的阳光了，以前在金矿上班，一整天都在矿井下工作，等出来的时候太阳已经落山。

蔚蓝的天空多么辽阔，长着翅膀飞翔在空中的鸟，是多么自由多么幸福。白云在远处三五成群地堆积，很快就被冷风吹散，然后重新聚集，多像所经历的不堪生活。

还是那些熟悉的风景，还是那种熟悉的味道，就连头顶的天空也依然保持着那份明静与蔚蓝。前几天黄真旗刚刚来过这里，今天重游故地，恍如隔世。

叶龙站在一棵大树下，他的着装与之前有了很大的改变，头戴礼帽，身穿黑色的皮质风衣，脚蹬一双黑的棉皮靴，看上去非常有派头。

两个人都有些拘谨，尤其是叶龙，当他跟莱茵小姐发生关系的那一刻，他就对黄真旗充满深深的自责，想重归于好的底气也没有以前那么足了。

叶龙尴尬地说："天气还算不错，没有前几天那么寒冷，你最近好吗？"

黄真旗倒是非常平静："还好，你看上去精神面貌不错嘛。"

两个人面对面站着，谁也不知道后面该说些什么，叶龙首先打破僵局，他握住黄真旗的手说："真旗，请你不要恨我。"

黄真旗甩开叶龙的手，语气变得尖锐："你告诉我，我应该恨你什么？恨你为了救我而委身莱茵小姐，还是恨你攀附权贵背叛爱情？我为什么要恨你，我恨不起来呀。"

黄真旗压抑许久的泪水终于夺眶而出，她抓住叶龙的衣领使劲地摇晃："我并不责怪你，我是心疼你，心疼我们这段感情呀。"

黄真旗蹲在地上哭，带着委屈和不甘。叶龙心如刀割，他被黄真旗的情绪所感染，也流下了热泪。

黄真旗："我有什么资格怨恨你呢，你用一种极端的方式换取了我的自由，我除了屈辱之外，还有对你的感激，我不甘心，却也无能为力，我认命了。"

叶龙动情地握着黄真旗的手："走投无路我才去求莱茵小姐的，她答应我救你出狱，条件是和她结婚，我答应了。这件事情我无从选择，我爱你，真旗，我只能这么做。”

黄真旗哽咽地说：“阿龙，我没有恨你，我恨自己，为什么忘不了你。理智告诉我，我不应该这样。莱茵小姐比我更适合你，也比我更加爱你，我衷心祝你们幸福。”

黄真旗的泪水滴在叶龙的手上，顺着手背往下流，像一条蜿蜒的小溪。

叶龙：“等我还清莱茵小姐的债，就来找你，希望你还能再给我一次机会。”

黄真旗的心情更加复杂：“与其让两个人受伤害，倒不如只伤害我一个人就够了，你们结婚，我退出。我会参加你们的婚礼，喜酒还是要喝的。”

叶龙难分难舍，拉住黄真旗的手：“以后……我们还能经常见面吗？”

黄真旗决绝地甩开叶龙的手，表明态度：“从今以后，我不会主动去找你，你也不必来找我，我们各安天命，最好不再往来。”

叶龙怔怔地看着黄真旗，眼神中透出失望，他歇斯底里地吼道：“黄真旗，你这一辈子都属于我，活是我的人，死是我的鬼。谁都不能把你从我手里抢走，我会密切地关注你的一举一动，哪个男人企图接近你，我就杀了他。”

黄真旗转身离开，只剩下叶龙一个人呆呆地站着，他的思绪在漫无目的地神游，就像出海航行的船忘记了带指南针。

庄先生按照往常的节奏，又拿着毛笔在昏黄的灯下算账，他把每一笔钱都算得清清楚楚明明白白，这样才好向加内特报账。这个月金矿的财务状况不是很乐观，主要原因是华工们进行过两次罢工，严重影响了金矿的正常运转，金子的产量骤减。

对于这样的状况，庄先生已经习以为常，他非常清楚，罢工解决不了根本问题，对于加内特来说不过是少赚些钱而已，对于那些“闹事”的华工来说，却要遭到金矿严厉的处罚。轻者罚款，重者被辞退，对此加内特毫不手软。

加内特从来都不缺干活的华工，赶走一批，马上就会有人从遥远的中国再运来一批，这些身强力壮、物美价廉的年轻人将取代那些老弱病残。从某种意义上说，加内特并不害怕华工罢工，他害怕的是华工当中那些有主见、有文化的人，这些人利用他们掌握的知识对其他华工进行“洗脑”，唤醒他们的反抗意识，时间一长就会酝酿出一场大的风暴。

加内特不想看到这样的事情发生，所以他对华工们进行独裁的集中营式的管理，将那些听话的华工玩弄于股掌之中。

庄先生就是华工当中的清醒者和觉悟者，他年事已高，没有精力再进行反抗了，只好退居幕后启发像黄真旗这样的有作为的年轻人维护个人的权益。他这么做并没有任何私心，只是单纯地想让华工们的薪水更高一点，生活和工作环境更好一点，但他老了，力不从心了，他希望更多的年轻人觉悟起来，加入进来，共同改善不堪的环境。

外面的敲门声打断了庄先生的思绪，他停下笔来问道："谁呀？"

外面的声音回答："庄先生，是我。"

庄先生听出是黄真旗的声音，穿好鞋打开门，见黄真旗正站在门外瑟瑟发抖。

庄先生将黄真旗让进屋，为黄真旗沏了一杯热茶："自从你离开金矿后，就再也没回来过，我想你呀。"

黄真旗此行的目的是向庄先生请教做生意的事，庄先生笑着问："你真的想好了？"

黄真旗："您何出此言？"

庄先生："你应该问问自己，当年来旧金山到底是为了什么？如果你现在要做的事，和当年的想法一致，那你就应该做。如果只是一时心血来潮，我建议你先放一放。"

黄真旗认真地说："我现在没有别的选择，只有自己创业，才能改变窘境。庄先生，您难道不愿意支持我吗？"

庄先生："不不不，我绝对不是那个意思。我是想把丑话说在前头，让你做好充分的心理准备。创业没有想象的那么容易，更何况在旧金山，你要面对的不仅仅是生意本身，还要协调好与各方的关系。如当地政府，如地痞流氓，如工商税务，这些都需要你亲自处理，哪一环节出现了问题，生意都不太好做。在旧金山做生意就是这样，你得把三分之二的时间和精力，用在人际关系上面，否则就别想做好这门生意。"

"做生意就是做生意，怎么还要和那么多人打交道？"黄真旗说。

庄先生笑道："你能说出这样的话，就说明你没有做生意的经验，做生意就是和人打交道，把人琢磨透了，你的生意才能顺风顺水。我虽然没做过生意，但这些年也见得多了，能在旧金山把生意做大做好的华人没几个，更别说做出品牌和知名度了，所以说，你这个想法有些冒险。"

"我确实想自己创业，因为给人打工，始终都是在拾人牙慧，那样下去不会有什么出息。"

庄先生："那你打算做什么生意，说来听听。"

黄真旗："我初步的想法是开一家餐厅，专门做广东菜，客源是在旧金山的华人。租门面、置办桌椅板凳和锅碗瓢盆，再加上请厨师需要很大一笔钱。我手里只有很少的一笔钱，前期的运作资金远远不够。”

“门面不难找，洪义堂就可以帮忙。厨师也不难找，你可能不知道，咱们金矿就有两个广东厨师，人家之前可都是大饭馆的名厨，后来不知道怎么就流落到旧金山当矿工了。这些都不是问题，你现在最需要的就是启动资金。”

黄真旗：“就算砸锅卖铁，我也拿不出那么多钱。”

庄先生：“有经商头脑就够了，钱不是多大的问题，我可以帮你。”

黄真旗：“这可是一笔不小的数目，您一个账房先生，哪来这么多钱？”

庄先生讳莫如深：“我告诉你我有钱，那肯定就不会骗你，你听说过野生铁皮石斛吗？”

黄真旗：“铁皮石斛？！”

“野生铁皮石斛又名万丈须，是一种名贵的药材，一般药店不会有这样的稀罕东西，但是我有，而且还有不少。”

黄真旗想起一件事，黄夫人曾说，有一种药材比人参和灵芝还要名贵，可以让人“起死回生”。

黄真旗：“您手里有这起死回生草？”

庄先生笑道：“正是，野生铁皮石斛价格贵如黄金，它生长缓慢，一般生长在海拔几千米的悬崖峭壁上，一年只生长一厘米左右。”

黄真旗好奇地问：“这么珍贵的铁皮石斛，您是怎么弄到手的？”

庄先生给黄真旗讲了一个故事：三十年前广东遭遇百年不遇的水灾，庄先生和弟弟背井离乡流落到江西龙虎山，准备重新创业，开一家中药铺。弟弟精通医道，遍尝百草，早就听说龙虎山的悬崖峭壁上生长着一种比黄金还珍贵的草药，名叫野生铁皮石斛。为了得到野生铁皮石斛，弟弟决定上山采药，便带着粗壮的麻绳和庄先生走进深山老林。

龙虎山山势险峻，很少有人敢到此处采药。那天弟弟采摘了满满一竹篓铁皮石斛，庄先生将弟弟扶了下来，不知道什么时候，弟弟将绑在身上的麻绳解开了，一个没留神，仰面坠落山崖。在那千钧一发的瞬间，庄先生清楚地听到弟弟的心跳，看到他因为恐惧而张开的瞳孔……

庄先生打开窗旁的柜子，取出一个一尺见方的木头盒子，里面铺着一层白色的丝绸，丝绸上面铺满一株一株已经干了的野生铁皮石斛。庄先生拿起一株递给黄真旗：“都是上好的绝品，遇到有眼力的买家，足够你开餐馆要用的钱。”

听完庄先生刚才讲述的故事，黄真旗感到非常不安，她将那株铁皮石斛放回木盒。

“这东西太珍贵了，我不能要……”黄真旗说。

庄先生：“东西再好，得不到利用，也是废物。当年我兄弟冒死采它，为的是开自己的中药铺，和你现在所做的事业一模一样。真旗，不要有任何心理负担，把这些东西换成钱，干你想干的事情。”

黄真旗推辞：“这是您的命根子，我何德何能，能接受您这么贵重的礼物？”

庄先生说：“咱们可是义父义女的关系，你就是我的闺女，这些身外之物生不带来死不带走，只要能帮你一把，就算把我这把老骨头卖了，我也心甘情愿。”

庄先生又说：“前段时间吴记中药铺的吴掌柜，想买你开的那张治感冒的药方，当时你在监狱里，我就没告诉你。吴掌柜打算和你共同开发，你的药方算是入股，将来一起分红。”

这是一件双赢的事，黄真旗说：“吴掌柜倒是一个识货的人，不知道此人的品格如何？”

庄先生：“吴掌柜也算唐人街的老商户了，人品没得说，他家卖的药材童叟无欺，价格公道，算是有良心的商家。”

黄真旗：“咱们拿药方入股，共同开发，抽时间我去拜访吴掌柜。”

庄先生：“做生意讲究天时地利人和，咱们现在全部做到了，怎么才能把生意干出名堂，全靠你了。”

黄真旗：“庄先生，您这么大岁数了，是不是应该考虑从金矿退休了？”

庄先生被黄真旗问得一愣，说：“退休？我从来都没想过，只要加内特不赶我走，我就赖在这里。说实话，我离开金矿也没有其他地方可去，干脆就在这里养老吧。”

庄先生没有明白黄真旗的意思，黄真旗不得不点破：“等我这边开张营业了，请您帮我管账，有了您坐镇，我心里才能踏实。”

庄先生笑道：“你就不怕我把你的账管乱了？”

黄真旗：“金矿的账目您都管理得井井有条，何况是小餐厅的账，我看您就不要推辞了。”

庄先生想了想：“只要你能把中国餐厅开起来，我就过去帮你，干别的不行，管账我可是数一数二的。”

从庄先生宿舍出来，黄真旗感觉身上没那么冷了，她甚至感到浑身涌动着暖流。开餐厅的启动资金基本到位，剩下就是一些琐碎的事情，如果顺利的话，春节过后就可以正式开张纳客。

门口停着一辆马车，车夫双手拉着缰绳坐在前面，后面的车篷里坐着何芳。何芳今天特地来找黄真旗赔罪，还没等他想到办法营救黄真旗，她就平安出狱了，何芳深深地感到惭愧。

大约十分钟后，黄真旗从租住的房子出来，何芳跳下车迎了上去。

“哎呀真旗，让你受委屈了，没有任何人告诉我你出事了。”

何芳态度友善，语气诚恳，不像是在虚伪地寒暄。

黄真旗大为感动，语气轻松地说：“让何大人多费心了，我这不是好好的吗？”

何芳扶着黄真旗上了马车，笑着说：“好长时间没有见面了，咱们应该找个地方好好聊聊，我有很多话想对你说。”

黄真旗挨着何芳坐下，她能闻到何芳身上淡淡的薄荷香皂的味道。黄真旗第一次接近何芳，就被这种薄荷香皂的味道深深地吸引，这种味道特别像雨后青草散发出的清凉的香味，闻了浑身上下清爽无比。

黄真旗趁着捋头发的间隙偷看何芳，没想到何芳也在看着她，黄真旗的脸红了。

急速的马车慢慢地停了下来，何芳拉开厚厚的布帘，扶着黄真旗下了马车。

何芳带黄真旗参加一个晚宴，到场的都是旧金山上流社会的精英。

黄真旗感到有些紧张：“早知道这样，我应该穿一身体面的衣服，现在这样会不会给你丢脸？”

何芳看了看黄真旗今天穿的这件豆绿色缎料花卉纹棉袄，并没有觉得不妥，倒是显得朴素大方，他笑道：“丢什么脸？你能来让我脸上有光，不用想那么多了，一切顺其自然。”

就在这时，迎面走过来一位美国绅士，名叫艾瑞克。他礼貌地对何芳说：“领事先生，你的女朋友非常漂亮。”

随后艾瑞克盯着黄真旗由衷地说：“你很美。”

黄真旗礼貌地微笑着，以示感谢。

艾瑞克走后，何芳拉着黄真旗到处与熟人打招呼，一圈下来，黄真旗有些疲惫，便站在一根柱子旁边休息。

一个似曾相识的身影走了过来，黄真旗定睛一看，原来是科比。

离着老远，科比就伸开双臂大声说：“黄真旗，很高兴在这里遇到你。”

科比代表洪义堂堂主陈远山参加这个宴会，他一进门就看到了黄真旗和何芳亲密地在一起。科比以为何芳是黄真旗新的情侣，心里有些别扭，就没好意思过去搭讪。见黄真旗独自站着，科比急忙走了过来。

黄真旗："科比，真的是你，见到你我太高兴了。"

黄真旗激动地与科比拥抱，仿佛科比是她的救命稻草。

黄真旗见到大多数男人都很矜持，唯独见到科比不一样，她非常轻松洒脱，完全变成一个女汉子，拿科比当哥们。黄真旗此举反而让科比有些难为情，他像个木桩子，任由黄真旗摆弄来摆弄去。

科比好奇地问："我是代表陈堂主来的，旁边的那位先生是……"

黄真旗："那位是何大人。"

科比："我知道他叫何芳，是中国驻美领事馆的领事，我是问你，你们是什么关系？"

黄真旗打了科比一拳："你想哪里去了，何大人是我的好朋友。"

科比："看你们亲密的样子，可不像是好朋友，倒像是一对恋人。"

黄真旗又打了科比一拳："你再这么说，我可生气了啊。"

黄真旗正与科比聊得热火朝天，身后传来一个熟悉的声音，黄真旗回头一看，愣住了。

面前站的这个人居然是叶龙，叶龙旁边是莱茵小姐。叶龙对莱茵小姐低语了几句，莱茵小姐独自走到冷餐台前品尝美食去了。

叶龙诧异的表情与科比刚才一模一样，早在黄真旗与科比拥抱的时候，叶龙就站在不远处醋意横生，本打算冲上去问个究竟，又觉得太冒失了，只好静静地等待合适的机会。

科比心里没鬼，说话非常自然，他主动与叶龙握手，被叶龙拒绝了。

科比尴尬地冲黄真旗做鬼脸，意思是，叶龙也许误会了。

叶龙冷言冷语："这才过去几天，你就又觅新欢了。"

科比解释："叶先生你完全误会了，事情不是这样的。"

叶龙鄙视地看着科比："我跟黄真旗说话，还轮不到你插话，你给我滚一边去。"

黄真旗见叶龙如此傲慢无礼，生气地说："我跟谁在一起，已经和你没什么关系了。"

叶龙气得脸色铁青："黄真旗，你应该给我一个合理的解释。"

黄真旗见叶龙如此失态，担心他干出什么出格的事，低声说："阿龙，你冷静一点。"

叶龙大声说："你让我冷静，我怎么冷静，你做得太过分了。"

叶龙的大嗓门引来现场很多人的注目，何芳闻声赶来。见叶龙对黄真旗怒目而视，不知道发生了什么事，何芳问："真旗，你没事吧？"

叶龙见是何芳，说道："也没多大事，发生了一些小小的误会，我们正在处理。"

叶龙狠狠地瞪着科比，何芳见状，问道："这位先生是……"

科比自我介绍："领事大人您好，我叫科比，是黄真旗的朋友。"

叶龙插话："朋友？我看你这个朋友没安好心。"

科比还是不明白到底哪里得罪了叶龙，他说："真旗，我有点糊涂，他到底想干什么？"

黄真旗感到自责："科比，实在不好意思，让你受委屈了，这件事与你无关。"

科比耸了耸肩膀："看来我是个不受欢迎的人，那我先走了，我有一句话要对你说，你离开叶龙是对的，他是一个毫无教养的人，非常让人失望。"

经过这场风波之后，叶龙没有什么心情待下去了，他扭头去找莱茵小姐，准备提前离场。

何芳："这个人简直莫名其妙，为什么对你发那么大脾气？"

何芳拉着黄真旗来到门外的台阶上，见无人注意，问道："你有什么难言之隐，一定要告诉我，我会想办法帮助你。上次你坐牢我就没帮上什么忙，至今心存内疚，你不应该拿我当外人，遇到什么不开心的事，一定要告诉我。"

何芳的态度积极，语气诚恳，让黄真旗无法拒绝。

黄真旗："何大人……"

何芳："以后不许再叫我何大人，请叫我何芳。"

"这……"黄真旗有些迟疑。

何芳："在你面前我不是什么大人，我只是一个普通人，一个你最好的异性朋友。"

"可我说不出口。"黄真旗说。

"据我所知，你和叶龙已经分手了，你们刚才……"何芳说。

黄真旗："刚才的事……怎么说呢，真的是一个误会。"

何芳："误会？你告诉我是什么误会？"

"我确实已经和阿龙分手了，刚才我与科比意外重逢，正在聊天，阿龙以为我们在谈恋爱，就过来兴师问罪。"

何芳再问："那科比……"

黄真旗说："我和科比是普通的朋友，就像我们之间这样，阿龙太不理智了，让我非常难堪。"

何芳："你现在是自由身，跟谁谈恋爱跟他有什么关系，他没有资格再来纠缠你。"

黄真旗："我希望他能过得开心快乐。"

何芳失望地说："看来你还是忘不了他。"

黄真旗看着马路上行色匆匆的人，心里想着事，她不知道待会儿还应不应该回去。

何芳："你今天是我邀请来的，那我就要保证你的安全，你随我进去，谁要敢动你一根毫毛，我就对他不客气。"

何芳拉着黄真旗重新走进宴会大厅。黄真旗扫视着里面的人，没有发现叶龙和科比，也许他们已经提前离开了。

一支乐队正在吹奏悦耳的舞曲，何芳拉着黄真旗走进舞池，黄真旗从来没有跳过舞，有些紧张。何芳一只手紧紧地搂住黄真旗的腰，另一只手握住她的手说："我来教你。"

何芳的语气中透出不容置疑的力量，让人无法拒绝，这是黄真旗最为深切的感受。有时候黄真旗心里不愿意，但看到他坚定的眼神，立刻举起了白旗，乖乖地服从。

黄真旗也感到奇怪，两人认识的时间不长，总共也没见过几次面，自己为什么就那么顺从。

黄真旗被何芳硬拉进了舞池，几场下来，黄真旗跳得很不错，得到何芳的夸奖。

到家之后黄真旗彻夜未眠，她将今晚发生的事认真地梳理一遍，忽然觉得非常可笑。自己去赴何芳的约，到了现场意外遇到科比，科比话里话外在怀疑自己与何芳的关系不一般。

与科比热情地寒暄，被前男友叶龙无端指责，说自己与科比谈恋爱。何芳及时出现，避免了因一场不必要的误会而导致的火拼。

叶龙和科比走后，何芳表面上是在替自己打抱不平，其实是想借机接近自己，黄真旗能感觉到何芳喜欢自己，然而自己心绪未定，根本没心情考虑这件事。

第三十二章　今朝花有意

圣诞节过后，旧金山迎来了一场大雪，地面的雪足有一尺多厚，这让很少见到大雪的黄真旗感到新奇。

黄真旗约来林阿招和麦婧打雪仗，三人肆无忌惮地在雪地里奔跑，将这一年遇到的烦恼忧愁统统挥洒在洁白无瑕的雪地上。黄真旗滑到好几次，每次都爬起来继续撒野。后来她躺在雪地上，仰望蔚蓝的异国天空，那般深远无边，而她的心里那般怅然若失。

林阿招望着纷纷扬扬的雪说："这雪真美。"

黄真旗见林阿招如此不解风情之人，竟也学会抒情，取笑说："林师哥好有情调，居然也学会附庸风雅了，难道是受了麦婧的影响？"

林阿招脸红了："就是觉得眼前的景色很美，不由得生发出感慨，却被你听到，来取笑我。"

黄真旗说："林师哥自从与麦婧在一起后，人变得精神焕发，言谈举止也颇为儒雅，看来爱情这个东西确实神奇无比。"

林阿招嘴笨，被黄真旗一通奚落，面红耳赤无言以对。

麦婧替林阿招解围："姐姐不许欺负林大哥，他遇到你也算倒霉，说又说不过你，躲又没地方躲，一副痛不欲生的惨状。"

黄真旗笑着说："你们也老大不小了，不如找个良辰吉日结婚吧。我说林师哥，你想不想娶麦婧？"

两人情投意合，彼此也已然将对方当成了托付终身的对象，却从未正式谈论过终身大事。黄真旗这么一问，倒是勾起了两人潜藏心底的渴望。

林阿招见麦婧不语，知她已默认，便说："只要麦婧愿意嫁给我，那将是我这辈子最大的福分。"

黄真旗："也许是你一厢情愿，还不知麦婧愿不愿意呢。"

见麦婧低头不语，黄真旗叹息道："既然麦婧不说话，那就是不愿意了。林师哥我好替你难过，剃头挑子一头热，某人白白辜负了你的一片痴情。"

林阿招哭笑不得，他无法确定麦婧的真实想法，站在雪地里无所适从。

麦婧恨死黄真旗了，知她是故意作怪，又听她擅作主张，替自己拒绝林阿招，也顾不上淑女形象，急忙说："我愿意……"

黄真旗："哎哟我的天，原来你愿意啊，我还以为你看不上林师哥呢。要说麦婧可真够扭捏的，要是换了我，早就心花怒放满口答应了。"

麦婧被黄真旗洞穿了心事，红着脸追打，林阿招在一旁幸福地笑。

天空上飘着雪花，三个人将雪地变成了游乐场，玩得无比尽兴。黄真旗隐隐想着叶龙要在该多好，可惜世事变幻无常，难遂人愿。黄真旗心乱如麻，不由得吟起"青海长云暗雪山，孤城遥望玉门关"的诗句，此句出自王昌龄的《从军行七首其四》，说的是常年在外征战的将士们内心非常凄苦。

黄真旗想到自己，到旧金山这几年所遭遇的苦痛，无法预知的未来，不知还有多少风浪等着面对。

麦婧被她的情绪感染，也吟道："黄沙百战穿金甲，不破楼兰终不还。"这是此诗的后两句。说的是无论戍边时间如何漫长，战事如何频繁，战斗如何艰苦，敌军如何强悍，边地如何荒凉，都要继续坚持下去，最终取得胜利。麦婧这句接得好。

黄真旗："我们既然来了，就要好好干一番大事业，尽快把我们的中国餐厅开起来。"

头顶的雪花纷纷而下，有着优雅的节奏，一直下到深夜，也许停，也许不停。

这天下午，庄先生带来了振奋人心的好消息，吴掌柜以高出市场价的价格收购了那些野生铁皮石斛。吴掌柜是精明的商人，他看出了黄真旗开中国餐厅的前景，更重要的是看重黄真旗的为人。吴掌柜表示支持黄真旗开中国餐厅，并承诺出资入股。

到了傍晚，科比送来一封陈远山的亲笔信，陈远山在信中说，支持黄真旗创业，出资入股。黄真旗心潮起伏，有这么多人帮助自己，真是天大的福分。

这一夜黄真旗失眠了，吴掌柜和陈远山的两笔钱，再加上其他人凑的钱，开中国餐厅的资金全部到位。现在最紧迫的是尽快选址、装修、购买桌椅板凳、招聘厨师，这些琐碎的事情她都亲力亲为。黄真旗已经想好，就在唐人街找一家店面，最好是已经装修好的，这样可以节省成本。

想什么来什么，三天之后，庄先生告诉黄真旗，阿三开的那家餐厅要转让，原因是阿三的眼睛彻底瞎了，什么都看不见了。庄先生带着黄真旗去见阿三，阿三毫不犹豫就同意了。

黄真旗请庄先生为餐厅起名字，庄先生说就叫中国餐厅。黄真旗说庄先生偷懒，别人的餐馆都叫什么轩、阁、楼，中国餐厅算什么名字。庄先生解释说，中国餐厅，有明显的国家特征，售卖的是有中国特色的菜品，容易让人一下子记住。

黄真旗觉得庄先生说得有道理，但她还是心存疑惑，说是中国餐厅，更像广东餐馆，因为我准备主打广东菜。庄先生告诉黄真旗，叫广东餐馆就显得单一了，你敢保证日后不会扩大经营，加入中国其他地区的菜品？叫中国餐厅包罗万象，一劳永逸。

中国餐厅开业前夕，黄真旗和当地的地痞流氓打了一架。

那天下午，黄真旗和庄先生从唐人街出来，见到一个白人地痞揪着一名华工的辫子取乐，那是一个瘦骨嶙峋的老年华工，地痞揪着他的辫子往后拖，华工疼得大叫，丝毫没有还手之力。

地痞将华工打倒在地，逼着他向自己磕头，每磕一下，地痞就哈哈大笑一次。

黄真旗从围观的人群中走了出来，地痞轻蔑地看着黄真旗，他露出发黄的牙齿，还竖起了中指。黄真旗要求地痞向华工道歉，地痞见她是个女性，又竖起下流的中指。

黄真旗觉得有必要教训他一下，她飞起一脚，将地痞踢倒在地。地痞恼羞成怒冲进一家杂货店，拿着一把水果刀冲出来。黄真旗站在原地不动，等地痞即将靠近，又飞起一脚，地痞摔出五六米远。黄真旗走了过去，拿起地上的刀，在地痞脸上轻轻地划动，地痞大声求饶。

黄真旗说道：“以后不要欺负华人，如果再让我看到，我就把你的腿打折，快给我滚。”

老华工叫阿才，身材瘦小，面色枯黄，趴在地上不停地咳嗽，像是得了很严重的病。

黄真旗扶起阿才，轻声问：“老伯，您没事吧？”

阿才看上去浑身无力，像面条一样坐着，喘了半天气才说：“谢谢你。”

阿才紧紧地拉住黄真旗的手，缓缓地站了起来，理了理凌乱的发辫说：“那么多人围观，只有你敢站出来帮我，你的心眼真好，你叫什么名字？”

“老伯，我叫黄真旗。”黄真旗答道。

黄真旗关心地问：“看您的气色很不好，是不是患有肺病？”

阿才有气无力地说：“老毛病了，一到冬天就犯病，大夫说，我活不了多长时间了。我这把老骨头，恐怕要留在这里了。”

阿才老泪纵横，让黄真旗感到凄凉和难过，她问道：“您在旧金山还有其他亲人吗？”

阿才沉默了一下，像是勾起了伤心的往事，摇了摇头说：“说来话长，等以后有机会我慢慢跟你说。告诉我你住哪里，改天我登门拜谢。”

黄真旗：“不必不必，您这么大年纪了，还生着病，千万不要轻易走动。等方便了，我去看望您。”

阿才：“那你得告诉我你的住处，等我病好了，去找你串门。”

黄真旗将住处告诉了他，阿才紧紧地握着黄真旗的手说：“好人自有好报，将来必定大富大贵。”

黄真旗：“我就借您吉言，等着做大事，发大财。”

黄真旗搀扶着阿才，准备送他回去，阿才拒绝道：“你有事先忙吧，我住的地方离这儿不远，自己走着回去就行。谢谢你，你真是一个好人。”

阿才步履蹒跚地走着，那种人到晚年凄凉的境遇，让黄真旗心生同情，她不由得想到了上一代华工的命运，大多数人都有着不堪回首的曲折辛酸的过去，而他们并没有能力改善，只能默默地接受。

开餐厅最重要的是有一位好厨师，但是精通并且擅长做广东菜的厨师在旧金山非常稀少，这让黄真旗感到头疼。庄先生看出黄真旗的心事，就安慰她不要着急，难题总会有办法解决。庄先生提醒黄真旗，说当年有个叫“一勺香”的厨师做的菜非常地道，他是全旧金山最好的华人厨师，据说此人是从宫里出来的名厨。

黄真旗：“这个厨师现在还活着吗？”

庄先生说：“此人如果活着也快八十岁了，咱们盘下的餐馆，以前是一个叫阿窦的华人开的，后来阿窦退隐江湖，餐厅就盘给阿三，‘一勺香’没有留下来继续干，从此不知去向。阿三接手后经营得并不好，主要还是没有好厨师。”

黄真旗：“我们去问阿三，就可以知道那位厨师的下落了。”

庄先生：“如果‘一勺香’出马，咱们的中国餐厅肯定风生水起，当年的那些老主顾都会回来。”

庄先生和黄真旗去找阿三，却扑了个空，原来阿三已经回广东安度晚年了。

眼看各项设施已经齐备，就差一位掌勺大厨，黄真旗心急如焚。

时间过去了半个月，这天清晨，黄真旗正要出门，外面传来急促的敲门声。

开门一看，是一个三十岁上下的华工，来人慌里慌张地说找黄真旗。

黄真旗："我就是黄真旗，找我有什么事？"

来人自我介绍，他是阿才的同乡，阿才病重，怕是不行了，想在临走之前和黄真旗见一面。

黄真旗来到阿才的住处，阿才正躺在床上大声地咳嗽。阿才有些激动，他颤抖着双手握住黄真旗的手说："你可算来了，我想你呀。"

黄真旗坐在床边说："您的病需要好好治，我帮您找最好的大夫。"

黄真旗为阿才把脉，良久，她的眼眶湿润，轻轻地把阿才的手放回被子里。

黄真旗："您想家了？"

阿才点了点头，然后从枕头底下拿出一本破旧的书："你救过老头子一命，大恩大德永世不忘，这本菜谱送给你吧。"

"菜谱？"黄真旗有些意外。

阿才有些尴尬："这本菜谱是我娘留给我的，她说这个东西非常珍贵，从中国到美国，我带了一辈子。这本菜谱送给你，你千万不要嫌弃，一定要收下它。"

"可是……这是您亲人给您留下的念想，我怎么可以夺人所爱？"黄真旗为难地说。

阿才咳嗽了几声，大口的鲜血喷到地上，眼看就要咽气，他把菜谱硬塞到黄真旗手里，断断续续地说道："你留着吧，没有用……可以扔掉它，但是要等我……死了以后。"

黄真旗粗略地翻阅那本菜谱，发黄的封皮，没有作者的名字。里面有一百多种中国菜的制作方法，每道菜旁边都画着成品的图案，图文并茂，通俗易懂。

阿才与黄真旗萍水相逢，他并不知道黄真旗是干什么的，但黄真旗能感觉到，这个老人非常相信自己，他能在弥留之际送自己菜谱，足以证明他没有拿自己当外人。面对这样一个和蔼可亲的老人，黄真旗岂能拒绝他最后的请求？

黄真旗将菜谱揣进怀里，一滴眼泪不小心掉到了阿才的手上。阿才露出欣慰的表情，看着窗外："我要走了，给我唱一首歌吧。"

黄真旗哽咽地点了点头，哼唱起"思乡谣"："妈妈的孩子出门了，妈妈在家缝棉衣；妈妈的孩子放学了，妈妈出门买肉去；妈妈的孩子娶亲了，妈妈酿了状元红；妈妈的孩子爱妈妈，妈妈的孩子回家了……"

黄真旗的歌声像僧侣的诵经声，在这静心的歌声中阿才安然离去，走得很安详。

参加完阿才的葬礼，黄真旗终于有时间认真地研究那本菜谱，黄真旗从中挑选了十道作为中国餐厅的特色菜，其他的留下来慢慢研究。知名的大厨不好找，一般的厨师还是容易找到的，招聘广告公布后，来了十多名华人厨师应聘，经过面试、上灶等环节的考核，最终选出一名主厨、两名二厨、若干帮厨。

黄真旗让大厨照着菜谱做精选的十道菜，并叫来庄先生、林阿招、麦婧一起品尝。三人吃过之后，觉得菜品味道一般，没有什么特别之处。黄真旗感到失望，也许是自己想多了，那就是一本普通的菜谱，没有什么玄妙之处。黄真旗随手将菜谱扔到餐馆的一个角落里。

除了特色菜之外，黄真旗还根据消费水平，专门制作了符合大众口味的碟饭，碟饭的午餐主要是白饭或炒饭配一个炒菜，像青椒牛肉、蘑菇鸡片之类，再加一个炸春卷和一碗例汤。

晚餐则是从午餐的简单菜式演化而来，大多以鸡、猪、牛、虾为主料，搭配西兰花、荷兰豆外加笋丝、豆豉、蒜蓉等辅料烹制而成。配上一壶祁门红茶、一碗酸辣汤和一个炸蟹角。无论是午餐还是晚餐，都方便快速、营养可口、经济实惠，专门为工薪阶层的华人制作。

中国餐厅开业当日，何芳和陈远山的出席，提升了中国餐厅的知名度，由何芳题写的匾额高高挂在正中，全美国的华人都对黄真旗刮目相看。陈远山作为中国餐厅的股东之一，为餐馆招揽了很多有头有脸的华人，让现场蓬荜生辉。为了扩大影响力，科比还特意邀请他的舅舅、身为国会议员的马丁出席，白人政客们一下子记住了中国餐厅。

送走前来道贺的客人，黄真旗坐到椅子上长出一口气。麦婧递过来一盏茶，黄真旗觉得不解渴，又要了一杯。

麦婧用赞美的语气说："真没想到姐姐的能量这么大，国会议员马丁先生、何大人、陈堂主都来捧场，这是花多少钱都请不来的大人物呀。你知道现场的那些人背后怎么议论你吗？他们说你手眼通天，黑白两道都有人脉，真是人不可貌相，以后可得多巴结你。"

黄真旗喝到嘴里的一口茶差点喷了出去，她放下茶杯说："胡说八道，我哪里有什么人脉，那都是人家看我不容易才帮忙的，说不好听点，那就是同情我。"

麦婧说："何大人帮题写匾额，那也是同情你？没有特殊的关系，一个堂堂的朝廷大员怎么可能为一家小小的中餐厅题字呢？"

黄真旗没有理睬麦婧的调笑："以后中国餐厅就是我们的家，我们要好好经营，等有了钱，再开其他买卖，什么布店、杂货店、海鲜店、绸缎店、旅馆，等等，凡是中国的东西都能在我们的店里买到。到那时，只要是华人，到了唐人街就像待在中国一样。今天虽然高兴，我的心里还是略有遗憾。如果你和林师哥的婚事也在今天一起办了，那就是双喜临门的好事。"

麦婧红着脸："说着正经事，怎么转到这个话题了，一点心理准备都没有。"

黄真旗："你倒是不着急，你可别忘了，林师哥可等不及了，再过几年他都成老头子了。"

麦婧："姐姐矜持稳重，没想到也懂得开这种玩笑。"

黄真旗问林阿招："林师哥你有什么打算，这种事可不能由着麦婧的性子来，该主动的时候你就得主动。"

林阿招大声说："我倒是想办，可人家不愿意呀，非说要选个良辰吉日，要我说择日不如撞日，撞上哪天算哪天。我们江湖人，何必拘泥于这些繁文缛节。"

黄真旗："庄先生，您见多识广，帮林师哥选一个黄道吉日。"

庄先生掐着手指头算了算说："下个月十八号易嫁娶。"

黄真旗："那就说定了，林师哥的结婚日子定在下个月十八号。"

林阿招："我也想早日娶了麦婧，生一大帮孩子，那样该有多热闹。"

麦婧："美死你，我还没想好嫁不嫁你呢，别自作多情。"

黄真旗："你明明心里乐开了花，嘴上却说不愿意，倒像是人家逼迫你似的。"

麦婧被说穿了心事，羞得恨不得找个地缝钻进去："我哪里得罪姐姐了，当着这么多人羞臊我？"

黄真旗对庄先生说："婚礼还需要您操持，咱们没必要太铺张，但也不能太寒酸，花最少的钱办最大的事。您是花钱的专家，这件事就拜托您了。"

林阿招："我和麦婧结婚了，你得管她叫嫂子。"

黄真旗："还没结婚就替麦婧说话，娶了媳妇忘了……忘了，师妹。"

林阿招："你的个人问题也该考虑一下了，那位何大人倒是对你不错。"

麦婧插话："何大人喜欢姐姐，姐姐未必喜欢何大人。"

林阿招："怎么你越说我越糊涂呢？"

麦婧："姐姐还没有彻底放下龙哥，她嘴上不说，心里肯定是这么想的。"

麦婧又说："姐姐命犯桃花，岂止何大人，科比看姐姐的眼神一直都不对，这个人倒是有可能成为姐姐的终身伴侣。"

麦婧的分析让林阿招陷入迷茫，科比其貌不扬，黄真旗怎么可能看上他呢？

麦婧："中午的宴会上，科比的眼睛一直都没有离开过姐姐，他一定喜欢姐姐，只不过没有机会表白罢了。"

黄真旗见他们越说越离谱，阻止说："你们还是多操心一下婚礼吧，少掺和别人的事。"

庄先生："科比这个人确实不错，他不如何芳锋芒毕露，却内敛持重；他不如叶龙能言善辩，却心有乾坤，是一个不错的人选。"

黄真旗嘴上不承认，心里却把庄先生的话听进去了。以前她把科比当作好哥们、男闺蜜，并没有超出这个范围的其他想法。上次参加晚宴，何芳、叶龙、科比在同一时间、同一地点遭遇，结果发生了戏剧化的冲突。想起来真是奇妙，在那个场合，他们争风吃醋，尤其是叶龙，差点和科比动手。何芳则察言观色，一边观察叶龙的弱点，一边观察科比的反应，然后再做出自己的反应。

那一次的意外冲突，让黄真旗看出叶龙的态度，他还是旧情难忘，还是放不下自己，还是那样冲动冒进，做事不计后果。黄真旗对于叶龙的缺点了如指掌，对于叶龙，黄真旗还是心有所属，暂时不会考虑其他男人的示爱。

中国餐厅开业以来生意兴隆，每日都是顾客盈门，黄真旗忙得焦头烂额。庄先生负责管账，林阿招每天拿着采买单去采购最新鲜的食材，麦婧打扮得端庄大方负责大堂里的接待。几个人彼此照应，配合得非常默契，生意越干越红火。

每天下午是中国餐厅最闲暇的时光，忙活了一上午的员工们都回到宿舍休息，黄真旗有时会坐在大厅的椅子上沏一壶茶，读书或者写日记，度过难得的悠闲时光。

今天黄真旗刚好就在中国餐厅，外面进来一个七十多岁的老者，头戴瓜皮小帽，脑后拖着长长的辫子，面色蜡黄。

老者衣衫褴褛，拄着一根木棍儿，找了一张桌子坐下，一只脚踩在椅子上："伙计，把你们这儿最有特色的菜给我随便上两个，再来一壶酒。"

值班的伙计肩膀上耷拉着毛巾，急匆匆地跑过来，先是上下打量着这位食客，随后说："那就给您来两个菜，一个热菜，一个凉菜，再烫一壶咱们自己酿的酒。"

伙计走后，老者四下打量着重新装修的中国餐厅，嘴里小声地嘀咕着什么。不一会儿，伙计把菜端上来，老者尝了一口，把筷子扔到桌上："谁做的菜这么难吃？把你们大厨叫出来，我得告诉他怎么做菜。"

伙计有些为难，黄真旗放下手里的书走了过来。

老者看了一眼黄真旗："你是这里的老板？"

黄真旗："请问老人家，咱们的菜哪里不合您的胃口，您老多指教，说出来我们也好改进。”

老者指着桌上的菜：“你尝尝这是人吃的吗？做得这么差，还敢号称名厨，真是浪得虚名。”

黄真旗赔着笑脸：“那我再给您换两道菜。”

“不用了，不用了，算我倒霉，本来挺好的心情，被搞得不开心。”老者站起来正要走，被黄真旗拦住。

黄真旗：“看得出您对美食非常在行，能不能跟我说说，这两道菜哪里不对？”

老者：“哼，都不对。厨师一看就是新手，做菜只知道流于形式，样子做得不错，但没什么真才实学，也就骗骗那些普通的食客而已。”

老者看似狂妄的话，在黄真旗听来却句句在理，她对老者产生了浓厚的兴趣。

黄真旗：“如果让您做，您会怎么做？”

老者哈哈大笑：“你这是在考我呢，这有何难，就这两道菜我重新给你做一遍，让你看看什么才是真正的名厨。”

老者跟着黄真旗来到后厨，大厨见东家领进来一个叫花子一样的老头儿，心里感到纳闷，小声说：“东家，您这是要干什么？”

黄真旗：“这位老者说咱们的菜不合他的胃口，想自己来做，我就答应了。”

厨师吐了吐舌头表示不理解，没再说什么。

老者好像非常熟悉后厨，哪里找锅碗瓢盆，哪里找油盐酱醋他都了如指掌，像是在自己家里一样，没多长时间，所有食材都已准备好。

老者将黄真旗和大厨请出厨房，挥舞着大勺做了两道菜。第一道菜是蚝油牛肉丝，第二道菜是清炒芥蓝，正好一个荤菜一个素菜。

两道菜摆在黄真旗面前，从外观上看比大厨做得漂亮，黄真旗尝了一口，有一种说不出的味道，确实比大厨的水平高。

老者得意地说：“你敢说我做的这两道菜不好吃吗？”

黄真旗佩服得五体投地，她想聘请这位老者做餐馆的大厨。

黄真旗：“聊了这么半天，还没有请教老人家的尊姓大名呢。”

老者：“你这个人说话怎么文绉绉的，直接问我叫什么就是了，我有一个外号叫‘一勺香’。”

“‘一勺香’！您就是大名鼎鼎的厨神‘一勺香’？”

这位老者就是庄先生提到的那位名厨，“一勺香”的意思是，无论什么菜，只要他用勺子在里面搅和一下，这道菜就会成为人间美味。

阿窦退休之后，“一勺香”便销声匿迹，没想到时隔十几年重现江湖，真是让人感到意外，黄真旗一直都在寻找这位厨神，想让他加盟中国餐厅，可惜机缘未到，空留遗憾，今日偶然相见，她一定不会错过这个机会。

“一勺香”：“实话告诉你，我今天是来踢场子的。有人告诉我，说唐人街上开了一家中国餐厅，请来的全是一流厨师，据说精湛的厨艺把美国国会议员的味蕾都征服了。我这个人这辈子没别的爱好，就喜欢与人切磋厨艺，所以就过来看看。”

黄真旗说：“我一直都想去拜访您，就是没人知道您住在哪里，现在好了，我终于见到了如雷贯耳的厨神，失敬失敬。”

“一勺香”：“我已经不做菜了，但我可以帮你尝菜。厨师做的每道菜上桌之前，必须由我先品尝，然后再送到客人的桌上。我的薪水要得可高呀，比你这里的顶级厨师的薪水还要高上一倍。”

黄真旗连想都没想便答应了下来：“只要老前辈愿意出山，一切条件都好谈。”

“一勺香”：“看得出你是个爽快人，我喜欢这样的东家，你拿我当回事，我就拿你当回事。那就这么说定了，我光动嘴不动手。”

“一勺香”走出几步，又返身回来，他从地上拾起一本菜谱，正是黄真旗前段时间丢弃的那本菜谱。

“一勺香”用衣袖擦拭上面的灰尘，激动地说：“这、这本菜谱……怎么会在这里？”

黄真旗说：“菜谱是一位老人家送给我的，我让厨师照着上面的菜单做了几道菜，感觉味道一般，没什么特别之处，所以就随手扔了。您要是喜欢，就送给您吧。”

“一勺香”捧着菜谱，像捧着一个金元宝，激动地说：“你们真是肉眼凡胎，这么好的宝贝说扔就扔，真是暴殄天物呀。你知道这是什么吗？这是从御膳房传出来的菜谱，一个厨师如果有了它，那就等于如虎添翼，做出的菜都是绝世佳品。”

被“一勺香”一说，黄真旗意识到菜谱的重要，但她已经说送给“一勺香”了，想要收回刚才的话恐怕很难了。

“一勺香”并没有将菜谱据为己有，而是毕恭毕敬地放在桌上说：“我知道这本菜谱的来历，当年我师父是皇宫御膳房的主厨，他有一个师弟是二厨，也就是我的师伯。皇帝吃饭很有讲究，每道菜名叫什么，掌勺的大厨是谁，在盘子边都要标得一清二楚。这样一是保证饭菜的质量，显掌勺的手艺；二是万一饭菜出了质量问题，比如有毒，追究起来也方便。有一次师伯遭人陷害，被测出做的菜里有毒，被驱赶出宫。师伯走后，我师父才发现那本菜谱不见了，我师父说，肯定是师伯偷走的，让我们将来一定要留意。没想到这本菜谱居然漂洋过海到了旧金山，被我遇见，这是多么大的缘分啊。”

黄真旗想起送菜谱的阿才：“您师伯有后人吗？”

“一勺香”：“师伯三十多岁就病死了，留下一个儿子，那个儿子应该和我年龄差不多。”

黄真旗已然断定，“一勺香”说的师伯的儿子就是去世不久的阿才，这本菜谱就是从宫里偷出来的那本，不过黄真旗还是没搞明白这本菜谱真正的价值。

“一勺香”告诉黄真旗，一个资质平庸的厨师，根本就悟不出菜谱上的奥妙，比如在写明主料、辅料、调料的情况下，先放什么后放什么，菜谱上并没有详细写明，这些隐秘的技巧非常考验厨师的技术。另外在每道菜的最后，还有编书人写的创意心得，这些心得并没有写到菜谱上，而是被隐藏起来，蘸上水才能看到，这个秘密只有“一勺香”的师父、师伯和他知道。

“一勺香”得意地说：“有了这本菜谱，再加上我这张嘴，不愁中国餐厅没有顾客，我保证，不出三个月，那些社会名流一定会挤破头到餐厅吃饭，你请我不白请，就等着大把大把地收钱吧。”

本来是一次偶遇，遇见了阿才，得到这本菜谱。觉得没多大用，就随手扔了，却被“一勺香”意外发现，背后竟然还有这么多故事。再说这个“一勺香”，苦苦寻找不见踪影，居然自己主动送上门。

黄真旗感谢命运的眷顾，这么多贵人相助，如果干不出点名堂来，那真是辜负大家的信任了。黄真旗相信“一勺香”的话，中国餐厅很快就会扬名旧金山。

第三十三章　叶少花自奇

旧金山的中文报纸报道了一则新闻，加内特的金矿挖出百具遗骨，骨头杂乱地堆在一起，根本分不清谁是谁。有人数那些骷髅，一共有一千二百个头颅。华工报了案，警方带法医到现场查看，初步确定是华工的遗骨。他们是怎么死的，为什么会这么集中地葬在一起，警方没给出答案。

有人说是第一批到旧金山淘金的华工的遗骨，他们死后无法进入公墓安葬，就随便挖个坑埋了。越来越多的华工死后无处安葬，也都埋到那里，久而久之形成了一个华工的墓地。还有人说，当年金矿主为了减轻负担，把老弱病残华工集中到一起活埋了。

黄真旗去了现场，堆积如山的遗骨暴露在太阳底下，散发出鬼色森森的光，让人毛骨悚然。黄真旗想，应该想办法将这批遗骨魂归故里，这也是她一直在做的事。陈远山愿意出资运送遗骨，但需要得到清朝政府批准，这件事只能靠何芳出面。

半个月后，何芳带来了好消息。工人在清理遗骨时，在金矿地下室发现了一份华工花名册。两大本厚厚的中文花名册，详细记录着几十年前埋葬在金矿附近的华工名单。名册中记录有百岁亡故的老人，也有十多个七岁到十五六岁年龄不等的亡故孩童名字。名册上清楚地记载着两个人的生卒年代：陈厚德，广东省新宁县冲凌村人，卒年十二岁。李有赞，广东省新宁县沙堤沙嘴村人，卒年十五岁。

据老一辈华工回忆，这批遗骨就是中国最早一批来旧金山淘金的华工的，大部分人从事的是挖金矿的体力劳动，当时的华工留着长辫子，衣食住行都与当地白种人不同，语言上很难相互沟通。

华工们干着最苦最累的工作，钻山洞、埋炸药，却挨打被骂、性命难保。每当发生劳资纠纷、劳方罢工时，华工从不参与，却总是被资方利用，顶替罢工工人工作。因为干扰罢工，又抢了白人劳工的饭碗，华工成了劳资纠纷中的替罪羔羊，华工在当时被歧视性地称作“黄祸”。

花名册上的工资单显示，白人劳工每月三十六美元并供食宿，华工每月仅二十五美元还不供食宿，这些钱需要偿还来美的借款、利息、旅费、食物和草药、人头费，每月只剩十一美元。有人做过统计，挖一座矿井，按照最保守的估计，华工至少死亡一千人，可以这么说，每一粒金子上都沾满华工的鲜血，附着一个华工的灵魂。

随着美国经济萧条，数以千计的华工无事可做，无家可归，吃不饱穿不暖。失业华工的生存状况引起清政府驻旧金山总领事何山的关注，何山就是何芳的父亲。何山致信旧金山的中国商人，请求他们降低坐船的票价，帮助老弱病残的华工坐船回国，以免他们在异域流离，填于沟壑。

黄真旗的家乡新宁，是华工的集散地，为了谋求生路，在工头的诱惑下，许多人签下了契约，坐上了到旧金山的客船。这些人大部分是小伙子，他们到了结婚年龄，父母就会托媒婆在家乡说亲。选好了日子，正式举行婚礼时，这些小伙子或负担不起回国成亲的费用，或已客死他乡，不能回来拜堂。按照当地风俗，丈夫不出现，就用一只公鸡代替新郎，由新娘抱着公鸡拜堂。由于必须要为家族传播香火，新娘子会抱养别人家的孩子，这样的情况非常多。

这些往事是黄真旗到旧金山以后，庄先生告诉她的，庄先生嘱咐黄真旗将来一定要把他的遗骨也运回家乡。

经过何芳的大力斡旋，清政府终于批准运送华工的遗骨回国。一个风和日丽的上午，一艘客船停靠在码头，船上装满坛子，每个坛子里装着一个华工的骨灰。坛子被整齐地码好，像一坛一坛美酒。有名字的就写上名字，没名字的就画一个红叉。

船长站在甲板上，冲着东南方向高喊："开——船——喽！回——家——喽！"

黄真旗和全体送行的华人齐声高喊："回——家——喽！"

作为中方代表，何芳在送行仪式上讲话：就算客死异乡，旧金山政府也应该在发现这批遗骨的地方树立一座纪念碑，让这些华工能够记住这段历史，希望更多华裔参与到该历史的追溯和纪念活动中来。

汽笛声响起，一艘载着一千二百个孤苦灵魂的船，在浩瀚的大海中驶向古老的东方。他们的故乡、他们的亲属、他们的朋友，在另外一个码头等待着他们的归来。

叶龙坐着马车与加内特秘密见面，他心里忐忑不安，见面之后加内特一定旧事重提，让他干掉黄真旗。加内特老奸巨猾，根本骗不了他，他得不到满意的答复肯定不会罢休。叶龙的大脑在快速运转，他想象着各种可能，还是没有答案。

马车停在了加内特位于旧金山市区的别墅门前，叶龙整理了一下衣装下车。因为涉及私密，叶龙去见加内特没有告诉任何人，但他忽略了一点，林阿招最近一直都在跟踪他。

两人上次分手后，林阿招就觉得利欲熏心的叶龙会走弯路，这样一个身手不凡、智商极高的人去帮助加内特，不知道会有多少无辜的华人遭殃。林阿招想查清楚叶龙到底在干什么，与谁接触，所以他悄悄地跟踪到此。

叶龙进去之后，林阿招翻墙进入，悄悄地潜伏在叶龙身后。七拐八拐，叶龙来到别墅的花园，加内特早已在那里等他。

叶龙见到加内特有些不自然，他还在想着如何回复加内特的问题。

加内特开门见山："这次竞选州长，最强大的对手叫马丁，我比他有钱，但在公信力上我略逊一筹。现在是竞选的关键时刻，每一张选票都非常重要，白人这边不用担心，华人那边的选票比重不多，但每一票都至关重要。我不方便出面，你去帮我拉这些人的选票，无论用什么办法，这些选票我要定了。"

叶龙见加内特并没有提上次的事，心里稍微轻松一下："普通的华工没有投票资格，只有那些成功的华商才有投票权，只要您准备好足够的钱，这件事办起来并不难。"

加内特："你可能还不知道，我的竞争对手马丁，已经联手洪义堂运作此事。陈远山的影响力比你如何？你还敢如此自信吗？"

叶龙不想让加内特知道他与马丁的渊源："以加内特先生雄厚的财力，再加上我的三寸不烂之舌，这件事没有办不成的。我们要做的是抢在洪义堂前面拉拢华商，只要给他们想要的利益，我保证他们会把票投给加内特先生。"

加内特看着得意忘形的叶龙，似乎还是不太放心："这是我们第一次合作，我希望能圆满收场。警察那边有约翰逊警长，政府方面我有很多朋友，在旧金山我说了算。你放心大胆地去干，出了事我兜着。"

叶龙信誓旦旦地说："中国有句古话，叫作良禽择木而栖，能遇到加内特先生这样有胆识有魄力的企业家，我感到非常荣幸，请您放心，我一定不辱使命。"

听到加内特与叶龙的谈话，躲在门外的林阿招恨得咬牙切齿，他被愤怒冲昏了头脑，正想踹门而入，由于只顾着想心事，无意中撞倒门外的花瓶，发出咣当一声响。加内特和叶龙同时愣了一下。

林阿招见自己暴露，并没有逃走，而是气势汹汹地踹开门。

林阿招举起地上的一把椅子，冲叶龙砸了过去："叶龙，我只以为你是一个贪图荣华富贵的人，万万没想到，你居然是一个见钱眼开的坏人。你刚才说的话我都听到了，我今天打死你……”

叶龙愣了片刻，躲开林阿招挥舞的椅子：“林大哥，你怎么会在这里？你冷静一下，别伤害加内特先生，什么事都好商量。”

林阿招不管不顾，他指着加内特对叶龙说：“他是陷害黄真旗入狱的元凶，是我们的敌人，你与他狼狈为奸，还帮他竞选州长。从现在起，我林阿招没有你这个兄弟。”

无论林阿招如何出击，叶龙只是躲闪，并没有还手。见林阿招越打越起劲，当着加内特的面，叶龙感到脸上很没面子：“林阿招，你别给脸不要脸，我是在忍让你，并不是怕你。如果你再无理取闹，别怪我不客气。”

叶龙这句话让林阿招感到寒心：“你应该还手，你最好杀了我，因为我早就不把你当作兄弟了，我，现在就是你的敌人。”

还没等叶龙还手，加内特突然朝林阿招打了一枪，林阿招躲闪不及，左腿中弹，他举起桌上的一盆花向加内特砸去。

受伤的林阿招无力再战，他拖着受伤的腿踉跄地走出别墅，地上留下一道弯弯曲曲的血痕。

加内特举着枪追了出去，一枪击中了林阿招的前胸，但没有击中要害，林阿招继续向前缓慢地行走。

空旷的院子里只有加内特、叶龙、林阿招三个人，身负重伤的林阿招躲在一棵粗壮的梧桐树后苟延残喘。

加内特并不敢轻易靠近，他见识过林阿招的凶悍，双方陷入了僵持。

叶龙不敢看加内特的眼神，加内特举着枪说：“你去把这个人干掉。”

“快去。”加内特催促迟疑的叶龙。

加内特：“他知道了我们的秘密，这个人必须死。”

叶龙央求：“他是我的大哥，能不能放过他？”

加内特根本不理会叶龙的求情：“我手里有枪，完全可以杀了他，为什么非逼着你去？你现在必须亲手杀了他，这样我才能百分之百地相信你。”

“可是我……”叶龙陷入深深的纠结中。

“如果你不杀他，我就杀了你，然后再杀了他，杀了黄真旗，你们这些人都得给我死。”加内特逼迫道。

叶龙权衡了一下利弊，把心一横，接过加内特的枪，迈着沉重的脚步来到梧桐树下。

林阿招的伤口流着血，脸色苍白，已经奄奄一息，就算叶龙不杀他，如果不及时进行救治，林阿招也活不到傍晚。

叶龙绕到树前，流着眼泪，看着林阿招。

林阿招有气无力地说：“我没有你这个兄弟。”

叶龙把心一横：“林大哥，对不起……”

一声枪响过后，林阿招的头歪了，但没有倒下，他的眼睛没有闭上，一直在瞪着叶龙。

叶龙跪在林阿招面前：“林大哥，不要怪我，我也是迫不得已。”

加内特见林阿招已死，大步走了过来，拍着叶龙的肩膀：“万事开头难，好在你已经迈出了成功的第一步，只要我当上了州长，你就是金矿的负责人，美好的前途在前面等着你。”

叶龙觉得哪里不对劲，发现手腕上的那串佛珠的绳子断了，佛珠散落在地上。叶龙一颗一颗地把佛珠捡起来，数来数去还是少了一颗，找遍了整个花园，还是没有找到那颗佛珠。

加内特：“这串佛珠对你很重要吗？”

叶龙并没有告诉他佛珠是黄真旗送给他的，只是说：“佛珠本身不值多少钱，但它对我确实非常重要，算了，我回头再配一颗。”

随后叶龙说：“尸体怎么处理？”

加内特胸有成竹地说：“这件事不用你操心，我已经想好了一个天衣无缝的计策，谁也想不到人是我们杀的。”

一个大晴天，太阳像风骚的少妇，火辣辣地照在地面的积雪上，反射出冷清清的光。无人敢抬头看一眼太阳，只觉得空中、屋顶、地上，都是白亮亮一片，由上到下整个像一条白色的地毯，白得让人心惊。

传统的中国春节将近，中国餐厅的生意红红火火，每日的进项相当可观。为了保证饭菜的原汁原味，林阿招每隔一段时间都要带着大量现金，从商人那里购买最正宗最新鲜的中国食材，可是今天直到傍晚还没有回来。

麦婧右眼皮跳了一下午：“哎哟我的天，今天真是邪门了，难道要出什么事儿？”

黄真旗说：“哪只眼跳，就在眼皮下贴张小纸条，保证很快就不跳了。”

麦婧照着黄真旗的方法做，右眼皮贴了一张白色的纸条，根本不管用，眼皮还是在跳。麦婧生气地将纸条撕了下来：“跳得我心发慌。”

黄真旗对着麦婧的眼睛扑扑扑使劲吹了几口气：“好点没有？”

麦婧揉了揉眼睛："根本就不管用。"

麦婧坐在大堂的椅子上，捂着右眼，盯着外面的太阳看，没多久她就大声地打了个喷嚏，刚要说话，就看见餐厅的伙计孙有根急匆匆地跑进大厅，还没等说话，先哭出了声。

麦婧和黄真旗一个抓着孙有根的手，一个大声说："你这个傻货，哭什么，有话快说呀。"

孙有根还是不说话，低低地抽泣，黄真旗说："有根别怕，有我在呢，快告诉我，到底发生什么事了？"

孙有根浑身是土，帽子上是土，脸上也是土，好像在土里打过滚。他一头扑进黄真旗怀里哭着说："东家不好了，死人了。"

麦婧的右眼皮忽然不跳了，她抓住孙有根的脖领子："到底是谁死了？"

孙有根抬起头，不敢看麦婧激动的眼神，而是把头转向黄真旗："我刚才路过街口，见围着一群人，挤进去一看，见林大哥他……他死在街上了。"

麦婧惊叫一声，嘶哑地说："你看清楚了？林大哥他，真的……死了？"

孙有根："死者就是林大哥，现场一片狼藉，满地鲜血……"

黄真旗拉着孙有根："快带我们去现场。"

黄真旗和麦婧跟着孙有根发疯似的向前跑，麦婧一边跑一边哭，中途还摔了一跤。

案发现场被人群围住，黄真旗和麦婧分开人群来到死者面前。由于天气寒冷，林阿招伤口流出的血都冻上了，形成一块一块粉红色的冰块。

老熟人约翰逊警长正在现场勘察，他看见了黄真旗。

约翰逊警长笑眯眯地走了过来："我们又见面了，不过这次的见面方式有点不太美好。你的朋友在我管辖之地被人枪杀，我深表遗憾。不过请你放心，我一定会尽快破案，给受害者家属一个满意的交代。"

黄真旗没心情听约翰逊警长那些冠冕堂皇的废话，她只想知道谁是凶手："到底是什么人干的？"

约翰逊警长耸了耸肩说："通过现场分析，有可能是抢劫杀人，死者身上带着的钱物应该是被抢了，嫌疑人有可能是个惯犯，枪法非常准。"

林阿招身上确实带着银票，他准备明天去为中国餐厅采买食材。

黄真旗："那些钱是用来采买海参、鱼翅之类的海鲜，没想到这些钱害了一条人命。"

约翰逊警长："我一直都在提醒唐人街的华人，只要走出这条街，就一定要注意安全。现在民间的排华势力很多，这些人连政府的话都不听，总是残暴地对待华人。我们警方经常接到华人遭到袭击的报案，对此我深表忧虑。”

麦婧心里悲痛，但没有哭：“无论是谁杀了林大哥，我都要亲手杀了他。”

约翰逊警长耸了耸肩膀，一副深表同情但又无能为力的样子。

黄真旗说：“死者家属的情绪现在非常不稳定，如果你这次不认真对待这个案子，我保证后面做出的事，会让你丢掉警察局局长这个职位。”

约翰逊警长不在乎黄真旗的暗示，他冷冰冰地说：“作为警察，我最不在乎的就是别人对我的威胁，我手里有枪……”

黄真旗：“上次那起矿难至今也没有一个交代，这次又有一名华人在街头无缘无故地被枪杀，我不相信这是巧合。这两件案子都发生在你所管辖的区域，你作为警察局局长有着不可推卸的责任，我要求警察局能不带任何偏见地处理案子，而不是刻意拖延。”

约翰逊警长非常清楚黄真旗的意思，他也不想给自己惹麻烦。

约翰逊警长：“我理解家属的心情，请你们给我充足的时间，我们会尽快抓到凶手。”

麦婧警告约翰逊警长：”如果你耍什么小聪明，咱们就来个鱼死网破，你可别忘了，我知道你和加内特的很多秘密。”

约翰逊警长看了一眼麦婧，不慌不忙地说：“彼此彼此，我们都知道对方的一些秘密，哪一方说出来都不光彩，最好还是藏在肚子里别说。就今天发生的案件而言，我会尽量及时处理。”

林阿招的灵堂搭建在中国餐厅的门口，死者入棺前需要清洗身体，换一身上路的新衣服。林阿招没有亲人子嗣，一时又找不到合适的人选，作为未婚妻，麦婧责无旁贷。

麦婧关好房门，一件一件地将林阿招的衣服脱下，用热毛巾擦拭他身上的血迹，等一切就绪了，又将他凌乱的发辫重新盘好。

林阿招生性固执，到旧金山很多年都不肯剪掉辫子，经常被叶龙取笑。

整个过程中，麦婧的心情是平静的，虽然她和林阿招还没有正式结婚，但已有夫妻之实，林阿招去世之后，她想为未婚夫做点什么，心里尽量不留遗憾。

等一切就绪，麦婧将新买的内衣内裤、藏蓝的棉袍以及鞋袜给林阿招穿上。

麦婧轻轻地和林阿招说话：“这辈子做不成夫妻，那就等下辈子吧，哎哟，你的胳膊怎么这么硬，稍微弯一下，衣服都穿不进去……”

林阿招的身体已经僵硬，穿衣服特别不方便，有的地方实在穿不进去，麦婧就用剪刀把衣服剪开，经过两个时辰的忙碌，林阿招终于换上了新装，麦婧累得满头大汗。

林阿招的左手摊开，右拳紧紧地握着，看上去不协调。麦婧用热毛巾捂着那只拳头，没过多久，拳头有些松动，一颗黑色的楠木佛珠掉了出来。

麦婧拿起那颗珠子看了一眼，并没有在意，随手放在桌上的茶盘里。

麦婧将换下的衣服塞进一个竹筐，内衣口袋掉出蓝色的锦囊，锦囊不大，里面装着一个缠臂金，麦婧认出是黄真旗丢失的那个。

黄真旗曾经戴过这样一个缠臂金，据说是黄夫人传给她的，只要出席隆重的场合黄真旗都会佩戴。后来丢了，很长时间都没有找到，没想到被林阿招藏在身上，成为贴身之物。

这足以说明，林阿招一直都默默地喜欢黄真旗，这种喜欢长期积压，久而久之形成了扭曲的心理。

麦婧拿起缠臂金，不到十厘米长，纯金打造，华丽无比，戴在手腕上非常好看。平日黄真旗都把缠臂金放在抽屉里，怎么会被林阿招随身携带？难道说黄真旗和林阿招有苟且之事？麦婧的心情变得复杂，但她聪明绝顶，回想起这段时间黄真旗和林阿招的表现，又否定了心中的猜疑。

黄真旗对叶龙心有所属，对林阿招只是同门之情，这一点林阿招心知肚明，麦婧也早就看了出来。黄真旗一再撮合麦婧与林阿招，说明她有意回避这段感情，或者说根本就不会考虑林阿招。

林阿招第一次见麦婧就萌生爱意，那时正是黄真旗和叶龙热恋之际，他是不是想借此来排遣内心的孤独？完全有这个可能。林阿招到底有没有喜欢过自己？是不是真心和自己结婚？麦婧开始怀疑林阿招的用心，她的心情复杂到了极点。

麦婧的纠结在于，林阿招已经死了，继续纠缠这件事，对哪一方都不好。如果不说出来，又觉得委屈，自己这算什么？未婚妻，丧夫的寡妇，还是感情的替代品？这些疑问像一群怪物在麦婧的脑海里打架，闹得她心神不宁。

麦婧觉得黄真旗就是自己感情上的克星，她和自己抢叶龙，又和自己抢林阿招，每一次自己都败下阵来，想起来就觉得窝心。但她不恨黄真旗，这一切都不是黄真旗主动而为，而是两个男人心甘情愿地付出。

麦婧不怨黄真旗，她觉得心里别扭，她对林阿招恨不起来，毕竟死者为大，就算做得有什么不对，也应该原谅。

麦婧："林阿招，你告诉我，这到底是什么意思？你喜欢黄真旗，为什么还要来找我？你对我说的那些甜言蜜语，哪一句是真的，哪一句又是敷衍？”

林阿招穿着整齐，直挺挺地躺在床上，已经听不到麦婧的话了。麦婧悲伤了一会儿，发泄了几句，恢复了心情，将缠臂金揣进怀里。

黄真旗见麦婧出来，问：“一切还顺利吧，让你干这种事，真是难为你了。”

虽然是大冷天，麦婧的额头还是冒汗了，她掏出手绢擦了擦汗，平静地说：“里里外外都清洗过了，也换好了寿衣，可以安心上路了。”

黄真旗自责地说：“都怪我，如果不让林师哥身上带那么多现金，也许就不会发生这件事了。我遗憾的是，就差几天，你们就要拜堂成亲了，真是造化弄人。”

麦婧心里想着事，心不在焉：“我有些累，先回去休息了。”

黄真旗觉察到麦婧说话的语气不对，又说不好哪里不对，就是隐隐觉得她有些反常。黄真旗担心麦婧出什么事，特地派了孙有根照顾她。

没多久就听见麦婧号啕大哭：“林阿招你这个混蛋，看你平时老实巴交，没想到一肚子花花肠子，你藏得好深。”

麦婧一边哭一边骂，整整骂了林阿招半个时辰。麦婧把缠臂金扔到地上，狠狠地踩了几脚，觉得有些幼稚，又将缠臂金捡起来。

林阿招的遗体一周之后安葬。墓地在旧金山郊外，葬礼之后，前来参加的亲友纷纷离开，墓地上只剩下黄真旗、麦婧、叶龙和莱茵小姐。

黄真旗抚摸着林阿招的墓碑说：“林师哥你安息吧，我会替你报仇的。”

麦婧想起昨天的事，还是觉得别扭，她拍打着墓碑，像是在拍打着林阿招的脸：“林阿招，你不是个男人，你言而无信，你就这么走了到底是什么意思？你还想不想娶我，你回答我。”

麦婧掏出缠臂金递给黄真旗：“姐姐应该认得这件东西吧？”

黄真旗把缠臂金放在手里反复端详，大小、款式、图案都对，唯一不同的是，顶端出现一个小小的摔痕。没错，正是自己丢失的那件。

黄真旗：“这是我的缠臂金，怎么会在你这里？”

麦婧：“姐姐问错人了，你应该问问林阿招，东西是从他内衣口袋里掉出来的。你最了解林阿招，你分析一下东西为什么会在他身上？”

麦婧这番话绵里藏针，她在试探黄真旗，也许缠臂金就是黄真旗主动给林阿招的。这件事无论黄真旗如何解释都说不清楚，说是自己弄丢了，那就证明林阿招有问题。说自己送给林阿招更让人误解，缠臂金是女人的私密之物，岂可轻易送人，送给异性便可算作定情之物。

黄真旗将缠臂金收了起来："东西确实是我的，丢了很长时间了，也许林大哥捡到了，没来得及还给我。"

麦婧对这样的解释不满意，含沙射影地说："姐姐倒是会替林阿招说话，反正人已经死了，死无对证。"

黄真旗："你冷静一下，这件事我会给你一个合理的解释。"

叶龙放声痛哭，双肩在剧烈地颤抖，这一刻叶龙的眼泪是真的，林阿招的死让他产生一种强烈的负罪感，但这场戏还是要演，叶龙变得越来越虚情假意、厚颜无耻了。

叶龙愤怒地说："发生了这么大的事，我以为你会第一个告诉我，没想到……算了，纠缠这些还有什么意义。告诉我，凶手是谁，我要为林大哥报仇。"

黄真旗摇了摇头："还没有查出凶手的下落，约翰逊警长负责这个案子……"

叶龙："这个唯利是图的家伙能干出什么好事？"

一直沉默的莱茵小姐对黄真旗说："叶龙确实在为林阿招的事大伤脑筋，我觉得他们的感情非常深。我想说……有什么需要帮忙的，请不必客气。"

黄真旗心中五味杂陈，她恨莱茵小姐的父亲加内特，也怨莱茵小姐趁火打劫夺走叶龙，但她对莱茵小姐恨不起来。

黄真旗："我不需要帮助，也不需要同情。这件事我们自己会处理，林师哥不会白死，凶手一定会绳之以法。"

叶龙说："林大哥肯定是被排华分子杀害了，这帮臭无赖。这种事情从当地政府到警察局，都是睁一只眼闭一只眼，想查明林大哥的死因很难，我们还是先做好充分的心理准备吧。"

自从叶龙与黄真旗分手后，麦婧便对叶龙的人品产生了质疑，嘴上不说，心里充满厌恶。

麦婧把矛头直指叶龙："你不是来帮忙的，你是来看热闹的，事情还没调查，你就打退堂鼓，你和林阿招还是不是兄弟？你们不是在关帝庙歃血为盟过吗？"

叶龙本来就与麦婧不和，见她冲自己咆哮，丝毫不留情面，感到脸上无光："麦婧，你再对我无理，小心我撕破你的嘴。"

麦婧伶牙俐齿，毫不畏惧："龙哥你可真是顶天立地的男子汉，也就是林阿招死了，你才敢这样对我说话，林阿招要是活着，你有这个胆量欺负我吗？"

让麦婧这么一说，叶龙觉得脸红，指着麦婧的手慢慢放下。

黄真旗："阿龙也许不是那个意思。"

麦婧甩开黄真旗的手说："到现在你还为这个负心人说话，是这个男人见异思迁，假借报恩抛弃了你，你还帮着他说话，你傻不傻？"

麦婧指着叶龙："快给我滚，我再也不想看见你，以后你走你的阳关道，我们过我们的独木桥。"

莱茵小姐拉着叶龙离开，麦婧挡在他们面前："我送你们一句话，得不到祝福的爱情不会有好结果。"

莱茵小姐："我并没有得罪过你，包括你和我父亲在一起的时候，我也没有怨恨过你，你为什么如此恨我？"

麦婧冷笑："你在背后可没少说我的坏话，我说你几句怎么了，你仗着有钱有势抢别人的男朋友，还让我赞美你？说实话，我恨你们这些有钱人，没一个好东西。"

"疯了，你真的疯了，我们走，不要理这个疯子。"叶龙拉着莱茵小姐离开墓地。

麦婧呜呜地哭，边哭边说："林阿招一直都在暗恋你，他真正喜欢的人是你，我不过是你的替代品。"

黄真旗："林师哥从小就喜欢我，还说长大了要娶我。可是长大了，林师哥没变，我却变了，你知道这是为什么？因为每个人都会变的，连人都会变，爱情更不是什么永恒的东西。我和林师哥太熟悉了，缺乏距离感，我们该说的话差不多都说完了，在一起反而没什么可聊的。"

麦婧："你的缠臂金是林阿招偷偷藏起来的吧？"

黄真旗："我早就知道是林师哥拿走了它，但我装作不知道，因为……"

黄真旗停顿了一下说："林师哥想留一个纪念，又无法当面对我说，那我索性就顺水推舟。林师哥得到缠臂金之后，才会放下所有的包袱重新开始一段恋情。"

麦婧哭着说："林阿招……已经死了，以后我该怎么办？"

黄真旗："咱们姐妹相依为命，照样度过精彩的一生。有了中国餐厅，咱们的日子就有了奔头。"

两人搀扶着回到中国餐厅，孙有根从外面跑进来对她们说："东家，洪义堂的陈堂主到了，就在门外。"

黄真旗迎了出去，见到陈远山之后，黄真旗弯腰行礼："师叔，您来了。"

陈远山看上去面色憔悴，像是几天没睡觉的样子，黄真旗心疼地说："师叔，您的脸色不好看，我让厨房给您煲点滋补的汤。"

陈远山挥手拒绝，振作了一下精神说：“根据我的分析，林阿招可能是白人枪杀的，目的就是图财害命。至于凶手是几个人，我暂时还说不好，这些人肯定枪法很好，否则林阿招那么好的身手，不至于没怎么反抗就被打死。”

陈远山分析的结果是，对方躲在暗处偷袭得手，抢完钱财之后离开现场。

陈远山说：“华人的命不值钱，警方当然睁一只眼闭一只眼，如果不闹出点动静，他们不会主动推进的。”

黄真旗说：“我正为此事发愁，您来得正好，帮我拿个主意。”

陈远山说：“带着人堵在警察局门口示威，不出三天，约翰逊警长肯定给答复。这个人我还算了解，他爱钱，也怕丢官，事情真的闹大了，他就坐不住了。”

黄真旗面露喜色：“还是师叔见多识广，我这就去召集人马，明天一早演一场大戏。”

陈远山说：“你那点人怎么能够？这种热闹，应该动员洪义堂在旧金山的全部力量，明天一早就等着看好戏吧。我保证，约翰逊警长这辈子都没见过这么多的中国人聚集在一起。”

黄真旗将信将疑：“这种方式管用吗？”

陈远山说：“不试一试怎么能知道呢？这些年我经历过的这种事太多了，一味地退让，只会纵容他们嚣张的气焰和傲慢无礼的态度。这次不想忍让了，洪义堂的实力今非昔比，我们的力量对方还是不敢小觑的。所以就得闹，闹他个天翻地覆，总会有人出面平事。”

第三十四章　君自故乡来

还不到八点，警察局门口就已经聚集了上千名华人，他们有的举着木牌请求警方严惩凶手尽快破案，有的拉着横幅要求还死者以公道。这是约翰逊警长入职以来，经历的最为声势浩大的一次华人示威，他感到惶恐，现有的警力根本无法维持现场的秩序。

毕竟是老江湖，面对这么大的阵势，约翰逊警长还是故作轻松，强颜欢笑，走到站在最前面的黄真旗的面前。约翰逊警长露出整齐的牙齿，看上去一点儿也不着急，冲黄真旗微微一笑："这么多的华人，简直就像闹哄哄的蝗虫，告诉我，你到底想干什么？"

黄真旗说："他们没别的意思，就是想提醒约翰逊警长，案子已经过去一星期了，为什么还没有进展？"

约翰逊警长说："警方正在调查，等有结果肯定会通知家属。"

黄真旗说："你应该按照美国的流程尽快结案。"

约翰逊警长说："死者并非美国公民，他们甚至连居住证都没有。"

这句话让黄真旗如鲠在喉，她不知道该如何继续后面的对话。

约翰逊警长说："我说的是事实，但这并不是说，警方拖着案子不办理，要给我们充足的时间。另外我也想提醒你，我可是市长大人亲自任命的警长，在旧金山还没有人敢威胁我，包括洪义堂也拿我没办法。你以为背后有陈远山撑腰，就可以对我指手画脚吗？我是一名警长，你对我说话应该客气一点。"

约翰逊警长幸灾乐祸的眼神，包含着歧视的信息，像刀子般扎在黄真旗心上。这痛彻骨髓的感觉让黄真旗清醒。这种感觉在来旧金山的轮船上有过，在金矿主加内特那里有过，现在又在约翰逊警长这里感觉到。

每当看到这样的眼神，黄真旗就会涌起一阵悲凉。国家不强大，老百姓就没有尊严，就会受到歧视。尤其是到了国外，就像悬崖上的小草，不努力在岩石缝隙中扎下根，就会被风雨吹打，生命随时凋零。黄真旗想到林阿招横尸街头，凶手至今下落不明，心中又是一阵悲凉。

黄真旗指着约翰逊警长肩膀上的警徽说："你知道它代表着什么？"

约翰逊警长傲慢地说："我当然知道，从加入警队的第一天我就知道，不用你来告诉我。"

黄真旗说："你和加内特榨取的每一分钱上都沾着华人的鲜血，你们这些人干的都是断子绝孙的事，早晚会得到报应的。"

约翰逊警长笑着说："你说的这些话对我无效，我可是个无神论者。另外请你明白，大量中国人的涌入，给当地造成严重的治安问题，旧金山每年发生的案件当中，华人案件占有很大比例。有被杀的，也有杀人的，处理起来没有那么简单。"

黄真旗说道："我无法相信你说的话，你这个刽子手。"

约翰逊警长说："白人劳工一天的工资是三美金，华工压到一美金，一下子就把劳动力市场冲垮了，扰乱了正常的规则和秩序。白人劳工会轻易饶了华工吗？他们会想尽一切办法进行报复，旧金山的排华情绪非常严重，从联邦政府到省市地方政府已经达成某种默契，只要是跟政府有关联的项目华工不能介入。你们的日子会越来越不好过，死一个人算什么，如果政府颁布排华法案，在美国的华人就将面临一场灾难，到时候死的人比现在还要多。"

黄真旗指着身后浩浩荡荡的示威的华人说："如果每个人打你一拳，你会怎么样？"

约翰逊警长下意识地往后退了一步，他感觉到自己的惊慌被黄真旗看出来了，急忙遮遮掩掩："那我可受不了，我肯定被打成肉饼，这可不是好玩的事情。"

黄真旗说："我们之间的欠账太多了，第一次矿难时你就是加内特的帮凶，拖着案子不处理。第二次你又与他狼狈为奸，陷害我无辜入狱。这一次你还想故伎重演吗？我一直想问你，我到底哪里得罪过你，你为什么处处与我为敌，处处想置我于死地？"

约翰逊警长嘿嘿地笑："加内特是国会议员、未来的州长。关键时刻我当然要帮他，至于你，我根本没兴趣。你刚才说的那些话都是无端猜测，根本算不上什么证据，建议你以后少说这样的话，小心我收拾你。"

无论约翰逊如何嘴硬，面对成群结队示威的华人，他还是感到害怕。

约翰逊警长回到警局给加内特打电话："老朋友，局面比我们想象的还要糟糕，我有些应付不了。"

电话那头的加内特冷静地说："别慌，老伙计，我已经和军方通过电话，半个小时后，增援的军队就赶到，你现在要做的是拖延时间。”

还没有到半个小时，一名警察跑过来对约翰逊警长说：“报告警长，增援的军队已经到位。”

约翰逊警长嘿嘿嘿地笑了几声：“真是好极了。”

约翰逊警长转而对黄真旗说：“你听见没有，维持治安的军队已经到了，这些人都经过专业的训练，身上带着枪，赶走你们这些华人还是不费事的，不就是多浪费几发子弹吗？”

刚才一边倒的局面瞬间发生了变化，这次轮到黄真旗心里发慌，她无法确定约翰逊警长说的是否属实。凭直觉，她觉得对方说的是真的。

果然不到几分钟，二百多名荷枪实弹的美国兵从四面八方拥来，将示威的华人全部包围，现场一片混乱。

约翰逊警长说：“我一声令下，这里的人非死即伤。”

黄真旗不服气地说：“有本事你让他们开枪，让警察局门前血流成河，你不开枪你就是狗熊。”

约翰逊警长对身边的一名警察说：“告诉那些士兵，谁敢反抗马上开枪，敢在警察局门口闹事，真是无法无天了。”

约翰逊警长与刚才判若两人，他俨然胜券在握，斜视着黄真旗，眼神里带着挑衅。

约翰逊警长说：“你以为鼓动这些人来示威，就能给我施加压力吗？你真是想错了。”

黄真旗胆子再大，脾气再不好，也不可能拿上千名华人的性命做赌注，她并不是怕约翰逊警长，而是不想让赶来助威的同胞惨遭杀戮。

黄真旗知道，约翰逊警长完全可以找一个袭警的理由，枪杀几名带头示威的华人，这种事他能干得出来。

黄真旗决定避开锋芒，不与约翰逊警长发生正面冲突，嘴上却毫不示弱：“那我们就走着瞧吧，有压迫的地方就会有反抗，这件事还没有结束，下一次见面的时候，我希望看到约翰逊警长还像今天这样微笑。”

黄真旗带着示威的华人离开，约翰逊警长这下彻底放松，他下意识地摸着胸口：“如果没有军队及时解围，今天的局面还真不知道该如何收场。”

黄真旗回到中国餐厅，何芳登门拜访，他刚从旧金山市长办公室回来。

何芳心灰意冷地说：“一个堂堂的领事，在几个美国小官员面前卑躬屈膝，心里觉得窝囊呀，要不是我脸皮厚，换个人早就羞死了。”

黄真旗安慰何芳："何大人也没有必要妄自菲薄，您是什么样的人我心里最清楚，您已经尽力了，我替死去的林师哥谢谢您。"

何芳摆了摆手说："对方说了，这件事要向上级请示，至于是什么结果，目前还不知道。不过你可以放心，这件事我一定管到底，毕竟……毕竟死的人是你的师哥。"

话说得有些露骨，何芳急忙解释："我的意思是，我连自己的同胞都保护不了，还配做什么朝廷的官员，干脆回家卖红薯算了。"

黄真旗说："这件事还需从长计议，我在想，也许我们采取的方式不对，正面交涉恐怕不行，也许来点邪的会管用。"

"邪的？你有什么好主意？"何芳问。

"强龙压不过地头蛇，既然我们对付不了蛇，那就去找能对付它的人。约翰逊警长不是故意拖延吗？那咱们就去找能给他施加压力的人，何大人听说过马丁吧？"

何芳说："当然听说过，没有他，加内特早就当上州长了，他是加内特最强劲的对手。"

黄真旗说："我与这位马丁不熟，阿龙倒是与他称兄道弟。"

何芳眼前一亮："这两个人怎么扯上了关系？"

黄真旗将叶龙与马丁的关系大概说了一下，何芳自言自语："原来叶龙以前是洪秀全的人……"

黄真旗见问："何大人在想什么？"

何芳掩饰："我在想马丁未必会帮这个忙。"

黄真旗说："马丁曾经作为随军记者到过中国，在太平军中待了三年，当时叶龙是太平军的将领，他们是无话不谈的好朋友。"

何芳说道："叶龙倒是可以去找马丁，他要是在国会上呼吁一下，作用可比我们大得多。人都是无利不起早，尤其是官场上的人……"

黄真旗说："这也是我所担心的。"

何芳点说："外交这种事，官方对官方太过形式，反倒是利用私人感情更容易达到目的。叶龙去找马丁，如果他们真有那份交情，马丁应该会帮忙。这件事对马丁也有利，他完全可以借此扩大个人影响力，为竞选州长拉选票。合法定居美国的华人是有选举权的，马丁当然知道这些，我觉得他会帮这个忙。"

黄真旗见何芳胸有成竹，心里轻松了许多，无论如何她都相信何芳的话，她在想着如何向叶龙开这个口。

思索了半天，黄真旗说："事不宜迟，我马上去找阿龙。"

按照约定时间，黄真旗来到"昔日情人"咖啡馆，叶龙还没有到。黄真旗坐在靠窗的沙发上，端起一杯红茶喝了一口，她尽量让自己放松一些。

很久没有来过这里了，第一次是和叶龙来的，今天又在这里约会叶龙，这也许就是命运的安排。

叶龙进来了，他四处张望了一下，一眼就看到了黄真旗。

叶龙将礼帽放在桌子的一角，然后拿出一个热狗放在黄真旗面前："刚才路过常去的那家小店，想起你最爱吃他们家的热狗，我就给你买了一个，快趁热吃了。"

那个热狗散发出淡淡的香味和暖暖的温度，黄真旗捧在手里闻着香气，心里有说不出的温暖。记得刚到旧金山的时候，黄真旗和叶龙每次路过那家小店都要吃一个热狗，这种东西简单方便、价钱便宜。尤其是到了冬天，再配上一杯美式咖啡，那简直就是人间美味。

黄真旗眼眶有些湿润，她被叶龙这种不经意的关心感动了。叶龙就是这样，总能通过微小的细节关心别人，有时候细致得让人吃惊，有时候又粗犷得不拘小节。

黄真旗有种想拥抱叶龙的冲动，但性格当中的矜持，让她又不能完全放得开。

黄真旗说："今天约你出来，是有一件事需要你帮忙。"

叶龙本来是想把这种尴尬的气氛变得轻松，黄真旗却故意反着来，让这次见面变得像谈判，叶龙有些扫兴。

黄真旗说："林师哥的案子至今没有进展，我们动用了各方面的关系，依然没有效果。我想请你去找马丁，看他能不能给约翰逊警长施加压力。当然……这要看你的意愿，毕竟……"

还没等黄真旗把话说完，叶龙便说："毕竟什么？毕竟林阿招是我的大哥，我们一个头磕在地上，就算是上刀山下火海，我也愿意去。黄真旗，我很好奇，你为什么不直接对我说，非要加上这些寒暄客套，显得那么见外。就算我们不是恋人的关系，至少还是朋友，你完全没必要这样对我，我感到非常不舒服。"

黄真旗说："阿龙，我是来跟你说正事，不是和你吵架的。"

叶龙盯着黄真旗，像在看一个怪物："既然你对我是这样的态度，那我直接告诉你，你找别人去吧，我办不到。"

叶龙在等待着黄真旗转变态度，只要黄真旗态度稍微转变一下，叶龙马上就会迎合。可是等了半天，也不见黄真旗回应，她站起来要走。

叶龙大声说："黄真旗，你给我站住，你这是什么意思？"

黄真旗背对着叶龙："既然你没有诚意，那我还废什么话。"

叶龙将黄真旗拉回沙发上，无奈地说："你这种态度，是来求我办事的吗？"

黄真旗冷冷地说："我找你，是因为你跟林师哥是兄弟，你为兄弟办事还要跟我讲条件吗？"

叶龙说："不就是找马丁吗？我明天就去。"

"那我替林师哥谢谢你了。"黄真旗站起来要走。

叶龙抓住黄真旗的手："我知道你心里还有我，我们复合吧。只要你答应，我马上就和莱茵小姐分手，我说到做到。"

看着叶龙急切的眼神，黄真旗并没有动心，她甩开叶龙的手："我们之间不可能了，如果你跟莱茵小姐分手，那是你自己的事，跟我一点关系都没有，你没有必要告诉我。"

叶龙说："我每天晚上都会想起你，想起我们在一起的美好的时光。真旗，我求求你，你对我好点行吗？我是真心实意地想和你破镜重圆。"

黄真旗头也不回地走出咖啡厅，消失在街头的人群中，叶龙气急败坏地坐在沙发上，有些不甘心。叶龙答应了黄真旗，但他绝对不会找马丁，那无异于暴露自己杀害林阿招的真相。但叶龙没有想到，就算他不去找马丁，以马丁对政治的敏感，也会利用这件事大做文章。

这一次旧金山发生的血案在国会山掀起轩然大波，政府首脑和国会高层吃惊不小，作为参议院民族事务委员会负责人，马丁决定借题发挥。马丁之前在国会参众两院的会议上常有惊人之举，他敢于公开指责政府在管理华人方面的重大疏漏和失职，他的每一句话都铿锵有力，都可能影响到某位政治人物的前途命运。而马丁的强势，来自于他代表着美国西部工业巨头们的声音，所以他敢说出这样的话："美国政府对华人采取的是一种任其自我杀戮的下流政策。"

这句话所隐含的意思是：美国司法机构对于华人集中居住地在执法和管理上放任自流，且对华人缺乏相应的保护，这才使得华人屡遭不幸、血案连连。如果不及早进行治理，更恶劣的事件还会发生。

马丁引用《华盛顿邮报》里的一篇文章中的一句话比喻："美国政府的华人政策，实际上和对待印第安人的政策是一样的。"

总统在私人府邸召见了马丁，双方在和谐融洽的氛围中达成一致意见。由国会民族事务委员会组成专人案件调查小组，同时责令司法部积极配合，争取尽快侦破最近发生的唐人街血案，给华人和美国民众一个满意的答复。

送走最后一拨客人，中国餐厅终于清静下来，麦婧累得腰酸背疼。黄真旗帮她捶背，麦婧一会儿让黄真旗捶腿，一会儿让她捶后背，黄真旗也不生气，像仆人一般为麦婧服务。

捶了一会儿，麦婧身上觉得轻松多了，黄真旗端来一杯茶，露出讨好的笑容，麦婧接过茶喝了。

林阿招的意外身亡，让麦婧一蹶不振，经过短暂的调整，她还是从悲伤中走了出来。每天一大早就来到中国餐厅，跟孙有根出去进货，这项工作以前是林阿招在做，林阿招去世之后就由麦婧接替。进货回来，麦婧亲自和伙计们搬运货物，常常累得满头大汗。

麦婧这是在用繁忙的工作驱赶烦恼，她工作越卖力，说明心里越苦。林阿招去世后，麦婧不再像以前那样说说笑笑了，话也不是很多，整天就是埋头苦干。黄真旗有些心疼，有些内疚，因此对麦婧更加关心。

两人坐着说话，说着说着麦婧捂着嘴跑了，过了一会儿才从厕所回来，像是刚吐过。黄真旗没当回事，关切地问她是不是最近太累了，让她回去好好休息。麦婧也确实感到疲惫不堪，黄真旗搀扶着麦婧回到住所，刚躺下没多久，麦婧再次坐起来要吐，黄真旗拿来洗脸盆放在她的面前。

等麦婧吐完之后，黄真旗说：“看你的症状不像是肠胃的问题，倒像是怀孕了。”

说完这句话，黄真旗觉得有些冒失，毕竟麦婧和林阿招没有正式拜堂成亲，理论上麦婧还是待字闺中的姑娘家，这种玩笑开得有些过分。

黄真旗观察麦婧，见她并没有生气，只是微微一笑，什么都没有说。

黄真旗精通医道，她握着麦婧的手腕为其号脉，反复号了三次，黄真旗心里有数了。

她有些兴奋，却在极力地掩饰这种兴奋。麦婧怀孕了，不出意外的话，这个孩子应该是林阿招的，可是这种事又不能随便问，她有些犹豫。

纠结了几分钟，黄真旗还是鼓起勇气说：“麦婧，你可能怀孕了……”

黄真旗观察着麦婧的表情，见她并没有表现出太大的意外，就知道这个孩子是林阿招的，黄真旗这才放心。

麦婧苦笑着说：“你说的是真的？”

黄真旗点头：“脉象显示你肚子里有一个小生命。你怀上了林师哥的骨肉，我真的替你高兴，林师哥在天之灵总算得到安慰，小生命的到来，一定能给我们带来好运气。”

麦婧表现冷漠，她摇了摇头说：“我想打掉这个孩子。”

“为什么？”黄真旗问。

麦婧说：“这都是债，欠下的债早晚都要还的，从根上拔掉它，也就不会有后面的债了。”

无论如何黄真旗都不允许麦婧打掉孩子，仿佛孩子是她自己的一样，为了留下林阿招在这个世界上唯一的血脉，黄真旗想尽办法让麦婧留下这个孩子。

“孩子是你和林师哥爱情的结晶，他的存在，是你们爱情的见证，千万不要打掉他。”黄真旗说。

“孩子生下来就没有父亲，一个没有父亲的孩子，注定会受到别人的歧视和羞辱，这对他不公平。”麦婧说。

黄真旗说：“我就是这孩子的干娘，他就是我的孩子，谁敢动他一根手指头，我就跟他玩命。”

麦婧说：“孩子是我的，我想生就生，不想生就不生，别人无权干涉。”

黄真旗说：“你这么做对得起孩子的父亲吗？这个孩子是你们两个人的，不是你一个人私有的。”

麦婧说：“你为什么非逼我生下这个孩子？”

黄真旗说：“因为……我想留下林师哥的血脉。”

麦婧赌气地捶打肚子：“我现在就打死他……”

黄真旗想不通麦婧为什么坚持不要孩子，毕竟那是她身上的一块肉，难道真的就那么狠心吗？黄真旗又换了一个角度想，有了孩子，将来就不好改嫁了，也许麦婧是出于这方面的考虑。

黄真旗说：“孩子生下来我养，将来你愿意改嫁就改嫁，不愿意嫁人，就继续待在中国餐厅，只要餐厅存在一天，我保证你有吃有喝。我的话都说到这份上了，难道你仍然要打掉这个孩子？”

麦婧与黄真旗抱头痛哭，像是已经达成某种默契，孩子总算保住了。保住是保住了，黄真旗还是担心麦婧是敷衍自己，每天和麦婧吃在一起，住在一起，想尽一切办法看着她。

黄真旗刚要走，忽然盯着桌上那个茶盘，她看到一颗黑色的楠木佛珠。

黄真旗拿起那颗佛珠，仔细地看：“这颗佛珠怎么会在你这里？”

麦婧没有注意到黄真旗脸色大变，若无其事地说：“我本来打算扔了呢，你要是喜欢就拿去。"

黄真旗说："快告诉我，你从哪里得到的这颗珠子？"

麦婧见黄真旗语气不对劲，走到桌前说："那天给林阿招清洗身体，他手里掉出这颗珠子，我当时也没多想，就随手扔到了茶盘。这颗珠子难道是奇珍异宝？要是那样的话，我们就发财了。"

黄真旗说："你是说林大哥临死前，手里攥着这颗珠子？"

麦婧说："当时他的手紧紧地攥着，我用热毛巾敷了半天才慢慢打开，珠子就掉了出来。你快告诉我，这颗珠子到底是什么来历？"

黄真旗说："还真以为是珍珠玛瑙呢，刚才是我走眼了，就是一颗普通的佛珠。"

麦婧说："早就听说令尊是古玩商人，姐姐对古玩也精通，没想到也有看走眼的时候。"

黄真旗说："确实看错了，这颗佛珠你留着也没什么用，我拿走了。"

麦婧夺过佛珠，嬉皮笑脸地说："你可别骗我，你说它不值钱，不值钱你为什么眼睛冒光，分明就是看到了一件宝物嘛。"

黄真旗越着急，麦婧越是不给，情急之下黄真旗擒住麦婧的手腕，抢走了佛珠。

麦婧本意是开玩笑，见黄真旗真急了，吓得大叫一声。

黄真旗拿着佛珠，头也不回地走了，麦婧呆呆地站在原地，她觉得黄真旗刚才的行为太反常了。

回到自己房间，黄真旗掏出那颗佛珠，借着灯光又仔细看了一遍，没错，正是她送给叶龙的佛珠，一串共八颗，黑色楠木，每颗佛珠上都刻着微型的药师佛坐像。

黄真旗搞不懂其中的一颗为什么到了林阿招手上，其实她已经有了答案，但她无法确信。

孙有根在门外敲门，说科比有事求见，黄真旗把佛珠放到抽屉里。

科比有些焦虑："有一条非常重要的线索我要告诉你，是关于林阿招案件的。"

黄真旗有些兴奋："快说，你有什么新的发现？"

科比说："听洪义堂的一位兄弟说，半个月前在第三大街的街口看见过叶龙。当时是在深夜，叶龙和几个人赶着一辆马车，把车停好之后，抬着一件很重的东西放在地上。转天就发生了林阿招被枪杀的事情，案发地点不就在第三大街吗？”

黄真旗感到后背一阵发冷，心脏瞬间跳得厉害，她捂着胸口大口地喘气。

科比见状，扶住黄真旗：“你怎么了，要不要去医院？”

良久，黄真旗才缓过这口气：“我想见见洪义堂的那位兄弟。”

科比说：“为了避免发生误会，我特意把他带来了，人就在大厅。”

那个兄弟名叫阿贵，身材微胖，双眼炯炯有神。

黄真旗让阿贵把当天看到的复述一遍。

那天晚上十点多，阿贵路过第三大街，刚要拐弯，就见五六个穿西装的人，从马车上往下抬东西。他担心遇到坏人，就悄悄地躲了起来。为首的人身材高大，戴着礼帽，正在指挥着其他人抬东西。

黄真旗问：“你看清楚了吗？那件东西到底是什么？”

阿贵说：“从外形看应该是一个人，但根本看不清楚是谁。我也没看清为首的人的脸，但我敢确定他是叶龙，因为其中一个人叫他叶龙先生。”

黄真旗说：“你再想想，还有没有其他没想起来的细节？”

阿贵摇了摇头说：“我也很害怕，总有排华分子杀害华人，我看了一会儿就赶紧回家了。”

阿贵走后，黄真旗说：“科比，你怎么看这件事？”

科比说：“阿贵没有必要编造谎言，但是我无法相信，叶龙会跟这件事扯上关系，他跟林阿招可是好兄弟。”

黄真旗打开抽屉，取出那颗佛珠：“科比，这是林师哥死后从他身上发现的，他紧紧地攥在手里，这说明什么？”

科比说：“林阿招死前曾与叶龙接触过，很有可能是叶龙杀害了林阿招，我这么理解对吗？”

黄真旗说：“人证物证摆在面前，我又岂能不信？”

科比说：“现在就差当事人的证词了，这件事肯定要跟叶龙证实。”

黄真旗说：“如果是他杀害了林师哥，我一定亲手宰了他，我说到做到。”

科比说：“叶龙毕竟与你有很深的感情，你真的下得了手吗？”

黄真旗语气坚决地说：“一命偿一命，他杀了人就得偿命，无论他是谁。”

科比走后，黄真旗推开窗户，仰望着飘雪的夜空。她张大了嘴，等待雪片落入口中。很小的时候，父亲便告诉黄真旗，雪花是甜的，是用糖做的，她一直都没有机会亲口尝尝，新宁气候温润，很少下雪。今天她终于品尝到了旧金山的雪，确实有点甜。黄真旗再次仰着脸张开嘴，又吃了几片雪花，感到无比清凉。

如果叶龙是凶手，一定亲手杀了他。黄真旗担心自己做不到，她拿起刀，在胳膊上划了一道口子，鲜血滴在地上，以此表明自己的决心。

又是一年的春节，居住在旧金山的华人聚集到唐人街过春节，他们购物、吃饭、会友，见面之后互相送上真挚的祝福。中国餐厅食客如云，直到夜幕降临，客人悉数散去，中国餐厅的员工们才算吃上了团圆饭。

黄真旗举起杯中酒高声说道："账房的先生、灶台上的师傅、跑堂的伙计，大家辛苦了。咱们都是中国人，心连着心，打断骨头连着筋，到了异国他乡，就应该团结一心，只有这样才不会被别人欺负。这杯酒我不敬天不敬地，我敬给生养我们的父母双亲，我们漂泊在外，无法为他们尽孝，我们举杯，祝愿我们的父母身体健康，祝愿他们长命百岁，能等到我们衣锦还乡的那天。"

黄真旗发现每个人都沉默不语，黄真旗问伙计孙有根："有根，这么高兴的日子，你说两句吧。"

孙有根腼腆地笑笑，摆了摆手。

黄真旗说："你小子平时话最多，怎么今天一句话都没有？快点快点，讲几句。"

孙有根没说话先哭了："东家，我想我娘了……"

麦婧也在低头垂泪，庄先生一杯接一杯地喝着闷酒。

黄真旗说："大喜的日子，你们怎么倒哭了？我们的好日子还在后头呢，只要大家跟着我干，我保证咱们都能衣锦还乡。有根，我最看好你，过完年，我还打算给你涨工钱呢，你应该高兴才对。"

孙有根哽咽地说："东家对我好，有根心里有数，可是我娘还在广东，也不知道她现在过得怎么样，我非常担心她。"

一直沉默的庄先生说："有根，你还年轻，好好干几年赚些钱，就把你娘接过来，到时候母子团聚该多好。"

黄真旗接过庄先生的话说："对呀，你想孝顺母亲，就得多赚钱，咱们中国餐厅的生意越来越兴隆，有你大展拳脚的机会。"

这顿年夜饭因为孙有根的思乡，让所有人都感到压抑，所以很快就结束了。不善饮酒的黄真旗喝醉了，她跌跌撞撞地回到房中，听着窗外此起彼伏的鞭炮声，想起远在家乡的母亲，也不知道老人家的春节如何度过。

黄真旗做了一个梦。夏日傍晚，院子里飞来褐色的麻雀，蹦蹦跳跳啄食。黄真旗扔下书本追逐麻雀，被父亲教训，母亲替黄真旗说话，父亲只好妥协。黄真旗在梦中笑着，幸福的光芒在院子里升起，父亲和母亲被金色的光笼罩着，变成两只金色的鲤鱼远远游去。黄真旗双手乱舞，想抓住什么却是两手空空。

黄真旗醒来的时候，发现枕头湿了，她穿好衣服站到窗前，看到外面一片萧索，地上散落着燃尽的爆竹纸屑，街上冷冷清清，少有行人。黄真旗感到一阵孤独，这种孤独感让她陷入巨大的悲伤之中，她无法用语言形容这种感觉，只是觉得内心的隐痛纠缠不清，拿不起也放不下。

到旧金山的这些年发生了很多事情，与金矿主加内特斗智斗勇，败多胜少。叶龙背叛了爱情，林阿招被人枪杀，麦婧怀上了林阿招的孩子，中国餐厅开业，一切都让人难以预测又伴随着伤痛和美好。

大年初一，黄真旗和麦婧带着香火纸钱祭奠林阿招，在林阿招墓前，黄真旗将前日听说的事告诉了麦婧。

黄真旗说："我送给阿龙一串佛珠，在你房间看到的那颗，就是其中的一颗。"

麦婧不说话，眼泪却流了出来，她无法面对这个事实。

黄真旗说："我想当面问阿龙，如果他真的参与此事，我就杀了他。"

麦婧摇着头："龙哥为什么要这么做？他和林阿招到底有什么深仇大恨？"

黄真旗说："以我对阿龙的了解，他绝对不会残害林师哥，但不排除他被坏人利用。"

麦婧说："姐姐指的是加内特？"

黄真旗说："除了他还能有谁。"

麦婧说："加内特能撤诉放你出狱，就说明他已经不拿你当敌人了，他没有道理再伤害林阿招。"

黄真旗说："相信我的直觉，这件事一定与加内特有关。"

麦婧说："以我们的实力，根本动不了加内特。"

黄真旗说："就算是以卵击石，我也要试一试，光脚的不怕穿鞋的，加内特比我怕死。"

黄真旗说："你有孕在身，要照顾好自己，把孩子生下来，这是你和林师哥唯一的血脉。"

麦婧说："你忽然说这个干什么？你答应我，千万不要去做傻事，无论是加内特还是龙哥，他们都有枪，你死了咱们的生意就完了。"

黄真旗说："你把心放到肚子里，我才不会硬碰硬呢，时间不早了，你早点休息吧。"

后来回到房间，黄真旗关掉灯，睁开眼看着屋顶，脑子里天马行空地想着。

转天清晨，黄真旗约叶龙在思乡河见面，叶龙接到邀请后非常高兴，打扮得油头粉面的前来约会。

初春的寒风吹在结冰的河面上，上面散落的枯叶被风推着跑，枯黄的芦苇有一人多高，在寒风中随风摇摆。远处那些插着木牌的坟丘依然矗立在原地，十多年来没有变化。已经很久没有回到思乡河了，今天故地重游，黄真旗思绪万千。

黄真旗特意穿上初到旧金山时穿的绣着莲花的棉布旗袍，头上戴着厚厚的毛线帽子，手腕上戴着缠臂金，看着不远处尘烟飞扬的金矿，等待着叶龙的到来。

远处传来轻微的脚步声，黄真旗转过身，见叶龙正朝着自己走过来，黄真旗迎了上去。

叶龙以为黄真旗询问马丁的事，上来就说："我找了马丁几次，他都不在旧金山，这件事看来还得等等。"

黄真旗和叶龙面对面站着，叶龙见黄真旗的眼神与往常不太一样："真旗，你应该相信我，我确实去找过马丁。"

黄真旗淡淡一笑："阿龙，今天怎么没戴我送给你的佛珠？"

叶龙晃了晃右手说："绳子断了，还丢了一颗，我正想再配一颗。"

黄真旗将那颗黑色楠木佛珠递给叶龙："你看看，这是不是你丢的那颗？"

叶龙脸色大变："这……珠子怎么会在你这里？"

黄真旗再次提醒："你再好好看看，是不是你丢的那颗？"

叶龙拿过珠子看了一眼："看着像，但绝对不是。"

黄真旗说："每颗珠子上都刻着药师佛坐像，我送你这串佛珠，是希望保佑你一切平安。天底下不可能有一模一样的珠子，这颗珠子就是你丢的。"

叶龙隐隐觉得黄真旗发现了他的秘密："不可能，绝对不可能。"

黄真旗厉声问："阿龙，这颗珠子是从林师哥身上发现的，你的佛珠怎么会在师哥身上？"

叶龙结结巴巴地说："真旗，你听我说，我……我确实不知道珠子怎么就到了林大哥那里。也许……也许是林大哥捡到的。"

黄真旗说："林师哥被人在街头枪杀，这件事是不是你干的？"

叶龙狡辩："黄真旗，人命关天，没有证据你可不许乱说。"

黄真旗将阿贵的所见一五一十地告诉叶龙，然后说："你为什么要杀林师哥？"

见事情败露，叶龙只好将事情的来龙去脉和盘托出：“真旗，看在咱们相爱一场的份上，你放了我，我保证以后痛改前非，重新做人。”

黄真旗流着泪说：“阿龙，一切都晚了……”

被逼到绝境的叶龙爆发出求生的本能，他掏出枪对准黄真旗：“你不要逼人太甚，林阿招的死是他咎由自取，如果他不跟踪我，不偷听加内特的秘密，他根本就不会死。”

黄真旗抱着同归于尽的决心：“到现在你还强词夺理，不思悔改，你真是无药可救了。”

叶龙不想伤害黄真旗，拔枪只是为了自保，他举着枪慢慢向后退，准备伺机逃脱。

不远处的芦苇丛中传出一声枪响，叶龙的右手中弹，手里的枪掉在地上。接着又传出一声枪响，叶龙的前胸中弹，他大叫一声，倒在地上。

科比和麦婧从里面跑了出来，黄真旗又惊又喜：“你们怎么找到这儿来了？”

麦婧说：“科比说，你最有可能到思乡河，所以我们就赶来了。”

叶龙身负重伤，奄奄一息，已经没有反抗能力，看到麦婧和科比，他面带愧色。

麦婧的心情非常复杂，一方面她曾荒唐地与叶龙发生过关系，另一方面叶龙杀害了她的未婚夫。

麦婧平静地说：“龙哥，你真是杀害林阿招的凶手？”

叶龙惨笑：“没错，是我杀害了林大哥，一命抵一命，我今天就把这条命还给你们。”

科比问黄真旗：“这个人怎么处理？”

黄真旗说：“你们俩回避一下，我想单独和阿龙待一会儿。”

萧瑟的思乡河畔，只剩下叶龙和黄真旗，黄真旗蹲下身体，靠近叶龙：“别怪我……”

叶龙凄然地说：“是我鬼迷心窍，经受不住加内特的利诱，才犯下不可饶恕的罪恶，我死有余辜。”

叶龙因为伤口失血过多，脸色变得苍白，呼吸也急促起来。

叶龙颤抖着手掏出一枚戒指：“这枚戒指一直没机会亲自给你戴上。”

黄真旗将叶龙搂在怀里，抚摸着他的头：“你什么都不要说了，什么都不要说……”

叶龙勉强挤出一丝笑容：“我这辈子……最爱的人还是你，我知道你不相信，下辈子吧，如果有来生……还有，天国的藏宝图，就缝在我衣服的夹层中，我死后，你把它取出来，我想总会有用处的。”

叶龙突然捡起地上的枪，对准太阳穴扣动扳机。

黄真旗大叫：“阿龙！！！”

黄真旗抱着他的尸体，脸上看不出什么表情。

那一刻，她已经决定找加内特报仇，没有加内特，林阿招就不会死，叶龙也不会死。

第三十五章　风唱唐人歌

午后的阳光温柔地照在公园的长椅上，来来往往的行人不时地从黄真旗和麦婧身边走过。一个美国少女拉着一只幼年牧羊犬正在散步，牧羊犬不时地闻着地面上落叶的味道，少女松开绳子，牧羊犬撒欢一样在铺满落叶的草地上打滚，然后晃着尾巴趴在地上，深情地看着少女，少女蹲下来抚摸着牧羊犬的头。

黄真旗被眼前这一幕情景所感染，尤其是少女清澈的眼神，透出一种不染杂尘的单纯，黄真旗很久没有看到过这样动人的眼神了。

麦婧挺着大肚子坐在黄真旗旁边，她一直都在仰着头对着太阳，因为医生告诉她，对着太阳可以更好地促进钙的吸收。看了一会儿，麦婧感觉到有些疲惫，她用胳膊碰了一下黄真旗："姐姐想什么呢？"

黄真旗不好意思地笑笑："什么都没想，就是单纯地发呆。"

麦婧说："你肯定有心事，说说看，看我能不能帮你。"

麦婧是一个好奇心强并且喜欢打破砂锅问到底的人，如果黄真旗敷衍，她肯定会一问到底。

黄真旗看着远处几个在草地上玩耍的孩子，抿着嘴笑了："我今年四十岁了，还没有结婚，可我想要一个孩子，最好是女孩……"

麦婧说："就这个呀，想要孩子还不容易，找个人不就生了吗？像你这么好的条件，只要愿意，我保证想娶你的男人会排到唐人街的对面。"

麦婧说的是事实，但也是不好实现的愿望，黄真旗已经不再年轻，想找一个真心爱自己的人谈何容易。如果她想找，趁着年轻早就找了，何必要等到现在。放不下叶龙，这才是黄真旗内心深藏的秘密和纠缠的隐痛，她无数次提醒自己忘掉，可根本控制不住那种强迫症的欲念，叶龙就是她这辈子感情上的劫数。

麦婧继续说："何大人就不错，他的夫人前段时间刚去世，要不我去帮你说说？"

黄真旗说："去去去，你又来捣乱，何大人是官，我是民，身份地位不同，怎能结为夫妻？再者说，人家从来也没有对我表示过喜欢，也没说过一个爱字，我们彼此视对方为知音，知音你懂吗？就是能谈得来的好朋友。”

麦婧说：“哟哟哟，我还没说什么呢，你就急赤白脸地辩解，心里没有鬼你解释什么？好朋友？恐怕连你自己都不太相信吧，每次见何大人看你的眼神都是含情脉脉，分明就是喜欢你嘛。”

“我……”黄真旗被说得无言以对。

麦婧最大的爱好就是与黄真旗斗嘴，几天不斗就觉得浑身不舒服，她见黄真旗被说得哑口无言，高兴地咯咯地笑，巨大的肚子也随之有节奏地抖动。

黄真旗按住麦婧的肚子，用略带责备的语气说：“你给我小心点，别摔坏了肚里的孩子，那可是我的心肝宝贝。”

麦婧说：“何大人是你的蓝颜知己，那科比又是怎么回事呢？这个美国男人对你也是情有独钟，你是不是应该考虑一下呢？”

黄真旗说：“科比？更不可能，我们是好兄弟。”

麦婧失望地说：“比你大的何大人你说不行，和你年龄相仿的科比你也不中意，那你到底想找一个什么样的人呢？你看着我的眼睛，我想问你一个问题，你必须要认真地回答我。”

黄真旗预料到她又会出难题，急忙说：“你什么都别问了。”

麦婧不依不饶地说：“你告诉我，你心里是不是还放不下龙哥？”

黄真旗站起来，伸了一个懒腰，懒洋洋地说：“天气真不错，空气也好，我们别坐着了，到前面走走。”

黄真旗想拉麦婧的手，麦婧把手藏在后背，笑着说：“你不回答我，我就不起来，我倒要看看你能装到什么时候。”

黄真旗对麦婧毫无办法，只好重新坐到麦婧的旁边：“我心里确实放不下阿龙，可是又能如何。”

麦婧叹气：“龙哥虽然走了，还有人为他守着贞节牌坊，从这一点来说，龙哥是幸福的。”

麦婧的孩子在肚子里使劲踹了她一脚，疼得她直叫唤：“你瞧瞧，这个小家伙又不高兴了。宝贝，你可别踹妈妈了，妈妈求饶。”

黄真旗看着麦婧想笑：“你这个当妈的真是二百五，孩子能听懂什么。”

麦婧得意地说：“别人的孩子听不懂，我的孩子天生聪明绝顶，什么都能明白。你等等，我再问一下宝贝。”

麦婧对着肚子问：“你告诉妈妈，你是男孩还是女孩，是男孩你就踢妈妈一脚，是女孩就踢妈妈两脚。”

黄真旗实在控制不住了，捂着嘴大笑，她觉得麦婧的行为有些荒诞，简直就是一个让人发笑的妈妈。就在这时，神奇的事情发生了，黄真旗亲眼看到麦婧圆鼓鼓的肚皮轻轻地动了两下。

黄真旗惊讶地说："我的天呐，小家伙还真的能听懂妈妈的话，我看到了，她动了两下，是个女孩。"

得意扬扬的麦婧正要炫耀，就觉得屁股下面湿了，吓得大叫："不好了，可能是羊水破了，我的妈呀，我的心肝小宝贝要出来了……"

黄真旗抱起麦婧，一路飞奔，赶到最近的医院。

两个小时之后，产房里传出婴儿洪亮的啼哭，黄真旗悲欣交集。悲的是，孩子出生后便没有父亲；喜的是母女平安，林阿招唯一的血脉留下了。

看着摇篮里的小生命，黄真旗有种想哭的感觉，她轻轻地吻了一下小脸蛋，眼泪顺着脸颊流了下来。

麦婧有气无力地说："女孩，五斤八两，将来你就是孩子的干妈，咱们共同抚养她长大，你给起个名字吧。"

黄真旗想了想说："叫林爱华吧。"

麦婧说道："爱华，林爱华，这个名字好。"

转年清明节，黄真旗和麦婧抱着六个月大的林爱华去祭奠林阿招。

初春的旧金山有些冷，阳光却非常充足，照在人身上能感到些许暖意。一场春雨过后，墓地周围泛起淡淡的草绿，依稀可以看到几棵迫不及待探出头的小草。黄真旗的心思不在于此，她没有心情欣赏这充满勃勃生机的世界，她今天来的目的是让长眠于地下的林阿招看看自己的孩子。

林爱华被裹在厚厚的襁褓中，瞪着眼睛看着不远处青灰色的墓碑，黄真旗开心地逗着孩子，然后说："林师哥，我们又来看你了，你在那边过得还好吗？你快看看，这是你的孩子，大名叫林爱华，小名叫宁宁。我一定会好好善待你的孩子，好好培养她，不会让她们母女受一点委屈。"

麦婧抱着孩子，用轻松的语气说："林阿招，你给我听着，如果不是姐姐三番五次地劝阻，我早就把孩子打掉了。一个生下来就没爹的孩子，将来肯定受人欺负。你倒好，提前走了，留下我们孤儿寡母苟活人世，你好狠心。好在一切有姐姐的关照，我们母女才得以过着衣食无忧的日子，你在那边一切放心。"

麦婧对怀里的林爱华说："孩子，你出生在一个没爹的家庭，就意味着缺少了一份父爱，不过没有关系，妈妈会用百倍、千倍的母爱来弥补。妈妈不希望你出人头地，只希望你能开开心心地长大成人，过好这辈子。妈妈不希望你像你爹那样，舞枪弄棒打打杀杀，你可得记住，你是一个女孩子。”

林爱华手舞足蹈，发出嘤嘤的呢喃声，黄真旗说：“爱华，别听妈妈的话，女孩子怎么了，女孩子照样可以干出一番大事业。”

黄真旗转而对麦婧说：“孩子将来想干什么，那都是她的自由，我们做长辈的最好不要过多地干涉。”

麦婧叹了一口气，指着墓碑说：“难道你想让爱华将来像她爹一样？”

黄真旗沉默着，有种说不出的凄凉：“林师哥的死，是我心里的一个结，这辈子都无法解开这个疙瘩，毕竟……毕竟林师哥是在采买途中被害的。”

麦婧说：“姐姐不用自责，这都是命，他命中该有这一劫。我们这代人打打杀杀就够了，何必让下一代重演我们的悲剧呢？她们背着沉重的责任活着，对她们不公平。”

黄真旗认真地思考着麦婧的话，她不认同麦婧教育爱华的方式，尤其是还没有发现孩子身上有哪些优点和缺点，就主观地帮她规划人生，这样做对孩子也不公平。

黄真旗刚想争辩，麦婧冷冷地说：“孩子是我生的……”

这句话让黄真旗如鲠在喉，她一直盲目地认为，爱华就是自己的孩子，她要为这个孩子付出母爱，要见证孩子的成长，要规划孩子的未来。现在被麦婧一瓢冷水浇醒，才发现一个残酷的事实：她只是一个与爱华毫无血缘关系的干妈，麦婧才是爱华名正言顺的母亲，母亲当然要比干妈更有发言权，更有权威性。

黄真旗有些伤心，又觉得没必要伤心；有些失落，又觉得没必要失望；有些吃醋，又觉得没有必要吃醋。只要是对爱华好，麦婧说什么她都能忍。

麦婧发现刚才的无心之语伤害到了黄真旗：“姐姐不要多心，我并没有其他意思，我只想让爱华过普通人的生活，她要是再有什么意外，我真的不想活了。”

黄真旗还是有些别扭：“你才是爱华的亲生母亲，我只是一个局外人。我也是爱她的，我也有责任关注她的成长，难道你连这点权利都不给我吗？”

麦婧说：“姐姐，你误会了，我不是那个意思。”

黄真旗凄然地说：“我已经下定决心了，这辈子不会嫁人，爱华就是我唯一的孩子，我会拿出全部的爱去陪伴她。孩子多享受一份爱，难道不好吗？”

襁褓之中的爱华哇哇地哭了，两个争风吃醋的女人这才平息了争执，黄真旗说：“我们这是在干什么，瞧把孩子吓的，爱华不哭，干妈再也不和妈妈大声说话了。”

麦婧看着黄真旗笨拙的模样，心里充满了温暖，刚才还针锋相对的两人，听到孩子的哭声，立刻冰释前嫌。

“姐姐，我能感受到，你是真心实意地喜欢爱华，也许……也许你们将来会成为无话不谈的好朋友，你们的关系甚至会比我这个母亲还要近。”麦婧说。

黄真旗捏着爱华的小手，眼神中露出母性的光辉。

麦婧说：“姐姐，你这么喜欢孩子，应该自己生一个。”

黄真旗说：“我就不生，我就跟你抢爱华，看你能把我怎么样。”

爱华似乎听懂了黄真旗的话，再次发出稚嫩的笑声。一阵风吹来，空气中散发出青草的香味，闻起来沁人心脾。林阿招墓地旁边的一棵枯草在微风中轻轻晃动，像是林阿招在传达某种信息。黄真旗帮麦婧把衣服披好，又整理了一下爱华的襁褓，对着墓碑说：“林师哥，我们走了，你一定要保佑你的女儿万事平安。”

已是深夜，办公室里的灯依然亮着，何芳背着手站起窗前。何芳身后站着一男一女两个人，女的说：“何大人，这是我师父写给您的亲笔信。”

何芳接过信看了看，把信放在桌上，上下打量着这两个陌生的男女。

男的瓮声瓮气地说：“师姐，看来何大人不相信我们，那我们就此告辞。”

女的拽着男的的衣袖小声说：“师弟，不可鲁莽，何大人还没有答复我们呢。”

来人是清廷大理寺卿张旋仁门下的两位弟子阿英和坤如，两人一直在追查藏宝图的下落，可进展缓慢，担心回去师父责罚，就躲在旧金山不敢回去。

几天前，阿英收到师父的亲笔信，让她去找驻美领事馆的何芳，详细内容都在信里。

何芳说：“你们确定，那张藏宝图就在叶龙身上？”

两人异口同声地说：“那张图叶龙一直都随身携带，这家伙武功在我们之上，每次都让他逃脱了。”

何芳说：“叶龙已经死了……”

阿英大惊：“叶龙死了？怎么可能，您不会是在开玩笑吧？”

何芳面露不悦：“大胆，我堂堂的朝廷大员，怎么会跟你开这种玩笑？死了就是死了，我没有必要骗你。”

阿英向何芳道歉：“何大人息怒，我们不是那个意思，叶龙进入加内特家族后，我们就再也没有见过他，所以信息闭塞了一些。不过……叶龙那么精明，藏宝图他肯定不会带进棺材里，也许他临死前交给了最亲近的人。”

阿英又说：“我师父说了，只要您协助我们拿到藏宝图，宝藏就分给您一半。

那可是一大批价值连城的金银珠宝，您一年的俸禄才能有多少？”

何芳说：“张大人在信中告诉我了，不过……我如何才能帮你们呢？”

阿英说：“叶龙最有可能把藏宝图交给黄真旗，您和黄真旗是朋友，动手比我们方便。您只要把黄真旗单独约出来，想办法用蒙汗药迷倒她，剩下的事交给我们。”

何芳说：“那批宝藏能有多少？”

阿英说：“洪秀全私藏的宝藏，肯定少不了。”

何芳下定了决心：“这批宝藏反正也来路不正，我们不取，别人也会取，这件事我干定了。”

何芳思来想去，还是决定在黄真旗的家里动手，用药蒙倒黄真旗搜身，身上没有再搜屋内的隐秘角落。这么重要的藏宝图，一般都是放在每天都待的地方。

吃过晚饭后，黄真旗将何芳带到书房，趁着黄真旗出去的时候，何芳将提前准备好的蒙汗药偷偷放到茶壶里，然后装作若无其事地观赏书架上的古玩。

不一会儿，黄真旗从外面回来：“您大概得有两个多月没到我这里来了，以前可是一个月来两三次。”

何芳心里紧张，他尽量平复着内心的慌乱：“咱们可是老朋友，你不许挑理。”

黄真旗一边说话一边给何芳倒茶：“我哪敢挑何大人的理呀，我是想提醒你，公务再繁忙也要注意身体。”

何芳说：“你的生意太好了，每天吃饭的人都排队，要不是你特地安排，我都订不到雅间。”

黄真旗说：“何大人是我的贵客，什么时候来我都待如上宾，我专门给你预留了雅间。”

何芳说：“论口才，真是说不过你这个生意人。”

何芳端起茶壶给黄真旗倒了一杯：“我以茶代酒，祝你的生意火遍唐人街。”

黄真旗喝完茶没过两分钟，就感到头晕目眩，扑通一声倒在地上。

何芳招呼扮作随从的阿英和坤如进来，三人在书房、卧室寻找藏宝图。阿英脱掉黄真旗的上衣、内衣，没有藏宝图，情急之下又脱掉黄真旗的裤子、内裤、鞋子，还是没有藏宝图的踪影。

外面有人敲门：“真旗，我是科比。”

三人吓得面色惨白，何芳急忙爬到床下，阿英和坤如躲在门的两侧。

科比叫了几声，见无人回应，就推门进来。

坤如掏出随身携带的石灰，照着科比的脑袋扔了过去。

见事情败露，阿英和坤如架着双腿发软的何芳逃之夭夭。

等科比睁开眼睛，发现黄真旗赤身裸体地躺在地上，科比用床单裹住黄真旗的身体。

麦婧闻讯赶到，叫人端来一盆凉水，照着黄真旗的脑袋泼了过去。

几分钟后，黄真旗渐渐苏醒过来："何大人呢？"

黄真旗看到屋里一片狼藉，想起刚才喝完一杯茶后就人事不省，再看自己赤身裸体，这才明白何芳图谋不轨，但黄真旗没有想到此事与藏宝图有关。

麦婧说："真是知人知面不知心，没想到这个何芳竟然禽兽不如，用这种方式占姐姐的便宜。"

麦婧见科比红着脸，说话也有些心不在焉："科比，这次多亏了你，否则后果不堪设想。"

科比说："没事就好，没事就好。"

黄真旗有些糊涂了，何芳此举经不起推敲，在自己的地盘采取卑劣的方式图谋不轨，似乎不像何芳这样有身份的人做的事。然而事实就是如此，黄真旗不敢继续往下想，因为越想越觉得难受，越想越觉得恶心。

唐人街上的黄真旗忙碌着。

除了经营中国餐馆之外，她还开设了茶店、商贸行、海鲜店和丝绸店。她还专门开设了替华人找工作的职介所，收取低廉的费用，为初到旧金山的华人寻找合适的工作。职介所还办理物流、票务、旅馆预订等业务，成为华人在旧金山必去的一个地方。

漫步唐人街，中式茶楼、中式餐厅、中药铺、中国百货、服装店、中式烧腊店、海鲜店、中文报摊鳞次栉比。这里的茶店最有名，汇聚了中国所有的名茶：普洱、红茶、茉莉、乌龙、铁观音、毛尖，等等。这里的食物最丰富，多为广东特色美食：虾饺、肠粉、煎堆、莲蓉包、烧鸡、烧猪和叉烧，等等，应有尽有。

黄真旗慈心善肠，那些初到旧金山的华人遇到困难，她都给予很大的帮助，许多找不到工作的人上门求助，她也不会拒绝，总是全心全力济穷救贫。有钱之后的黄真旗热心慈善事业，多次捐助福利院和学校，给低收入家庭的孩子发放奖学金。她的侠骨与善行，赢得华人和美国人共同的敬重，"中国玛丽"的大名越传越响。

然而，就在这时候，黄真旗再一次面临挑战。

那是初春的午后，华文报纸报道了一则新闻，一艘美国商船装载着蔗糖从檀香山开出，四天前已经抵达旧金山，然而不妙的是，携带着瘟疫病菌的老鼠也趁机登上了船，这些老鼠已经溜进了旧金山，尽管这艘货船也像其他所有进港船舶一样，经过了严格的熏蒸灭鼠的消毒工作，但由于码头附近漂浮着很多垃圾，还是为幸存的老鼠提供了休养生息之地。新闻所提到的码头，就离唐人街不远。

放下报纸，黄真旗有一种不好的预感，她非常清楚鼠疫意味着什么。小时候母亲曾经告诉过她，这种瘟疫传染性极大，传播的范围也很广，症状是发烧和冷战，患者感到头痛欲裂，奄奄一息，不能动弹。皮下会出现大量出血点，最后形成黑色的血淤。患者神志恍惚，不停地抽搐，会陷入休克，最后七窍流血而亡。

黄真旗似乎隐隐听到外面有老鼠吱吱的叫声，这种莫名的生理反应，让黄真旗不得不站起身来，她要打开窗户透透气。

正在这时，麦婧在外面使劲地敲门。

麦婧说刚才在街上看到很多老鼠的尸体。那些老鼠足有半尺多长，尸体已经腐烂。

黄真旗抓住麦婧的手："你说什么，很多老鼠尸体？唉，真是怕什么来什么，这下不知道要死多少人。"

并不知情的麦婧觉得黄真旗说话怪怪的："不就是几只死老鼠吗，姐姐至于如此大惊小怪吗？"

黄真旗非常严肃地说："你以为只是几只死老鼠那么简单？这是一场瘟疫，防止疫情蔓延，我们应该尽快消灭唐人街上的老鼠。"

第二天上午，整个旧金山人心惶惶，所有人通过报纸得知，一场声势浩大的鼠疫已经袭击旧金山，瘟疫的发源地则是华人聚集的唐人街。紧接着又报道了第一个疑似染上鼠疫死亡的华人，死者名叫黄浩，五十三岁，是一名居住在唐人街的杂货店老板。三天后一个名叫孔仲的茶叶商人也死在店中。

出于对鼠疫的恐惧，政府和市民宁愿相信灾祸即将蔓延，也不想坐以待毙，他们借助这场鼠疫开始了对华人的疯狂打压和迫害。

市政卫生部门没等确切的诊断结果出来，就连夜将唐人街的建筑物围了起来，将整个社区进行隔离。他们既没有将两名患者工作和生活的建筑物隔离，也没有搜寻跟他们有过接触的人，更没有捕杀疾病的传播者——老鼠。

卫生部门将责任推给了当地华人居民，而白人在唐人街开办的商业企业却没有被隔离。政府在海边的岛上建立棚户区，准备强行让华人迁徙到那里居住，华人深受惊扰，生活在不安和悲愤之中。

黄真旗走在唐人街上，看到开办不久的华人银行已经关闭，杂货店、小餐馆、绸缎庄、茶叶店也纷纷歇业，商业萧条，再加上人心惶惶，唐人街弥漫着一种死亡的气息，俨然人间地狱。

华人们为了预防鼠疫，中医西医、土的洋的偏方都用上了。有人听说放血管用，就命令全家人用针挑破手指放血。有人说刮痧和针灸管用，唐人街上的中医成为抢手货，就连黄真旗这样精通医道的商人，也被络绎不绝的求诊者登门骚扰。有人说断食可以消灾，就找僻静之处一个人待着，七天七夜不吃不喝，认为这样做可以百毒不侵。最让黄真旗不理解的就是找僧人做法事，说是通过念经可以消除业障、渡过难关。

旧金山没有和尚，人们就互相打听，谁之前出过家，或当过居士，后来还真找到一位。一名华工之前在广东的寺庙里当过沙弥，没有受戒就来到了旧金山，不是严格意义上的僧人。病急乱投医的人们也管不了那么多了，把这位“和尚”当成救苦救难的菩萨，请他念《金刚经》《阿弥陀经》《地藏菩萨本愿经》，众人在琅琅的诵经声中感觉到身心的罪业已经消除，鼠疫再也不会侵害自己了。

黄真旗走着走着，路过一家中药铺，见门口张贴着广告，店里售卖可以杀灭鼠疫病毒的药。黄真旗走了进去，见一位白发苍苍的老者正趴在柜台上昏昏欲睡。

黄真旗买了杀鼠剂、苯酚和双绿汞以及卫生消毒喷雾器：“老人家，街上的人都走了，您怎么还留在这里？”

老者将东西装进一个编织袋，推到黄真旗的面前，无所谓地说：“是福不是祸，是祸躲不过，老天爷要收人，谁能逃得了？”

“您也不必如此悲观，这场瘟疫说不定很快就过去了。”黄真旗说。

老者冷哼一声，微微地抬起头看着黄真旗：“你真以为能过得去？这场瘟疫不死个成百上千的人能过得去？我跟你今天还在这里说话，说不定明天就被阎王爷收走了。多活一天算一天，他们愿意走就走，反正我不走，我今年八十多岁了，也活够了。”

黄真旗收起那些预防瘟疫的药正要走，老者自言自语：“买这些东西有什么用？都是骗人的，鼠疫该来还得来，人该死就得死，保持一颗平常心，说不定倒可以大难不死。”

老者的话有些悲观，黄真旗并不认同，但又找不出理由反驳，她静静地看着老者。

“我认识你，你叫黄真旗，是旧金山最成功的华商。”老者忽然说。

黄真旗凑过去认真地端详老者，想不起在哪里见过。

老者非常清楚黄真旗心里想什么，他笑着说：“你肯定不认识我，但我知道你，你是一个传奇人物，我听说过你很多故事。”

黄真旗说："大难临头了，您还有心情开玩笑，我哪是什么传奇人物，不过是一个普普通通的人罢了。"

老者说："唐人街遭此一劫，不知道何时才能恢复元气，你可不能倒下，只有你可以振兴这条街的商业。"

黄真旗撩起门帘，走出中药铺，感觉外面的空气有种窒息感，街上偶尔有行人走过，认识的就彼此点点头，不认识的对视一眼，然后匆匆离去。黄真旗提着"神药"回到中国餐厅，发现麦婧已经把歇业的招牌挂了出来，看来不撤离是不行了。

紧接着旧金山下了两场雪，第一场不大，稀稀拉拉地下了一个上午就停了。第二场雪晚上九点多开始下，一直下到次日早晨才停，唐人街上白茫茫一片，屋顶、树上、地面都盖上了厚厚的雪。

大雪过后的下午，那个一直困扰在人们心头却没有得到答案的消息终于传来了，报纸上说：鼠疫来了。

得到准确消息的华人纷纷走向街头，他们互相打探着有限的消息，并交流着预防鼠疫的种种经验。

麦婧偷偷地捅了一下正在街上张望的黄真旗，黄真旗跟着麦婧回到中国餐厅，麦婧关好门："姐姐，孙有根死了……高烧好几天了，刚才吐了一口血，人已经死了，脸色黑紫。"

黄真旗刚要回去探望，麦婧小声说："那是鼠疫，你进去会传染的，我们应该尽快通知卫生部门。"

傍晚，卫生部门的工作人员戴着像猪鼻子那样的防毒面具，将房间的每一个角落都喷洒了苯酚，进行了彻底消毒，随后又将中国餐厅的桌椅板凳全部消毒。即便如此，麦婧还是不放心，在屋里屋外又折腾了一番。孙有根吐在地上的那口血，像是吐在了她的心上，怎么擦也擦不掉。

麦婧用消毒水把地面重新擦了十几遍，她担心血液中的毒素渗透进石板，干脆将整块地板撬起扔掉。麦婧又将所有与孙有根有关的物品，包括坐过的椅子、喝水的茶杯、摸过的餐具全部扔掉。麦婧一边扔一边咒骂着这场突如其来的鼠疫，黄真旗觉得她像一个疯子。

中国餐厅发现鼠疫患者的消息传出去以后，再没有人敢来吃饭，人们就算路过餐厅也是远远地躲着走，仿佛那里沾满了老鼠的病毒。餐厅所有人被列为重点疑似对象，被限制人身自由。

一周之后，其他华人社区陆续发生了类似事件，病症为高烧、吐血、昏厥，最后死亡。卫生部门手忙脚乱，把重点转移到新的疫区。中国餐厅的警戒这才解除，黄真旗等人恢复了自由。

三天后卫生部门伙同警察局展开旋风式突袭，对唐人街上的房屋、店铺进行消毒或者拆毁，对活人强行接种，对死者强行验尸，然后将所有华人驱逐到海边的隔离营。

灭绝人性的风暴席卷了唐人街，到处都是残垣断壁，一些大的商铺在推土机的轰鸣声中倒塌。商家们雇用车辆，准备将东西运送到安全地点。眼看着中国餐厅就要毁于一旦，黄真旗找到陈远山，恳求他出面斡旋，黄真旗知道，美国当局醉翁之意不在酒，是想借助这场鼠疫达到掠夺华人的目的。

最后在洪义堂和中华会馆的支持下，华人们拿起法律武器，将旧金山公共卫生署告上联邦法庭并取得了胜利。旧金山政府停止了对唐人街的拆毁，华人们不用搬到隔离营了。

卫生署在离唐人街大约二百米的地方搭建临时的棚子作为消毒站，里面储存着大量的生硫黄和苯酚。防疫人员指导华人，把硫黄放到罐子里，让它充分燃烧，持续散烟，这样就能杀死空气中飘浮的病菌，减少感染的概率；而苯酚的配比，是用四十倍的清水，把它稀释了，喷洒在屋子的各个角落。至于出入消毒站的所有人，每天都必须往身上喷洒苯酚。

卫生署救援队的介入，以及采取的一系列措施，让疫情得以缓解，疑似患者被隔离，华人们紧张躁动的心情逐渐平稳，经过六个月的动荡，唐人街上的店铺陆陆续续地开始营业了，街上的人也多了起来，人们聚集在一起谈论着疫情，谈论着生离死别，谈论着死后穿什么样的寿衣。

有的人提前为自己打好棺材，客厅里摆着四五口棺材，全家老小每人一口。那些漆黑的棺材停放在家里，让人看了鬼气森森。那些年过半百的老人，则露出欣慰的表情，他们心想，一切都准备好了，只求一死，死并没有想象中那样可怕。

那些棺材没有派上用场，家里摆放不开，有人就摆放在店铺门口，过路的行人看到了首先会想，这家肯定有老人。在一段时间里，门口摆放棺材，已经成了司空见惯的场景，孩子们看到棺材并不害怕，因为里面没有死人。

所有人认为鼠疫完全过去了，两个人的死亡再次将众人一厢情愿的美梦拉回到现实。首先是中药铺的老掌柜趴在柜台上就死了，老者身体健康，没想到最终也被鼠疫夺走了性命。

第二个人并没有被传染上鼠疫，而是自然死亡，但所有人都觉得他也是被鼠疫夺命。

八十多岁的庄先生身体每况愈下，在一个黄昏，庄先生呼唤着黄真旗的名字，他要交代后事了。

庄先生像一具僵尸，有气无力地说："我的死期到了，我也没什么遗产留给你，临死之前，我想送你几句话。"

庄先生对于黄真旗来说，不单单是她的义父，还是她人生道路上的精神导师，是她的智囊。多少次遇到困难，都是庄先生帮她出谋划策，运筹帷幄，渡过难关。这是一位正直、善良又智慧的老人，黄真旗从他身上学到很多东西，黄真旗舍不得庄先生就这么走了。

黄真旗说："义父，您不能走，我们还没有相处够，您答应过我，九十大寿的时候我们要一起回广东的，您应该信守承诺呀。"

庄先生露出凄惨的微笑，握住黄真旗的手："要想在旧金山生存，一定要掌握话语权。你已经是唐人街的商业领袖了，要利用好唐人街这个舞台，巩固你的地位和势力，等你足够强大了，美国人就不敢欺负你了。"

直到临死之前，庄先生还在苦口婆心地嘱咐黄真旗。黄真旗含泪点头，她一句话都说不出来，紧紧地握住庄先生那双干枯苍老的手泪如泉涌。

庄先生为黄真旗擦眼泪："你这辈子过得苦，事业有成，感情却荒芜，至今也没找到一个真心爱自己的人。别像我，打了一辈子光棍儿，孤独终老一生，如果不是遇到你，恐怕连个收尸的人都没有。"

黄真旗哭着说："义父，我不想让您走，以后再遇到什么事，我连一个商量的人都没有，在这个世界上，我最信赖的人就是您。"

庄先生的呼吸越来越急促，喉咙像被什么东西堵住了："我最大的心愿，就是……把我的尸骨……带回广东……"

太阳慢慢地沉落，天空中的云朵是暗红色的，像沾上血的棉花。

料理完庄先生的后事，黄真旗感到身心疲惫，体内的力量像被掏空，她漫步在满目疮痍的唐人街上，想象着之前热闹繁华的景象，有说不出的悲凉。两个月后，卫生署撤离唐人街，消毒站也被拆除，扰乱人心的鼠疫终于滚蛋了，却在黄真旗心里留下永久的伤痛。唐人街的商业遭到重创，如果不及时拯救将一蹶不振。作为中华会馆的会长，黄真旗号召留下来的华商恢复信心，再造家园。她向同行们提供无息贷款，帮助他们二次创业。

在黄真旗的带领下，唐人街一步步复兴……

唐人街就是华人的家园，失去了这块休养生息的地方，一切都无从谈起。

第三十六章　青青可胜蓝

这是一个天翻地覆的时代，这是一个日新月异的世界。

唐人街在变化，从无到有，从小到大，从大到强，遭遇过毁灭，又一次次重生。

与此同时，海那边的中国也在变化——经历了甲午战争和八国联军侵华，清廷的统治，在列强的入侵下，在启蒙思想和革命暴动的冲击下，已经是大厦将倾。虽然开始实施新政，也有一些开明的举措，但不肯放弃核心权力的皇族亲贵，终于还是一步步把这个帝国推向最后的崩溃。

在旧金山的唐人街，第二代移民已经长大成人。

这一年，女大十八变的林爱华，已经二十出头。

当然，随着爱华的长大，黄真旗也老了，她已白发上头，但眼睛依旧明亮。

黄真旗非常喜欢爱华。林爱华身材修长，留着短发，娇美的面容带着一丝英气，说起话来伶牙俐齿，有些男孩子的性格。爱华七八岁时，黄真旗教她识文断字，背诵经典，还偷偷教她武功。十一二岁时，洽谈生意的时候黄真旗让爱华旁听，耳濡目染，爱华渐渐对经商产生浓厚的兴趣。十五六岁时，爱华就能说出黄真旗旗下商铺的所有账目，可以参与到一些小店铺的经营中。爱华确实是一块做生意的材料，黄真旗觉得应该好好培养，就让手下最得力的助手带爱华，爱华勤学好问，没几年就出徒了。

麦婧恨铁不成钢，希望爱华端庄温柔，她不听；希望爱华弃商从文，她还是不听。爱华从小就是一个逆反的孩子，而对于黄真旗来说，爱华却是言听计从的乖孩子，麦婧有些吃醋，觉得爱华拿黄真旗当亲妈，拿自己当敌人。最让麦婧感到不满的是，爱华说话喜欢中文夹带英文，说话时爱耸肩膀，像假洋鬼子。麦婧不喜欢她崇洋媚外的举止，她希望女儿保持中国人的本色，说中国话，写方块字，用中国人的思维方式。麦婧说了也白说，爱华根本不往心里去，依然特立独行，我行我素。

爱华的男朋友叫史蒂文，是爱华的大学同学，是一个美国人，父亲是医生，母亲经营着一家咖啡厅。麦婧没有见过史蒂文，但她内心充满排斥。麦婧提醒爱华，中国人只找中国人谈恋爱，让美国人滚得远远的。爱华还是不听，她觉得母亲不可理喻，经常躲在学校里不见母亲，就算回家，也是一头扎进黄真旗的房间，尽量避免与母亲发生正面冲突。

麦婧问爱华："你觉得水和火能在一起吗？"

爱华说："我明白你的意思，但我认为这些与我和史蒂文的感情没有什么关系。"

麦婧说："那我就直说吧，我反对你和史蒂文交往。"

爱华说："我为什么要听你的？"

麦婧苦口婆心地说："你是中国人，史蒂文的父母不会同意的，你们不是一路人。中国文化推崇谦让，美国正好相反，他们认为凡事都要抢。他们抢走我们的东西还少吗？一场鼠疫抢走了我们辛苦半辈子的积蓄；一场谋杀，抢走了华工们的生命，抢走了我们的亲人。他们就是强盗，你要和强盗谈感情吗？"

爱华说："那是因为我们的国家太软弱了。"

麦婧说："我希望你不要忘记，你的皮肤是黄色的，你流的是中国人的血，一生都无法改变这个事实。美国不属于你，唐人街才是你永远的家园，虽然它是美国的领土，但这里居住的都是中国人。"

爱华说："我接受的是美国教育，我有权利坚持我的观点。"

麦婧警告爱华："从今天开始，不许再和史蒂文来往。你要专心完成学业，毕业后回到唐人街工作，你真旗姑姑早就说过培养你做她的接班人。"

爱华噘着嘴说："我凭什么要听你的安排？"

麦婧瞪着眼："凭什么？就凭我是你娘，我辛辛苦苦把你养大，你就得听我的。"

几乎每次争论都是不欢而散，爱华已经习惯了这样，她对刻板固执的母亲无可奈何，只好敬而远之。

爱华今天一大早就起来梳妆打扮。

爱华坐在镜子前面，用手胡乱地梳理头发，她不会打扮自己，根本不知道如何让自己漂亮一些。爱华做生意有灵气，对穿着打扮一窍不通。爱华瞥见黄真旗在笑，用埋怨的语气说："哎呀，姑姑，我都急死了，你还幸灾乐祸，也不过来帮帮我。"

黄真旗凑近爱华，发出啧啧啧啧的赞叹声："真是一个标致的姑娘，就是不知道打扮自己，这可不行，姑娘一定要打扮得漂漂亮亮，才会吸引男人的目光。你可不像你娘，都那么大岁数了，还非常注重形象，每天不在镜子前坐上一个钟头就不出门。"

爱华噘着嘴说："很多人都说我不像我娘，倒说我的性格像姑姑。"

黄真旗温柔地抚摸着爱华的头："你是我看着长大的，有些地方当然像我了。可惜……唉，你不是我生的，我要是能有你这样一个孩子，那就是上辈子修来的福气。"

黄真旗的语气变得沉重起来："我这辈子无儿无女，你就是我唯一的孩子，你懂事听话，孝顺长辈，对我这么好，我感到非常知足。"

黄真旗从首饰盒里拿出一枚亮晶晶的发卡，小心翼翼地别在爱华的头上，再次发出啧啧啧啧的赞美声："短发戴发卡好看，显得俏皮可爱，女为悦己者容，史蒂文一定喜欢。"

爱华："其实，今天约会只是其一，还有一件更重要的事呢。"

黄真旗："什么事？"

爱华："姑姑，我一会儿再告诉您。现在我想说的是，史蒂文问我爹的情况，我每每答不上来。姑姑！我爹到底是一个什么样的人？"

黄真旗叹息了一声："你长大了，有些话也能说了。你爹叫林阿招，是姑姑的同门师哥，也是我青梅竹马的伙伴。当年我们因为杀了朝廷的官员，又劫了大牢，在国内待不下去了，就漂洋过海来到旧金山。在姑姑眼中，你爹这个人性格直爽，为人仗义，是一个顶天立地的男子汉，他是姑姑生命中非常重要的人。"

"那我爹和我娘是怎么认识的？"爱华开始刨根问底。

黄真旗沉默了一下说："男女之间的感情还得去问当事人，姑姑一个局外人怎么能说得清楚呢？"

爱华继续问："那我爹是怎么死的，我见过我爹吗？"

黄真旗说："这件事说起来非常复杂，三言两语也说不清楚，简单地说，你爹是被一名美国杀手枪杀的，那个杀手后来自杀了，也算是罪有应得。复杂地说，是有人蓄意制造了一起枪杀案，那个杀手在无意中充当了别人的棋子。这些事也是后来慢慢水落石出的，那个制造谋杀案的政客，后来也被人枪杀了。"

爱华："原来如此，我现在理解妈妈为什么从来不提此事，她是不愿意揭开以前的伤疤。"

黄真旗点头："你爹是在与你母亲结婚的前一周被杀的，原定的婚礼变成了葬礼。那件事对你妈妈伤害非常大，她整个人都快要疯掉了。不久你妈妈发现自己怀孕了，为了不让你出生之后就没有父亲，你妈妈决定打掉孩子。”

听到这里，爱华惊得从椅子上站了起来，脸上露出愤怒：“为什么要打掉我？”

黄真旗轻声说：“她觉得一个没爹的孩子会被人议论，会被人欺负。后来她想明白了，还是生下你来了。”

“我感觉妈妈对我不好，她对我好像有意见，无论我做什么她都觉得是错的，然后把她认为对的强加给我，我简直烦死了。”爱华说。

黄真旗呵呵地笑：“傻孩子，你妈妈有多爱你，你心里比谁都清楚，何必说这些气话呢。二十多年过去了，你妈妈还是对你爹的死耿耿于怀，为了夫妻恩情，她必须把你抚养成人，对你严厉一些也在情理之中，你不应该埋怨她。”

爱华将黄真旗的话听进去了，她点了点头，重新照了照镜子，满意地说：“经过姑姑这样指导，我看上去果然漂亮多了。”

黄真旗：“对了，你不是说今天出去还有更重要的事吗？”

爱华把一份报纸递到黄真旗手里，报纸上的头条新闻是，一个叫孙文的广东人在日本东京成立中国同盟会，此人提出了十六字纲领，叫作“驱除鞑虏，恢复中华，创立民国，平均地权”。

爱华：“现在同盟会在美国的分会也成立了，我今天去就是带着史蒂文一起去听孙先生演讲的。”

黄真旗：“孙文？我知道，他是你们这些青年人的偶像，我也看过不少关于他的报道，也知道他的主张；同时，我也听说，国内的清廷政府在实施一些新政。”

爱华：“姑姑，您不会反对革命吧？您可给我讲过太平军的故事呀！”

黄真旗微微一笑：“清廷为挽救自己的危亡，施行了一系列新政并推广实业和新技术，当然是好事。只是，封建的专制统治在根儿上已经腐烂，有时仅仅靠换个衙门牌匾是不解决问题的，所以姑姑认为中国必须真正地改天换地。相比于国内的民众，我们这些海外的游子，更应该支持革命党人的正义事业。我要捐出五万美金。这，只是一个开始。”

爱华搂住黄真旗亲了一口：“姑姑就是开明！”

爱华的成长叫黄真旗感到欣慰。

黄真旗发现：这姑娘不但关注时事，有自己的独立思考，而且在经营生意上，也有那么一套。

这一天，爱华带来一个好消息：中国餐厅最近推出的烤肉广受好评，国会山几位首脑品尝过后大加赞赏，其他政界要人慕名而来，餐厅的名气比以前更有影响了。《中西日报》还专门做了报道。新闻见报之后，每天到中国餐厅吃饭的人早早就排起了长队。

黄真旗没有想到，爱华的一个建议会产生这么大的效果。原来，早在半年前，爱华就向黄真旗建议，传统的中国菜已经无法满足当地人的需求了，要因地制宜，根据当地人的口味开发匹配的菜品。她建议推出烤肉，遭到黄真旗的拒绝，觉得那样的话中国餐厅就不纯粹了，会砸了辛苦创立的牌子。爱华并不同意黄真旗的观点，她认为传统的经营方式已经落伍，必须紧跟时代，推陈出新，这样才能立于不败之地。两人为此争论了很久。最后黄真旗拗不过爱华，勉强答应她试一下，如果不行的话就及时收手。没想到这一试却试出门庭若市的场面来，通过这件事，黄真旗对爱华的经商头脑非常赞赏，对她做出的一些判断都会大力配合。

黄真旗说：“看来我们的经营策略是对的，没想到你这个小毛孩子，还真有两下子。”

爱华脸上露出得意之色：“没有姑姑的教诲，我哪能摸得清美国人的脉呀。有一次姑姑跟我说，美国人爱吃肉，尤其是牛羊肉。我就想，煎牛排他们吃腻了。于是我就琢磨在中国餐厅推出烤肉，史蒂文是我聘请的品尝师，咱们的烤肉师每次烤出的肉，都是史蒂文先品尝，他还提出了很多有价值的建议呢。”

黄真旗拍着爱华的肩膀说：“史蒂文这个小伙子不错，我看好你们的爱情，你一定要好好对待他，别耍大小姐脾气，欺负人家老实孩子。”

爱华夸张地说：“我的天，他还老实？他心眼多着呢。”

两人正说着话，麦婧从外面进来，刚才还张牙舞爪的爱华一见母亲，立刻装副淑女的样子，端坐在床上。

麦婧察言观色，也看出个七八分，但她没有点破，她端起桌上的茶壶倒水。爱华眼疾手快，端起茶壶说：“妈妈，我来倒，我来倒，您这么辛苦，哪能让您来。”

麦婧瞪了爱华一眼：“无事献殷勤，非奸即盗，说吧，你又有什么事求我？”

爱华埋怨说：“妈妈说话总是夹枪带棒，不就是给您倒杯茶吗？我又没有别的意思。”

麦婧说：“你平时懒得油瓶子倒了，也不去扶一下，今天太阳打西边出来了，主动给我倒茶，我还真有些不习惯。”

黄真旗问：“看你满头大汗，这是干什么去了？”

麦婧说：“刚出门就遇见一个乞丐，像是个痴癫的疯子。”

黄真旗不以为然地说：“给他点钱不就行了吗？何至于说晦气。”

麦婧说：“乞丐是个女的，头发乱糟糟脏兮兮地盖住了脸，根本就看不出多大年龄。谁跟她说话也不答应，就躺在餐厅旁边的台阶上，伙计们说，她已经在门口躺了三天了。”

黄真旗说：“乞丐躺着无非就是要钱，多给她点钱就是了，爱华，你到账房支些钱给那个乞丐，让她赶快走，别影响咱们做生意。”

爱华应声下去，没十分钟就回来了，手里拿着几张钞票。

黄真旗问：“嫌少？”

爱华摇了摇头说：“让她拿着钱走，她把钱扔给了我，什么也不说，又侧过身体睡觉。”

麦婧对黄真旗说：“你看见了没有，这就是讹诈，敬酒不吃吃罚酒，我现在就带几个伙计把她赶走，一个臭烘烘的乞丐还反了天了。”

黄真旗担心把事情闹大，阻拦说：“你在家好好歇着，我出去看看，爱华，你跟我走。”

伙计们闻听掌柜的亲自出马，就放下手里的活，簇拥着黄真旗来到门外。

那个乞丐穿着一身破旧的外套，确实如麦婧所言，长而凌乱的头发遮住了脸，看不出长什么样子，更看不出年龄。

女乞丐双手乌黑，长长的指甲缝里满是黑色的污垢，看着让人想吐。女乞丐拿一双鞋当枕头，那是一双女式的绣花鞋，鞋很长，足见乞丐的脚非常大。

女乞丐旁边放着一个破旧的包裹，看表面可以判断，里边不会装着什么值钱的东西。

黄真旗并没有嫌弃肮脏的乞丐：“我是这家餐厅的老板，你是不是遇到什么困难了，我或许可以为你提供帮助。”

女乞丐听到有人说话，微微地侧过身体，右手撩开散乱的头发，上下打量着黄真旗。

一个六十岁上下的女人，穿着绣着牡丹花图案的丝绸唐装，脖子和手腕都佩戴着华丽的珠宝，人到老年却风韵犹存，眉宇之间有一种英姿飒爽的气质。

黄真旗问：“你是哪里人？”

女乞丐从破旧的包裹里翻出一个布包，一层一层地打开，里面是一枚像鸭蛋黄的玉观音。

女乞丐将玉观音递给黄真旗："卖了，换吃的，回家。"

黄真旗凑近那枚玉观音，只瞧了一眼就断定是件上品，可是她并无收藏古玩玉器的嗜好，看完后没有表现出多大的兴趣。

女乞丐看出黄真旗并无购买之意，仍然说："卖了，买吃的，我饿了。"

黄真旗说："你打算卖多少钱？"

爱华捅了一下黄真旗的后背，小声说："姑姑，小心上当受骗。"

黄真旗回头冲爱华微笑，意思是她心里有数。

女乞丐伸出两根手指头："二百。"

现场的人群炸开了锅，二百美金，这乞丐想钱想疯了吧。黄真旗自幼就在父亲的古玩店里玩，对古文字画的鉴赏略知一二，她给出的价钱不止二百美金。

黄真旗说："我花钱买了它，总得知道它的来历吧？"

女乞丐身体有些发僵，像是有难言之隐："玉观音是我男人送给我的定情之物，后来他跟一个小妖精跑了，我留着这东西也没什么用，就想把它卖了，可是一直都找不到合适的买主。卖了钱，我就能买船票回国了。"

黄真旗说："你是怎么来到旧金山的？"

女乞丐说："我男人见异思迁，抛弃了我，把我留在一座孤岛，跟一个比我长得好看比我年轻的狐狸精来到了旧金山。后来朝廷派人清剿海盗，小岛被官兵攻占了，我一个人逃了出来，被一艘到旧金山的商船救了，这才流落到旧金山。"

黄真旗越听越起疑："你男人在旧金山？他叫什么名字？"

女乞丐撩开额头前的头发，露出一张丑陋的老脸，恨恨地说："就算是化成灰我也认得他，叶龙，这个混账王八蛋，他把我害成这样，他不得好死……"

当黄真旗听到女乞丐嘴里喊出叶龙的名字时，浑身一阵颤抖，她看清了那张脸，她指着乞丐惊呼："金花，你是金花……"

女乞丐听到有人喊她的名字，站了起来，一把抓住黄真旗的手，认真地端详，良久才咬牙切齿道："老天爷开眼呀，让我在旧金山找到你，哈哈哈哈。"

金花拉开架势，准备与黄真旗决斗。

黄真旗看着金花怒不可遏的样子，想起多年前在海岛上的那一幕幕场景，扑哧一声笑了。

金花做梦也不会想到，多年以后在旧金山，竟然能与情敌黄真旗相遇，她也不会想到，心上人叶龙离开人世已有多年。

金花恨恨地说："你这个老狐狸精还笑，看我不撕破你的脸。"

金花站起来要跟黄真旗动手，黄真旗并没有躲闪，依然微笑地看着金花。

金花有些疯疯癫癫：“狐狸精，你为什么不躲，你真以为我不敢打你吗？”

黄真旗：“你还没吃饭吧，快跟我来，咱们边吃边聊。”

金花也不客气，大摇大摆地跟着黄真旗走进中国餐厅。

林爱华拽了一下黄真旗的衣袖：“这个人到底是谁，你为什么对她这么好？”

黄真旗说：“故人。她是你的长辈，叫姑姑。”

林爱华不情愿地来到金花面前：“姑姑好。”

金花打量着林爱华，她紧紧抓住林爱华的手：“这个小丫头片子是谁，难道是黄真旗和叶龙生的孽种？”

见金花胡言乱语，站在一旁的麦婧不高兴了，一把挡开金花的手：“你这个疯婆子胡说什么，她叫林爱华，我女儿，不许对她无礼。”

黄真旗向麦婧使眼色，意思是别与金花一般见识，麦婧会意，带着林爱华走了。

雅间里只剩下黄真旗和金花，看着一桌丰盛的酒席，金花甩开腮帮子大吃起来。

吃饱喝足之后，金花张着油乎乎的嘴说：“快去把叶龙给我叫来，他就算躲到老鼠洞里，我也要把他挖出来。”

黄真旗说：“阿龙……他，已经死了。”

金花愣了一下，随后拍着手说：“死得好呀，我早就说过，他不得好死。”

金花号啕大哭，边哭边说：“他死了我可怎么办，下辈子我指望谁？”

黄真旗无限凄凉，像哄孩子一般说：“咱们相遇就是缘分，你就待在我的餐厅，我管吃管住，我给你养老。”

金花抽泣着说道：“狐狸精，你是好人。”

加内特叼着烟斗在踱步，“独狼”从外面进来，犹豫了一下说：“加内特先生，非常抱歉，出了点小状况，不过……我已经解决了。”

加内特嘴里喷出一口烟：“出什么事了？”

“独狼”说：“咱们的人在交货的时候，被一个华人看到了，这个人已经被我控制了。”

加内特说：“你太不小心了，这么隐蔽的交易怎么会被人轻易看到？我看你应该好好反省一下了。”

“独狼”阴着脸说：“非常抱歉，我以后注意，这个华人该如何处置？”

加内特说："不用请示我，你看着办吧。"

外面有人敲门，"独狼"的手下说："那个华人逃跑了，万一她通知警方……"

"独狼"大惊失色："快集合所有人，给我去追。"

加内特暴跳如雷："今天要是不把那个人的尸体带来，就别回来见我。"

"独狼"拔出枪，带着人追了出去，他必须赶在那个人报案之前干掉她。

那个人就是林爱华，她此时正奔跑在郊外的公路上。就在刚才，林爱华背着画夹到郊外写生，她无意中看到"独狼"正在进行毒品交易，仓皇中，林爱华发出的响声惊动了"独狼"，"独狼"将惊慌失措的林爱华软禁在一间破房子里。林爱华趁看守不注意，偷偷地跑了出来。

大约跑了半个小时，林爱华见"独狼"并没有追来，便放缓脚步，再走一段路，就到唐人街了。

远远地就看见麦婧和几个商铺的老板说说笑笑地走来，林爱华急忙跑了过去。麦婧看到林爱华神色慌张，问道："你脸色很不好看，这是怎么了？"

还没等林爱华回答，"独狼"带着人追了上来，林爱华拉着麦婧的手往前跑，边跑边说："妈！快跟我跑，他们是坏人，手里有枪。"

麦婧没跑出多远就累得气喘吁吁，为了掩护女儿逃跑，她举起地上的一根棍子朝"独狼"冲了过去。

一声枪响过后，麦婧倒在地上。

"妈！"林爱华发出撕心裂肺的怒吼，返身回来。

闻讯赶来的黄真旗和科比冲了过来。

林爱华扑到麦婧的身上大哭："妈！你要坚持住呀！"

科比与"独狼"展开激战。一阵枪战后，几名手下倒地，"独狼"的左臂也负轻伤。

众人抬着受伤的麦婧赶往医院救治，走廊里挤满了人，黄真旗、科比、林爱华在手术室外焦急地等待。

见医生出来，黄真旗上去询问病情。

主刀医生遗憾地说："弹片已经取出来了，但伤势太严重，恐怕活不过今晚。"

黄真旗盯着窗外的树木发愣，树上飘下一片树叶，黄真旗对它凝视了许久。

晴朗的天空中有几朵白云飘来飘去，秋天已经到来，在黄真旗的泪光里晶莹剔透。

黄真旗将林爱华搂在怀中，泪水打湿了林爱华的脸颊："孩子，你妈妈不会有事的，只要姑姑在，什么都不用怕。"

林爱华知道医生的话意味着什么，但她还是抱有一丝希望："姑姑，我妈妈会死吗？"

黄真旗擦干眼泪，勉强露出笑容："你妈妈命大，不会死的。"

林爱华蹲在墙角哭，她即将成为一个没爹没妈的孩子，她无法接受这个残酷的现实。

麦婧的伤势急速恶化，她数次出现幻觉，在蔚蓝色的海面上，她像一片雪白的羽毛，轻悠悠地随着波浪起伏。异乡的海韵，落日的余晖。海风轻轻地抚摸着她，天那么蓝……

傍晚麦婧清醒了过来，她意识到自己要走了，平静地说："林阿招走了二十年，我日日想他，夜夜梦他，不知道他在那边过得好不好，我终于可以与他相见了。我要拜托姐姐，帮我照顾好爱华，爱华就是你的孩子。"

黄真旗老泪纵横："就算是为了爱华，你也要好好地活下去。"

麦婧的眼角流下了眼泪："我和林阿招生了爱华，毕竟没有拜堂成亲，算不上他正式的妻子。"

黄真旗明白麦婧的意思，她让林爱华抱着林阿招的遗像与麦婧并排站着，黄真旗主持了这场特殊的婚礼。

黄真旗含泪喊道："一拜天地！"林爱华和麦婧同时弯腰行礼。

"二拜高堂！"林爱华和麦婧朝着广东的方向弯腰行礼。

"夫妻对拜！"林爱华和麦婧面对面站着，同时向对方弯腰行礼。

麦婧惨白的脸上露出一丝苦笑："照顾好爱华……"

黄真旗握着麦婧的手说："你走了，我连个说知心话的人也没有了。"

科比发动洪义堂所有人寻找"独狼"，不到三天就有了消息。

"独狼"住在第五大街十八号，十八号是一间二层小洋楼，大门紧锁。

黄真旗和科比躲在对面的咖啡厅，目不转睛地盯着过往的行人。直到咖啡厅打烊，也没有发现十八号有何异常，两人失望地走出咖啡馆。

科比突然看到了什么，将黄真旗拉到一边躲起来。

只见前面五十多米处缓缓走来一人，头戴黑色礼帽，穿黑色风衣，在夜幕中显得异常鬼魅，正是"独狼"。

"独狼"掏出钥匙，用最快的速度开门，左右环顾之后一闪而入。

等“独狼”进入院子之后，黄真旗与科比紧随其后，黄真旗掏出一个小铁片，轻而易举地就打开了房门，两人蹑手蹑脚地进入房间。

黄真旗感觉后背冰凉，原来被一支冰冷的手枪顶着。黄真旗下意识地举起双手，不敢轻举妄动。

灯亮了，“独狼”对科比冷冷地说：“你最好把枪放下，否则我一枪打死她。”

科比乖乖地把枪放在地上，他奇怪的是，这个人是怎么发现自己的。

“独狼”关好房门，将黄真旗和科比逼到墙角：“黄真旗，我认识你。”

黄真旗说：“认识就好，今天你别想逃走。”

“独狼”满脸不屑：“就凭你们两个，想抓我可没那么容易。”

科比看着黄真旗，右拳稍微动了一下，黄真旗明白，科比是让自己打暗器。

黄真旗手腕晃动，嗖的一声，手里的铁片直奔“独狼”，“独狼”拿枪的右手被击中，枪掉在地上。

科比刚要拔枪，“独狼”又掏出一支枪：“没人知道我身上带了几把枪，很多人都是在惊讶中丧命的。”

枪声响了。

不过没有打中黄真旗，而是打中了黄真旗身后的镜子。

镜子的玻璃噼里啪啦地摔在地上，“独狼”夺门而逃。

黄真旗和科比追到街上，却没有看到“独狼”的影子。

两人在苍茫的夜色中穿行，谁也没有说一句话，走着走着天上飘起了雪，雪片打在了黄真旗的头上，很快就融化了。

科比摘下礼帽戴在黄真旗头上，然后大步地向前走去。

科比边走边回头说：“不要垂头丧气，那家伙早晚还会出现。”

黄真旗产生一种久违的错觉，科比刚才的行为简直就是叶龙附体，她的心里多了一丝温暖。

第二天下午，科比又收到情报，有人在“西部酒吧”看到了“独狼”。

怕被“独狼”认出来，黄真旗乔装改扮成男人，西装革履，头戴礼帽，手里夹着雪茄。科比则潜藏在暗处。晚上的“西部酒吧”人声嘈杂，服务生穿梭其间，各色酒徒推杯换盏。黄真旗一眼就认出了“独狼”，他正在与一帮狐朋狗友大声说笑。

一个妖艳的妓女坐在黄真旗旁边，她并没有看出黄真旗乔装改扮，她想接下黄真旗这单生意，黄真旗感到有些别扭，侧了侧身体，把头扭了过去。

妓女热情地打招呼："这位先生，请我喝杯酒好吗？"

黄真旗见她相貌娇媚，面带风尘，从言谈举止中能感觉到，她非常友善，黄真旗并不感到厌恶。

黄真旗礼貌地说："请你喝酒没问题，但我不想干别的。"

妓女咯咯地笑："给我五分钟时间，我们好好聊聊，我保证，你会对我的服务感到满意的。"

黄真旗听出了妓女的画外音，她冒出一个想法，并且觉得这个想法切实可行。

黄真旗："你靠卖身每天能赚多少钱？"

妓女："你问这个干什么？我真的不知道该如何回答。"

黄真旗："那我换一种问法，你帮我办一件事，我付给你两百美元怎么样？"

妓女见钱眼开："两百美元！这个价格确实比我做皮肉生意赚得多，你需要我做什么？杀人放火的事我可不干。"

黄真旗凑近妓女，指着远处的"独狼"说："你今晚领他到你的住处过夜，我给你两百美元。"

妓女将信将疑："就这么简单？"

黄真旗："我也有条件，无论采取什么办法，必须留他过夜，这对你来说并不难吧。"

妓女侧过身体，远远地看着"独狼"："这件事包在我身上，如果你再加一百美元，我会让这件事完成得更加完美。"

黄真旗："成交。我先支付你两百美元，剩下的钱等事成之后再付。"

妓女撇着嘴，对黄真旗的提议不满意："你必须付清全部的钱，这件事才可以做。你心里非常清楚，这件事有多大的风险。"

黄真旗将三百美元递给妓女："你真是个会做生意的女人，不过我警告你，你要是骗我，我可对你不客气。"

黄真旗掏出枪在妓女面前晃了晃。

妓女并没有感到惊慌，她淡定地说："我今晚会带他到第三大街的'唐人旅店'过夜，我们不见不散。"

晚上十一点，"独狼"果然出现在"唐人旅店"，一番云雨之后，"独狼"疲惫地睡去，枪压在枕头下面。妓女穿好衣服，偷偷溜了出来，正好看到黄真旗和科比，妓女冲黄真旗挤了挤眼睛，黄真旗冲她竖起大拇指。

黄真旗轻轻地推开门，迅速地制服了"独狼"。

"独狼"并没有认出化装后的黄真旗，他挣扎着说："你是谁，我从来没见过你。”

黄真旗摘掉帽子，撕掉胡子，露出本来面目：“你睁大眼睛再看看我是谁。”

“独狼”看清了黄真旗的脸，心有不甘地说：“中国玛丽！你是怎么找到我的？”

黄真旗冷笑：“只要你在旧金山，我就有办法找到。”

“独狼”：“我知道你是个厉害的人物，但恐怕你还杀不了我。”

黄真旗：“是吗？如果我要试一试呢？”

“独狼”变戏法一般，手里多了一把枪：“我早就告诉过你，我身上至少有三把枪，我非常有信心干掉你。”

两把枪互相指着对方，谁也不敢贸然开枪。

黄真旗第一次用枪，心里慌乱得很，手在轻微地颤抖，这个细节被“独狼”敏锐地发觉：“你的手在抖，这说明你还不习惯用枪，再僵持下去，被打死的肯定是你。”

“独狼”一边向后退一边说：“今天的游戏到此结束，我先走了，但愿我们永远也别再见面。”

“独狼”退到门前，一只手拉开门，一只手举着枪对着黄真旗，然后夺门而逃。黄真旗怒火中烧，准备追出去。房门又轻轻地开了，举着双手的“独狼”垂头丧气地往回走，原来他已被埋伏在门外的科比拿枪顶住了脑袋。

“独狼”央求：“不要送我到警察局，我去了加内特会杀人灭口的。”

黄真旗手心冒汗，她预感到这又是一个阴谋：“加内特为什么要杀你，你们之间到底是什么关系？”

“独狼”：“我是加内特雇佣的杀手，帮他拔掉了很多眼中钉，比如一个叫洛伊的家伙，还有怀特律师，还有很多我想不起名字了。加内特担心我泄露他的秘密，他肯定会杀人灭口。”

黄真旗：“你为什么要追杀那两个中国女人？”

“独狼”听明白了黄真旗的意思，她指的是麦婧和林爱华。

“独狼”遗憾地说：“那个年轻的姑娘看到了我们进行毒品交易，所以她必须死，至于那个老年妇女，完全是误伤，如果她不反抗，我绝对不会开枪。这起悲剧归根结底还是要算在加内特的头上，他为了用金钱收买选民竞选州长，就打起了贩毒的主意。他还专门向成功的华商推销毒品，让他们妻离子散。我只不过是帮他扫清障碍，加内特才是真正的凶手。”

黄真旗：“你杀人之后应该逃走，为什么还待在旧金山？”

"独狼"脸色大变，像想起悲伤的事："我的妈妈生病了，我一直在医院照顾她。我现在只有一个请求，临死之前见妈妈最后一面。"

黄真旗："我们做个交易怎么样？我知道，你们美国人喜欢交易这个词。"

"独狼"沮丧地说："我现在没资格和你谈条件，你随时都可以杀了我，可是我不能死，我还有重要的事要办。"

黄真旗继续说："把你知道的关于加内特犯罪的所有细节，写成一份供词给我。"

"独狼"毫不犹豫地说："只要能见妈妈最后一面，什么条件我都答应，我只有一个妈妈。"

松绑后的"独狼"没有逃跑，他非常配合地坐在桌子前写供词，写完之后他还主动签上了自己的名字。

"我兑现了承诺，希望你不要骗我。""独狼"说道。

积雪结成了冰，走在上面有些滑，黄真旗和科比押着"独狼"来到他妈妈家。

"独狼"指着前面的一扇窗户说："我上去看一眼就下来，我不会逃走。"

黄真旗："我凭什么相信你？"

"独狼"："供词我都写完了，你还有什么不相信的。"

黄真旗："我们陪你上楼，在门外等你，希望你不要耍花招。"

"独狼"无奈地答应了，他没有说谎，他的妈妈正躺在床上奄奄一息。

黄真旗轻轻地关上门，和科比在门外等候。

五分钟后，"独狼"从屋里走出来，他仿佛刚完成一项紧急任务，脸上那种沮丧的表情已经退去，看上去如释重负。

三人来到楼下，路灯下的"独狼"脸色如蜡，表情痛苦，他脚下一滑，倒在地上。

黄真旗见"独狼"的嘴角流出了血，再摸他的身体，有一种冰冷的寒意。

"你这个混蛋，为什么服毒？"黄真旗怒吼。

科比见黄真旗情绪失控，急忙阻止她，"独狼"说的话已经变得断断续续："我……死而无憾，临死前总算做对了一件事。"

科比对黄真旗说："你太善良了，不应该答应他的条件，他一定是回家后吞食的毒药。好在他留下一份供词，这份供词就是我们的收获。"

几天后的一个清晨，科比告诉黄真旗一件事，城北监狱发生了犯人越狱事件，一名重刑犯人杀死狱警逃跑，越狱的犯人名叫哈里。

"哈里？！这个人曾经陷害过我，后来不知道什么原因他也入狱了。"黄真旗说。

科比："此人心狠手辣，他出狱后一定会疯狂报复害他入狱的人，旧金山的记者们又有大新闻可做了。"

科比的预言果然应验，一周后，旧金山各大报纸的记者们果然有事可做了。

寒风裹着雪片袭击了旧金山西部。

暴风雪持续了三天，加内特远在郊区的庄园被雪覆盖，由于交通不便，这位金矿主只好待在家里享受难得的假期时光。偌大的豪宅冷冷清清，只有两名佣人和一只牧羊犬在客厅里陪伴着他，火炉里跳动的火苗闪着温暖的光。

晚上九点钟，佣人们去休息了，牧羊犬慵懒地趴在火炉旁昏昏欲睡，客厅里的灯灭了。

莱茵小姐房间里的灯还亮着，卫生间里发出哗哗的水声，一楼传来几声狗叫，莱茵小姐根本就听不到。

半个小时后，莱茵小姐从卫生间出来，她擦干头发，穿好睡衣，刚要上床睡觉，突然听到楼下传来几声枪响，接着是一声沉闷的吼叫声。

莱茵小姐急忙下楼，她愣在那里，之后发出撕心裂肺的尖叫："爸爸……"

客厅一片狼藉，两名佣人中枪倒在血泊之中，牧羊犬头部中枪，趴在地上一动不动。

莱茵小姐冲进父亲的卧室，发现加内特躺在床上，鲜血染红了床单，他也被枪杀了。

莱茵小姐抱着父亲的尸体号啕大哭，她并没有注意到卧室的椅子上，坐着一个浑身是血的人。那个人不慌不忙，从抽屉里取出一支加内特的雪茄，莱茵小姐听到了火柴发出的轻微的响声，她转过身，还是看不清那个人的脸，此人戴着一个黑色的面罩，只露着两只眼睛。

莱茵小姐刚要冲过去，蒙面人举起枪说："你很幸运，捡了一条命。"

蒙面人贪婪地看着莱茵小姐睡衣里苗条的身体，眼神里冒出的欲火说明他已经动了歪心邪念："加内特这个老家伙罪有应得，我曾经发过毒誓，出狱后第一个干掉他。哼，我的愿望终于实现了。不过……我可以饶了你，你得陪我睡觉。"

一阵悲痛之后，莱茵小姐的头脑开始冷静，如果硬来，自己这条命肯定不保，目前最好的办法就是稳住蒙面人，然后伺机行动。蒙面人看出莱茵小姐在犹豫，举着枪凑近她说："我们换个地方说话。"

蒙面人拿枪顶着莱茵小姐来到二楼，推开卧室的门："我是一个杀人越货的匪徒，早晚会被警察抓住处以绞刑，我懂得及时行乐，尤其是像你这样的女人，我恨不得现在就吃了你。”

莱茵小姐坐在床边，假装脱衣服，她死死地盯着蒙面人手里的枪。蒙面人急不可耐地搂住莱茵小姐，那把枪随手丢在了桌上，莱茵小姐使出浑身力气，照着蒙面人的裤裆踹了一脚，然后去抢那把枪。

蒙面人疼得大叫一声，捂着裤裆在地上打滚，他意识到莱茵小姐会抢那把枪，急忙滚到桌边。

莱茵小姐还是慢了一步，枪被蒙面人抓在手里，他忍着剧痛胡乱朝莱茵小姐开了两枪，子弹打在墙上，露出两个小小的弹坑。

莱茵小姐抓起桌上的花瓶，奋力向蒙面人砸去，蒙面人躲闪不及，疼得大声吼叫，一边开枪，一边艰难地向楼下跑去。

莱茵小姐急中生智，从二楼的窗户跳了出去，落在厚厚的积雪上，并没有摔伤，但身上只穿着一件睡衣，冻得瑟瑟发抖。

丧心病狂的蒙面人明白，必须得逃走了，否则莱茵小姐报警，警察很快就会赶来。

蒙面人临走时带走了加内特珍藏的几件古董，他打算用这些古董换些钱，继续过花天酒地的生活。

幸免于难的莱茵小姐返回住宅，拨通了警察局的电话，约翰逊警长又该闪亮登场了。

所有人都没有想到，旧金山大名鼎鼎的企业家加内特被一个小混混枪杀。案发第二天，加内特的死讯成为旧金山各大报纸的头条。报道称，加内特在其寓所被人枪杀，身上中了数枪，现场一片狼藉，丢失了许多贵重物品。警方承诺，将尽快侦破此案。消息传到中国餐厅，黄真旗第一时间想到哈里，她决定把这条线索告诉莱茵小姐。

加内特的公寓冷冷清清的，伤心的莱茵小姐坐在客厅的沙发上。莱茵小姐看到了黄真旗，她感到有些意外：“你是怎么进来的？”

黄真旗说：“庄园的大门没有锁，我知道来得不是时候，但我有几句重要的话想对你说。”

莱茵小姐并不欢迎黄真旗：“我爸爸的死对你来说是喜事，你一定非常高兴，你才是最后的胜利者。”

面对莱茵小姐咄咄逼人的态度，黄真旗没有针锋相对，她心平气和地说：“哈里越狱了，他作案的可能性非常大。”

经过黄真旗的提醒，莱茵小姐回想着当时的情形，确实像哈里所为，她依然用将信将疑的眼神看着黄真旗，潜台词是我凭什么要相信你的推测。

莱茵小姐说："你为什么帮我？"

黄真旗停顿了一下说："如果没有你的父亲，我们或许能成为好朋友。"

约翰逊警长后背一阵发麻，那是一种来自心底的深深的恐惧。他和加内特合作多年，干了不少坏事，现在加内特死了，作为曾经的同伙，约翰逊警长感到非常恐惧。

哈里越狱后就发生了加内特被枪杀的案件，这绝对不是巧合，没错，哈里就是凶手，只要这个人还活着，约翰逊警长就不会有好日子过。

约翰逊警长对莱茵小姐说："我保证，我一定会抓到凶手，将其送上法庭，这样的坏蛋必须执行绞刑。"

莱茵小姐不说话，只是一个劲地哭。

一周后，警察局传来振奋人心的消息，抢劫杀害加内特的凶手哈里，因拒捕被当场击毙。此事再次上了报纸头条，轰动一时的国会议员、金矿主加内特被枪杀案圆满画上句号。与此同时，黄真旗掌握的那份供词也通过华文报纸公之于众，约翰逊警长的官场生涯在一片谴责声中宣告谢幕。

在旧金山的大雪中，黄真旗迎来了自己的白发生日。

美国华人中的各路风云人物冒着大雪前来祝寿。国会山的不少官员，也特意赶来为黄真旗祝贺生日。在一个角落里，黄真旗看到了重获自由的约翰逊的身影，痛改前非的他同样是来祝寿的，虽然礼物微不足道，但黄真旗还是大度地收下了。

这一天的黄真旗，全身上下珠光宝气。

黄真旗虽然已六十开外，但依旧像四十多岁的样子。

黄真旗穿着一身华丽的绸缎衣服，新做了发型，优雅高贵地端坐厅堂正中，威严地扫视着眼前的众人。

她的美、透彻与威严，在岁月中如刀镌斧刻。

众人为黄真旗——他们心目中的中国玛丽而迷醉。但就是在生日这天，黄真旗正式宣布退隐，并指定林爱华作为自己的接班人。包括科比在内的众人惊讶之余，给了黄真旗热烈的掌声。

黄真旗宣布要离开旧金山，科比显得非常失落。

比黄真旗小三岁的科比，也早已经从一个年轻的牛仔变成了一个老牛仔，其实更酷了。

黄真旗继而宣布：她将选择墓碑镇作为自己的退隐之地。科比睁大了眼睛，向黄真旗投去一瞥。

第三十七章　夕阳山外山

黄真旗乘坐马车来到了墓碑镇。

赶车的，当然是科比。亚利桑那州墓碑镇是他的老家。

早在到金矿之前，他就已是墓碑镇最有名的快枪手，当年这里发现了银矿，不少西部牛仔、矿工、印第安人都闻风而至，一些歹徒混混、地痞流氓、烟花流莺，也相继拥入这座小镇。那段时间也出现了一批中国人，他们是来自广东的早期移民。这些中国人先后加入采银矿的行列。华人的拥入，提高了金矿的生产力，同时也在无形中压低了薪水，很多人丧失了就业机会。正如我们知道的那样，科比就是其中之一。他准备到加州北部的旧金山谋生，没想到却卷入一场江湖恩怨，最终以超快的拔枪术连毙三名仇家，一夜之间成了家喻户晓的英雄人物。但名声并没有改变科比窘迫的生活，他最终独自闯荡旧金山，在加内特的金矿第一次见到黄真旗。

科比也算衣锦还乡，以前黄土漫天的地方，也已经变成一座繁华的小镇。

黄真旗退隐墓碑镇后，林爱华每隔一个月都会到这里探望她，同时向她汇报旧金山唐人街的大事小情。

在墓碑镇，有时候黄真旗会恍然若梦，她原本是一个中国南方山区的女孩，现在竟身处遥远的美国小镇。另一些时候，她会想起那些逝去的人，父亲是一个古板正直的商人，母亲是一个贤惠大方的家庭主妇，叶龙是一个让人爱恨交加的男人，林阿招是一个憨直重义的知心大哥，麦婧是一个伶牙俐齿心地善良的妹妹，庄先生是一个亦师亦友的前辈……每次想起这些生命中重要的人，黄真旗都会生出一种伤感，他们都已神游天堂，只留下自己在这尘世苟活。她常常想起与他们在一起的美好时光，有时还会偷偷地流泪。

黄真旗抹去眼泪，因为佣人告诉她科比在客厅等她。

黄真旗对佣人说：“让科比到书房来吧。”

科比走进来，热情地拥抱黄真旗，黄真旗被科比有力的双手紧紧地抱着，有些透不过气来。

黄真旗说："哎哟我的科比，用不着每次都这样拥抱，你太用力了。"

科比松开双臂，趁黄真旗不备亲了她一口，黄真旗打了科比一拳："你这个老家伙，每次都占我的便宜。"

科比哈哈大笑："我毕竟是美国人，这是习惯呀！"

黄真旗认真地说："但你是故意的。"

科比："……"

科比转了一圈，坐在木头椅子上："这么大的一个家，就你和几个佣人，似乎少点什么。"

黄真旗："少什么？我看什么都不少。"

科比皱了一下眉说："再好好想想——不，不用想了。玛丽！我想送你一样东西，有了这样东西，你这个家就完美了。"

黄真旗："说。"

科比："我想把我送给你……"

黄真旗："把你送给我？我要你有什么用？"

科比一下子握住黄真旗的手："玛丽！"

黄真旗笑了："我们都是五六十岁的人了，难道还要谈情说爱？"

科比："爱情跟年龄没有关系。如果一个人已经白发苍苍，但只要有他所爱的人，当然可以谈恋爱！叶龙已经不在了，林阿招也不在了，何芳也已经回到中国了，你还有什么放不下的？"

黄真旗："……但你是美国人。"

科比："你在骗自己！这是太幼稚的借口。"

黄真旗："真不是。其实，我对你说科比，我没你想象的开放，虽然已经在美国生活了几十年，但我依旧是一个中国女人。"

科比："我只是想照顾你。"

黄真旗："你应该照顾好自己，其实你早就应该找个美国女孩结婚。"

科比摇摇头："不。你必须嫁给我！"

黄真旗一皱眉："你要是打得过我，咱们就再谈。"

科比无奈地说："我知道我打不过你，但我是真心爱你的！"

黄真旗："你怎么知道你打不过我？就算真的打不过我，如果拜我为师的话，也许有一天就能打过我，所谓青出于蓝而胜于蓝……"

科比有些蒙："玛丽！你什么意思？你要教我中国功夫？"

黄真旗叹了口气："你们美国人果然很笨。我累了，想睡觉了，你回去吧。"

黄真旗转身进了卧室。

科比一脸茫然，慢慢地似乎明白了什么，兴奋地跳了起来。

林爱华来了，向黄真旗汇报唐人街的情况。

黄真旗听着听着似乎睡着了，林爱华站起身。

黄真旗依旧闭着眼睛："怎么想走了？我听着呢。"

林爱华："姑姑！有个想法在我脑子里存了好长时间，我觉得考虑得差不多了，想听听您的意见。"

黄真旗："说来听听。"

林爱华故意卖关子："听完这个计划，姑姑一定比我还兴奋。"

每次和林爱华聊天，黄真旗都会清晰地感受到一种年轻的力量在血液里跳动，她喜欢这种感觉，亲切而欢愉。

林爱华："我觉得餐厅只经营中国菜很单一，如果在有限的范围内扩大经营，开发新菜品，也许会更好。旧金山位于美国西部，气候和中国北方差不多，尤其到了冬天，更是冷得难以想象。这里的人更喜欢食用高热量的食物，我想增添火锅。火锅可以涮肉、海鲜和蔬菜。烤肉有鸡排、生蚝、牛排等一些当地人常吃的肉类。这样一来，餐厅的食客肯定比以前多上几倍，钱自然赚得更多。"

黄真旗故意沉默不语，林爱华以为自己说错了，表情尴尬。

黄真旗笑着说："姑姑没有看错你，你的想法非常好，我大力支持。只要在菜品口味上适当改良，更适合当地人口味就可以。我想，不用多久就会门庭若市，我们很快就可以再开一家分店。"

林爱华问："姑姑，您真的支持我的想法吗？"

黄真旗说："我们这代人打拼下来的事业，还要靠年轻一代发扬光大，你今天能对我说出这么好的想法，我觉得你真的成熟了，一大摊子事交给你我也就放心了。另外，我也想在镇子上开一个中国餐厅。"

林爱华："这是个好主意。"

黄真旗问林爱华，觉得科比这个人怎么样。

林爱华："科比？当然好啦！一个有意思的老牛仔！每个人都能看出来他对您敬佩有加。这次他返回家乡，我看就是为了能在您身边！怎么，他最近不听话啦？"

黄真旗点点头："是有点不听话。"

黄真旗随即岔开话题："爱华啊，年龄越大就越想念家乡，我想回国看一看，现在再不回去一趟，怕过几年就真回不去了。"

林爱华要求跟黄真旗一起回国，黄真旗不放心旧金山的生意，没有同意林爱华的请求。林爱华提议让科比陪同，黄真旗没有拒绝。

科比显得非常兴奋，忙前忙后准备着跟黄真旗一起回中国。

但就在这时候，旧金山发生了地震。

黄真旗心急如焚，不顾年老的身体，叫科比立即驾马车带自己前往旧金山。

情况比黄真旗想象的要糟糕得多，城市遭到巨大的破坏，整条唐人街已经在地震中被毁。

林爱华刚想哭，被黄真旗制止，她告诉年轻的女孩，越是在这个时候就越要忍住泪水。在一片废墟上，黄真旗当着众多无家可归的华人的面，做了一次激动人心的演讲，她告诉众人，新的唐人街必将在废墟上得以重建，它的规模将更加庞大。但就在这时候，市政府却宣布要将华人迁到市区南郊屠宰场周边的一块狭小的区域。

中华会馆火速召集各地方社团负责人连夜商讨对策，黄真旗在会上发言："我们必须在旧址上重建唐人街！我们不能任人宰割，如果旧金山当局拒绝我们的要求，我们就离开这里，到西雅图或洛杉矶重新创业！"

黄真旗的发言得到了全体成员的赞同，经过一番精心商议之后，由黄真旗代表华人与旧金山市长谈判。旧金山市长不想失去华商控制的贸易，最终答应由华人自己出资在原址重建唐人街。

建筑工人在废弃的唐人街原址做地基。

林爱华搀扶着黄真旗来到建筑工地，黄真旗蹲下身体捡起一块砖头，交给身旁的科比。

林爱华好奇地问："姑姑，您要一块砖头干什么？"

黄真旗："这是唐人街的砖，我留着它是想提醒自己，不要忘记降临到我们身上的每一次灾难，上次是鼠疫，这次是地震，无论人祸还是天灾，唐人街都能挺过来。小到一个人，大到一个民族，在任何环境下都要保持信念，它就像地火，虽然看不见，却一直在燃烧。"

就在黄真旗激励大家重建唐人街时，国内清廷的统治即将分崩。

正如前面说到的，为自保，清廷在几年前宣布施行新政，虽在开创现代典章制度和兴办实业上多有建树，但政治的核心权力依旧被掌控在少数的皇族亲贵手里。为彻底推翻清廷的专制统治，革命党人的起义一次比一次猛烈。

海那边垂垂老矣的帝国，已处于崩溃的边缘。

黄真旗把剩下的事情交给林爱华，自己带着科比回到了墓碑镇。

回来没几天，来回奔波的黄真旗就病倒了，中国之行最终还是被迫取消了。

这期间，科比给了黄真旗悉心的照料，让黄真旗深深地体会到一种甜蜜。病愈后，黄真旗开始筹建中国餐厅。

很快，一家味道纯正的中国餐厅出现在墓碑镇。

这座被黄真旗定名为“玛丽中国”的带有客栈性质的餐厅，成为当地居民和外地旅人喜爱和落脚的地方。

这一天，闲暇中，黄真旗叫科比带她去逛逛墓碑镇的靴山墓园。

之所以取名叫靴山，是因为埋葬在这里的许多人死于暴力，他们死时脚上还穿着靴子。

在墓园，黄真旗认真地数了一下，大约有二百六十座墓碑，有逝者完整资料的有二百零五座。所谓的坟墓，不过是用一堆小圆石砾子堆起来的坟丘，坟上立着木牌，牌上写着某人的生卒年月，有的写明了死亡原因，有的则没有。黄真旗看见一个乱石堆成的坟丘，上面立着一块木牌，没有标明姓名，没有标明时间，没有标明死亡原因。黄真旗在这座无名的墓碑前驻足，她绕到了墓碑的后面仔细看，见墓碑背面写着两个已经模糊不清的汉字，依稀辨认后发现是“中国”二字。

黄真旗感叹：“坟墓真是让人产生敬畏的地方，每次到靴山，我都会想起旧金山金矿铁道两侧那些密密麻麻的华工的坟丘，那么多没名没姓的人背井离乡，来到美国偏远荒凉的西部，最后凄凉地长眠于此，他们的魂早已随着天上的云飘回到故乡。”

靴山没有杂乱的草丛，没有散落的枯叶，没有凋零的树枝，却有一种人生有处，死有地的悲凉感。

黄真旗指着远处一片空地问科比：“你看那块地怎么样？”

科比放眼望去，那是一座长着茂密的树木的山丘，科比说：“看上去还不错。”

黄真旗：“我死后就葬在那里吧。”

科比捂住黄真旗的嘴：“千万别这样说！对了，我还等着你教我中国功夫呢！”

黄真旗敲了敲科比的脑袋：“我说了，你们美国人就是笨。我都告诉你，叫你将来把我葬在这里了，还学什么中国功夫？”

科比恍然大悟，一下子紧紧地抱住了黄真旗。

在墓园，黄真旗一下子哭了，没人知道她在哭什么。

过了很长时间，黄真旗喃喃道：“记住我的话。我喜欢这个地方。你看后面山丘上的树多茂密，像我家乡碧萝山的树。”

科比：“碧萝山？”

提到碧萝山，黄真旗想到了叶龙临终前交给她的那张藏宝图，那是黄真旗的一块心病，她目前还没有想好如何处理那笔财宝：“碧萝山在我的家乡，我的父亲和母亲都埋葬在那里，我生命中遇到第一个让我心跳的男人也是在碧萝山。”

科比：“叶龙。”

黄真旗没回答科比，自言自语地说：“我这辈子恐怕没有机会回到家乡了……”

这天傍晚时分，狂风卷着暴雪吹遍了小镇的每一个角落。

“玛丽中国”餐厅照常营业，黄真旗让厨师熬了一大锅姜汤，给那些饥寒交迫的过路人饮用。接近打烊的时候，林爱华冒着风雪赶到餐厅，带来了唐人街重现旧金山的好消息。黄真旗非常欣慰，因为林爱华没叫她失望。

这时候，黄真旗发现林爱华身后还站着一个人。

林爱华介绍：“姑姑，这位是廖先生，孙文先生的特派员。”

黄真旗一愣：“孙文？”

廖先生向黄真旗施礼：“黄女士，久闻大名！”

廖先生拿出一封信递给黄真旗：“这是孙先生写给您的亲笔信。”

林爱华补充：“孙先生在美期间久仰您的大名，本打算亲自拜访的，但由于种种原因未能如愿。现在国内推翻清廷的起义此起彼伏。孙先生希望进一步得到海外华人的支持，这其中当然包括中国玛丽——姑姑您！”

黄真旗打开信认真读着，看罢说道：“孙先生的革命宏图我早有耳闻，我一直都在关注他，他能给我写信，我感到非常荣幸。”

廖先生：“洪义堂的陈堂主与孙先生是老相识，是陈堂主向孙先生大力举荐的您。我们知道，在此之前您就多次捐助革命事业。这次前来拜会，一是为了感谢；二是希望您利用自己的威望，号召唐人街的华人进一步支持国内的革命事业。”

林爱华："陈堂主抵押了洪义堂的四处房产，筹集了十万美金支持孙先生革命，但是这些钱还远远不够。”

廖先生："革命党人在推翻清廷专制统治的义举中，当然需要铁一般的意志，但也离不开钱款的支持。由于经费不足，现在很多事情无法布局。”

黄真旗："革命大势不可逆。廖先生，请放心，我同样是一名中国人，家国之事岂能袖手旁观！”

廖先生："太感谢了！真是太感谢了！！！”

黄真旗："除了号召唐人街的华人捐款，我还有一件礼物献给你们革命党。”

林爱华和廖先生互相看看。

林爱华："姑姑，您是说——”

黄真旗："多年前，太平天国败亡之际，有人拿到一张藏宝图……这批天国的宝藏，就埋藏在广东新宁的碧萝山。爱华，我会把这张图交给你，按上面的指引就可以得到宝藏。你带着这张图回国，取出宝藏后将之转为钱款，资助革命党。”

林爱华："姑姑！”

黄真旗："我想阿龙在九泉之下会同意的。”

廖先生激动地握住黄真旗的手："太平天国运动是孙先生最敬佩的，现在将天国的宝藏用于推翻清廷的革命起义中，真是天意啊！黄女士——哦，不，我们的中国玛丽，您是对革命有大功的人！”

黄真旗推开了窗户，风雪的气息扑面而来，面对凛冽的寒风，她在夜色中远眺，自言自语道："能为大海那边的国家贡献出自己的一分力量，对我们这些海外华人来说，终是最幸福的事。我说得一点都不虚，这是我内心最真实的想法——”

黄真旗转过身："因为不管走到哪里，我都是一个中国人。”

转年的春天，林爱华带着藏宝图悄悄回到广东。

按图上所示，林爱华带着革命党人，在新宁碧萝山找到了那批太平天国遗留下来的宝藏。按黄真旗的嘱咐，宝藏被换成钱款，资助了革命党，为推翻清廷的统治献上了一己之力。

随后，林爱华返回美国向黄真旗复命。

此时的清廷，如暴风雨中即将沉没的船只。

在孙中山的领导下，革命党人在南方发动了一次次起义。

这些起义虽然没有取得直接的成功，但勇士们义无反顾的决绝深深震撼了清廷，更是激励着全国各地的仁人志士前赴后继地为推翻君主专制、建立共和国家而战斗。没多久，武昌起义爆发，像多米诺骨牌一样，支离破碎的清廷统治迅速地瓦解……

几个月后的一天，墓碑镇在漫天的晚霞中休憩着。

从旧金山唐人街来的林爱华，风尘仆仆地敲响了黄真旗寓所的大门，她顺便带来了一份华文报纸，头版头条刊登的是清廷覆亡、民国建立的消息。

看完报纸，黄真旗走到窗前，望着窗外橙红色的天空。

林爱华走上来，取出一封信："上次回国我见到了何芳何大人，他已在广东安度晚年，何大人非常想念您。他给您写了一封信，但上次我忘记给您了。"

黄真旗接过信："自从那件事以后，我就再也没有他的消息，他还能记得我，实在令人高兴。"

黄真旗认真地看着信："真旗知音，当年之事，如鲠在喉，全是我鬼迷心窍，被坏人利用，想得到藏宝图才进行冒犯。时隔多年，想起来就惭愧，在我有生之年，衷心向你道歉，对不起。"

黄真旗："何大人是一位正直的官员，他一心想着为身在美国的华人争取利益，无奈清廷无能，让他壮志难酬。现在好了，清廷覆亡了，希望今后的中国能富强起来，做我们真正的靠山。这样的话，我们这些在海外的华人，就再不会单打独斗了。也许十年八年还到不了这一步，但我相信这样的一天总会到来，因为我们的民族终是一个伟大的民族。这就是我此刻的梦想，一个关于中国的梦想。"

这时候，科比来了。

科比告诉玛丽今天傍晚的天气很好，没有风。

玛丽、科比和林爱华出了门，漫步在墓碑镇幽静的小路上。

三个人漫无边际地聊着，直到最后聊到生死，黄真旗告诉林爱华："将来我的墓碑上，不要写我的名字，只写'阿龙太太'四个字。"

早就看出端倪的林爱华："他绝对无法接受的。"

科比笑了笑："其实这正是我的建议。"

林爱华很吃惊："你的建议？！"

科比点点头："虽然玛丽和叶龙没能走到最后，但我想玛丽的初心是永远属于叶龙的。我没有资格去剥夺这一点。不过，对此我不会嫉妒，我只是替叶龙惋惜。当然，我更感谢上帝的垂青，教我陪伴玛丽度过后半程人生。"

林爱华看黄真旗。

黄真旗："我想就是这样吧。"

林爱华很兴奋："姑姑，我真羡慕你们！"

黄真旗："姑姑羡慕你才对，年轻真好呀！"

林爱华想起什么："对了，姑姑，有件事我想告诉您，莱茵小姐——去世了。"

黄真旗愣了一下："什么时候的事？"

林爱华："半个月前走的。金矿的股东们架空了她，结局有些凄凉。再后来，由于心力交瘁，她得了一场大病，本以为可以熬过，最终还是不治……"

黄真旗神色伤感："说起来，莱茵小姐算是我的老朋友了。她是个善良的美国女孩，只是这个世界远不像她那样单纯。我们这些活着的人，不管是在美国的华人，还是正义的美国人，仍需要和污浊与邪恶进行战斗。这不是高尚的追求，而是普通的人生的一部分。"

科比掏出手枪，冲着前方做射击状："砰砰！亲爱的玛丽，是像我这样吗？"

黄真旗转过身，望着科比："只是你出枪太快，有时候难免会打不准。"

科比耸耸肩："其实那不重要，重要的是，能够在你身边。"

黄真旗笑了，一个人向前走去。她看到有几个华人小孩，在前面的树下玩丢石头。他们捡起地上的小石块，使劲地向远处的山谷的方向扔出去，扔得最远的竟是一个看上去倔强的小女孩。

黄真旗走上去。

孩子们停止了游戏，好奇地望着黄真旗。

看上去倔强的小女孩走到黄真旗面前，大方地问候："嗨！玛丽，我认识你。"

黄真旗："你好啊。"

小女孩望着黄真旗："你今年多少岁了？"

黄真旗蹲下身子："我已经六十多岁了，你呢？"

小女孩："我今年八岁了。听说你身上藏着很多故事，我非常想听，可以吗？"

黄真旗摸了摸小女孩的羊角辫："当然可以了，你想听什么故事呢？"

小女孩："就从你的名字讲起吧……"

（终）